Meinen Lesern

Heinz G. Konsalik

Von Heinz G. Konsalik sind folgende Romane
als Goldmann-Taschenbücher erschienen:

Eine angesehene Familie (6538) · Auch das Paradies wirft Schatten / Die Masken der Liebe (3873) · Aus dem Nichts ein neues Leben (43512) · Bluthochzeit in Prag (41325) · Duell im Eis (8986) · Engel der Vergessenen (9348) · Der Fluch der grünen Steine (3721) · Der Gefangene der Wüste (8823) · Das Geheimnis der sieben Palmen (3981) · Geliebte Korsarin (9775) · Eine glückliche Ehe (3935) · Das goldene Meer (9627) · Das Haus der verlorenen Herzen (6315) · Heimaturlaub (42804) · Der Heiratsspezialist (6458) · Heiß wie der Steppenwind (41323) · Das Herz aus Eis / Die grünen Augen von Finchley (6664)

Ich gestehe (3536) · Im Tal der bittersüßen Träume (9347) · Im Zeichen des großen Bären (6892) · In den Klauen des Löwen (9820) · Der Jade-Pavillon (42202) · Kosakenliebe (9899) · Ein Kreuz in Sibirien (6863) · Der Leibarzt der Zarin (42387) · Leila, die Schöne vom Nil (9796) · Liebe am Don (41324) · Liebe auf dem Pulverfaß (9185) · Die Liebenden von Sotschi (6766) · Das Lied der schwarzen Berge (2889) · Manöver im Herbst (3653) · Ein Mensch wie du (2688) · Morgen ist ein neuer Tag (3517) · Ninotschka, die Herrin der Taiga (43034) · Öl-Connection (42961) · Promenadendeck (8927) · Das Regenwald-Komplott (41005)

Schicksal aus zweiter Hand (3714) · Das Schloß der blauen Vögel (3511) · Schlüsselspiele für drei Paare (9837) · Die schöne Ärztin (3503) · Die schöne Rivalin (42178) · Der schwarze Mandarin (42926) · Schwarzer Nerz auf zarter Haut (6847) · Die schweigenden Kanäle (2579) · Sie waren Zehn (6423) · Sommerliebe (8888) · Die strahlenden Hände (8614) · Die Straße ohne Ende (41218) · Eine Sünde zuviel (43192) · Tal ohne Sonne (41056) · Die tödliche Heirat (3665) · Transsibirien-Expreß (43038) · Und alles nur der Liebe wegen (42396) · Unternehmen Delphin (6616) · Der verkaufte Tod (9963) · Verliebte Abenteuer (3925) · Wer sich nicht wehrt... (8386) · Wer stirbt schon gerne unter Palmen... 1: Der Vater (41230) · Wer stirbt schon gerne unter Palmen... 2: Der Sohn (41241) · Westwind aus Kasachstan (42303) · Wie ein Hauch von Zauberblüten (6696) · Wilder Wein (8805) · Wir sind nur Menschen (42361) · Zwei Stunden Mittagspause (43203).

Ferner liegen als Goldmann-Taschenbücher vor:

Stalingrad. Bilder vom Untergang der 6. Armee (3698) · Die fesselndsten Arztgeschichten. Herausgegeben von Heinz. G. Konsalik (11586)

# Heinz G. Konsalik

# Das Schloß der blauen Vögel

Roman

GOLDMANN VERLAG

Ungekürzte Ausgabe

*Umwelthinweis:*
Alle bedruckten Materialien dieses Taschenbuches
sind chlorfrei und umweltschonend.
Das Papier enthält Recycling-Anteile.

Der Goldmann Verlag
ist ein Unternehmen der Verlagsgruppe Bertelsmann

Genehmigte Taschenbuchausgabe 10/72
© der deutschsprachigen Ausgabe 1977 beim Hestia Verlag, Rastatt
Umschlagentwurf: Adolf & Angelika Bachmann, München
Umschlagfoto: Photo File, New York
Satz: Presse-Druck Augsburg
Druck: Elsnerdruck, Berlin
Verlagsnummer: 3511
MV · Herstellung: Klaus Voigt/sc
Made in Germany
ISBN 3-442-03511-2

# I

Als er vom Angeln zurückkam, sah er von weitem noch ganz vernünftig aus.

Er trug einen ausgeblichenen, zerknautschten Anglerhut aus imprägniertem Segeltuch, ein großkariertes Hemd, das rot-grün-gelb schimmerte, und einen Overall aus schwarzem Kunstleder, dessen Tasche im Brustlatz ausgebeult war von zwei Pfeifen, einem Lederbeutel mit englischem Krüllschnitt und einer Schachtel Streichhölzer. Die hüftlangen Gummistiefel hatte er wie ein Gewehr geschultert. So kam er näher, einen Marsch pfeifend und mit weit ausgreifenden Schritten. Es war ein heißer Tag mit einem stahlblauen, flimmernden Himmel, viel zu heiß für einen Maimittag.

Gerd Sassner blieb stehen und sah hinüber zu seinem Wochenendhaus. Es lag romantisch an einem Waldhang, umgeben von Blumenrabatten, die Luise selbst angelegt hatte. Als er das Haus kaufte, war es eine halbverfallene Holzfällerhütte. Zwei Jahre Wochenendarbeit genügten, um daraus ein kleines Paradies zu machen. Alle hatten sie angepackt ... Luise – seine Frau – und die beiden Kinder, Dorle und Andreas. Sie hatten jeden Samstag und Sonntag gesägt und gehämmert, gepflanzt und umgegraben, kultiviert und umgesetzt, gestrichen und lackiert. »Da seht ihr mal, was Fleiß vermag«, hatte Gerd Sassner nach einem Jahr gesagt, als die ersten Blumen neben dem in der Sonne leuchtenden Haus blühten. »Wie soll es heißen?«

»Villa Familienschweiß!« hatte Dorle vorgeschlagen. Aber man nannte es später doch »Haus Frieden«.

»Das hat seine tiefe Bedeutung«, beendete damals Gerd Sassner seine Taufrede. »Hier soll immer Freude und Zufriedenheit herrschen, hier wollen wir der lauten Welt entflohen sein, hier ist wirklicher Friede. Und es soll keinen geben, der diesen Frieden stört ... hier gibt es nur uns!«

Sie hatten einen Kreis gebildet, sich an den Händen gefaßt und glücklich auf das kleine Haus gesehen.

Gerd Sassner schob den zerbeulten Anglerhut weiter in den Nacken und begann erneut zu pfeifen. Dorle hob den Kopf. Sie lag in einem Liegestuhl und sonnte sich. Andreas übte an der Schmalwand Bogenschießen ... er ließ den Bogen sinken und kratzte sich mit einem Pfeil durch die struppigen blonden Haare.

»Paps hat einen guten Fang gemacht, Ma!« rief Dorle aus dem Liegestuhl zum Küchenfenster hin. Luises Gesicht erschien, ein schönes, gesundes Frauengesicht, von blonden Haaren umrahmt, noch jugendlich, mit einem Hauch von Make-up, eines jener Gesichter, die ein Mann ansieht und sofort weiß, daß er diese Frau lieben könnte. Sie lachte und sah den Weg hinauf, auf dem noch immer Gerd Sassner stand und pfiff.

»Schon wieder Forellen!« Andreas, dreizehn, lang aufgeschossen und schlaksig, kam um die Hauswand herum und lehnte seinen Bogen unter das Küchenfenster. »Wenn er pfeift, hat er die Tasche voll. Wetten... heute hat er über zwanzig Stück! Jeden Sonntagabend! Ich komme mir bald selber wie eine Forelle vor.«

Dorle sprang aus dem Liegestuhl. Ihr fünfzehnjähriger Jungmädchenkörper hatte die zarte, glatte Bräune, wie sie nur auf der Haut der Jugend schimmern kann. Selbst Sassner beobachtete seine Tochter manchmal verstohlen und mit Stolz. Ihre Haut ist wie mit einem Goldschimmer überzogen, dachte er dann. Genauso war es bei Luise... damals, vor zwanzig Jahren. Sie lag auf der Wiese des Freibades, ein Schulmädchen, Untersekunda, glaube ich, und ich hockte mich neben sie, ein schmalbrüstiger, halbverhungerter Student der Chemie, durch dessen hohle Backen der Wind pfeifen konnte und der über dem Rücken eine breite, noch rote Narbe trug. Erinnerung an Marienwerder. Beim Hinwerfen durchschnitt das russische Geschoß den Rücken. Hätte er gestanden, wäre es ein glatter Herzschuß gewesen. Da saß er nun auf der Wiese des Freibades, einer Oase inmitten einer Landschaft aus Trümmern und Häuserhöhlen, und betrachtete die blonden Haare des Mädchens.

»Was sehen Sie mich so an?« hatte sie schnippisch gefragt.

Und er hatte geantwortet: »Es ist das einzige, was man ohne Lebensmittelkarten oder Bezugsscheine bekommen kann.« Dann hatte er sich vorgestellt: »Gerd Sassner, Oberleutnant a. D., zur Zeit Student der Chemie. Eisernes Kreuz Erster und Zweiter Klasse, Deutsches Kreuz in Gold...«

Und die Untersekundanerin hatte geantwortet: »Dafür bekommen Sie kein Gramm Butter mehr...«

Mein Gott, wie lange war das her? Zwanzig Jahre. Und betrachtet man es genau – was sind zwanzig Jahre? Ein Atemzug, mehr nicht. Ein Wimpernschlag, wenn man sie hinter sich hat und sich erinnert. Alles ist so greifbar nahe, wie gestern, wie vor einer Stunde, wie eben gelebt.

Und jetzt war Dorle in dem gleichen Alter wie damals ihre Mutter Luise. Sie hatte die gleiche schlanke, aber doch proportionierte Figur, das gleiche blonde Haar, den gleichen goldenen Schimmer auf der Haut, hervorgerufen von Tausenden blonder, flaumiger Härchen.

Dorle reckte sich in der Sonne und winkte Gerd Sassner mit beiden Armen zu.

»Das Fett ist schon in der Pfanne, Paps!« rief sie. »Wir alle warten, daß du mal einen Walfisch anbringst ...«

Sassner hatte ein paar Schritte vorwärts gemacht. Nun blieb er wieder stehen und senkte langsam den Kopf. Er griff in die große, innen mit Wachstuch ausgeschlagene Anglertasche, schob sie am Brustriemen nach vorn und öffnete die Klappe. Vorsichtig, als bringe er etwas ungeheuer Zerbrechliches hervor, zog er die Hand zurück und hielt einen alten Schuh ins Licht.

Es war ein Schuh, wie man ihn wegwirft, wenn nichts, aber auch gar nichts mehr zu reparieren ist. Ein halbhoher Schuh ohne Schnürbänder, staubig und an der linken Seite aufgerissen, ohne Absatz, statt dessen nur die rostigen Nagelstümpfe, auf denen der Absatz einmal gesessen hatte. Ein trauriges Wrack. Gott allein wußte, wer ihn weggeworfen hatte und wie er in diese Gegend gekommen war, an den Bachlauf, den Gerd Sassner in seinen hohen Gummistiefeln hinauf und hinab geschritten war, um Forellen zu fangen.

»Mein Haus«, sagte Gerd Sassner mit völlig normaler Stimme zu dem alten Schuh. »Eigenhändig aufgebaut. Als wir es übernahmen, war's eine elende Hütte. Moos wuchs auf dem eingesunkenen Dach ... weißt du, wie damals die Hütten von Nowo Chumkassy, in denen die verdammten Partisanen lagen und uns aufs Korn nahmen. Aber nun ist's ein Paradies, was? ›Haus Frieden‹ haben wir es getauft. Bisher durfte kein Fremder hierher, nicht einmal mein Bruder – du bist der erste! Das ist keine besondere Auszeichnung mein Lieber, das ist selbstverständlich zwischen uns!«

Er hielt den alten, zerfetzten Schuh etwas höher und machte mit ihm eine halbkreisförmige Bewegung, damit er auch die ganze Umgebung sehen konnte. Vom Haus her antwortete ihm Lachen und Händeklatschen.

»Er hat einen Schuh geangelt, Ma!« rief Dorle. »Paps hat einen Anglerwitz wahr gemacht!«

»Wenn das die ganze Beute ist... welch ein Sonntag!« Andreas steckte den Kopf durchs Küchenfenster. »Ma, hol die Koteletts aus dem Kühlschrank... Paps bringt einen alten Schuh aus dem Bach.«

Luise Sassner kam aus dem Haus gelaufen, um ebenfalls dieses seltene Schauspiel zu erleben. Wenn ein passionierter Angler wie Gerd Sassner einen Schuh vom Angeln bringt, dann ist das eine Sternstunde des Spotts. Sie hatte sogar die Bratpfanne mitgebracht, um sie unter den alten Schuh zu halten. Der Sonntag versprach ein lustiger Tag zu werden.

Gerd Sassner kam langsam näher, den Schuh in der Hand. Zuerst fiel es Dorle auf: Er ging ein wenig staksig, wie aufgezogen, im Takt des Marsches, den er pfiff. Merkwürdig sah es aus, wie eine Karikatur.

»Ein Hurra dem kühnen Angler!« rief Dorle. Paps spielt seine Rolle wunderbar, dachte sie. Er könnte direkt ein Komiker sein.

Sassner blieb stehen. Sein Blick glitt über seine Familie; es war ein leerer Blick, wie aus zwei Glasaugen, in deren Glanz sich die Landschaft spiegelt. Dann hob er mit einem Ruck den alten Schuh hoch und streckte ihn vor.

»Meine Familie... Luise, meine Frau, Dorle und Andreas. Eine nette Familie, nicht wahr? Ich bin auch stolz auf sie.« Dann sah er Luise an und lächelte. »Darf ich dir meinen besten Freund vorstellen?« fragte er. Seine Stimme hatte den normalen Klang, tief und männlich. »Leutnant Benno Berneck. Er war mein Zugführer einst in Rußland.«

»Sehr erfreut!« Luise lachte und machte einen Knicks. Dann hielt sie die Pfanne unter den alten Schuh. »Und nun in die Pfanne mit ihm, du großer Angler!«

Sassners Gesicht versteinerte. Der Mund wurde schmal und verkrampft. Er sah den Schuh an und hob wie verzeihend die Schultern.

»Entschuldige mich einen Augenblick«, sagte er. »Ich werde das gleich klären.« Er setzte den Schuh auf eine Bank vor die Haustür, ging ins Haus und winkte seiner Familie, mitzukommen. Im großen Wohnraum, von dem die Schlafkojen abgingen, blieb er stehen und drückte das Kinn hart in den Kragen seines karierten Hemdes. »Ich verbitte mir dieses Benehmen!« sagte er in scharfem Ton. »Wir haben einen Gast, und ihr behandelt ihn, daß man sich schämen muß. Vor zweiundzwanzig Jahren habe ich Benno Berneck das letztemal gesehen, nun kommt er zu uns zu Besuch, und ihr benehmt euch wie Flegel! Was soll das eigentlich?«

Luise winkte ab und wollte zurück in die Küche. Jede Komödie hat einmal ein Ende und jeder Witz wird fade, wenn er zu lange erzählt wird. Aber sie kam nur zwei Schritte weit... eine harte Hand riß sie herum. Sie taumelte und fiel gegen ihren Mann. Erschrocken starrte sie zu ihm hoch. Es war das erstemal in ihrer siebzehnjährigen Ehe, daß er sie so hart anfaßte.

»Wo willst du hin?« frage er. Seine Stimme bebte vor Erregung.

»In die Küche, Koteletts braten!«

»Zuerst entschuldigst du dich bei Leutnant Berneck.«

»Nun laß es gut sein, Gerd! Vorstellung beendet. Du bist ein großer Komödiant, aber nun übertreib es nicht...« Sie wollte sich aus seinem Griff befreien, aber er preßte die Finger um ihren Arm wie Stahlklammern. Es tat weh, und Luise verzog das Gesicht.

»Du bittest meinen Freund Benno zu Tisch!« sagte Sassner dumpf. »Er bekommt den Ehrenplatz neben mir...«

»Laß mich los! Was soll das?« Luise entriß sich ihm mit einem Ruck. Sassner fuhr herum und sah seine Kinder an. Sie standen nahe der Tür und starrten zu ihm hin. Die Fröhlichkeit war aus ihren Gesichtern gewichen. So unbegreiflich es auch war, aber sie waren die ersten, die es erkannten: Es ist Ernst. Es ist kein Spiel mehr. Etwas Schreckliches breitete sich aus und lähmte sie.

»Und ihr?« brüllte Sassner plötzlich. »Ihr steht herum und kümmert euch nicht um unseren Gast? Soll ich euch Beine machen? Los, den Tisch decken, Weingläser dazu... du, Dorle, schläfst heute bei Ma. Deine Koje wird Leutnant Berneck beziehen. Natürlich bleibt mein Freund über Nacht! Was seht ihr mich so an? Paßt es euch nicht, daß ich meinen besten Freund wiedergefunden habe? Ein Beispiel sollte er euch sein, eurer Generation, die ihr keine Leitbilder habt außer langmähnigen Hohlköpfen! Wißt ihr, was Benno Berneck getan hat? Er hat eurem Vater das Leben gerettet. Bei Baranowitschi war das. Wir waren eingeschlossen von den Sowjets... neunundvierzig Mann, zwölf Pferde und drei Panjewagen. Und Munition für zwei Tage. Da hat Benno Berneck auf eigene Faust mit dreiundzwanzig Panzergrenadieren den Ring der Russen gesprengt und uns herausgeholt. Ohne ihn wäre ich jetzt nicht hier... und ihr laßt ihn draußen vor der Tür stehen wie einen Bettler! Mein Gott, wie schäme ich mich für euch...«

Er wandte sich ab, stieß Dorle und Andreas zur Seite und rannte aus dem Haus. Zurück blieb eine dumpfe Stille, eine Empfindung dunklen Grauens.

»Er meint es wirklich so...« sagte Dorle leise.

»Er sitzt neben dem alten Schuh auf der Bank und spricht mit ihm.« Andreas sah aus dem Fenster, an die Wand gedrückt, die zitternden Arme zur Seite gespreizt. »Jetzt bietet er dem Schuh eine Zigarette an. Mein Gott, Ma...was... was ist mit Paps los?«

»Ich weiß es nicht.« Luise Sassner stellte die Pfanne ab, sie legte sie auf eine Sessellehne, die ihr am nächsten war. Die plötzliche Erkenntnis, daß Sassner krank sein mußte, daß eine unerklärbare Veränderung in ihm vorgegangen war, daß sein Geist sich verwirrte, machte sie hilflos. Wer begreift das schon von einer Minute zur anderen? Da ist er vor zwei Stunden weggegangen, um zu angeln. Er hat den zerknitterten Hut geschwenkt und laut gelacht, als ihm Andreas nachrief: »Mein größter Sonntagswunsch... keiner beißt an!« Und wie jeden Sonntag ist er den Bach hinauf und hinab gewandert, hat im Wasser gestanden, die lange Angel in beiden Händen, hat den Vögeln zugesehen, hat ein Reh belauscht, hat einen Dachs entdeckt, und er hat sich gefreut, einen ganzen Tag lang Ruhe zu haben. Ruhe vor der Fabrik, Ruhe vor seinen Direktoren, Ruhe vor den Exportzahlen, Ruhe vor den Laboratorien, in denen Gerd Sassners chemische Entdeckungen ausgebaut und verbessert wurden. Sonntag im »Haus Frieden«... das war eine Flucht zum Ich. Das war ein Rückzug zum Menschsein. Das war die kleine, unberührte Welt der Sassners.

Und nun kam er zurück, hatte einen alten Schuh in der Hand und stellte ihn als Benno Berneck vor.

Wer kann das begreifen?

»Bleibt hier«, sagte Luise Sassner stockend. »Ich spreche mit Paps allein. Er ist überarbeitet, er hatte in letzter Zeit viel Ärger in der Fabrik. Kümmere dich um die Koteletts, Dorle, und du, Andreas, machst zwei Dosen mit Schnittbohnen auf...«

»Ja Ma...«

Gerd Sassner saß noch auf der Bank vor dem Haus und rauchte eine seiner Pfeifen. Eine nicht angebrannte Zigarette lag vor dem alten Schuh. Es sah aus, als sei sie in eines der Löcher im Leder gesteckt. Ein Schuh mit einer Zigarette. Um Luises Herz legte sich eine Klammer des Entsetzens.

»Gerd...« sagte sie leise.

»Ja?« Sassner wandte den Kopf und legte seine rechte Hand über den alten Schuh. »Können wir bald essen?«

»In einer Viertelstunde.«

Sassner hob die Nase und schnupperte. Aus dem Küchenfenster zog der Duft von gebratenem Fleisch.

»Koteletts!«

»Ja, Gerd.«

»Benno war immer ein großer Kotelettesser! Was Benno?« Er streichelte den alten zerfetzten Schuh. »Und was gibt's dazu?«

»Bohnen...« sagte Luise mit aller Tapferkeit.

»Bohnen! Benno... Bohnen! Grüne Bohnen! Habe ich nicht eine fabelhafte Frau?« Er sah Luise aus leuchtenden Augen an. Die Dankbarkeit eines Tieres, dachte sie erschrocken. So sieht ein Hund einen Menschen an, wenn er einen Knochen bekommen hat. Sie setzte sich neben den alten Schuh auf die Bank und versuchte, nach Sassners Hand zu tasten. Er zog sie zurück...als sie den Schuh berührte, zuckte sie zusammen, als habe sie in Feuer gegriffen.

»Fühlst du dich schlecht?« fragte sie und zwang sich, ohne Zittern zu sprechen.

»Schlecht? Blendend geht es mir! Wenn sich zwei alte Kameraden wieder treffen... nach zweiundzwanzig Jahren... Benno, was wissen die Frauen, was Freundschaft ist? Freundschaft unter Frauen... die gibt es nicht! Da ist eine der anderen Neidhammel! Aber unter Männern, Benno, was... da kann eine Kameradschaft das Leben retten! Da sind zwei echte Freunde wie ein Rammbock, der jede Mauer niederreißt! Luise...« Sassner beugte sich über den Schuh zu ihr hinüber. Seine Augen leuchteten unnatürlich. »Ich kann es dir jetzt nach siebzehn Jahren gestehen: Benno hatte eine Schwester. Bildhübsch, schwarze Locken, damals achtzehn Jahre alt. Eine Sünde von einem Mädchen. Ich wollte sie heiraten, nach dem Krieg, wenn wir ihn gewonnen hätten und ich als stolzer Hauptmann oder Major zurückkehrte. 1944 erstickte sie in einem Keller in Berlin. Sie hatte eine Tante besucht und kam in einen Luftangriff hinein. Der ganze Wohnblock fiel über sie... Luftmine. Sie hieß Angela. Der Engel. Dann rettete mir Benno das Leben an der Rollbahn bei Baranowitschi. Und nun ist er unser Gast. Du weißt gar nicht, wie ich mich freue...«

»Ich weiß es, Gerd...« Sie betrachtete den alten, zerrissenen Schuh mit der Zigarette. Dann glitt ihr Blick zu ihrem Mann zurück. Wie verklärt sah er in den blauen Maihimmel und stieß dicke Qualmwolken aus seiner Pfeife.

»Komm«, sagte sie, nahm mit bebenden Händen den alten Schuh von der Bank und wandte sich ab. »Wir können essen ...«

So betrat sie das Wohnzimmer, wo Andreas und Dorle schon am Tisch saßen. Mit großen Augen sahen sie zu, wie Luise den Schuh auf einen freien Stuhl neben den Vater setzte und eine neue weiße Serviette über ihn deckte. Mit zufriedenem Lächeln nickte Sassner jedem zu. Er entkorkte eine Flasche Wein, goß die Gläser voll, auch das Glas vor dem Schuh, und hob dann seinen Pokal.

»Wir begrüßen meinen lieben Freund! Prost ... und guten Appetit.«

Es war ein trauriges Essen. Nur Gerd Sassner aß mit echtem Anglerappetit ... er schien nicht zu sehen, wie seine Frau und seine Kinder in die Teller weinten.

Der Tag endete gespenstisch.

Die Familie Sassner erlebte einen Abend und eine Nacht, die sie das Gruseln lehrte. Nicht, daß Gerd Sassner gewalttätig wurde, daß er wieder brüllte, was er – so erinnerten sich Luise, Dorle und Andreas – noch nie getan hatte, solange sie denken konnten, oh, gar nicht – er war freundlich, lustig sogar, er scherzte mit Luise und den Kindern, die sich steif machten, wenn er sie berührte, umfaßte, an sich zog, streichelte, denn bei allem, was er tat, sprach er zu seinem »Freund Benno Berneck« im Tone eines glücklichen Familienvaters.

»Habe ich nicht eine hübsche Tochter? Sie gleicht der Mutter wie eine Nachtigall der anderen! Du hättest Luise als junges Mädchen sehen sollen ... daß so etwas aus der Trümmerwüste von Köln wuchs, daß soviel Schönheit inmitten von Ruinen blühte, das war ergreifend. Und mein Junge ... komm her, Andreas ... ein kluges Kerlchen, sage ich dir. Bringt in Latein nur Zweier nach Hause. Und das mir! Fällt völlig aus der Art. Nur in Mathematik hat er den Vater bald eingeholt ... die letzten Arbeiten waren fünf.« Dabei lachte er, ein bißchen hohl, eine Spur hysterisch. Er klopfte Andreas auf den Rücken. Der Junge zog die Schultern hoch und starrte hinüber zur Mutter. Angst schrie aus seinem Blick.

»Ich habe große Pläne«, fuhr Sassner fort seinem Freund Benno Berneck zu erzählen. Er hatte den alten, zerrissenen Schuh wieder vors Haus getragen und in Dorles Liegestuhl gesetzt. »Andreas wird die Fabrik übernehmen, Dorle hat Lust, Ärztin zu werden. Was hältst du davon, wenn ich ihr später eine eigene Privatklinik einrichte? Damit kann man Geld machen. Kosmetische Chirurgie und ähnliches. Verkleinerung einer Riesenbrust dreitausend Mark, das ist doch ein Geschäft!«

Er lachte wieder, blinzelte dem Schuh zu und benahm sich so, wie sich Männer benehmen, wenn sie harte Witze erzählen.

»Geht ins Haus«, sagte Luise heiser, als sie sah, wie Dorle nicht mehr die Kraft aufbrachte, ohne lautes Weinen die schreckliche Wandlung ihres Vaters zu ertragen. »Paps . . . Paps wird schon wieder gesund werden. Die Nerven, müßt ihr wissen . . .«

Bis zum späten Abend saß sie neben ihm auf der Bank und hörte zu, wie Sassner mit dem Schuh Kriegserinnerungen austauschte. Man ging sogar eine Stunde lang spazieren, den Schuh zwischen sich, und Sassner zeigte ihm den Bach, die herrliche Aussicht über den Schwarzwald, sie bewunderten das Abendrot, das die Spitzen der Tannen erst golden, dann rot, schließlich violett färbte und den Himmel brennen ließ in unendlicher Herrlichkeit.

In der Nacht schliefen sie kaum.

Sassner hatte seinen »Freund« ins Bett gebracht, ihm einen guten Schlaf gewünscht, eine Flasche Sprudelwasser ans Bett gestellt – »Benno hat die dumme Angewohnheit, nachts ein paarmal zu trinken, selbst im Unterstand tat er das, immer hatte er eine volle Feldflasche neben sich in der Miefkoje« – und dann mußte die Familie leise sein, sich ausziehen und ebenfalls ins Bett gehen. »Benno hat einen leichten Schlaf . . . und er ist so müde von der langen Reise zu uns . . .«

Als tiefe, regelmäßige Atemzüge zeigten, daß Sassner zufrieden schlief, kroch die Familie aus ihren Schlafkojen und traf sich in der Küche. Dorle weinte haltlos und legte den Kopf schluchzend auf den Tisch. »Was hat er bloß?« stammelte sie. »Ma, was ist mit Paps denn los? Das kann man doch nicht aushalten. Ist es denn am Morgen vorbei?«

Andreas schwieg. Er sah nur stumm die Mutter an, aber in seinen Augen lag ganz in der Tiefe die furchtbare Wahrheit, die niemand auszusprechen wagte, die nicht begreifbar war, vor der man flüchtete, auch wenn es keinen Sinn hatte. Luise legte die Arme um ihre Kinder und zog sie an sich.

»Wir müssen tapfer sein, ganz, ganz tapfer«, sagte sie.

»Natürlich ist es nur vorübergehend. Morgen, zu Hause, wird alles anders sein.«

Aber es wurde nicht anders.

Gerd Sassner hatte sich äußerlich nicht verändert. Er war der vitale, breitschultrige Erfolgsmensch geblieben, ein Mann, der gern lachte, der Ideen hatte, der vor Gesundheit strotzte, der ein zärtlicher Vater war und der über alles sprechen konnte, was zwischen Himmel und Erde war. Nur war er jetzt immer in Begleitung seines Freundes Benno Berneck. Ein alter Schuh begleitete ihn von dieser Stunde an.

Er bekam im Wagen den Sitz neben Sassner. Luise mußte hinter zu den Kindern. Auf der Rückfahrt erklärte Sassner die Landschaft, erzählte von seiner chemischen Fabrik ... Als sie vor der Villa hielten, die sich Sassner vor vier Jahren gebaut hatte, und das Hausmädchen herauslief, um das Gepäck zu holen, gelang es Luise gerade noch rechtzeitig, das Mädchen abzudrängen und mit den langen Gummistiefeln wegzuschicken, ehe Sassner den alten Schuh vom Sitz nahm und mit einer weiten Handbewegung sagte: »Mein Reich ... solange du Zeit hast, Benno, kannst du bei mir wohnen ...«

Das war morgens um zehn Uhr. Um elf fuhr Sassner in die Fabrik, der Chauffeur holte ihn mit dem großen Werkswagen ab. Für zwölf Uhr war ein Essen mit ausländischen Interessenten angesetzt, die einige Lizenzen von Sassners Präparaten übernehmen wollten.

»Wo ist Benno?« fragte Sassner in der großen Diele seiner Villa. Der Chauffeur stand in der offenen Glastür und sah sich entgeistert um. Luise stockte der Atem. Das ist unmöglich, schrie es in ihr. Das muß verhindert werden. Soll alle Welt erfahren, wie es um ihn steht? Aber wie kann man es verhindern? Wer hat die Kraft, Gerd Sassner aufzuhalten?

»Benno schläft ...« sagte sie leise, damit es der Chauffeur nicht hörte.

Sassner hob den Kopf.

»Jetzt? Im Wagen war er doch ganz mobil! Legt sich der Kerl am hellichten Tag in die Federn! Na, den werd' ich aufschwänzen ...«

Er wollte umkehren und die große Treppe hinauf zu den Schlafzimmern laufen, wo man auch ein Fremdenzimmer hergerichtet hatte. Der alte Schuh stand dort auf einem Tisch.

»Wirf ihn weg!« hatte Andreas gefleht, als Luise ihn dort abstellte.

»Wirf ihn einfach weg, Ma... vielleicht ist dann alles vorbei...«

Aber sie hatte nicht den Mut dazu gehabt. Wer wußte, welche Reaktionen so etwas auslöste?

Luise trat ihrem Mann in den Weg und zog ihn etwas zur Seite.

»Laß Benno hier«, sagte sie eindringlich. Ihre Stimme schwankte dabei dicht am Rande eines Schreies. »Bitte, laß ihn hier. Er... er sieht nicht gut aus... vielleicht ist er krank.«

»Krank? Ein fauler Sack ist er! So war er immer. Pennen war seine halbe Welt und Glückseligkeit. Nein, meine Liebe, jetzt, wo er unser Gast ist, soll er auch sehen, was aus dem kleinen, milchbärtigen Oberleutnant geworden ist...«

Mit hängenden Armen, unfähig, einzugreifen, mußte Luise zusehen, wie Sassner den alten Schuh herunterholte, ihn unter den Arm klemmte und hinaus zu seinem Wagen ging. Sie sah, wie der Cauffeur vor Erstaunen vergaß, seine gezogene Mütze wieder aufzusetzen, sah Sassner sprechen – sicherlich stellte er seinen Freund vor –, sah, wie der Chauffeur hilflos zu ihr herüberblickte, und sie hatte noch die Kraft, ihm zuzuwinken, mit beiden Handflächen: Fahren Sie ab! Mein Gott, fahren Sie schon! Fragen Sie nicht... wer kann Ihnen denn hier noch eine Antwort geben...

Dann blickte sie dem Wagen nach, lehnte weinend den Kopf gegen die Mauer und biß sich in die geballte Faust, um nicht aufzuschreien. Die Kinder waren in der Schule, sie war nun ganz allein, und es gab niemanden, den sie fragen konnte, der ihr einen Rat gab, der einen Teil der Last von ihr nahm.

In einer halben Stunde erreichte Sassner die Fabrik.

Zehn Minuten später würden die Direktoren vor ihm stehen, fassungslos auf einen alten, zerfetzten Schuh starren, um zwölf Uhr würde Sassner den großen Konferenzsaal betreten, der zu einem Speisesaal umgewandelt worden war, und er würde den alten Schuh auf einen Stuhl setzen und die Gäste einzeln vorstellen: Monsieur Latour, Mr. Higgins, Mr. Dorfield, Madame Lachaine, Exzellenz Subandria von der indonesischen Botschaft, Pandit Narumu vom indischen Handelsministerium... und sie alle würden an dem alten Schuh vorbeiziehen...

»Nein!« Luise stieß sich von der Wand ab, warf die Haustür zu und rannte in den Salon. »Um Gottes willen, nein!« Sie schrie es gegen die seidenbespannten Wände, als gäbe es eine

Macht, die ihr Jammer rühren könnte. »Das darf nicht geschehen. O nein... nein... nein...«

Sie setzte sich ans Telefon und rief den Hausarzt, Dr. Hannsmann an. Wie die Erlösung von einem würgenden Griff war es, als sie seine tiefe Stimme hörte.

»Sie müssen helfen, Doktor...« schrie sie ins Telefon. »Sofort... schnell... ehe es eine Katastrophe gibt. Fahren Sie in die Fabrik... halten Sie meinen Mann zurück... ja... bitte, bitte... Mein... mein Mann ist geisteskrank geworden...«

Sie ließ den Hörer fallen und weinte laut und jammernd. Zurückgeworfen im Sessel, die Arme herunterpendelnd, lag sie da und aller Jammer in ihr brach heraus.

Dr. Hannsmann war schneller in der Fabrik als Gerd Sassner. Er wohnte näher und fuhr außerdem nach diesem Telefonat wie ein Besessener. Noch konnte er sich kein Bild machen, was ihn erwartete, aber der Verzweiflungsschrei Luise Sassners war echt, ihre Mitteilung, Sassner sei plötzlich geisteskrank geworden, klang überzeugend, nicht bloß hingeworfen in einer momentanen Erregung, wie es Frauen oft tun nach einem Ehekrach. Schon diese Version war absurd, denn solange Dr. Hannsmann der Hausarzt der Familie Sassner war, und das waren nun vierzehn Jahre, hatte es noch keinen Ehekrach gegeben. »Sie sind bis jetzt das einzige Ehepaar, das ich kenne, das sich noch so benimmt, wie am ersten Tag der großen Liebe – und das nach siebzehn Jahren«, hatte Dr. Hannsmann einmal bei einer Flasche Wein zu den Sassners gesagt. Und Gerd Sassner hatte mit sichtlichem Stolz geantwortet: »Wer hat auch in Ihrem Bekanntenkreis eine solche Frau wie ich?«

Man mußte ihm neidlos recht geben.

Zehn Minuten vor Sassner traf Dr. Hannsmann in der Fabrik ein. Die Direktoren wurden schnell unterrichtet. Der Leiter der Exportabteilung übernahm es, die ausländischen Gäste zu bewirten, die im Augenblick durch die Laboratorien geführt wurden, wo der Chefchemiker des Werkes die neuen Versuchsreihen erklärte. Der Syndikus der Fabrik bezog Posten neben der gläsernen Portierloge des hochragenden Verwaltungsgebäudes, dessen Marmorfassade grell in der Maisonne leuchtete.

Dr. Hannsmann beeilte sich, im Privatbüro die nötigen Vorbereitungen zu treffen. Er zog eine Beruhigungsspritze auf, legte einige Medikamente zurecht und benachrichtigte die Werkssanitätsstation, einen Krankenwagen bereitzuhalten.

Hoffentlich haben wir das alles nicht nötig, dachte Dr. Hannsmann, als er vom großen Fenster des Privatbüros aus unten Sassners Wagen vorfahren sah. Der Syndikus rannte ihm entgegen ... welch ein Blödsinn, dachte Dr. Hannsmann, das fällt ihm doch auf ... Sassner stieg aus, griff zurück in den Wagen und nahm etwas von den Polstern. Als er sich umwandte, erkannte Dr. Hannsmann im grellen Sonnenlicht, was es war.

Ein alter Schuh ... und er wußte in diesem Augenblick, daß über die Familie Sassner unwiderruflich eine Tragödie hereingebrochen war.

»Nanu, Doktor ... Sie hier?« rief Sassner, als er sein Büro betrat. Er machte einen fröhlichen Eindruck. Die Sonne des Maisonntags hatte Spuren auf seinem Gesicht hinterlassen, er wirkte gesund und kraftvoll, ein Mann, von dem andere sagen, er könne Bäume ausreißen.

Dr. Hannsmann lachte ihn an, während er mit der Linken aus der Hüfte heraus ein Zeichen gab, ihn mit Sassner allein zu lassen. Das Gesicht des Syndikus wirkte wie in Mehl getaucht, er zeigte auf den Schuh unter Sassners Arm, strich sich verwirrt über die Haare und zog die Tür dann hinter sich zu.

»Was gibt's?« fragte Sassner. Er stellte den Schuh in einen der breiten Ledersessel und deutete auf den Arzt. »Das ist unser Hausmedikus, Doktor Hannsmann. Wir alle wundern uns, wovon er lebt, denn wenn er mehr solche Kunden wie uns hat, müßte er längst verhungert sein. Die Sassners sind unanständig gesund! Doktor ... mein alter Kriegskamerad und bester Freund Leutnant Benno Berneck.«

»Sehr erfreut.« Dr. Hannsmann machte eine kleine Verbeugung in Richtung des Schuhs. Dann sah er Sassner an und blinzelte ihm vertraulich zu. »Wenn es möglich ist, Sie ganz kurz allein ...«

»Aber ja, Pillenverschreiber.« Sassner nahm den Schuh vom Sessel, trug ihn hinüber ins Sekretariat und stellte ihn dort auf einen Stuhl. Fräulein Sesselhain, seit neun Jahren Chefsekretärin, schwieg. Sie saß hinter der elektrischen Schreibmaschine wie ein Bild aus Stein, nur ihre Augenlider flatterten, und ihre dezent geschminkten Lippen zuckten wie unter einem Krampf.

»Nun?« fragte Sassner, als er mit Dr. Hannsmann allein war. »Nehmen Sie Platz, Doktor. Eine Zigarre? Cognac bekommen

Sie nicht ... ich mag es auch nicht leiden, wenn dem Patienten vom Arzt eine Fahne entgegenweht. Was haben Sie auf dem Herzen?«

»Sie!« sagte Dr. Hannsmann geradezu. Sassner lachte sein sonores, kraftvolles Lachen.

»Sagen Sie bloß nicht, ich sei krank, Doktor! Ich lade Sie für nächsten Sonntag ein ins Wochenendhaus, eine große Auszeichnung. Dann werde ich Ihnen beweisen, wie ich im wahrsten Sinne des Wortes Bäume ausreißen kann!«

»Das ist noch kein Beweis Ihrer Gesundheit.«

»Soll ich fünfzig Kniebeugen machen? Horchen Sie mein Herz ruhig ab – es ist in Ordnung! Wer ist überhaupt auf die Idee gekommen, daß ich ... Doktor! Hat meine Frau Ihnen etwas geflüstert? Ehrlich ...«

»Ihre Gattin? Nein! Was denn?«

»Ich hatte in den letzten drei Wochen ab und zu Kopfschmerzen.«

»Ach.«

»Was heißt ›Ach‹? Haben Sie noch nie Kopfschmerzen gehabt? Wenn alle Menschen mit Kopfschmerzen zum Arzt rennen würden, gäbe es nur noch Millionäre unter den Medizinern!«

»Wo waren denn die Schmerzen?« fragte Dr. Hannsmann vorsichtig. Dabei zündete er sich seine Zigarre an. Eine Frage, leicht hingeworfen, ohne großes Interesse. Sassner ging darauf ein.

»Überall. Vor allem hinten links. Kurz über dem Halsansatz, dort, wo der Hinterkopf beginnt.« Sassner rieb mit der Hand diese Stelle. »Aber wie gesagt – kleine Fische. Aufregungen im Betrieb, im Labor drei flog eine ganze Destillieranlage durch Dusseligkeit einer Laborantin in die Luft, ein Auftrag nach Südafrika wurde durch die Italiener unterboten, weil unsere Kalkulation einen Fehler hatte, die Versuchsreihe mit einem neuen Volldüngemittel geht schief, alle Pflanzen verbrennen, sobald Wasser dazukommt ... also lauter Nadelstiche, die sich dann in Kopfschmerzen manifestieren. Alltagssorgen, lieber Doktor, weiter nichts.«

Dr. Hannsmann nickte. Im Geiste ging er die cytoarchitektonischen Rindenfelder des Gehirns in der üblichen Numerierung nach Brodmanns Lokalisationslehre der Großhirnrinde durch. Irgendwo im Bereich von Nr. 37 und Nr. 19 mußte eine Störung sitzen. Eine bisher unbemerkte Hirnblutung, ein Tumor, eine Flüssigkeitsansammlung? Vielleicht war auch alles harmlos ... man dachte immer gleich an die großen, kaum reparablen Dinge! Überarbeitung konnte es sein, eine rein nervliche Sache vegetativer Natur ... Aber dann sah Dr. Hannsmann seinen Patienten an, kraftstrotzend und gesund, er dachte an den Schuh nebenan bei Fräulein Sesselhain auf dem Stuhl, und er zog an seiner Zigarre, sah dem dicken Rauch nach und wünschte sich inständig, daß die Diagnose eine harmlose Krankheit aufdeckte.

»Sie brauchen Ruhe«, sagte Dr. Hannsmann endlich. Sassner brach in lautes Lachen aus.

»Doktor!« rief er und wedelte mit beiden Händen durch die Luft. »Nun fangen Sie auch noch an, das Stammlied aller Ärzte zu singen: Ruhe! Entspannung! Keine Sorgen! Tralalalala! – Sagen Sie mal, wozu studiert man eigentlich sechs Jahre Medizin, um dann solche Weisheiten auszuteilen? Ich tanke jeden Sonntag Kraft, Ozon, Waldluft, Wiesentau und Blütenduft! Was wollen Sie mehr?«

»Sechs Wochen Sanatorium.«

»Ich? Wollen Sie, daß die dortigen Ärzte Minderwertigkeitskomplexe bekommen?«

»Ihre Stärke ist nur eine Fassade, Herr Sassner. Ihr Körper ist wie ein Baum, der in vollem Blattwerk steht ... aber innen nagt der Wurm.«

»Doktor, wieviel Semester haben Sie heimlich Theologie studiert?« Sassner beugte sich vor und schien sich köstlich über Dr. Hannsmanns ernste Miene zu amüsieren. »Ich fahre im Sommer für vier Wochen nach Capri. Zufrieden? Im übrigen übertreiben Sie wie alle Ärzte. Ich und krank? Was soll denn mein alter Freund Benno Berneck von mir denken ...«

Das verhängnisvolle Wort war gefallen ... nun stand es im Raum, kalt und grau, nach Moder riechend, so kam es Dr. Hannsmann vor. Hier gab es nun kein Ausweichen mehr, kein freundliches Überhören, keine Selbsttäuschung. In der kraftstrotzenden Hülle Sassners lebte seit gestern ein armer, verwirrter Geist. Und man konnte es ihm nicht sagen, nicht erklären – er würde es nie verstehen, weil dieses kleine Stück seines Hirns, diese paar irgendwo in einer etwa 1300 Gramm schweren Gehirnmasse verborgenen Zellen durch irgend etwas gestört, geschädigt waren.

Dr. Hannsmann sah keine Möglichkeit, mit Sassner darüber zu reden. Er sah nur eine Möglichkeit: Sassner mußte sofort nach Hause gebracht werden. Dann wollte man weiter sehen. Man konnte Professor Seitz rufen, ein Enzephalogramm machen, Sassner dazu bewegen, sich in fachärztliche Behandlung zu begeben ... O Gott, man konnte so vieles tun und doch im Grunde genommen gar nichts, wenn der alte Schuh, der nebenan auf einem Stuhl lag, zu einer Wahnidee geworden war. Es gab Elektroschocks, Insulinschocks, es gab eine Vielzahl von Psychopharmaka, und es gab als letzten Ausweg die Einweisung in eine Anstalt, wenn aus der Psychose eine Bedrohung der Umwelt, ein Terror wurde.

Daran zu denken war selbst Dr. Hannsmann schrecklich, obwohl er die ärztliche Notwendigkeit auf sich zukommen sah. Und sie kam mit Riesenschritten.

Gerd Sassner erhob sich plötzlich abrupt. Es kam so unvermittelt, daß Dr. Hannsmann zusammenfuhr.

»Doktor, Ihre Sorge ist rührend, aber Sie sehen, ich bin gesund. Wenn ich nur wüßte, wer Sie auf mich gehetzt hat!«

»Niemand. Mir fiel nur auf, daß Sie nervös sind.« Dr. Hannsmann erhob sich gleichfalls. Er blickte zur Seite, zu der fertiggemachten Spritze, die unter einem Aktendeckel lag, umwickelt mit sterilem Mull. »Und wenn Sie sich auf den Kopf stellen ... Blutdruck messe ich doch, Herr Sassner.«

»Der Ärzte letzte Weisheit – Blutdruck! Bitte.« Fröhlich zog Sassner seine Jacke aus, krempelte die Hemdsärmel hoch und hielt Dr. Hannsmann seinen Arm hin.

Der Arzt holte seinen Blutdruckmesser aus der Aktentasche, legte die Manschette um, pumpte auf und hielt sich nicht damit auf, auf das Manometer zu sehen. Den Blutdruck des Patienten kannte er auswendig. 140/150 ... bei einem Mann wie Sassner völlig normal. Er griff unter den Aktendeckel, zog die Spritze hervor, wickelte den Mull ab und schob die Luft aus der Kanüle. Mißtrauisch sah ihm Sassner zu.

»Was soll denn das?« fragte er.

»Ein harmloses Präparat zur Nervenstütze.« Dr. Hannsmann rieb schnell eine Stelle an Sassners Unterarm mit Alkohol ein. »Sie werden sehen, wie gut Ihnen das tut. Ein harter Vitaminknochen ist das!«

»Von mir aus! Wenn ihr Ärzte nicht stechen könnt, seid ihr unzufrieden. Jedem Kind sein Eimerchen, jedem Arzt sein Spritzchen. Aber machen Sie schnell, Doktor ... ich habe in zehn Minuten eine Art Staatsempfang. Ich muß Sie nach der Injektion hinauswerfen.«

Dr. Hannsmann nickte. »Sie werden sehen«, wiederholte er, »daß Ihnen diese Injektion neuen Lebensmut gibt ...«

»Als ob es mir daran mangelte!« Sassner lachte, als der Arzt einstach und schnell die wasserhelle Flüssigkeit in den Muskel drückte. Er rollte den Ärmel herunter, knöpfte die goldenen Manschettenknöpfe zu, zog die Jacke an und setzte sich dann plötzlich erstaunt in den Sessel. »Das ist ja ein Teufelszeug, was Sie mir gespritzt haben«, sagte er. Seine Zunge lag schwer im Gaumen, sie war kaum zum Sprechen zu bewegen. »Ich werde müde ... Doktor ... haben Sie nicht ... die Spritze ... verwechselt ... Ich ... Donnerwetter ...« Er versuchte aufzustehen, die Beine rutschten weg, er fiel in den Sessel zurück und ließ den Kopf nach hinten sinken.

Zehn Minuten später fuhr der werkseigene Krankenwagen aus einem der Fabriktore. Auf der Trage schlief Gerd Sassner. Dr. Hannsmann saß neben ihm und betrachtete das Gesicht des Schlafenden.

Was wird aus dir, dachte er. Auf dem Gipfelpunkt des Lebens schlägt es in dich ein wie ein Blitz.

Er wandte sich ab und sah vor sich hin auf den Wagenboden.

Unter der Trage lag der alte, zerrissene Schuh.

Man brauchte ihn noch, wenn Gerd Sassner wieder erwachte.

Die Untersuchungen dauerten eine Woche.

Sassner ließ sie über sich ergehen, ruhig, mit einem verträumten Lächeln, als wollte er sagen: Macht nur! Reibt euch auf an eurem ärztlichen Wissen. Was *ich weiß*, kann kein Abtasten, keine Enzephalographie, kein Messen der Hirnströme erklären.

Am ersten Tag, als er nach der starken Betäubungsinjektion im Bett seines im französischen Stil eingerichteten Schlafzimmers erwachte, hatte er noch aufbegehrt. Er wollte aus dem Bett springen, nannte Dr. Hannsmann einen Betrüger, der ihn überlistet habe, weigerte sich, Professor Seitz zu empfangen, aber dann gelang es Luise durch sanftes Zureden und durch Tränen, Sassners Sinn zu ändern. Tränen seiner Frau machten ihn weich. Er hatte Luise selten weinen sehen, eigentlich nur zweimal, beim Tode ihrer Eltern, und einmal, ein einziges Mal seinetwegen. Das war vor sieben Jahren, in den Dolomiten. Er hatte sich auf einer Skiwanderung verirrt, kam in einen plötzlich aufwallenden Bergnebel und verlor restlos die Orientierung. In einer Schutzhütte übernachtete er im fauligen Heu, müde wie ein Wolgaschlepper, hörte nicht das Bellen der Suchhunde und die Rufe der Suchtrupps. Als er am Morgen zurückkam ins Tal, fand er Luise in Tränen aufgelöst vor. Es war ein erschütternder Anblick, wie sie auffuhr, als er hereinkam, wie sie hell aufschrie und ihm um den Hals fiel. Und nun weinte sie wieder, nach sieben Jahren . . . das griff ihm ans Herz, er nickte, wurde friedlich und sagte: »Also gut . . . ich bin krank. Wie ihr wollt! Nun hör auf zu weinen, Rehlein. Mein Gott, was soll ich denn haben? Ich fühle mich pudelwohl! Was soll bloß Benno Berneck von uns denken . . .«

Nach acht Tagen Tests und Messungen, langen Unterhaltungen, die einem Psychiater Einblick in das Seelenleben des Patienten verschafften, denn nichts entblößt die Seele eines Menschen mehr als ungehemmtes Sprechen, machte Professor Seitz einen Vorschlag. Er besprach es zuerst mit Luise, und er war ehrlich und offen, denn es hatte keinen Sinn, die Dinge zu beschönigen.

»Ich schlage einen Klinikaufenthalt vor«, sagte er. »Ihr Gatte ist zwar körperlich von einer erstaunlichen Gesundheit, aber seine Psychose, seine Wahnidee, den alten Freund aus Kriegstagen, Leutnant Berneck, in diesem zerfetzten Schuh wiederzuerkennen, ist mit ambulanter Behandlung nicht zu beheben. Es ist überhaupt eine merkwürdige Umschaltung im Hirn Ihres Gatten vorhanden. Über alle Gebiete des Lebens kann man mit ihm reden . . . er ist im Besitz einer überdurchschnittlichen Intelligenz, er steckt voller neuer Pläne, die man sogar kühn nennen kann . . . aber sobald die Rede auf den Krieg kommt, sobald er den alten Schuh ansieht, verändert sich seine Mimik, und der psychotische Schub ist da!« Sie ist tapfer, dachte er. Sie sitzt da mit gefalteten Händen und nimmt alle Kraft zusammen. Und sie wird viel Kraft brauchen in den nächsten Monaten.

»Was kann man tun?« fragte sie, als Professor Seitz schwieg.

»Wie gesagt – Klinikbehandlung. Man kann durch Hypnose versuchen, die seelische Verkrampfung zu lösen . . . falls es eine seelische ist. Es kann aber auch eine neuralpathologische Sache sein . . . dann wird man es mit Schocks versuchen. Auf jeden Fall ist eine Klinik angezeigt, wenn wir weiterkommen wollen.«

Luise nickte. Sie fragte nicht weiter. Was konnte man ihr schon sagen? Gerd war krank . . . und das Fremde in ihm war so unheimlich, wie es unangreifbar war. Er saß im Bett, er scherzte mit den Kindern, er spielte mit ihnen Mensch-ärgere-dich nicht, er hörte Schallplatten, vor allem Beethoven, er las die Zeitungen, sprach telefonisch mit seinen Direktoren . . .

aber neben seinem Bett stand der alte Schuh . . . Luise senkte den Kopf. Ihre Mundwinkel zuckten. »Ein . . . ein Irrenhaus?« sagte sie kaum hörbar.

»Aber gnädige Frau!« Professor Seitz hob beide Hände. »Ich kenne eine hervorragende Privatklinik. Sie wird von Professor Dorian geleitet. Dorian hat einen internationalen Ruf als Neurologe und Neurochirurg. Er hat seine Klinik nur zu dem Zweck aufgebaut, Grenzfälle der Neurologie und der Psychiatrie zu behandeln. Sein Ärzteteam ist – um Superlative zu gebrauchen – einmalig. Ich habe bisher viermal mit Professor Dorian zusammengearbeitet, und jeder Fall wurde gebessert, drei sogar geheilt. Ich glaube, bei Dorian ist Ihr Gatte in den besten Händen, die es heute überhaupt gibt!«

»Dann würden Sie mit Professor Dorian sprechen . . .?«

»Schon geschehen.« Professor Seitz sah an Luise vorbei. Er schämte sich etwas, nach soviel umschweifenden Reden plötzlich mit vollendeten Tatsachen dazustehen. »Ein Zimmer ist reserviert. Dorian kennt ihren Gatten, vom Namen her. Er düngt seinen Klinikpark auch mit Sassner Volldünger«. Seitz versuchte ein befreiendes Lachen. »Ich glaube, daß wir uns gar keine Sorgen zu machen brauchen. Dorian wird diesen Leutnant Berneck schon verscheuchen. Wenn nur Ihr Gatte zusagt . . .«

Gerd Sassner sagte zu. Luise hatte keine Mühe, ihn von der Notwendigkeit eines Sanatoriumsaufenthalts zu überzeugen. Sie sagte Sanatorium, und Sassner nahm ihre Hand und streichelte sie. »Wenn du meinst«, sagte er. »Aber du bleibst auch da!«

»Natürlich, Gerd.«

»Und Benno kommt auch mit.«

»Auch Benno.« Sie schluckte. Wenn es eine Rettung gibt, dachte sie, reise ich mit dir und dem alten Schuh rund um die Welt.

»Dann los!« Gerd Sassner schob die Beine aus dem Bett. »Langsam wird es mir zu dumm, als Gesunder wie ein Kranker behandelt zu werden . . .«

Die Klinik Hohenschwandt lag in einem Gebiet der bayerischen Alpen, das noch nicht vom Fremdenverkehr und vom Massentourismus überschwemmt war. So etwas ist heute selten, aber es gibt noch Seitentäler, die nur von passionierten Wanderern durchstreift werden, denen Wege über Stock und Stein eine wahre Freude bedeuten.

Hohenschwandt war früher ein Herrensitz gewesen. Irgendein Graf hatte sich hier in der Wald- und Felseneinsamkeit ein Schloß erbaut und gehaust wie ein Adler. Das mußte vor langen Zeiten gewesen sein, denn niemand kannte mehr den Namen des Grafen. Nur soviel wußte man, daß er eine junge Frau heiratete und wegzog, weil die jungen Gräfin in dieser Einsamkeit trübsinnig zu werden begann.

Von da an bewohnte niemand mehr Hohenschwandt. Das Herrenhaus verschwand unter Efeuranken, die Stallungen und Gesindehäuser verfielen, ab und zu überwinterten hier Wanderburschen und Landstreicher. Nur einmal kam Hohenschwandt noch ins Gespräch, als die Zingler Steffi aus dem nahen Dorf Rambach vor dem Richter angab, der Buchhäusler Toni habe sie im Festsaal des alten Schlosses geschwängert.

Dann kam Professor Dorian. Woher er Kunde hatte von dem alten Schloß, wußte niemand. Er zeigte jedenfalls einen Kaufvertrag vor, der mit der staatlich bayerischen Schlösserverwaltung abgeschlossen war (ein Beweis, daß Hohenschwandt keine Erben mehr hatte und der Staat den Besitz übernommen hatte), und beschäftigte zwei Jahre lang alle Bauhandwerker der Umgebung mit dem Umbau des einsamsten Herrensitzes, den es wohl in Deutschland gab. Er ließ sogar eine Straße mit fester Asphaltdecke anlegen. In Rambach und in allen anderen Dörfern wußte man bald, was da entstand: ein Krankenhaus, ein ganz modernes Spital mit vierzig luxuriösen Zimmern, zwei Operationssälen, einem Laboratorium, einem Ärzte- und Schwesternhaus und einem Nebengebäude – es war der ehemalige Pferdestall –, in den man Käfige einbaute, lange Marmortische, Kühlräume und einen großen Raum mit einem Kreuz an der Wand. Eine Leichenhalle.

»Es soll eine Klinik für Spinnerte werden«, flüsterte man in Rambach und Umgebung. »Lauter Verrückte ... der Vossler Pepi hat's aus München mitgebracht, wo er Masseur an der Universitätsklinik ist. Dieser Professor Dorian ist ein Irrenarzt ...«

So wuchs die Einsamkeit Hohenschwandts noch mehr. Man machte einen Bogen um das alte, neue Schloß. Sogar die passionierten Wanderer sahen nur von fernen Hügeln auf den großen Park von Hohenschwandt hinunter und suchten mit Ferngläsern nach Menschen zwischen den Blumenrabatten und den in der Sonne weißleuchtenden, flachen Neubauten. Es ist so prikkelnd, Irre gefahrlos zu beobachten. Vielleicht zog sich einer nackt aus und sprang herum. Man hörte so vieles ...

Nur wer die Klinik Hohenschwandt betrat, erkannte sofort,

daß sie etwas anderes war als eine private, vornehme Heilanstalt für reiche Geisteskranke. In dem umgebauten Herrenhaus herrschte die sterile Geschäftigkeit einer kompletten Klinik. Hier dämmerten nicht arme Wesen ihrem Tod entgegen, Menschen, deren Gehirn auf geheimnisvolle Weise aus ihnen lallende, tobende, stumpfe, lachende, von Halluzinationen verfolgte, nur noch äußerlich menschenähnliche Körper machte, sondern in Hohenschwandt waren die Betten belegt mit Menschen, die von der Hand Professor Dorians aus einem unerklärlichen Tunnel ihres Lebens hinausgeführt wurden zur wirklichen Sonne, zum Licht von Erkennen und Erleben. Und diese Hand konnte streicheln, Erinnerungen verblassen lassen, Wahrnehmungen zerstören, und sie konnte mit dem Skalpell in dieses größte Geheimnis zwischen Himmel und Erde eindringen, in diese pulsende, zuckende, stumme, windungsreiche Masse von knapp 1300 Gramm, aus deren Labyrinth Genies und Alltagsmenschen, Gütige und Bestien, Prediger und Mörder, Redner und Stumme, Maler und Farbenblinde, Liebende und Hassende geboren wurden. Wie das alles entsteht, wer kann es erklären? Das Gehirn eines Schizophrenen, der sich einbildet, ein Hund zu sein, und bellend herumkriecht, oder der verzückt in den Himmel schaut und zuhört, was der heilige Antonius ihm erzählt, sieht pathologisch, im Schnitt, im Röntgenbild, herausgenommen aus der knöchernen Schale des Schädels, nicht anders aus als das Hirn eines Genies, dessen Denken die Menschheit vorwärtsbrachte.

Das Geheimnis ist unerklärbar. Man kennt die Ganglienzellen und ihre Fortsätze, die Neuronen, man weiß, daß von ihnen die Impulse unseres Lebens, unseres Tuns, unseres Denkens kommen, man ahnt die verschiedenen Koppelungen der Rindenfelder des Gehirns, und man greift ein in dieses verwirrende Schaltsystem, das komplizierter und erregender ist als jedes Elektronengehirn mit seinen Tausenden von Drähten und Transistoren ... und doch weiß man wenig oder gar nichts und steht immer wieder vor dem Rätsel, warum es Dumme und Kluge gibt, stumpfsinnige Idioten oder charmante Plauderer. Die graue Substanz des Zentralnervensystems, die große Masse des in Windungen gelegten, von feinen Blutbahnen gespeisten, von winzigen Nerven durchzogenen Gehirns schweigt auf alle Fragen. Sie reagiert nur ... sie ist ein Heiligtum im Menschen.

In Hohenschwandt hatte Professor Ludwig Dorian seine Klinik aufgebaut, um dieses letzte große Rätsel im Menschen zu entziffern. In den vierzig Zimmern lagen Patienten, die außerhalb des täglichen Lebens standen. Psychotiker, Manisch-Depressive, Schizophrene, Neurotiker, Psychopathen, Hirntraumatiker und endokrine Kranke. Sie alle hofften auf Dorian. Ein Teil von ihnen war operiert worden. Dorian hatte ihren Wahn beseitigt durch eine Operation, die zuerst der portugiesische Arzt Dr. Moniz versucht hatte, die Leukotomie, die Durchtrennung von Bahnen im Stirnhirn.

Sie wurden von ihrem Wahn geheilt, aber sie veränderten ihre Persönlichkeit. Ihr Niveau sank, sie wurden still und verträumt, freundlich und zufrieden. Ein Schnitt nur ... und ein anderer Mensch kam vom OP-Tisch herunter. Freeman, der große Psychochirurg, sagte einmal von diesen Leukotomierten: »Es liegt etwas von einem Kind in dem heiteren und ungebundenen Benehmen eines operierten Kranken.«

Für Dorian war genau das der Grund, Hohenschwandt aufzubauen. Ein Gedanke hatte ihn wie ein Blitz getroffen, und dieser Gedanke wuchs in ihm zu genialer Aufgabe: Ein Mensch verändert sich durch einen Hirnschnitt ... warum kann man nicht durch andere Schnitte im Hirn aus unheilbaren Kranken Gesunde machen? Aus Melancholikern fröhliche Menschen, aus Psychopathen normale Bürger, aus Wahnsinnigen Vernünftige?

Wie wäre es, wenn man die Ganglien anders koppeln, umschalten oder blockieren würde? Wenn man eingreift in dieses Heiligtum unter der Hirnschale und die einzelnen Rindenfelder mit ihren genau festgelegten Funktionen ausschaltet, beeinflußt, aktiviert, je nachdem, welche Reaktion für die Gesundung gebraucht wird?

Wie wäre es, aus einem Wrack einen lebensfähigen, klugen, empfindsamen Menschen zu schaffen ... durch einen einzigen Schnitt, durch eine Elektrokoagulation, durch eine Sauerstoffspeisung der vernachlässigten Zellen, durch ... durch ein Wunder mit dem Skalpell?

Dorian glaubte an dieses Wunder.

Im Haus VI, dem ungebauten Pferdestall mit den Käfigen, den langen Marmortischen und der angrenzenden Leichenhalle, die nur selten mit einem Patienten aus Hohenschwandt belegt war, lebten vierzehn Menschenaffen, zehn Hunde, zehn Katzen und neunundvierzig wohlgenährte Ratten.

Hier stand Dorian oft, ohne Sinn für die Zeit, an den Marmortischen und operierte. Hier maß er die Hirnströme seiner Schimpansen, Orang-Utans und des riesigen Gorillas, den ihm ein Großwildjäger mitgebracht hatte. Hier beobachtete er die Ratten, die Hunde und Katzen, die nach Hirnoperationen miteinander spielten, als seien sie Freunde. Hier sah er, wie durch sein Messer die animalische Angst verschwand, wie ein Schimpanse nach Musik aus einem Plattenspieler zu tanzen begann und ein anderer sich aus gezapften Brettern eine Hütte baute, eine einwandfreie Intelligenzleistung, hervorgelockt mit dem Skalpell durch einen Hirnschnitt.

Diese Operationen fanden unter normalen OP-Bedingungen statt. Die beiden Oberärzte der Klinik Hohenschwandt assistierten: Der junge I. Oberarzt Dr. Bernd Keller und der II. Oberarzt, Dr. Franz Kamphusen, ein ehrgeiziger, etwas verkrümmt gehender Mann, der Dorian kritiklos bewunderte.

»Er wird es schaffen«, sagte er immer wieder zu Dr. Keller. »Warum stehen Sie eigentlich immer in Opposition? Sie sehen doch die Erfolge!«

»Ein Affe ist kein Mensch.« Dr. Keller überflog den letzten Operationsbericht, den ihm Professor Dorian gegeben hatte. Er sollte die Grundlage zu einem Vortrag sein, den Dorian morgen halten würde.

Die Vorträge des Professors fanden jeden Monat einmal statt und waren berühmt. Dann wurden die umliegenden Dörfer von Ärzten, Wissenschaftlern, Studenten und Forschern überschwemmt, die Gasthäuser waren ausverkauft, ein Hauch der großen Welt des Geistes durchzog die Dorfstraßen, die Bauern hatten ihre Stammgäste, »ihren« Professor, in den Dorfschenken diskutierte man, was man aufgeschnappt hatte.

»Die Spinnerten schneidet er auf«, sagte man voll Ehrfurcht beim Maßkrug. »Und 's Hirn operiert er. Der kann mit'n Messer an neuen Menschen mach'n. Geh nauf, Zenzi, und laß di oparieren, damit nicht so fad bist beim Fensterln...«

An diesem Tag vor dem neuen Vortrag verließ Oberarzt Dr. Keller den »Tierbau«, den Operationsbericht in einer hellblauen Mappe unter den Arm geklemmt. Dr. Kamphusen blieb zurück, er starrte auf den riesigen Gorilla, der in seinem Käfig hockte und ihn mit einer fast menschlichen Vertraulichkeit angrinste.

Im Garten, der zwischen dem Herrenhaus und dem »Tierbau« lag, kam Dr. Keller ein Mädchen in einem weißen Kittel entgegen. Sie lief ihm entgegen und winkte mit beiden Händen, stehenzubleiben. Dr. Keller verhielt den Schritt.

»Was ist mit Papa los?«

Es war eine atemlos hervorgestoßene Frage. Das Mädchen,

mittelgroß, sportlich, mit kurzgeschnittenen braunen Haaren und einem kecken Gesicht, glich in gar nichts ihrem berühmten Vater. Wenn Töchter im allgemeinen ihren Vätern gleichen, so war hier die Natur in die Laune verfallen, Angela Dorian ganz nach dem Bild der Mutter zu schaffen. Bilder waren auch das einzige, was von Vera Dorian übriggeblieben war, nachdem sie vor neunzehn Jahren an einem Tumor gestorben war, unter den Händen ihres Mannes, der die Operation wagte, nachdem alle Chirurgen Vera Dorian für inoperabel erklärt hatten. Sie hatten recht behalten. Seit diesem Tag verströmte sich alle Liebe Dorians über seine Tochter Angela ... in ihr sah er seine junge, unvergessene Frau wieder, in ihr lebte sie weiter. Das äußerte sich auch darin, daß Dorian seine Tochter trotz ihrer dreiundzwanzig Jahre noch immer »Kind« nannte. Es war für ihn der größte Kosename.

»Was soll los sein?« Dr. Keller hatte ein verschlossenes Gesicht.

»Es hat wieder Krach gegeben, nicht wahr?«

»Die Ansichten gehen auseinander, weiter nichts.«

»Weiter nichts!« Angela Dorian fuhr sich mit beiden Händen durch die kurzgeschnittenen Haare. Sie konnte in solchen Augenblicken wie ein trotziger Junge aussehen, wenn man die gerundeten Formen unter dem weißen Kittel vergaß. »Weißt du, was Papa gesagt hat? ›Wenn er so weitermacht, sehe ich sehr schwarz. Ich kann keinen Schwiegersohn brauchen, der meine Arbeit torpediert!‹ Was hast du denn da wieder angestellt?«

Dr. Keller legte den Arm um Angelas Taille und schob die blaue Mappe vor. Sein Mund war etwas verkniffen.

»Es liegt mir nicht, wie Kamphusen zu lobhudeln, sobald der große Dorian aus einer Katze ein Mäuslein macht. Kennst du sein Thema für morgen?«

»Nein!« Angela sah auf die blaue Mappe.

»Persönlichkeitsbereinigungen durch Eingriffe in Funktionsabschnitte der Großhirnrinde und die Möglichkeiten dieser Eingriffe im menschlichen Hirn ...« Dr. Keller drückte die blaue Mappe wieder an sich. »Dein Vater hat den Schritt vorwärts gemacht, wo Medizin Frevel sein kann! Er glaubt an die Möglichkeit, Geisteskrankheiten operativ zu heilen.«

Angela Dorian schwieg. Sie gingen hinüber zu dem efeuumrankten Herrenhaus und sahen, daß Professor Dorian am Fenster seines Arbeitszimmers stand und zu ihnen hinabblickte.

»Wenn es ihm gelingt, Bernd...« sagte sie leise.
»Ich halte das alles für verfrüht! Das habe ich ihm gesagt, weiter nichts.«
»Und wenn seine Methode Erfolg hat? Wir alle kommen mit ihm nicht mit. Wir wehren uns bloß, weil er uns um Jahrzehnte voraus ist. Bernd...« Sie blieb stehen und legte die Arme um Kellers Nacken. Professor Dorian oben am Fenster wandte sich ab und trat ins Zimmer zurück. Es tat ihm weh, Angela als halbes Eigentum eines anderen zu sehen. Eine Tochter wegzugeben, auch wenn es an einen Mann wie Dr. Keller war, dessen Begabung unzweifelhaft war, der mit achtundzwanzig Jahren vor seiner Dozentur stand und ein Chirurg mit gottbegnadeten Händen war, ist immer ein Stich ins Herz. »Um unserer Liebe willen, Bernd«, sagte sie flehend, »versuche ihn zu verstehen.«
»Solange er am Tier bleibt, bitte... aber ich werde mich weigern, mitzumachen, wenn er das am Menschen versucht. Verhüte Gott, daß er jemals auf diesen Gedanken kommt. Theoretisch tut er es bereits...«
»Danke, Bernd.« Sie gab ihm einen flüchtigen Kuß, hakte sich bei ihm unter und ging mit ihm ins Haus.

Der Vortrag Professor Dorians wurde zu einem Spektakulum.
Nach den rein theoretischen Teilen, nach Röntgenbildern, Zeichnungen, Erklärungen und einem kurzen Filmbericht, ließ Dorian die große Sensation in den Vortragssaal. Er bettete sie ein in Spannung, er sah seine Gäste in der ersten Reihe sinnend an... Professorenkollegen aus zwölf Ländern. Dahinter, gestaffelt wie im Hörsaal der Universität, Ärzte aus allen Teilen Deutschlands, Studenten, Psychologen, sogar vier Beamte aus dem Bundeskriminalamt und dem Justizministerium. Was Professor Dorian in Hohenschwandt entwickelte, konnte sogar Rückwirkungen auf das Strafgesetzbuch haben.
»Oberarzt Dr. Keller wird Ihnen nun meinen neuesten Fall vorführen«, sagte Dorian. Er war keine imponierende Gestalt, kein strahlender Romanheld, sondern eher ein alltäglicher Mensch mit einem weißen Haarkranz um die hohe Stirn, blauen, verträumten Augen, vollen Lippen und einer zierlichen Gestalt. Man hätte ihn für einen Archäologen halten können, der sich vergrub in die Inschriften alter Papyrusrollen. Nur wenn er sprach, spürte man etwas von der ungeheuren Kraft in ihm... seine Stimme konnte sanft sein, sich aber auch erheben wie eine Fanfare und die Zuhörer mitreißen.

»Bitte . . .« sagte Dorian jetzt. Er nickte Dr. Keller zu. Dieser verließ den Saal durch eine kleine Tür und kam nach wenigen Augenblicken zurück. An der Hand hielt er den riesigen Gorilla. Der Affe trottete neben ihm her, das Maul etwas offen, die scharfen weißen Zähne gebleckt, die Augen, schwarze Kugeln, musterten die Ansammlung von Menschen. Sie stinken, diese Menschen, schien der Blick zu sagen. Sie stinken fürchterlich. In der Mitte des Raumes, vor dem Demonstrationstisch, blieben Dr. Keller und der Gorilla stehen.

»Johann«, sagte Professor Dorian wie scherzend. »Geboren in Uganda. Zehn Jahre alt. Er kam mit sieben Jahren zu mir, ein wilder Bursche, der die Eisenstäbe aus seinem Käfig riß. Sehen Sie nur seinen Bizeps, meine Damen und Herren, diesen Thorax, doppelt so ausgeprägt wie bei einem athletischen Menschen. Hochaufgerichtet mißt Johann genau zwei Meter neunzehn. Ein Prachtkerl! Vor drei Jahren operierte ich ihn zum erstenmal. Ich machte einen Eingriff in die Felder 9, 10 und 47. Sie sehen, aus einem ungebändigten Urwaldtier ist ein sanfter Knabe geworden, der aufs Wort hört, alle tierischen Zerstörungsinstinkte verloren hat und – wäre er ein Mensch und Triebverbrecher – zwar etwas stumpfsinnig, aber doch resozialisierbar sein würde.« Professor Dorian machte eine kleine Pause.

Der Gorilla Johann grinste in die Menge. Er stand nun frei, ballte die Fäuste, trommelte gegen seine mächtige Brust und grunzte. Von der anderen Seite kam Angela Dorian in den Raum. Ihr folgte Dr. Kamphusen. Er trug ein Tonbandgerät in beiden Händen, stellte es auf den Tisch und schloß es an den Stecker an.

Johanns riesiger Kopf schwenkte herum. Er sah das Tonband. Wie ein glückliches Lachen zog es über sein Affengesicht, er begann, auf seinen stämmigen Beinen hin und her zu stampfen und beugte den Schädel vor, als wolle er etwas hören. Professor Dorian lächelte.

»Johann wurde vor drei Wochen noch einmal operiert. Durch ein Verfahren, das ich Ihnen noch erklären werde, aktivierte ich seine Hirnfelder 22 a, 47, 20 und 21, also die Zentren für Wahrnehmungen von Musik, Erkennen von Melodien, akustische Aufmerksamkeit, Tonempfindungen und Sinnverständnis für Musik. Und nun sehen und hören Sie, wie Johann durch diese Operation auf einem begrenzten Gebiet das Trennende zwischen Affe und Mensch überwunden hat.«

Dorian nickte seiner Tochter zu. Angela stellte das Tonband an. Eine einfache Melodie erklang, gespielt auf einem Klavier. Ein Kinderlied konnte es sein, ein melodischer Bogen, der ins Ohr ging – wenn man ein Mensch war.

Der Gorilla Johann hörte mit dem Stampfen auf. Er lehnte sich gegen den Tisch, reckte die Brust weit heraus, nahm – die Zuschauer sahen es mit einem Schauer zwischen Entsetzen und Ergriffenheit – die Haltung eines Sängers ein ... und dann begann der Riesenaffe zu singen, mit einer tiefen, sonoren Stimme, voll und wohltönend. Und er sang im Zusammenklang mit dem Klavier so lange, bis Angela auf einen neuen Wink Dorians das Tonband wieder abstellte.

Johann sank zusammen. Wie ein Kind tastete er nach der Hand Dr. Kellers und war zufrieden, als er sie gefaßt hatte und an seine breite Brust drücken konnte.

Im Saal war es totenstill. Was man gesehen und gehört hatte, war ungeheuerlich, unbegreifbar, war ein Eingriff in die göttliche Schöpfung.

»Ich bitte um eine kurze Pause, nach der ich Ihnen die Operation am Modell erklären werde«, sagte Professor Dorian abgehackt. Auch ihn überwältigte immer wieder der Erfolg seiner Hände. »Ich danke Ihnen.«

Er machte eine kurze Verbeugung und verließ den Saal.

Niemand klatschte, keine Füße scharrten Anerkennung... der Bann lag noch über allen, die dieses Wunder gesehen hatten.

Dr. Keller warf einen schnellen Blick auf Angela. Auch sie sah in diesem Moment zu ihm hin, und ihre Blicke trafen sich.

War hier die Grenze ärztlichen Forschens überschritten?

Oder war hier ein Weg, vielleicht der einzige, geisteskranke Menschen zu heilen?

Die Tür in ein wildes, unbekanntes Land war aufgestoßen.

Gerd Sassner traf gegen Mittag in der Klinik Hohenschwandt ein.

Dr. Hannsmann begleitete ihn, er saß vorn neben dem Chauffeur, den man zu völligem Stillschweigen verpflichtet hatte. Im Fond lehnte Sassner neben Luise, genoß die Autofahrt und erzählte Erinnerungen an Bergtouren, die er als junger Mann unternommen hatte. Vor ihnen auf einem Kissen lag der alte Schuh. Vor allem ihm erklärte Sassner die Landschaft.

»Benno ist zum erstenmal in den Alpen«, sagte er. »Es war

schon immer sein Wunsch, die Berge zu sehen. Aber der Krieg hat alles geändert.«

Professor Dorian selbst begrüßte Sassner auf Hohenschwandt. Von Rambach aus, wo man tankte, hatte Dr. Hannsmann die Klinik angerufen. Dr. Keller holte Dorian aus dem »Tierhaus«, und nun ging der Professor dem Wagen entgegen und streckte Sassner wie einem guten alten Bekannten beide Hände hin.

»Willkommen!« rief Dorian. »Sie haben ein Wetter mitgebracht! Seit Tagen warten wir auf die Sonne... Sie kommen an, und schon ist sie da! Sie scheinen ein Glücksbringer zu sein.«

Luise stieg mit zuckenden Lippen aus dem Wagen. So begrüßt man Irre, dachte sie bitter, und ihr Herz krampfte sich zusammen. Immer bei Laune halten. Frohsinn ist die beste Therapie. Sie schrak zusammen, als sie Professor Dorians Stimme hörte, der mit dem Ausdruck höchsten Entzückens seinen neuen Patienten begrüßte.

»Ah! Da ist ja auch unser lieber Freund Benno Berneck. Daß Sie mitgekommen sind, ist besonders lieb.« Dorian nahm den alten Schuh vom Kissen, trug ihn unter das Säulenvordach und reichte ihn weiter an Dr. Keller, der ihn mit der gleichen freundlichen Miene übernahm. Sassner sah sich triumphierend nach Luise und Dr. Hannsmann um. Das sind Menschen, sagte sein Blick. Sie haben ein Herz für echte Freunde. Ich bin glücklich, hier unter Gleichgesinnten.

Man führte Sassner in Zimmer 12. Vom Fenster aus hatte er einen weiten Blick über Park, Bach und Berge. Es war eines der besten Zimmer. Die Möbel waren in Pastellfarben gestrichen, mild, nicht aufreizend, beruhigend. Der Zusammenklang zwischen Natur und Mobiliar war vollkommen, eine Demonstration der Farben-Physiologie in der Therapie.

»Herrlich!« sagte Sassner und trat an das Fenster. »Hier kann man sich wirklich erholen! Obgleich ich völlig gesund bin.«

»Erholen muß man sich, wenn man gesund ist«, sagte Professor Dorian und riß das Fenster auf. »Wer sich erst erholt, wenn er krank ist, hat den Sinn der Erholung nicht begriffen. Es heißt nicht, Kraft zurückzugewinnen, sondern Kraft zu erhalten. An diesem Mißverständnis scheitern die meisten Erholungen.«

Während Sassner sich mit Hilfe von Stationsschwester Ingeborg im Zimmer einrichtete, die Koffer auspackte und sich nebenan im Bad duschte und den Reisestaub wegspülte, saßen

Professor Dorian, Dr. Keller, Dr. Hannsmann und Luise Sassner im Chefzimmer zusammen und tranken ein Glas Rotwein. Dorian hatte die von Professor Seitz übersandte Krankengeschichte studiert. Der Fall lag für einen Psychiater klar, und Dorian sprach es aus. Er liebte Ehrlichkeit.

»Ihr Gatte leidet an einer nicht sehr seltenen Form der Schizophrenie, die zu Störungen der Person führt. Wir nennen diese Art die ›doppelte Buchführung‹. Der Kranke lebt ›doppelt‹ ... in seiner realen Welt und in einer wahnhaften Welt. Er ist diese Person und zugleich auch die andere Person, ohne daß sich beide aufreiben oder stören. Das gibt es oft. Man muß nur in den Untergrund tauchen und herausfinden, warum er ›doppelt‹ lebt. Dann haben wir schon viel gewonnen.«

Luise hörte die Worte an sich vorbeiklingen, sie verstand sie wohl, aber ihre Gedanken waren bei ihrem Mann. Nun sitzt er oben in seinem Zimmer, dachte sie. Er sieht glücklich über das Land, freut sich, hier zu sein und begreift nicht, daß es eine Anstalt ist. Und er hat den schrecklichen Schuh neben sich und unterhält sich mit ihm.

Sie senkte den Kopf und weinte plötzlich. »Können ... können Sie ihn retten?« fragte sie unter Schluchzen. »Haben Sie Hoffnung?«

»Wenn wir die nicht hätten, müßten wir aufhören, Ärzte zu sein!«

Professor Dorian beugte sich vor und ergriff Luises Hände. Sie waren eiskalt und wie leblos. »Nur bitten wir um eins: Geduld! Ein Blinddarm heilt in zehn Tagen ... Das Gehirn ist langsamer. Geduld und Hoffnung ... das muß Sie stark machen, liebe gnädige Frau ...«

Am Nachmittag gingen Sassner und Luise im Park spazieren. »Benno Berneck« war nicht dabei ... Professor Dorian hatte Sassner überzeugt, daß sein Freund Ruhe brauche. Die Reise habe ihn sehr angestrengt. So waren sie jetzt allein, saßen auf einer leicht zum Bach hinabfallenden Wiese und hatten die Arme umeinander gelegt wie damals vor zwanzig Jahren, als sie sich kennenlernten.

»Ich danke dir«, sagte Sassner.

»Wofür?« Sie lehnte den Kopf an seine Schulter. Daß sie ohne Schluchzen sprechen konnte, war ihr selbst wie ein Wunder.

»Daß du bei mir bist, daß ich hier sitze, daß ich einmal dem Moloch Fabrik entfliehen kann. Nicht nur für einen Sonntag, sondern für ein paar Wochen. Dieser Professor Dorian hat mich mit einem Satz überzeugt. Erholen sollen sich die Gesunden. Das ist völlig logisch ... erhalten ist besser als heilen! Wir leben alle falsch.«

Sie sahen hinüber zu den Bergen, und es war eine Stunde lang wie in der Blüte ihrer Liebe. Sie lagen nebeneinander, küßten sich, streichelten ihre Körper, fühlten ihr Blut in den Adern klopfen und spürten die Sehnsucht zueinander in ihrem schnellen Atem.

»Ich liebe dich«, sagte Sassner leise. »In deiner Nähe ist es, als stehe die Zeit still.«

Dann sah er in den blauen Himmel und war glücklich.

»Was schlägst du vor?« fragte Professor Dorian. Nachdem sich Dr. Hannsmann verabschiedet hatte und unbemerkt mit dem Chauffeur abgefahren war, benutzte Dorian die Stunde bis zum Abendessen, um seinen zukünftigen Schwiegersohn in die Therapie für Sassner einzuweihen. Dr. Keller, der die Krankengeschichte ebenso genau im Kopf hatte wie Dorian, sah an seinem Schwiegervater vorbei gegen die Wand.

»Wir werden die ganze Skala der Möglichkeiten abhandeln«, sagte er. »Zunächst müssen wir wissen, wie tief diese Spaltung des Ichs sitzt. Ich glaube, daß wir nach einem Elektroschock einen klaren Erfolg haben.«

Professor Dorian stand am Fenster und sah hinunter in den Park. Gerd Sassner kam von der Wiese zurück. Eng an ihn geschmiegt, von seinem Arm umfaßt, ging Luise. Sie kamen daher wie ein seliges Liebespaar.

»Ich werde in ihn eindringen«, sagte Dorian langsam. »Ich werde seine tiefste Seele nach oben kehren. Irgendwo in diesen Hirnwindungen sitzt ein Erlebnis, von dem er nicht loskommt und das nun hervorbricht mit elementarer Gewalt. Wir müssen ihn ausziehen, Bernd, seelisch völlig ausziehen ...«

»Hypnose«, erwiderte Dr. Keller kurz.

Dorian nickte. »Ja. Morgen vormittag werde ich Sassner hypnotisieren. Ich muß diesen Benno Berneck kennenlernen ... sonst ist alles verlorene Zeit.«

## 2

Das Abendessen fand im kleinsten Kreise statt. Professor Dorian hatte eingeladen; das Ehepaar Sassner, Dr. Keller, Dr. Kamphusen und Angela Dorian waren die einzigen Gäste. Man aß in einem Salon, dessen Rückwand fast nur aus einem riesigen Marmorkamin bestand. Sonst diente dieser Salon als Aufenthaltsraum für die Genesenden; heute war er gesperrt. Die meisten Patienten aßen auf ihren Zimmern, in denen sie sich nach ihren Vorstellungen eingerichtet hatten. Da gab es das Zimmer 19, wo ein Landgerichtsrat wohnte, der sich Lucius III. nannte und behauptete, ein römischer Kaiser zu sein. Er bekleidete sich mit dem Bettuch, das er wie eine Toga um sich wickelte, saß stundenlang vor einem großen Tisch und entwarf ein neues Rom, wozu er hölzerne Kinderbauklötzchen benutzte, und klagte mit erhobener Stimme immer wieder seinen Hofstaat an, daß man ihm keine Lustknaben zur Verfügung stellte.

»Was soll ein Imperator ohne sie?« schrie er. »Ist das ein Aufstand gegen mich? Jünglinge sind das Salz in der Suppe des schöpferischen Geistes...«

Dorian behandelte ihn mit Elektroschocks. In dieser Woche sollte »Lucius III.« seinen zwölften Schock erhalten.

Nur wenige Kranke waren so harmlos, daß sie gemeinsam essen durften. Für sie gab es einen kleinen Speisesaal, ganz in bayerischem Barock gehalten. Die Tische waren weiß gedeckt, es wurde auf Silber serviert, von einem Tonband klang gedämpfte Tafelmusik durch den Raum. Menuetts, Schäfermelodien, tänzerische Capricen... eine Welt von Sorglosigkeit und schwebender Eleganz.

Die Kranken gaben sich nicht anders. Sie erschienen zum Abendessen durchweg in Gesellschaftskleidung, die Herren im Smoking, die Damen im festlichen Kleid. Vier Schwestern bedienten, drei Pfleger, im Frack wie Kellner aussehend und auch ebenso gewandt im Bedienen, beobachteten die Essenden auf unruhige Reaktionen oder plötzlich auftretende Wahnschübe. Wurde einer der Patienten zappelig, sprang auf, begann sich zu entkleiden oder warf die Teller an die Wand, kamen zwei befrackte Pfleger zu ihm, nahmen ihn in die Mitte und führten ihn aus dem Speisesaal. Die anderen aßen dann ungerührt weiter.

Alle Vorgänge wurden auf Tonband festgehalten und von einer versteckt zwischen Stuckputten angebrachten Kamera gefilmt. Tag für Tag. Dr. Kamphusen entwickelte dann die Filme im eigenen Fotolabor und führte sie Dorian bei den täglichen Oberarztbesprechungen vor. Sie gaben wertvolle Aufschlüsse über das Verhalten der Kranken, wenn sie allein waren, denn saß einer der Ärzte mit im Speisesaal, so merkte man deutlich, wie eine Art Gehorsam die Kranken durchrann und sie sich – soweit es ihnen möglich war – bezwangen. Irgendwo in der Tiefe ihrer Seele, in einer Windung ihres kranken Hirns, beherrschte sie der Instinkt des Gehorsams vor dem Stärkeren, so wie ein Hund seinen Herrn anerkennt, ein dressierter Löwe seinen Dompteur, ein Reitpferd den Schenkeldruck seines Reiters.

Diese Filme, vor allem die Zeitlupenaufnahmen, die kleinste Bewegungs- und Regungsnuancen aufzeichneten, hatten schon viel dazu beigetragen, daß Dorian eine Therapie änderte, daß er auf Dinge aufmerksam wurde, die eine normale Beobachtung nie an den Tag gebracht hätte.

An diesem ersten Abend auf Hohenschwandt war Gerd Sassner bester Laune. Vital und körperlich gesund, aß er reichlich von dem zart gebratenen Roastbeef, trank ein paar Glas des blutroten Châteauneuf-du-Pape und nahm sich eine Zigarre aus der Kiste, die ihm Professor Dorian hinhielt.

Er war gesprächig und witzig, geistvoll und charmant gegen Angela Dorian ... nur als er ihr vorgestellt wurde und er den Namen Angela hörte, zog wieder ein Hauch von Melancholie über seine Augen. Aber es war nur ein Anflug, der sofort wieder verschwand. Den Namen Benno Berneck erwähnte er an diesem Abend nicht ein einziges Mal. Das war verwunderlich ... Dorian beobachtete ihn scharf mit seinen tiefblauen Augen. War es die Ruhe vor einem Sturm?

Luise saß neben Sassner und aß tapfer mit. Ab und zu lächelte sie ihren Mann an und fiel von einem Zweifel in den anderen.

Er ist nicht anders als sonst, dachte sie. So kennen wir ihn alle, wenn er in Gesellschaft ist. Man ist fasziniert von ihm. Er ist ein gutaussehender, eleganter, kluger Mann. Er wirkt auf Frauen, er weiß es ganz genau, er spielt mit ihren geheimen Empfindungen ... aber dann sieht er mich an, blinzelt mir heimlich zu, und das heißt: Wer kann dich übertreffen?

Und dieser Mann soll krank sein?

Professor Dorian lehnte sich weit zurück und sah auf seine glimmende Zigarrenspitze. Ein Pfleger im Frack des Kellners räumte den Tisch ab. Dr. Keller fuhr einen Barwagen heran,

Angela Dorian zerkleinerte mit einer Zange die Eisstückchen in einem Thermokessel. Irgendwo summte es kaum vernehmbar ... es konnte ein Ventilator sein, aber es war die Filmkamera hinter einem üppigen Gummibaum in der Ecke. Dr. Kamphusen hatte sie eingestellt.

»Erzählen Sie mir von sich, lieber Herr Sassner«, sagte Dorian freundlich. »Sie waren mir schon lange bekannt ... ich dünge mit Ihrem wirklich sehr guten *Humosan*. Mehr aber weiß ich nicht.«

»Wollen Sie einen Lebenslauf?« lachte Sassner. »Ich wurde am 19. August 1921 als Sohn ehrbarer Eltern in Krefeld geboren. Mein Vater war Postbeamter, meine Mutter stickte gern großgeblümte Tischdecken. Unsere ganze Verwandtschaft wurde damit versorgt. Ich erinnere mich, daß mein erster Spielanzug einen Latz hatte, auf den sie eine Ranke Klematis gestickt hatte ...«

»Um Gottes willen!« Professor Dorian hob lachend die Zigarre. »Nicht so, lieber Sassner.« Er senkte etwas den Kopf und warf einen schnellen Blick zu seinen Oberärzten. Die Kamera lief, das Tonband ebenfalls. Jetzt kommt ein Schlag, hier dieser kurze Blick. Achtung, aufgepaßt! Jetzt steche ich tief in ihn hinein, in dieses Unbekannte, das wir morgen erkennen werden.

»Erzählen Sie uns etwas ... na, sagen wir ... aus dem Krieg ...«

Sassners Gesicht veränderte sich nicht. Die Hände lagen still auf den Schenkeln. Nur die Füße bewegten sich, ganz leicht, scharrend.

»Warum?« fragte er. Der Klang seiner Stimme hatte sich verändert. Er war härter als sonst. »Ich hasse den Krieg, das vorweg. Ich hasse alles, was militärisch ist. Ich habe selten über den Krieg gesprochen, mit meiner Familie kaum, nicht wahr, Luise? Eigentlich gibt es nur einen, mit dem man sich darüber unterhalten kann. Mein Freund Berneck.«

Da war es! Dorians Augen sahen Sassner still und väterlich an. Was folgte nun?

Sassner schlug ein Bein über das andere und trank einen Schluck Wein. Beim Absetzen des Glases zitterte seine Hand ein wenig.

»Es war ein anstrengender Tag, Herr Professor«, sagte er abrupt. »Die Fahrt, die Luftveränderung, die Umgewöhnung ... haben Sie Mitleid und schicken Sie mich ins Bett.« Er erhob sich ruckartig. Dorian und die Ärzte folgten. Luise blieb sitzen, schmal, demütig, die Hände im Schoß gefaltet. Sassner warf einen kurzen Blick zu Angela Dorian. Sie hockte vor dem Kamin und legte ein paar Scheite auf das nur noch glimmende Feuer.

»Ich ... ich habe ein Einzelzimmer«, sagte Sassner stockend. »Wenn ich darum bitten dürfte, daß meine Frau ...«

Luises Kopf zuckte hoch. Ihre Augen schrien alle Qual hinaus, die ihr Inneres zerriß. Professor Dorian legte die Hand auf Sassners Arm.

»Das ist doch selbstverständlich. Während wir aßen, ist das Zimmer ummöbliert worden.«

»Ich danke Ihnen, Herr Professor.« Sassner ergriff Dorians Hand und drückte sie herzhaft. »Welches Zimmer hat mein Freund?«

»Zimmer elf, neben Ihnen«, antwortete Dorian ohne Zögern.

»Das ist schön. Gute Nacht, Herr Professor.«

Er gab jedem die Hand, Angela küßte er den Handrücken. Dann faßte er Luise unter und verließ den Salon, als sei eine Party beendet.

In der Ecke stellte Dr. Kamphusen Kamera und Tonband ab.

Die Nacht war mondhell und kühl.

Sie lagen eng aneinandergepreßt, nackt unter der Daunendecke, spürten beglückt die Wärme des anderen und die Glätte der Haut unter den streichelnden Händen. Das Fenster war weit geöffnet, mit der Kühle drangen auch die Geräusche der Nacht herein ... ein fernes Hundejaulen, Kreischen einiger Katzen, das Rauschen der Wälder hinter dem Herrenhaus, weit, weit weg der Pfiff einer Lokomotive. Dazwischen immer wieder Stille, aber nie vollkommen, vielmehr wie ein lautloses Atmen der Erde, das man nur ahnt.

»Bin ich verrückt?« sagte Gerd Sassner plötzlich.

Luise fuhr zusammen. Ihre Finger preßten sich gegen seine Lenden.

»Wie kannst du so etwas sagen, Gerd?«

Er lächelte. Im fahlen Mondlicht sah sie es deutlich. Ein wehes Lächeln.

»Glaubt ihr, ich weiß nicht, wo ich bin? Klinik Hohenschwandt ... das klingt hochherrschaftlich. Sicherlich ist es auch teuer. Aber trotz allem bleibt es doch ein Irrenhaus. Eine Klapsmühle in Samt und Seide.«

»Wie kannst du so etwas sagen?« wiederholte sie. Es fiel ihr keine andere Entgegnung ein. Außerdem hatte sie Angst. Zum erstenmal Angst in zwanzig Jahren neben ihm.

»Ich wette, hier sind die Gummizellen mit echtem Leder bespannt. Und wenn die Wärter schlagen müssen, sagen sie hinterher ›Entschuldigung, mein Herr‹!

»Du bist ekelhaft.« Luise rückte von ihm ab. Er rollte sich etwas zur Seite, griff nach ihrem weichen, warmen, glatten Körper und zog ihn wieder an sich. Liebkosend fuhr seine Hand über Brüste und Bauch und blieb auf ihrer Hüfte liegen. Sein Gesicht war dicht über ihr ... sie hatte es seit Jahren nicht so offen, so voller Sehnsucht gesehen.

»Du hast dich nicht verändert, Rehlein«, sagte er. »Du bist schön geblieben wie vor zwanzig Jahren. Und dabei haben wir zwei große Kinder, und es war nicht immer leicht in unserem Leben. Du aber bist geblieben, wie du warst. Man muß dich bewundern. Nur ich habe mich verändert...«

»Du? Gar nicht! Überhaupt nicht...«

Ihre Arme legten sich um seinen Nacken. Es war wie bei ihrer ersten Begegnung ... ihr Körper bebte in allen Nerven, sie wartete auf ihn, und sie hatte das Gefühl, vor Erregung weinen zu müssen, wenn er jetzt wieder gehen würde.

»Man hat mich in ein Irrenhaus gebracht! Warum? Was habe ich getan? Ich könnte mich wehren, meine Anwälte mobilisieren, ich könnte einen Skandal machen... aber warum? Ich beuge mich. Ich will sehen, was sie mit mir machen. Ich will wissen, wo und wie ich verrückt sein soll. Und dann werde ich ihnen beweisen, wie normal ich bin! Ich werde die ganze Psychiatrie ins Absurde führen! Man sollte diesen Doktor Hannsmann einsperren... er ist verrückt. Aber zum Glück habe ich ja einen Zeugen meiner Normalität: Benno Berneck.«

»Gerd!« Es war ein Aufschrei, dumpf und stöhnend. Sie riß seinen Kopf zu sich herunter, er fiel auf sie, deckte sie mit seinem Körper zu, eine schwere Last, die sie nicht empfand, seine Hände lagen neben ihren Schultern, und sie drückte sein Gesicht zwischen ihre Brüste, in dieses warme, duftende Tal, in dem sein Gesicht so oft gelegen hatte in den zwanzig schönen Jahren, manchmal stumm, manchmal tief atmend und erlöst, und so hielt sie ihn fest, mit aller Kraft und aller Verzweiflung.

»Sprich nicht weiter... bitte, bitte... sprich nicht weiter«, sagte sie in sein Ohr. »Ich liebe dich ... ich bin bei dir ... ich bin immer, immer bei dir . . . Ich werde nie aus deiner Nähe gehen . . .«

»Meine Frau . . .« Er drehte sich . . . das weiche Bett zwischen ihren Brüsten schien ihn zu betäuben . . . er lag still wie ein Kind, das sich in mütterliche Wärme flüchtete . . . und erst nach langer Zeit merkte sie, daß er schlief.

Da weinte sie.

Gerd Sassner hatte gut geschlafen und vor dem Frühstück lange gebadet. Er nahm seinen hellgrauen Anzug aus dem Schrank, band sich einen fröhlichen, gelb-blau gestreiften Schlips um und gab Luise, die im Pyjama und Bademantel auf dem kleinen Balkon des Zimmers in der Morgensonne saß, einen Kuß auf die Schläfe. Professor Dorian hatte angerufen und Sassner zur ersten gründlichen Untersuchung zu sich bestellt.

»Nun geht's los, Rehlein«, sagte Sassner. »Ich möchte die Gesichter fotografieren, wenn sie erkennen, daß ich völlig gesund bin!« Er sah auf seine Armbanduhr. Genau 10 Uhr. Mit ein paar langen Schritten ging er zur Wand und schlug mit der Faust dreimal gegen die Wand zum Nebenzimmer. »Der Kerl pennt noch immer«, sagte er dabei.

Luise starrte ihn an. Ihr Gesicht war blaß und klein. Ein kindliches Jungmädchengesicht.

»Wer?« fragte sie.

»Aber Rehlein! Benno! Er hat doch Zimmer elf.« Sassner sah in den Spiegel, befeuchtete die Fingerspitzen mit Spucke und strich sich die Schläfenhaare glatt. Dann winkte er Luise noch einmal zu und verließ pfeifend das Zimmer.

Professor Dorian begrüßte ihn im Untersuchungszimmer wie einen alten Freund. Dr. Keller hantierte im Hintergrund mit einigen Geräten. Eins von ihnen sah aus wie ein EKG . . . ein Papierstreifen mit Skaleneinteilung hing aus einem Schlitz. Dr. Keller verbeugte sich zu Sassner hin und lächelte ihm zu.

»Dann wollen wir mal«, sagte Dorian und deutete auf eine bequeme Liege. Sie war mit Leder überzogen – sag' ich es nicht, dachte Sassner ein wenig sarkastisch, hier sind sogar die Gummizellen elegant – und stand unter einer starken Leuchte, die noch nicht eingeschaltet war. »Sie haben sich so fein gemacht wie ein Hochzeiter im Frühling.«

»So fühle ich mich auch, Professor.«

»Ich muß Ihre Balzfarben zerstören, mein Lieber. Machen Sie den Kragen auf, ziehen Sie den Schlips herunter und legen Sie den Rock ab. Und dann aufs Sofa...« Dorian schien sehr fröhlich zu sein, obschon es dafür gar keinen Anlaß gab. Im Gegenteil: Der Gorilla Johann hatte seit heute morgen sechs Uhr eine Hirnblutung. Dr. Kamphusen war bei ihm und machte eine Trepanation zur Ausräumung eines epiduralen Hämatoms. Johann war plötzlich wild geworden und mit dem Schädel gegen die Eisengitter gerannt. Er tobte und brüllte schauerlich, versuchte die dicken Eisenstäbe zu verbiegen und reagierte auch nicht mehr auf das Tonband mit der Klaviermusik, zu der er sonst gesungen hatte.

Dr. Kamphusen narkotisierte ihn mit einem Schuß aus der Narkosepistole und stellte das Hämatom fest. Nun lag Johann auf dem Marmortisch, und sein Gehirn wurde zum drittenmal operiert.

Im Untersuchungszimmer zog Sassner seinen Rock aus, nahm die Krawatte ab und öffnete den Hemdkragen. Dann legte er sich auf die lederne Liege und machte es sich, wie Dorian gesagt hatte, bequem.

Dr. Keller ging zu den beiden Fenstern und zog die Vorhänge vor. Ein Halbdunkel ließ alle Konturen im Raum verschwimmen, es wirkte beruhigend. Sassner lächte Professor Dorian an, der vor ihm auf einem Stuhl Platz nahm.

»Ich bin weder ein spleeniger Filmstar noch ein verklemmter Manager oder ein von Minderwertigkeitskomplexen geplagter Politiker«, sagte Sassner etwas belustigt. »Das dürften ja wohl die Kunden solcher psychoanalytischer Sitzungen sein? Aber wenn es Ihnen Spaß macht, Professor... fragen Sie!«

»Ich weiß, Sie sind ein völlig normaler Mensch.« Dorian beugte sich vor. Dr. Keller kam mit einer Spritze, die Sassner ablehnend musterte.

»Muß das sein? Ich habe eine Abneigung gegen Injektionen.«

»Es muß sein, mein Lieber.«

»Dann los.« Sassner hielt seinen Arm hin. Dr. Keller stach ein, Sassner spürte kaum den Einstich und wunderte sich, daß er nicht müde wurde wie nach der Spritze von Dr. Hannsmann. Er stellte nur ein interessantes Phänomen fest... die Augen Professor Dorians hatten plötzlich die Kraft, seinen Blick festzunageln. Wie zwei blaue, kalt leuchtende Sterne waren sie vor ihm.

»Wie fühlen Sie sich?« fragte Dorian. Seine Stimme war sanft und einschmeichelnd. Es war Sassner, als spüre er körperlich, daß ein Ton streicheln kann.

»Gut, Professor.«

»Wir machen jetzt eine Entspannungsübung. Wir müssen ruhig, ganz ruhig werden. Und Sie müssen mithelfen, denn davon hängt alles ab. Entspannen Sie sich ... sehen Sie mich an ... ja, so ist es richtig ... Ihre Arme und Beine sind völlig locker ... alle Muskeln entkrampft ... Sie liegen da und spüren es kaum ... Sie sind fast schwerelos ... Nun schließen Sie die Augen ...«

Die Stimme des Professors wurde monoton, einschläfernd und doch besitzergreifend. Sassner überkam eine herrliche Müdigkeit. Er lächelte und wollte nicken, aber es war ihm, als läge er auf Watte.

Dorian beugte sich weit vor. Dr. Keller stand hinter Sassners Kopf. Neben ihm, auf einem Tischchen, lag ein Mikrofon, das zu dem Tonbandgerät führte.

»Nun schließen Sie die Augen ...« überspülte die monotone Stimme Dorians Sassners Willen. »Sie sind ganz ruhig ... ruhig ... entspannt ... gelöst von aller Schwere ... Sie sind ruhig ... entspannt ... ruhig ... so ruhig, als ob Sie gleich einschlafen wollten ... Sie sind so ruhig ... nun werden die Arme schwer, die Beine werden schwer ... alles wird schwer ... ganz schwer ... Sie schlafen ... schlafen ... ganz schwer alles ... ruhig ... schlafen ...«

Sassner lag mit geschlossenen Augen da und atmete tief und regelmäßig. Dorian hob die Augenlider hoch ... die Augäpfel waren nach oben gedreht. Dr. Keller reichte einen Reflexhammer hinüber.

»Jetzt öffnen Sie langsam die Augen wieder«, sagte Dorians zwingende Stimme. »Ja ... so ist es schön ... und sehen Sie auf die Spitze des Hammers ... Fixieren Sie die Spitze ...« Er ließ die Hammerspitze in 40 cm Abstand hin und her pendeln, und Sassners Augen folgten ihr, als würden sie durch Stricke gelenkt. »Immer auf die Spitze sehen ... die Spitze ... die Spitze ... und nun werden Ihre Augen müde ... so müde ... schrecklich müde ... sie fallen Ihnen zu ... sie fallen zu ... zu ...«

Sassners Kopf sank zur Seite. Er lag nun in tiefem hypnotischen Schlaf. Dorian gab den Reflexhammer an Dr. Keller zurück, rückte den Stuhl neben Sassners Kopf und legte seine Hand auf die Stirn des Patienten. Dann nahm er das Membranstethoskop aus der Tasche und horchte die Herztätigkeit ab.

»Katalepsie-Kontrolle«, sagte er leise. Seine Hand blieb auf

Sassners Stirn liegen. »Sie sind jetzt ganz steif ... Der Arm, das Bein, der Nacken, der ganze Körper ... alles ist steif ... nichts können Sie mehr bewegen ... nichts ... nur ich kann es ... ich lege einen Arm zur Seite ... er bleibt so liegen ... ganz steif ...« Dorian winkelte einen Arm des Patienten vom Körper ab. Man sah, wie sich Sassner in der Hypnose bemühte, den Arm zurückzuziehen. Es war unmöglich ...

»Anästhesie-Kontrolle.« Dorian nickte Dr. Keller zu. Zu Sassner sagte er monoton: »Sie haben gar keine Schmerzen ... alles ist schmerzlos ... Sie spüren gar nichts ... alles ist unempfindlich ... die Hand, der Arm, die Beine ... ich steche jetzt zu, aber was Sie spüren, ist wie ein Kitzeln ...«

Dr. Keller nahm die lange Nadel und stach Sassner in den Unterarm. Sassner lächelte breit, als kitzele ihn wirklich jemand. Sein Gesicht war völlig entspannt, sein Lächeln von unwirklicher Schönheit.

Professor Dorian wollte ganz sichergehen. Er exerzierte alle Phasen einer Tiefenhypnose durch, ehe er in die Seele Sassners griff.

»Lähmungskontrolle!« Die tiefblauen Augen starrten auf die geschlossenen Lider des Patienten, als gäbe es für sie keine natürlichen Jalousien. Der tiefe Blick in das Innere eines Menschen fand keinen Widerstand mehr. »Ihr Arm ist ungeheuer schwer ... so schwer ... Sie können ihn nicht mehr heben ... Sie sind wie gelähmt ... ja gelähmt ... nun heben Sie das rechte Bein, aber es geht nicht ... es geht nicht ... Sie sind so schwer, wie gelähmt ... so schwer ... es geht nicht ...«

Sassners Bein zuckte, die Fußspitze bebte, man sah, wie sich die Muskeln zu spannen versuchten, aber es war vergeblich. Der fremde Wille, der Wille Dorians beherrschte alle Funktionen des Patienten.

»Schlafkontrolle!« Dorian lehnte sich zurück. Der letzte Akt begann. »Diese Müdigkeit ... tiefe, tiefe Müdigkeit ... Sie schlafen jetzt ... ein erquickender Schlaf ... aber Sie hören trotzdem immer noch meine Stimme ... meine Stimme ... hören Sie ... und schlafen ... ganz tief schlafen ...«

Sassners Mund öffnete sich leicht. Dr. Keller machte eine Pulskontrolle, Dorian hörte noch einmal das Herz ab. Es war alles in Ordnung.

»Sehen Sie mich an!« sagte Dorian.

Sassners Lider klappten hoch. Er sah Dorian an mit dem Blick eines Kindes. Der Professor sprach suggestiv auf ihn ein:

»Es ist ein schöner Tag ... irgendwo in Rußland ... ein Haus ist da ... die Straße ist voller Schlamm ... es hat in der Sonne getaut, die Schneeschmelze hat alles im Schlamm versinken lassen, die Russen schießen nicht mehr, ihre Gräben sind voll Wasser wie unsere Gräben und Unterstände. Da kommt ein Kübelwagen, wir warten auf ihn, denn er kommt von der Divison zurück ... und in dem Wagen sitzt Leutnant Benno Berneck. Hallo, Benno. Guten Tag.«

»Guten Tag!« Sassners Stimme war klar und tief wie immer. Und doch war sie verändert. Sie wirkte straffer, jünger, forscher. »Aber das ist ein Irrtum. Ich war bei der Division. Und es war nicht in Rußland ... es war in Greifenberg in Pommern. Der 4. März 1945 ... Bärwalde war gerade von den Russen erobert, Danzig wurde abgeschnitten ... wir lagen einer Übermacht an Panzern und Artillerie gegenüber, wir erwarteten auch einen Stoß auf Greifenberg.

Seit Tagen liegen wir unter Beschuß, unsere Beobachter sehen geballte Massierungen sowjetischer Truppen ... die Bevölkerung flüchtet ... mit Handkarren, auf Bauernwagen, zu Fuß ... Frauen und Kinder und Greise ... alle Straßen sind verstopft ... sie wollen nach Küstrin und dann weiter nach Berlin. Berlin ist sicher, denken sie alle ... nach Berlin kommt der Russe nicht. Dort sitzt ja der Führer ... und der Führer wird niemals zulassen, daß ein Russe nach Berlin kommt ... Man spricht von einer neuen Armee, die den Iwan wieder zurückwirft, weit über die Weichsel zurück ... Ich war bei der Division. Lagebesprechung. Wir sollen uns zurückziehen zum Stettiner Haff, wenn der Russe nicht aufzuhalten ist. Stettin soll eine Festung werden, wie Königsberg.«

»Richtig! Greifenberg.« Dorian legte seine Hand auf die schlaffe Hand des Hypnotisierten. Er übernahm jetzt die Rolle des Leutnants Benno Berneck. Dr. Keller am Tonband kaute an der Unterlippe. Man ist ein abgebrühter Arzt, dachte er. Man lebt seit Jahren mit Geisteskranken zusammen. Aber immer wieder erregt mich dieser Spaziergang in der Seele eines anderen Menschen. Es ist faszinierend.

»Was gibt's Gerd?« fragte Dorian. Sassner hob die Schultern.

»Alles Scheiße, Benno. Nach vorn. Brückenkopf halten. Jede Stunde Verzögerung ist wichtig. Jede Stunde bringt Zeit zum Aufbau tiefer gestaffelter Linien.«

»Nun sind wir vorn, in der Hauptkampflinie ...«

»Ja. Greifenberg liegt hinter uns. Der Bunker ist Mist, Benno! Zu dünne Balkendecke. Wenn die einen Volltreffer draufsetzen...«

»Jetzt kommt der Russe! Er greift an.«

»Ja, verflucht! Panzer und Stalinorgeln! Benno, raus! Sie umgehen uns... sie stoßen auf Greifenberg zu. Sie treiben einen Keil genau auf die Stadt zu... Benno!«

Es war ein Aufschrei. Sassner fuhr hoch, sein Körper zuckte, wild schlug er mit den Armen um sich. »Benno, wo bist du?« Er hustete und wand sich auf der Liege. »Benno... gib doch Antwort...« Sassner streckte sich keuchend. »Jetzt sind wir im Eimer, Benno. Ich war vorn... der Ausgang ist weg... Wir sind verschüttet. Benno, Junge, nun wein doch nicht... sie graben uns schon noch aus... keine Angst... die vergessen uns nicht...«

Dorians Gesicht war plötzlich kantig. Das große Geheimnis wurde ihm offenbar, das Rätsel in Sassners Seele gab es nicht mehr.

Verschüttet. Lebendig begraben. Miterleben müssen, wie der Sauerstoff immer weniger wird, wie man erstickt, wie es kein Entrinnen gibt. Tot schon und doch noch lebend...

Was ist damals passiert, in dem verschütteten Unterstand bei Greifenberg? An jenem 5. März 1945, als die Russen mit zwei Keilen vorstießen, tief nach Pommern hinein und dann die untere Oder erreichten? Welches Drama spielte sich zwischen Benno Berneck und Gerd Sassner ab, diesen beiden jungen Offizieren, die nun begraben unter der Erde hocken, um einen Kerzenstummel sitzen, obgleich sie wissen, daß die winzige Flamme viel, viel köstlichen Sauerstoff verbraucht. Aber sie können nicht im Dunkel leben... sie müssen sich sehen, sie müssen die Grenzen ihres Grabes erkennen, sie müssen einen Schimmer Licht um sich haben, um nicht sofort wahnsinnig zu werden...

»Der Sauerstoff wird knapp...« sagte Professor Dorian eindringlich. Der letzte Schritt ins Unbekannte war getan. »Ich bekomme kaum noch Luft. Gerd... ich will nicht ersticken. Ich will weiterleben. Ich bin noch so jung...«

Sassner fuhr wieder hoch. Er saß jetzt, seine Augen weiteten sich. Plötzlich riß sein Mund auf, es war, als zerplatze sein ganzes Gesicht.

»Benno!« brüllte er. »Benno! Tu es nicht! Benno! Sie holen uns noch... Benno! Was willst du mit dem Stiefel? Gib den Stiefel her... du kannst doch nicht den Stiefel auffressen...

Bist du denn verrückt...« Sassner keuchte. Seine Arme schlugen um sich. Offensichtlich kämpfte und rang er mit Benno Berneck, wollte ihn zurückreißen. »Laß die Pistole liegen, Benno! Junge, beruhige dich doch! Benno –«

Ein heller Aufschrei. Sassner sank zurück, streckte sich, lag wie tot. Dann weinte er, schluchzte haltlos und wand sich wie in Krämpfen.

»Dann gruben sie uns aus...« sagte Dorian. Auf seiner Stirn perlte Schweiß und rann ihm über die Augen.

»Ja...« keuchte Sassner.

»Deutsche. Der Rückzug. Und Benno war tot. Er hatte sich erschossen.«

»Er ist nicht tot. Sie trugen uns nebeneinander ans Licht. Ich habe seine Augen gesehen... sie lebten...«

»Er ist tot...«

»Wer sagt das?«

»Ich. Ich bin Benno Berneck, und ich bin tot. Du bist jetzt ganz sicher, daß ich tot bin.« Die Stimme Dorians glitt über den noch immer zitternden Sassner. »Und auch der Stiefel ist begraben, mit mir, an meinen Füßen... er ist längst verfault... längst nicht mehr da... es gibt nur alte, zerrissene Schuhe, fremde Schuhe, die dich gar nichts angehen, die du wegwirfst, sobald du aus dem Schlaf erwachst... Hörst du... du wirfst den alten Schuh weg. Ich bin tot... Benno Berneck lebt nicht mehr... du wirfst alle alten Schuhe weg...«

Sassner wurde ruhiger. Seine Lider fielen wieder zu, er schlief. Nur sein Herz hämmerte noch wild, die Nerven zuckten durch den ganzen Körper.

Dr. Keller gab ihm eine Herzinjektion. Sein Gesicht war blaß. Dorian sah es trotz der künstlichen Dämmerung.

»So wirken Kriege«, sagte er. »Nach über zwanzig Jahren bricht es wieder hervor. Denken wir an den Bomberkommandanten, der die erste Atombombe über Hiroshima auslöste. Er wurde irrsinnig. Sein Kopilot kam in die Trinkerheilanstalt. Tausende hat der Krieg seelisch zerstört, ohne daß man es sofort sieht. Und in Vietnam wird es ebenso sein und überall, wo das Grauen stärker ist als die menschliche Kraft, es zu verarbeiten.«

»Und du glaubst, daß Sassner, wenn er wieder aufwacht, den Schuh wegwirft?«

»Ich möchte es sehnlichst hoffen.« Professor Dorian faltete die Hände im Schloß. »Ich habe alles getan, um ihm die Erinnerung zu nehmen, ihm den richtigen Weg, die Wahrheit zu zeigen ...« Er sah Sassner an, forschend, mit einer stummen Frage. Ist es gelungen? War es wirklich nur ein seelischer Schock? Hat ihn meine Kraft befreit? Oder werden wir ein böses Erwachen erleben? Sind in seinem Hirn Veränderungen aufgetreten, die niemand sehen kann, die keiner messen kann, die sich allen Untersuchungen entziehen? Ist hier wieder das große Tor ins Dunkel, wo unsere ärztliche Unwissenheit beginnt?

»Sie werden noch eine Stunde schlafen«, sagte Dorian zu Sassner und legte ihm wieder die Hand auf die Stirn. »Ein Wecker wird klingeln, Sie springen auf, ziehen sich an, fühlen sich erfrischt und herrlich gesund, gehen ins Zimmer elf, nehmen den alten, dreckigen Schuh und werfen ihn einfach aus dem Fenster. Ihr Kopf ist leicht und frei ... die Beine sind frei und leicht ... die Arme ... der ganze Körper. Sie können tief und herrlich atmen ... in jeder Hinsicht fühlen Sie sich wohl ... Sie werden die Augen öffnen, wenn der Wecker klingelt ...«

Luise Sassner wartete im Zimmer und starrte die beiden Pfleger an, die ihren Mann auf einer Trage hereinbrachten. Dr. Keller folgte ihnen, und auf ihn stürzte Luise zu.

»Was ist mit ihm?« stammelte sie. »Schläft er? Ist er noch in Hypnose?«

»Ja.« Dr. Keller zog einen Reisewecker auf, stellte die Uhrzeit ein und legte ihn auf den Nachttisch. Die beiden Pfleger hoben Sassner von der Trage ins Bett und entfernten sich wieder. »Ihr Gatte wird in einer Stunde geweckt. Tun Sie so, als habe er sich ausgeruht, seien Sie besonders freundlich zu ihm. Er wird sich zurechtmachen, ins Nebenzimmer gehen und den Schuh aus dem Fenster werfen. Rufen Sie uns sofort an, wenn er das getan hat. Wir wollen nicht in seiner Nähe sein, er soll ohne Beobachtung handeln. Und sprechen Sie nicht über das, was er tut.«

Luise nickte. Ihre Kehle war wie zugeschnürt. Ihr Blick bettelte um Aufklärung. Wie krank ist er? Hat Professor Dorian ihn geheilt? Wird er wieder sein wie früher ... unser lieber, fröhlicher Papi? Wird jetzt endlich alles vorbei sein ... bitte, sprechen Sie doch ein Wort, Doktor. Bitte ... bitte ...

Dr. Keller legte den Arm um Luises Schulter und führte sie hinaus auf den kleinen Balkon. In diesen Augenblicken ist ein Arzt wie ein Vater, auch wenn er soviel jünger ist.

»Es ist ein schreckliches Kriegserlebnis, das ihn belastete, ein Erlebnis mit diesem Benno Berneck. Er und Ihr Mann wurden zusammen verschüttet ...«

»Gerd hat nie darüber gesprochen. Wenn er doch bloß etwas gesagt hätte...« Luise wandte den Kopf zurück. Sassner lag auf dem Bett, groß, breit, stark, ein gutaussehender Mann, erfolgreich und klug... und da ist ein Erlebnis, das sich tief in ihn eingefressen hat, das ihn aushöhlt, das ihn seelisch zerstört, und keiner merkt es, bis es aus ihm herausbricht wie aus einem Vulkan.

»In einer Stunde wird alles vorbei sein«, sagte Dr. Keller. »Aber Sie müssen jetzt mitspielen, gnädige Frau. Sie müssen so natürlich und unbeteiligt sein, als habe Ihr Gatte wirklich nur ein Nickerchen gehalten und wache jetzt auf...«

»Ich will alles tun, alles, alles... wenn er nur wieder gesund wird.«

Dr. Keller drückte Luise die Hand und verließ dann das Zimmer.

Nach einer Stunde klingelte der Wecker. Luise zuckte zusammen. Dann nahm sie eine Zeitschrift und tat so, als lese sie. Sie saß in der offenen Balkontür, die Beine übereinandergeschlagen.

Gerd Sassner erwachte, dehnte sich, sah auf die Uhr und klatschte in die Hände. »Ich habe ja geschlafen...«, sagte er.

»Und wie!« erwiderte Luise hinter der Zeitschrift. »Schlafmütze!«

»Das bin ich! Aber jetzt fühle ich mich pudelwohl.« Sassner sprang vom Bett, reckte sich noch einmal und ging nebenan ins Bad. Luise hörte Wasser laufen, prusten – er wusch sich das Gesicht –, das Rascheln eines Handtuchs... dann kam er zurück, gekämmt und erfrischt, korrekt gekleidet, wie einem Jungbrunnen entstiegen.

»Einen Augenblick, Rehlein«, sagte er, trat schnell zu ihr und küßte sie auf die Augen. Sie ließ die Zeitschrift sinken und sah ihn glücklich an. »Vor dem Mittagessen gehen wir noch etwas spazieren. Der Tag ist zu schön, um ihn zu verschlafen. Ich habe nur noch schnell etwas zu erledigen...«

Er verließ das Zimmer mit festen Schritten. Luise rannte auf den Balkon. Gleich mußte nebenan das Fenster aufspringen... in wenigen Sekunden flog der alte Schuh hinaus in den Park.

Und alles, alles war wie früher. Nur eine Wolke war vorbeigezogen...

Zehn Minuten später schellte bei Dr. Dorian das Telefon. Dr. Keller und Dr. Kamphusen waren ebenfalls im Zimmer. Sie alle warteten auf diesen Anruf.

»Na also«, sagte Dorian zufrieden.

Er hob ab, Keller griff nach dem zweiten Hörer.

Luise Sassner. Ihre Stimme schwankte.

»Er hat den Schuh in unser Zimmer geholt und trinkt mit ihm Orangensaft. Helfen Sie, Herr Professor, helfen Sie ...«

Mit versteinertem Gesicht legte Dorian auf.

»Die Hypnose-Therapie ist mißlungen.« Sein Blick richtete sich auf seinen zukünftigen Schwiegersohn. Dr. Keller wich dem Blick aus. Ihn schauderte vor der stummen Frage in diesen blauen Augen. Und er kannte die Frage. Dr. Kamphusen war es, der ehrgeizige, dickliche, kritiklose Bewunderer Dorians, der sie aussprach.

»Operation? Herr Professor, wenn Sie Ihre neue Methode der Rindenfelder-Blockade in diesem Fall ...«

Dr. Keller hörte den Schluß nicht mehr. Er war hinausgelaufen.

Ein Arzt darf Gott helfen, dachte er, aber er soll ihn nicht versuchen!

Das Gehirn ist das letzte Heiligtum der Medizin ...

Noch einmal versuchte es Professor Dorian mit einer großen Kur: Er versetzte Gerd Sassner in einen vierzehntägigen Heilschlaf.

Luise durfte in dieser Zeit nach Hause fahren und sich um die Kinder, das Haus und die Fabrik kümmern. Was konnte sie in Hohenschwandt jetzt anderes tun als herumsitzen, ihren schlafenden Mann ansehen oder ruhelos im Park und den angrenzenden Bergwäldern spazierengehen?

»Wir versuchen es noch einmal«, hatte Professor Dorian gesagt, bevor man Gerd Sassner auf den Dauerschlaf vorbereitete. »Eine Schlafkur ist die Wegbereitung für die psychische Behandlung. Es muß uns gelingen, auf diesem Weg eine Therapie anzusetzen. Ich befürchte allerdings ...«

Er schwieg. Luise faßte nach seiner Hand, als müsse sie sich an ihm festhalten.

»Sagen Sie die volle Wahrheit, Herr Professor.«

»Ich befürchte, daß durch irgendwelche Ereignisse damals vor einundzwanzig Jahren auch das Hirn verletzt wurde. Es braucht nur ein Balken auf seinen Kopf gefallen zu sein, danach hat sich ein winziges Blutgerinnsel gebildet, das nun irgendwo sitzt und den ganzen Menschen verändert.«

»Nach soviel Jahren ...?«

»Eins wissen wir jetzt sicher: Ihr Mann leidet an einer Schreckneurose, und zwar an einer Kriegsneurose, wie wir sie schon oft beobachtet haben. Diese abnorme Erlebnisreaktion aber muß – ich will ganz ehrlich sein – mit einer traumatischen Neurose gekoppelt sein, sonst wäre die Hypnose nicht ein solch glatter Versager gewesen. Die Schlafkur wird uns das ganz klar zeigen.«

»Und... und wenn auch sie mißlingt?« fragte Luise leise.

Professor Dorian wich aus. »Warten wir es ab.« Das Wort Operation scheute er noch selbst. Es wird keinen anderen Weg geben, hatte er in diesen Tagen oft gedacht, wenn er allein in seinem Zimmer saß und immer wieder die Operationsberichte an seinen Tieren durchlas. Die letzten Nächte kam er kaum zum Schlafen... wenn in der Klinik Hohenschwandt alle Lichter ausgegangen waren und nur aus den Zimmern der Nachtschwestern das matte Licht hinaus in die Nacht fiel, ging er hinüber in den »Tierbau« und beobachtete stundenlang, oft bis zum Morgen, seine operierten Affen.

Johann, der Gorilla, lebte noch, aber er lebte als stumpfe, zottelige, schwarzbraun behaarte Masse Fleisch. Dr. Kamphusen hatte keine andere Möglichkeit gesehen, als ihn zu leukotomieren, und zwar so gründlich die fronto-thalamischen Bahnen zu durchtrennen, daß Johann zu einem Wesen ohne Eigenwillen wurde. Er hockte in seinem Käfig, spielte mit Holzklötzchen, grinste Professor Dorian an und hatte jegliche eigene Persönlichkeit eingebüßt.

Ich bin auf dem richtigen Weg, dachte Dorian in diesen langen Nachtstunden. Leukotomieren, das kann heute jeder Psychochirurg. Aber ich will die Kranken nicht stumpf machen - ich will sie heilen, aktivieren, sie sollen vollwertige Menschen werden, ich will sie erlösen von ihren Hirnteilen, deren Krankheit sie zu Irren degradiert, ich will andere Hirnteile mit ihren Ganglien zusammenkoppeln und zu vermehrter Tätigkeit reizen, damit sie einen Ersatzmenschen schaffen, der besser ist als der alte. Das ist ungeheuerlich, ich weiß... aber was war in der Medizin nicht ungeheuerlich, als es neu war? Dieffenbachs erste große Transplantationen. Albrecht v. Graefes Operationen des »Grünen Stars«. August Biers Lumbal-Anästhesie. Sauerbruchs Griff ans offene Herz. Die Herz-Lungen-Maschine. Die Kälte-Narkose.

Der Ersatz zerstörter Arterien durch Kunststoffadern aus

Teflon. Das Einpflanzen von »Schrittmachern« ins Herz, einem Motor mit Batterie, der das Herz zum Weiterschlagen anregt. Die eiserne Lunge. Die künstliche Niere. Demichows Hund mit den zwei Köpfen. Die russische Gefäßnahtmaschine. Die Polio-Impfung mit Lebendvakzinen. Die Anti-Baby-Pille.

Immer hieß es vorher: Unmöglich! Phantastereien. Die Medizin ist kein Tummelplatz für Sensationen und Spielereien.

Was aber wäre die Medizin heute ohne die großen Phantasten?

Und das Hirn? Soll es ein Heiligtum bleiben, in dem man sich nur voller Ehrfurcht vortastet, soweit man sehen kann? Ein Tumor... man schneidet ihn aus. Hämatome, man entlastet das Hirn von ihnen. Wucherungen, man nimmt sie heraus. Aber dann weicht man zurück. Das unbekannte Land bleibt verschlossen.

Es ist nicht unbekannt für mich, sagte Dorian sich immer wieder in diesen Nächten. Ich habe es durchwandert. Ich habe die Hirnrindenfelder blockiert und aktiviert, ich habe Hormone gespritzt und Vitamine. Ich habe die Nerven durch elektrische Reize zum Schwingen gebracht, tote Nerven bisher, aber sie waren ja nicht tot, sie schliefen bloß. Ich bin dem Geheimnis der menschlichen Intelligenz nachgeschlichen, ein Labyrinth war es aus Zellen, Nerven, Ganglien, Hormonen, Säften und deren phantastischem Zusammenspiel. Ich kann Menschen wie Gerd Sassner heilen. Ich brauche nur den Mut, zum erstenmal mein Skalpell an einem menschlichen Hirn anzusetzen.

Ein grandioser Mut.

In diesen Nächten entwickelte Professor Dorian einen Plan. Er zeichnete und rechnete, er las Berge von Fachliteratur und wußte dann, daß in den nächsten Tagen die letzten Zweifel zur Seite geräumt werden würden.

Unterdessen lag Gerd Sassner in tiefem Dauerschlaf.

In einem verdunkelten Einzelzimmer lag er, das durch eine Glaswand mit dem Wachraum verbunden war, von dem aus ein Assistenzarzt Tag und Nacht den Kranken beobachtete. Alle zwei Stunden wurden Blutdruck, Puls, Atmung, Temperatur und Schlaftiefe gemessen und in ein Berichtsbuch eingetragen. Dreimal täglich wurde ihm eine Ampulle Somnifen injiziert, die den Dauerschlaf bewirkte. An Sassners Bett stand ein Infusionsgalgen bereit... sechsmal täglich wurde er rektal ernährt mit einem Tropfeinlauf von 400 cm³. Es war eine 2,5prozentige Traubenzuckerlösung mit Zusatz von Vitamin C. Täglich spritzte ihm Dr. Keller eine halbe Ampulle Lobelin zur Stützung des Atemzentrums, jeden zweiten Tag 2 cm³ Becocym.

Gerd Sassner schlief vierzehn Tage lang. Seine Seele sollte ausruhen. Tat sie es?

Luise Sassner hatte diese beiden Wochen dazu benutzt, in ihrer Familie und in der Fabrik Klarheit zu schaffen. Das Zögern in Professor Dorians Stimme, seine ausweichenden Antworten, die um die volle Wahrheit herumschlichen, hatten ihr verraten: Gerd ist kränker, als wir alle denken. Dieser Sonntag im Wochenendhaus war nur ein Anfang ... was noch folgen wird, wer weiß es? Wir müssen uns damit abfinden – das ist das einzige, was wir mit Sicherheit wissen. Was hilft Klagen und Weinen? Was hilft die Frage: Warum? Warum gerade Gerd? Warum trifft es unsere glückliche Familie? Jetzt, nach zwanzig Jahren Aufstieg, Erfolg, Reichtum? Warum?

Es ist die Frage, die sich alle stellen, wenn ein Mensch sich verändert und aus der normalen Welt hinaustritt. Und es hat auf diese Frage noch nie eine Antwort gegeben.

Es war der schrecklichste Abend in Luises bisherigem Leben, als sie die Kinder links und rechts neben sich auf der Couch sitzen hatte, ihnen die Arme um die Schultern legte und sie an sich zog.

»Paps ist sehr krank«, sagte sie tapfer. »Der Professor in Hohenschwandt war ehrlich, ich will es zu euch auch sein. Keiner weiß, ob wir ihn so wiederbekommen, wie wir ihn alle kennen. Wir müssen alle sehr, sehr tapfer sein.«

Dorle nickte. Ihre Lippen zuckten. Sie bezwang ihr Weinen, sie wollte stark sein. Andreas starrte auf den roten Teppich. Er begriff das alles nicht so recht. Paps ist krank, das ist klar, dachte er. Die Sache mit dem Schuh, total verrückt. Aber Paps ist doch nicht verrückt! Das gibt's doch gar nicht.

»Es wird bestimmt wieder gut«, sagte er. »Die Ärzte übertreiben immer. Wie damals bei mir ... ein bißchen Fieber, belegte Mandeln, und schon wird der Hannsmann wild.«

»Natürlich, Andy.« Luise streichelte dem Jungen über das struppige Haar. Sie lächelte sogar. »Aber finden wir uns damit ab, daß wir Paps lange Zeit nicht wiedersehen. Ihr müßt jetzt zeigen, daß ihr schon groß seid, daß ihr allein mit euren Sorgen fertig werdet ... und wenn Paps dann nach Hause kommt und sieht: Alles in Ordnung, gute Zeugnisse, dann freut er sich besonders.«

»Ehrensache, Ma.« Andreas sah zu Dorle hinüber. Sie weinte, lautlos, die Tränen liefen ihr einfach aus den Augen. Andreas lehnte sich zurück in Luises Arm. Immer diese Heulerei, dachte er. Davon wird Paps auch nicht gesund.

In der Fabrik gab es keine Störungen. Der Betrieb arbeitete weiter. Der erste Direktor hatte die Leitung übernommen, das Labor Sassners der Chefchemiker. Die Versuchsreihen liefen weiter. Ein Gremium aus den Direktoren und dem Syndikus nahm die Geschäfte Sassners wahr. Jetzt erst sah man, was Sassner alles selbst getan hatte. Man bewunderte seine Arbeitskraft und seine Nerven.

»Wenn Ihr Gatte zurückkommt, gnädige Frau«, sagte der erste Direktor, als Luise den Direktoren kurz Bericht erstattet hatte, »wird er mit uns voll zufrieden sein. Die Auslandsverhandlungen stehen gut, die neuen Präparate schlagen ein. Jeder bedauert die Krankheit Ihres Gatten.«

Es steht alles gut. Die Fabrik arbeitet. Das Geld fließt herein. Es gibt keine finanziellen Sorgen.

Luise fuhr zurück nach Hohenschwandt.

Ich möchte arm sein, arm wie ein Bettler unter den Brücken von Paris ... wenn ich Gerd gesund wiederbekomme. Ganz gesund. So wie früher. Ich gäbe alles dafür hin. Aller Reichtum dieser Welt ist nichts gegen das Quentchen Gesundheit, das ihm fehlt.

Als sie in Hohenschwandt eintraf, kam sie in eine hochexplosive Atmosphäre.

Professor Dorian hatte sein großes, letztes Experiment vollendet: In einer Glasschüssel, die in einer ständig auf Körpertemperatur gehaltenen gläsernen Truhe stand, lag ein Affengehirn.

Das Gehirn lebte. Es wurde durch einen künstlichen Blutkreislauf ernährt, hatte die nötige Temperatur, die genau dosierte Sauerstoffmenge, im Blut schwammen Nährstoffe durch alle Hirnbahnen bis hin zu den kleinsten Verästelungen. Ein Gewirr feinster Drähte umspann das aus dem Kopf genommene Affengehirn und leitete die Ströme des lebenden Hirns zu einem Kurvenschreiber ... der unwiderlegbare Beweis, daß diese rosagraue breiige Masse auf dem Glasteller lebte und – was das Erregendste oder Schrecklichste war – daß sie vielleicht sogar dachte, empfand, wahrnahm.

Dr. Keller traf Professor Dorian allein im »Tierbau« an, wo er vor dem herausgenommenen Gehirn saß und es anstarrte. Dr.

Kamphusen hatte Klinikdienst. Es gab zwei Neuaufnahmen. Eine Schneiderin, die einen Schreibwahn hatte und mit roter Tinte unflätige Briefe an alle Regierungschefs der Welt schrieb, so auch an de Gaulle, dem sie empfahl, sich zum Wohle des französischen Volkes kastrieren zu lassen.

Der zweite Patient war harmloser. Er war Handelsvertreter und fiel in letzter Zeit dadurch auf, daß er sich die Hosen verkehrt herum anzog. Mußte er auf die Toilette, so suchte und suchte er, fand nicht den Schlitz und schrie darauf gellend um Hilfe, man habe ihn bestohlen und alles sei weg...

Dr. Kamphusen war voll beschäftigt.

Professor Dorian sah auf, als Dr. Keller in den OP des »Tierhauses« kam. In den letzten Tagen lag etwas Unheilbringendes in der Luft zwischen ihnen. Noch waren keine Worte gefallen, aber Dorian behandelte seinen zukünftigen Schwiegersohn wie einen jungen Assistenzarzt. Mußte operiert werden, so bestimmte er Dr. Kamphusen zur Assistenz. Dr. Keller blieb der Zimmerdienst, die Nachbehandlung. Eine deutliche Degradierung. Auch die Liebe zwischen Keller und Angela Dorian litt darunter.

Es war seit acht Tagen wieder das erstemal, daß Dr. Keller den »Tierbau« betrat. Fast wäre er zurückgeprallt, als er die gläserne Truhe und ihren Inhalt sah. Er brauchte nicht zu fragen, was es war. Dorian nickte kurz.

»Es lebt«, sagte er nüchtern.

»Ich sehe es.« Dr. Kellers Stimme war wie mit Rost belegt. »Von wem?«

»Von Johann. Er hat das menschenähnlichste Gehirn. Es lebt seit vier Tagen auf dem Glasteller. Ich habe vorhin die Rindenfelder 1, 2, 3a und 3b durch Schock veröden lassen... Johann ist jetzt schmerz- und temperaturunempfindlich. Sieh dir die Kurven an. Man kann ein gestörtes Wesen regulieren.«

Dr. Keller blieb an der Tür stehen. Das außerhalb des Körpers lebende Affengehirn faszinierte auch ihn. Welch ein Chirurg, dachte er. Wer macht Dorian so etwas nach? Wer kann ihm folgen auf diesem Weg in die Zukunft?

Gewaltsam schüttelte er den Bann dieser Minuten ab.

»Du willst Sassner also operieren?« fragte er hart.

»Wenn alles andere versagt – ja!«

»Und die Folgen? Ein winziger Fehler nur...«

»Es wird keinen Fehler geben!«

»Du bist kein Gott! Du bist als Mensch voller Fehler wie wir alle! Selbst einem Sauerbruch konnte ein Blinddarm sterben.«

Professor Dorian lehnte sich zurück. Er regulierte etwas an der Sauerstoffzufuhr, und sofort gab es andere Kurven auf dem Kontrollschreiber.

»Willst du nach München zurückgehen?« fragte Dorian.

Dr. Kellers Gesicht verhärtete sich noch mehr. Das war deutlich.

»Warum?« fragte er trotzdem.

»Ich habe das Gefühl, unsere Wege trennen sich. Es ist schade um Angela.«

»Wir lieben uns. Was hier geschieht, hat mit unserer Liebe nichts zu tun.«

»Oh, ein Irrtum! Ein großer Irrtum. Sehr viel hat es damit zu tun!« Dorian sprang auf. »Soll ich mir in meinem Schwiegersohn einen Feind großziehen, der mein Lebenswerk blockiert? Der kleinkariert denkt, im engen Kreis der heute praktizierten Medizin, der keinen Nerv für das Revolutionäre hat?« Dorians Stimme hob sich. Sie konnte in solchen Augenblicken fanfarenhaft klingen. »Geh nach München. Ab zu den Knochenbrechern! Schneide Bäuche auf, spalte Karbunkel, zähl die herausgenommenen Gallensteine. Wer am Hirn arbeitet, muß den Mut eines Tigers haben und die Demut einer Nonne. Und er muß Gott kennen. Was kennst du? Das Lehrbuch der Chirurgie, die Namen der Knochen und vielleicht auch die Zusammensetzung des Urins. Das genügt hier nicht, Herr Doktor Keller!«

Dr. Keller sah auf das lebende Affengehirn in der Glasschale. Beleidige mich, dachte er. Du weißt genau, was ich kann. Du weißt, daß ich Mut habe. Und weil ich ihn habe, darum sage ich dir: Es gibt eine Grenze in der Medizin ... noch gibt es sie. Vielleicht kannst du sie durchbrechen, aber es ist noch zu früh!

»Wenn ich gehe, geht Angela mit«, sagte Dr. Keller heiser.

»Das wollen wir sehen.«

»Ich habe mit ihr gesprochen!«

»Ah! Ihr konspiriert gegen den Vater? Eine Verschwörung in meinem Hause? Mein erster Oberarzt meuchelt seinen Chef!« Dorian drückte auf einen Klingelknopf. Ablösung am Hirn, hieß das Signal. Dienstfreier Arzt ins »Tierhaus«. »Wo ist Angela?« rief Dorian erregt. »Ich will sie sehen! Ich will mit meinen eigenen Augen sehen und mit meinen Ohren hören, daß sich meine Tochter gegen ihren Vater entscheidet! Machen Sie Platz, Doktor Keller.«

Er stieß Dr. Keller mit den Ellenbogen von der Tür und stürmte aus dem OP. Der junge Arzt lief ihm nach. Um nicht Beobachtern ein Schauspiel zu geben, verlangsamte er die Schritte, als sie ins Freie traten und dem Herrenhaus zugingen.

Im Inneren des Hauses blieb Dorian stehen.

»Ich spreche mit Angela allein!« herrschte er Dr. Keller an.

»Bitte.«

»Zu gnädig.« Dorian riß die Tür zu seinem Arbeitszimmer auf und warf sie Dr. Keller vor der Nase zu. Tief atmend blieb er mitten in dem großen Raum stehen und legte beide Hände aufs Herz.

Er hat recht, dachte er. Der junge Kerl hat recht. Aber ohne Mut und Selbstvertrauen gibt es keinen Fortschritt. Die Menschheit lebte noch in Höhlen und kleidete sich in Felle. Der Fortschritt ist die Aufgabe des Menschen. Dafür lebt er! Es ist sein göttlicher Auftrag.

Er ging langsam zu dem breiten, mit Papieren übersäten Schreibtisch, setzte sich in den hohen Stuhl und rief über die Haussprechanlage seine Tochter zu sich. Dr. Keller hörte es auf dem Flur, Dorians Stimme war in allen Lautsprechern.

»Angela bitte zu mir...«

In der Nacht kam Angela in Dr. Kellers Zimmer. Sie huschte in die Finsternis und schloß hinter sich ab. Dann lief sie zum Bett, warf den Bademantel ab und legte sich neben Dr. Keller.

Er erwachte, wußte erst gar nicht, was geschehen war, fühlte dann ihren Körper, drehte sich auf die Seite und sah sie an. Ihr Gesicht war ein heller Fleck in der Dunkelheit. Als er zur Seite griff, um die Nachttischlampe anzuknipsen, hielt sie seine Hand fest.

»Laß es dunkel, Bernd...«

»Es ist schön, daß du gekommen bist«, sagte er rauh.

»Ja...« Sie kuschelte sich an ihn. Ein Duft von Parfüm umwehte ihn. »Du hast mich nicht erwartet?«

»Nein.«

»Du bist mir den ganzen Tag aus dem Weg gegangen. Warum?«

»Ich hatte Angst.«

»Du Dummer...«

»Ich hatte schreckliche Angst. Du ahnst nicht, wie ich dich liebe...«

»Und wenn es darauf ankommt, läufst du weg.«

»Du hast einen Vater, der stärker ist als ich.«
»Ja?«
»Er hat dir alles gesagt.«
»Alles.«
»Ich soll gehen.«
»Ich weiß es.«
»Er will unsere Verlobung lösen.«
»Ja.«
»Und du?«
»Bin ich nicht bei dir . . .?«

Er nickte. Er fühlte ihre zärtlichen Hände. Er spürte ihre Lippen auf seiner Brust, seinem Hals, tastend nach seinen Lippen. Ihr Körper war glatt und geschmeidig, als sie ein Bein über seine Hüfte schob.

Später rauchten sie. Zwei glimmende Punkte in der Schwärze der Nacht.

»Du gehst mit nach München?« fragte er.
»Nein.«
»Warum?«
»Wir bleiben beide hier. Vater braucht uns . . .«

Noch nie war eine Nacht so lang.

Professor Dorian saß in diesen Stunden wieder vor seinem Affenhirn.

Nach vierzehn Tagen wurde Gerd Sassners Dauerschlaf abgebrochen. Die Tropfeinläufe hörten auf, Dr. Kamphusen injizierte Weckamine, Herztätigkeit und Kreislauf wurden normalisiert. Gerd Sassner kehrte in die laute Welt zurück.

Luise saß am Bett, als er erwachte; er nahm ihre Hand und küßte sie. Dann sah er sich um und zog plötzlich die Schultern zusammen, als donnere es unmittelbar über ihm.

»Dieses Zimmer«, sagte er. »Warum ist es so eng? Mein Gott, die Decke fällt einem ja auf den Kopf. Und Luft fehlt . . . frische Luft. Mach doch das Fenster weit auf, Luise!«

»Sofort.« Sie ging zur Balkontür, die weit offen war, aber Luise bewegte sie, als öffne sie den Glasflügel. Sassner saß im Bett, atmete tief und keuchend, seine Augen hatten einen starren Ausdruck, in dem Angst schimmerte.

»Diese Enge!« Er sprang aus dem Bett, lief auf den Balkon und reckte sich. »Ah! Weite! Weite! Natur! Luft! Frische Luft. Das ist Leben!«

Dr. Kamphusen hatte große Mühe, ihn wieder ins Zimmer zu

holen. Mit fliegenden Fingern zog sich Sassner an und rannte dann erneut auf den Balkon.

»Ich kann nicht im Zimmer sein!« sagte er zu Luise. »Die Decke fällt mir auf den Kopf. Ich habe immer das Gefühl zu ersticken! Das ist furchtbar, sage ich dir, furchtbar! Ersticken ist ein Tod, der mit nichts vergleichbar ist. Wenn du weißt, du erstickst, wenn du es siehst ... Luise, sag allen, daß ich draußen leben muß, daß ich hier esse und schlafe ... ich gehe nicht mehr ins Zimmer zurück.«

Professor Dorian hatte Verständnis für Sassners neue Psychose. Die Raumangst nahm völlig Besitz von ihm. Der fortschreitende Verfall war schnell ... und eines Tages kam die Stunde wieder, in der Sassner seine Verschüttung noch einmal erlebte.

Die Stunde X, die das Ende bedeutete.

Die Stunde, die Dorian aufhalten wollte.

Vier Tage lang lebte Sassner im Freien auf dem Balkon. Abends bekam er eine starke Schlafmittelinjektion. Dann schlief er im Zimmer, im Bett, ohne es zu wissen. Professor Dorian lehnte es ab, Beruhigungsmittel wie Megaphen zu spritzen oder mit Tofranil die Psyche zu heben. Es wäre nur ein Abdecken, keine Heilung gewesen.

Am fünften Tag lief Gerd Sassner nach Luft ringend im Park umher. Luise ging neben ihm und hielt seine Hand, ein Pfleger folgte ihnen, um notfalls einzugreifen.

»Luft!« keuchte Sassner. »Luft! Man nimmt mir hier einfach die Luft weg! Wir müssen höher hinauf, Luise ... auf die Berge, zu den Wolken ... Luft ...«

An diesem Tag – Sassner schlief erschöpft in einem Liegestuhl im Park, bewacht von Dr. Keller – fiel die Entscheidung. Professor Dorian ergriff Luises Hände und hielt sie fest.

»Es gibt nur noch eine Möglichkeit«, sagte er und sah ihr dabei tief in die Augen. »Eine Möglichkeit, die noch nie angewandt wurde. Ihr Mann wäre der erste Mensch, an dem das geschieht ...«

»Tun Sie es, Herr Professor.« Luises Kopf sank auf die Brust. »So kann es nicht weitergehen. Ich habe bald keine Kraft mehr, es anzusehen. Tun Sie es ...«

»Ich operiere. Ich greife in sein Gehirn ...«

»Bitte ...«

»Ich danke Ihnen.« Dorian zog Luises Hände hoch und küßte sie. »Gehen Sie hinaus und sagen Sie es Ihrem Mann.«

# 3

Gerd Sassner war aus seinem Mittagsschlaf erwacht und sofort aus dem Liegestuhl gesprungen. Die schreckliche Luftnot überfiel ihn wieder. Mit großen bettelnden Kinderaugen sah er Dr. Keller an, breitete die Arme aus und saugte röchelnd die Luft in seine Lungen.

»Es schmeckt alles nach Staub!« sagte er heiser. »Nach Erde. Nach Pulver. Begreifen Sie das, Doktor?«

»Ja«, antwortete Dr. Keller. »Aber es wird bald vorübergehen.«

»Ich bin doch nicht verrückt!«

»Durchaus nicht.«

Sassner umklammerte den Arm des Arztes. Es war schmerzhaft, aber Dr. Keller ließ sich nichts anmerken. »Ich will Ihnen beweisen, daß ich normal bin!« stieß Sassner hervor. »Testen Sie mich. Soll ich anfangen?«

»Bitte...«

Sassner sah sich um. »Dort ist ein Wald. Stimmt das?«

»Ja.«

»Dahinter erheben sich Berge. Sie schimmern blau gegen die Sonne. Links geht es ins Tal. Quer durch die Wiese fließt ein Bach. Am Himmel sind Wolken, Haufenwolken nennt man sie. Dick geballt. Die vorderste Wolke hat die Form eines Elefanten, wenn man sie mit ein bißchen Phantasie ansieht. Stimmt das alles?«

»Alles, Herr Sassner.«

»Gott sei Dank!« Sassner atmete wieder tief ein. »Ich hatte solche Angst, Doktor. Aber warum riecht die reine Bergluft nach Staub? Das ist doch ungewöhnlich. Ein Hauch von Moder ist dabei, aber nur ein Hauch...«

Das Erscheinen Luises ersparte Dr. Keller eine Erklärung, die eine fromme Lüge gewesen wäre. Sie kam über die Terrasse des Herrenhauses und eilte die breite Treppe zum Park hinab. Ihr Kleid leuchtete gelbrot in der Sonne. Es war ein kurzes Kleid, und sie sah wie ein junges Mädchen aus mit ihren langen, schlanken Beinen und den blonden Haaren.

»Ist sie nicht eine wunderbare Frau?« sagte Sassner. »Sie wird nicht älter! Sie ist die ewige Jugend! Traut man ihr eine fünfzehnjährige Tochter zu? Und einen dreizehnjährigen Jungen? Nur ich werde älter... ein erschreckender Prozeß.« Dr. Keller wollte sich diskret entfernen, aber Sassner hielt ihn wie-

der am Arm fest. »Bleiben Sie, Doktor«, keuchte er. »Ich habe Angst.«
»Vor Ihrer schönen Frau?«
»Vor mir, Doktor. Vor mir! Ich gebe das Bild eines Psychopathen ab, ich weiß es. Mein Drang nach Luft, die Zimmerdecken, die mich im Haus erdrücken ... oh, ich beobachte mich genau. Wenn Sie um mich sind, ist es besser. Bleiben Sie in meiner Nähe, Doktor ... bitte ... Ich will meine Frau nicht erschrecken. Sie soll nicht merken, daß die Luft hier nach Staub und Pulver riecht...«

Dr. Keller trat etwas zurück, als Luise bei ihnen war. Er nickte ihr zu, blieb ein paar Schritte hinter Sassner und kam sich – er konnte selbst nicht erklären, warum – wie ein Wärter vor, der ein gezähmtes Raubtier ausführt.

»Mein Rehlein«, sagte Sassner, legte den Arm um seine Frau und küßte sie auf die erhitzte Stirn. »Du siehst aus, als hättest du eine gute Nachricht.«

Luise schwieg und lehnte den Kopf an die Schulter ihres Mannes. So gingen sie im Park spazieren, bis Sassner auf eine der weißen Bänke zeigte. Er bezwang sich, man sah es ganz deutlich, wenn man seine Augen und die Lippen betrachtete... im Blick war ein unstetes Flackern, die Mundwinkel zuckten wie unter dauernden elektrischen Schlägen. Er roch wieder das Pulver in der Luft, vermißte seinen Freund Benno Berneck, und wenn er in den blauen Himmel starrte, hatte er plötzlich Angst, die weißen Wolken könnten auf ihn herunterstürzen. Als eine Wolke genau über sie hinwegzog, hob er die Schultern, sein Kopf verkroch sich fast, die Hände zitterten.

Sie fällt herunter, dachte er und hätte laut schreien können. Sie fällt auf uns! Hilfe! Wir werden begraben, wir ersticken! Mit einem wilden Ruck riß er Luise an sich, umarmte sie, küßte sie, und eng umschlungen, aneinandergepreßt, blieb er mit ihr stehen und atmete erst freier, als die Wolke vorbeigezogen war.

»Ich muß etwas mit dir besprechen, Gerd«, sagte sie, als sie auf der Bank saßen. Sassner hatte den Kopf weit zurückgelehnt und atmete stoßweise. Es war ein Anblick, der ihr Herz zerschnitt.

»Sprich, mein Rehlein...«
»Ich komme von Professor Dorian.«
»Ein fabelhafter Mensch.«
»Er hält es für notwendig, dich zu operieren.«

Schweigen. Gerd Sassner starrte in den blauen, vorübergehend wolkenlosen Himmel. Nur vor den Bergen schwebten die

Wolken dahin, eine sogar tiefer als die Felswand. Wie gut, daß sie dort herunterfällt und nicht auf uns hier, dachte er zufrieden.

»Operieren?« Sassner breitete die Arme aus. Plötzlich roch er die Blumenbeete in der Nähe, den herben Duft frisch gesprengter Erde. Es war also doch die Wolke, die mir alles wegnahm, dachte er. Eine Wolke aus Pulverdampf. Pfui Teufel! Daß man dagegen nichts unternehmen kann!

»Es ist nur ein kleiner Eingriff«, sagte Luise tapfer. Sie streichelte Gerds Haar und küßte ihn auf die Wange, und während sie weiter sprach, stieg das Schluchzen in ihr hoch und klammerte sich an den Gaumenwänden fest, und sie preßte es zurück und gab ihrer Stimme einen unbekümmerten Klang und streichelte immer wieder sein Haar, das vom warmen Wind etwas zerzaust war. »Der Professor sagt, du merkst nichts davon. Aber hinterher ... die Nerven werden ganz ruhig sein. Ein kleiner Eingriff, Gerd ...«

»Ein Blinddarm am Kopf!« Sassner lachte. Es klang wie früher, tief und fröhlich, aber dann brach es plötzlich ab, als zerspringe Glas. Er sah Luise kritisch an. Ein Blick, der in der Fabrik gefürchtet war. Meist kamen die Mitarbeiter dann wie durchs Wasser gezogen aus dem Chefbüro wieder heraus. »Ein Eingriff am Kopf ist immer eine verteufelte Sache!«

»Professor Dorian hat eine sichere Hand, Gerd.«

»Er ist genial auf seinem Gebiet, das weiß jeder. Aber mein Kopf.« Er umfaßte seinen Schädel mit beiden Händen. »Ein Kopf ist keine Kokosnuß, die man einfach aufschlägt und dann die Milch der frommen Denkungsart herausrinnen läßt.«

»Das weiß Professor Dorian bestimmt besser als du, Gerd. Und wenn er es für richtig hält ...« Luise zog seine Hände vom Kopf weg. Sassner sah verwirrt aus – er hörte von ganz fern ein schabendes Geräusch und konnte es sich nicht erklären. »Was meinst du, Gerd?«

Sassner nickte. »Wissen es die Kinder?« fragte er plötzlich.

»Nein.«

»Die Kinder müssen es auch wissen, Rehlein. Wir sind eine glückliche Familie, wir haben immer zusammengehalten, wir haben alles gemeinsam erlebt ... wir müssen auch die Kinder fragen, Luise. Wenn es unbedingt sein muß ...«

»Es ... es ist besser so, Gerd.« Sie umarmte und küßte ihn und konnte nicht verhindern, daß sie nun doch schluchzte. Aber Sassner hörte es nicht ... er beobachtete die Wolke an der Felswand vor sich. Sie hat sich auf die Felsen niedergelegt, dachte er. Man soll's nicht für möglich halten, was Wolken alles können! Klebt da am Berg, als sei sie mit Leim beschmiert. Die selbstklebende Wolke ... an so etwas hat ja nicht einmal mein Forschungslabor gedacht. Man sollte das sofort Dr. Wiesmann mitteilen und den Klebstoff untersuchen. Das könnte ein Bombengeschäft werden: Der Sassner-Alleskleber, der sogar Wolken klebt!

Eine Stunde später stand Luise wieder vor Professor Dorian. Sassner war im Gymnastikraum. Die Gymnastikstunde für leichte, ruhige Fälle gehörte zum Tagesprogramm.

»Er ist einverstanden«, sagte sie mit gefalteten Händen, als bete sie. »Ich fahre morgen, um die Kinder zu holen ...«

Professor Dorian begann ohne Zögern, Gerd Sassner auf den bisher noch an keinem Menschen vorgenommenen Eingriff im Gehirn vorzubereiten. Während Dr. Keller sich um die Stationskranken kümmerte und die Elektroschocks durchführte, fertigte Dorian zusammen mit Dr. Kamphusen eine Enzephaloarteriographie an, eine Röntgen-Kontrastdarstellung des Ventrikelsystems des Gehirns und des Subarachnoidalraumes, gekoppelt mit einem Arteriogramm, das eine Kontrolle des Gefäßverlaufs und der Blutversorgung im Gehirn zuläßt. Diese von den Ärzten Dandy 1918 und Moniz 1927 entdeckten Verfahren, aus einem im Röntgenbild als graue formlose Masse wirkenden Gehirn eine für den Mediziner faszinierende und überschaubare Landschaft zu machen, haben einen kleinen Schleier vom Geheimnis des Hirns wegreißen können.

Bei der Pneumenzephalographie wird durch eine Lumbalpunktion Liquor (Gehirn-Rückenmarkflüssigkeit) entzogen und durch eingespritzte Luft ersetzt. Die bisher unsichtbaren Hirnräume füllen sich mit Luft und werden auf dem Röntgenbild deutlich.

Die Arteriographie arbeitet ähnlich: Ein Kontrastmittel, meistens Jodverbindungen, wird in die freigelegte Arteria carotis communis injiziert ... und plötzlich erscheinen auf dem Röntgenbild die Adersysteme des Gehirns, man kann Durchblutungsstörungen erkennen, Aneurysmen, Tumore.

Das Gehirn gibt einen Teil seiner Geheimnisse preis.

»Da ist etwas!« sagte Professor Dorian immer wieder, wenn aus dem Entwicklungsraum ein neues Röntgenfoto gebracht wurde. »Hier ist etwas! Sehen Sie sich die leichte Verschattung an, Kamphusen. Hier!« Er hielt die Fotos gegen den Lichtkasten und tippte mit dem Zeigefinger auf ein kleines Gebiet des sichtbar gemachten Gehirns. »Sehen Sie es?«

»Ganz deutlich, Herr Professor.« Der dickliche Kamphusen starrte auf die Fotos. Er sah nichts Ungewöhnliches, er sah eigentlich gar nichts, aber wer gibt das zu, wenn er ehrgeizig ist? »Sie hatten recht, Herr Professor: Es liegt eine traumatische Veränderung vor. Vielleicht ist ihm damals bei der Verschüttung doch ein Balken auf den Kopf gefallen.«

»Ganz sicher sogar! Ein kleines Hämatom, verhärtet und abgekapselt, auf unerklärliche Weise jetzt erst spürbar in der Auswirkung... das muß es sein!« Professor Dorian schob alle Röntgenfotos in den langen Lichtkasten, eine Galerie aus sichtbar gemachtem Gehirn. Ein Blick in das Geheimnis des Lebens, in den heiligen Raum, in dem die Seele lebt. »Es bleibt nur der Weg der Operation.«

»Ganz klar.« Der dickliche Kamphusen wischte sich über das Gesicht. Er dachte an die vielen Operationen an den Affen und Katzen, er dachte an den Gorilla Johann, der singen konnte wie ein Bariton. Er kannte Dorians Weg in das letzte Heiligtum des Menschen und taumelte hinter ihm her, mitgezogen in die Sonne des Ruhmes, die ihn wärmte, die er aber nicht verdiente. »Wann wollen Sie es machen, Herr Professor?«

»Nächste Woche Donnerstag. Sorgen Sie dafür, daß dann alles von mir ferngehalten wird.«

Am Abend dieses Tages saß Dorian still vor dem nicht angezündeten Kamin und trank langsam ein Glas Wein. Er sah stumm in das Glas, umklammerte es mit beiden Händen und hob nur einmal den Kopf, um seine Tochter anzusehen. Angela saß ihm gegenüber. Fast eine Stunde hatte sie ihren Vater angestarrt, ohne ihn anzusprechen.

»Du wirst die Instrumente übernehmen«, sagte Dorian plötzlich.

»Ja, Vater.« Angela atmete tief ein. »Und wer assistiert?«
»Natürlich Bernd.«
»Hast du schon mit ihm darüber gesprochen?«
»Nein. Ich möchte noch zwei Tage üben. Ich habe mit München telefoniert. Sie schicken mir fünf Hirne aus der Pathologie herüber.« Dorian beugte sich zu Angela vor. »In deinen Augen steht Angst, Kind...«

»Du wagst Ungeheuerliches, Vater. Ich *habe* Angst.«
»Und ich weiß, daß die Medizin bald einen anderen Weg ge-

hen wird!« Dorian lehnte sich zurück und trank mit einem Schluck sein Glas leer. Dann stellte er es klirrend auf den Tisch zurück. »Medizin ohne Fortschritt ist Mord aus Trägheit! Wir werden nicht nur das Weltall erobern, sondern endlich auch uns selbst, den Menschen, erkennen. Ich werde am Donnerstag diesen Schritt in die Freiheit tun!«

Am nächsten Vormittag trafen Dorle und Andreas ein.
Der Chauffeur brachte sie nach Hohenschwandt.
Sassner breitete die Arme aus, als sie ihm entgegenliefen. Er sah stark und gesund aus, seine Haut war braun gebrannt, denn die meiste Zeit verlebte er jetzt draußen im Park. Nur mit Beruhigungsinjektionen war er zu bewegen, ins Haus zu kommen; nachts schlief er nur mit schweren Mitteln, die sein Bewußtsein überdeckten.

»Meine Kinder!« rief er, drückte Dorle und Andreas an sich und schwenkte sie herum. »Was! Ihr habt mich vermißt!«

»Es ist langweilig ohne dich, Paps«, sagte Andreas. »Dorle hat mir dreimal falsch die Mathematikaufgaben gemacht! Bei dir ist das nie passiert. Höchstens mal zwei oder drei Fehler. Mir ist's ein Rätsel, wie die die mittlere Reife bekommen will.«

»Er stellt sich dumm an, Paps!« rief Dorle dazwischen. »Jawohl, dumm und stur ist er. Wenn ich ihm viermal erkläre –«

»Du kannst gar nichts erklären, du kannst nur meckern!«

»Ma, du weißt genau...« Dorle wandte sich an Luise. Gerd Sassner lachte laut. Er war glücklich, er war stolz.

Seine Kinder. Seine Familie. Die kleine Welt, die ihm ganz allein gehörte. Mit jedem Arm umfing er ein Kind, ging mit ihnen durch den Park und nahm ihre hellen Stimmen auf wie einen Gesang aus einer besseren Welt.

»Man will mich operieren«, sagte er plötzlich und blieb stehen. »Wißt ihr es schon?«

»Ma hat es uns gesagt.« Dorle warf einen schnellen Blick zu Luise. »Es wird bestimmt nichts Schlimmes sein. Du siehst so kerngesund aus, Paps.«

»Das bin ich auch! Und was sagst du, mein Sohn Andreas?«

Sassners Augen glänzten vor Freude. Wie der Junge in den paar Wochen gewachsen ist, dachte er. Er wird einmal so groß und stark wie ich sein. Nur dümmer ist er... aber so ist es oft bei den Kindern kluger Väter: Sie fallen ab. In Andreas' Alter hatte ich schon mein kleines Labor und machte chemische Versuche. Und wofür interessiert er sich? Für Fußball! Die Mathematik ist ihm egal ... aber er kennt die Namen aller Torwarte. Und statt Formeln sammelt er Olympiabilder. Trotzdem: Er ist ein herrlicher Lausejunge ... mein Lausejunge ...

Andreas hob die schmalen Schultern: »Das muß der Professor wissen«, sagte er. »Wozu ist er Professor? Ich habe da mal was gelesen, Paps. Die machen dir ein Loch in'n Kopf und lassen Luft hinein. Das ist alles.«

Andreas schwieg betroffen. Dorle hatte ihm einen Tritt in die Kniekehlen gegeben. Er zog schmollend die Unterlippe herab und zuckte mit den Schultern. Was war denn nun wieder falsch? Gerd Sassner nickte bedeutungsvoll.

»Ihr habt also nichts gegen die Operation?«

»Nein!« antworteten Dorle und Andreas im Chor.

»Das ist schön! Wenn ihr das alle sagt ... also gut – ich willige ein!« Er umarmte seine Kinder wieder, ließ sie dann plötzlich los und trat einen Schritt zurück. »Wer ist schneller von uns?«

Andreas grinste breit. Der Alte gibt nicht auf, dachte er. Dreimal hat er schon verloren. Jeden Sonntag behauptet er draußen im Wochenendhaus, er könne jetzt schneller laufen.

»Ich!« sagte Andreas.

»Hast du gedacht, mein Junge! Ich bin jetzt trainiert! Jeden Tag Gymnastik! Locker die Beine, locker die Muskeln ... Los, Aufstellung!«

Sassner ging etwas in die Knie. Dorle und Andreas stellten sich neben ihn. Luise sah sich hilfesuchend um. Darf er das denn, fragte sie sich. Keine Überanstrengung, sagte Dorian. Aber wer will ihn jetzt aufhalten, wo er mit seinen Kindern um die Wette laufen will? Jeder Sonntag begann so ...

»Luise! Du läßt starten!« Sassner lachte dröhnend. »Heute schlage ich meinen Sohn!«

Andreas grinste überlegen.

»Auf die Plätze ... fertig ...« Luise hob die Hände. Warum kommt denn niemand? Warum ist jetzt kein Arzt, kein Pfleger da? Ich kann ihn nicht zurückhalten. Wie glücklich sein Gesicht ist!

»Na?« rief Sassner. »Was ist, Ma?«

»Los!« Luise klatschte gleichzeitig in die Hände. Sassner und seine beiden Kinder rannten los ... über die Wiese, dem Bach entgegen, der das natürliche Ziel war.

Verbissen sah Andreas, daß sein Vater diesmal dem Sieg entgegenrannte. Schon vier Meter war er voraus, und so sehr Andreas seine Beine vorwarf ... er holte ihn nicht mehr ein. Zurückgeschlagen folgte Dorle, sie rannte nur um des Vergnügens willen mit.

Zehn Meter vor dem Bach warf sich Sassner plötzlich zurück. Es war, als stoße ihn eine riesige Faust vor die Brust, hielt seinen Lauf an und schleuderte ihn um zwei Meter nach hinten. Er warf beide Arme hoch und stieß einen dumpfen, brüllenden Laut aus. Andreas, der jetzt neben seinem Vater war, bremste und rutschte über das Gras.

»Was ist denn, Paps?« keuchte er.

Sassner taumelte wie blind umher. Um ihn wurde die Welt zerstört, brach das Firmament zusammen wie Holzstangen, wölbte sich die Erde aus ihrem Bett.

Ein Maulwurfshügel vor ihm ... ein frischer, großer Hügel aufgestoßener, duftender Erde ... und über ihm eine Wolke, träge und schwer ... die Welt engte sich ein, er wurde zerrieben zwischen Wolke und Erde, und alles, alles roch nach Pulver, Staub, Moder ...

»Hilfe!« brüllte Sassner und schwankte mit erhobenen Fäusten über die Wiese. »Hilfe!«

Dann sank er in die Knie, kroch auf ihnen zu dem Maulwurfshügel zurück und wühlte sein Gesicht in die frische Erde.

Zwei Pfleger hatten später Mühe, ihn ins Haus zurückzuschleppen. »Ich muß ihm helfen!« schrie Sassner immer wieder und schlug um sich. »Ich muß ihm doch helfen. Benno bohrt sich durch die Erde. Er hat Luft ... O Gott, wißt ihr Hunde denn, was Luft ist?«

Dann weinte er plötzlich, war friedlich und zahm und ließ sich eine Spritze geben.

Am Dienstag ließ Professor Dorian seinen ersten Oberarzt Dr. Keller zu sich bitten. Er rief vom »Tierhaus« an, aus dem Versuchs-OP.

»Es ist soweit«, sagte Dr. Keller, bevor er ging. Er hatte mit Angela Dorian in seinem Zimmer eine Tasse Kaffee getrunken. Ein harter Tag lag hinter ihm. Ein Patient war an einer plötzlichen Gehirnblutung gestorben; im Zimmer 25 hatte es eine Schlägerei gegeben. Hier kam jeden Nachmittag eine exklusive Skatrunde zusammen und spielte bis zum Abendessen. Zu dieser Runde gehörten ein Ingenieur, ein katholischer Pfarrer, ein Oberstudienrat und als Ersatzmann ein Bademeister. Seit einem halben Jahr spielten sie ihren Skat in aller Ruhe, tranken Sprudel dazu und redeten sich mit ihren Titeln an ... Herr Doktor ... Hochwürden ... Herr Meister ... bis heute ausgerechnet Hochwürden bei einem Grand mit Vieren zwei Buben einfach auffraß. Ohne Grund steckte er die beiden Karten in den Mund, kaute und verschluckte sie und sagte dann zu seinen erstarrten Skatbrüdern:

»Es traf sie die gerechte Strafe: Sie sahen zu lüstern aus!«

Kurz darauf demolierten die anderen die ganze Zimmereinrichtung, bevor die Pfleger eingreifen konnten. Besonders hervor tat sich der Bademeister ... er warf die Stühle aus dem Fenster in den Innenhof des Herrenhauses.

Dr. Keller hatte vollauf zu tun, die Skatrunde zu beruhigen. Mit jedem Kranken unterhielt er sich lange einzeln und vervollständigte die Krankengeschichte.

Und nun rief ihn Professor Dorian ins »Tierhaus«.

»Versuche ihn zu verstehen, Bernd«, sagte Angela, bevor er das Zimmer verließ, und hängte sich an seinen Hals. »Unseretwegen versuche es. Bitte ...«

»Ich werde bis zur Grenze des Möglichen gehen, Liebes.« Er küßte sie und schob sie dann aus dem Weg. »Aber über diese Grenze hinaus ... ich kann es nicht!«

Im Versuchs-OP stand Dorian vor den fünf aus der Münchner Pathologie zugeschickten Menschenhirnen. In Gummitüchern lagen sie auf dem langen Marmortisch ... grelle OP-Scheinwerfer tauchten sie in gleißendes Licht.

Dorian war allein. Er hatte noch die Gummihandschuhe an ... ein Gewirr gebrauchter und ungebrauchter Operationswerkzeuge lag um ihn herum.

»Sieh dir das an«, sagte er kurz und wies mit einer langen Pinzette auf das dritte Hirn. »Persönlichkeitsumwandlung durch eine alte traumatische Veränderung. Ein schwerer Schaden im Bereich des Schläfenlappens und des unteren Orbitalhirns. Vor allem Feld 11 ist weitgehend durch den traumatischen Schaden zerstört. Exitus vor zwei Tagen. In diesem Bereich vermute ich auch bei Sassner eine Hirnschädigung durch ein altes Hämatom. Gar nicht so ausgeprägt wie hier, aber immerhin bedrohlich.«

Dorian wartete, bis Dr. Keller sich eine Gummischürze umgebunden und die Gummihandschuhe übergestreift hatte. Dann ergriff er mit zwei langen Pinzetten den traumatisch geschädigten Hirnteil und hob ihn ab. Keller sah, daß Dorian diese Hirnteile mit einer unendlichen Geduld herausoperiert hatte.

»Wie du siehst, habe ich das geschädigte Gehirn exstirpiert.«

»Damit wäre der Mann, wenn er noch lebte, ein stumpfes, des Denkens beraubtes Wesen. Ein essender, trinkender, verdauender Schlauch aus Fleisch und Knochen.«

»Bisher!« Dorians Augen leuchteten auf. »Ich habe aber seine Hirnfunktionen anders gekoppelt! Du kennst die simple medizinische Weisheit: Bei Ausfall eines Organs übernimmt ein anderes dessen Funktionen. Fällt eine Niere aus, arbeitet die andere doppelt. Das gleiche tut die Lunge, ein Auge, ein Ohr. Armamputierte erleben, wie der übriggebliebene Arm stärker und fast um das Doppelte kräftiger wird. Mit dem Bein ist es genauso. Nur das Gehirn soll es nicht können?« Dorian schüttelte den Kopf. Er beugte sich über die grauweiße, vielfach verschlungene Masse auf dem Gummituch. »Auch das Gehirn wird es können!« sagte er. Es klang wie ein Befehl. »Ich nehme einen Teil von Nr. 11 im Orbitalhirn weg. Dafür reize ich Nr. 47 und vor allem Nr. 46 im Stirnhirn, das Zentrum für tätige Gedanken. Zusammen mit dem Zingularhirn, das die körperliche Ichsphäre enthält, ist es möglich, den Ausfall von Nr. 11 zu überbrücken. Mit anderen Worten: Ich kopple die Hirnzentren anders zusammen. Der Tierversuch hat uns gezeigt, daß sich beim Affen nach einer Phase von etwa sechs bis acht Wochen Verwirrtheit die Nerven auf diese neue Umkoppelung einstellen.«

»Und warum zeigst du mir das?« fragte Dr. Keller mit belegter Stimme.

»Damit du überzeugt bist!«

»Das eine sind Affengehirne, das andere tote Gehirne. Du willst aber am Donnerstag an einem lebenden Gehirn operieren. Gut, ich gebe zu, daß eine Lobotomie eine Möglichkeit wäre, Sassner zu retten. Er wird stumpf.«

»Und genau das soll er nicht! Er soll seine Intelligenz behalten, er soll wie früher fröhlich durchs Leben gehen. Ich will keinen Hirnkrüppel entlassen, sondern einen Gesunden.« Dorian warf die Pinzetten auf den Marmortisch. Es klirrte laut in der Totenstille. Die fünf Gehirne, die einmal Menschen regierten, ihnen befahlen zu essen, zu lieben, zu weinen, zu lachen, zu laufen und zu sprechen, die Zorn erzeugten, einen Blick, einen Seufzer, ein liebes Wort, eine selige Erinnerung, diese fünf breiigen Massen auf dem Gummituch leuchteten bleich unter den grellen Scheinwerfern. Dorian hatte sie zerschnitten, er hatte Feld für Feld herauspräpariert, hatte gemessen und gewogen, verglichen und wieder zusammengesetzt, er hatte mit starken

Lupen operiert, war mit Mikroskopen an die Hirnnerven gegangen, um zu sehen, wie sie auf elektrische Reize reagierten, nicht hier, an den toten Hirnen, sondern am bloßgelegten Gehirn eines Affen, wo er Nerven durchtrennte und beobachtete, ob sich die Enden durch Reizung wiederfanden.

Nun war er überzeugt, auf dem richtigen Weg zu sein.

»Ich werde am Donnerstag zum erstenmal ein psycho-organisches Syndrom mit dem Messer heilen!« sagte Dorian wie das Schlußwort eines Vortrags. »Ich habe zehn Kollegen aus ganz Europa zur Operation eingeladen. Die besten Hirnchirurgen werden uns zusehen.«

»Um Gottes willen!« entfuhr es Dr. Keller.

Dorian wandte sich um. Seine blauen Augen waren hart im Zorn.

»Was heißt das? «

»Sie werden dich für verrückt halten!« stieß Keller hervor. »Sie werden dich an dieser Operation nicht hindern, aber sie werden den OP verlassen wie eine Geisterbahn...«

»Danke!« Dorians Kopf sank auf die Brust. Mit hängenden Armen stand er vor den fünf zerschnittenen Gehirnen. »Das genügt. Ich erteile Ihnen ab sofort OP-Verbot, Doktor Keller! Sie übernehmen die reine Krankenbetreuung. Und wenn ich als Vater noch bitten dürfte: Lösen Sie die Verbindung zu meiner Tochter! Ihr Vertrag für Hohenschwandt kann jederzeit von Ihnen gekündigt werden. Ihrem Weggang steht also nichts im Wege...«

Dr. Keller schwieg. Es hatte keinen Sinn, jetzt weiter mit Dorian zu sprechen. Er verbeugte sich knapp und verließ den OP des »Tierhauses«.

Vielleicht bin ich wirklich nur ein Durchschnittsarzt, dachte er, als er durch die kahlen Flure ging. Dorians Genie sprengt alle Maßstäbe... wem kann man es übelnehmen, wenn er nicht mitkommt?

Er blieb stehen. Die Haustür klappte. Schnelle, hallende Schritte kamen näher. Um die Ecke des Ganges bog mit wehendem weißen Kittel Dr. Kamphusen. Sein dickliches Gesicht war gerötet. Vom schnellen Lauf perlte Schweiß über die fleischige Stirn. Um nicht mit Dr. Keller zusammenzustoßen, der mitten im Gang stand, verhielt er den Schritt.

»Bitte, lassen Sie mich durch«, sagte Kamphusen. »Der Herr Professor verlangt nach mir.«

»Ich weiß. Sie sollen am Donnerstag assistieren!«

Die fahlen Augen Kamphusens leuchteten auf. Seine Zungenspitze huschte schlangenschnell über die feuchten Lippen.

»Ich ahnte so etwas, Herr Kollege...«

»Es werden zehn Ordinarien aus ganz Europa um den Tisch hocken und zusehen.« Dr. Kellers Stimme wurde kalt. »Viel Ruhm für Sie...«

»Sie laufen ihm ja davon, Keller.«

»Weil ich ein Gewissen habe.«

»Erlauben Sie!« Der dicke Kamphusen wackelte mit dem Kopf.

»Sie haben keins, Kamphusen! Sie täten alles, um Ihr mittelmäßiges Können aufzupolieren, damit es glänzt wie Gold! Wenn Dorian Ihnen eine Dozentur verschaffen würde – und ab Donnerstag sind Sie Kandidat –, würden Sie mit seligem Gesicht, wenn er es verlangt, Hämorrhoiden lutschen wie Malzbonbons!«

Dr. Kamphusen zuckte zusammen. Sein schweißnasses Gesicht schnellte vor wie bei einer angreifenden Kobra. »Ich verlange sofortige Entschuldigung, Sie Schwein!« keuchte er. »Auf der Stelle!«

»Sie erbärmliche Kreatur.« Dr. Keller schob Kamphusen zur Seite und wollte weitergehen. Aber Kamphusen hielt ihn fest und trat ihm gegen das Schienbein. Ein wahnsinniger Schmerz durchraste Keller, ehe er merkte, was überhaupt geschehen war. Dann aber trat er einen Schritt zurück und holte aus. Klatschend landete seine Hand in Kamphusens Gesicht. Der machte einen Satz rückwärts, prallte gegen die Wand und stieß einen hohen Ton aus wie eine Ratte in der Not.

Dr. Keller kümmerte sich nicht mehr um ihn. Er ging weiter, verließ das »Tierhaus« und warf die Tür krachend zu.

Kamphusen wischte sich mit beiden Händen über das Gesicht und rieb dann die schweißigen Hände an der Hose ab. Seine Wange brannte, seine ohnmächtige Wut fraß ihn von innen aus auf.

»Es wird noch viele Tage und lange Nächte geben, Kollege Keller«, keuchte er. Er brachte sein Äußeres in Ordnung und merkte dabei, daß er vor Wut zitterte wie im Schüttelfrost. »Ich werde Sie vernichten, bis Sie selbst als Irrer in einem dieser Zimmer sitzen...«

Dann rannte er weiter zu Professor Dorian, der ungeduldig auf ihn wartete.

Im Laufe des Mittwoch reisten aus allen Himmelsrichtungen die geladenen Neurochirurgen an. So knapp die Zeit von Ordinarien auch ist, so randvoll ihre Terminkalender ... wenn es darum geht, einen berühmten Kollegen mit Pauken und Trompeten untergehen zu sehen, haben sie immer Zeit. Was Dorian ihnen als Besuchsgrund angekündigt hatte, riß sie allesamt vom Stuhl. Eine Herzverpflanzung ist eine Weltsensation. Aber ein Hirn umkoppeln – es klingt so simpel – ist gleichbedeutend mit einem Schöpferakt: Ein Skalpell schafft eine neue Seele!

Dorians Untergang war schon beschlossene Sache, als die berühmten Kollegen auf Hohenschwandt eintrafen und von Angela oder Dr. Kamphusen willkommen geheißen wurden. Im Chefzimmer begrüßte man Dorian wie einen lieben alten Freund ... ein Sterbender hat Anrecht auf Güte und Verzeihen.

Dr. Keller stand ab und zu am Fenster der Krankenzimmer und beobachtete das Eintreffen der illustren Gäste. Er sah vom Balkon des Zimmers 31 aus zu, wie Dorian die großen Herren der Hirnchirurgie mit Gerd Sassner und seiner Frau bekannt machte. Das Ehepaar saß auf der Terrasse unter einem großen gestreiften Sonnensegel und spielte Mensch-ärgere-dich-nicht. Die Kinder waren nicht da, sie machten eine Kutschfahrt durch die Nebentäler. Auch Dr. Kamphusen entwickelte eine große Geschäftigkeit. Als neuer »Vertreter des Chefs« führte er die Professoren durch die Zimmer, erklärte die Therapien, berichtete über die Krankheitsverläufe und fühlte sich sehr geschmeichelt, wenn er von den berühmten Herren gefragt wurde und Auskunft geben durfte.

Dr. Keller ging dem allem aus dem Weg. Er schloß sich in sein Zimmer ein.

Am Abend saß man in Dorians großem Wohnzimmer zusammen und diskutierte. Angela und ein Pfleger bedienten, Dr. Kamphusen reichte die Röntgenbilder von Sassners Gehirn herum.

»Du siehst blaß aus, Kleines«, sagte Dorian, als er seine Tochter in einer Ecke des großen Raumes kurz allein sprechen konnte. »Und du gehst mir aus dem Weg. Warum?«

»Das kannst du noch fragen?«

»Doktor Keller hat einen Riß zwischen uns herbeigeführt, der nicht wieder zu reparieren ist.«

»Du hast ihn hinausgeworfen.«

»Ich habe ihm anheimgestellt, zu gehen.«

»Als ob das nicht dasselbe wäre!«

»Ich brauche einen Schwiegersohn und Nachfolger, der Vertrauen zu mir hat. Ich kann mit keinem arbeiten, der immer Bedenken äußert!«

»Und wenn die Operation mißlingt?« sagte Angela leise.

Dorian schüttelte den Kopf. »Unmöglich! Es kann nichts mißlingen. Ich weiß, ich bin nicht allmächtig. Man kann einen Furunkel aufschneiden, und der Patient stirbt daran. Man kann an einem Schnupfen sterben. Alles ist möglich! Aber wenn man nur an das Mißlingen denkt, sollte man nie mehr ein Skalpell in die Hand nehmen.« Er sah sich nach den berühmten Gästen um. Eine hitzige Aussprache war in Gang gekommen. »Dort sitzen die Geier, die auf mein Aas warten«, sagte Dorian tief atmend. »Wirst du mich allein lassen, Kleines?«

»Wie meinst du das, Vater?«

»Du gehst doch mit Doktor Keller von mir weg...«

»Ich... ich weiß es nicht.« Angela senkte den Blick. »Vielleicht wird alles besser, wenn die Operation gelungen ist.«

»Das alte Lied!« Dorian straffte sich. Ich brauche Kraft, dachte er. Viel Kraft. Und keiner kann sie mir geben, ich muß sie aus mir selbst schöpfen. »Dem siegreichen Außenseiter jubelt man zu. Vorher war er ein Dreck! Jetzt brauche ich Unterstützung, jetzt! Jetzt wäre ein Mensch, der an mich glaubt, an meiner Seite wertvoll. Auf den Applaus nachher verzichte ich gern!«

»Du hast in Kamphusen einen hündischen Bewunderer«, sagte Angela mit Ekel. Dorian winkte ab.

»Er ist ein Schwätzer. Haltet ihr mich für verbohrt?«

»Vater.« Angela legte beide Hände auf Dorians Arm. Ihre Augen flehten. »Soll ich mit Bernd sprechen? Er wird dir assistieren... mir zuliebe...«

»Nein! Danke!« Dorian wandte sich ab. »Am OP-Tisch will ich einen Arzt haben, der um der Sache willen mit mir arbeitet! Das Thema ist erledigt.«

Er ließ Angela stehen, ging zurück in den Kreis der berühmten Kollegen und winkte dem Pfleger zu, das Tablett mit den Sektgläsern zu bringen.

Angela blieb in der Ecke stehen und sah ihm zu. Armer Vater, dachte sie. An der Schwelle höchsten Ruhmes stehst du einsam da. Du hebst dein Sektglas und lachst... aber in Wahrheit schallt deine Stimme durch einen weiten leeren Raum, du bist allein, denn die Welt liegt hinter dir, du bist ihr vorausgeeilt . . . frierst du nicht, Vater, in diesem leeren Raum, in diesem Neuland, das du als erster betrittst?

Einsamkeit . . . bleibt sie immer die Gefährtin des Genies?

Donnerstagmorgen.
Die Nacht war ruhig verlaufen. Dr. Kamphusen hatte Sassner starke Beruhigungsmittel gegeben. Sassner hatte traumlos und tief geschlafen und war am Morgen frisch erwacht. Ein Frühstück gab es nicht, nur ein Glas konzentrierten Obstsaft. Dafür wurde viermal hintereinander der Blutdruck gemessen, das Herz abgehört und sogar ein EKG gemacht.

Ein Pfleger rasierte Sassner den Schädel. Wie beim Friseur saß er auf einem Stuhl, einen Umhang um die Schultern, die Haare fielen in großen Strähnen herunter, hier brauchte sich keiner mehr um die Façon zu kümmern . . . Als das Haar mit der Maschine weggeschnitten war, seifte der Pfleger den Kopf ein und rasierte ihn völlig kahl.

Sassner ließ sich einen Spiegel geben und sah hinein.

»Von einem Sträfling nicht zu unterscheiden«, scherzte er. »Ich würde mich selbst nicht mehr erkennen. Es ist doch eigentlich erschütternd, daß man mit einem Rasiermesser vier Fünftel der Würde eines Menschen wegnehmen kann! Wer mir so begegnet . . . ich hätte alle Chancen, in Freiheit stündlich mehrmals verhaftet zu werden.« Er legte den Spiegel weg, stand auf und fuhr sich über den glatten Schädel.

»Das war übrigens auch in der Kriegsgefangenschaft und im KZ so«, sagte er. »Mit dem Fallen der Haarpracht brach oft auch der letzte innere Widerstand. Es ist etwas Wahres an der Sage von Simson, den die Kraft verließ, als man ihm die Haare abschnitt. Irgendwie fühlt man sich entehrt . . .«

Dorle und Andreas lachten ihn aus, als er so kahlköpfig zurück ins Zimmer kam. »Jetzt spielt der Paps Yul Brynner!« schrie Andreas. Nur Luise verstand, was in diesem Augenblick in ihrem Mann vorging. Sie streichelte seinen kahlen Kopf und lächelte ihn an.

»Haare wachsen so schnell nach . . . wenn alles andere so einfach wäre«, sagte sie zärtlich. »Du kannst dich nie verändern . . . es bleiben immer deine Augen . . .«

Im OP herrschte fieberhafte Betriebsamkeit. Dorian selbst überwachte den Aufbau des Instrumententisches. Für alle möglichen Komplikationen wurden die Geräte bereitgestellt. Sauerstoff, Beatmungsapparat, Blutkonserven, Infusionen, Absauger,

Intrakardial-Spritzen, vor allem aber die von Dorian entwikkelten elektrischen Reizstromstrahler, haardünne Stahlnadeln, aus denen die Stromstöße zuckten, mit denen Dorian im offenen Hirn operieren wollte.

Im Speisesaal frühstückten die zehn Hirnchirurgen, lasen Zeitungen, gingen hinaus und riefen ihre Kliniken an, was es Neues gäbe. Eine unerträgliche Spannung lag über allen; man zuckte zusammen, wenn jemand sein Feuerzeug aufflammen ließ, um sich eine Zigarette anzuzünden, als könne diese geladene Atmosphäre explodieren. Um halb zehn Uhr verließen die Professoren den Frühstücksraum und wurden von einem Assistenten zum OP-Trakt geführt. Die weißen Kittel hingen bereit, der Waschraum glänzte vor Sauberkeit, in der Luft schwebte der Geruch von Desinfektionsmitteln. Das gleiche Bild wie in allen Kliniken, hundertmal erlebt, und doch war es heute anders. Die Nerven zitterten.

Gerd Sassner nahm in seinem Zimmer Abschied von seiner Familie.

»Habe ich einen Hunger!« sagte er fröhlich. »Ihr habt es gut, ihr konntet knusprige Brötchen essen! Aber wartet, das hole ich zu Mittag nach. Ich habe mich erkundigt: Es gibt heute Huhn auf Reis!«

»Wenn sie dich essen lassen«, sagte Andreas vorlaut und bekam dafür von Dorle wieder einen Tritt in die Kniekehlen.

»Warum nicht? Ich werde nicht am Magen, sondern am Kopf operiert. Ich habe noch nicht erlebt, daß der Mensch mit dem Kopf verdaut!« Sassner lachte laut über seine Bemerkung und legte den Arm um Luises Schulter. »Wenn ich zurückkomme, sehe ich aus wie ein Pascha. Ich glaube, Turban steht mir gut.«

»Und einen Harem hast du auch schon.« Luise ging auf seine Fröhlichkeit ein. Wie gut ist es, daß er nicht weiß, wie krank er ist, dachte sie. Er geht zur Operation wie zu einer Weinrunde. Wie werden wir ihn wiederbekommen? Wird er wieder ganz gesund sein?

Die Stationsschwester, ein junges, hübsches Mädchen, kam ins Zimmer. Sie nickte Sassner zu. Ihr Lächeln war wie immer, und doch gefror es in den Mundwinkeln. Nur Luise sah es.

»Es ist soweit?« fragte Sassner.

»Ja. Der Herr Professor wartet.«

»Dann also auf in den Kampf!« Sassner zog Dorle und Andreas an sich und küßte sie. Dann umarmte er Luise und sah ihr tief in die Augen.

»Angst, Rehlein?«

»Ja, Gerd.« Ihre Stimme hatte allen Klang verloren.

»Ich gar nicht. Sieh mich an – ich gehe pfeifend hinaus.«

»Ich komme mit bis zur OP-Tür, Gerd . . .«

Umschlungen verließen sie das Zimmer. Als die Tür zuklappte, weinte Dorle auf. Andreas tippte sich an die Stirn.

»Weiber!« sagte er laut. »Immer heulen! Als ob das eine große Operation wäre.«

Der Gang war leer. Unendlich lang bis zum Fahrstuhl schien er jetzt zu sein. Sassner und seine Frau gingen ihn hinunter, schweigsam, aneinandergepreßt wie ein junges Liebespaar, das jede Minute der Berührung genießt.

Die Fahrt nach unten. Die weiße, sterile Lautlosigkeit des OP-Traktes. Die große gläserne Doppeltür aus Milchglas.

Eintritt verboten. In goldener Schrift.

Über der Tür eine rote Signallampe. Sie brannte bereits.

OP besetzt.

Die Tür schwang auf. Oberschwester Anna winkte Sassner zu. Von hinten, irgendwoher aus einem der gekachelten Räume klang Stimmengewirr. Die Professoren wuschen sich noch.

»Können wir?« fragte Oberschwester Anna.

»Sofort.« Sassner nahm Luises Kopf in beide Hände. »Keine Angst«, sagte er leise. »Keine Angst, Rehlein . . .« Er küßte sie und streichelte ihren zuckenden Rücken. »Ich liebe dich«, flüsterte er in ihr Ohr. »Aus Liebe zu dir würde ich alles tun. Weine nicht, Rehlein . . . in ein paar Stunden ist alles vorbei. Es ist ja nur ein leichter Eingriff . . .«

»Ja, Gerd.« Sie hob den Kopf und nahm alle Tapferkeit, die letzte, verzweifelte, die sie noch hatte, zusammen. »Mach's gut . . . werd wieder gesund, Papi . . .«

Gerd Sassner riß sich los. Er spürte, wie es ihn in der Kehle würgte. Mit zwei großen Schritten war er an der Tür, stieß sie auf und betrat den Operationstrakt. Mit einem saugenden Geräusch fiel die Tür wieder hinter ihm zu.

Er hatte die alte Welt verlassen. Wie sah die neue Welt aus?

Luise wandte sich ab, als die Tür zufiel, und rannte aus dem Haus. Ich muß schreien, dachte sie. Mein Gott, ich muß schreien. Aber nicht hier . . . im Park, in einer Ecke des Waldes, auf der Wiese unter dem weiten Himmel . . . ich kann nicht anders . . . ich muß schreien . . .

Sie lief durch den Park von Hohenschwandt, zuerst so schnell, als verfolge man sie, dann langsamer, schließlich taumelnd, bis sie auf einer der weißen Bänke niedersank und die Hände vor das Gesicht schlug.

So weinte sie, bis jemand sie berührte. Angela Dorian saß neben ihr, nahm tröstend ihre Hände und hielt sie fest.

»Sie assistieren nicht?« Luise sah Angela durch einen Vorhang von Tränen.

»Nein...«

»Wird es gelingen?«

»Wir müssen – jetzt noch – daran glauben.«

»Und... und wenn es mißlingt...?«

Angela sah auf Luises Hände, die sie festhielt. Bleiche, zuckende, nach Hilfe suchende Hände.

»Dann sind wir beide ganz allein«, sagte sie. »Sie haben Ihren Mann verloren... und ich den Vater.«

Im OP hatte Dorian jetzt zwei Seiten des Schädels durch eine osteoplastische Schädelaufklappung geöffnet. Nach der Präparierung eines runden, gestielten Hautlappens hatte er einen aufklappbaren Knochenlappen gebildet, der am umschnittenen Stiel des Muskulus temporalis hing. Die Schädelplatte war mit im Kreis angeordneten Bohrlöchern versehen worden, durch die nun die Giglisäge gezogen wurde. So wurde die Knochenplatte von Bohrloch zu Bohrloch durchtrennt, bis sie wie eine Scheibe herunterklappbar war und das Hirnteil freilag. Nach der Operation konnte Dorian dann den nach unten geklappten Knochenlappen wieder reponieren und fixieren und mit dem gestielten Hautlappen bedecken. Nur eine kreisrunde Narbe, über die später die Haare wuchsen, würde verraten, daß man hier einen Blick in das Geheimnis der Seele getan hatte.

Dorian trepanierte den Schädel an drei Stellen zugleich, was den zuschauenden zehn Professoren bereits ein Staunen und innere Abwehr abnötigte. Er öffnete Sassners Schädel an den beiden Seiten und darüber hinaus noch an der Decke, wo er ein großes, kreisrundes Fenster aus der Schädeldecke fräste. Wie ein abstraktes Gefäß sah jetzt der Kopf aus... man erwartete, daß jeden Augenblick die weißgraue, mit Blutrinnen durchzogene Masse herausfließen würde.

Im OP war es heiß und stickig. Dr. Kamphusen schwitzte wie auf einem Saunarost. Dorian arbeitete unter seiner Schürze fast nackt; er trug nur eine leichte Leinenhose und ein Unterhemd.

»Bitte!« sagte er laut, als der untere Teil des Orbitalhirns sichtbar wurde. »Das hat man auf keinem Röntgenbild gesehen, das konnte man nur ahnen: ein alter traumatischer Hirnschaden. Teilweise Zerstörung der Rinde, dafür ein lockeres Narbengewebe aus Glia- und Bindegewebszellen. Hier hat ein Hämatom gesessen, von dem niemand wußte. Es wurde im Laufe der Jahre aufgesaugt, zurück blieben diese Veränderungen. Der fortschreitende Prozeß der Persönlichkeitswandlung ist damit erklärbar. Ich hatte recht, meine Herren.«

Dorian beugte sich über den offenen Schädel des Patienten.

Die Stunde der Wahrheit kam.

»Was wollen Sie nun tun, Kollege?« fragte Professor Suriani aus Turin.

»Ich nehme das Narbengewebe heraus. Ich trenne es aus.«

»Und dann? Der Verfall der Persönlichkeit ist perfekt!«

»Warum?« Dorian blickte über den Schädel hinweg zu den zehn Kollegen. Er sah ihre Augen. Hyänenaugen, so kam es ihm vor. »Dieses Narbengewebe hatte keinerlei Funktion, bis auf die, daß es störte. Sassner lebte weiter. Ich nehme das Unnütze heraus, sichere die Umgebung durch Koagulation gegen postoperative Blutungen ab und zwinge das Gehirn, mit anderen Zentren die Aufgaben des kupierten Bruders zu übernehmen. Vor allem will ich 47, 10 und das Zingularhirn aktivieren ... das Zusammenspiel dieser drei wird den Ausfall von 11 wettmachen.«

Dorian sah wieder auf seine zehn berühmten Kollegen. Ihre Augen gaben ihm stumme Antwort: Unmöglich. Du bist kein Gott! Was wissen wir denn von dem, was man Seele nennt? Denk an den Satz aus dem Lehrbuch: »Wie das Leben arbeitet, wie Seelisches sich in Körperliches und wieder zurück verwandelt, ist das Geheimnis, das nicht enträtselt werden kann. Unbeantwortbar ist die Frage, wo das Seelische, das wir jederzeit wieder hervorholen können, bleibt.«

Und Sie, Dorian, wollen die Seele korrigieren? Mit dem Messer, mit haarfeinen Elektronadeln?

Machen Sie den Schädel zu! An Gott glaubt man ... man schneidet ihn nicht auf!

Dorian streckte die Hand aus. Kamphusen reichte ihm eine der Reiznadeln. Er zittert, dachte Dorian bitter. Sie alle zittern. Kamphusen, die Assistenten, die Schwestern, die berühmten Kollegen. Soll ich abbrechen? Soll ich die Löcher schließen? Soll ich kapitulieren vor der allgemeinen Angst?

»Weiter!« sagte er laut und hart.

Vom Festschnallen des Patienten auf dem OP-Tisch bis jetzt waren drei Stunden vergangen...

Draußen im Park warteten Luise Sassner und Angela Dorian. Einige Patienten saßen unter Sonnenschirmen am Rand der Blumenbeete. Rasensprenger drehten sich, im stäubenden Regen brach sich das Licht der Sonne zu glitzernden, bunten Farben.

»Ich frage mich immer, ob wir nicht doch besser mit der Operation hätten warten sollen«, sagte Luise. Nach der Verzweiflung kamen nun die Selbstvorwürfe. »Vielleicht wäre alles von selbst wieder verschwunden, so wie es gekommen ist. Weiß man das?«

Angela schüttelte den Kopf. Ein schlanker, großer Mann mit weißen Haaren kam die Beete entlang. Er trug eine Tennishose, ein weißes Sporthemd und in der Hand ein dickes Heft. Mit einem Bleistift ging er von Blume zu Blume, tippte sie an und machte in das Heft einen Strich. Ab und zu blieb er stehen und zählte die Striche, schüttelte den Kopf, ging eine Strecke zurück und begann von neuem, jede Blume anzukreuzen.

»Doktor Wilhelm Hagges«, sagte Angela und faßte Luise unter. »Besitzer einer großen Baufirma. Wenn Sie mit ihm sprechen, ein völlig normaler Mensch, geistreich, belesen, kulturell interessiert, liebt Beethovenkonzerte und Opern. Millionär. Er leidet nur an einem: Er hat einen Zählwahn. Überall und alles muß er zählen. Es fing harmlos an... erst zählte er die Stühle in seinen Büros, dann die Heftklammern, dann die Bäume in seinem Garten. Er kämpfte dagegen an, er erkannte selbst, wie sinnlos dieses Zählen ist... aber so sehr er sich im Zaum hielt, so sehr er alles versuchte, davon abzukommen... es wurde immer schlimmer. Nachts wanderte er herum, weil er Angst hatte, sich verzählt zu haben. Dann kam die Zeit, wo die Zahl Fünf seine ganze Seele eroberte. Plötzlich mußten alle Türen fünf Schlösser haben, er verlangte, daß alle Fenster fünffach unterteilt wurden, Blumen mußten in Fünfergruppen gepflanzt werden, am Tisch mußten immer fünf Personen sitzen... sah er etwas, was sich nicht durch fünf teilen ließ, wurde ihm übel. Er schloß sich ein, lebte in einer eigenen Welt, in der alles fünffach war, sogar die Rippen der Heizkörper mußten fünf oder zehn oder fünfzehn sein. Er wurde entmündigt, seine Frau und zwei Söhne führen die Firma. Ihm ist das alles gleich. Er will nur die Abrechnungen sehen, natürlich fünffach. So kam er zu uns... ein Wrack, ausgehöhlt von seiner Zwangsneurose. Mein Vater hat alles versucht, aber welche Mittel hat man denn? Man kann eine Seele nicht ›besprechen‹, nicht bei solchen Kranken. Man kann sie nur führen, beruhigen. Aber heilen?«

Luise wandte sich ab. Dr. Hagges stand ratlos vor einem Blumenbeet. Er hatte die Zahlen von gestern vor sich ... heute fehlten drei Blumen. Das schien ihn maßlos zu erschüttern. Tränen traten in seine Augen. »Fräulein Angela!« rief er und winkte verzweifelt mit dem Heft. »Fräulein Angela! Hier stört jemand die Ordnung. Im Wald ist es genauso. Da verschwinden Bäume! Verschwinden einfach! Ich muß den Herrn Professor sprechen. Dringend!«

»Nach dem Essen, Herr Doktor!« rief Angela zurück. »Mein Vater wird das sicherlich sofort in Ordnung bringen.«

Zufrieden ging Dr. Hagges weiter. Jetzt zählte er die Sträucher.

»Furchtbar ...« stammelte Luise Sassner.

»Soll Ihr Mann auch so werden?«

»Um Himmels willen!« schrie Luise auf. »Wenn Ihr Vater das verhindern kann ...«

»Er ist jetzt dabei. Wir dürfen die Hoffnung nicht verlieren.«

Sie gingen hinunter zum Bach, wo Dorle im Gras lag und Andreas versuchte, Forellen mit der Hand zu fangen.

»Was macht Paps?« rief er. Auch Dorle sprang aus dem Gras hoch.

»Weißt du schon was, Ma?«

Luise Sassner nickte tapfer. »Wir bekommen ihn gesund zurück, Kinder. Ganz gesund ...«

Dann brach ihre Stimme. Sie hatte eine unerklärbare, fürchterliche Angst.

Die Operation gelang.

Jedenfalls sagte das Professor Dorian zu seinen Kollegen, die ihn skeptisch ansahen. Dr. Kamphusen hatte die Schädelaufklappungen an den Seiten wieder geschlossen und die Schädeldeckenplatte wieder eingesetzt. Ein dicker Kopfverband verwandelte Sassner in einen Orientalen. Noch in tiefer Narkose wurde er aus dem OP gerollt und in ein neues Zimmer gefahren.

Zimmer acht, am Ende des Ganges, war zum Sperrgebiet erklärt worden. Es hatte einen kleinen Vorraum, in dem von jetzt ab Tag und Nacht eine Schwester oder ein Arzt sitzen würde, um Sassner zu beobachten und bei Komplikationen einzugreifen. Ein Sauerstoffzelt war aufgebaut worden, Infusionsgalgen, Kanülen zur künstlichen Ernährung.

Professor Dorian hatte die postoperative Phase geändert. Er wollte den Patienten nicht sofort aufwachen lassen, sondern dem Hirn Ruhe gönnen. Acht Tage sollte Sassner noch schlafen, ehe er in die veränderte Welt zurückkehrte.

Luise hatte die Kinder von der Schule beurlauben lassen. Von der Fabrik kam ein riesiger Blumenkorb nach Hohenschwandt. Die Belegschaft wünschte gute Besserung. Die zehn berühmten Gäste reisten wieder ab. Sie nahmen die Gewißheit mit, daß Sassner diesen Eingriff nicht überleben würde. Man erwartete täglich die Nachricht aus Hohenschwandt: Patient verstorben. Im übrigen verschweigt man, was man bei Dorian gesehen hatte. Solange Dorian nicht selbst in einem medizinischen Fachblatt seine an göttliche Versuchung grenzende Operation beschrieb, sah man keinen Grund, darüber zu sprechen. Warum sich blamieren? Das konnte Dorian allein. Man war sich nur in einem Punkt völlig einig: eine solche Operation würde in der eigenen Klinik nie erlaubt werden. Wenn Dorians Patienten das mitmachten... ihre Sache. In den Rahmen der bisherigen Neuro- und Psychochirurgie jedenfalls paßte Dorians »Seelenschnitt«, wie Professor Jeanmaire aus Paris die Operation spöttisch nannte, nicht hinein. Am Gehirn experimentiert man nicht.

Aber Sassner lebte weiter.

Er schlief acht Tage lang, wurde durch Sonden ernährt, bekam Traubenzuckerinfusionen mit Antibiotika.

Die ersten drei Tage waren kritisch. Dorian verbrachte jede freie Minute an Sassners Bett; er saß wie eine Ehrenwache neben dem dick verbundenen Kopf, trank Unmengen Kaffee, beobachtete die angeschlossenen Meßapparate... Blutdruck, Pulsschlag, Atemfrequenz, Herztöne... gab Sauerstoff, injizierte Herzstützen, infundierte sauerstoffhaltiges Blut, er tat alles, was zu tun war – und wartete.

Luise durfte ihren Mann nur durch das Fenster vom Vorzimmer aus sehen. Oft stand sie da, das Gesicht an die Scheibe gepreßt, und starrte ihren Mann an. Das braune Gesicht war fahl geworden, die Nase spitzer, das Kinn eckiger. Wenn er mit offenem Mund dalag, sah er schrecklich aus, wie ein Erstickter, wie ein hilflos Schreiender.

Die Kinder waren beeindruckt. Dr. Keller, der nun den internen Klinikdienst machte, hatte ihnen alles erklärt. Was die Sonde in der Nase bedeutete, die vielen Drähte an der Brust und an den Armen, die Nadel mit dem Schlauch, der zu einer Flasche an einem chromblitzenden Gestell führte, aus der es langsam heraustropfte. Er hatte ihnen die Angst vor dem Anblick genommen, den Sassner bot.

»Wenn er übermorgen aufwacht, wird er schön über seinen Turban lachen«, sagte Andreas und rieb sich die Hände. »Ich habe meinen Fotoapparat mit. Ich werde Paps sofort knipsen...«

Und dann kam der Tag, an dem Professor Dorian entschied, daß Gerd Sassner erwachen dürfe. Der Schlaf wurde unterbrochen, der Kreislauf wurde durch Injektionen angeregt, Infusionen und Sonden wurden abgenommen, aber in Bereitschaft gehalten. Auf einem Tablett, griffbereit, lagen Spritzen mit Megaphen, um sofort zu dämpfen, wenn Sassner nach dem Erwachen große Unruhe zeigen sollte.

Es war vormittags um zehn Uhr, als Dorian sich dem Schicksal stellte.

Wie reagierte das Gehirn, wenn es wieder frei arbeiten durfte?

Welch ein Mensch war Sassner geworden?

Dr. Keller dunkelte das Zimmer durch vorgezogene Vorhänge ab. Dorian sprach nur in Stichworten zu ihm, unpersönlicher ging es nicht mehr. Dr. Kamphusen umschwirrte Dorian wie ein Rad schlagender Pfau die Henne. Er sprach mit Dr. Keller überhaupt kein Wort mehr. Ihre Feindschaft war vollkommen.

Hinter dem Fenster des Vorraumes stand Luise mit gefalteten Händen, als Sassner die Augen aufschlug. Sie betete.

Mein Gott, dachte sie. Lieber, lieber Gott, laß es gut gehen! Gib uns unseren Papi wieder. Bitte... lieber Gott...

»Guten Morgen«, sagte Dorian freundlich und beugte sich vor. Sassners Blick war noch weit weg, umflort, verhangen, in Nebeln gefangen. Dann schien er klarer zu sehen, sein Blick nahm Leben an, schien Gegenstände zu erkennen.

Das Gehirn erinnerte sich: Ich lebe.

Ich! – Welch eine Leistung, sich selbst zu erkennen, über sich selbst zu denken. Es ist das Erwachen der Seele.

»Guten Morgen!« wiederholte Dorian. »Wir haben köstlich geschlafen! Und jetzt scheint die Sonne.«

Dorian wartete. Es kam ihm darauf an, ob Sassner logisch reagierte, ob er neben optischen Wahrnehmungen auch akustische hatte. Deshalb fügte er sofort hinzu:

»Seien Sie froh, daß Sie im Bett liegen bei diesem regnerischen Sauwetter.«

Sassner drehte den Kopf langsam zu Dorian. Seine Lippen verzogen sich etwas. »Ich denke, die Sonne scheint?« flüsterte er.

»Bravo!« Dorian ergriff Sassners schlaffe Hände. »Natürlich scheint die Sonne. Doktor Keller hat nur die Vorhänge zugezogen, damit Sie sich an das Licht gewöhnen. Wie geht es Ihnen?«

»Ich habe Durst.«

»Sie bekommen gleich einen Orangensaft.«

»Ein Bier wäre mir lieber ...«

»Da hört doch alles auf.« Dorian lachte befreit. Er war glücklich. Kurz überkam ihn eine Anwandlung, Sassner zu umarmen und zu küssen. War das der Sieg? So sehr er sich dagegen wehrte ... er mußte jetzt Dr. Keller ansehen. Der junge Arzt stand am Fenster, die Hände in den Taschen des weißen Kittels.

»Meine Gratulation, Herr Professor«, sagte er leise. »Ein Schaf wird nie den Hirtenhund verstehen, der es antreibt.«

»Wir werden noch einmal miteinander reden, Bernd.« Dorian war bereit, alles zu verzeihen. Sein Herz zuckte schmerzhaft. Wenn jemand begriff, was hier geschah, dann war er es. Hier lebte ein Mensch, dem er einen Teil der Persönlichkeit weggeschnitten und dafür einen anderen Teil gegeben hatte ... einen besseren Teil, einen gesünderen. Hier war die Seele korrigiert worden.

»Bleiben Sie ganz ruhig liegen«, sagte Dorian und tätschelte Sassner die Wangen. »Gleich kommt Fruchtsaft, kein Bier ... das trinken wir gemeinsam beim ersten Skat! Und dann wollen wir sehen, daß es aufwärts geht. Morgen laufen wir schon wieder. So, und jetzt kommt Ihre Frau ...«

Er ging hinaus und ergriff Luise an beiden Händen. Sie wollte etwas sagen, aber die Worte schwammen ihr weg. Da lehnte sie den Kopf gegen Dorians Schulter und weinte befreit.

»Nur fünf Minuten«, sagte Dorian und streichelte ihr Haar. »Morgen geht es länger. Wenn Sie wüßten, welche Leistung sein Gehirn jetzt vollbringt ...«

Dann war Luise im Zimmer, beugte sich über das Bett und küßte ihren Mann.

»Gerd ...« sagte sie. Nur immer wieder: »Gerd ... Gerd ...« Andere Worte fand sie nicht, aber es waren für sie die schönsten. »Gerd ...«

Er tastete nach ihrem Gesicht, ließ seine matte Hand über ihren Kopf gleiten und lächelte sie an.

»Rehlein ...« sagte er mühsam. »O Rehlein ...«

»Hast du Schmerzen?«

»Ein Summen im Kopf. Sonst nichts. Aber schlapp bin ich, schlapp...«

Dr. Keller zupfte an ihrem Kleid. Luise nickte. Er hat ganz klare Augen, dachte sie. Er sieht mich an wie früher. In seinen Augen liegt Sehnsucht...

»Bleib ganz ruhig, Gerd... ganz ruhig... Ich bin immer bei dir... dort, hinter dem Fenster...«

Er nickte leicht und schloß die Augen. Die Rückkehr ins Leben war eine schwere Arbeit. Seine Lippen aber sprachen noch, formten Worte. Man verstand sie nicht mehr, aber es mußten liebe Worte sein, denn ein seliges Lächeln glitt über sein Gesicht.

Der erste Ausgang fand drei Tage später statt.

Sassner hatte das Gehen schnell wieder gelernt. Am Arm Dorians spazierte er zunächst durch das Zimmer, dann über den Korridor zu den Untersuchungsräumen, wo man ein EKG machte. Es war normal.

»So, und jetzt an die frische Luft!« sagte Dorian. »In einer Woche fühlen Sie sich, als könnten Sie Bäume ausreißen.«

»Dazu brauche ich keine Woche mehr.« Sassner erholte sich von Stunde zu Stunde. Es war, als drehe man eine Gasflamme ganz langsam auf bis zur vollsten Stärke. »Gestehen Sie, Herr Professor, hat der Turban irgendwelche Rückwirkungen? Ich könnte wie ein Pascha alle Frauen umarmen!«

»Na also!« Dorian lachte laut. »Eine wichtige Funktion ist schon in vollster Blüte wieder da!«

Im Garten erwarteten Dorle und Andreas ihren Vater. Sie hatten Blumensträuße in den Händen. Aber als sie Sassner aus dem Haus kommen sahen, warfen sie die Blumen weg und stürmten auf ihn zu.

»Paps! Paps!«

Er fing sie auf, küßte sie und wirbelte mit ihnen im Kreis herum, obgleich es in seinem Kopf zu knacken begann und Schwindel ihn erfaßte.

»Halt! Erst ein Foto!« schrie Andreas. »Das muß der Nachwelt erhalten bleiben! Alle zurücktreten. Paps allein! Der Maharadscha von weicher Birne! Bitte, recht freundlich...«

Sassner ließ sich fotografieren, er lachte und machte Witze und ärgerte sogar Luise wieder. »Deine Lidstriche sind krumm«, sagte er.

»Ma, er ist genau wie früher«, meinte Dorle.

An diesem Tag machte Dorian sein großes Experiment.

Als Sassner mit seiner Familie am Tisch saß und Fruchtsaft trank, kam Dorian auf die Terrasse und trug den alten zerfetzten Schuh in der Hand vor sich her. Luise erstarrte. Die Kinder bekamen ängstliche Augen.

Das ist zu früh, schrie es in Luise. Muß das sein? Er hat doch kein Wort gesagt! Er hat nicht danach gefragt. Tut den schrecklichen Schuh weg ... bitte ...

Professor Dorian kam auf sie zu. Vor Sassner blieb er stehen und hielt den Schuh hoch. »Na?« fragte er.

Sassner sah den Schuh verständnislos an. »Wo haben Sie den denn her, Professor?« fragte er.

»Geangelt ...«

»Au! Das ist ein alter Witz! Das tut direkt weh. Wollen Sie ihn ins Museum bringen?«

»Nein.« Dorian beobachtete Sassner scharf. Jede Regung des Gesichts war wichtig. »Was halten Sie davon, wenn wir ihn verbrennen?«

»Das stinkt erbärmlich.«

»Oder besser: vergraben! Einfach zuschütten ... verschütten ...«

In Sassners Gesicht regte sich nichts. Kein Erinnern, kein Entsetzen, keine Panik. Im Gegenteil, er lachte hell auf.

»Sie haben einen schwarzen Humor, Professor! Wohlan, begraben wir ihn! Die ganze Familie gibt das Geleit. Wenn man bedenkt, was er alles erlebt hat am Fuße eines Christenmenschen ... gönnen wir der alten Galosche Ruhe ...«

Am Waldrand hob Dorian eine kleine Grube aus und legte den Schuh hinein. Sassner schaufelte sie wieder zu. Nicht ein Funken Erinnerung an den Leutnant Benno Berneck kam dabei in ihm auf.

»So, und jetzt ein Bier!« rief Sassner und schulterte den Spaten. »Professor, Sie haben mir eins versprochen! Und ich verspreche Ihnen auch etwas: Sie sollen das herrlichste Zischen meines Gaumens hören!«

Während Dorian und Sassner mit schnellen Schritten zum Haus gingen, lehnte sich Luise an einen Baum und umfaßte ihre Kinder.

»Er ist gesund ...« stammelte sie. »Ihr habt euren Vater wieder ... Es ist wie ein Wunder.«

# 4

Am sechsten Tag nach diesem Beweis der Heilung geschah auf Hohenschwandt etwas Merkwürdiges.

Zwei Kranke auf Zimmer 25 zeigten Lähmungserscheinungen. Ein sonst ruhiger Regierungsrat, der sich einbildete, ein neues Weltbild gefunden zu haben und die Erde mit einem Schweizer Käse verglich, begann über Nacht zu toben; er spuckte und kratzte und mußte festgebunden werden, weil er in seiner sinnlosen Wut den Versuch machte, sich selbst zu entmannen.

Professor Dorian stand vor einem Rätsel. Mit Injektionen besänftigte man den tobenden Regierungsrat, die beiden Patienten mit den Lähmungen bekamen entkrampfende Mittel, denn als Psychiater dachte Dorian zuerst an eine hysterische Lähmung. Erst Dr. Kamphusen brachte das Entsetzliche ans Licht, er meldete es sofort dem Chef.

»Ich habe die Kranken befragt«, sagte er. Wie immer, wenn er aufgeregt war, schwitzte er stark. »Sie sind vernehmungsfähig. Alle drei sagen aus, daß man ihnen in der Nacht vor dem Anfall eine Injektion gemacht habe ...«

»Eine was?« fragte Dorian ungläubig. Das gibt es doch gar nicht, dachte er gleichzeitig. Injektionen? In der Nacht?

»Sie sagen aus, jemand sei in der Nacht zu ihnen ins Zimmer gekommen und habe ihnen intramuskulär eine Spritze gegeben. Darauf sei es ihnen übel geworden. Mehr wüßten sie nicht.«

»Aber das ist doch Unsinn!« Dorian schnellte aus seinem Sessel.

»Das habe ich auch zuerst gedacht. Ich habe die Kranken untersucht. Leider stimmt es, Herr Professor. Bei allen ist deutlich der Einstich zu sehen, bei einem bildet sich sogar ein kleines Spritzenhämatom. Unverkennbar ...« Kamphusen wischte sich den Schweiß von der Stirn. Bei Dorian nahm er ein Taschentuch und nicht die bloße Hand. »Sie nennen sogar einen Namen ...«

»Kamphusen!« Dorian kam mit vorgestrecktem Kopf auf den Oberarzt zu. »Wenn das wahr ist ... wenn ... den Namen ...«

Kamphusens Lippen zuckten. Er war bleich geworden. »Herr Professor ...« stotterte er. »Ich tue nur meine Pflicht ...«

»Den Namen!« schrie Dorian.

Kamphusens Kopf sank auf die Brust. Jetzt schlägt ein Blitz ein.

»Die Kranken sagen: Doktor Keller ...«

Professor Dorian blieb ruckartig stehen. Er machte den Eindruck, als habe ihn jemand vor die Brust gestoßen, und nun begreife er nicht, wie so etwas möglich sei, wie man ihn so behandeln könne. Sein Gesicht verzog sich wie nach einem stechenden Schmerz.

»Doktor Keller ...« wiederholte er dumpf.

Kamphusen wackelte mit dem dicken Kopf. Seine Fischaugen quollen noch unangenehmer hervor. Er sah aus wie ein Riesenbarsch, den man aufs Trockene geworfen hatte. Bei Gott, er war ein häßlicher Mensch. »Ich kann nur wiedergeben, Herr Professor, was mir die Patienten gesagt haben«, stotterte er. »Ich habe natürlich überall zu erklären versucht, daß ein solcher Verdacht absoluter Irrsinn sei ...«

»Wie können Sie einem Irren einreden, daß er irrsinnig ist!« Dorian schüttelte den Kopf. Zu anderen Zeiten hätte man über diesen Sarkasmus gelacht, jetzt war er bitter ernst. »Und Doktor Keller?«

»Ihm gegenüber habe ich natürlich geschwiegen.«

»Natürlich.« Dorian drehte sich um und ging zu seinem Schreibtisch zurück. Bernd Keller, dachte er dabei. Das ist unmöglich. Das ist absolut widersinnig. Zugegeben: Unser persönlicher Riß ist so tief, daß er nicht wieder zu flicken ist. Ich habe ihn mit höflichen Worten hinausgeworfen. Ich habe die Entlobung von Angela vorgeschlagen. Aber was es an äußeren Ereignissen auch gibt: Bernd Keller würde nie seine Rache über einen Kranken laufen lassen. Dazu ist er zu sehr mit der Seele Arzt.

»Ich werde mit den Patienten selbst reden.« Dorian winkte energisch ab, als Kamphusen noch etwas entgegnen wollte. »Zu allen Stillschweigen, Kamphusen! Wo ist Doktor Keller jetzt?«

»Er macht einen Elektroschock mit Nummer elf. Doktor Weinzel hilft ihm.«

»Danke.« Dorian setzte sich. Kamphusen stand noch ein paar Sekunden herum, bis er merkte, daß er gehen konnte. Dorian blätterte in einem Schnellhefter und legte ihn erst weg, als Kamphusen das Zimmer verlassen hatte.

Ihn mag ich noch weniger, dachte Dorian. Welch ein Leben ist das! Der eine Oberarzt ist ein Könner und mein zukünftiger Schwiegersohn und betätigt sich als Bremse meiner Forschungen ... der andere Oberarzt ist ein widerlicher Schleimlecker, der mich noch bejubeln würde, wenn ich Tumore mit der bloßen Hand aus dem Hirn pflückte. Drum herum ein kleines Heer von weißen Mänteln, Schürzen und Hauben, Gesichter, die man sich kaum merkt, weil sie immer nicken und ja sagen. Das Leben eines Klinikchefs, von Millionen beneidet und erträumt... o Himmel, wenn ihr alle wüßtet, wie einsam man da oben ist, auf dem Thron der Medizin, wo jedes Fingerzucken, jeder Wimpernschlag beobachtet und registriert wird und jedes Wort gewogen wird, ob es Gold genug enthält, um breitgewalzt zu werden.

Professor Dorian besuchte zuerst den Regierungsrat auf dessen Zimmer. Der Kranke lag angezogen auf dem Bett und starrte an die Decke. Daß jemand sein Zimmer betrat, störte ihn nicht. Ab und zu schnalzte er mit den Fingern und nickte zufrieden.

»Guten Morgen, Regierungsrat«, sagte Dorian, zog einen Stuhl heran und setzte sich ans Bett. »Sie sind bester Laune, wie ich sehe.«

»Professor, ich bin nahe daran, die Entstehung der Welt erklären zu können.«

»Lassen Sie hören...«

Der Regierungsrat, der die Welt mit einem Schweizer Käse verglich, wandte den Kopf zu Dorian. Dann richtete er sich auf. »Zuerst war ein Milchkloß«, sagte er. »Er ging in Gärung über... das war die vulkanische Geburt der Welt! Ein Tropfen der Milchstraße machte sich selbständig, verkäste und gärte. Wir sind immer noch im Stadium der Gärung.«

»Eine verblüffend logische Theorie.«

»Die Wahrheit, Professor! Die Wahrheit!« Der Regierungsrat legte sich wieder auf den Rücken. Dorian beugte sich vor.

»Man hat Ihnen gestern eine Spritze gegeben?«

»Ja. Doktor Keller.« Der Regierungsrat schnalzte mit den Fingern. »Ich überlege, was aus unserer Erde wird, wenn sie zu weich wird. Sie müßte bei einem gewissen Grad der Übergärung zerfließen.«

»Sicherlich.« Dorian lehnte sich zurück. »Sie haben Doktor Keller erkannt?«

»Nein, es war ja stockdunkel im Zimmer.«

»Ach! Aber wieso wissen Sie dann, daß es Doktor Keller war?«

»Ich fragte ihn. Was wollen Sie, sagte ich. Mitten in der Nacht eine Injektion? Wer sind Sie? Ich konnte ja nichts sehen.«

»Und da nannte er seinen Namen?«

»Wie es bei einem höflichen Menschen üblich ist.«

»Und dann spritzte er?«
»Ja.«
»Im Dunkeln?«
»In völliger Dunkelheit. Wozu auch Licht? Ein Hintern ist groß genug... man trifft ihn auch ohne Lampe. Dann wurde ich müde, und ja, nun erzählt man mir, daß ich mich ausruhen solle. Professor...« Der Regierungsrat drehte den Kopf wieder zu Dorian, seine Augenbrauen hoben sich wie bei einer wichtigen Mitteilung: »Wenn es gelingt, Gärungsbakterien in die Milchstraße zu bringen und sie zu verkäsen, könnten wir einen unermeßlichen neuen Lebensraum gewinnen.«

»Ein phänomenaler Gedanke.« Dorian erhob sich. »Ich würde ihn schriftlich fixieren, Regierungsrat.«

Nachdenklich verließ Dorian das Zimmer. Was hier geschehen war, entbehrte jeglicher Logik. Da kommt ein Mann nachts in die Krankenzimmer, macht kein Licht, um nicht erkannt zu werden, nennt aber seinen Namen, gibt eine Injektion und macht durch sie friedliche Kranke zu tobenden Berserkern. Das alles reimt sich nicht zusammen, ist widersinnig, dumm... und trotzdem geschehen.

Dorian sprach an diesem Tag auch mit den beiden anderen Kranken. Ihre Erzählungen glichen der des Regierungsrats bis auf einige kleine Abweichungen. »Es war wirklich Doktor Keller«, sagte der eine entschieden. »Ich kenne seine Hand. Als er sie auf meinen bloßen Körper legte, wurde ich ganz ruhig. Das ist immer so bei Doktor Keller, das kann nur er. Er hat einen besänftigenden Strom in den Händen...«

Kopfschüttelnd ging Professor Dorian hinüber zu Behandlungsraum III, wo Dr. Keller einen Elektroschock machte. Der junge Assistenzarzt Dr. Weinzel und Angela fuhren herum, als Dorian ohne anzuklopfen die Tür aufriß und eintrat. Der Kranke lag auf dem gepolsterten Ruhebett, die elektrischen Anschlüsse schon am Körper. Apathisch sah er ins Leere. Dr. Keller, der gerade zum Schockgeber gehen wollte, kam auf Dorian zu.

»Herr Professor?« fragte Keller herausfordernd. Plötzlich knisterte es in dem kleinen Raum, als sei der elektrische Strom frei geworden und durchzucke die beiden Gestalten, die sich jetzt gegenüberstanden.

Dorian atmete tief auf. »Ich habe nur eine Frage.«
»Bitte.«
»Haben Sie gestern nacht im Hause eine Unruhe bemerkt?«

»Nein!« Dr. Keller sah erstaunt aus. »Das wäre auch nicht möglich gewesen.«

»Wieso?«

»Angela und ich sind erst gegen Morgen aus München zurückgekommen. Wir waren gestern abend in der Oper.«

»Ach!« Dorians Gesicht hellte sich auf. Er freute sich, er war irgendwie glücklich. »In der Oper. Stimmt ja. Angela hat mich gestern allein gelassen.« Er sah hinüber zu seiner Tochter. Warum sprechen wir kaum noch miteinander? dachte er. Warum sind wir so dickköpfig? »Es ist gut.« Dorian sah Dr. Keller lächelnd an. »Schöne Oper?«

»Rigoletto.«

»Habe ich auch immer gern gehört. Macht weiter ... und entschuldigen Sie, Doktor Keller.«

»Ich wüßte nicht, wieso der Herr Professor ...«

»Aber ich weiß es! Ich bin glücklich, daß ich mich entschuldigen kann.«

Er drehte sich auf dem Absatz um und verließ schnell den Behandlungsraum. Er war es nicht, dachte er draußen auf dem Flur. Er war mit Angela in München. Das nimmt mir einen schweren Druck vom Herzen. Wer aber hat dann die Injektionen gegeben? Wer geistert hier nachts durch Hohenschwandt, stellt sich als Dr. Keller vor und macht die Kranken noch kränker? Wer ist dieser gemeine Lump?

Vor allem aber: Wie kommt er an die Medikamente, wenn er kein Arzt sein sollte?

Also ein Arzt? Hier aus diesem Haus?

Ich werde sie mir alle ansehen, ganz genau, alle meine Mitarbeiter, dachte Dorian. Ich werde mich um ihre Lebensläufe kümmern müssen, um ihren Lebensstandard, wie sie wohnen und leben, was sie ausgeben, welche Passionen sie haben. Von jedem Menschen ein Mosaik – das ist wichtig. Auf dieser Welt ist alles käuflich, am einfachsten der Mensch.

Ein häßlicher Verdacht stieg in ihm auf.

Die Außenseiter der Krebsbehandlung bekämpft man mit Lächerlichkeit, Rufmord, Anzeigen, Ausweisung, vernichtenden Kritiken. Begann jetzt der Kampf gegen einen Außenseiter der Hirnforschung?

»Ich nehme ihn auf!« sagte Dorian, als er wieder in seinem Zimmer war und hinunterblickte in den Park, wo die leichter Kranken unter ihren Sonnenschirmen saßen. »Ich nehme den Kampf auf! Ich war noch nie ein Feigling!«

Dorian tat es, wie alles, was er anfaßte, gründlich. Wenn schon Gegnerschaft, dann offener Kampf. Keine Schüsse aus dem Hinterhalt, keine Partisanenkämpfe, sondern ein freies Gefecht mit den Waffen des Geistes und des Könnens.

Er schickte wieder Einladungen an alle berühmten Kollegen in Europa:

».. . Ich hatte die Ehre, Sie bei meiner Operation des Falles Sassner als Gast begrüßen zu können. Am 23. wird Herr Sassner aus meiner Klinik als gesund entlassen. Ich würde mich sehr freuen, Ihnen den Patienten noch einmal vorstellen zu können, um Ihnen den Erfolg meiner neuen Methode zu demonstrieren. Mit kollegialen Grüßen . . .«

Als diese Einladungen zur Post gegeben wurden, hatte Dorian ein klares Bild gewonnen. Das Studium der Personalakten seiner Mitarbeiter ergab, daß drei junge Assistenzärzte aus anderen neurologischen Kliniken kamen, deren Chefs Dorian bei seiner sensationellen Operation zusehen ließ. Zwei Schwestern waren von Professor de Cryter in Lüttich ausgebildet. Von de Cryter hatte Dorian gehört, daß er nach der Rückkehr in Lüttich geäußert haben sollte: »Mich wundert, daß er nicht einfach das Hirn gegen das eines Affen ausgetauscht hat! Hirn ist doch Hirn!« Und die Ärzte seiner Klinik hatten zusammen mit de Cryter schallend gelacht.

Die Beobachtungen an Gerd Sassners Wesen ergaben das klare Bild einer vollkommenen Heilung. Das grausame Kriegserlebnis schien überwunden zu sein, der seelische Schock der Verschüttung war weggekommen. Dorian unternahm zwei gefährliche Experimente . . . gingen sie daneben, war alle Arbeit umsonst gewesen.

»Hatten Sie nicht einen guten Freund?« fragte er Sassner drei Tage vor dem geplanten Entlassungstag. Dorian, Luise und Sassner gingen im Wald spazieren. Der große Kopfverband war längst gefallen, den kahlgeschorenen Schädel bedeckte wieder stoppeliges Haar, das sich sogar an einigen Stellen zu kräuseln begann. Nur die großen, runden Narben zeichneten sich ab. Zugeklappte Fenster, wieder vermauerte Türen zum Geheimnis des Menschen, seines Wesens, seiner Gedanken.

»Ich habe eine Menge guter Freunde«, sagte Sassner. »Wen meinen Sie?«

»Einen früheren Freund . . . Benno Berneck.«

Luise Sassner fuhr zusammen. Ihre Hände ballten sich zu

Fäusten. Angstvoll blickte sie zu Gerd hinauf. Aber Sassners Gesicht zeigte nur den Ausdruck größter Verblüffung.

»Berneck, ja! Woher kennen Sie ihn, Herr Professor? Mein Gott, ist das lange her. Wir waren zusammen junge Leutnants ... dann wurde ich Oberleutnant und Kompaniechef ...«

»Sie haben mir mal davon erzählt.« Dorian sprach in gleichgültigem Plauderton. »Was ist eigentlich aus diesem Herrn Berneck geworden?«

»Er ist tot.« Sassner blieb stehen und legte den Arm um Luise. »Er erschoß sich selbst, in einem Erdbunker. Wir waren durch einen Granatvolltreffer verschüttet.« Er drückte einen Kuß auf Luises Haare und lächelte sie wie verzeihend an. »Ich habe dir nie davon erzählt, Liebling. Es war eines meiner schrecklichsten Erlebnisse im Krieg.«

»Stimmt! Er ist tot. Ich erinnere mich wieder.« Dorian hob die Schultern. »Sie erzählten es mir ja auch. Verzeihen Sie, mir fiel dieser Name ganz plötzlich ein.«

Damit war das erste Experiment beendet. Das zweite war gefährlicher und fand in Dorians Salon statt. Luise, Angela, ein Pfleger als Bedienung und Dr. Kamphusen waren zugegen, als plötzlich, durch einen manipulierten Kurzschluß, alle Lichter erloschen und Sassner allein in völliger Dunkelheit in seinem Sessel saß. Die Finsternis fiel so schlagartig über ihn herein, daß er nicht einmal einen Ausruf des Staunens von sich gab. Nur das Kaminfeuer flackerte wild vor seinen Augen – er saß direkt vor dem Holzstoß –, und die Flammen umhüllten ihn mit zuckendem Rot.

Die Stille im Raum war lähmend. Dr. Kamphusen stand neben der Hausbar. In einem sterilen Spritzenkasten lagen zwei aufgezogene Spritzen. Selbst Dorian war es nicht geheuer ... er wartete jeden Augenblick auf einen gräßlichen Aufschrei und sagte sich doch immer wieder: Er wird es nicht tun ... er wird es nicht tun ... er ist gesund ...

Alle zuckten zusammen, als Sassners Stimme erklang, ruhig, tief und ohne jegliche Erregung.

»Ich weiß nicht, wie Sie darüber denken ... aber ich finde diese Stimmung am Feuer romantisch. Bitte lachen Sie nicht ... in mir ist noch etwas von einem Romantiker. Fragen Sie meine Frau ... wir sitzen oft am offenen Kamin nebeneinander, halten uns die Hand und fühlen uns dann losgelöst vom harten Alltag. Wir sollten alle Sessel zum Feuer rücken und das Licht auslassen. Und wenn Sie, lieber Professor, noch eine Flasche

Rotwein haben, fehlt uns nichts mehr ... sofern Sie ein so altmodischer Mensch wie ich sind ...«

Man saß eine Stunde lang in der Dunkelheit am flammenden Kamin, trank Wein und unterhielt sich über hundert Dinge, bis Kamphusen das Licht wieder andrehte.

»Gratuliere«, sagte Dorian leise zu Luise, als man beschloß, schlafen zu gehen. »Er ist gesund.«

»Sie haben ein Wunder vollbracht.« Luise ergriff beide Hände Dorians. Sie hätte diese Hände küssen mögen, diese einmaligen, gesegneten Hände. »Er ist wie früher. Mir kommen die vergangenen Wochen wie ein unwirklicher Alptraum vor.«

»Vergessen Sie sie auch. Und wenn die Haare wieder über die Narben gewachsen sind, ist die letzte Erinnerung an jenen ›fremden Menschen‹ verdeckt.«

»Hätten Sie an einen solchen Erfolg geglaubt, Herr Professor?«

»Ja.« Dorian küßte Luises Hand. »Ich würde sonst nicht operiert haben.«

Am 23. umstanden sechs Professoren Gerd Sassner im kleinen Vortragssaal. Auch de Cryter aus Lüttich war gekommen. Er hatte sich zwei Stunden lang mit dem letzten Enzephalogramm und allen Hirntestungen Sassners beschäftigt, er hatte die Reflexe untersucht, das Merkvermögen, die Erinnerung, er hatte sich mit Sassner über so ferne Dinge wie über die ägyptischen Dynastien unterhalten, über die Diadochenkämpfe, über Homers Ilias und die Reisen des Marco Polo – dann gab er auf. Der Intelligenzgrad war hervorragend, die Antworten kamen ohne langes Nachdenken. De Cryter machte sich Notizen. »Ein Sonderfall«, notierte er sich, »von dem keine Normen abzuleiten sind. Dorian hat Glück gehabt. Ein Gehirn scheint mehr aushalten zu können, als man bisher glaubte.«

Im Zimmer warteten Sassners Kinder auf den Papi. Die großen Ferien hatten längst begonnen. Sechs Wochen keine Schule. Sechs Wochen Nichtstun. Und nun mit Papi im Schwarzwald, Rehe beobachten, Forellen in Wildbächen fangen, über die Bergkämme wandern, mit den Pferden des Forsthauses ausreiten, in den klaren Bergseen schwimmen ... ein paar Wochen Herrlichkeit auf Erden.

Die Besprechung der Professoren war kurz. Über Mißerfolge kann man jahrelang diskutieren ... ein Erfolg, vor allem, wenn von niemandem erwartet, wird mit ein paar Worten zur Kenntnis genommen. Schließlich ist es die Aufgabe der Medizin, den Kranken zu helfen.

»Ihr Patient, lieber Kollege, ist gesund«, sagte Professor Vamocz aus Budapest, der sich zum Sprecher seiner Kollegen machte. »Ihnen ist zum erstenmal eine Ausschneidung aus dem Orbitalhirn ohne Persönlichkeitsumwandlung gelungen. Wir gratulieren.«

»Ich danke Ihnen, meine Herren.« Dorian verbeugte sich. »Sie haben wie ich keine Bedenken, den Patienten zu entlassen?«

»Keine. Der Mann strotzt vor Gesundheit und Normalität.«

»Dann kann er heute zurück ins Leben.« Dorians Herz begann zu zucken. Dieser Augenblick war überwältigend. Sein Lebenswerk war erfüllt. Er schüttelte die Hände seiner Kollegen, und plötzlich war er müde, unendlich müde und sehnte sich nach einem Bett, nach Ruhe, nach Dunkelheit.

Am Nachmittag verließ Gerd Sassner die Klinik. Es war ein Abschied wie für einen König. Alle Ärzte, Schwestern und Pfleger standen in der Halle von Hohenschwandt und winkten. Der Chauffeur war vorgefahren, Dorle und Andreas trugen die Blumen in den Kofferraum, die von den anderen Patienten gekauft worden waren. Dorian umarmte Sassner wie einen alten Freund, ehe er ihn zum Wagen brachte.

»Wie kann ich Ihnen danken?« sagte Sassner immer wieder. »Worte sind einfach zu wenig! Aber ich werde Ihren Namen in alle Welt tragen, Professor. Es wird keinen Menschen, den ich kenne, mehr geben, der nicht Ihren Namen eingebrannt erhält. Das ist alles, was ich tun kann.«

»Nein.« Dorian schlug die Autotür zu und stützte sich auf die heruntergekurbelte Scheibe. »Werden Sie glücklich, leben Sie im Glück, verbreiten Sie Glück. Machen Sie sich Ihre Welt so schön, wie Sie können. Der Mensch weiß gar nicht, wie wertvoll sein Leben ist, sein Geist, seine schöpferische Persönlichkeit. Es gibt nichts Schöneres als das Leben. Und nun fahren Sie ab! Dieses herrliche Leben ruft Sie!«

So verließ Gerd Sassner die Klinik Hohenschwandt.

Er beugte sich aus dem Fenster und winkte, solange er noch etwas sehen konnte von dem alten Herrenhaus, den Nebengebäuden, dem Park, dem Wald, dem Hügel zwischen den Tälern und Bergen. Dann sank er zurück und lehnte den Kopf an Luises Schulter.

»War ich wirklich so krank?« fragte er leise.

Sie nickte. »Ja ...«

»Und nun?«

»Nun ist alles wie früher, Gerd.«

»Ja.« Er schloß die Augen. Seine Lippen waren schmal, etwas verkniffen. »Ich freue mich auf die Ferien mit euch ...«

Eine ganze Zeit saß er dann so im Wagen, den Kopf weit zurückgelehnt, die Augen geschlossen. Luise streichelte ihm die Hände.

Er verschwieg, daß er seit zwei Tagen, ganz plötzlich ausbrechend und ebenso plötzlich wieder verklingend, wahnsinnige Schmerzen in der Stirn hatte.

Am späten Abend trafen sie in Wilsach ein.

Es war ein winziger Flecken mitten im Hochschwarzwald, dort, wo er am unberührtesten war, fernab vom lauten Fremdenverkehr. Im Forsthaus, das gleichzeitig ein Hotel mit zwölf Zimmern war, erwartete sie der Förster schon mit einem mächtigen schwarzgeräucherten Schinken, einer Flasche quellhellen Kirschwassers und duftendem Bauernbrot.

»Ist das nicht wundervoll?« sagte Sassner, als er allein mit Luise auf dem Balkon seines Zimmers stand und tief die Tannenluft einatmete, die jetzt, nach der nächtlichen Abkühlung, alles einhüllte. »Seit Monaten zum erstenmal allein mit dir. Kein Arzt, der plötzlich ins Zimmer kommt, kein Pfleger, der mir Tabletten bringt, keine Schwester, die sich um meinen Stuhlgang kümmert, kein Professor, der mir Drähte an den Kopf klemmt und sich mit mir wie mit einem kranken Gaul unterhält. Ich kann wieder ein völlig normaler Mensch sein!«

Er trat ins Zimmer zurück und betrachtete sich in dem Spiegel über dem Waschbecken. Die stoppeligen Haare überwucherten die Narben, aber man sah sie ganz deutlich. An beiden Seiten große verschlossene Fenster. Ein Kranz um die Schädeldecke, einer zugeklappten Luke gleich. In drei, vier Monaten würden die Haare darüber liegen. Aber war das nötig gewesen?

»Sie haben mich ganz schön zugerichtet«, sagte er leise.

»Aber du bist gesund.« Luise umfing ihn von hinten. Er spürte den Druck ihres Körpers, und als er hinter sich griff, strichen seine Hände über ihre kühle, glatte Haut. »Ich friere.«

»Mein Rehlein.« Er nahm sie auf seine Arme, trug sie ins Bett, legte sich neben sie und zog die Decke über sich und Luise. Sie kroch an ihn heran und zitterte vor Glück wie ein junges Mädchen in den Armen des Geliebten.

»Ich bin so glücklich«, sagte sie. »So glücklich, Gerd ...«

In der Nacht wachte Sassner plötzlich auf. Ein dumpfer Druck lastete auf seinem Gehirn. Er schob sich leise unter der Decke hervor, betrachtete die schlafende Luise und kniete dann neben ihr auf der Bettkante. Seine Hände legten sich um ihren Hals, aber sie drückten nicht zu, sondern es war, als nähmen sie bloß Maß, als wäre dies eine Probe. Als sich Luise im Schlaf bewegte und die Decke wegglitt, zog er sie wieder über ihren nackten Leib, hinauf bis zum Kinn, dann lief ein Zittern durch seinen Körper, er nahm die Decke und riß sie über Luises Gesicht, so wie man einen Toten völlig zudeckt. Mit verzerrtem Gesicht betrachtete er diese »Leiche«, faltete die Hände und betete leise. Dann schlich er zum Schrank, zog sich an und verließ fast lautlos das Zimmer. Bevor er die Tür zuzog, sah er noch einmal zurück zum Bett.

Der langgestreckte zugedeckte Körper lag im fahlen Mondlicht.

Sassner lehnte den Kopf an die Türfüllung und weinte.

»Warum bist du gestorben, Rehlein«, stammelte er »Warum hast du das getan? Einfach sterben. Wie soll ich jetzt weiterleben? O Rehlein, das hättest du nicht tun dürfen ...«

Er schluchzte, wandte sich dann um und schloß die Tür.

Minuten später rannte er durch den Wald. Er lief wie ein gehetztes Tier, den Kopf vorgestreckt, hechelnd und keuchend. Mit ausgebreiteten Armen warf er sich in die Dunkelheit des Waldes.

Als Luise am Morgen aufwachte und das Bett neben sich leer fand, glaubte sie zunächst, Gerd sei schon zu einem Morgenspaziergang aufgebrochen. Er hatte das früher oft getan. Während sich die Familie im Wochenendhaus »Haus Frieden« ausschlief, wanderte er schon um sieben Uhr morgens durch den Wald und kam gegen neun Uhr zurück. Meistens brachte er etwas mit: Pilze, eine Kanne voll Beeren, blühende Zweige, seltene Pflanzen. Wenn dann die Familie verschlafen, gähnend und mit zerwühlten Haaren aus den Betten kroch, duftete schon der Kaffee durchs Haus, und der Tisch draußen auf der kleinen Terrasse war gedeckt. »Ihr Faulenzer!« sagte Gerd dann jedesmal. »Die schönsten Stunden des Tages verschlaft ihr!«

Nichts Böses ahnend, duschte sich Luise, zog sich an und drehte sich dann vor dem Spiegel mit jener Eitelkeit, die Frauen nur sich selbst eingestehen. Ich sehe wirklich nicht aus wie sechsunddreißig, dachte sie. Ich habe mir meinen jugendlichen

Körper erhalten. Die Brüste sind straff und rund, der Leib flach und faltenlos, die Beine schlank und lang, die Hüften und Schenkel nicht mit Polstern belegt. Ich bin jung geblieben, weil ich nie das Glück vermißte, geliebt zu werden.

Als sie fertig angezogen war, lehnte sie sich aus dem Fenster und wartete auf Gerd. Jetzt war die Zeit, wo er zurückkommen mußte. Im Stall wurde ein Wagen angeschirrt, der Hotelbursche fegte den Eingang, vier Gäste, die auf dem Forsthaus Reiterferien machten, ritten hinaus in den rauschenden dunkelgrünen Tannenwald.

Luise sah auf ihre Armbanduhr. Halb zehn . . .

Sie hatte keine Erklärung für ihr Gefühl, aber plötzlich wurde sie unruhig. Sie lief vom Fenster weg, riß den Schrank auf und atmete erlöst. Gerds Anzüge hingen sauber nebeneinander auf den Bügeln, die Wäsche war im Wäschefach gestapelt. Dann glitt ihr Blick hinüber zum Waschbecken, und in diesem Moment wußte sie, daß etwas Furchtbares geschehen sein mußte.

Auf der Glasablage fehlten Rasierapparat, Pinsel und Rasiercreme. Das neue Stück Herrenseife war nicht mehr da. Es fehlten das Frottierhandtuch, der Waschlappen, das Haarwasser, die Zahnbürste.

»Mein Gott«, stotterte Luise und drückte die Fäuste gegen den zitternden Mund. »Was ist denn passiert? Wo ist denn Gerd? Gerd . . . was ist denn? Gerd . . .?«

Sie rannte hinaus, hinüber zu den Kindern, die noch in den Betten lagen und lasen.

»Paps ist weg!« schrie Luise und lehnte sich an die Wand. »Ich habe es nicht gemerkt. Er ist weg . . . einfach weg . . .«

Dann lief sie hinunter und alarmierte den Förster.

Man wartete bis zum Mittag, ehe man die Polizei rief. Es waren Stunden, in denen Luise wie erstarrt dasaß, auf nichts mehr reagierte, keine Antworten gab und so wenig Leben zeigte wie eine in Stein gehauene Figur. Nur ihre Augen lebten und sahen hinaus in den Wald. Und diese Augen schienen zu wissen: Er kommt nicht wieder. Auf dem Höhepunkt des Glücks bricht unsere Welt zusammen. Was soll die Polizei noch? Es ändert sich nichts mehr. Das Schicksal hatte uns nur eine kleine Frist gewährt . . . jetzt ist sie vorüber.

Die Kinder saßen neben Luise am Fenster und warteten auch. Dorle weinte still, Andreas fühlte, daß er als Junge tapfer zu sein hatte, und legte den Arm um die Schulter seiner Mutter.

»Er hat sich verlaufen«, sagte er stockend. »Bestimmt hat er sich nur verlaufen. Hier sehen ja alle Bäume gleich aus. Paß auf, auf einmal kommt ein Anruf aus irgendeinem Dorf, in dem er gelandet ist... Wenn Paps einmal wandert, macht er 'ne ganze Safari...«

»Ich denke mir das auch.« Der Förster reichte Luise eine Schachtel Zigaretten hinüber. Sie schüttelte stumm den Kopf. »Wir hatten schon öfter Gäste, die einen Rundgang machen wollten und später aus dem zehn Kilometer entfernten Breitachtal anriefen. Verlorengegangen ist hier noch niemand. Wenn man geradeaus geht, trifft man immer auf Menschen...« Es sollte ein Scherz sein, ein wenig aufheitern, aber an Luise flossen die Worte vorbei wie ein unverständliches Murmeln.

Warum hat er das Waschzeug mitgenommen? dachte sie. Was soll das bedeuten? Er muß es in die Taschen gestopft haben. Keinen Koffer hat er mitgenommen, keinen Badebeutel, nichts. Er ist mit leeren Händen gegangen. Im Schrank hängen die Anzüge, liegt die Wäsche...

Gegen drei Uhr nachmittags kam die Polizeistreife zurück. Die Beamten gingen sofort in das Privatzimmer des Försters und vermieden es, von Luise gesehen zu werden. Aus einem Sack holte der Polizeimeister einen Hut und einen Wettermantel und legte beides auf den Tisch.

»Das haben wir am See gefunden«, sagte er. »Direkt am Ufer, wo es steil abfällt.«

»Eine Sauerei.« Der Förster ging zum Wandschrank, holte Gläser und eine Flasche Kirschwasser und gab erst einmal eine Runde aus. »Es sind Herrn Sassners Sachen, nicht wahr?«

»Im Hut, im Schweißleder, sind die Initialen eingekniffen: GS. Der Mantel ist in Stuttgart gekauft. Modehaus Edelmann.«

»Wie sagt man ihr das?« Der Förster trank noch ein Glas. Es ist eine verdammte Aufgabe, einer Frau beizubringen, daß sie ihren Mann nie wiedersieht. Daß er drunten in einem See liegt, der über vierzig Meter tief ist, und man warten muß, bis die Leiche von selbst hochkommt, denn wie und wo soll man suchen? »Was haben Sie unternommen, Hiemeyer?«

Der Polizeimeister starrte auf den Mantel und den Hut. Er zuckte mit den Schultern. »Noch nichts. Ich wollte erst die Fundgegenstände hierherbringen. Wenn ich von hier aus das Kommissariat anrufen könnte...«

Luise wußte, was sie erwartete, als der Förster sie unterfaßte und bat, mitzukommen. Sie hatte keine Tränen, als sie vor dem

Wettermantel stand und den Hut in den Händen drehte. Es gibt einen Grad von Schmerz, wo Tränen gefrieren.

»Wo ... wo ist er?« fragte sie kaum hörbar.

»Sind es die Sachen Ihres Mannes?« fragte Polizeimeister Hiemeyer. Er fand es albern, so amtlich zu sein, aber es mußte sein wegen der Identifizierung.

»Ja.«

»Sie lagen am Seeufer. Am Steilhang. Es ... es kann ein Unfall sein. Ihr Mann hat sich ins Gras gesetzt, nahe an die Böschung, er hat sich vielleicht sogar auf den Mantel gesetzt, weil das Gras noch naß war vom Tau, dann wollte er aufstehen, rutschte aus und ...«

»So wird es gewesen sein«, sagte Luise dumpf wie eine aufgezogene Puppe. »So wird es gewesen sein ... ja ... ja ...«

»Wir werden gleich den See absuchen.« Der Förster sah auf die Wanduhr. »Meine Leute und zehn Waldarbeiter müssen jetzt schon mit den Kähnen auf dem Wasser sein.« Er schwieg abrupt, weil er sah, daß Luise gar nicht mehr aufnahm, was um sie herum gesprochen wurde. Sie hatte den Mantel und den Hut an sich gedrückt und ging mit steifen, hölzernen Schritten aus dem Zimmer. Im Hinterzimmer, wo Dorle und Andreas warteten, legte sie die Sachen auf den Tisch.

»Paps' Mantel!« rief Andreas sofort. »Ich sag's ja, er hat sich verlaufen. Wo ist Paps jetzt?«

»Vater ist tot«, sagte Luise langsam. »Wir sehen Paps nie wieder. Das ist das einzige, was er zurückgelassen hat.« Sie sank auf einem Stuhl zusammen, wühlte den Kopf in den Mantel und schrie gegen den nassen, nach Erde riechenden Stoff. »Gerd! Gerd! Gerd!«

Dann saß sie still, mit geschlossenen Augen, als warte sie darauf, vom Schmerz aufgelöst zu werden.

Sieben Kähne suchten den kleinen, dunklen See bis zum Einbruch der Nacht ab. Auch dann noch, beim lodernden Fackelschein, gab man nicht auf, sondern montierte starke Scheinwerfer mit Batterien an zwei Boote und leuchtete in die Tiefe des Wassers. Man fuhr vor allem am südlichen Ufer hin und her, denn die Bauern wußten genau, wie die Unterströmung verlief und wo eine Leiche wieder vom See freigegeben wurde.

Es war nicht das erstemal, daß jemand auf den Gedanken gekommen war, sich hier das Leben zu nehmen. Die Chronik von Wilsach berichtete von neun Toten im Laufe der letzten zweihundert Jahre, denn so lange führte der jeweilige Lehrer von

Wilsach peinlich genau Buch über alles, was in dem kleinen Flecken inmitten der Wälder stattfand. Da waren Brände verzeichnet, ein Mord, eine Kindesaussetzung, eine Blitzkatastrophe, ein Bergrutsch und ein Erdbeben. Ein Liebespaar hatte sich im Wald erhängt, die Jungfrau Erna war 1859 auf der Waldstiege vergewaltigt worden. 1945 versteckten deutsche Soldaten zwei Flakgeschütze im Wald, einschließlich 100 Schuß Munition. Das brachte Wilsach neun Wochen lang in den Verdacht, ein Werwolfnest zu sein. Ein französischer Major residierte im Forsthaus und verhörte jeden Wilsacher Bürger, bis man wirklich glaubte, daß die Kanonen nur vergessen worden waren.

Nun wurde die Chronik um einen Fall reicher. Ein Mann ertrinkt im See. Unfall oder Selbstmord? Wer kann das sagen?

Gegen Mitternacht brach man die Suche nach Gerd Sassner ab. Es hatte keinen Sinn mehr. Meistens kamen die Leichen nach drei Tagen erst hoch, aufgetrieben von den inneren Gasen. Dann spülte sie die Strömung zum Südufer, wo sie im Gestrüpp hängenblieben.

Am nächsten Morgen traf Professor Dorian ein. Angela begleitete ihn. Sofort nach dem Anruf aus Wilsach waren sie losgefahren, die ganze Nacht hindurch.

»Frau Sassner ist auf ihrem Zimmer«, sagte der Förster nach der kurzen Begrüßung. Dorian sah bleich und etwas verstört aus. »Sie hat nicht geschlafen. Die ganze Nacht brannte das Licht.«

Gegen Morgen hatte es zu regnen begonnen. Der Wind schlug die Nässe gegen die Scheiben und Wände, der Hochwald rauschte, es war ein dumpfes Brausen über dem ganzen Land.

Dorian traf Luise im Sessel an. Dort hatte sie die ganze Nacht gesessen und hinausgestarrt in die Dunkelheit. Ihr bleiches Gesicht war von einer schrecklichen Starrheit.

»Es ist unerklärlich«, sagte Dorian und setzte sich neben Luise. Er nahm ihre eiskalten Hände und erschrak sichtlich. Daß diese Frau noch atmet, dachte er. Daß ihre Augen noch sehen... wer sie anfaßt, berührt die Kälte einer Toten. »Ausrutschen und ertrinken. An alles hätte ich gedacht... aber nicht an diese Teufelei des Schicksals.«

»Sie glauben auch, daß es ein Unfall war?«

Sie spricht. Dorian fuhr zusammen. Eine Stimme wie aus einer anderen Welt. Hoch und gleichbleibend im Klang.

»Was sollte es sonst sein?«

»Warum hat er dann seine Toilettensachen mitgenommen?«

Dorian zuckte hoch. Ein heißer Stich traf sein Herz. »*Was* hat er?«

»Alles mitgenommen. Rasierapparat, Seife, Handtuch... Einfach in die Taschen gestopft... Es fehlt kein Koffer, keine Tasche. Er... er wollte weg. Weg von uns... von mir, den Kindern...«

Dorian kroch in sich zusammen. Das Hirn, das kupierte, umgekoppelte Hirn. Was war in ihm vorgegangen? Was war mit Sassner in der vergangenen Nacht geschehen? Gab es doch einen Fehler bei der Operation? Brach das Gehirn aus der neuen Koppelung aus?

Dorians Gedanken arbeiteten rasend wie Zahlenkolonnen in einem Computer. Es gibt keinen Fehler! Die Operation war gelungen. Als Sassner die Klinik Hohenschwandt verließ, war er gesund.

»Was Sie da sagen, Frau Sassner, spricht alles für einen Unfall«, sagte Professor Dorian. »Ihr Mann rutschte am Steilhang ab.«

»Und warum wollte er uns verlassen? Wir waren in der Nacht noch so glücklich miteinander...« Sie wandte den Kopf zu Dorian. Ihr Blick bettelte um eine Erklärung. »Sagen Sie die Wahrheit, Herr Professor. Wir sind unter uns, es hört uns niemand. Gerd war sehr krank, Sie wollten ihn heilen, Sie waren ungeheuer mutig, Sie haben gewagt, was noch kein Arzt vor Ihnen gewagt hat... aber... es mißlang... Ist es so, Herr Professor?«

»Nein!« Dorian sah auf seine Hände. »Er war gesund. Was war das letzte, was er sagte, was er tat?«

»Er küßte mich, deckte mich zu und sagte: ›Schlaf gut, Rehlein‹.«

Luises Kopf sank in beide Hände. »Dann muß es passiert sein.«

»Was?«

»Ein neuer Anfall, ein neuer Wahnsinn... ich weiß nicht, wie man das nennt. Er ist vor uns geflüchtet... oder vor sich selbst. Und dann in den See...«

»Vielleicht war es so.« Dorian wischte sich mit dem Taschentuch über das Gesicht. Er kam sich ausgeleert vor, wie von aller Kraft beraubt. »Wenn das die Wahrheit ist – wir werden es nie erfahren –, war das Schicksal nicht gemein, sondern gnädig. Dann müssen wir bei allem Schmerz dankbar sein.«

»Und Sie, Herr Professor?«

Dorian stand auf und trat ans Fenster. Der Regen rauschte gegen die Wände und auf die Wälder. Es gab keinen Himmel mehr, nur noch ein nasses Grau, in dem die Landschaft zerfloß.

»Ich kapituliere nicht!« sagte er. »Jeder neue Weg muß erst von Steinen gesäubert werden...«

Nach drei Tagen wurde Gerd Sassner in Freudenstadt protokollarisch von der Staatsanwaltschaft als vermißt und vermutlich tödlich verunglückt erklärt. Eine amtliche Totenerklärung war nicht möglich, solange man die Leiche nicht aus dem See geborgen hatte.

»Das ist nur eine Frage der Zeit«, sagte der Staatsanwalt zu Dorian, der für Luise alle amtlichen Gänge übernommen hatte. »Ich überlege schon, ob wir nicht einen Taucher einsetzen sollen. Sassner war Alleinbesitzer der großen chemischen Fabrik. Wir müssen schon wegen der Geschäftsfähigkeit der Witwe eine klare Rechtslage schaffen. Wenn die Leiche bis Ende der Woche nicht von selbst hochkommt, muß ein Taucher her.«

Peinlich berührt verließ Professor Dorian die Staatsanwaltschaft. Die nüchterne Sprache der Juristen haßte er. Für sie ist ein Toter ein Aktenfall. Für Dorian war es mehr... mit Sassner war auch sein Lebenswerk im See versunken, der lebende Beweis, daß man ein Gehirn regulieren kann, daß die Seele plötzlich greifbar ist. Die Seele, von der der Medizinpapst Virchow sagte: »Ich habe Tausende von Körpern seziert... eine Seele habe ich nie gefunden!«

Dorian hatte sie gefunden und nun wieder verloren.

»Wir müssen Herrn Sassner finden«, hatte er noch zu dem Staatsanwalt gesagt. »Tun Sie alles in dieser Richtung.«

Und man tat es.

Man ließ aus Karlsruhe einen Taucher kommen. Im Gummianzug, mit rundem, verschraubtem Helm, einem starken Scheinwerfer vor der Brust und dicken Bleisohlen an den Stiefeln, wurde er an einem Drahtseil in den See gelassen. Die Winde spulte ab.

»Vierundzwanzig Meter!« sagte jemand. Das Telefon schrillte. Durch ein Mikrofon in dem großen Helm war der Taucher mit dem Boot verbunden.

»Was sagt er?« fragte Polizeimeister Hiemeyer den Mann an der Drahtseilwinde.

»Unten ist ein verdammter Schlamm. Er geht jetzt mit der Strömung zum Südufer. Die Strömung ist so stark, daß es für den Toten gar keinen anderen Weg gibt. Wahrscheinlich ist er nahe dem Südufer, wo der Boden ansteigt, zwischen Steinen festgeklemmt.«

Viermal ging der Taucher aus Karlsruhe in die Tiefe des Sees. Immer wieder schritt er den Weg ab, den die Strömung vorzeichnete. Er leuchtete die Felsen unter dem Wasser ab. Quadratmeter nach Quadratmeter. Dann zog er an der Signalleine. Die kleine Transportwinde neben der Hauptwinde rumpelte los. Der Materialsack kam nach oben. Ein kleiner Gegenstand beulte ihn aus.

»Das kann doch unmöglich ein erwachsener Mann sein!« sagte der Polizeimeister Hiemeyer heiser.

Der Sack wurde ins Boot gezogen, mit Gummihandschuhen öffnete man ihn. Ein kleiner, verwester Körper lag darin, ein nackter, armseliger Kinderkörper. Ein Säugling, eben geboren und schon wieder getötet? Von wem? Wer konnte das jetzt noch feststellen?

»Schweinerei!« Polizeimeister Hiemeyer sah den Staatsanwalt an. »Was so alles in einem See ist...«

Der winzige Kinderkörper wurde in die Zinkwanne gelegt, die man für Gerd Sassner bereithielt. Hiemeyer deckte ein Laken darüber.

Nach siebenstündiger Suche kam der Taucher wieder ins Boot. Er winkte müde ab.

»Nichts! Gar nichts! Ich verstehe das nicht!« Er lehnte sich zurück und ließ sich die schweren Bleistiefel ausziehen. »Wenn es ein Unfall war, muß die Leiche zu finden sein. Anders ist es, wenn er Selbstmord verübt hat. Die Taschen voll Steine, vielleicht einen dicken Stein um den Hals gebunden... dann liegt er irgendwo unter dem Schlamm... Kinder, gebt mir mal einen aus der Pulle!«

Die Suche wurde abgebrochen.

Gerd Sassner war tot... aber er wurde nicht für tot erklärt.

Ohne Leiche ist ein Mensch nicht tot.

Lehrer Gottfried Haempel schrieb ein neues Kapitel der Chronik von Wilsach.

Er wählte dazu eine dramatische Überschrift: Der rätselvolle Tod im See.

Luise Sassner und die Kinder fuhren zurück nach Stuttgart. Die Villa glich einem Treibhaus... Blumensträuße und Körbe bedeckten jeden freien Platz. Die Direktion der Fabrik sprach Luise ihr Beileid aus.

»Das Werk wird weiterarbeiten im Geiste Ihres Gatten. Er wird uns Vorbild und Ansporn sein. Sein schöpferischer Geist wird immer unter uns weilen . . .«

Große Worte, die gegen ein leeres Herz klangen.

Worte, die Endgültiges ausdrückten: den Tod.

Und dagegen wehrte sich Luise. Für sie war Gerd Sassner nicht tot. Solange man nicht seinen Körper gefunden hatte, lebte er für sie. Ein unerklärliches Gefühl gab ihr die Kraft, zu glauben: Er lebt.

Wo und wie und wieso . . . das sind Fragen, die man einer hoffenden Frau nicht stellen soll.

Er lebt noch . . . ist das nicht genug, wenn man daran glauben kann?

Durch den Wald der Klinik Hohenschwandt rannte Angela Dorian. Zwei Männer verfolgten sie, aus ihren aufgerissenen Mündern stießen sie unartikulierte Laute. Es klang wie das heisere Gebrüll von Hyänen, wurde höher wie ein Heulen und dann wieder stoßweise und dumpf, raubtierhaft und gefährlich. Die Männer rannten nebeneinander her wie Roboter, mit stampfenden Beinen, stieren, ausdruckslosen Augen und verzerrten Mienen.

Vor fünf Minuten waren sie Angela Dorian im Wald begegnet. Sie standen zwischen den Bäumen, als hätten sie auf sie gewartet, und gaben keine Antwort, als Angela sie begrüßte. Es waren keine Unbekannten . . . der eine war ein Architekt, der seit neun Monaten auf Hohenschwandt lebte und sich einbildete, den Turmbau zu Babel geplant zu haben. Es gab Wochen, wo er völlig normal war, ein ruhiger, höflicher, äußerst kluger Kurgast in der Klinik, der an seinem Zeichenbrett saß und wirklich hervorragende Entwürfe machte, die später von seinem Büro auch in die Tat umgesetzt wurden. So hatte er auf Hohenschwandt ein Kaufhaus entworfen, das einer der modernsten und schönsten Bauten der Stadt zu werden versprach. Ganz plötzlich aber, und deshalb war er in Hohenschwandt, kam dann der Wahnschub über ihn; man konnte diese Stunde des Ausbruchs nie vorhersagen, es konnte mitten in einem Gespräch sein. Dann sprang er auf, streifte die Hosen herunter und klatschte sich auf den nackten Hintern. »So wahr, wie dieser Arsch glatt und rund ist«, schrie er, »baue ich euch den Turm in den Himmel! Was heißt hier Statik? Der Turm von Mensch steht auch nur auf zwei kleinen, platten Fundamenten! Mein Turm bricht nicht zusammen!«

Der Anfall dauerte meistens drei Tage. Wenn er aus seinem Wahn wieder erwachte, konnte er sich an nichts erinnern, schämte sich sogar, entschuldigte sich bei allen anderen Kranken und verkroch sich wieder hinter seinem Reißbrett.

Der andere Mann im Wald war ein Lebensmittelgroßhändler. Sein Wahn kam ganz plötzlich und war nicht mehr zu heilen, so sehr es Dorian auch mit Hypnosen und Schocks versuchte. Als letzter Ausweg blieb noch eine Leukotomie, aber vor ihr scheute Dorian zurück.

»Das ist keine Lösung«, sagte er immer. »Das ist eine Flucht in die Bequemlichkeit.«

Es begann, als der Lebensmittelgroßhändler heiratete. Seine Auserwählte hieß Dorette und tanzte seit vier Jahren in einer Bar. Er wußte, daß sie nicht mehr unschuldig war, er kannte ihr Vorleben, aber er liebte sie trotzdem heiß und – wie sich nachher im wahrsten Sinne des Wortes herausstellte – wahnsinnig. Die Hochzeit kam, die Freunde brachten die Geschenke ... und sein bester Freund überbrachte ihm eine wertvolle französische Kristallvase, eine glitzernde Kugel mit vielen kleinen Löchern, in die man Blumen stecken konnte zu wundervollen Gebilden.

Der Bräutigam erstarrte. Er brüllte auf, warf die Vase an die Wand und ging mit erhobenen Händen auf seinen Freund los.

»Ich weiß, was das soll!« schrie er wild. »Ich weiß es! Ich weiß, was ihr damit sagen wollt! So wie die Vase ist Dorette gelöchert worden! Ihr Schufte! Hinaus! Hinaus!«

In der Hochzeitsnacht weinte er ununterbrochen und verhörte seine junge Frau, wie oft sie es bisher getrieben habe, seit wann und woher sein Freund wüßte, daß sie so oft gelöchert sei, ob sie die Männer noch zählen könne und wann sie ihn betrügen würde. Von diesem Tag an raste er, wenn er irgendwo ein Loch sah. In der Wand, auf der Straße, in der Erde ... wo Löcher waren, schrie er dumpf auf und zwang seine Frau, zu gestehen, daß sie wieder mit einem anderen Mann geschlafen habe. Dorette gestand es, um ihn zu beruhigen, denn wenn er es wußte, war er zufrieden. Überall schrien ihm Löcher entgegen. Als er einmal durch die Käseabteilung ging und sein Blick auf die Schweizer Käse fiel, explodierte für ihn die Welt. Er riß die Käse aus den Regalen und warf sie aus dem Fenster.

»Nein!« schrie er dabei. »Nein! Dorette, warum tust du mir das an?«

Für Angela waren diese Patienten harmlos. Sie ging ihnen deshalb auch entgegen, als sie die beiden im Wald stehen sah, und wunderte sich bloß, daß sie so still waren. Erst als sie ihre Augen sah, merkte sie, daß etwas nicht stimmte. Sie wollte sich umdrehen und weggehen, als Bewegung in die starren Gestalten kam und die beiden Männer auf sie zustürzten. Mit gespreizten Fingern griffen sie nach Angela, rissen ihr das Kleid über der Brust auf und versuchten, sie auf den Waldboden zu werfen.

Schreien hatte keinen Sinn, von hier oben hörte niemand eine Stimme unten im Park. Verzweifelt schlug Angela mit den Fäusten um sich, traf die entstellten und doch merkwürdig starren Gesichter, hieb in diese leblosen Augen hinein, traf gegen die Beine und Leiber der beiden starken Männer und entwischte ihren Griffen. Dann lief sie davon, rannte um ihr Leben, und die beiden dumpf brüllenden Wesen, die nur noch äußerlich Menschen glichen, setzten ihr nach und jagten sie durch den Wald.

Am Waldrand spürte Angela, wie ihre Kräfte nachließen. Ihre Beine wurden schwer, jeder Schritt durchhallte sie wie ein Paukenschlag, vor ihren Augen tanzte die Wiese, drehte sich die Klinik, schwebten die Menschen im Park wie auf Wolken.

»Hilfe!« schrie sie. »Hilfe!«

Sie warf die Arme empor, stolperte und rannte dann weiter. Nach wenigen Metern wurde es dunkel um sie ... sie knickte in den Kniekehlen ein und fiel auf die Wiese, sah noch den Himmel und einen wehenden weißen Kittel, der über sie hinwegsprang. Dann wurde sie ohnmächtig.

Der Pfleger Baumann, der Angela und die beiden Männer vom Geräteschuppen aus gesehen hatte und ihnen entgegengelaufen war, hatte wenig Mühe. Mit zwei gezielten Faustschlägen warf er den Architekten und den Lebensmittelgroßhändler zu Boden, griff dann nach seiner Trillerpfeife und pfiff Alarm.

Es war das zweitemal seit Bestehen der Klinik Hohenschwandt, daß dieser nur im äußersten Notfall anzuwendende Alarm gepfiffen wurde.

Aus dem Haus rannten die Pfleger und Ärzte zum Wald.

Eine Stunde später saßen die beiden Kranken Professor Dorian ruhig und völlig normal gegenüber. Der Architekt war bleich, der Lebensmittelgroßhändler rieb sich die rotgeränderten Augen ... er hatte über eine halbe Stunde geweint. Angela lag in ihrem Zimmer und schlief. Dr. Keller hatte ihr eine Beruhigungsinjektion gegeben.

»Ich versichere, Herr Professor, daß ich mich an nichts erinnern kann«, sagte der Architekt. Mit zitternden Händen führte er eine Zigarette an die Lippen und zog hastig den Rauch ein. »Ich weiß nicht, wie das geschehen konnte. Ich habe mich in meinen Liegestuhl gelegt und bin eingeschlafen. Als ich aufwache, liege ich in meinem Zimmer und bin festgeschnallt. Was dazwischen ist...«

»Sie wollten meine Tochter vergewaltigen«, sagte Dorian ruhig.

»Unmöglich!« Der Lebensmittelgroßhändler stöhnte. »Das kann nicht sein. Das kann nicht sein. Ihre hochverehrte Tochter, Herr Professor...«

Professor Dorian machte sich ein paar Notizen. Vorhin, als er die festgeschnallten tobenden Kranken beobachtet hatte, war er noch nicht sicher... jetzt wußte er es. Ein Erkennen, das ihm Angst einflößte.

»Sie haben einen posthypnotischen Auftrag erfüllt«, sagte er später an Angelas Bett und sah an Dr. Keller vorbei. »Jemand hier im Haus hat sie hypnotisiert und ihnen den Auftrag gegeben, Angela anzufallen, wo immer sie in den nächsten Stunden sie sehen würden. Das haben sie getan, dem fremden Willen unterworfen.« Dorian sah auf seine schlafende Tochter. Trotz der Beruhigungsinjektion zuckte ihr Gesicht. »Es ist jemand hier im Haus, der Panik unter die Patienten bringen will.«

»Das wäre ein Verbrechen ohne Beispiel«, sagte Dr. Keller rauh.

»Was sollen wir tun? Die Polizei einschalten?«

»Noch nicht! Es muß möglich sein, selbst Klarheit zu schaffen. Angela sollte ein Opfer sein. Ich bin damit angesprochen, von heute ab nach allen Richtungen mißtrauisch zu sein. Vielleicht gelingt es mir, diesen Schuft zu entdecken. Er kann nur aus dem geschulten Personal kommen!«

»Dann viel Glück.« Dorian erhob sich abrupt. »Sie werden es besonders schwer haben. Denn wenn man die Patienten fragt, mit wem sie zuletzt zusammen waren, fällt immer nur ein Name, Doktor Keller...«

»Aber das ist doch irrsinnig!« schrie der junge Arzt außer Atem.

»Stimmt!« Dorian ging langsam zur Tür. »Wir leben ja auch in einem Irrenhaus...«

Am späten Abend des 24. August fuhr Ilse Trapps mit ihrem weißen Kombiwagen über die Autobahn nach Hause. Sie kam von Freiburg, wo sie im Großhandel eingekauft und ihre verheiratete Schwester kurz besucht hatte.

Ilse Trapps war dreißig Jahre alt, hatte rote Haare, eine weiße, zarte Haut, wie man sie oft bei Rothaarigen findet, grüne Augen und eine dralle, aber durchaus nicht dickliche Figur. Sie war mittelgroß, temperamentvoll, lachte gern, las Heftromane, in denen möglichst viel Liebe vorkommen mußte, studierte in den Illustrierten die Aufklärungsserien und las bestimmte Stellen ihrem Mann, dem Gastwirt Egon Trapps vor, damit er merkte, was Ilse alles bei ihm verpaßte. Sie war seit neun Jahren verheiratet und hatte schon nach einem Jahr die Illusion verloren, eine Ehe sei etwas Besonderes.

Ihr Leben spulte sich jeden Tag nach dem gleichen Plan ab. Nach dem Aufstehen und Kaffeetrinken hinunter in die Wirtschaft, kehren, putzen und scheuern, die Stühle rücken, decken, den Tresen polieren, hinüber zum Stall, wo Egon Trapps schon die Kühe versorgt hatte und das Schweinefutter auf dem Stallherd wärmte. Ab elf Uhr kamen dann die ersten Gäste, meistens Fernfahrer, die eine Cola tranken, Ilse in den Hintern kniffen, Witze über ihre Brüste rissen und Egon Trapps ärgerten, daß er mit seinen fünfzig Jahren ein Feuer wie Ilse nicht mehr löschen könne. Ab und zu verirrten sich auch Hotelgäste in das Gasthaus und blieben eine Nacht. Dann kamen ein paar schöne Stunden für die rote Ilse. Während Egon Trapps schnarchend im Ehebett lag, schlüpfte sie bei den männlichen Gästen, die ihr gefielen, unter die Decke und kassierte am Morgen einen Extrazimmerpreis »mit Bedienung«. Auf diese Art rentierte sich die Gastwirtschaft und warf einen bescheidenen Gewinn ab, so abgelegen und einsam sie auch war. Im Laufe der Jahre bildeten sich sogar Stammgäste heran, die zweimal im Jahr die rote Ilse beschliefen. Meistens waren es Reisende, die im Frühjahr und Herbst ihr Tour abrissen und Ilse Trapps' Adresse an Kollegen weitergaben.

Egon Trapps merkte von alledem nichts. Er wunderte sich bloß, daß sein Lokal trotz der einsamen Lage einen solchen Zulauf hatte.

An diesem Abend des Vierundzwanzigsten war Ilse bester Laune. Es regnete zwar, die Autobahn war glatt, die Scheinwerfer reflektierten ekelhaft, aber der Tag in Freiburg klang noch in Ilse nach. Sie hatte ihn regelrecht verbummelt, nachdem sie im Großhandel für die Wirtschaft eingekauft hatte. Bei ihrer Schwester war sie nur eine Stunde gewesen. Dann hatte sie im Kino einen ziemlich nackten Schwedenfilm angesehen und regelrechten Hunger auf einen Mann bekommen. Es wurde so schlimm, daß sie kaum noch ruhig sitzen konnte. Das Ende des Films war eine Erlösung... sie lief durch die Straßen und rannte ihre Sehnsucht einfach weg. Männer gab es genug... aber die Zeit fehlte. Egon erwartete sie frühzeitig zurück.

Ilse Trapps fuhr langsamer, als sie das blaue Hinweisschild eines Rastplatzes im Scheinwerfer auftauchen sah. Noch 500 Meter. Der Regen rauschte über die Autobahn, es war schwarze Nacht, unter den Reifen spritzte die Nässe in alle Richtungen.

»Sauwetter!« sagte Ilse Trapps. Sie fuhr in den Rastplatz ein, wo noch ein Lastzug stand, dunkel, mit verhängter Kabine. Die pennen schon, dachte Ilse. Kommen aus Holland. Wollen sicherlich in die Schweiz.

Sie ließ den Wagen ausrollen, fuhr vor den Lastzug und reckte sich, als der Kombi stand. Sie holte eine Zigarette aus dem Handschuhfach, steckte sie an und rauchte die ersten Züge mit großem Genuß.

Dieser schwedische Film, dachte sie. Verdammt, wie sie da ungeniert in die Betten gingen. Da soll man keinen Appetit bekommen! Und zu Haus liegt Egon im Bett und sägt Bäume durch. Weckt man ihn und sagt: Egon, erinnere dich – du bist ein Mann... grunzt er bloß, dreht sich um und schläft weiter. Da soll man nicht durchdrehen und an andere stramme Waden denken...

Sie rauchte versonnen, dachte an die Fernfahrer hinter sich in der verhängten Kabine und sah auf die Uhr. In einer Stunde war sie zu Hause. Vielleicht war ihr das Glück hold und ein Hotelgast war gekommen.

Ilse Trapps erschrak keineswegs, als neben ihr die Tür aufgerissen wurde und ein Männergesicht sich in den Wagen beugte. Der Regen lief ihm in Bächen über Stirn, Augen und Nase. Über der Schulter des Mannes hing eine alte Decke, vollgesaugt mit Wasser. Er trug weder einen Mantel noch einen Hut, aber er sah nicht aus wie ein Landstreicher. Er war sauber rasiert, und sein Benehmen war so korrekt, als trage er einen Frack.

»Darf ich eintreten?« fragte der Mann. Seine Stimme war tief und sofort sympathisch. »Es regnet sehr.«

»Das ist nicht zu leugnen.« Ilse Trapps lachte. »Steigen Sie ein. Sie sehen ja aus wie aus dem Wasser gezogen. Wo kommen Sie denn her?«

»Mein Wagen hat eine Panne.« Der Mann setzte sich neben Ilse. Das Wasser lief ihm aus den Schuhen, er war völlig durchnäßt, es mußte ihm lausig kalt sein, aber er zeigte keinerlei Zeichen, daß er fror.

»Ich bin eine ganze Strecke gelaufen, ehe ich diesen Platz fand.« Er sah Ilse Trapps mit großen strahlenden Augen an. Es war ein Blick, den Ilse bis zu den Fußspitzen spürte. »Es ist schön, daß Sie mir Unterschlupf gewähren.«

»Wir sollten eine Werkstatt anrufen. Dort ist eine Sprechsäule. Die Autobahnmeisterei meldet sich dann sofort.«

»Ja, ich weiß. Ich rufe gleich an. Wenn ich mich ein bißchen abtropfen lassen dürfte...«

Ilse Trapps lachte. Das Kribbeln in ihrem Körper wurde stärker. Die Innenseiten ihrer Schenkel begannen zu zucken. Verdammt, dachte sie. O verdammt, ich bin wie ein hungriger Wolf. Dieser Mann macht mich verrückt. Jeder Mann macht mich heute verrückt. Selbst den lahmen Egon könnte ich jetzt verführen, auch wenn nicht viel dabei herauskommt.

»Eine Zigarette?«

Sie hielt dem Mann ihre Packung hin.

»Danke.«

Sie rauchten schweigend, sahen aus dem Fenster, blickten sich dann an und fuhren aufeinander zu. Es war, als ob ein Magnet den anderen anzieht... sie prallten aufeinander, umklammerten sich und küßten sich mit atemloser Wildheit.

»Du bist verrückt«, keuchte Ilse Trapps, als er ihr das Kleid aufriß. »Mensch, behalt den Kopf! Doch nicht hier! Das können wir bequemer haben. Eine Stunde werden wir ja noch aushalten können. Ich nehme dich mit zu uns... den Wagen kannst du morgen abschleppen lassen! Den klaut keiner! Aber jetzt hör endlich auf. Im Auto... das ist immer eine halbe Sache. Dich will ich richtig haben...«

»Du roter Teufel!« sagte der Mann. Er bog Ilses Kopf zurück und grub seine Zähne in ihre Lippen. Sie schrie auf, schlug um sich, aber der Mann lachte nur, dunkel, kraftvoll, entwaffnend. »Du verdammter roter Satan! Auf dich habe ich gewartet! Du bist Himmel und Hölle in einem! Aber was soll der Himmel bei uns? Es lebe die Hölle! Die Hölle ist heiß und verdammt und verflucht! Wir wollen auch verdammt und verflucht sein. Es lebt sich besser so!«

Er riß sie wieder an sich, küßte sie und überzog sie mit der Nässe, die aus seinen Kleidern troff.

Später fuhren sie über die Autobahn, langsam, denn Ilses Atem flog und ihre Hände zitterten am Lenkrad.

»Wer bist du?« fragte sie. Und als der Mann nicht antwortete, fragte sie noch einmal: »Wer bist du?«

»Der große Boss«, erwiderte der Mann.

»Wer?«

»Nenn mich den großen Boss. Alle nennen mich so.«

Über Ilses Rücken krabbelten Spannung und Angst. »Das klingt wie im Fernsehen. Du bist doch kein Gangster, was?«

»Nein! Ich bin nur der große Boss. Hast du das nicht gefühlt?«

Ilse Trapps nickte. O doch, dachte sie. Und wie ich es gefühlt habe. Man lernt nie aus. Sie bekam eine trockene Kehle vor Sehnsucht und rieb die Knie aneinander.

»Du mußt doch einen Beruf haben?« fragte sie. Das Fahren, die Konzentration auf die Straße fielen ihr schwer. Ihr Gedanken eilten schon voraus ... Zimmer fünf ist das beste, dachte sie ... es hat ein breites Bauernbett, das knarrt auch nicht ... und die Brause ist gleich nebenan ...

»Ich bin Arzt!« sagte der Mann.

»Arzt? Du?« Ilse Trapps umklammerte das Steuer. »Das hätte ich nicht gedacht.«

»Ich bin ein großer Arzt. Ich betreibe wichtige Forschungen. Ich werde dir noch alles erklären.«

»Ein Arzt!« Ilse Trapps wurde unsicher. »Ich habe noch nie einen Doktor geliebt ...«

»Und ich noch keinen roten Teufel ... da sind wir quitt.« Der Mann lehnte sich zurück. Er legte seine Hand auf Ilses Schenkel, und sie spürte, wie ihr das gut tat. »Wann sind wir da, Satan?«

»Die nächste Ausfahrt ab ... Dann noch drei Kilometer durch den Wald ... Du hast mir ganz schön das Kleid zerrissen, Doktor.«

»Nenn mich nicht Doktor. Ich bin der große Boss.«

»Also, großer Boss ... hoffentlich sieht das mein Egon nicht. Ganz so blöde ist er nun auch wieder nicht ...«

Der Mann lehnte sich zurück. Die Nässe dampfte aus seiner

Kleidung, es war warm im Wagen, Ilse hatte die Heizung eingeschaltet.

»Du hast einen Mann?« fragte er.

»Ja. Neun Jahre verheiratet.«

»Das ist genug. Du wirst eine schöne Witwe sein...«

Ilse Trapps lachte laut. Sie faßte es als Witz auf. Mit Schwung verließ sie über die Abfahrt die Autobahn und sah die Augen des Mannes, die sie anstarrten.

Sie wäre sonst an ihrem Lachen erstickt.

Das Rauschen des Regens hatte aufgehört, als sie vor dem Gasthof hielten. Nur noch vereinzelte Tropfen fielen aus dem Nachthimmel, dafür war ein Wind aufgekommen, der in den Baumkronen raschelte. Wolkenfetzen trieben niedrig über den Wald, die nasse Erde duftete stark nach Fäulnis.

Ilse Trapps stellte den Motor ab. »Hier sind wir!« sagte sie. »Schön einsam, was?«

Der Mann sah aus dem Autofenster.

Ein dunkles, langgestrecktes Haus, hingesetzt auf einen Fleck, den man aus dem Wald herausgeschlagen hatte. Ein Vordergebäude, seitlich davon abgehend so etwas wie ein Stall, rechts vier Garagen. Die Gasträume lagen nach vorn, man sah es an den größeren Fenstern, darüber waren die Fremdenzimmer, sieben Fenster, vor denen ein Balkon mit einem geschnitzten Geländer herlief. Links war das Schieferdach durchbrochen. Hier hatte ein Witzbold von Architekt ein Türmchen hingesetzt, völlig sinnlos, häßlich sogar, es störte die Proportion, aber so, wie es jetzt auf dem Dach ritt, rund, mit einer Wetterfahne, blinden kleinen Fenstern, schieferverkleidet, wirkte es wie ein Blickfang. Jeder mußte das Türmchen ansehen, weil es nicht dorthin gehörte.

Über der Doppeltür des Eingangs hing ein von Sonne, Regen und Wind verblichenes Schild.

»Gasthaus Zur Eiche.«

Der Mann starrte stumm auf das Haus, das Türmchen, das Schild. Ilse Trapps war ausgestiegen und öffnete nun die Tür wie ein Chauffeur. Bitte aussteigen, der Herr...

»Zur Eiche!« Der Mann steckte den Kopf aus der Tür, aber er stieg nicht aus. Wie ein witterndes Wild schaute er sich um. »Wo sind hier Eichen? Ich sehe nur Tannen.«

»Weiß der Teufel, woher der Name kommt.« Ilse Trapps lachte. »Als Egon den Kasten von seiner Tante erbte, gab's hier schon keine Eiche mehr. Aber er hat den Namen gelassen. Ich wollte es anders nennen. ›Waldhaus‹ etwa, oder ›Am kühlen Bach‹. Hinter dem Haus fließt nämlich ein Bach. Aber Egon ist konservativ. Was du ererbt von deinen Vätern... Sie wissen ja, Doktor, wie das so ist. Was soll man machen?« Sie blieb neben der offenen Autotür stehen und wunderte sich, daß der bisher so stürmische Gast nicht ausstieg. »Egon wartet sicher in der Küche. Die Küche ist nach hinten 'raus...«

»Dieses Türmchen.« Der Mann deutete auf das lächerliche Gebilde. »Was ist mit ihm?«

»Nichts. Was soll mit ihm sein?«

»Woraus besteht es?«

»Aus 'nem Witz. Ein runder Raum mit vier Fenstern, völlig unbrauchbar. Man muß mit einer Leiter hinauf. Jetzt ist dort lauter Gerümpel. Ich war bestimmt drei Jahre nicht mehr oben.«

»Dort werde ich wohnen!«

Ilse Trapps sah den Mann verständnislos an. »In dem komischen Ding? Aber da kann man doch gar nicht wohnen...«

»Man kann! Man kann alles, was ich will!« Der Mann griff plötzlich zu, riß Ilse Trapps an sich und preßte sie gegen seine Brust. Seine Arme waren wie Schraubstöcke, es gab aus ihnen kein Entrinnen, nicht einmal eine Gegenwehr. Seine Lippen suchten ihren Mund; es war ein Kuß, der alles in ihr zerbrach, was noch an Widerstand vorhanden war. Zitternd spürte sie, wie der Druck nachließ, wie er sie freigab... Sie taumelte gegen den Wagen und preßte die Fäuste gegen das nasse lackierte Blech.

»Du sollst begreifen«, sagte der Mann dunkel, »daß mein Wille alles kann.«

»Du kannst wirklich alles, Doktor«, keuchte sie.

Er war aus dem Wagen gesprungen, griff erneut nach ihr und riß sie wieder an sich. »*Wie* heiße ich?«

»Der große Boss...«

»Sehr gut.« Er drehte sich um, ging vor dem dunklen Haus ein paarmal hin und her und betrachtete es genau. Es schien ihm zu gefallen. Ilse Trapps sah mit aufgerissenen Augen zu.

Er hat die Kraft eines Bären, dachte sie. Und wie ein Bär geht er auch, elastisch, lautlos, in den Muskeln federnd. Ein Arzt ist er, sagt er. Ein großer Arzt. Ein Forscher. Und ich gefalle ihm. Er hat Hände, denen man nicht widerstehen kann. Er küßt einem die Seele aus dem Leib... und den Verstand dazu.

Wie wird es erst sein, wenn wir allein im Zimmer sind, wenn er alles von sich abwirft, wenn er groß und nackt und stark über mich kommt?

Sie spürte, wie sie bis in die Zehenspitzen bebte und ihre Zähne klappernd aufeinanderschlugen.

»Ein schönes Haus!« sagte er plötzlich. Er drehte sich mit einem Schwung um. »Ich werde hier wohnen bleiben.«

»Für ... für länger ... großer Boss?« Ilses Stimme bebte vor Erregung.

»Für immer, roter Satan!«

»Aber dein Beruf ... du hast doch nur eine Panne ... kannst du denn so einfach ...«

»Ich kann alles!«

»Du hast doch sicherlich eine Praxis.«

»Ich operiere.«

»Da kannst du doch nicht für immer —«

»Warum redest du soviel?« Er legte den Arm um Ilses Schultern und drängte sie vor das Haus. Sein Gesicht lag jetzt im fahlen Widerschein der Scheinwerfer des Autos. Ein schönes, hartes Männergesicht, ein Kopf mit kurzgeschnittenen Haaren, die über der Schläfenseite, die Ilse zugekehrt war, in einem merkwürdigen struppigen Kranz wuchsen. »Hier bleibe ich! Ich wohne in dem Turm, und ich praktiziere in den Zimmern, die ich noch angebe! Es ist ein herrliches Haus. Der Wald umgibt es, die Ewigkeit rauscht um die Schindeln, um den Turm kreisen die Vögel, stoßen hinauf in die Wolken, lassen sich fallen zur Erde, paaren sich auf dem Dach und brüten ihre Jungen aus in den Winkeln der Dächer. Blaue Vögel sind es ... tiefblau und hellblau schillernd in allen blauen Farben ... Hast du sie schon gesehen?«

»Hier gibt es nur Krähen!« sagte Ilse Trapps atemlos. Sie blickte in seine Augen und war fasziniert von dem Schimmer, der in ihnen lag.

»Blaue Vögel!« Sein Griff um Ilses Schultern verstärkte sich. »Wenn sie im Sommer in den Himmel fliegen, lösen sie sich auf, so blau sind sie. Das Göttliche saugt das Lebende auf ... keiner sieht diese Wunder, nur ich sehe sie. Nur ich! Und hier ist die Heimat der Wunder. Das Schloß der blauen Vögel ...«

»Was?« fragte Ilse Trapps zitternd. Sie stöhnte auf. Die Finger des Mannes krallten sich in ihren Oberarm.

»Das hier ist mein Schloß!« Er beugte sich über sie. Seine Stimme wurde geheimnisvoll. »Ihr habt gelebt wie die Säue.

Aus einem Schloß voller Wunder habt ihr eine Kneipe gemacht. Eine klebrige Biertheke! Eine verräucherte Stampe! Welche Schande gegenüber den Wundern, die über euch schweben! Aber nun ändert sich das. Ich bin gekommen. Die Wunder werden sichtbar werden! Die blauen Vögel werden sie herbeitragen wie Brieftauben ihre Botschaft. Gehen wir.«

Er gab ihr einen Ruck. Sie gingen zum Eingang, und Ilse drückte auf den Klingelknopf. Irgendwo in der finsteren Tiefe des Hauses schepperte es. Dann blendete Licht auf, Türen wurden zugeschlagen.

»Das ist Egon.« Ilse Trapps knöpfte den Mantel zu. »Sieht man, daß das Kleid zerrissen ist?«

»Nein!« Der Mann drückte das Kinn an den Kragen. »Du liebst Egon?«

»Was heißt schon Liebe?« Ilse hob die Schultern. »Ich habe keine Eltern mehr, Egon holte mich aus dem Dorf weg als Putzhilfe, seine war schon vier Jahre tot, ich war jung, und wie's so kommt ... er war so anständig, mich zu heiraten. Ist überhaupt ein anständiger Mann. Manchmal zu anständig.« Sie stieß den Fremden in die Seite und lachte ihn an.

Im Schloß drehte sich zweimal der Schlüssel, ehe die Tür aufging. Egon Trapps stand im hellen Schein der Deckenlampen und blinzelte in die Nacht. Er hatte den Rock ausgezogen, die Hose wurde von bunten Hosenträgern gehalten, das Hemd war über dem Bauch schmuddelig. Er sah wie ein rasiertes Schaf aus: schmaler, langer Kopf, kugelrunde Augen und ein breiter Mund. Seine Glatze glänzte speckig. Der ganze Mensch machte einen etwas hilflosen Eindruck.

»Du bist spät dran«, sagte er in die Dunkelheit hinein. Noch sah er nichts. »Wie geht es Emma?«

Emma war Ilses Schwester, die sie kurz besucht hatte. Ein Alibi, das Egon nie nachprüfte. Er glaubte seiner Frau.

»Wir haben einen Hotelgast.« Ilse trat in den Lichtschein. Der Mann folgte ihr. Er nickte Egon Trapps zu, schob sich an ihm vorbei in die Gaststube und ging in ihr herum, als wolle er sie kaufen.

»Wer ist denn das?« fragte Trapps leise.

»Ein Arzt.« Ilse senkte die Stimme. »Er will Dauergast sein.«

»Bei uns?«

»Warum nicht?«

»Wo kommt der denn her?«

»Ich habe ihn auf einem Rastplatz an der Autobahn aufge-

nommen. Sein Wagen hat eine Panne. Wir holen ihn morgen.«
Sie hielt den Mantel vorn zu, damit Egon nicht das zerrissene Kleid sah.

»Gut. Und wenn er seinen Wagen hat und sieht bei Tag, wo er gelandet ist, fährt er gleich wieder ab. Frierst du?«

Ilse zog den Mantelkragen höher. »Ja. Geh und lad aus. Der Kofferraum ist voll. Ich zeige dem Doktor sein Zimmer. Ich dachte, Nummer fünf.«

»Ist gut, Ilse.«

Während Trapps auslud und die Kisten und Kartons durch die Wirtschaft schleppte, saß der Mann an einem Tisch und sah stumm vor sich hin. Ilse war hinauf in die Wohnung gerannt, zog sich schnell um und versteckte das zerrissene Kleid unter schmutziger Wäsche. Sie kämmte sich, schminkte die Lippen und strich mit beiden Händen über ihre Brüste.

Ich bin schön, dachte sie. Viele haben es mir schon ins Ohr geflüstert, aber wenn *er* das sagt, klingt es wie Fanfarenmusik. Das war eines der großen Erlebnisse für Ilse Trapps gewesen ... ein Liebhaber hatte sie abends mitgenommen in ein Sinfoniekonzert. Man spielte Beethoven, und als die Fanfaren aufklangen, war es ihr fröstelnd über den Rücken gelaufen, und sie hatte ein Gefühl gehabt, das sie nie beschreiben konnte. Nun war es wiedergekommen, wenn der »große Boss« zu ihr sprach, wenn er sie umarmte, wenn er sie ansah ... ein Gefühl, als schmetterten die Fanfaren.

Sie kam die Treppe herunter, als Egon Trapps bereits den ersten Streit mit dem späten Gast hatte.

Egon hatte ihm das rote Meldeformular hingeschoben und darum gebeten, sich einzutragen.

»Wegen der Polizei und der Steuer, Herr Doktor.«

»Nicht nötig.« Der Mann schob den Meldeblock von sich weg, als rieche er übel.

»Es ist Vorschrift, Herr Doktor«, sagte Egon höflich. »Ich kann nichts dafür.«

Der Mann sah Egon Trapps scharf an. Es war ein Blick, den Trapps wie eine Ohrfeige empfand.

»Ich will nicht! Verstehen Sie. Ich will nicht!«

»Es wird Ärger geben, Herr Doktor. Ich muß doch wissen, wie Sie heißen!«

»Der große Boss!«

Egon Trapps sagte nichts mehr. Er schlurfte hinter den Tresen, goß sich ein Kirschwasser ein und kippte es schnell hinunter. Als er Ilse sah, winkte er ihr zu und verschwand in der Küche.

»Der kommt mir morgen wieder aus dem Haus«, sagte er, als Ilse ihm gefolgt war. »Der hat sie nicht mehr alle im Kasten! Der große Boss! Hier!« Trapps tippte an seine Stirn. »Hast du gesehen, wie er aussieht? Kein Hut, kein Mantel, der Anzug klatschnaß...«

»Er ist im Regen über die Autobahn gelaufen, um Hilfe zu suchen...«

»Und dann der Kopf. Auf beiden Seiten runde Narben und obendrauf auch. Ich hab's deutlich gesehen.« Egon Trapps atmete heftig. Eine unbestimmbare Angst stieg in ihm auf. Er kannte sonst so etwas nicht, er war durchaus kein furchtsamer Mensch, sonst hätte er nicht schon dreißig Jahre in dieser Einsamkeit verbracht. Aber dieser fremde Mensch strahlte Furcht aus. Man hatte das Gefühl, ihn umschleichen zu müssen, wie ein giftiges Reptil. »Wir lassen den Wagen holen... und dann weg mit ihm! Ich habe ein merkwürdiges Gefühl...«

»Verrückt.« Ilse Trapps lachte etwas gequält. »Er ist ein Doktor. Ein feiner Herr. Du kennst nur deine Waldhüter mit ihren stinkenden Lederhosen! Wann kommt schon mal ein vornehmer Herr hierher? Und ist mal einer da, dann drehst du durch, nur weil du ein grober, ungebildeter Klotz bist! Denk an das Geld, das er hierläßt.«

»Ich will sein Geld nicht.« Egon Trapps sah durch die Klappe, durch die sonst die Speisen zur Theke geschoben wurden. Der Mann ging im Gastraum herum und sprach leise mit sich selbst. »Morgen ist er weg, das sag ich dir! Der Kerl ist mir unheimlich...«

Der Mann ging sofort auf sein Zimmer, als Ilse Trapps ihn fragte, ob er mitkommen wolle. Er wollte nichts mehr essen, nichts trinken, gar nichts. Er legte Egon Trapps einen Fünfzigmarkschein auf den Tresen, ohne ein Wort dazu zu sagen. Trapps steckte ihn sofort ein. Geld ist etwas Reales, auch wenn es von unsympathischen Menschen kommt.

»Du bleibst bei mir«, sagte der Mann und hielt Ilse Trapps fest, als sie das Zimmer wieder verlassen wollte.

»Ich komme nach...« stotterte sie.

»Wann?«

»Wenn mein Mann schläft.«

»Dein Mann stört mich.«

»Was sollen wir tun? Er ist eben da. Man muß ihn ertragen.«

»Man kann das ändern.«

»Ich werde ihm drei Kirschwasser geben, dann schläft er schneller ein.« Sie riß sich aus seinem Griff los, rieb ihre Knöchel und wich zur Flurwand zurück. »Ich ... ich komme bestimmt.«

»Wenn du nicht kommst, hole ich dich ...«

»Um Gottes willen!«

»Was soll Gott hier? Im Schloß der blauen Vögel regiert der große Boss!« Der Mann lachte dunkel, strahlte Ilse Trapps noch einmal mit seinen leuchtenden Augen an und warf dann die Tür zu. Mit weichen Knien schwankte Ilse die Treppe hinunter.

In seinem Zimmer setzte sich der Mann an den wackeligen Tisch und klappte eine alte Schreibmappe auf. Es war der einzige Luxus des »Hotels« ... eine Mappe mit Briefpapier, einem Kugelschreiber und vier Ansichtskarten vom »Gasthaus zur Eiche«. Auf den Fotos sah das Haus romantisch und einladend aus. Ideal zur Wochenenderholung, stand sogar auf der Rückseite.

Der Mann nahm ein Blatt Papier aus der Mappe und schrieb mit großen steilen Buchstaben untereinander immer den gleichen Namen.

Gerd Sassner
Gerd Sassner
Gerd Sassner

Dreiundzwanzigmal.

Als das Blatt Papier vollgeschrieben war, begann er, mit einem dicken Strich jeden Namen wieder durchzustreichen.

»Weg ...« sagte er dabei. »Weg ... weg ... weg ...«

Als der letzte Name durchgestrichen war, lehnte er sich zurück und breitete die Arme weit aus.

»Ich habe ihn vernichtet!« brüllte er. »Ich habe ihn total vernichtet! Es gibt ihn nicht mehr!«

Dann zerknüllte er das Blatt Papier zwischen den Fäusten, formte eine Kugel, schob sie in den Mund und aß sie auf.

»Welch ein göttliches Gefühl!« schrie er und stampfte mit beiden Füßen auf wie ein wildes Pferd. »Ich verdaue mich ...«

Eine Stunde später schlich Ilse Trapps in das Zimmer fünf. Sie tastete sich durch die Finsternis zum Bett. Dort wurde sie ergriffen und auf die Matratze gerissen.

»Er schläft!« keuchte sie. »Er schläft endlich!«

Draußen begann es wieder zu regnen. Der Wind klapperte mit dem Gestänge des Wetterhahns auf dem kleinen Turm.

»Die blauen Vögel«, sagte Sassner. »Hörst du sie, rote Hexe?«

»Ja!« schrie sie gegen seine breite, nackte Brust. Sie klammerte sich mit Armen und Beinen an ihm fest. »Ja! Ja! Zur Hölle mit dir ... du bist der Teufel selbst!«

Der nächste Tag brachte eine Überraschung ... der Wagen des Doktors war von der Autobahn verschwunden.

Egon Trapps war schon früh aufgewacht. Neben ihm lag Ilse, tief atmend, fast keuchend, und Egon wunderte sich, denn er hatte noch nie bemerkt, daß seine Frau unter leichtem Asthma litt. Er sah sie eine Weile an, registrierte, daß sie im Schlaf zuckte, mit Armen und Beinen, so wie es Hunde tun, wenn sie von Katzenjagden träumen, ab und zu veränderte sich ihr Gesicht zu einer Grimasse, und dann kam ein Zug auf ihr Antlitz, den Egon verwundert als lustvoll erkannte, so, als träume Ilse die tollsten Dinge.

Egon Trapps zuckte mit den Schultern, schob sich aus dem Bett, sah auf die Uhr – es war gerade sechs Uhr – und schlich ins Badezimmer. Dort wusch er sich, zog sich an, verließ das Haus durch den Hinterausgang, fuhr den Kombiwagen aus der Garage und schellte Mathias Zuckmann aus dem Bett. Zuckmann hatte einen Abschleppdienst an der Autobahn. Er beschimpfte Trapps lauthals.

»Bis sieben hättest du warten können«, schrie er aus dem Fenster. »Ob der nun 'ne Stunde länger steht ...«

»Ich will den Kerl loshaben, Mathias!« Trapps winkte ab, als Zuckmann weiterschimpfen wollte. »Tu mir den Gefallen.«

»Wo steht er?«

»Ilse sagt, es muß am Herbenrother Wäldchen sein. Er ist am Parkplatz fünf zu ihr gekommen.«

»Ich bin gleich fertig.«

Eine halbe Stunde später war nirgendwo ein abgestellter Wagen am Rande der Autobahn zu sehen. Sie fuhren die ganze Strecke ab ... Herbenrother Wäldchen, Parkplatz ... es war ja nur ein kleines Stück, das in Frage kam. Aber auf diesem Stück hatte kein Wagen gestanden. Das bestätigte auch der Streckenwärter, der mit seinem gelben Unimog auf dem Mittelstreifen stand und einen umgefahrenen Busch wieder einpflanzte.

»Geklaut!« sagte Mathias Zuckmann trocken. »Während der Doktor bei dir im Bett schnarcht, haben sie ihm den Wagen geklaut. Na, der wird Augen machen! Junge, Junge, was so alles auf den Straßen passiert...«

Als Egon Trapps seinen Wagen wieder in die Garage stellte und den Gastraum betrat, saß Gerd Sassner schon am Tisch und frühstückte. Ilse bediente ihn. Sie hatte die roten Haare aufgesteckt, ihr Gesicht glänzte, die Lippen leuchteten in grellem Rot, sogar die Fingernägel hatte sie lackiert. Sie trug ihr bestes Kleid, ein Dirndlkleid, dessen Mieder sich so eng um die runde Brust spannte, daß Egon schon mehrmals gesagt hatte: »Ich bin der Ansicht, das ist unanständig.« Er bekam dann immer zu hören: »Und du bist ein alter Mann!«, was ihn so sehr ärgerte, daß er lieber den Mund hielt.

»Guten Morgen!« sagte er laut. »Ich komme von der Autobahn. Ihr Wagen ist weg, Herr Doktor.«

Sassner blickte auf. Seine Augen waren etwas verschleiert.

»Ich habe so etwas geahnt. Man läßt seinen Wagen nicht über Nacht allein! Es ist meine Schuld. Übrigens... Ihre Blutwurst ist gut. Selbst geschlachtet?«

»Ja.« Trapps war ein wenig verwirrt. Er hatte eine andere Reaktion erwartet. Ein Mann, dessen Auto gestohlen ist, fährt vom Stuhl wie gestochen. Dieser hier lobte die Blutwurst. Trapps wischte sich über die Stirn. Das unheimliche Gefühl stieg wieder in ihm auf. Er sah seine Frau durch den Gastraum gehen, mit tänzelnden Schritten, die Hüften schwingend, und zu dem Unheimlichen kam noch ein Schmerz im Herzen. »Was nun?« fragte er.

»Nichts!« Sassner goß sich Kaffee in die Tasse. »Was schlagen Sie vor?«

»Man muß die Polizei holen!«

»Warum? Es werden täglich durchschnittlich fünfzig Autos gestohlen, die nie wieder auftauchen. Ich hasse es, Unsinniges zu tun. Denken wir weiter. Mir gefällt dieses Haus, es liegt gut, es hat genau die Atmosphäre, die ich brauche. Ich miete es en bloc.«

»An was?« fragte Egon Trapps und sah hilfesuchend zu seiner Frau.

»Im Ganzen.« Sassner griff in die Rocktasche und holte vier Hundertmarkscheine heraus. Bedächtig zählte er sie auf den Tisch. »Ich möchte eine Woche hier allein wohnen. Machen Sie die Gastwirtschaft zu, hängen Sie ein Schild draußen an die Tür: Wegen Krankheit geschlossen. Ich möchte hier umbauen.«

Egon Trapps wischte sich wieder verwirrt über das Gesicht.

Er war ein Mensch des langsamen Denkens, aber wenn er einmal über etwas nachgedacht hatte, dann saß es auch fest in seinem Hirn. Und jetzt saß in seinem Gehirn der Gedanke: Er muß hinaus! Er muß hinaus! Schon wegen Ilse muß er hinaus. Sie benimmt sich ja wie eine heiße Hündin ...

»Nein!« sagte Egon Trapps laut. »Ich nehme keine Dauergäste. Ich bestelle dem Herrn Doktor nachher ein Taxi, und dann können Sie in der Stadt weitersehen ...«

»Ein guter Gedanke.« Sassner sah Trapps freundlich an. Aber dieser Blick hatte etwas Hintergründiges, Unaussprechbares. Ein Blick aus einer großen Leere. »Ich fahre gegen Mittag.«

Um die Mittagszeit hielten ein paar Fernfahrer vor dem »Gasthaus Zur Eiche«, schimpften und fuhren weiter. An der Tür hing ein handgemaltes Schild.

Betriebsferien. Bis zum 15. geschlossen.

Die Läden waren vor die Fenster geklappt, die Gardinen zugezogen. Auch die Waldarbeiter, die sonst in der Mittagspause ihren Schnaps und ein paar Viertel Wein tranken, kehrten um. »Jetzt hat's die Rote doch geschafft und schaukelt ihren Egon durch Italien!« sagten sie. »War ja immer ihr großer Wunsch. Einmal Italien! Muß ganz plötzlich gekommen sein, daß der Egon umgefallen ist ...«

Im Hinterzimmer lag unterdessen Egon Trapps und schlief röchelnd. Um ihn herum stank es nach Kirschwasser. Die Hosen lagen neben dem Sofa, die Unterhosen waren heruntergerollt, das Hemd zerknittert.

Er hatte eine Schlacht geschlagen. Er hatte in einer Anwandlung wilden Männerstolzes bewiesen, daß er noch kein alter Mann war. Er hatte Ilse bezwungen wie in alten Tagen, erbarmungslos und bis zum keuchenden Zusammenbruch ... und dann hatte er seinen Triumph begossen und sich sinnlos betrunken. Nun lag er da, wie ein geschändeter Körper, und wußte nicht, daß aller Kampf nur eine Komödie gewesen war, daß man ihm den Triumph ließ, Sieger zu sein, und ihn damit zur Seite schaffte.

»So werden wir ihn immer still bekommen«, hatte Ilse Trapps hinterher zu Gerd Sassner gesagt. »Er wird uns nie mehr stören.«

»Es ist nur eine Notlösung.« Sassner starrte auf den schnarchenden Trapps, die heruntergerollte Unterhose, die knöchernen, behaarten Beine und Schenkel. Dann sah er Ilse an, ihren lebensprallen Körper, und ihm wurde übel.

»So geht es nicht«, sagte er heiser. Er zog sie an sich, und seine Übelkeit verstärkte sich. Ihre Haut war warm und mit Schweiß überzogen, ihr Gesicht glühte noch, die roten Haare klebten im Nacken. »Ich will nicht, daß du noch einem anderen gehörst als mir. Es ekelt mich sonst, dich anzufassen ... und du weißt nicht, was Ekel bei mir bedeutet!« Sein Blick ruhte starr auf ihrem erhitzten Gesicht. Sie sah ihn an mit flimmernden Augen. Wie schön sie ist, dachte er. Wie elementar. In ihr lebt der Urschrei der Natur wieder auf. Sie ist nur Lust. Wenn sie atmet, füllen sich alle Zellen ihres Körpers mit Sehnsucht. Sie kann nichts anderes denken als Vereinigung. Sie ist nichts als ein Leib, der dauernd geöffnet ist, eine Blüte, die ständig befruchtet wird. Und sie wird mein Geschöpf sein, mein ureigenes Geschöpf, die ins Leben führende Verlängerung meiner Gedanken. Was ich ersinne, wird sie praktizieren. Ihr Leben hat aufgehört, ein eigenes Leben zu sein. Sie ist meine dritte Hand, mein zweites Hirn.

»Es ist die einzige Möglichkeit, ihn still zu bekommen«, sagte sie noch einmal. »Weißt du etwas anderes?«

Sassner schwieg. Er zog Ilse Trapps aus dem Hinterzimmer und fühlte wieder ihre schweißige Haut. »Geh ... bade dich«, sagte er rauh. »Leg dich in die Wanne und wässere dich. Ich will seinen Geruch nicht in der Nase haben. Geh ...« Er stieß sie weg. Sie taumelte gegen die Wand, duckte sich wie ein geschlagener Hund und rannte davon.

Nach einer Stunde stand sie wieder bei Sassner im Zimmer, nackt unter einem zerschlissenen Bademantel. Sassner saß am Fenster und zeichnete. Er hatte schon einen kleinen Stapel Papier verbraucht und schien über große Probleme nachzudenken.

»Ich bin wieder sauber«, sagte Ilse. Sie öffnete den Bademantel und zog ihn auseinander. Ihr weißhäutiger, glatter Körper leuchtete in der Mittagssonne. Sassner schaute auf. Sein Blick glitt über ihre straffen Brüste, über den Leib, die runden Schenkel hinab. »Ich habe mich sogar mit Parfum eingerieben«, fügte sie hinzu. »Überall ...«

Sassner stand auf, ging auf sie zu, streifte den Bademantel von ihren Schultern und ließ ihn zu Boden fallen. Er ging ein paarmal um sie herum, taxierte sie ab wie ein Händler auf dem Sklavenmarkt, und sie blieb starr stehen, mit hängenden Armen, nur ihre Augen wanderten mit, überschattet von einer kindlichen Angst.

Was wird er tun? Gefalle ich ihm nicht? Warum faßt er mich nicht an? Vier Schritte weit entfernt ist das Bett. Wird er mich hinüberzerren? Oder schlägt er mich jetzt?

Sassner blieb hinter ihr stehen. Seine Hände strichen über ihren Rücken, zum Gesäß, um die Hüften herum und den Leib hinauf bis zu den Brüsten, wo sie liegenblieben. Ein heißer Strom durchrann sie, sie seufzte und legte den Kopf nach hinten gegen seine Brust.

»Du liebst mich, nicht wahr?« sagte sie mit trockener Kehle. »Ich gefalle dir. Sag, daß ich schön bin. Ich muß es aus deinem Mund hören.«

»Du bist eine Ausgeburt des Satans.«

»Ich gehöre dir. Ganz, ohne Einschränkung. Du kannst mit mir machen, was du willst. Wenn du mich schlagen willst ... tu es. Wenn du mich quälen willst ... ich halte still. Deine Hände sind das Schönste auf dieser Welt ...«

Sie seufzte, legte sich in seinen Griff und genoß die zehn Finger, die ihre prallen Brüste umspannten.

»Warum stehen wir mitten im Zimmer?« flüsterte sie.

»Ich bin dabei, das Schloß der blauen Vögel einzurichten.« Sassner ließ Ilse Trapps los. Sie taumelte ein wenig, als sie plötzlich frei stand, und starrte ihn betroffen an. Sassner ging zu dem Tisch am Fenster und nahm einige der bemalten Papiere auf.

»Jetzt ...?« fragte sie gedehnt.

»Ich habe wenig Zeit. Meine Forschungen müssen weitergehen. Ich brauche einen Operationssaal, zwei Krankenzimmer, einen Leichenraum, ein Laboratorium.«

»Hier?« stammelte Ilse Trapps.

»Ja, hier!« Sassner drehte sich um. Sie stand noch immer nackt in der Sonne, die durch das geöffnete Fenster flutete. Eine bäuerliche Venus, Symbol prallen Lebens. »Ich habe genaue Vorstellungen. Wir werden hier einen Klinikbetrieb aufmachen, wie er besser nicht in den Großstädten sein kann. Nur einen großen Vorteil haben wir allen anderen Kliniken voraus: Wir haben Ruhe! Wir können ungestört forschen. Wir haben keine Personalsorgen. Wir können uns ganz den Problemen hingeben.«

»Aber man wird dich doch vermissen ... dort, wo du herkommst«, sagte Ilse Trapps. »Wo kommst du eigentlich her?«

»Vielleicht von einem anderen Stern? Glaube, daß ich von einem anderen Stern komme!«

»Und keiner vermißt dich?«

»Keiner! Ich bin allein auf dieser Welt. Ich habe nur dich.«

»Das ist schön.«

»Was ist schön!«

»Daß du nur mich hast.«

»Die Welt ist unvollkommen.« Sassner stand vor Ilse Trapps und legte die bemalten Blätter Papier auf ihre Brüste. »Wohin man sieht ... Unvollkommenheit. Genies werden ausgelacht wie Harlekine, Hirnlose werden Politiker, Duckmäuser erklettern hohe Stellen, Idealisten nennt man Idioten, die Völker der Erde werden betrogen und jubeln ihren Blutsaugern zu, Raketen werden zum Mond geschossen, aber einen Heuschnupfen kann man nicht heilen, Milliarden zischen in den Himmel, aber in Asien sterben jährlich Millionen an Hunger, die Welt rüstet zur gegenseitigen Ausrottung, aber in den Hospitälern liegen die Kranken auf den Gängen, die Dahinsiechenden werden hinausgeworfen, weil es keine Betten gibt ... Ist das eine Welt?« Sassners Hände spielten mit den Papieren. Dann lagen sie plötzlich still auf Ilse Trapps Brüsten. »Als Gott den Menschen schuf, war er ein Ingenieur, der eine Maschine konstruierte nach seinem Ebenbild. Aber ein Fehler unterlief ihm, ein kleiner Fehler nur ... er verschraubte im Gehirn das Kästchen nicht richtig, in dem die Dummheit aufbewahrt wird. Ein Schräubchen lockerte sich, und aus dem lockeren Deckel entweicht nun die Dummheit wie ein Gas, das den ganzen Menschen vergiftet. Hier ist meine große Aufgabe: Ich werde in den Hirnen der Menschen diese Schraube anziehen! Ich werde die Dummheit wieder einsperren. Ich muß Gott korrigieren! Ich werde aus den Menschen wirklich sein Ebenbild machen! Die Erde wird glücklich sein, ein neues Paradies, wenn bei allen Menschen dieser Deckel über der Dummheit wieder befestigt ist. – Verstehst du das?«

»Ja.« Ilse Trapps starrte Sassner mit großen Augen an. Sie verstand nichts, aber sie hörte seine sonore Stimme, sie fühlte seine kräftigen Hände, sie sah seine Augen voll eines geheimnisvollen Feuers. »Ja«, sagte sie mit trockener Zunge. »Das ist wunderbar.«

»Ans Werk!« Sassner nahm die Papiere und schwenkte sie durch die Luft. »Richten wir die Klinik ein! Sofort! Das Gas der Dummheit kennt kein Zögern ... je eher wir arbeitsfähig sind, um so schneller wird die Welt gesunden!«

Ilse Trapps wollte den Bademantel wieder anziehen, aber Sassner nahm ihn ihr aus der Hand. »Bleib so!« sagte er.

»Aber ich kann doch nicht nackt durchs Haus ...«

»Warum nicht? Nackt ist etwas Reines! Ein Mensch wird nackt geboren, ein Vogel, eine Maus ... wer nackt ist, versteht das Paradies.« Er trat zurück und musterte Ilse wieder mit etwas zusammengekniffenen Augen. »Du bist von einer vulkanischen Schönheit. Um deinen Kopf flammt es auf und um deinen Schoß. Das sind die zwei wichtigsten Landschaften im schönen Erdteil, der Mensch heißt. Der Kopf denkt, der Schoß empfängt ... das sind Urelemente. Und beide stehen bei dir in Flammen!« Er strich über ihre kupferroten Haare und gab ihr einen Klaps auf das Hinterteil. »Hast du kurze weiße Schürzen?« fragte er.

»Ja. Servierschürzchen. Aber ich habe sie nie gebraucht. Egon kaufte sie mal, weil wir hier Hochzeit hatten. Aber dann trug ich sie doch nicht. Sogar diese dummen Häubchen hat Egon dazu gekauft. Als ob ich ein Häubchen tragen würde ... wie die Stubenmädchen im Fernsehen ...«

»Du wirst sie tragen!« Sassner warf den Bademantel auf das Bett.

»Geh, hol die Schürzen und Hauben.«

»Aber –«

»Geh!« Sassner senkte den Kopf. Seine Augen wurden dunkler.

»Seien wir uns darüber klar, roter Satan: Es gibt in unserem Wortschatz *ein* Wort nicht mehr, und das heißt: Widerspruch! Ich sage etwas, und du tust es ... Ist das klar?«

»Ja. Aber –«

»Schon ein Aber ist ein Widerspruch! Aber ist Auflehnung. Aber ist Gegenwehr! Jedes Aber muß bestraft werden!« Er hob die Faust, stellte den Daumen hoch und drehte ihn dann nach unten. Es war das Zeichen römischer Kaiser, wenn sie über das Leben der Gladiatoren entschieden: In den Staub mit ihnen! »Auf die Knie!« sagte er hart.

Ilse Trapps zögerte nicht mehr. Sie fiel auf die Knie, Angst und Bewunderung schnürten ihre Stimme ab.

»Sprich mir nach.« Sassner war zu ihr getreten, griff in ihre Haare und riß ihren Kopf nach hinten. Ihre grünen Augen flehten ihn an, ihr Mund war halb geöffnet. Er sah sie mit einem Lächeln an. Wilder Triumph durchzuckte sein Gesicht. Sie ist mein Geschöpf, dachte er wieder. Mein ureigenes Geschöpf. Sie ist von jetzt an nur lebensfähig mit mir und durch mich. Versagt mein Atem, wird auch sie ersticken. »Ich gehorche dem großen Boss!«

»Ich gehorche dem großen Boss ...« flüsterte Ilse Trapps.

»Noch einmal!«

»Ich – gehorche – dem – großen – Boss –«

»Brenn den Satz in dein Herz, Teufelchen.« Er ließ ihre Haare los, der Kopf sank nach vorn, sie hockte sich auf den Boden und kam sich wie ausgebrannt, wie eine hohle Schlacke vor. Wenn jetzt ein Wind kommt, wirbelt er mich weg, dachte sie.

»Nun geh und hol die Schürzchen«, sagte Sassner. Seine Stimme war wieder völlig normal. Er ging zum Fenster zurück, setzte sich und vertiefte sich in seine Zeichnungen.

Es waren merkwürdige Gebilde.

Durchgeschnittene Kreise. Dreiecke mit gekappten Ecken. Winkel mit gebrochenen Schenkeln.

Eine völlig zerstörte Welt.

Um die Mittagszeit wurde der auf seinem Sofa schnarchende Egon Trapps durch Alkohol weiterhin außer Gefecht gesetzt. Auf Befehl Sassners flößte Ilse ihrem Mann eine halbe Flasche Zwetschgenwasser ein. Damit er schluckte, hielt sie ihm die Nase zu. Schlaftrunken und noch vom ersten Rausch umnebelt, machte Egon Trapps keine Schwierigkeiten ... er trank den hochprozentigen Alkohol, sank dann auf das Sofa zurück, rülpste ein paarmal kräftig und fiel darauf in die bleierne Bewegungslosigkeit des Volltrunkenen. Mit offenem Mund lag er da, röchelnd und besinnungslos.

Sassner hatte unterdessen begonnen, sein Schloß der blauen Vögel einzurichten.

Ilse, wie befohlen in absoluter Nacktheit, und er räumten das größte Zimmer – Nummer zwei – völlig aus. Die Doppelbetten, die Schränke, der Tisch und die Stühle wurden auf den Speicher gebracht. Das leere Zimmer mußte Ilse putzen. Mit Schrubber und Wassereimern, mit einer Wurzelbürste und Salmiaklauge polierte sie den Fußboden, kroch auf allen vieren herum, keuchend und nach Atem ringend, angetrieben von Sassner, der am Fenster stand und dem weißglänzenden Körper zuschaute, der auf dem Boden herumkroch wie ein riesiger Wurm.

»Dieser Raum ist der OP«, sagte er streng. »Hier muß absolute Sterilität herrschen! Kein Staubkörnchen, kein Dreckspritzerchen! Man muß von den Dielen essen können, ohne daß es zwischen den Zähnen knirscht. Sauberkeit ist das oberste Gebot der Medizin. Ein OP muß blinken!«

Am Nachmittag räumte man den Operationssaal ein. In die Mitte schleppten sie einen großen Tisch, den größten, den sie hatten, und den breitesten. Es war der sogenannte Festtisch, der immer zu Feiern – meistens für durchreisende Kegelklubs – gebraucht wurde. Er ließ sich zweimal ausziehen und bot zwanzig Personen Platz.

»Im allgemeinen ist ein OP-Tisch schmal«, sagte Sassner. »Ein Körper paßt gerade darauf. Aber ich hasse das Allgemeine. Ich habe es gern, wenn ein Körper bequem liegt.« Er tätschelte die Tischplatte wie einen Frauenleib und nickte mehrmals. »Er ist gut, dieser Tisch. Eine schöne Länge. Wir werden an zwei Körpern gleichzeitig operieren können. Ich erinnere mich da an einen Schachweltmeister. Er spielte bei einem Turnier gleichzeitig an sechsundvierzig Brettern. Warum soll man da nicht an zwei Körpern gleichzeitig operieren können? Das Ungewöhnliche hat andere Maßstäbe, Teufelchen.«

Aus den anderen Zimmern trugen sie eine Kommode herbei, die Sassner als seinen Instrumentenschrank bezeichnete. Aus dem Keller holten sie zwei Zinkwannen und schoben sie unter den Tisch. Ein zweiflammiger Elektrokocher wurde auf die Kommode gestellt, aus der Küche brachte Ilse Trapps zwei große Emailletöpfe.

»Die Sterilisationslage ist komplett!« sagte Sassner erfreut. »Nun zu den Instrumenten!«

Er ging hinunter in die Küche und begutachtete am Handballen die Schärfe der langen Küchenmesser. Besonders ein breites, stabiles Messer interessierte ihn. Er bog die Klinge hin und her und schnitt mit ihr tief in ein Speckstück hinein, das auf einer Holzplatte lag.

»Egon nimmt es immer für die Steaks und Rouladen«, sagte Ilse.

»Das ist profan! Ich werde es für Amputationen nehmen.«

Sassner sammelte die ausgesuchten Messer ein, nahm auch das Beil mit, eine Knochensäge und den Metzgerwetzstein. Er trug alles in Zimmer zwei, legte es nebeneinander auf die Kommode, auf ein weißes Handtuch, das Ilse ausbreiten mußte, und betrachtete dann sein Instrumentarium mit einem liebevollen Blick.

»Wir sind komplett«, sagte er. »Es fehlt nichts.« Er klappte den Werkzeugkasten auf, den Egon Trapps für Autoreparaturen angeschafft hatte, und entnahm ihm Zangen, Feilen, Bohrer, Schraubenzieher, einen Dübelschläger und zwei Hammer. Die Hammer legte er gesondert auf ein weißes Handtuch.

»Narkose auch komplett!« Sassner trat zurück und überblickte stolz die Werkzeuge. »Die Technik ist für die großen Taten bereit ... nun fehlt nur noch der Geist!« Er legte beide Hände auf seine Brust und reckte sich hoch. »Hier steht er!«

Ilse Trapps lehnte ermattet an der Wand. Die Erschöpfung war so groß, daß vor ihren Augen alles wie in einem Nebel tanzte. Die Gegenstände verschwammen, drehten sich, lösten sich in bunte Punkte auf.

»Ich kann nicht mehr«, stöhnte sie. »Ich falle gleich um.«

»Die ungewohnte Umgebung, Teufelchen.« Er kam zu ihr, zog sie an sich, streichelte sie, und sie spürte, wie seine Kraft zu ihr hinüberfloß und die große Schwäche plötzlich nachließ. Sie fühlte nur seine Hände, und der Strom, der von ihnen in sie hineinzuckte, machte sie selig und willenlos.

»Was nun?« fragte sie, den Kopf an seiner Brust.

»Das Leichenzimmer. Die besten Betten, das beste Bettzeug ... ein Toter hat das Recht auf Schönheit. Er hat das Leben verlassen, dieses dumpfe, von der Dummheit vergaste Leben ... das muß man ihm anrechnen, das ehrt ihn. Ein Toter ist frei von Dummheit, also ein vollkommener Mensch!«

Es war spät abends, als Sassner zufrieden war. Seine Klinik stand.

Wie ein Chef ging er durch die Zimmer, von Bett zu Bett, blieb an jedem stehen, sah es an, nickte und lächelte.

Die erste Visite.

»Während der Arbeitszeit«, sagte er später im »OP« zu Ilse Trapps, »verlange ich auch von dir Berufskleidung. Binde ein Schürzchen um und setz ein Häubchen auf.«

»So ... ohne was drunter?«

»Tu, was ich sage!«

Ilse Trapps lief zur Kommode, holte aus einer Schublade eine der kurzen weißen Spitzenschürzen und band sie um. Sie bedeckte gerade den Leib und mit einem Zipfelchen die Scham. Die Brüste wölbten sich prall und rund an den Seiten hervor. Von hinten unterbrachen nur die beiden schmalen Bindegürtel ihre Nacktheit ... ein weißer Streifen um den Nacken, ein weißer Streifen um die Taille. Die Schleife wippte beim Gehen über ihrem Gesäß. Es sah ausgesprochen fröhlich aus.

»Wir kommen der Vollkommenheit immer näher«, sagte Sassner mit glänzenden Augen. Plötzlich wehte das Lächeln von seinem Gesicht... er sah streng, unnahbar und hoheitsvoll aus. »Schwester Teufelchen«, sagte er mit veränderter, befehlender Stimme. »Ich begrüße Sie als meine Mitarbeiterin. Der Tagesplan: täglich von zehn bis zwölf Konsultationen, von zwölf Uhr fünfzehn Visite... ab elf Uhr nachts bis unbegrenzt Operationszeit. Notieren Sie sich die Zeiten; Sie haben in diesen Stunden in dieser Berufskleidung zur Verfügung zu stehen. Danke.«

Er nickte Ilse etwas herablassend zu und verließ hocherhobenen Hauptes seinen »OP«.

In der Nacht lag Ilse Trapps glücklich neben Sassner, sie hatte sich in seine Arme verkrochen. Wie ein junger Hund lag sie da, eingekugelt in seine Wärme. Unten, im Zimmer hinter der Küche, röchelte Egon Trapps noch immer in seinem bleiernen Alkoholrausch.

Sassner war wach. Er lauschte auf das Knarren des alten Wetterhahnes an der Spitze des Türmchens.

Die blauen Vögel sprachen zu ihm: Du wirst die Welt verändern.

Und er zitterte vor Freude.

Am nächsten Tag schickte Sassner sein Teufelchen Ilse nach Basel. Er gab ihr einen Brief mit.

»Du mußt ihn in Basel, auf der Schweizer Seite, in den Kasten stecken!« sagte er. »Nicht woanders – ich erfahre es doch! Und dann kaufst du ein... drei Arztkittel, zwei OP-Kittel, zwei lange Gummischürzen, vier Paar Gummihandschuhe, zwei Mundschützer, zwei OP-Kappen, drei weiße Hosen, zwei Paar weiße Gummischuhe. Ich habe Größe 43.«

Ilse Trapps gehorchte ohne Fragen. Sie nahm bei Sassner Maß wegen der Hosen und Kittel, stieg dann in den Kombiwagen und brauste über die Autobahn nach Basel.

»Was wird aus Egon?« fragte sie, ehe sie abfuhr. Es war keine ängstliche Frage. Es klang eher so wie: Kommt heute die Müllabfuhr?

»Ich werde für ihn sorgen«, antwortete Sassner freundlich. »Ich werde ihn unterhalten.«

Sie verabschiedeten sich mit einem Kuß. Er war wie Gift, das in Ilses Körper blieb, solange sie von Gerd Sassner getrennt war.

In der Klinik Hohenschwandt hatten sich die Gemüter etwas beruhigt.

Oberarzt Dr. Keller hatte mit Professor Dorian eine lange, leidenschaftslose und klärende Aussprache gehabt. Auch Angela war dabei gewesen. »Es geht schließlich um mein Glück!« hatte sie gesagt. »Und ich weiß, wie ich mich entscheiden werde.«

»Es ist gut«, hatte Dorian zu Dr. Keller gesagt, »Sie werden also meine Klinik verlassen.« Er vermied es jetzt, seinen künftigen Schwiegersohn zu duzen. »Vielleicht ist das die beste Lösung, ehe wir uns aneinander aufreiben. Ihre medizinischen Ansichten sind anders als meine und werden sich nie angleichen. Das ist schade, ich bedauere das, Doktor Keller. Sie wissen, ich schätze Sie sehr; ich weiß, was Sie können, ich habe selten einen so begabten Operateur gesehen. Aber ich glaube, der Bruch ist so groß, daß wir ihn nicht kitten können. Welche Pläne haben Sie?«

»Ich habe ein Angebot als Dozent und erster Oberarzt nach Zürich, Herr Professor.« Dr. Keller sah auf den dunkelroten Afghan-Teppich. Sie saßen in Dorians Salon vor dem Kamin. »Ich werde morgen zusagen.«

»Sie kommen zu Sprendli?«

»Ja.«

»Bestellen Sie ihm einen schönen Gruß von mir. Sprendli und ich kennen uns von der Studienzeit in Heidelberg her. Ein guter Klinikchef.« Dorian sah in die Flammen des Kaminholzes. Er spürte, daß Angelas Blick auf ihm lag. Es gab noch eine andere, wichtigere, ans Herz gehende Frage. »Und du, Angela?«

»Ich gehe mit Bernd nach Zürich, Vater.«

»Natürlich.« Dorian nickte. Da sitze ich nun, dachte er. Ein berühmter Mann, aber ein alter Mann. Ich habe das Geheimnis des Gehirns entschleiert, aber das Einfachste ist mir mißlungen: die eigene Tochter zu halten. Alt und verlassen werde ich von nun an zwischen meinen Kranken leben, und meine Erholung wird nicht mehr das Lachen Angelas sein, sondern das Betrachten von Röntgenbildern traumatisch geschädigter Hirne. Während ich das Leben der Seele enträtsele, überrollt mich das Leben. Ich bin wirklich ein alter, armer Mann ...

»Ich liebe Bernd, Papa«, sagte Angela in die Stille hinein. »Und wir haben noch ein ganzes Leben vor uns ...«

»Ich verstehe.« Dorian wandte den Blick nicht von den brennenden Holzscheiten. »Ihr seht in mir einen starrköpfigen, alten

Tyrannen. Keine Gegenbeteuerungen, Doktor Keller. Am meisten wird beim Abschied gelogen. Wann wollt ihr heiraten?«

»Weihnachten, Papa.«

»Ich werde doch sicherlich eingeladen?«

Das klang so bitter, daß Angela Tränen in die Augen schossen. Hilflos sah sie zu Dr. Keller. Er ist mein Vater. Ich bin das einzige, was er neben seinem Beruf noch hat. Sollen wir ihn so verlassen? So verbittert, so allein, so verwaist. Er hat es nicht verdient. Ein Genie ist immer einsam, heißt es ... aber muß er es auch sein? Er hat doch uns ... warum können wir nicht nachgeben.

Dr. Keller kaute an der Unterlippe. Der Abschied von Dorian fiel ihm schwerer, als er erwartet hatte nach den vielen grundsätzlichen Auseinandersetzungen der letzten Wochen. Die letzten Tage hatte man sich kaum noch gesehen. Man ging sich aus dem Wege, verkehrte nur noch telefonisch miteinander. Dr. Kamphusen assistierte nun allein bei den Operationen, Dorian lernte zwei junge Ärzte an, für Dr. Keller blieb der reine Stationsdienst, ein Abstellgleis der Medizin für einen Chirurgen und Wissenschaftler wie er. Und trotzdem, in dieser Stunde der Aussprache fühlte Dr. Keller Trauer. Er verließ mehr als eine Klinik und einen guten Chef ... er verließ ein Stück Heimat und einen bisher väterlichen Freund.

»Wenn es Ihnen recht ist, Herr Professor«, sagte Dr. Keller gepreßt, »trete ich die Stelle in Zürich erst zum nächsten Quartal an ...«

Dorian sah schweigend in die Kaminflammen. Angela tastete mit der rechten Hand nach Kellers Arm. Danke ... allen Dank meiner Liebe ... Wer weiß, was nach Weihnachten ist ...

»Wenn es sich so einrichten läßt ...«, sagte Dorian endlich. Seine Stimme schwankte etwas. »Es macht einen besseren Eindruck – schon wegen der Hochzeit.«

»Selbstverständlich nur deswegen.« Dr. Keller lächelte in sich hinein. Er gibt nicht nach, nicht einen Fingerbreit. Und doch ist er froh, man muß es eben spüren. »Die merkwürdigen Vorfälle in der Klinik im Zusammenhang mit meinem Namen sind es vor allem, die mich bewegen, die paar Wochen noch zu bleiben. Ich muß dieses Schwein entdecken, das die Kranken zum billigen Werkzeug benutzt, um Unruhe zu stiften.«

»Es ist ein Kollege, soviel weiß ich.«

»Und ich glaube, ich kenne ihn auch.«

Dorian drehte sich um. Er sah Dr. Keller voll an. »Sie denken an Doktor Kamphusen. Lächerlich. Sie mögen Kamphusen nicht.«

»Ich habe ihn einmal geohrfeigt.«

»Ach!« Dorian zog die Brauen hoch. »Davon weiß ich nichts. Was auch der Anlaß war ... ich glaube, es ist nicht der richtige akademische Ton, ins Gesicht zu schlagen. Sie sind sehr impulsiv, Doktor Keller.«

»Fängt es schon wieder an?« Angela sprang auf. »Ihr seid wie zwei Kampfhähne, die sich aufeinanderstürzen, kaum daß sie sich sehen. Kamphusen ist ein Ekel!«

»Mag sein, meine Tochter.« Dorian erhob sich aus dem tiefen Ledersessel. »Aber er kann zuhören. Er assistiert gut. Die Klinik braucht ihn. Das allein ist wichtig.« Er ging zum Tisch, knipste die große Stehlampe an und ging weiter zum Barschrank. »Trinken Sie eine Flasche Rotwein mit uns, Doktor Keller? Es soll kein Freudentrunk sein ... ich habe einfach Lust auf einen guten Wein.«

So ging die Arbeit in der Klinik Hohenschwandt weiter. Elektroschocks, Heilschlaf, Hypnosebehandlung, medikamentöse Behandlung, Psychotherapie ... der Alltag einer psychiatrischen Klinik. Das Verhältnis zwischen Dorian und Dr. Keller hatte sich nach diesem Abend etwas gebessert; wie früher sahen sie jetzt wieder gemeinsam die Post durch und besprachen einige unklare Fälle. Auch chirurgische Therapien wurden diskutiert ... nur wenn es um reine psycho-chirurgische Dinge wie eine Lobotomie ging, klammerte Dorian diesen Fall aus den Gesprächen mit Keller aus.

Einige Tage nach Sassners tragischem Tod im verschlammten See von Wilsach lag bei Dorians Post ein Brief aus der Schweiz. Abgestempelt in Basel, Hauptpostamt. Ohne Absender. Mit einer alten Schreibmaschine geschrieben. Die Typen hingen schief und waren teilweise abgeschlagen, das Farbband gab kaum noch Farbe her.

Professor Dorian las den Brief mit gerunzelter Stirn, blickte kurz zu Dr. Keller, der Patientenanmeldungen sortierte, las den Brief noch einmal und reichte ihn dann dem jungen Arzt.

»Lies dir das mal durch«, sagte er erstaunt. Ohne es zu merken, duzte er Dr. Keller wieder, es kam aus der Erregung heraus.

Der Brief war kurz und militärisch knapp in der Sprache. Er lautete:

»Lieber Herr Kollege,

die Dummheit, das haben meine eingehenden Untersuchungen ergeben, ist ein Gas, das den menschlichen Organismus langsam, aber unaufhaltsam vernichtet. In Politik, Wirtschaft und Kultur mehren sich die Anzeichen, daß die Menschheit einer Katastrophe entgegensteuert. Frühere Lebewesen, wie etwa die Saurier, gingen an Futtermangel zugrunde ... unsere Menschheit wird sich vernichten aus eigener Dummheit.

Ich habe entdeckt, daß im menschlichen Hirn ein kleines Ventil undicht geworden ist, durch das die Gase entweichen, die Vernunft und Logik umnebeln. Um die Menschheit zu retten, bedarf es nur eines kleinen Eingriffs im offenen Hirn, eines Verschlusses des Defekts, und der Mensch lernt erkennen, wie man Paradiese schafft.

Ich werde in Kürze beginnen, diese Operationen auszuführen. Erlauben Sie mir, verehrter Kollege, Sie auf dem laufenden zu halten. Ich grüße Sie mit der neuen Weltparole: Dummheit – ex!«

Dr. Keller legte den Brief mit einem Lachen zurück auf den Tisch. »Ein typischer Schizophrener! Weltverbesserungswahn. Und auch noch anonym...«

»Das ist es, was mich stutzig macht.« Dorian beugte sich über den Brief. »Schizophrene Weltverbesserer sind Theoretiker. Dieser hier aber kündigt Operationen an!«

»Große Worte.«

»Und wenn er es wirklich tut?«

Plötzlich lag lähmendes Entsetzen im Raum. Dorian sah in Dr. Kellers Augen die grauenhafte Frage. Er nickte langsam.

»Ja... wenn er es tut, hat hier ein geisteskranker Mörder geschrieben! Er hat uns mitgeteilt, daß er in Kürze mordend durchs Land ziehen wird, um die Dummheit auszurotten. Mit aller wissenschaftlichen Akribie wird er töten und Schädel aufschlagen.«

Dr. Keller riß den Brief an sich und las ihn noch einmal. Mit bleichem Gesicht ließ er ihn wieder sinken.

»Das ist unausdenkbar«, stammelte er. »Wenn Sie recht haben, Herr Professor, hat uns heute eine Bestie zu ihrem Mitwisser gemacht. Wir müssen sofort die Polizei einschalten.«

»Natürlich.« Dorian griff zum Telefon. »Der Brief kommt aus Basel. Hoffen wir, daß dieser Irre jenseits unserer Grenze bleibt. Es muß sofort etwas geschehen!«

Eine halbe Stunde später war Kriminalrat Ulrich Quandt von der Mordkommission in der Klinik Hohenschwandt. Auch er las den Brief aus Basel dreimal, ehe er ihn in eine Mappe legte. Er benutzte dazu Handschuhe, um keine Fingerabdrücke zu hinterlassen.

»Ohne Frage ein Irrer«, sagte er. »Wir werden sofort die Kollegen in Basel benachrichtigen. Wenn wir Glück haben, sind Abdrücke auf dem Papier.«

»Meine und die von Doktor Keller bestimmt«, sagte Dorian sarkastisch.

»Natürlich.« Quandt lächelte schwach über diesen makabren Scherz.

»Haben Sie das Gefühl, daß der Schreiber dieses Briefes es ernst meint?«

»Irre haben immer einen tiefen Ernst in ihren Handlungen.«

»Und wie erkennt man einen solchen Verrückten?«

»Überhaupt nicht! Er kann als fröhlicher Tourist bei Basel über die Grenze kommen und anschließend sein erstes Opfer umbringen.«

»Ein herrlicher Gedanke!« Kriminalrat Quandt klappte die Mappe zu. »Das heißt also, daß wir warten müssen, bis das erste Opfer daliegt?«

»So ähnlich. Wenn man Schizophrenen so deutlich ansehen könnte, daß sie schizophren sind, wie etwa einem Kranken die Masern, wäre unsere Arbeit leicht.« Dorian setzte sich auf die Kante seines Schreibtisches. »Etwa Sie, Herr Rat. Wir unterhalten uns wie zwei vernünftige Menschen und erst, wenn Sie hinausgehen, sagen Sie etwa: Auf Wiedersehen, Professor ... ich grüße auch Caesar von Ihnen. Dann weiß ich Bescheid, daß Sie krank sind.«

»Danke.« Kriminalrat Quandt lächelte säuerlich. »Ich werde nicht Caesar, sondern den Alten Fritz von Ihnen grüßen.«

»Dieses Beispiel war echt.« Dorian faltete die Hände über dem rechten angezogenen Knie. »Ich erlebte es bei einem Regierungsrat, den man mir zur Untersuchung schickte. Zwei Stunden unterhielten wir uns hochgeistig über Literatur und Musik ... bis zum Abschied der Caesar kam. So ist das mit den Kranken unserer Branche, lieber Rat ... und auch dieser Irre da in Basel wird so lange unerkannt herumlaufen, bis man die erste Leiche findet.« Dorian rutschte vom Schreibtisch. Seine Stimme war ernst. »Es wäre furchtbar, wenn das alles einträfe. Ich nehme an, daß ich der erste sein werde, der von der Aktion dieser Bestie erfährt.«

»Sie glauben...« Quandt sprang auf. »Das wäre das Fürchterlichste, was die Kriminalgeschichte kennt...«

»Er wird mir berichten. In allen Einzelheiten. Kollegial klar. Sie werden einen bis ins Detail genauen Mordbericht erhalten... wenn es diesen Mann gibt und nicht alles bloß ein übler Scherz ist.«

»Das wäre auch eine Möglichkeit. Ein Scherz.« Kriminalrat Quandt legte die Mappe in seine Aktentasche. »Was glauben Sie, Herr Professor?« Seine Hand zitterte.

»Es ist *kein* Scherz«, sagte Dorian dumpf.

Luise Sassner lebte zurückgezogen in der Villa am Rande Stuttgarts. Andreas, den sie während der Wochen der Untersuchungen, Operation und Nachbehandlung seines Vaters in ein Internat gegeben hatte, holte sie zurück. Sie mußte ihre Kinder um sich haben, das einzige, was sie von Gerd noch hatte. Und trotzdem war die plötzliche Einsamkeit schrecklich. Gerds tiefe Stimme fehlte, sein Lachen, seine Scherze, ja auch sein Schimpfen. Es fehlte sein Schritt im Haus, seine Ausstrahlung, sein gesunder Menschenverstand. Luises Welt war leer geworden ohne Gerd. Das Leben ging zwar weiter, wie eine billige Weisheit sagt, aber es war ein Leben ohne Höhepunkte. Es war Essen, Trinken und Schlafen... und Erinnerung, schmerzhafte, süße Erinnerung an zwanzig Jahre Glück.

Die Anwälte der Chemischen Werke Sassner stritten sich mit der Staatsanwaltschaft wegen einer Todeserklärung herum. Theoretisch schien der Beweis erbracht, daß Sassner tot war... aber es fehlte die Leiche! Solange sie nicht im gerichtsmedizinischen Institut lag, lebte Sassner amtlich weiter. Erst nach zehnjähriger Verschollenheit konnte eine Todeserklärung beantragt werden.

»Es geht nicht!« sagte der Oberstaatsanwalt, der von den Anwälten gedrängt wurde, die Akten zu schließen. »Und wenn wir am See alles gefunden hätten, sogar die Unterhose... das ist alles kein Beweis! Ich brauche den Leichnam... oder wir müssen zehn Jahre warten. Es steht Ihnen frei, einen Ausnahmeantrag beim Justizminister zu stellen. Aber ich sage es Ihnen gleich: Es wäre sinnlos. Ich könnte in meinem Bericht diesen Antrag nicht befürworten.«

So blieb also Gerd Sassner amtlich am Leben. Die Anwälte schimpften über die Sturheit der Behörden, die Versicherungen waren glücklich, denn ohne Totenschein brauchten sie die

Lebensversicherung nicht auszuzahlen. Und das waren bei Sassner immerhin hunderttausend Mark. Bei Unfall sogar zweihunderttausend Mark. Man war noch einmal davongekommen. Das Geld ruhte zinslos zehn Jahre auf dem Konto. Und nach zehn Jahren würde man das amtliche Zeugnis der Todeserklärung anfechten. Bei hunderttausend Mark lohnte es sich immer, Schwierigkeiten zu machen.

Ungefähr zehn Tage nach Sassners Verschwinden besuchten Dr. Keller und Angela Dorian die noch immer wie versteinert wirkende Luise Sassner. Dr. Keller hatte sich Urlaub genommen. Auf Hohenschwandt hatte es wieder einen Zusammenstoß zwischen ihm und Dr. Kamphusen gegeben. Kamphusen hatte die Medikamente, die Keller zwei Kranken verordnet hatte, Blödsinn genannt und andere Mittel gegeben. Es war zum hellen Krach gekommen, und Angela hatte vorgeschlagen, Urlaub zu machen und wegzufahren, bis Dorian sich entschlossen hatte, sich von Kamphusen zu trennen.

»Wie es mir geht?« sagte Luise und sah an Dr. Keller vorbei in den parkähnlichen Garten. »Sie sehen es, Doktor ... ich lebe in der Erinnerung.«

»Sie sollten den Mut nicht aufgeben.« Dr. Keller drehte nervös ein kleines Notizbuch zwischen den Fingern.

»Welchen Mut? Jede Pflanze geht ein, wenn sie nur im Schatten stehen muß. Um mich herum ist jetzt Schatten.«

»Darf ich frei sprechen, gnädige Frau?«

»Bitte.« Luise sah den jungen Arzt verwundert an. Dann zuckte es plötzlich über ihr schönes Gesicht. »Wissen Sie mehr? Können Sie mir etwas über Gerd sagen?«

»Nein. Es sind nur Vermutungen.« Dr. Keller klappte sein kleines Notizbuch auf. »Ich habe mir einige Merkwürdigkeiten notiert. Ihr Gatte geht nachts weg und nimmt sein Rasierzeug mit. Am See findet man seinen Mantel, seinen Hut, sonst nichts. Im See ist kein Leichnam, aber auch nicht das, was er mitgenommen hat. Die Staatsanwaltschaft hat mittlerweile mit einer Art Radar und Echolot den Seegrund abgesucht. Man hat nichts gefunden!«

»Mein Gott!« Luise preßte die Fäuste gegen den Mund. Ihr Körper schwankte im Sitzen. »Soll das heißen ...«

»Ich habe die feste Überzeugung, daß Ihr Gatte lebt.«

»Aber wo? Und warum ist er fort? Warum meldet er sich nicht?«

»Hatte er Geld bei sich?«

»Ich weiß nicht. Aber ich nehme es an. Wir wollten doch Urlaub machen. Er nahm dann immer einige tausend Mark in der Brieftasche mit.«

»Und die Brieftasche ist auch verschwunden?«

»Ja. Er hatte sie ja im Jackett. Mein Gott, mein Gott...«

Luise sprang auf und lief hin und her. Ihr bleiches Gesicht verzerrte sich in tiefster seelischer Erregung. »Wenn er lebt... wenn er wirklich noch lebt... Doktor, ich habe es mir immer vorgesagt, heimlich, ganz hier drinnen, damit es niemand hört oder merkt. Er lebt, habe ich gedacht. Er kann nicht tot sein. Ich fühle es. Aber wer glaubt mir das denn? Es ist ja nur ein Gefühl, ein so starkes, unnennbares Gefühl...«

»Ich glaube, wir müssen nur die Stärke haben, warten zu können.«

Dr. Keller ergriff Luises Hände. »Nur um Ihnen das zu sagen, sind wir zu Ihnen gekommen. Sie sollen wissen, daß Sie nicht allein sind. Ich glaube, daß wir Gerd Sassner wiedersehen. Irgendwo und irgendwann wird er sich melden...«

Er wußte nicht, wie nahe er der Wahrheit war.

Er wußte vor allem nicht, wie grauenhaft diese Wahrheit war.

Er hätte sich sonst nicht gewünscht, jemals wieder von Gerd Sassner zu hören.


6

Vierzehn Tage lebte Sassner nun im »Gasthaus Zur Eiche«. Das Schild an der Tür war ausgewechselt worden. Jetzt stand darauf:

Wegen Geschäftsaufgabe geschlossen.

Ein paar Tage lang kamen noch die ehemaligen Stammgäste zu dem einsamen Waldgasthof, dann blieben auch sie weg. Es sprach sich schnell herum: Der Egon ist weg! Seine rote Hexe hat's doch geschafft, in die Stadt zu ziehen. Schade drum. War gemütlich in der Kneipe. Die rote Ilse würde man vermissen.

Sassner hatte sein Turmzimmer bezogen. Es war so eng, daß gerade ein Tisch und ein Stuhl hineinpaßten. Hier saß er lange Stunden, sah aus den vier Fenstern über Wald und Busch, hinauf in den Himmel und über das graue Schieferdach seines Schlosses. Wenn Vögel kamen und sich auf den First setzten, sprach er mit ihnen wie mit Menschen. Einmal stockte ihm der Atem: Ein großer, unbekannter Vogel saß eines Morgens vor ihm auf dem Dach, ein Vogel mit einem in der Sonne leuchtenden blauen Gefieder.

»Da bist du ja, mein Genie...« stammelte Sassner, kniete am Fenster nieder und faltete die Hände. »Gib mir den Geist, die Menschheit zu heilen..O blauer Vogel, segne mich.«

Er sah mit zitterndem Herzen, wie der blaue Vogel dreimal um das Türmchen kreiste und dann in den Wald flog.

»Das ist das Zeichen!« sagte er. »Das war es! Ich muß anfangen!«

Das Leben mit Ilse Trapps war ein einziger Rausch. Nachts verbrannten sie aneinander, am Tage – zu den »Dienstzeiten« – lief sie im Schürzchen und Häubchen, wie es befohlen war.

Egon Trapps störte sie kaum noch. Man hielt ihn unter Alkohol, fütterte den ewig Betrunkenen wie einen Säugling, führte ihn zum Klosett und warf ihn dann wieder auf das Sofa im Hinterzimmer. Ein Vollbart wuchs ihm, struppig und breit, als wolle die Natur am Kinn ausgleichen, was auf dem Schädel fehlte.

Nur einmal verpaßten sie die ständige Alkoholnarkose. Das war, als Sassner operierte.

Ilse Trapps hatte nach Sassners Angaben eine Puppe aus Stroh, Holz, Reisig und einem Kürbis gemacht. Sie war lebensgroß, stak in einem Anzug von Egon Trapps und lag hingestreckt auf dem OP-Tisch. Der Kürbis, der als Kopf diente, war sogar angemalt und hatte ein Gesicht.

Im weißen Chirurgendreß, die Gummischürze umgebunden, mit Kappe und Mundschutz stand Sassner vor der Strohpuppe und betastete den Kürbis mit seinen behandschuhten Händen. Alles war bisher abgelaufen wie in einem richtigen OP. Er hatte sich lange gewaschen und die Hände und Unterarme geschrubbt, die Oberseite des Kürbis war mit Jod eingepinselt; dort, wo der Schädel geöffnet werden sollte, hatte Sassner die Trepanationsstellen mit Rotstift angezeichnet.

»Alles klar?« fragte Sassner.

»Alles, großer Boss.« Ilse Trapps stand neben ihm. Die gespenstische Szene ergriff sie ungemein. Aber es war keine Angst, es war eine betäubende sexuelle Lust, die sie durchrann.

»Puls?«

»Normal.«

»Blutdruck?«

»Normal.«

Sassner beugte sich über den großen gelben Kürbis. Seine rechte Hand fuhr zur Seite. »Skalpell!«

Ilse Trapps reichte ihm das kleine Handbeil. Mit aller Kraft spaltete er den Kürbis in zwei Teile, der Saft spritzte über den Tisch, gegen die Gummischürze, in die beiden Gesichter und troff auf den Boden.

»Ein schöner Schnitt«, sagte Sassner ruhig. »Sehen Sie die einzelnen Gehirnknoten, Schwester Teufelchen?« Er griff in den gespaltenen Kürbis und nahm ein paar Kerne heraus. »Das hier sind die Ganglien der Dummheit. Ich werfe sie jetzt weg.«

»Ja«, keuchte Ilse Trapps. Ihre Augen glänzten unnatürlich. Ihr Leib zuckte wie unter Krämpfen.

»Eimer!«

Sassner warf die Kürbiskerne in eine der Wannen neben sich und drückte die beiden Hälften wieder zusammen. Dann nahm er Leukoplast, das ihm Ilse reichte, und klebte die beiden Hälften zusammen.

»Sehen Sie, so einfach ist das, die Dummheit wegzuoperieren. Man muß es nur können!« sagte er dabei.

Er tätschelte den mißhandelten Kürbis, trat vom Tisch zurück und zog seine Handschuhe aus.

»Was sagen Sie nun, Schwester Teufelchen?«

»Du bist wirklich der große Boss!« Ilse Trapps starrte auf die Puppe in Egons Kleidern. Dann stieß sie einen hohen, schrillen Schrei aus, schlug mit beiden Fäusten auf den Kürbis und sprengte die Hälften wieder auseinander.

In diesem Augenblick ging die Tür auf. Egon Trapps stand im Zimmer, mit glasigen Augen, schwankend und übelriechend. In den Nebeln, die um ihn kreisten, sah er seine Frau nackt mit dem Schürzchen um den Bauch.

»Hure!« schrie er und schlug sinnlos um sich. »Hure! Ich bringe dich um...« Er machte einen Schritt auf Ilse zu, fiel dann auf die Knie und rollte lallend auf den Boden. Sassner nahm Mundschutz und Kappe ab.

»Auf dem OP-Boden!« sagte er mit Ekel in der Stimme. »Er macht uns alles unsteril! Das geht nicht mehr so weiter...«

In der Nacht luden sie Egon Trapps in den Kombiwagen und fuhren zur Autobahn. Noch einmal hatte Ilse ihren Mann mit Alkohol vollgepumpt, hatte ihm saubere Unterwäsche angezogen, seinen besten Anzug, Mantel und Hut.

In der Nähe der Ausfahrt hielten sie, zogen Egon Trapps aus

dem Wagen und trugen ihn hinter einen Busch. Sie warteten, bis sie von beiden Seiten keine Scheinwerfer mehr sahen, schleppten den Körper dann auf die Autobahn und warfen ihn mitten auf die Fahrbahn. Dann rannten sie zurück und duckten sich hinter eine Buschgruppe.

Scheinwerfer... zwei, drei hintereinander... schnell näherkommend, rauschende Räder, Motorengebrumm...

»Sie fahren wie die Irren«, sagte Sassner versonnen.

Ein Schlag. Noch ein Schlag. Kreischende Bremsen, schleudernde Wagen, aufspritzender Sand des Randstreifens. Sassner ergriff Ilses kalte Hand und zog sie mit sich zum Waldweg, der auf die Auffahrt mündete.

»Wie kann man auch einen OP beschmutzen«, sagte er tadelnd und half Ilse in den Kombiwagen. »So einer mußte ja so enden...«

Um den weggeschleuderten Körper auf der Autobahn scharten sich die Menschen. Warnfackeln wurden angezündet und erhellten mit flackerndem Rot die Nacht. Jemand rief von einer Sprechsäule nach Polizei und Krankenwagen.

An diesem Knäuel von Autos und aufgeregten Menschen, zuckenden Warnlichtern und lodernden Fackeln hielt auch Dr. Keller und stieg aus.

Er war mit Angela auf dem Rückweg von Luise Sassner.

Der Tote lag auf dem Rücken, die Arme weit ausgebreitet, die Beine verkrümmt. Sein Gesicht war nicht zu erkennen, nicht mehr, denn die Wagenräder waren genau über den Kopf gerollt und hatten ihn völlig deformiert. Es war ein schrecklicher Anblick. Die paar Frauen, die sich dem Toten aus Neugier genähert hatten, wandten sich schnell ab, zogen ihre Taschentücher aus den Handtaschen, drückten sie gegen den Mund und flüchteten in die Wagen zurück.

»Bitte, lassen Sie mich durch«, sagte Dr. Keller laut und drängte sich durch den Kreis. »Ich bin Arzt. Bitte...«

»Hier können Sie auch nichts mehr machen, Herr Doktor.« Ein Lastwagenfahrer, der breitbeinig neben dem Toten stand, winkte ab. Er hatte die Mütze in den Nacken geschoben und kratzte sich über das stoppelbärtige Kinn. Zwei Männer waren die Autobahn etwa zweihundert Meter zurückgelaufen und schwenkten Taschenlampen, um die heranbrausenden Wagen vor dem Knäuel der abgestellten Autos zu warnen. »Der muß total besoffen über die Bahn geschossen sein.«

»Er lag da ... er lag mitten auf der Bahn. Als ich ihn sah, war's schon zu spät ...« Der Fahrer des Wagens, der Egon Trapps' trauriges Leben ausgelöscht hatte, keuchte vor Erregung. Sein Auto hing halb über der mittleren Leitplanke, der Kühler war zusammengedrückt wie der Balg einer Ziehharmonika. Daß er noch lebte, war ein kleines Wunder.

»Ich versichere«, rief der Mann, »daß er auf der Bahn lag. Einen aufrechten Menschen hätte ich ja viel früher im Scheinwerferlicht gesehen ...«

»Das besoffene Schwein wollte auf der Bahn pennen.« Der Lastwagenfahrer hob die Schultern. »So schlimm es ist ... er ist selbst schuld ...«

Dr. Keller kniete neben dem Toten. Drei Taschenlampen beleuchteten das völlig zerdrückte, formlose Gesicht. Eine Wolke von Alkoholgeruch umgab den Toten, aus den Poren des ganzen Körpers drang der Geruch ...

Dr. Keller erhob sich und steckte sich eine Zigarette an. Von weither hörte man jetzt die heulende Sirene eines Rettungswagens.

»Es ist fast unverständlich, wie ein so volltrunkener Mann überhaupt noch laufen konnte«, sagte Dr. Keller. »Dem Geruch nach besteht er fast nur noch aus Schnaps.«

»Das geht alles, Herr Doktor!« Der Lastwagenfahrer grinste breit. »Ich bin schon mal auf allen vieren nach Hause gekrochen. Fünfhundert Meter von der Kneipe bis zu Muttern. Nur der Anzug war hin, und zu Hause war vierzehn Tage stille Messe ...«

Die umstehenden Männer lächelten etwas verzerrt. Das Martinshorn des Rettungswagens näherte sich schnell. »Paß mal auf«, sagte einer der Männer. »Gleich geht es los. Habe das schon mal erlebt. Die nehmen keinen Toten mit. Da muß jetzt extra ein Leichenwagen kommen. Aha! Die Polizei ist auch schon da!«

»Ich habe keine Schuld«, sagte der Mann wieder, der Egon Trapps überfahren hatte. »Ich habe wirklich keine Schuld. Da war nur ein Schatten auf der Bahn, und plötzlich ...« Er wischte sich über die Augen und schob sich an Dr. Keller heran. »Nußmann, mein Name. Heinz Nußmann. Studienrat. Daß mir so etwas passieren muß. Ich werde diese Sekunden nie mehr vergessen.«

Mit knirschenden Bremsen hielten Rettungswagen und Polizei-Porsche an der Unfallstelle. Ein zweiter Polizeiwagen, ein

Kleinbus, genannt »Unfall-Aufnahme-Wagen«, schwenkte ein. Weithin leuchteten und zuckten nun die Warnlampen und Fakkeln ... die Autos fuhren langsam vorbei, um dann wieder Gas zu geben und in die Nacht hineinzubrausen.

Der Polizeimeister, der das Unfallkommando leitete, blickte kurz auf den Toten, der im Licht einiger Taschenlampen lag. Die Frage, ob der Verletzte schon tot sei, konnte er sich sparen. Der Alkoholgeruch wehte auch ihm in die Nase.

»Besoffen, was?« fragte er mit militärischer Kürze.

»Total betrunken. Volltrunken«, erklärte Dr. Keller.

»Wer sind Sie?«

»Ich bin Arzt. Doktor Keller.«

»Sie haben den Mann überfahren?«

»Nein. Ich kam später und stellte den Tod fest.«

»Woran?«

Im Kreis der Männer gluckste es. »Wenn man ihm auf den Bauch drückte, furzte er nicht mehr«, sagte der Lastwagenfahrer genußvoll. Einige lachten. Der Polizeimeister zog wütend den Kopf ein.

»Wer sind denn Sie?« schrie er den Lastwagenfahrer an.

»Josef Klinke von der Firma Dumhoff und Co., Wanne-Eickel, Güterfernverkehr. Im Moment transportiere ich Gartenzwerge...«

Es begann, um den Toten herum fröhlich zu werden. Ein Sanitäter drängte sich durch die Menge, der Unfallwagen war einsatzbereit.

»Sind hier Verletzte?« rief der Sanitäter.

»Nee. Nur 'n Toter.«

»Geht uns nichts an! Kein Verletzter?«

»Nein.«

»Leichenwagen kommt gleich.« Der Sanitäter tippte an seine Mütze. »Hätte man ja gleich durchgeben können, daß keiner verletzt ist.«

Bis der Wagen mit dem einfachen Sarg kam, vergingen noch dreiundvierzig Minuten. Die Polizei hatte über den zerschundenen Körper Egon Trapps' eine Plane gebreitet, die anderen Wagen waren weitergefahren, nachdem man ihre Nummern und die Namen der Fahrer notiert hatte. Man brauchte sie noch als Zeugen. Studienrat Heinz Nußmann aus Stuttgart, der auf der Fahrt zum Geburtstag seines Erbonkels war – »Der alte Herr wird morgen einundneunzig Jahre! Und da muß mir so etwas passieren!« –, saß wie ein Häuflein Elend im Unfallwagen der Polizei und erzählte weitschweifig das Unglück.

Das Protokoll gestaltete sich etwas schwierig. Studienrat Nußmann war Altphilologe am humanistischen Gymnasium. Seinen Bericht über den Unfall würzte er mit lateinischen Ausdrücken und Zitaten, die dem protokollierenden Beamten den Schweiß auf die Stirn trieben. Da ein Protokoll wörtlich zu sein hat, kam die Untersuchung ins Stocken.

»Wie heißt das?« fragte der Beamte an der Reiseschreibmaschine.

»Ich sagte: Der Mann war betrunken. Ut sementem feceris, ita metes . . .«

»Ist das medizinisch?«

Studienrat Nußmann sah den jungen Polizisten strafend an. »Das ist von Pinarius Rufus und heißt: Wie du gesäet, so wirst du ernten . . .«

»Können wir streichen.« Der Polizeimeister schraubte eine Thermosflasche mit dampfendem Kaffee auf. »Ist für den Unfallhergang nicht von Bedeutung. Auch 'n Kaffee, Herr Studienrat?«

»Danke.« Heinz Nußmann winkte ab. Er zitterte noch immer.

»Sie, Herr Doktor?«

»Gern.« Dr. Keller trank einen Schluck und gab den Kunststoffbecher dann an Angela Dorian weiter. Sie hockten in dem Polizeikleinbus und warteten auf den Leichenwagen. Dr. Keller hatte angeboten, den Toten zu begleiten. Als Psychiater und Neurologe interessierten ihn die Blutalkoholwerte, die man später bei der Autopsie ermitteln würde. Dem Geruch nach, dem Ausströmen des Alkohols aus den Poren, mußte dieser Tote völlig bewegungsunfähig gewesen sein. In einem solchen Zustand kann man nicht mehr gehen und auch nicht mehr kriechen; man ist betäubt, narkotisiert, gelähmt.

Wie aber kam dann der Tote auf die Autobahn? Wie konnte er mitten auf der Fahrbahn liegen? War er aus einem Wagen geworfen worden, ehe ihn das nachfolgende Auto überrollte? Hatte ihn jemand auf die Straße geschleift?

Dr. Keller behielt diese Gedanken für sich. Sie gehörten nicht hierher. Erst mußten die Alkoholwerte festgestellt werden, dann sah man klarer. Auch wenn man zum Säufer geboren ist – es gibt eine Grenze, wo der Alkohol den Menschen bezwingt und ihn zu einem Klumpen Fleisch werden läßt.

»Das ist jetzt schon der vierte Tote auf diesem Abschnitt in dieser Woche«, sagte der Polizeimeister, während Studienrat Nußmann das Protokoll gewissenhaft durchlas und mit dem Kugelschreiber Tippfehler ausbesserte. »Man muß sich wundern, auf welche Art sich die Menschen umbringen. Zum Beispiel vorgestern. Auto gegen die Böschung, Salto zurück auf die Autobahn. Kaputt. Zog plötzlich ohne Sinn nach rechts, sagten die Zeugen. Und was ist im Auto? Ein junger Kerl, natürlich tot, und neben ihm so eine langmähnige Mieze mit offener Bluse und ohne Rock oder sonst was. Auch tot. Ist ja wohl klar, warum der Junge nach rechts zog. Bei Tempo 140 solche Spielchen ... idiotisch! Noch 'ne Tasse Kaffee, Herr Doktor?«

»Danke.« Dr. Keller legte den Arm um Angela. Sie fror, obwohl es im Polizeibus warm war. Eine Wärme, die nach Männerschweiß, ausdünstenden Uniformen, nassem Leder und Bohnenkaffee roch. »Mir ist dieser Unfall unklar«, flüsterte er ihr ins Ohr. »Aber wenn du willst, fahren wir auch weiter.«

Angela legte den Kopf gegen seine Schulter. »Wenn es nötig ist, Bernd ... wenn du meinst, daß es wichtig ist ...«

»Ich habe so ein dummes Gefühl.«

»Dann bleiben wir ...« Sie sah ihn kurz an und schloß dann die Augen. »Ich hatte mich so auf unser Zimmer im Hotel gefreut. Nun bleibt es leer. Wir haben so wenige Nächte, in denen wir allein sein können ...«

Dr. Keller schwieg. Vielleicht bin ich altmodisch, dachte er. Ein Hotelzimmer mit Angela würde jedem anderen wichtiger sein als dieser unbekannte Tote. Vielleicht sollte man wirklich fahren, warum sich einmischen in diesen Fall, in den man durch Zufall hineingezogen worden ist? Das kleine Hotel, das sie sich nach Prospekten ausgesucht hatten ... es sah verträumt aus, wie ein Puppenhaus, eine Oase der Liebenden. Es war ihre letzte Nacht ... danach fuhren sie zur Klinik Hohenschwandt zurück, und der tägliche Ärger begann wieder. Die aufreibende Gegnerschaft zu Dr. Kamphusen, die medizinische Gegensätzlichkeit zu Professor Dorian, die unerklärbaren Sabotageakte an den wehrlosen Kranken.

Die letzte Nacht eines ungestörten Glücks verging vor der mit einer Plane bedeckten Leiche eines Säufers.

Dr. Keller hatte sich gerade entschlossen, Angela zu sagen, daß sie weiterfahren würden, zu ihrem kleinen Hotel zwischen den Weinhügeln, als der dunkle Leichenwagen neben dem Polizeibus hielt. Zwei Männer in Leinenmänteln schoben einen Sarg auf den Parkstreifen.

»Aha! Da sind Ludwig und Erwin«, sagte der Polizeimeister fröhlich und schraubte die Thermosflasche wieder zu. »Zwillinge, Herr Doktor. Werden die ›Zinkbrüder‹ genannt, weil der Sarg mit Zink ausgeschlagen ist...« Er lachte und stieg aus dem Bus.

Dr. Keller schwieg und blieb.

Zehn Minuten später fuhr er hinter dem Leichenwagen her nach Stuttgart zum gerichtsmedizinischen Institut.

Vor dem »Gasthaus Zur Eiche« hielt ein kleiner Personenwagen, als Gerd Sassner und Ilse Trapps zurückkehrten. Er mußte gerade gekommen sein. Die Scheinwerfer tauchten die Tür zur Gastwirtschaft in grelles Licht, eine Frauengestalt näherte sich dem dunklen Haus und las das Schild, das hinter die Scheibe geklebt war.

»Wegen Geschäftsaufgabe geschlossen.«

Ilse Trapps legte die Hand auf Sassners Arm und drückte ihn.

»Fahr weiter«, flüsterte sie, als könne man sie draußen hören. »Fahr vorbei...«

»Warum?« Sassner hielt neben dem kleinen Auto und löschte seine Scheinwerfer. »Man kann eine hilflose Dame in der Nacht nicht allein lassen. Das wäre unhöflich! Die Beschützerrolle des Mannes ist eine gottgewollte Aufgabe... wir wollen doch die Natur nicht korrigieren.«

»Aber das Haus ist doch leer.« Ilse hielt Sassner fest, als er aussteigen wollte. Sie umklammerte seine Schultern. »Gerd! Es weiß doch keiner, daß wir noch hier wohnen!«

»Laß das, Teufelchen.« Sassner schlug ihr auf die Hände und stieg aus. Die Frau im Scheinwerferlicht blinzelte und kam von der Tür zurück.

»Suchen Sie auch ein Quartier?« rief sie. »Hier ist alles zu. Geschäftsaufgabe. Was mache ich nun?«

Sassner blieb neben seinem Wagen stehen und betrachtete die Frau. Sie war etwa dreißig Jahre alt, groß und schlank. Sie trug einen hellen Trenchcoat, dessen Gürtel sie eng um die Taille gezogen hatte. Das schwarze Haar war sportlich kurz geschnitten; der Schal, den sie um den Kopf gebunden hatte, war in den Nacken gerutscht. Ihre Stimme war dunkel und melodisch.

»Können Sie mir helfen? Seit einiger Zeit, ich weiß nicht, wie lange, läuft mein Wagen nur auf Batterie. Die Lichtmaschine lädt nicht mehr auf. Wie froh war ich, als ich dieses Haus sah. Und nun das! Geschlossen. Ich komme bestimmt nicht mehr bis zur nächsten Tankstelle. Das ist ja eine scheußlich einsame Gegend.«

Sassner trat aus dem Schatten heraus. Die junge Frau lehnte an ihrem Auto und zündete sich eine Zigarette an.

»Ich helfe Ihnen gern, gnädige Frau.« Sassners tiefe Stimme schien sie zu beruhigen. Sie lächelte zurück.

»Danke. Das ist nett von Ihnen. Sie schleppen mich ab?«

»Ich werde erst versuchen, in dieses Haus zu kommen.«

»Da ist niemand mehr. Lesen Sie das Schild an der Tür.«

»Man soll nie aufgeben, an Zufälle zu glauben.« Sassner ging zur Tür, die noch immer von den Scheinwerfern des kleinen Autos angestrahlt wurde. Er holte seinen Schlüsselbund aus der Tasche und steckte zunächst den Kellerschlüssel ins Schloß. Er paßte natürlich nicht. Dann probierte er den Turmschlüssel, den Geldschrankschlüssel, den Spirituosenschrankschlüssel. Er gab diese Komödie zum besten, um vorzutäuschen, er probiere aus, ob irgendein Schlüssel passe.

»Was machen Sie denn da?« fragte die junge Dame.

»Ein Statistiker hat einmal ausgerechnet, daß jeder zwanzigste Schlüssel in ein fremdes Schloß paßt. Vielleicht haben wir Glück, und einer meiner Schlüssel paßt hier.«

»Und dann? Wir können doch nicht einfach ein fremdes Haus betreten!«

»Wenn es verlassen ist, wird sich auch kein Besitzer finden, der sich beschwert. Wissen Sie, ich liebe Geheimnisse.« Sassner steckte nun den richtigen Schlüssel ins Schloß, tat so, als ob er ihn ins Schloß pressen müßte, schlug sogar mit der Faust dagegen und drehte dann um. Die Tür schwang auf. »Was sage ich ... er paßt!« Er ging in den Vorraum, knipste das Licht an und trat wieder auf den Parkplatz.

»Sogar das Licht brennt noch! Bitte, treten Sie ein ...«

Die Frau sah sich um. Aus dem Kombiwagen kletterte Ilse Trapps. Ihr Gesicht war böse und feindlich. »Komm zurück, Gerd!« rief sie.

»Ihr Mann hat Talent zum Einbrechen.« Die junge Frau lachte befreit. Als Sassner die Tür aufschloß, hatte sie plötzlich Angst gefühlt. So sympathisch die dunkle Stimme klang, sie war nicht darauf aus, ein nächtliches Abenteuer zu erleben. Nun sah sie die Frau und war wie erlöst. Ein Ehepaar ist ungefährlich.

»Die Wirtschaft sieht ganz gemütlich aus«, rief Sassner von der offenen Tür. »Ob Sie es glauben oder nicht ... es stehen sogar noch Flaschen im Regal! Das habe ich noch nicht erlebt.« Er kam näher, groß, breit, Vertrauen einflößend. »Ich habe schon eine Reihe verlassener Dörfer durchstreift ... im Tessin, auf Sardinien und Sizilien. Gefüllte Schnapsregale habe ich noch nirgends angetroffen.«

»Aha! Sie haben also Übung, in verlassene Häuser einzudringen?« Die junge Frau lachte wieder. Neugier trieb sie, einen Blick ins Haus zu werfen. Sie ging zur Tür und sah in die erleuchtete Gaststube.

»Da liegen ja sogar noch Decken auf den Tischen.«

»Wirklich?« Sassner winkte Ilse Trapps. Widerwillig kam sie zu ihm. Ihre grünen Augen blitzten.

»Sie gefällt dir wohl?« zischte sie. »Groß und schlank und was Besseres!«

»Halten Sie den Mund, Schwester Teufelchen!« Sassners Stimme wurde hart und kalt. »Gehen Sie durch den Hintereingang in die Klinik, ziehen Sie sich um und bereiten Sie den OP vor.«

»Was ... was soll das?« stammelte Ilse. Sassners Augen nahmen ihr allen Widerstand.

»Unser erster Patient ist gekommen.« Sassner sah kurz zum Haus. Die junge Frau hatte die Gaststube betreten; was auf dem Parkplatz geschah, konnte sie nicht mehr hören. »Ein schwerer Fall«, sagte Sassner. »Haben Sie es nicht gehört, Schwester Teufelchen? Die Batterie ist gestört. Die Verbindung zwischen Hirn und Rückenmark ist unterbrochen. Die Impulse des Hirns werden nicht weitergegeben. Das ist schlimm, sehr schlimm! Wir müssen einen radikalen Eingriff machen, ehe die Batterie verbraucht ist.« Er umarmte Ilse Trapps plötzlich, riß sie an sich und küßte sie wild. Ebenso plötzlich ließ er sie los, sie taumelte wie betrunken und atmete stoßweise. »Geh!« sagte er. Seine Stimme wurde schneidend. »Ich bereite die Patientin schonend auf den Eingriff vor. Und keine weiteren Fragen!«

Während Ilse Trapps um das Haus herumrannte und die Hintertür aufschloß, schaltete Sassner die Scheinwerfer des fremden Wagens aus und betrat dann das Gastzimmer. Die fremde Frau stand mitten im Raum und sah sich kopfschüttelnd um.

»Es sieht alles so aus, als habe hier gestern noch jemand gewohnt.«

»Es war in einem Seitental des Maggia«, sagte Sassner sinnend und setzte sich, »ein wildromantisches Tal wie aus einem Bild der Romantiker. Auf halber Höhe der Felsen lag ein verlassenes Dorf. Wie hieß es ... warten Sie mal ... ja, es hieß Torlaggio. Es war seit neunzehn Jahren verlassen, das erfuhr ich später in Locarno. Dort in Torlaggio erlebte ich, daß in einem Haus der Kaffeetisch noch gedeckt war. Eine handgewebte grobe Tischdecke, Teller und Tassen aus Keramik, in der Kanne noch Kaffee, natürlich dick verschimmelt, auf einem Teller vier Scheiben Brot, steinhart ... nach neunzehn Jahren! Ich habe so fassungslos gestaunt wie Sie jetzt, gnädige Frau.« Er sprang plötzlich auf und verbeugte sich knapp. »Ich heiße übrigens Dorianescu. Doktor Dorianescu. Ich bin Arzt. Chirurg. Gehirnchirurg.«

»Angenehm. Magda Hendle. Mein Mann ist Ministerialrat in Stuttgart. Im Finanzministerium.«

»Das gute Finanzministerium.« Sassner lachte etwas rauh. »Legalisierte Piraterie. Aber es muß ja sein. Woher kämen sonst die Groschen für die Krankenhäuser zum Beispiel. Und die Autobahnen.«

Er ging zum Tresen, entkorkte eine Flasche Cognac und holte zwei Gläser aus dem Regal. »Da alles hier etwas mystisch ist, wollen wir die Realität genießen! Der Cognac ist echt. Sie trinken einen mit?«

»Aber das geht doch nicht«, sagte Magda Hendle ausweichend. Dieser Mann, dieser Hirnchirurg faszinierte sie irgendwie. Er sprach mit einem unwiderstehlichen Charme, und was er sagte, war von einer funkelnden Eleganz.

Sie betrachtete ihn genauer und sah die große Narbe an der Kopfseite. Bestimmt eine Mensurnarbe, dachte sie. Er sieht aus, als habe er als Student wilde Säbelschlachten geschlagen.

Sie ließ es geschehen, daß er die Gläser vollgoß und ihr das eine Glas in die leicht bebende Hand drückte.

»Sie haben viel von der Welt gesehen?« fragte sie. Erschrokken hielt sie inne. Sie erkannte ihre eigene Stimme nicht mehr. Ein fremdes Rauschen war in dem melodischen Ton. Ich bin verrückt, dachte sie. Ich bin einfach durchgedreht durch die dumme Batterie. Vor fünf Minuten gab es diesen Mann noch nicht für mich auf der Welt, und außerdem ist seine Frau draußen am Wagen. Eine rothaarige Furie, scheint mir. Wie kann ein Mann wie dieser Dr. Dorianescu nur eine so ordinär wirkende Frau haben?

»Ich kenne die Welt, wie sie ist, und die Welt der Phantasien, wie sie in den Gehirnen meiner Patienten lebt. Ich muß zugeben, daß diese Welt oft schöner ist, weil sie eine verbotene Welt ist.« Sassner hob sein Glas. »Darf ich mit diesem Schluck eine ungewöhnlich aparte und anziehende Frau begrüßen?«

Magda Hendle durchrann es heiß. Sie wehrte sich dagegen, aber Sassners Blick hatte sie schon eingefangen. Sie fühlte ein Brennen in der Herzgegend und eine Schwäche gegenüber allen Versuchen, sich durch Vernunft zu wehren.

»Dorianescu«, sagte sie. »Das klingt nach Balkan.«

»Mein Urgroßvater kam aus Rumänien. Aber schon mein Großvater wurde in Sachsen geboren. Mein Vater in Hamburg. Ich selbst in Konstanz am Bodensee. Sie sehen, meine Familie hatte die Unruhe von Zugvögeln. Das mag daher kommen, daß wir auch Vögel im Wappen hatten. Blaue Vögel. Herrliche blaue Vögel. Vögel mit goldenen Augen. Stoßen wir an!«

Er stieß sein Glas gegen das von Magda Hendle, trank es aus und wartete, bis auch Magda ihr Glas geleert hatte... Dann griff er zu, ohne weitere Worte, zog sie mit einem Ruck an sich und küßte sie. Sie wehrte sich verzweifelt, sie hämmerte mit den Fäusten auf seinen Kopf und gegen seinen Rücken, aber nur wenige Sekunden lang. Ihr Widerstand erlahmte plötzlich, sie hing in seinen Armen und erwiderte seinen Kuß mit geschlossenen Augen.

Wer hatte sie schon jemals so geküßt? Ihre Jugendliebe Rainer? Das waren Küsse wie ein Windhauch. Ihr Mann Kurt Hendle? Er war ein guter Ehemann und vorher ein fröhlicher Liebhaber... aber vor dieser Macht von Besitzergreifung und Gier verblaßte alles, was Magda Hendle bisher an Liebeserfahrung besaß. Sie fühlte sich wie aufgerissen und verblutete in Seligkeit.

»Sie sind verrückt!« sagte sie später und ordnete ihre Haare. »Wenn nun Ihre Frau hereingekommen wäre?«

»Sie kommt nicht. Ilse ist etwas scheu.«

»Sie sind trotzdem verrückt! Was soll das alles? Wir werden uns nie wiedersehen!«

»Eben deshalb sollte man die kurze Stunde des zufälligen Treffens genießen. Der Mensch hängt viel zu sehr an Vergangenheit und Zukunft. Damit engt er seine Gegenwart ein. Wir sind geboren, um zu genießen. Das ist keine Philosophie, sondern meine Überzeugung. Noch einen Cognac?«

»Nein!« Magda Hendle schlug den Mantelkragen hoch. Ihr

Herz hämmerte wild, aber nach dem ersten Rausch kam jetzt die Ernüchterung. Draußen stand ihr Wagen, zu Hause in Stuttgart warteten Kurt und zwei Kinder. Sicherlich hatte Kurt schon bei Tante Maria angerufen, wann Magda abgefahren war. Sie hatte den Weg abkürzen wollen und hatte sich verfahren. Und dann fiel das Laden der Lichtmaschine aus ... »Ich bin dafür, daß Sie mich zur nächsten Tankstelle oder Werkstatt abschleppen, wie Sie versprochen haben. Und dann vergessen wir diese Minuten gründlich.«

Sassner antwortete nicht. Er ging hinter den Tresen, goß Kirschwasser und Wodka in ein Wasserglas, rührte es um und kam zu Magda Hendle zurück.

»Ich werde die Batterie operieren«, sagte er. Seine Stimme schwebte fast. In den Pupillen funkelte ein goldener Punkt, der Magda zwang, hineinzusehen. Sie wehrte sich dagegen, wandte den Kopf zur Seite, aber es war, als brannten diese Punkte nun auf ihrer Haut. »Es ist für mich eine Kleinigkeit. Trinken Sie unterdessen das.«

»Nein!« sagte Magda Hendle hart. »Lassen Sie mich in Ruhe!«

Kurt, dachte sie in diesen Sekunden. Kurt ... Kurt ... Kurt ... Hilft mir dein Name? Ich will mich nicht verlieren, aber er ist stärker als ich.

Die Kinder. Gabi, sieben Jahre alt ... Thomas, drei Jahre ... blonde Lockenköpfchen ... Sie liegen jetzt in ihren Bettchen und ahnen nicht, was ihre Mutter tut. Ich habe sie doch lieb, mein Gott, ich habe doch sie und Kurt, meinen Mann, ich habe sie doch alle lieb, ich will doch nicht ...

»Lassen Sie mich!« schrie sie. Sie schlug Gassner das Glas aus der Hand und rannte zur Tür.

Aber er war schneller. Mit drei großen Sätzen erreichte er vor ihr den Ausgang, warf die Tür zu und stellte sich ihr in den Weg.

»Ich rufe um Hilfe!« keuchte Magda Hendle. Tierische Angst war in ihren Augen. »Draußen ... Ihre Frau ... ich schreie um Hilfe, wenn Sie mich nicht in Ruhe lassen ...«

»Die Batterie hat wirklich keinen Kontakt mehr zur Wirklichkeit!« sagte Sassner dumpf. »Nur eine Operation ist lebensrettend.«

Mit beiden Händen griff er zu, umfaßte ihren Hals und drückte einmal fest zu. Dann ließ er den schlaffen Körper zu Boden sinken und klatschte in die Handflächen. Auf der Treppe zu den oberen Zimmern erschien Ilse Trapps. Sie trug wieder das Schürzchen auf dem nackten Körper. Mit bloßen Fußsohlen patschte sie über die Holzstufen.

»Alles bereit, Schwester?« Sassner stieg über Magda Hendle hinweg und zog seinen Rock aus.

»Alles, großer Boss.«

»Tragen wir die vornarkotisierte Patientin hinauf.«

Oben zogen Sassner und Ilse Trapps die Ohnmächtige aus. Bewundernd stand Sassner einen Augenblick vor dem nackten Frauenleib und streichelte ihn mit beiden Händen.

»Es sieht alles so vollkommen aus«, sagte er traurig, »und dabei ist nichts vollkommen.«

»Ich hasse sie!« sagte Ilse gepreßt. »Du hast sie geküßt!«

Sassner entkleidete sich. Über den nackten Körper zog er ein Unterhemd und die weiße Klinikhose, streifte die weißen Schuhe über und streckte dann die Arme vor. Ilse band ihm die Gummischürze vor, setzte ihm die Kappe auf den Kopf und befestigte den Mundschutz. Dann holte sie die Gummihandschuhe aus der Steriltrommel und streifte sie über Sassners Finger.

Unter der starken Deckenlampe glänzte Magda Hendles schlanker Körper. Ab und zu fuhr ein Zucken durch die Muskeln. Die Nerven wehrten sich gegen die Ohnmacht.

»Narkose!« sagte Sassner.

Vom Instrumententisch, einem ehemaligen Serviertisch aus dem Lokal, reichte ihm Ilse den mittelschweren Hammer.

»Schwester Teufelchen!« Sassner legte den Hammer neben Magda Hendles Kopf. »Betrachten Sie einmal die herrliche Linie der langen, schlanken Schenkel. So etwas sieht man selten. Es ist begeisternd.«

Wortlos, mit verkniffenem Gesicht riß Ilse Trapps den Hammer hoch und schlug zu. Ihre aufgelösten roten Haare glichen in diesem Augenblick einem brennenden Busch.

»Jetzt ist sie nicht mehr schön!« sagte sie heiser.

»Aber die Narkose ist vollkommen.« Sassner streckte eine Hand aus. »Das Skalpell, Schwester . . .«

Das Ergebnis der Blutuntersuchung bei dem unbekannten Toten auf der Autobahn lag vor. Der Assistent des gerichtsmedizinischen Instituts, den man aus dem Bett geholt hatte und der mit Dr. Keller und Angela Dorian im St.-Jakob-Krankenhaus wartete, wohin man Egon Trapps gebracht hatte, ließ den Befund zurückgehen zur Nachprüfung.

»Die schlafen am Reagenzglas!« sagte er und zeigte Dr. Keller den Bericht. »Total verrückt! 3,9 Promille. Die sollen sich mal den Schlaf aus den Augen waschen!«

Dr. Keller sagte nichts und wartete. Nach zehn Minuten kam der wachhabende Arzt des St.-Jakob-Krankenhauses selbst in die Aufnahme. Er brachte das Laborblatt mit.

»Es bleibt dabei, meine Herren ... 3,9 Promille. Ich habe es zuerst auch nicht geglaubt. Aber der Tote stinkt ja nach Schnaps, als habe man ihn in Alkohol konserviert.«

»Mit 3,9 ist man tot!« Der Assistent des gerichtsmedizinischen Instituts starrte auf das Blutbild. »Da kann man nicht mehr gehen ...«

Angela tastete nach der Hand ihres Verlobten. Sie fühlte sich heiß an, als habe er Fieber. »Du hattest recht«, sagte sie.

»Wieso hatten Sie recht, Herr Kollege?« Der Gerichtsmediziner sah Dr. Keller ärgerlich an.

»Als ich den Toten sah, sagte ich mir: Wer so voller Alkohol ist, kann nicht mehr mit eigener Kraft auf die Autobahn gelaufen, auch nicht mehr gekrochen sein.«

»Mit anderen Worten: Jemand hat ihn dort hingelegt.«

»Genau.«

»Das wäre ja ein Mord!«

»Ich habe nichts anderes erwartet.« Dr. Keller stand auf. Seine Aufgabe war beendet, er hatte ja nur eine Bestätigung seines Verdachts erwartet. »Es wäre ein perfekter Mord gewesen, wenn der Täter nicht so großzügig mit dem Alkohol umgegangen wäre. Der Mann lag sterbend, an Alkoholvergiftung sterbend, auf der Autobahn, als man ihn überfuhr. Weiß man, wer er ist?«

»Nein. Er hatte keine Papiere bei sich.« Der Klinikarzt sah seinen gerichtsmedizinischen Kollegen an. »Das ist nun eine Sache der Staatsanwaltschaft. Wo soll die Leiche hin?«

»Zu uns zur Obduktion.« Der junge Assistenzarzt sah auf seine Armbanduhr. »Zwei Uhr morgens. Ich rufe den Oberstaatsanwalt Doktor Weber an, der ist am verträglichsten, wenn er aus dem Bett geklingelt wird.«

In dieser Nacht wurde noch ein zweiter Beamter aus dem Bett geholt: der Kriminalkommissar Hans Buldern von der Mordkommission I in Stuttgart. Mißmutig stieg er in den Dienstwagen des Präsidiums, der ihn von zu Hause abholte.

»Es ist zum Kotzen«, sagte er zu dem Fahrer. »Da läßt sich ein Besoffener überfahren, und der Herr Oberstaatsanwalt reißt sich das untern Nagel als Mord. Die müssen ja schrecklich Langeweile haben in der Staatsanwaltschaft.«

Gegen vier Uhr morgens standen eine Anzahl Männer um den nackten Körper des toten Egon Trapps herum. Er lag in einer Art flacher Zinkwanne und sah mit seinem völlig unkenntlichen Kopf, dem eingedrückten Brustkorb und den gebrochenen Beinen nicht gerade schön aus. Kriminalkommissar Buldern rauchte eine Zigarre und stieß die Qualmwolken über die Zinkwanne. Trotz zwanzigjähriger Tätigkeit in der Kriminalpolizei konnte er sich noch immer nicht an den Anblick von verstümmelten Toten gewöhnen. In der Hand hielt er einen zerdrückten, feuchten, nach Schweiß stinkenden Zettel. Ein Beamter des Morddezernats hatte ihn bei der Durchsicht der Kleidung des Toten entdeckt. Er lag zusammengefaltet im rechten Schuh, unter der Einlegesohle.

»Wenn mir was zustößt«, stand auf dem verschwitzten Zettel, »dann hat mich meine Frau ermordet.«

Weiter nichts ... aber es genügte.

»Er hat also eine Frau«, stellte Kommissar Buldern fest. »Er ahnte, daß sie ihm an den Kragen wollte. Warum, wie und wann ... das kriegen wir schon heraus! In Deutschland fällt es auf, wenn eine Ehefrau plötzlich keinen Mann mehr hat. Erfahrungsgemäß sind die lieben Nachbarn die besten Detektive. Herr Oberstaatsanwalt, das wird ein leichter Routinefall.«

»Wollen wir es hoffen.« Oberstaatsanwalt Dr. Weber gähnte. Um vier Uhr morgens darf man das. »Daß er aber auch nicht seinen Namen auf den Zettel geschrieben hat!«

»Wer rechnet schon damit, keinen Kopf mehr zu haben, wenn man ihn findet?« Hans Buldern wandte sich von dem Toten ab. »Wir werden morgen im Fernsehen die Kleidung des Toten und seine Beschreibung durchgehen lassen. Ich wette, daß wir morgen um neun Uhr abends mindestens die Ehefrau haben!«

In der Klinik Hohenschwandt wurde die Rückkehr Dr. Kellers aus dem Urlaub geteilt aufgenommen. Die Patienten und das Pflegepersonal begrüßten ihn wie einen zurückgekehrten vermißten Sohn.

»Ohne Sie ist das Leben hier unerträglich«, sagte der Landgerichtsrat von Zimmer 19, der sich einbildete, der römische Kaiser Lucius III. zu sein. »Wissen Sie, was dieser Kamphusen zu mir sagte, als ich befahl, meine Legionen von Trier nach Köln zu verlegen? ›Legen Sie sich ins Bett, das ist besser‹! Unerhört so etwas! Man sollte diesen Mann hinrichten lassen! Was werden Sie tun, lieber Medicus?«

»Ich werde ihn von nubischen Sklaven auspeitschen lassen, Imperator!« sagte Dr. Keller begütigend.

»Sehr gut! Sehr gut!« Lucius III. klatschte in die Hände. »Ich bin zufrieden mit Ihnen. Ich schenke Ihnen drei meiner Jünglinge.« Er schlug seine Jacke um sich wie eine Toga und ging stolz den Gang hinunter zu seinem Zimmer.

Oberschwester Adele sah ihm schweigend nach, bis die Tür vom Zimmer 19 zuklappte. »Es ist gut, daß Sie wieder da sind, Herr Doktor«, sagte sie ernst. »Die Patienten sind allesamt unruhig. Doktor Kamphusen hat ihnen gegenüber nicht den richtigen Ton.«

»Und der Chef?«

»Er operiert.« Schwester Adele hob resigniert die Schultern. »Er lebt fast nur noch zwischen den Tieren. Er hat uns vorgestern alle rufen lassen und uns etwas Schreckliches gezeigt: Zwei Schimpansengehirne hat er herausgenommen, an eine Herz-Lungen-Maschine angeschlossen und sie so außerhalb der Köpfe am Leben erhalten. Und sie reagierten. Als er in die Hände schlug, zuckten die Hirne auf den Plexiglasschalen, als er Wind nachmachte oder laut rief, pulsierte es in den Hirnarterien schneller, weil sich irgendwo in dem graublutigen Brei Äderchen durch Nervenreaktionen ausdehnten.« Sie fuhr sich mit beiden Händen über das Gesicht und atmete tief. »Ich weiß nicht, ob ich richtig zugehört habe, vielleicht ist alles Unsinn, was ich da erzähle... aber es war schrecklich! Diese Gehirne, die weiterlebten außerhalb des Körpers... Und damit beschäftigt sich der Chef Tag und Nacht. Wie gut, daß Sie wieder da sind, Herr Doktor.«

»Ich bin nur gekommen, um zu packen, Adele.« Dr. Keller wandte den Kopf zur Seite, um nicht den entsetzten Blick der Oberschwester zu sehen.

»Das können Sie uns nicht antun, Herr Doktor!«

»Ich kann mit Kamphusen nicht länger zusammenarbeiten.«

»Dann soll doch er gehen!«

»Das will wieder der Chef nicht.«

»Wenn es so ist, dann gehen wir alle.« Oberschwester Adele zupfte nervös an ihrer Schürze. »Jawohl, dann gehen wir alle!«

»Und die Kranken, Adele?«

»Sie gehen doch auch, ohne danach zu fragen...«

»Ich bin nur einer. Man wird mich kaum vermissen.«
»Sie sind der Liebling der Kranken und des Pflegepersonals ... das muß man Ihnen einmal sagen«, erklärte Schwester Adele resolut. »Sie brauchen deswegen nicht gleich eitel zu werden, Herr Doktor, aber es ist so! Keiner von uns würde verstehen, wenn Sie weggingen! Oder haben Sie Angst?«
»Angst? Vor wem?« Betroffen wandte sich Keller um.
»Vor Doktor Kamphusen ...«
»Aber Schwester Adele!«
»Wenn Sie gehen, werden alle Sie feig nennen! Es wäre für uns alle eine maßlose Enttäuschung. Sie sind doch nicht feig?«
»Nein. Ich bin nicht feig.« Dr. Keller legte den Arm um die molligen Schultern der Oberschwester Adele. Sie hätte seine Mutter sein können, und vielleicht hätte seine Mutter auch so zu ihm gesprochen: Junge, beiß die Zähne zusammen. Sei der Stärkere! Du weißt doch, was du kannst. Wo ist dein Selbstvertrauen? »Schönen Dank für die Ohrfeige, Adele.«
»Ich glaube, sie war nötig!« Schwester Adele sah an Dr. Keller empor. Er überragte sie um zwei Haupteslängen. »Bleiben Sie nun, Herr Doktor?«
»Ich weiß es noch nicht.«
»Dann ist es gut. Wenn Sie keine klare Antwort wissen, ist noch nichts verloren. Junger Wein muß gären.«
Zufrieden ging Oberschwester Adele in das nächste Zimmer. Dort lag die kleine Schneiderin, die beleidigende Briefe an de Gaulle geschrieben hatte und jeden Tag fleißig neue Briefe schrieb. An Königin Sirikit, an den Genossen Kossygin in Moskau, an den Schah von Persien, an Mosche Dayan in Israel ...
Nachdem Dr. Keller von Zimmer zu Zimmer gegangen war und alle Patienten begrüßt hatte, überwand er sich und ging hinüber in den »Tierbau«.
Professor Dorian war im OP und operierte unter Klinikbedingungen einen Orang-Utan. Dr. Kamphusen assistierte und pfiff sofort Dr. Keller an, als dieser die Tür aufriß.
»Hinaus! Sie sind nicht steril! Sehen Sie nicht die rote Lampe über der Tür?«
Ohne Antwort betrat Dr. Keller den Tier-OP und stellte sich neben Dorian. Der Professor war gerade dabei, mit einem winzigen, dünnen, elektrisch geladenen Draht einzelne Hirnnerven zu verschmoren. Dabei zuckten einige Hirnfelder wie wild und schienen aus ihren Verschlingungen zu springen.
»Ich bin gekommen, um dir zu sagen, daß ich bleibe«, sagte

Dr. Keller laut. Die Augen Kamphusens glotzten ihn über den Mundschutz starr an. Fischaugen ...

»Ich nehme es zur Kenntnis.« Dorians Stimme war nüchtern wie immer. »Wasch dich und mach mit.« Dorian wandte schnell den Kopf zur Seite und legte den Koagulationsdraht weg. »Ich will Adams tierische Wildheit in ein ruhiges menschliches Verhalten umwandeln. Es wird ebenso gelingen wie damals bei Johann, der singen konnte.«

Dr. Keller trat vom OP-Tisch zurück, krempelte die Hemdsärmel hoch und begann sich zu waschen und abzuschrubben. Er hat mich wieder geduzt, dachte er. War es ein Ausrutscher in die alte Zeit, oder war es das versteckte Zeichen, daß auch er froh ist, mich wiederzusehen? Wer kann in den Dickschädel Dorians hineinsehen?

Nach fünfzehn Minuten trat Dr. Keller wieder an den Tisch, operationssteril wie in einem menschlichen OP. Professor Dorian nickte ihm zu und hob die Hand.

»Kamphusen, kommen Sie neben mich. Keller übernimmt die erste Assistenz.

Schweigend räumte Kamphusen seinen Platz für Keller. Aber als sie aneinander vorbeigingen, blitzten sich ihre Augen an.

Der bedingungslose Kampf hatte begonnen.

Am Abend, als Dr. Keller erschöpft in sein Zimmer kam, saß Angela auf der Couch und las in einem Magazin. Das Radio lief leise. Tanzmusik. Angela sah fremd aus. Sie trug ein grellbuntes Minikleid, hatte sich geschminkt und die Haare anders frisiert. Im Nacken trug sie eine große Rosette aus Blumen. Sie legte sich zurück, als Keller ins Zimmer kam, schlug die Beine übereinander und wippte mit den Zehen. Es sah frivol und doch hübsch aus.

»Was ist los?« fragte Dr. Keller belustigt und zog seinen weißen Arztkittel aus. »Du verschaffst mir ein völlig neues Angela-Gefühl. Aber irgendwo stimmt der Kalender nicht – Karneval ist erst nächstes Jahr.

»So werde ich ab heute immer aussehen.« Angelas Stimme war weder aggressiv noch angeheitert. Sie war völlig normal.

»Aha!« sagte Dr. Keller und setzte sich in einen Sessel, Angela gegenüber. »Muß ich mir eine Beatle-Frisur wachsen lassen? Enge Hosen, die beim Hinsetzen fast platzen? Blümchen hinterm Ohr? Ausgetretene Latschen an den Füßen? Vierwochenbart, mit Suppenresten garniert?«

»Dein Spott ist völlig fehl am Platze.« Angela legte das Magazin zur Seite. »Mir ist es Ernst.«

»Verrückt!« rief Dr. Keller und knackte mit den Fingern.

»Hör damit auf!« Angela fuhr empor. Ihre Stimme wurde etwas schrill. »Es ist nicht zum Lachen. Ich bin froh, daß wir jetzt allein sind, um uns alles zu sagen.« Ihre Hände verkrampften sich in die Seitenlehne der Couch. »Wir lieben uns ... aber wir kennen uns nicht ...«

»So, wie du jetzt bist, bestimmt nicht.«

»Aber so bin ich! Bitte, sieh mich an ... so und nicht anders bin ich!« Angela sprang auf und drehte sich in dem grellbunten Minikleid. Sie sah entzückend aus, und doch für Dr. Keller fremd. »Ich bin ein Mädchen aus der zweiten Hälfte des 20. Jahrhunderts, das hast du nie bemerkt! Ich liebe Jazz und Beat, ich tanze für mein Leben gern, ich trage gern Minikleider, ich liebe Fröhlichkeit und lustige Menschen. Ich bin dreiundzwanzig Jahre alt!«

»Das weiß ich«, sagte Dr. Keller etwas betroffen.

»Du weißt es nicht!« Angela kniete sich auf die Couch. »Zehn Tage waren wir zusammen im Urlaub. Oh, es waren zehn glückliche Tage, wenn man die Augen zumacht! Die schöne Natur, Kulturdenkmäler, Museen, dreimal eine Oper, ein Freilichtspiel. Penthesilea von Kleist. Kutschfahrt mit Glöckchen durch den Schwarzwald. Forellenessen bei Kerzenlicht. Warum spielte man nicht Mozart dazu? Und dann die Nächte ... sie waren wirklich Glück. Sie ließen alles vergessen, was fehlte, sie entschädigten. Aber ich will leben, nicht dauernd entschädigt werden. Verstehst du das, Bernd?«

»Nein!« sagte Dr. Keller steif. Er wußte nicht, wie ihm geschah. Habe ich etwas falsch gemacht, dachte er. Es waren doch so schöne Tage ... eine vorweggenommene Hochzeitsreise.

»Du verstehst es nicht!« Durch Angelas schlanken Körper flog ein Zittern. »Haben wir in diesen zehn Tagen einmal miteinander getanzt?«

»Nein ...« sagte Keller stockend.

»Haben wir uns benommen wie junge Leute? Vor Neid platzend habe ich die anderen jungen Paare gesehen, denen wir begegneten. In deren Herzen schien die Sonne ... in deinem Herzen leuchteten nur die Operationsscheinwerfer ...«

»Angela!« Keller sprang auf. Mit beiden Armen wehrte Angela ihn ab.

»Bleib sitzen!« Keller setzte sich wieder. »In diesen zehn

Tagen habe ich gesehen, wie mein Leben wird, wenn wir erst verheiratet sind. Beim Morgenkaffee hast du die Zeitung gelesen. Ich habe einmal zu dir gesagt: Huhu! Ich bin auch da! Hier sitze ich! – Du hast das lächerlich gefunden und professoral geantwortet: Liebling, die Information ist der halbe Erfolg! Schalke 04 hat schon wieder verloren. – Haben wir in diesen zehn Tagen einmal über uns gesprochen? Immer nur Medizin! Immer Professor Dorian. Immer Hirnkranke. Zukunftspläne? Ja! Nicht mit uns, wie unsere Wohnung aussehen wird, was wir uns noch alles kaufen werden ... nein! Wenn ich in Zürich bin, werde ich eine Forschungsreihe beginnen! Wenn ich in Zürich bin, werde ich die Enzephaloarteriographie ausbauen. Wenn ich in Zürich bin ... immer nur Hirn! Hirn! Hirn!«

»Mein Gott, Liebling, was ist mit dir los?« stammelte Dr. Keller.

»Ich platze! Jawohl, ich platze! Ich bin ein junges Mädchen und will meine Jugend nicht verdämmern lassen an einem Menschen, der nur Hirnwindungen sieht!« Sie sprang von der Couch und drehte sich wild. »Ich will tanzen! Ich will modern sein! Ich will frische Luft um mich haben! Ja!« Sie drehte mit einem Griff das Radio auf volle Lautstärke. Beatrhythmen hämmerten ohrenbetäubend. »Das will ich!« schrie sie dazwischen. »Jung sein! Tanzen! Leben! Leben!«

Dr. Keller drehte das Radio ab. Die plötzliche Stille war beklemmend. Angela fiel in sich zusammen und sank auf die Couch zurück.

»Wir waren doch glücklich miteinander«, sagte Dr. Keller heiser.

»In der Nacht! Aber die Tage sind länger. Ich will nicht nur in der Nacht leben und ein Mensch sein! Verstehst du das denn nicht? Bernd, verstehst du mich denn nicht? Denk an die letzte Nacht! Wo verbrachten wir sie? In unserem verträumten Hotel? Nein! Im Polizeibus auf der Autobahn, im Krankenhaus in Stuttgart, neben einer deformierten Leiche, die nach Alkohol stank. Soll das mein ferneres Leben sein? O Gott, Bernd ... ich halte das nicht durch! Ich habe mit Vater nie darüber gesprochen, wie schrecklich diese Klinik für mich ist. Ich habe dich kennengelernt, ich habe dich geliebt, ich habe gewußt: Dieser Mann reißt dich endlich heraus aus der Welt der Irren und kranken Gehirne. Er ist ein so lieber, fröhlicher Mensch! Und was habe ich nun? Ein Abziehbild von Professor Dorian. Muß man da nicht durchdrehen?«

Es war, als habe sie sich damit völlig ausgeleert. Sie warf sich nach hinten, atmete seufzend und lag da wie eine zerbrochene Puppe.

Dr. Keller sah sie lange stumm an. »Das habe ich alles nicht gewußt«, sagte er endlich. »Bin ich so altmodisch?«

»Ja, Bernd. Aber in Zürich soll es besser werden. Laß uns in Zürich leben wie richtige junge Menschen.«

»In Zürich.« Keller senkte den Kopf. »Wir werden nicht nach Zürich ziehen...«

»Was?« Angela richtete sich auf. Ihre blauen Augen waren unnatürlich weit. »Was sagst du da?«

Dr. Keller wagte nicht sie anzusehen. Er starrte auf den Teppich.

»Ich bleibe auf Hohenschwandt«, sagte er langsam. »Ich habe es vor ein paar Stunden deinem Vater versprochen...«

Stumm, aber mit der Hast einer Flüchtenden, rannte Angela aus dem Zimmer. Auf der Couch zurück blieb die Rosette aus Blumen, die sie im Haar getragen hatte. Sie lag da wie ein Miniaturkranz auf einem Grab, und Dr. Keller empfand es auch so.

## 7

Zwei Tage nach dem Tod des unbekannten Säufers, dessen Namen man auch durch das Fernsehen nicht herausbrachte, bog in der Nacht um 23 Uhr 12 der Handelsvertreter Karl Hännes auf einen Rastplatz an der Autobahn Stuttgart–München ein, um in aller Ruhe eine Zigarette zu rauchen und einen Schluck Cognac aus der Taschenflasche zu nehmen. Er bremste hinter einem kleinen, unbeleuchteten Wagen, sah im Scheinwerferlicht einen Frauenkopf und schaltete dann das Licht aus.

Karl Hännes, Mitte Fünfzig und herzkrank, rauchte seine Zigarette, nahm ein paar Schlucke und überlegte dann, warum der kleine Wagen vor ihm so dunkel und still war. Eine Frau saß darin, das hatte er gesehen. Aber sie rauchte nicht, nichts bewegte sich, also schlief sie. So etwas ist selten bei Frauen, es sei denn, sie war eine der Autobahnmiezen, die nachts auf den Rastplätzen in eigenen Wagen stehen und Liebesdurstige von ihrem Drang erlösen.

Handelsvertreter Hännes aus Paderborn, der sittenstrengen Stadt mit Erzbischof, griff in die Brusttasche, holte seine Brieftasche hervor und stellte fest, daß er sich einen Spaß für fünfzig Mark Höchstsumme leisten konnte. Er hatte auf seiner Tour Spesen herausgewirtschaftet, und wie konnte man sie besser anlegen als in Sachen, die das alternde Herz erfreuen?

Mit etwas steifen Beinen stieg Hännes aus seinem Wagen, ging die paar Schritte zu dem kleinen Auto und klopfte an die Scheibe. »Hallo, Puppe!« sagte er dabei. »Wach auf! Kundschaft. Die Nacht fängt ja erst an für dich!«

Da die Puppe im Auto nicht antwortete, drückte Hännes die Türklinke herunter und steckte den Kopf in den Wagen.

Was er sah, war zuviel für sein krankes Herz. Er wollte schreien, aber es war nur ein jaulendes Japsen. Dann sank er neben dem Wagen ohnmächtig auf den Splitt, der den Rastplatz bedeckte.

Zwanzig Minuten später war die Polizei da und sperrte den Rastplatz ab. Im Blitzlicht des Polizeifotografen leuchtete fahl das Gesicht der Frau auf. Karl Hännes hockte im Unfallbus und schüttelte sich in einem Weinkrampf.

Die schrecklich verstümmelte Leiche Magda Hendles war gefunden, und Professor Dorian erhielt wieder einen Brief aus Basel mit der Anrede: »Lieber Kollege ...«

Es war ein Brief, der das Grauen lehrte ...
Der Brief traf in Hohenschwandt ein, als Professor Dorian gerade Visite machte.

Diese Chefvisiten, morgens um elf Uhr, waren die großen Minuten der Kranken. Dorian raste nicht wie andere Klinikchefs durch die Zimmer, begrüßte jeden Patienten mit einem Witz, klopfte ihm auf die Schulter, sagte: »Na schön, ich höre, es geht Ihnen gut. Nur weiter so. Bald sind wir gesund. Sie kennen doch den Witz von dem Hund, der auf drei Beinen läuft? ›Was wollt ihr?‹, sagte er, als man ihn bedauerte. ›Auf drei Beinen laufe ich, und beim vierten spare ich mir das Hochheben am Baum!‹ Haha!« Nein, so war Dorian nicht. Er kannte jeden Kranken genau, er unterhielt sich mit ihnen, er saß am Bett oder am Tisch und diskutierte mit ihnen über ihre Probleme.

Da war der Bauunternehmer Jakob. Vor neun Monaten lieferte man ihn ein, weil er Tag und Nacht leise Stimmen hörte, die ihm zuflüsterten: »Du bist ein Auserwählter Gottes! Du kannst die Menschheit erlösen vom Wahn der gegenseitigen Ausrottung. Predige! Predige! Die Menschheit wartet auf dich ...«

Dieser Erlösungswahn wurde so stark, daß er sich die Haare nicht mehr schnitt, sich in Bettücher wickelte, mit nackten Füßen herumlief und schließlich auf dem Marktplatz von Ebbenrode Samstag um zehn Uhr, als die Hausfrauen an den Ständen einkauften, auf eine Kiste stieg und zu predigen begann mit den Worten: »Ihr schön bemalten Huren ...«

Die Polizei führte ihn ab. Man steckte ihn in die Landesheilanstalt, wo er im Eßsaal weiter predigte, bis die Familie beschloß, in den sauren Apfel des Geldausgebens zu beißen, und Fritz Jakob nach Hohenschwandt brachte. Hier wurde er ruhiger. Nur bei Vollmond brach sein Messiasbewußtsein wieder aus. Dann ging er von Zimmer zu Zimmer, verteilte Zettel, auf denen stand: Du bist ein Rindvieh – erkenne es!, und segnete dann den Empfänger. Er war harmlos.

Und da war der Oberlehrer Gustav Zicke aus Meerbronn, ein stiller, vornehmer Mann mit Goldbrille, der gern Schach spielte und auf seiner Violine Mozart intonierte. Auf den ersten Blick sah man ihm den geistig Kranken nicht an; erst wenn er zu dozieren begann, fiel man in Erstaunen. Er sagte zum Beispiel: »Daß Napoleon bei Waterloo verlor, daran war nur der Wind schuld. Der Wind, der Wind, das himmlische Kind. Ihr Kinderlein kommet. Kommen und gehen. Geht weg, ihr schwankenden Gestalten! Groß die Gestalt und klein der Geist! O Geist, den ich meine. O Freiheit, die mir fehlt. Nur der Freiheit gehört unser Leben! Leben für Millionen! Seid umschlungen, Millionen ...«

Das hörte sich zwar an wie eine Stelle aus dem Roman eines von der Literaturkritik gefeierten modernen Schriftstellers, war aber trotzdem irr. Oberlehrer Zicke konnte stundenlang so reden ... dann versank er wieder in Schweigsamkeit, spielte Schach mit einem Fabrikanten, der sich einbildete, man wolle ihn vergiften, oder strich auf seiner Geige Mozart und Paganini herunter.

Bei allen diesen Kranken blieb Dorian ein paar Minuten sitzen und unterhielt sich, als seien sie vernünftige Menschen. Die Patienten merkten es genau. »Der Professor ist unser Freund!« sagte einmal ein Kranker. Er sprach damit aus, was alle Patienten dachten.

An diesem Vormittag unterbrach die Sekretärin die Visite. Bleich und zitternd stürzte sie in das Zimmer 34, wo Dorian gerade bei einer Patientin am Bett saß, die seit drei Monaten behauptete, ein Geist habe ihr die Beine gelähmt. Nach drei

Elektroschocks war sie so weit, daß sie wenigstens die Beine hin und her bewegte. Aber nun klagte sie, der Geist habe sie zum Hampelmann gemacht und zöge dauernd an dem Strick, der ihre Beine auf und ab bewegte.

»Herr Professor ...« keuchte die Sekretärin und hielt einen Brief von sich, als sei er etwas Ekelhaftes. »Er ist eben mit der Post gekommen. Ich ... ich ... mir wird schlecht, Herr Professor.«

Sie sank neben dem Bett auf einen Stuhl, schlug beide Hände vor das Gesicht und weinte leise.

Dorian hob das Blatt auf, das zu Boden geflattert war. Noch bevor er zu lesen begann, wußte er, woher er kam und wer ihn geschrieben hatte. Das Atmen fiel ihm plötzlich schwer.

»Bernd ...« sagte er heiser zu Dr. Keller, der neben ihm stand.

»Lies mit ...«

Der Brief lautete:

»Lieber Herr Kollege!

Ich habe mit der praktischen Arbeit begonnen. Wie ich Ihnen schon schrieb, sehe ich große Möglichkeiten, die Dummheit aus dem menschlichen Gehirn herauszuoperieren, um durch die so aktivierte Intelligenz Menschen zu schaffen, die endlich erkennen, wie wertvoll der Frieden für diese Erde ist.

Ich darf Ihnen, verehrter Freund, kurz berichten:

Patientin Magda Hendler, 32 Jahre alt. Konstitution: 1,70 groß, Gewicht 63 kg, gesund, von mittlerer Intelligenz, zwei Kinder, alte Blinddarmnarbe. Narbe am Oberschenkel, anscheinend von einem Unfall. Charakterlich leicht beeinflußbar... sie verliebte sich in mich nach knapp fünfzehn Minuten.

Operation: Eröffnung des Schädels durch Rundschnitt und Entfernung der gesamten oberen Hirnschale...«

»Um Gottes willen...« stammelte Dr. Keller. Fahle Blässe überzog sein Gesicht. »Er hat sie skalpiert und dann den Schädel –«

»Es geht noch weiter.« Dorians Stimme schwankte. Er war zur Balkontür getreten und stand im Zugwind. Schweiß perlte von seiner Stirn, sein Atem ging stoßweise. Die Kranke im Bett hörte nicht zu; sie war mit sich selbst beschäftigt und gab ihren Beinen strafende Ohrfeigen, wenn sie sich bewegten. »Teufel! Teufel! Teufel!« murmelte sie dabei.

Dorian las mit leiser Stimme weiter vor:

»... In den vielfach verschlungenen Windungen kein Erkennen von Seele. Nach Auslösung des Hirns innere Kopfspülung mit einer Tak-Lösung...«

Dorian unterbrach sich und sah zu Dr. Keller.

»Tak ist ein Geschirrspülmittel«, erklärte Keller tonlos.

»... dann Wiedereinsetzen der Hirnmasse in die saubere, von allem zivilisatorischen Unrat befreite Kopfhöhle. Patientin bei guter Verfassung, still und duldsam. Danach Eröffnung des Brustkorbes, Waschen des Herzens ebenfalls in Tak-Lösung...«

»Hör auf... bitte...« Dr. Keller riß den Brief aus Dorians Hand. »Mir wird übel wie der armen Frau Steinmann.« Er drehte sich zu der Sekretärin um. Sie hockte noch immer auf dem Stuhl und schluchzte leise. Dorian strich sich mit zitternden Händen über das graue Haar, trat hinaus auf den Balkon und sog laut die frische Luft ein.

»Er hat diese Frau regelrecht ausgeschlachtet wie ein Schrotthändler ein Autowrack. Und diese Bestie läuft frei herum, und keiner konnte sie bisher unschädlich machen.« Dorian nahm den Brief aus Kellers Fingern. »Wieder aus Basel. Dieselbe Schreibmaschine. Es muß ein uraltes Modell sein... ein Teil der Buchstaben ist ausgeschlagen.« Dorian lehnte sich an die sonnenheiße Wand des Balkons. »Warum schickt er gerade mir diese Briefe? Woher kennt er mich? Ist er wirklich ein irrsinnig gewordener Arzt, oder war er einmal unser Patient?«

»Das ließe sich anhand der Kartei überprüfen.«

»Die Polizei soll das tun.« Dorian faltete den Brief zusammen. Nach dem ersten Entsetzen fand er seine Fassung wieder. »Frau Steinmann, rufen Sie sofort Kriminalrat Quandt an. Er möchte umgehend kommen.« Die Sekretärin zuckte zusammen, nickte und flüchtete aus dem Zimmer, als sei Dorian die mordende Bestie. »Wir sehen unterdessen die Kartei durch, Bernd. Ich breche die Visite ab. Doktor Wolter von Station I soll herumgehen und fragen, welche Wünsche die Kranken haben.«

Dorian steckte den Brief in die Tasche seines weißen Kittels, gab der mit ihren Beinen schimpfenden Patientin die Hand und verließ schnell das Zimmer. Dr. Keller folgte ihm langsamer. Ihm lag der Brief wie ein Zentnergewicht auf der Seele.

War das, was in dem Brief stand, wirklich geschehen? Oder entstammte es nur der perversen Phantasie eines Irren?

Er war bereit, an das letztere zu glauben. Was hier in diesem Brief geschildert war, konnte einfach keine Wirklichkeit sein.

Nach zwei Stunden wußte er, daß er irrte. Kriminalrat Ulrich Quandt legte Funkfotos der auf einem Rastplatz an der

Autobahn Stuttgart–München gefundenen Leiche Magda Hendles vor. Auch das erste ärztliche Untersuchungsergebnis lag dabei.

»Es stimmt aufs Wort«, sagte Quandt knirschend. »Der Briefschreiber hat kein Detail vergessen! Was mit Frau Hendle geschehen ist, kann ich nur als den ungeheuerlichsten Mord der deutschen Kriminalgeschichte bezeichnen. So etwas hat es noch nicht gegeben! Ein Gehirn in Tak-Lösung spülen! Mein Gott...« Quandt brannte sich mit bebenden Fingern eine Zigarette an. Mit einem Schluck stürzte er den Cognac hinunter, den ihm Dorian eingegossen hatte. »Was glauben Sie, was in Stuttgart los ist! Der Mann ist Ministerialrat. Die Landesregierung stellt alle Mittel zur Verfügung. Der Justizminister will laufend unterrichtet werden. Und nun kommt dieser Mistbrief und wir hängen mit drin! Jetzt wird auch die bayerische Regierung wild. Kann man von Ihnen telefonieren?«

»Jederzeit, Herr Rat.«

Quandt rief in Stuttgart an. Sein Kollege von Baden-Württemberg atmete hörbar auf, als er die Nachricht von dem Brief erfuhr. »Endlich ein Lichtblick!« sagte er wie ein von Blindheit Erlöster. »Wir tappen hier völlig im dunkeln! Keine Anhaltspunkte, keine Zeugenbeobachtungen, keine Fingerabdrücke, gar nichts! Und in einer Stunde ist mein neuer Bericht an das Ministerium fällig. Sie sind mein rettender Strohhalm, Kollege.« Quandt hörte ein Klicken im Telefon, es klang, als löse man Kontakte aus. »Kann ich den Originalbrief haben?«

»Natürlich.«

»In zehn Minuten steigt unser Hubschrauber Libelle V auf. An Bord neben dem Piloten Kriminalmeister Schubarth. Kann man bei der Klinik Hohenschwandt landen?«

»Überall. Liegt mitten in einem Park mit großen Wiesenflächen.«

»Wunderbar.« Die Stimme aus Stuttgart wurde wieder ernster. »Lieber Kollege, seien Sie so freundlich und lesen Sie mir mal den Brief vor. Ich nehme ihn auf Band, um ihn schon im neuen Bericht zu zitieren. Bitte... Band läuft, Herr Kollege...«

Am Nachmittag dieses Tages wurde in Stuttgart die »Sonderkomission GROSS X« gebildet. Kriminalrat Quandt erhielt telefonisch die Nachricht aus München, daß nach Besprechung der beiden Justizminister seine Anwesenheit in Stuttgart erwünscht sei. Nicht als aktiver Fahnder, das sei Ländersache, sondern als Beobachter und notfalls Berater.

»Na gut«, sagte Quandt zu Professor Dorian. »Fahren wir mal ins Schwabenländle. Es soll dort ja einen vorzüglichen Wein geben . . .«

Die Polizei im Gebiet der Autobahn Stuttgart–München und Basel–Frankfurt erhielt Alarm. Die Streifen wurden verstärkt. Neunundsechzig weiß gestrichene Polizeiwagen befuhren bereits in der nächsten Nacht die Strecken und kontrollierten alle Rastplätze. Die dort parkenden Autos wurden untersucht, die Personen genau befragt.

Die Meldebücher füllten sich. Von dreiundzwanzig Uhr bis drei Uhr hatte man allein im Abschnitt Basel–Offenburg neunzehn Liebespaare aufgestört, darunter vier Jugendliche. Man nahm sie gleich mit zur Wache.

»Es ist zum Kotzen!« stöhnte der Polizeioberkommissar, der diesen Abschnitt leitete. »Ich brauche keine jugendlichen Liebespaare – ich brauche den Mörder!«

Denn jeder wußte, daß wieder etwas geschehen würde. Irgendwo in diesem weiten Land vollzog sich wieder das Schreckliche, das Bestialische. Der Mörder hatte es in seinem Brief, im letzten Satz, nüchtern angekündigt:

»Es wird mir eine Ehre sein, lieber Kollege, Ihnen in den nächsten Tagen über weitere Erfolge meiner Operationsmethode berichten zu können. – Ich wünsche herzlich einen guten Abend.«

In seinem Einfamilienhaus saß um diese späte Stunde der Ministerialrat Kurt Hendle zwischen den Betten seiner beiden Kinder und weinte.

Er hockte im Dunkeln auf einem rotbemalten Kinderschemel und wagte nicht, aus dem Kinderzimmer hinauszugehen in sein Schlafzimmer, wo er das zweite Bett sehen mußte, das Bett, das nun für immer leer bleiben sollte.

Die Stille im Haus war furchtbar. Kurt Hendle hatte den Kopf in beide Hände gestützt, und die Tränen rannen ihm über die Handgelenke die Arme hinunter. Wenn er an das leere Bett im Nebenraum dachte, hätte er schreien können. Der Anblick Magdas, wie sie in einem zarten Perlonnachthemd schon im Bett lag, wenn er aus dem Badezimmer kam, einen Packen Zeitungen unter dem Arm, die er noch vor dem Einschlafen durchblättern wollte, gehörte so fest zu seinem Leben, daß es unbegreiflich war, Magda nicht mehr dort auf den Kissen zu sehen.

Den Kindern hatte er noch nichts gesagt. Thomas, der dreijährige, begriff es noch nicht ... ihm wollte er sagen, daß Mutti ein Engel des lieben Gottes geworden sei. Aber Gabi, die Siebenjährige, wußte schon, was Tod ist. Sie hatte erlebt, wie auf der Straße ihr Dackel totgefahren wurde, und sie war mitgenommen worden, als vor einem Jahr die Oma starb. Ihr zu erklären, daß die Mutti nie mehr wiederkam, war eine furchtbare Aufgabe.

»Mami ist bei der Tante geblieben«, hatte Kurt Hendle vorerst gesagt. »Das Wetter war ja so schlecht. Und außerdem soll sich Mami mal erholen.«

»Es ist nicht zu begreifen«, stammelte er und schob die Hände vor die brennenden Augen. »Es ist nicht zu begreifen...«

So saß er die ganze Nacht zwischen den Kinderbetten, starrte ins Dunkel und ließ sein Leben mit Magda an sich vorbeiziehen.

Es waren herrliche, glückliche Jahre gewesen. Erst jetzt begriff er es.

Und er weinte weiter.

Schon früh am Morgen war Ilse Trapps weggefahren und hatte eingekauft. Sie mied die Geschäfte, in denen sie bekannt war, sondern fuhr in die Stadt, wo keiner sie beachtete. In einem Supermarkt deckte sie sich für eine Woche mit Verpflegung ein. Ein Angestellter des Supermarkts schleppte drei Kartons mit Büchsen, Frischfleisch, Wurst, Käse und Tiefkühlpaketen in den Kombiwagen und bekam eine Mark Trinkgeld.

»Warten Sie, ich hole schnell einen Lappen«, sagte der junge Mann höflich und dienstbereit. »Da ist etwas Blut auf dem Boden. Ich wische es schnell weg...«

Ilse Trapps' grüne Augen blickten ruhig auf die Ladefläche des Kombiwagens. »Ach ja, das kommt von dem Schwein«, sagte sie gleichgültig. »Wir haben gestern ein halbes Schwein geholt. Wenn man eine Tiefkühltruhe hat, lohnt sich das.«

»O ja! Eine tolle Sache, diese Truhen.« Der junge Mann rannte in den Laden, holte einen Lappen und wischte die Blutflecken weg. »So, jetzt sieht man nichts mehr.«

»Das ist nett.« Ilse Trapps beschenkte den jungen Mann mit einem tiefen Blick aus ihren grünen Katzenaugen. »Sie sind ein lieber Kerl. Aus Ihnen kann noch mal was werden...«

Dann fuhr sie ab, erleichtert, daß alles so glatt gegangen war. Der junge Verkäufer sah ihr so lange nach, bis sie um die Ecke bog.

»Eine toile Frau!« sagte er zu sich. »Aber an so was kommt man ja nicht 'ran ...«

Er ging zurück in den Laden und begann Apfelsinen abzuwiegen.

Zehn Pfund 5,40 DM. Sonderangebot.

Auf den Tüten stand: Die Sonne im Haus.

Gerd Sassner war in seinem winzigen Turmzimmer, als Ilse Trapps zurückkam, den Wagen in die hintere Garage fuhr, das Tor schloß und wie eine Ratte ins Haus huschte.

Im Haus war es dunkel und muffig. Seit heute morgen sieben Uhr hatte das Elektrizitätswerk den Strom abgedreht. Ein verlassenes Haus braucht kein Licht. Es war überhaupt ein Problem, wer die letzte Rechnung bezahlte, denn keiner wußte, wohin die Trapps gezogen waren.

»Sie haben sich nicht abgemeldet«, sagte der Bürgermeister des Ortes Hagebrunn, wo das Einwohnermeldeamt war. »Dann können sie sich auch nicht woanders anmelden. Logisch! Wenigstens in der Verwaltung herrscht Ordnung! Die werden schon wiederkommen! Dreht ihnen doch einfach den Hahn zu.«

Das tat man auch. Sassner nahm es gelassen hin.

»Das Licht einer Kerze ist warm und vertraut«, sagte er, als er feststelle, daß der Lichtausfall nicht an einem Kurzschluß lag. »Im Licht der Kerzen schufen die großen Dichter ihre unsterblichen Werke, entdeckte Galilei die Umlaufbahn der Erde, schuf Leibniz die Grundlagen der neuen Mathematik, komponierte Bach seine Kantaten. Das flackernde Licht der Kerze ist lebendes Licht, eine Glühbirne ist kalter Materialismus! Ich aber suche das Leben in seiner ganzen Schönheit! Dazu gehören Kerzen! Schwester Teufelchen, erinnern Sie sich daran, daß im alten Ägypten der Arzt Sinuhe komplizierte Schädeloperationen ausführte ... beim Licht einer Öllampe! Sollen wir uns beschämen lassen von der grauen Vorzeit der Medizin? Im Licht der Kerzen wird eine Operation zu einer feierlichen Handlung.«

Jetzt saß Sassner oben im Turm, fütterte die Krähen und sprach mit ihnen. Ilse Trapps hatte die Kartons ausgeladen, die nun sinnlose Tiefkühltruhe gefüllt, fünfzig lange Kirchenkerzen auf die Theke gelegt und kletterte jetzt die enge Leiter hinauf, die der einzige Zugang zum Turmzimmer war. Sassner sah fragend zur Falltür, als diese sich hob und Ilses roter Haarschopf in der Öffnung erschien.

»Ich habe die neuen Zeitungen mitgebracht«, sagte sie.

»Zeig her.« Sassner nahm die Zeitungen entgegen und überflog mit hochgezogenen Brauen die Schlagzeilen der ersten Seite.

Schrecklich verstümmelte Frau an der Autobahn gefunden.
Eine Bestie in Menschengestalt ist unter uns.
Großeinsatz der Polizei.

Sassner sah über das Blatt zu Ilse Trapps. Sie war in das winzige Zimmer gekommen und legte vier Kerzen auf die Fensterbank.

»Hast du das gelesen?« fragte er ruhig.

»Ja.«

»Diese Morde sind schrecklich. Jeden Tag, immer, wenn man eine Zeitung aufschlägt: Mord! Man sollte keine Gnade kennen mit diesen Mördern! Hast du das gelesen, man hat sie verstümmelt!« Sassner legte die Zeitungen weg, als ekelten sie ihn an. »Auch das ist ein wichtiger Punkt, warum man die Gehirne der Menschen auswaschen muß: Sie kleben vom Unrat!« Er schloß das Turmfenster und schlug mit zwei Kerzen auf die Fensterbank, als seien es Klöppel, die eine Trommel bearbeiteten. »Was machen unsere neuen Patienten, Schwester Teufelchen?«

»Ich weiß es nicht. Ich bin gerade vom Einkaufen gekommen.«

»Sie werden Hunger haben. Gehen wir.« Sassner stieg die Leiter hinunter und half Ilse Trapps galant die Sprossen herab. Im Flur zog er sie an sich, küßte sie leidenschaftlich und streifte ihr die Bluse von den Schultern. »Dich hat der Satan aus einem Stück seines Herzens gemacht«, sagte er keuchend. »Verdammt, ich spüre die Hölle in deinem Kuß.«

Er zog sie mit sich in das nächste Zimmer, warf sie in der fahlen Dunkelheit, die die vorgelegten Klappläden verursachten, auf das Bett und fiel über sie her wie ein ausgehungertes, blutberauschtes Tier. In seiner vulkanischen Liebe schmolz alles dahin, was in Ilse Trapps' kleinem Gehirn noch vorhanden war: Angst, Reue, Bedenken und letzter, instinktmäßiger Widerstand.

Gegen Mittag machte Sassner Visite. Ilse Trapps begleitete ihn. Sie trug ihre Arbeitskleidung ... die kleine Spitzenschürze auf dem nackten Leib, ein Häubchen auf den hochgesteckten roten Haaren.

Sassner war in der vergangenen Nacht, nachdem er Magda Hendle in ihrem Wagen zum Rastplatz gefahren hatte, sehr fleißig gewesen. Bis zur vierten Morgenstunde war er ununterbrochen mit Ilse unterwegs und sammelte ein, was sich ihm anbot.

Auf einem Rastplatz bei Bühl im Schwarzwald holte er den Autohändler Markus Peltzer aus dem Wagen. Es gelang ohne Schwierigkeiten durch Ilse Trapps, die mit wiegenden Hüften im Licht der abgeblendeten Scheinwerfer herankam. Ihr Haar leuchtete wie Feuer, das Minikleid, kurz bis zum halben Schenkel, versprach noch mehr. Markus Peltzer, mit fünfundfünfzig Jahren immer auf der Flucht vor dem Altwerden, sprang aus seinem Wagen und benahm sich wie ein balzender Auerhahn.

»Ich wollte nur um Feuer bitten für meine Zigarette«, sagte Ilse Trapps in gurrendem Ton. »Haben Sie Feuer?«

»Soviel, daß ich gleich aufleuchte!« rief Markus Peltzer fröhlich.

Er merkte nicht, daß Sassner von hinten an ihn heranschlich, er hörte nichts als das perlende Lachen Ilse Trapps' und dazwischen das Rauschen der Bäume im nächtlichen Wind. Als er in die Tasche griff, um sein Feuerzeug zu holen, sprühte um ihn herum plötzlich ein Funkenregen auf, die Erde drehte sich, und noch im Fallen dachte er: Mich hat jemand auf den Kopf geschlagen. Ich werde überfallen! Hilfe! Ich habe sechstausend Mark bei mir ...

Als er aufwachte, lag er nackt in einem weiß bezogenen Bett, an Beinen und Armen gefesselt. Er schrie gellend, zerrte an den Schnüren, aber niemand hörte ihn. Dann fiel er in einen Zustand starrer Angst, hörte sein Herz rasend klopfen und wartete darauf, einen Herzschlag zu bekommen.

In der gleichen Nacht verschwand vom Rastplatz bei Kenzingen nördlich Freiburg das Liebespaar Julius Hombatz und Agathe Vierholz. Sie hatten in Hombatz' Auto gesessen und sich ziemlich ungeniert benommen, als jemand – nur ein Schatten war zu erkennen – die Tür aufriß und einen stark mit Äther getränkten großen Lappen in den Wagen warf. Bevor Hombatz und Agathe aus dem Auto und vor der drohenden Betäubung flüchten konnten, drehte sich alles um sie, der Schatten riß die Tür wieder auf und drückte das Tuch fest gegen ihre Gesichter.

Auch Hombatz und Agathe erwachten in sauberen, weiß bezogenen Betten, waren nackt und gefesselt. Sie schrien um Hilfe, ihnen war übel, sie würgten und schnappten nach frischer

Luft, ehe sie ihre Umwelt wieder klar erkennen konnten. Sie sahen an der anderen Wand noch ein Bett und einen Körper, der sich ruckartig und keuchend bewegte.

»Hallo!« rief Julius Hombatz mühsam. Jeder Atemzug schmeckte widerlich nach Äther. »Was soll das? Hallo!«

Autohändler Peltzer lag still. Er hob den Kopf und konnte zu den beiden anderen Betten hinübersehen.

»Endlich sind Sie wach!« rief er. »Hat man Sie auch überfallen? Mir hat man sechstausend Mark gestohlen!«

»Da haben sie bei mir wenig Glück gehabt. Ich bin ein armer Teufel.« Julius Hombatz atmete ein paarmal tief. »Sind Sie auch nackt und gefesselt?«

»Ja.«

»Was hat man mit uns vor?«

»Hilfe!« schrie in diesem Augenblick Agathe Vierholz schrill. »Hilfe!« Sie strampelte mit den Beinen, trat die Decke von sich und lag nackt im Dämmerlicht. Vor den Klappläden war es anscheinend heller Tag. Sonnenpfeile glitten durch die Ritzen des Holzes.

»Liebling.« Hombatz hob den Kopf. »Ich bin doch da! Sei still, Liebling! Ich bin hier ...«

»Als ob das etwas hilft!« Peltzer wälzte sich auf die Seite, so konnte er besser sehen. »Hat bei Ihnen auch das rothaarige Weibsstück um Feuer gebeten?«

»Ich weiß von gar nichts mehr. Ich habe gerade meiner Braut etwas erzählt, als plötzlich –«

»Er hat Ätherlappen in den Wagen geworfen.« Agathe Vierholz zog die Beine an. Ihr ganzer Körper zitterte vor Angst. »Wo sind wir denn, Jul? Ich habe Angst. Hilfe. Hilfe!« Sie schrie wieder, grell, wie eine Sirene mit auf- und abschwellendem Ton. Aber niemand hörte sie, niemand kam.

Erst gegen Mittag änderte sich das.

Die Tür sprang auf, Sassner und Ilse Trapps kamen herein. Ilse trug ein Tablett mit kaltem Braten in den Händen. Ungläubig starrten Peltzer und Hombatz auf die rothaarige Frau, die völlig entkleidet, nur mit dem Schürzchen behängt, von Bett zu Bett ging und zunächst die Teller mit dem Essen abstellte. Die einzige, die reagierte, war Agathe Vierholz. »Binden Sie mich los!« brüllte sie. »Losbinden!«

Dann schwieg auch sie. Ihre Stimme brach ab. In der Tür stand ein Mann im weißen Arztkittel. Groß und breit füllte er den Türrahmen aus und betrachtete stumm die drei Betten.

»Wer ... wer sind denn Sie?« stotterte Agathe Vierholz. »Ist das hier ein Krankenhaus? Oder eine Irrenanstalt? Nicht wahr ... es ist eine ...«

Ihre Augen wurden flehend. Irgendwo hatte sie einmal den Unsinn gelesen, daß man in Irrenhäusern die Kranken im Bett fesselt. So schrecklich es war, nun in einem solchen Bett zu liegen, so froh war sie, als sie den Arzt sah. Es wird sich alles aufklären, dachte sie hoffnungsvoll. Das kann nur ein Irrtum sein.

»Herr Doktor«, sagte sie, als Sassner sich nicht rührte. »Ich bin völlig gesund.«

»Das sagen alle, mein Fräulein.« Sassner kam in das Zimmer. Ilse Trapps ging hinaus und kam mit einer Bettpfanne und zwei gläsernen Uringläsern, »Ente« genannt, zurück. Fragend sah sie auf Sassner. Markus Peltzer bekam einen roten Kopf.

»Darf ich fragen, wo wir hier sind?« rief er.

Sassner trat an das Bett des Autohändlers und schlug den Paß auf, den er aus Peltzers Tasche genommen hatte.

»Sie sind Markus Peltzer?«

»Ja. Darf ich fragen —«

»Fünfundfünfzig Jahre alt. Verheiratet.« Sassner klappte den Paß zu. »Sie sind krank.«

»Nein! Ich bin kerngesund! Herr Doktor ...«

»Sie *sind* krank. Ich werde es Ihnen beweisen! Beantworten Sie mir ein paar Fragen! Wer war Kleopatra?«

»Eine ägyptische Königin.«

»Falsch. Kleopatra war die Stute des Hauptmanns von der dritten Kompanie. Wer war der junge Müller?«

Markus Peltzer sah hilflos um sich. »Das weiß ich nicht ...« sagte er stockend. »Ist das so wichtig?«

»Ja!« Sassner wandte sich an Hombatz und Agathe Vierholz. »Wissen Sie es?«

Beide schüttelten den Kopf. Sassner verschränkte die Arme hinter dem Rücken. »Und Sie wollen nicht krank sein? Bei soviel Dummheit *ist* man krank! Der junge Müller ist der Sohn vom alten Müller, und das ist wichtig, denn ohne den alten Müller gäbe es den jungen Müller nicht.«

Sassner schwieg. Die plötzliche Stille nach diesen sinnlosen Worten schuf die Erkenntnis, wo man war. Wie ein klebriges Untier schlich Grauen über die drei gefesselten, nackten Körper.

»Sie sind Milchprüfer«, sagte Sassner zu Hombatz. »Dreißig Jahre alt. Ledig.«

»Ja...« stammelte Hombatz. Angst zuckte in seinen Mundwinkeln. Sein Körper wurde kalt, als läge er auf Eis.
»Sie stellen den Fettgehalt der Milch fest?«
»Ja.«
»Wie hoch ist der Fettgehalt der Milch der frommen Denkungsart?«

Julius Hombatz riß die Augen auf. »Welche Milch, bitte?« stotterte er.

»Er weiß es nicht! Nicht einmal das! Schwester Teufelchen, notieren Sie: Intelligenzgrad zwei. Gehirn muß gewaschen werden. Nun zu Ihnen.« Sassner beugte sich über Agathe Vierholz. »Sie sind Friseuse. Vierundzwanzig Jahre alt. Ledig. Ihre Frage: »Welche Haarfarbe hatte Julius Caesar?«

»Herr Doktor...« wimmerte Agathe. Ihr wohlgeformter Leib zuckte wild. »Herr Doktor... ich bin völlig gesund...«

»Sie wissen es nicht! Gar keine Farbe... Caesar war ein Glatzkopf! Schwester. Ebenfalls Intelligenzgrad zwei. Bei Herrn Peltzer Grad vier. Einfache Dummheitsbegradigung.« Sassners Stimme war schneidend und duldete keinen Widerspruch. »Meine Dame, meine Herren«, sagte er betont, »seien Sie glücklich, in meiner Klinik zu sein. Sie werden zu den ersten gehören, die ein neues Weltbild erkennen können. Morgen und übermorgen werde ich Sie operieren.«

Stolz verließ er das Zimmer. Ilse Trapps zog schnell die Tür zu. Im Zimmer begannen die drei armen Opfer zu brüllen. Sassner blieb stehen und legte den Kopf etwas zur Seite.

»Ich habe schon einen besseren gemischten Chor gehört«, sagte er nachdenklich. »Der Tenor knödelt etwas...«

In den Dienststellen der Polizei zog das große Unbehagen ein. Die Abschnittsleiter bekamen Kummerfalten, in der Sonderkommission GROSS X brütete man über die Gebietskarten zwischen den beiden Autobahnen Frankfurt–Basel und Karlsruhe–Stuttgart. Die Staatsanwaltschaft machte Überstunden; die Fernsehprogramme wurden unterbrochen, die Bevölkerung erfuhr erschrocken, daß unter ihr eine Bestie lebte.

Auf den Parkplätzen bei Bühl und Kenzingen hatte man die verlassenen Autos gefunden. Anhand der Nummern war es leicht, die Besitzer festzustellen. Nur wo sie geblieben waren, erfuhr man nicht. Aber man ahnte es, und das war ein fürchterliches Ahnen. Kriminalrat Quandt rief Professor Dorian an, als vierundzwanzig Stunden später klar wurde, daß zwischen dem verlassenen Wagen in Bühl und dem in Kenzingen ein Zusammenhang bestand.

Professor Dorian sprach aus, was die Polizei befürchtete: »Es sind die nächsten ... die Serie hat begonnen.«

Kriminalrat Quandt hustete vor Erregung. »Wie kann so etwas möglich sein? Mitten unter uns! Es muß doch Nachbarn geben, irgendwelche Zeugen, die etwas Verdächtiges gesehen haben. Aber nichts. Gar nichts! Ist es denn möglich, daß eine Bestie ungesehen Menschen zu Tode operieren kann...«

»Eine Zeitlang, ja. Denken Sie an die Massenmörder Landru und Pétiot, Bruno Lübbe und Haarmann, Kürten und Christie. Nur Zufälle oder Eifersüchteleien brachten sie zu Fall, die Polizei tappte sonst heute noch im dunkeln.«

»Wie wir!« Ulrich Quandt hustete wieder vor Erregung. »Noch nie habe ich mich so hilflos gefühlt, Professor. Zwei Justizminister blicken auf uns. Was hat übrigens Ihre Kartei ergeben?«

»Aus meinem Patientenkreis kämen drei in Frage.«

»Aha! Her mit den Adressen.«

»Worms, Ludwigshafen und Augsburg, jeweils Städtischer Friedhof. Sie sind alle im Laufe der letzten fünf Jahre gestorben.«

»Danke!« sagte Kriminalrat Quandt abgehackt. »Ihre Hilfe war uns sehr wertvoll.«

Wütend warf er den Hörer auf die Gabel.

Seit Angelas Ausbruch hatten sich Dr. Keller und sie nur noch zweimal gesehen. Einmal beim Abendessen, zu dem ihn Professor Dorian einlud, einmal auf der Treppe im Privatflügel des Professors. Angela kam die große, prunkvolle Treppe herunter, als Dr. Keller gerade zu Dorian wollte. Angela trug über einem gelben Minikleid einen ebenso kurzen glänzenden Wettermantel aus orangenfarbenem Kunststoff.

Dr. Keller vertrat ihr den Weg.

»Soll das so weitergehen mit uns, Angi?« sagte er. Seine Augen baten um einen lieben Blick, um ein befreiendes Wort. »Was du mir alles an den Kopf geworfen hast... das war doch nicht so gemeint.«

»Es war so gemeint! Gehen wir nach Zürich?«

»Nein...«

»Dann laß mich vorbei. Ich habe eine Verabredung.«

»Mit wem?« Dr. Keller hielt sie am Arm fest. Sie suchte sich zu befreien, verzog das Gesicht und blitzte ihn wütend an.

»Du tust mir weh!«

»Wohin willst du?«

»Nach München. Ich treffe dort hundert junge Männer.«

»Einer genügt ... und dem breche ich die Knochen!«

»Oha! Knochen? Wechselt der Herr Doktor von der Neurochirurgie zur Osteologie über?«

»Laß uns vernünftig miteinander sprechen, bitte, Angi.« Dr. Keller ließ sie los. Angela Dorian schüttelte den befreiten Arm, als habe er in einem Schraubstock gesessen. »Wir lieben uns doch.«

»Das telegrafiert Ihr Gehirn, Herr Doktor. Aber Hirne irren, das wissen Sie auch.« Sie machte einen Schritt um eine Stufe tiefer, blieb dann aber stehen. »Vater hat dich gerufen?«

»Ja. Ich soll mir ein Experiment ansehen.«

»Ich weiß. Seit Wochen redet er zu mir davon. Ich habe ihm versprochen, zu schweigen. Auch dir gegenüber. Aber jetzt ist es mir zu bunt! Weißt du, was er macht? Er stellt Hirnbreie her!«

»Was?« Dr. Keller schüttelte den Kopf. »Wozu das denn?«

»Er will Intelligenz mit einer Spritze injizieren. Hirnbrei intelligenter Wesen in das Hirn dummer Wesen ...«

»Das ist doch ein Witz ...«

»Geh 'rauf und hör dir diesen Witz an! Er meint es ernst!« Angela wandte sich ganz um. Ihre großen blauen Augen sahen Dr. Keller bittend an. »Bernd, ich habe meinen Vater bewundert, ich habe ihn fast als einen Halbgott angesehen ... aber jetzt habe ich Angst vor ihm. Ich will weg, verstehst du, ich will weit weg ... ich will mit dir leben, ruhig und glücklich, irgendwo in einer Wohnung, die nur uns gehört, ein kleines, stilles Paradies für uns und die Kinder, die ich mir wünsche. Das ist doch nicht unbescheiden, das ist doch möglich ... Ich will nicht in den Sog hineinkommen, der euch alle erfaßt, ihr großen Forscher, wenn ihr erkennt, daß es gilt, Neuland zu erobern. Ich will eine kleine, bescheidene Arztfrau sein, irgendwo ... aber ich will dich allein haben. So, und nun laß mich gehen ...«

»Du fährst nach München?« Dr. Keller hielt Angelas Schulter umklammert.

»Ja. Zu Doris. Sie hat heute eine Modeausstellung.«

»Ist das wahr, Angi?«

Sie hörte seine Sorge in dieser Frage und lächelte.

»Ja, Bernd. Ich liebe dich doch.« Sie stellte sich auf die

Zehenspitzen und gab Dr. Keller einen Kuß. »Ich bin so wütend auf dich ... und trotzdem ...«

»Ich werde mit Vater sprechen.« Dr. Keller knöpfte seinen weißen Arztmantel zu wie eine Rüstung. »Wir heiraten und ziehen nach Zürich.«

Professor Dorian erwartete Dr. Keller in einem abgedunkelten Raum. Eine Filmleinwand war aufgehängt, auf einem Tisch, durch einige Bücher erhöht, stand ein Projektor. An der Seitenwand standen zwei weitere Tische mit verhüllten Gegenständen. Dr. Keller konnte nicht erkennen, was es war ... weiße Operationsstücher verdeckten alles.

Dorian war in Hemdsärmeln und gab sich familiär. »So, mein Junge«, sagte er und wies auf einen Stuhl vor dem Projektor, »setz dich und halt einmal ein paar Minuten deinen Mund. Ich weiß, daß du schon wieder Übles ahnst, aber bevor wir anfangen, uns wieder zu streiten, will ich dir sagen, daß du ein Rindvieh wärst, wenn du nach diesem Film nicht wenigstens sagtest: Man sollte auf diesem Weg weitergehen ... Was gewesen ist, wollen wir vergessen, um Angelas willen.« Dorian schien in einer euphorischen Laune zu sein; Dr. Keller hatte ihn noch nie so begeistert gesehen, selbst damals nicht, als der operierte Gorilla nach Klaviermusik zu singen begann.

Dr. Keller setzte sich brav auf den angewiesenen Stuhl. Dorian spannte die Filmrolle ein.

»Kommt Kamphusen auch?« fragte Keller.

Dorian schüttelte den Kopf. »Nein. Was soll er dabei? Was der Film zeigt, sollte man auch mit ihm tun ... es bekäme ihm ganz gut.«

Dorian drückte den Knopf an den offenen Hemdkragen. »Was ist eigentlich mit Angela und dir los? Früher erwähnte sie in jedem zweiten Satz deinen Namen, jetzt höre ich ihn gar nicht mehr. Krach?«

»Verschiedene Auffassungen.«

»Jetzt schon? Verliebte sehen doch alles rosarot und violett wie LSD-Süchtige.«

»Es geht um Grundsätzliches. Um Sie, Herr Professor.«

»Aha! Wieder förmlich!« Dorian lehnte sich an die Tischkante. »Soll ich den Film nicht ablaufen lassen ... um neuen Katastrophen vorzubeugen? Ich kann auch allein meinen Weg gehen. Ich dachte nur, mein Schwiegersohn würde einmal mein Werk ... na ja ... auch Professoren träumen einmal.«

»So ist das nicht.« Dr. Keller sah starr geradeaus auf die weiße Leinwand. »Angela will, daß ich gehe.«

»Was? Sag das noch einmal.«

»Sie will, daß ich nach Zürich gehe. Sie will weg von hier, von Hohenschwandt, von ... von dir ...«

»Das ist nicht wahr«, sagte Dorian leise.

»Ich mußte es dir sagen.« Dr. Keller sprang auf. Wie klein er ist, dachte er, als er Dorian jetzt ansah. Wie zusammengefallen und alt. Jetzt wirkte er wie ein müder Greis, der darauf wartet, daß man ihm unter die Achsel greift und ihn wegführt. »Seit Tagen geht diese Auseinandersetzung zwischen Angela und mir. Eben noch auf der Treppe ... es ist nervenzerreißend.«

»Sie will weg von mir?« wiederholte Dorian. Seine Stimme war matt. »Warum?«

»Sie will nicht ihr ganzes Leben lang nur Geisteskranke sehen.«

»Ich habe alles für sie getan, alles! Außer meiner Aufgabe als Arzt ist sie mein ganzer Lebensinhalt. Sie ist das Ebenbild ihrer Mutter. Und ich hatte gehofft, daß auch etwas von mir in ihr ist.« Dorian ging hinter seinen Projektor. Es war, als verkröche er sich. »Ich kann euch nicht aufhalten. Ihr seid jung, ihr müßt eure Welt selbst erobern. Du gehst also doch nach Zürich?«

»Ja. Meine Liebe zu Angela diktiert in bestimmten Grenzen auch mein Lebensziel.«

»Was heißt das?« Dorian tauchte wieder hinter dem Projektor auf. »Du bleibst kein Kliniker?«

»Nein. Ich werde eine Praxis aufmachen.«

»Ein Arzt mit deinen Fähigkeiten? Das ist eine Schande! Verdammt noch mal, das ist ein Verrat an der Wissenschaft, an der Menschheit! Bernd!« Dorian stand vor Dr. Keller, klein, mit hocherhobenem Haupt, die Hände zu Fäusten geballt. »Du bist Arzt! Zuerst kommt der Kranke ... und dann wieder der Kranke ... und dann noch einmal der Kranke ... und immer wieder der Kranke ... und dann erst du! Dafür hast du deinen Kopf ...« Dorians rechte Faust fuhr plötzlich empor und klopfte an Dr. Kellers Stirn. »Dafür gab dir Gott deinen Geist! Für die Kranken! Nicht für das Gärtchen hinterm Haus, in dem du Petersilie ziehst! Das heißt ...« Er senkte den Arm und wandte sich ab. »Bis jetzt gab uns Gott den Geist. In zehn Jahren wird es anders sein. Da wird ein Arzt eine Spritze in die Hand nehmen, sie mit einem Konzentrat aufziehen und Intelligenz in das Hirn spritzen. Nach der Methode Dorian-Keller.«

»Ich bin kein Utopist.«

Dorian ging wieder hinter seinen Projektor. »Kennst du James McConnell, Richard Gay und G. Ungar?«

»Nein. Klingt amerikanisch.«

»Richtig. Es sind Kollegen. Seit Jahren beschäftigen sie sich mit der operativen oder mechanischen Beeinflussung des Gehirns. Stumpfsinnig kann man jeden machen. Einem Menschen die Persönlichkeit nehmen ist keine Kunst. Da haben wir die Drogen, da haben wir die Lobotomie. Aber aus einem dummen Menschen einen klugen zu machen, den Menschen über die Natur, die er von Geburt an mitbekommen hat, zu erheben, ihn zu aktivieren, ihn zum wahren Herrscher über Natur und Tier zu machen ... das ist ein Ziel, das immer näher rückt, das greifbar wird. Du kennst die Planarien? Man nennt sie auch Plattwürmer.«

»Ja«, sagte Dr. Keller kurz und setzte sich. Dorians euphorischer Ausbruch erschreckte ihn. Ist sein Gehirn noch gesund? dachte er. Ist er selbst auf dem Weg, ein Irrer zu werden?

»Professor McConnell von der Ann-Arbor-Universität in Michigan beobachtete diese Plattwürmer. Sie verhalten sich wie die Hydra in der Sage: Schlägt man ihnen den Kopf ab, leben sie weiter, und es wächst ein neuer Leib. Der Leib ohne Kopf lebt auch weiter und bildet einen neuen Kopf. Was man auch tut ... die Würmer wachsen immer zu neuen, vollkommenen Wesen ihrer Gattung heran, ob man sie halbiert oder in Scheiben schneidet. 1962 gelang McConnell nun ein aufsehenerregendes Experiment: Er leitete Strom in das Wasserbecken, in dem er die Würmer aufbewahrte, installierte über dem Glasbecken eine Glühlampe und machte nun folgendes: In Abständen von einigen Sekunden knipste er die Birne an und versetzte gleichzeitig den Würmern im Wasser einen schwachen elektrischen Schlag. Die Würmer reagierten ... sie ringelten sich schnell zusammen.«

»Und später schaltete er den Strom aus, ließ nur die Lampe aufleuchten und die Würmer krümmten sich, als seien sie unter Strom.« Dr. Keller wagte nicht, sich umzusehen. »Das ist schon von Pawlow mit seinem Glöckchenhund gemacht worden.«

»Irrtum!« Dorian lachte kurz. »Es läuft anders, kluger Schwiegersohn! McConnell fütterte die Würmer mit dem Wissen: Bei Licht kommt ein Schlag! Dann schnitt er die Köpfe ab, wartete geduldig, bis die neuen Körper wieder gewachsen waren, legte sie ins Becken, knipste die Lampe an ... die Würmer zuckten zusammen, als bekämen sie den Schlag. Die Köpfe hatten das Wissen gespeichert, die neuen Körper reagierten wie die alten.«

Dr. Keller schwieg. Langsam stieg in ihm eine Ahnung auf, worauf Dorian hinaus wollte. Das kann nicht wahr sein, sagte er sich. Das ist ärger als der utopischste Roman. Das hebt alles aus den Angeln, was wir Geist und Seele nennen.

Dorian stützte sich auf den Filmprojektor. »Ein Schritt weiter. McConnell beobachtete die anderen Würmer, die aus den abgeteilten Leibern neu wuchsen. Ihnen fehlte der Kopf, also produzierten sie ihn. Sie wissen nun nichts von dieser Glühbirne, sagte sich McConnell, also reagieren sie auch nicht auf dieses Licht. Er legte die Würmer mit den neuen Köpfen auch in das Wasserbecken, knipste die Lampe an ... und die Leiber krümmten sich zusammen! Das ›Wissen‹, war transportabel, ein unerklärliches Wunder fand statt, wurde sichtbar, leitete eine Revolution der Medizin ein: Man kann Intelligenz verpflanzen wie einen Ableger, wie einen Schößling, wie ein Stück Haut, um medizinisch zu bleiben. McConnell machte einen verrückten Versuch: Er zermalmte die Körper der ›wissenden‹ Würmer zu einem Brei und fütterte damit Würmer, die nie etwas von einer Glühbirne gesehen hatten. Frische Würmer aus dem Tümpel. Nach zwei Tagen setzte er sie dem Zucken der Glühbirne aus ... und die neuen, frischen, undressierten Würmer krümmten sich genauso zusammen wie die alten. Mit anderen Worten: Sie hatten die Intelligenz gefressen.«

»Ein fauler Witz!« sagte Dr. Keller heiser.

»Das sagten alle Hirnforscher. McConnell wurde zur Spottfigur. Das war 1962. Nur wenige lachten damals nicht und nahmen die Plattwürmer sehr ernst. Auch ich. Neben der rein chirurgischen Möglichkeit, Geist und Seele eines Menschen zu aktivieren, forschte ich weiter mit dem übertragbaren Geist. Ihr habt es alle nicht gemerkt. Und nun mein Film.«

Dorian drückte auf den Auslöser. Das Bild blendete auf.

Raum II im »Tierhaus«. Professor Dorian injiziert einem kleinen Affen eine Flüssigkeit in den Schädel.

»Ich habe alles mit Fernauslöser gefilmt«, sagte Dorian. Seine Stimme war plötzlich verjüngt und voller Energie. »Dieser Affe kam einen Tag vor der im Bild festgehaltenen Injektion aus dem Tierhaus der Universität München. Er hatte noch keinerlei Experimente hinter sich. Er war vor vier Wochen erst in Afrika eingefangen worden.«

Neue Szene. Im Raum III. Drei Affen haben eine Banane vor

sich liegen. Große, herrliche Bananen. Aber sie sitzen davor und rühren sie nicht an.

»Ich habe die Affen drei Tage lang hungern lassen, ehe ich sie filmte«, sagte Dorian. »Sie wimmerten vor Hunger. Als sie die Bananen sahen, stürzten sie sich auf sie. Aber um die Bananen hatte ich einen Draht gelegt. Als die Affen die Bananen anfaßten, erhielten sie einen elektrischen Schlag. Sie zuckten zurück. Das wiederholte sich über dreiundfünfzigmal, dann hockten die Affen vor dem Essen. Sie waren nicht zu bewegen, die Bananen anzufassen.«

Neue Szene. Der leere Affenkäfig, auf dem Boden zwei große halbgeschälte, duftende Bananen. Dorian hielt den Film an.

»Ich habe einen der Affen getötet, sein Gehirn herausgenommen und es in Verbindung mit einer Kochsalzlösung und Karbolsäure zu einem Brei verarbeitet. Diese Masse habe ich im chemischen Institut München zentrifugieren lassen, bis ich ein Konzentrat hatte. Am 14. Juni verdünnte ich den Extrakt wieder mit Kochsalzlösung und spritzte es, wie du gesehen hast, dem Äffchen ins Hirn. Und nun – bitte ...«

Der Film lief summend weiter. Im Bild erschien Professor Dorian in Gummischürze und Handschuhen. Er setzte das Äffchen in den Käfig und schloß das Gitter.

»Auch dieser Affe hungerte drei Tage. Er knabberte vor Hunger schon den Holzboden seines Käfigs an.«

Atemlos, gebannt starrte Dr. Keller auf das Bild.

Der kleine Affe hockte sich auf den Käfigboden und sah die Bananen an. In respektvoller Entfernung, Angst in den Augen, blieb er unbeweglich sitzen. Als ihn Professor Dorian mit einer Gabelstange zu den Bananen hindrücken wollte, wehrte sich das Äffchen, schlug um sich, stemmte sich gegen die Stange und flüchtete schreiend in eine Ecke.

»Woher weiß dieser Affe, daß die Banane elektrisch geladen sein könnte?« fragte Dorian mit ruhiger Stimme. »Keiner hat es ihm gesagt, keiner mit ihm experimentiert ... aber er fürchtet diese Früchte. Ich will es dir erklären: Ich habe das Wissen, das Gedächtnis, die Erkenntnis des einen Affen mit dem aus ihm gewonnenen Hirnkonzentrat auf den anderen Affen übertragen. Oder – ganz klar –: Man kann den Geist, das Wissen, das Genie Verstorbener mit einer Spritze übertragen! Und noch weiter: Hätte man das alles schon damals gewußt, lebten die genialen Gedanken eines Schiller, Mozart, Einstein oder Planck heute noch in anderen Gehirnen weiter ... einfach übertragen durch eine Injektion.«

Das Filmbild erlosch. Dr. Keller saß wie festgenagelt auf seinem Stuhl. In diesen wenigen Minuten war er völlig durchnäßt, als sei er in einen Teich gefallen.

»Das ist ja Wahnsinn ...« stammelte er. »Das ist kompletter Wahnsinn ...«

»Das ist die Zukunft unserer Menschheit, Junge!« Dorian knipste das Licht an. »Man wird die Genies retten können, man wird die Dummheit ausrotten, man wird zur Vollkommenheit vorstoßen. Vor allem aber: Mit der Ausrottung der Dummheit wird man auch den Krieg ausrotten. Begreifst du das, Bernd ...« Dorian beugte sich über den bleichen Dr. Keller. »Das Paradies der Menschheit wird in einer Spritze liegen! Es gibt kein Heiligtum mehr, das Gehirn heißt!«

Dr. Keller rann Schweiß über das Gesicht. Seine Mundwinkel zuckten. »Ich habe Angst«, sagte er kaum hörbar. »Ich kann Angela verstehen ... ich habe Angst vor dir ... Vom Affenexperiment zum klinischen Versuch an Menschen, das ist kein weiter Schritt.« Er hob den Kopf und sah in Dorians ruhige Augen. »Du ... du denkst doch jetzt schon an eine Intelligenzübertragung von Mensch zu Mensch?«

Dorian zog einen Stuhl heran und setzte sich neben Dr. Keller. Er legte die Hände aneinander, als wolle er beten, und stützte das Kinn auf die Fingerspitzen.

»Ich stehe in Verbindung mit Professor Gay von der Western-Universität in Michigan, Professor Ungar vom Texas Medical Center und Professor Cameron vom Medical College in Albany. Wir haben die Erfahrungen unserer Experimente ausgetauscht. Was geht im Hirn vor, wenn es denkt? Wie speichert es Eindrücke, Daten, Namen? Wie kommt es zur Erinnerung? Warum können wir logisch denken? Wodurch behalten wir, daß eine Hyazinthe anders riecht als eine Rose? Was speichert im Gehirn den Eindruck, daß dieser Mensch Frau Lehmann und der andere Herr Weber heißt?« Dorian sah Dr. Keller fragend an, aber er erwartete keine Antwort. »Wir haben das alles hingenommen, haben das Hirn nach seinen Funktionen, die wir mechanisch feststellten, in Felder eingeteilt, und damit war Schluß. Das große ›Wie‹ war eben göttlich. Aber im Menschen gibt es keine Geheimnisse. Der Mensch ist eine Substanz, und Substanzen sind chemisch zerlegbar und erklärbar.« Dorian erhob sich, ging zu den Tischen an der Längswand und zog die weißen Tücher weg. In verschiedenen Glasschüsseln lagen Affenhirne, breiartige Gemenge, Teilstücke von Hirnen. Zwei kleine Reagenzgläser in einem hölzernen Ständer waren mit einem weißgrauen Pulver und einer milchigen Flüssigkeit gefüllt.

»Ich habe mir gesagt: Denkvorgänge, Speicherung von Gedanken, das bisher als naturgegeben hingenommene Wachsen der Intelligenz vom Säugling bis zum reifen Mann müssen gesteuert werden durch eine innersekretorische Substanz. Ob wir groß werden oder klein, dick oder dünn, ob wir verdauen oder nicht... unser Körper ist eine einzige chemische Fabrik, die Säfte erzeugt und andere Substanzen abbaut, spaltet oder umsetzt in neue chemische Verbindungen. Was speichert die Gedanken im Gehirn? Was ist es, diese ›Denksubstanz‹?« Dorian holte tief Atem. »Wir wissen es jetzt ziemlich genau. Es ist RNS.«

»Was?« fragte Dr. Keller wie ein dummer Junge.

»Ribonukleinsäure.«

Dr. Keller lächelte. »Ribonukleinsäure ist einer der Bausteine, aus denen sich die Erbanlagen zusammensetzen.«

»Stimmt. Die Genetiker hatten die RNS bisher für sich allein. Aber denke logisch, mein Junge: Wenn es eine Substanz gibt, die Erbmerkmale von Mensch zu Mensch weitergibt, dann bedeutet das: Diese Substanz speichert, diese Substanz gibt Wissen weiter. Woher weiß die Keimzelle, daß sie die Hakennase des Vaters, Großvaters und Urgroßvaters im Urenkel neu entwickeln muß? Ich habe die RNS als reine Substanz herstellen lassen.«

Dorian hob das eine Reagenzglas aus dem Ständer und hielt es hoch.

»In dem anderen Glas ist das Hirnkonzentrat, das ich im Film dem Affen injizierte. In den Schalen sind die Gehirne, aus denen ich das Wissen auf die anderen Affen übertrug.« Dorian stellte das Reagenzglas wieder zurück. »Ich habe mich vorgestern nacht mit Professor Cameron in Albany/New York telefonisch unterhalten. Wir sind auf dem gleichen Weg, er ist sogar einen Schritt voraus. Er hat einer achtzigjährigen Frau, die bereits ihren eigenen Namen vergessen hatte, irgendwelche Fragen dauernd wiederholte wie eine gerissene Grammophonplatte, also deutliche Zeichen von Senilität aufwies, RNS, die er aus Hefe herausfilterte, ins Hirn gespritzt. Nach zwei Stunden sprach diese Frau normal, erinnerte sich und baute ihre Vergreisung ab.« Dorian kam vom Tisch zurück zu Dr. Keller, der ihn wie einen Geist anstarrte. »Jetzt bin ich an der Reihe, Bernd. Ich werde noch einen Schritt weitergehen. Ich werde die RNS mit dem Gehirnextrakt kombinieren. Eine kluge, logisch denkende, das Erbe der Jahrhunderte in sich tragende neue Menschengeneration wird aus einer Spritze kommen. Zusammen mit meiner Methode der operativen Behandlung von Geisteskrankheiten durch Ausschalten und Umkoppeln einzelner Hirnfelder darf und kann es in zwei oder drei Generationen keine Geisteskranken mehr geben.« Dorian reckte sich, als habe er stundenlang krumm gesessen. »Das ist meine Aufgabe, Bernd. Das sollte auch deine werden. Und nun zieh weg von hier und mach eine Vorstadtpraxis auf...«

Dr. Keller erhob sich. Er taumelte etwas, als er auf Dorian zuging. Er fühlte sich wie zerschlagen. In zwei Generationen keine Irren mehr. Eine andere, glücklichere Menschheit? O Gott, wie genial pfuscht der Mensch Gott ins Handwerk.

»Ich bleibe«, sagte Dr. Keller mit trockenem Hals und wie mit geschwollener Zunge. »Ich werde noch einmal mit Angela sprechen.« Er stützte sich auf den Tisch und atmete stoßweise. »Wann... wann wirst du das erste Experiment am Menschen machen?«

»Ich weiß es noch nicht. Dazu brauche ich einen Gehirnspender von überragender Geistigkeit und einen Empfänger, der bereit ist, Geist und Wesen des Toten mit allen Konsequenzen weiter in sich als neues Wesen zu tragen.«

»Einen solchen Menschen wirst du nie finden!«

»Wer weiß? Auch in der Wissenschaft bewirken Zufälle oft den Fortschritt.«

Am Abend sprach Dr. Keller noch einmal mit Angela. Sie saß wieder in seinem Zimmer. Aus München hatte sie die neueste Mode mitgebracht: ein Mini-Kleid, bedruckt mit Mustern im Jugendstil. Es sah sehr lustig aus. In dem Kleid wirkte Angela wie eine Schülerin.

»Nun?« sagte sie, als Dr. Keller müde aus der Klinik kam. Er hatte mit dem finster blickenden Kamphusen, der kein Wort mit ihm sprach, drei Elektroschocks an Kranken mit Wahnvorstellungen gemacht. Das alles wird einmal vorbei sein, hatte er gedacht, hoffnungslos veraltet, wenn Dorians Schritt in die Zukunft wirklich eine Zukunft aufschließt. Wer wird dann noch Elektro- und Insulinschocks machen, Tiefenhypnosen, Heilschlaf, Psychopharmaka-Behandlung? Eine kleine Spritze nur ins Hirn, und der Mensch wird klüger.

»Es ist schön, daß du da bist, Angi«, sagte er. Er zog den weißen Kittel aus und griff mit zitternden Fingern zu einer Zigarette.

»Du siehst müde aus, Bernd.«

»Ich bin auch fix und fertig.«

Er setzte sich auf die Couch. Angela Dorian zog seinen Kopf zu sich hinüber und küßte ihn.

»Und das soll so weitergehen? Jahr um Jahr? Am Tage allein... abends ein todmüder Mann? Ist das ein Leben, Bernd?« Sie streichelte ihm über die Haare. »Du hast mit Vater gesprochen?«

»Ja.«

»Und?«

»Er läßt mich nach Zürich.«

»Bernd!« Das war ein Jubelschrei. Angela sprang von der Couch und warf vor Freude die Kissen gegen die Wand. »Wann heiraten wir? Wann ziehen wir um?«

Dr. Keller sah ihr traurig zu. Wie hübsch sie ist, dachte er. Wie jung, wie glücklich in diesen Sekunden. Er blickte weg und sah dem Rauch seiner Zigarette nach.

»Heiraten können wir sofort – nach Zürich ziehen wir nicht.«

Plötzlich war es still im Zimmer. Angelas Arme, im Jubel noch immer hochgereckt, sanken herab. »Was heißt das...?« fragte sie endlich.

»Ich bleibe. Dein Vater hat mich überzeugt. Mein Lebensweg ist genau vorgezeichnet... und du solltest ihn mit mir gehen...«

»Danke.«

Angela raffte ihre Tasche von der Couch und ging zur Tür. Dr. Keller sprang auf, aber sie schüttelte seine Hand ab.

»Laß das!« zischte sie.

»Ich will dir alles erklären, Angi!«

»Ich brauche nur durch die Klinik zu gehen, dann habe ich Erklärungen genug. Ich will nicht mehr unter Irren leben! Ich will nicht!«

Sie stampfte mit den Füßen auf, riß die Tür fast aus den Angeln und rannte davon.

Am nächsten Morgen erschien Angela nicht wie üblich zum Dienst auf der Station. Dorian ließ in ihrer kleinen Wohnung im Nebenflügel des Schlosses anfragen... das Telefon schellte minutenlang, ohne daß der Hörer abgenommen wurde.

»Gehen wir hinüber«, sagte Dorian zu Dr. Keller. »Angela ist auf Tauchstation gegangen. Ich werde sie zur Vernunft bringen. Sie hat nicht den geringsten Grund, hysterisch zu werden. Sie sollte stolz sein, einen Mann zu bekommen, der mein Nachfolger sein wird.«

Die kleine Wohnung war leer, als Dorian und Keller sie betraten. Die Kleiderschränke standen offen, Wäschestücke lagen herum, im Badezimmer fehlten die Kosmetiksachen.

»Weg!« sagte Dr. Keller bedrückt. »Sie hat in fliegender Eile gepackt und ist geflüchtet.«

»Es sieht so aus.« Dorian ging im Zimmer umher. Auf dem zierlichen weißen Damenschreibtisch am Fenster entdeckte er einen Zettel, las ihn und reichte ihn Dr. Keller. »Sie ist wenigstens so gut erzogen, daß sie uns schreibt, wohin sie gegangen ist.«

Dr. Keller nahm den Zettel und überflog die wenigen, mit zitternden Fingern hingekritzelten Worte.

»Bin bei Tante Lotte in Heidelberg. Wann ich wiederkomme, weiß ich noch nicht.«

»Tante Lotte ist die ältere Schwester meiner Frau«, erklärte Dorian und setzte sich auf das zerwühlte Bett. »Ihr Mann ist Oberstudiendirektor. Altphilologie. Ob Angela sich da wohler fühlt?«

»Heidelberg.« Aus Dr. Kellers Hand flatterte der Zettel zu Boden. Sein Gesicht war leichenblaß. »Dann fährt sie über die Autobahn Stuttgart–Karlsruhe. Sie ist in der Nacht diese Strecke gefahren... die Strecke, auf der die unbekannte Bestie mordet...«

»Bernd! O Gott!« Dorian sprang auf. Er stürzte zum Telefon und rief seine Schwägerin in Heidelberg an. »Hier Ludwig«, schrie Dorian ins Telefon. Er war jetzt nur noch ein zitternder, von Angst zerrissener Vater. »Mein Gott, welcher Ludwig denn... Dorian, ja! Ist Angela bei dir? Nein? Oh...« Dorian ließ den Hörer fallen und sank auf das Bett zurück. »Sie... sie ist nicht angekommen...«

»Sofort die Polizei! Angelas Sportwagen kann man nicht übersehen. Wenn... wenn...« Dr. Keller griff nach dem Hörer. Entsetzt sah er auf Dorian. Dieser lag lang hingestreckt auf

183

dem Bett und preßte beide Hände gegen sein Herz. Der Kopf war unnatürlich gerötet.

»Das kann nicht wahr sein«, röchelte er. »Das kann nicht wahr sein...«

Mit zuckenden Fingern wählte Dr. Keller die Nummer der Polizei. Erst dann kümmerte er sich um Dorian, riß ihm den Hemdkragen auf und öffnete die Fenster.

8

Gerd Sassner war in dieser Nacht erneut auf Jagd.

Gut gelaunt fuhr er die Autobahn Karlsruhe–Stuttgart–München hinunter, aber nur bis Kirchheim. Dort fuhr er ab und auf der anderen Seite wieder auf, hielt auf jedem Rastplatz und begutachtete die nächtlichen Gäste.

Das Wetter war schön. Ein klarer Nachthimmel voller Sterne, mit zunehmendem Mond. Ab und zu kamen Sassner auf der anderen Fahrbahn Polizeiwagen entgegen, dreimal wurde er von schweren Motorrädern überholt, auf denen die lederbekleideten Polizisten mit ihren Sturzhelmen wie fremde Wesen einer anderen Welt wirkten. Auf zwei Rastplätzen kam er in eine Kontrolle hinein. Er hielt, zeigte seinen Ausweis und deutete auf Ilse Trapps.

»Das ist meine Frau.«

»Danke schön. Sie können weiterfahren.«

Die Polizisten waren höflich. Ein Ehepaar, auch wenn es keins sein sollte, war harmlos. Den Mörder, die Bestie, stellte man sich anders vor. Ein Einzelgänger... das war die Theorie der Staatsanwaltschaft. Alle großen Massenmörder waren Einzelgänger, abgesehen von den Politikern.

»Ich brauche ein Mädchen«, sagte Sassner im Plauderton, als sie wieder zurück nach Karlsruhe fuhren. »Es ist wegen des Proporzes. Zwei Männer sind in meiner Klinik und nur eine Frau. Das verschiebt das Gleichgewicht. Gleichgewicht aber ist eine der Grundfunktionen des Lebens.«

»Das stimmt.« Ilse Trapps lachte. »Ohne das fallen wir um.«

»Sie sind ein herrliches Schaf, Schwester Teufelchen.« Sassner lächelte sie an. »So sehr ich Dummheit hasse und ausrotte... Sie sind eine Ausnahme. Bei Ihnen hat man die Dummheit zu schön verpackt.«

Sie fuhren die Strecke zweimal, vermieden die Rastplätze, wo mehrere Wagen abgestellt waren, und kamen an einen Rastplatz in der Nähe von Pforzheim. Er lag nicht in einem Waldstück wie die anderen, sondern war nur eine seitliche Ausbuchtung der Fahrbahn mit zwei Bänken, einem Mülleimer und einer Telefonsäule der Autobahnmeisterei.

Einsam stand ein kleiner Sportwagen auf dem Platz. Ein Mädchen in hellem Staubmantel lehnte am Kofferraum, rauchte eine Zigarette und beobachtete die wenigen vorbeisausenden Wagen.

»Dort...«, sagte Sassner ruhig, als er Wagen und Mädchen im Scheinwerfer sah.

Ilse Trapps umklammerte sein rechtes Handgelenk am Steuer. »Bist du verrückt?« rief sie. »Auf einem so freien Platz...«

»Es muß schnell gehen, Teufelchen.«

Sassner bremste, stellte die Scheinwerfer auf Standlicht und rollte auf den kleinen Rastplatz.

Das Mädchen warf die Zigarette weg, stieß sich von ihrem Wagen ab und kam ihnen langsam entgegen.

Gerd Sassner blieb in seinem Kombiwagen sitzen und beobachtete das Mädchen. Ilse Trapps, neben ihm, rang die Hände. Die Fingergelenke knackten, so aufgeregt war sie. Sie ist hübsch, dachte sie gehässig. Er wird wieder vor ihrem Körper stehen und sich überlegen, ob er sie operieren oder lieben soll. Und ich werde wieder zuschlagen müssen, um den Bann zu zerstören, den ein nackter Frauenleib bei ihm auslöst.

»Was willst du jetzt tun?« fragte sie leise. Ihre Lippen bewegten sich dabei kaum. Das bleiche Gesicht mit dem Kranz brandroter Haare war maskenhaft starr.

»Sei still«, flüsterte er. »Rühr dich nicht.«

Das Mädchen war an Sassners Wagen herangekommen und beugte sich zur Scheibe nieder. Sassner kurbelte sie ein Stück herunter. Ein Hauch wehte zu ihm hin, herb und doch süß. Französisches Parfum, dachte er sofort. Ich mochte es immer. Wie oft habe ich selbst neue Parfums ausgesucht und mitgebracht.

»Kommen Sie von der Werkstatt?« fragte das Mädchen.

Eine forsche, helle Stimme, sportlich wie ihre ganze Erscheinung. Der Wind wehte die blonden Haare vor die blauen Augen; die junge Frau schob die Strähnen zurück und lächelte.

»Ich glaube, es ist etwas mit dem Vergaser. Ich verstehe nichts davon. Der Motor tuckerte plötzlich, der Wagen begann ganz merkwürdig zu hüpfen... ich war froh, daß ich den Rastplatz noch erreichte.«

»Vielleicht haben Sie kein Benzin mehr?« fragte Sassner freundlich.

»Ausgeschlossen! Die Benzinuhr zeigt halbvoll an.«

»Man soll der Technik nicht blindlings vertrauen.« Sassner stieg aus und warf die Tür zu, ehe Ilse Trapps etwas fragen konnte. »Sehen wir uns den Motor einmal an.«

Er ging die paar Schritte zum anderen Wagen und hörte, wie hinter ihm die zweite Tür klappte. Ilse Trapps war ausgestiegen. Sie ging um den Kombi herum, öffnete die hintere Tür und stellte sie fest. Ein Maul, in das man gleich einen Menschen schieben würde. Decken und Kartons lagen an den Seiten. In die Decke würde man den Körper wickeln, die Kartons wurden dann drum herumgestapelt. Niemand würde auf die Idee kommen, diesen Laderaum zu kontrollieren. Als sie auf diese Weise den Milchprüfer Julius Hombatz und seine Freundin Agathe Vierholz abtransportierten, kamen sie in eine Polizeikontrolle. Während Sassner mit versteinertem Gesicht hinter dem Steuer saß, beugte sich Ilse Trapps heraus und lachte die Polizisten an. »Die Wirte von der ›Eiche‹ auf Einkaufsfahrt! Wollt ihr ein Zwetschenwässerchen?«

Die Polizisten lachten und winkten. Freie Fahrt.

Mit zusammengekniffenen Lippen lehnte sich Ilse Trapps an den hinteren Kotflügel neben der geöffneten Tür und wartete.

Sassner beugte sich unterdessen über den Motor und starrte auf Vergaser, Zündverteiler und das Gewirr von Drähten, Schläuchen, Rohren, Krümmern und geformtem Eisen. Mit den Fingerspitzen tippte er sinnlos an einigen Motorteilen herum, kroch dann unter der Motorhaube wieder hervor, setzte sich in den fremden Wagen und versuchte, ihn zu starten.

Es gelang. Der Motor sprang an, aber nach wenigen Sekunden starb er wieder ab. Dabei zeigte die Benzinuhr keinerlei Reaktion... der Zeiger blieb wie festgeklebt auf dem Mittelstrich stehen.

»Ganz klar«, sagte Sassner zufrieden. »Die Benzinuhr ist hinüber, Sie haben sich darauf verlassen und haben nun keinen Tropfen mehr im Tank. Das ist alles.« Er sah die junge Frau mit dem Blick eines Mannes an, der weibliche Schönheit zu schätzen weiß. Sie hielt diesem Blick stand und lächelte sogar zurück. »Was an einer solchen dummen Uhr alles hängen kann.«

»Mindestens eine Stunde Verspätung...«

»Manchmal sogar das Leben.«

»Vielleicht. Wenn ich mitten auf der Autobahn stehengeblieben wäre und man wäre auf mich aufgefahren. Aber eine Stunde ist hin.« Sie sah auf ihre kleine goldene Armbanduhr. »Ich komme garantiert zu spät.«

»Ein Mann wartet auf Sie?«

»Ein Konsortium von Männern. Ich bin Modezeichnerin. Vera Sommer. In Frankfurt will ich meine neue Kollektion vorlegen.«

»Mitten in der Nacht?«

»Morgen früh um sechs fliegen die Herren weiter nach New York. Bei uns wird oft nachts durchgearbeitet.«

Sassner blickte kurz zurück zu seinem Wagen. Ilse stand neben der offenen Tür. Ein Schatten. Schemen eines Satans. Sassner drehte sich brüsk um.

»Vera Sommer«, sagte er sinnend. »Ihr Haar ist wie der reife Sommer...«

»Danke.« Vera lächelte amüsiert. »Für einen Mechaniker machen Sie charmante Komplimente.«

»Ich bin kein Autoschlosser. Ich bin Arzt.«

»Ach!« Vera Sommer betrachtete den großen Mann genauer. Jetzt erst fiel ihr seine Kleidung auf. Ein Maßanzug, etwas zerknittert und ungebügelt, aber das findet man oft bei Intellektuellen. Sie legen weniger Wert auf das Äußere; ihre Welt ist der Geist. Ein markanter Kopf mit einer fast amerikanischen Stoppelfrisur. »Und ich dachte...«

»So kann man sich irren.« Sassner atmete tief auf. »Ich habe keinen Benzinkanister bei mir, aber wenn Sie die Bahnmeisterei anrufen...«

»Das habe ich schon. Ich dachte ja, Sie kämen von dort...«

»Dann ist es gut.« Sassner beugte sich über die Hand der jungen Frau, deutete einen Kuß an und verneigte sich leicht. »Ich wünsche Ihnen eine gute Fahrt und viel Erfolg in Frankfurt.«

Er zuckte zusammen. Ilse Trapps hatte die Tür mit einem Knall zugeworfen. Gleichzeitig rollte ein Werkstattwagen auf den Rastplatz und bremste vor dem Auto Vera Sommers.

»Ablösung.« Sassner lachte jungenhaft. »Der Meister wird Ihnen bestimmt besser helfen als ich mit leeren Worten. Gute Nacht.«

»Gute Fahrt!« Vera Sommer winkte Sassner zu.

Ein netter Mensch, dachte sie. Ein paar Augenblicke der Freude... man begegnet sich und man trennt sich wieder, um sich nie wiederzusehen. Und doch wird man aneinander denken. Es ist wie bei zwei Blättern im Wind, die sich treffen und dann weiterfliegen.

Sassner kehrte zu seinem Wagen zurück, setzte sich hinters Steuer und fuhr wieder auf die Autobahn. Ilse Trapps sah ihn von der Seite an. Ihre grünen Augen glitzerten.

»Was soll das?« fragte sie laut.

»Schweig!«

»Bist du verrückt geworden?«

»Du sollst schweigen.«

»Ist das alles, was du zu sagen hast?« Sie wandte sich auf ihrem Sitz um. »Warum hast du sie nicht mitgenommen?«

Sassner fuhr langsamer. Seine Unterlippe zuckte wie unter kleinen elektrischen Schlägen. Ilse Trapps stieß ihn mit der Faust in die Seite, sie war außer sich vor Wut und wilder Eifersucht.

»Was hatte sie an sich?« schrie sie. »Warum liegt sie nicht hinten im Wagen?«

»Sie sah aus wie Luise«, sagte Sassner leise. Seine Augen waren groß und blickten ins Leere. Er schien in den Erinnerungen zu suchen, kramte im Abfall seiner Seele und fand nur noch Fetzen der Vergangenheit. »Ja, so sah sie auch aus...«

»Wer ist Luise?«

»Meine Frau.«

»Du hast eine Frau?«

»Sie ist tot. Eines Nachts lag sie neben mir, regungslos, ohne Atem, als schliefe sie. Aber sie war tot. Ich habe sie über alles geliebt.«

»Ich hasse sie!« schrie Ilse Trapps hysterisch. »Ich hasse sie! Hasse sie.«

Sassner bog auf dem nächsten Rastplatz wieder ab und hielt. Es war der einzige Personenwagen. Unter den Bäumen standen drei dunkle Lastzüge. Die Fahrerkabinen waren zugehängt. Die Männer schliefen.

Mit ausdruckslosem Gesicht stieg Sassner aus, zog Ilse Trapps vom Sitz und ohrfeigte sie. Stumm, gespenstisch, lautlos schlug er auf sie ein, nur das Klatschen der Schläge war zu hören, und auch Ilse Trapps gab keinen Laut von sich, wehrte sich nicht, stand mit hängenden Armen hinter dem Wagen und nahm die Schläge an. Ihr Kopf flog hin und her, als säße er auf einer Spirale.

Mit ein paar Griffen zerfetzte er ihre Bluse, zog ihr den Rock herunter, zerriß Unterwäsche und Büstenhalter. Als sie nackt war, ergriff er sie an den roten Haaren, zerrte sie zur hinteren Tür des Kombiwagens, öffnete sie, holte die Decken heraus, wickelte Ilse hinein und stieß sie wie ein langes Paket zwischen die Kartons.

Da erst begann Ilse Trapps zu schreien. Sassner preßte ihr die Hand auf den Mund – sie biß in seine Handfläche. Fluchend nahm er sein Ziertaschentuch aus dem Rock, stopfte es ihr in den Mund und griff nach dem Wagenheber, der zwischen den Kartons lag.

Sie wand sich in den Decken und heulte dumpf gegen das Taschentuch. Ihre grünen Augen flehten um Gnade.

»Ich habe Luise geliebt«, sagte Sassner dumpf. »Wer etwas gegen sie sagt, den bringe ich um. Verstehst du das?«

Ilse Trapps nickte. Sie lag still und rührte sich nicht mehr. Und das war klug.

Sassner schloß die Tür, startete und fuhr vom Rastplatz herunter. Eine Stunde später war er wieder in seinem Schloß der blauen Vögel.

Angela war gut in Heidelberg angekommen. Professor Dorian hatte sie gegen Mittag endlich sprechen können, obgleich Tante Lotte vorher immer wieder betonte, das arme Kind sei mit den Nerven völlig am Ende.

Das verspätete Eintreffen erfuhr eine einfache Klärung: Angela hatte sich am Abend so aufgeregt und war in einer solchen seelischen Verfassung, daß sie es nach wenigen Kilometern Autofahrt nicht mehr fertigbrachte, weiterzufahren bis Heidelberg. Sie hatte einfach nicht mehr die Kraft dazu. Vor ihren Augen verschwamm die Autobahn, mühsam, fast im Schritt, ganz rechts fuhr sie weiter, bis sie merkte, daß die Tränen sie völlig blind machten und sie die Reise aufgab. Im Rasthaus Gersthofen bei Augsburg mietete sie sich ein Zimmer und weinte sich in den Schlaf. Erst um zehn Uhr vormittags wachte sie auf. Die Sonne schien, ihre Seele hatte sich beruhigt, die Welt sah wieder nüchterner aus, das Leben war nicht mehr trostlos.

Mit dem festen Willen, so lange bei Tante Lotte zu bleiben, bis Bernd Keller sich aus der Faszination Professor Dorians gelöst hatte, fuhr sie nach Heidelberg.

Dorian war glücklich, als er Angelas Stimme hörte. »Es ist gut, daß du bei Tante Lotte bist«, sagte er. »Daß du endlich angekommen bist. Wir hatten solche Sorgen. Willst du Bernd sprechen?«

»Nein!« sagte Angela hart.

Dorian hielt die Sprechmuschel zu und hob die Schultern. Dr. Keller stand ungeduldig neben ihm.

»Sie will dich nicht sprechen«, flüsterte er. »Da kann man nichts machen.« Und laut sagte er: »Angela, erhol dich gut.«

»Danke!«

»Grüß alle von mir.«

Dorian legte auf, ehe Dr. Keller noch nach dem Hörer greifen konnte.

»Nein, mein Junge, kein Wort mehr! Es hat in diesem Stadium keinen Zweck, mit Angela zu diskutieren. Wir kennen das doch von unseren Patienten her. Erst Ruhe, Ruhe und nochmals Ruhe. In drei, vier Tagen wird Angela anders denken als zur Stunde. Dann kann man mit ihr vernünftig reden.«

Das Schrillen des Telefons unterbrach Dorian. Er nahm den Hörer ab und setzte sich in seinen alten Ledersessel. Aus Stuttgart rief Kriminalrat Quandt an. Was er berichtete, war haarsträubend.

»Wir haben auf einem Rastplatz in der Nähe von Pforzheim die zerrissene vollständige Bekleidung einer Frau gefunden. Bluse, Rock, Unterwäsche, Strümpfe. Nur die Schuhe nicht. Die drei Lastzüge, die gleichfalls dort parkten, haben nichts gehört; die Fahrer schliefen und wissen von nichts. Von der Frau keine Spur, aber zum erstenmal auch kein leerer zurückgelassener Wagen. Es ist natürlich möglich, daß es sich um ein Notzuchtverbrechen handelt und der Täter nachher mit seinem Opfer weitergefahren ist. Es kann aber auch sein, daß unsere unbekannte Bestie wieder tätig war, eins der Autobahn-Mädchen, die hier nachts ihre Geschäfte machen, in seine Gewalt bekam und mitschleppte. Vermißtenmeldungen liegen nicht vor. Ich selbst neige zu der letzteren Version. Tatzeit, Tatort und vor allem das Verschwinden des Opfers – bis man es uns später, grausam zu Tode operiert, wieder vor die Tür legt – deuten auf unseren Unbekannten hin. Ich wollte Ihnen das schnell sagen, damit Sie gefaßt sind, wenn Sie einen neuen Brief erhalten.«

Professor Dorian schien in seinem Ledersessel kleiner zu werden. Die hohe Lehne überragte seine Schultern.

»Und sonst? Die Polizeiaktion?«

»Noch ohne Erfolg. Wir haben die zerfetzte Kleidung sofort untersuchen lassen. Rock und Bluse aus einem Kaufhaus bei

Freiburg. Unterwäsche und BH bekannte Firmen, die Tausende von Frauen tragen. Wenn diese Bestie so klug ist, wie Sie annehmen, Herr Professor, dann ist die Polizei dabei, ihr Gesicht zu verlieren.«

»Ich denke, jeder Verbrecher macht einmal einen Fehler?«

»Ja, das war fast eine Regel für Kriminalbeamte. Aber dieser Teufel macht auch hier eine Ausnahme...«

Dorian legte auf. Dr. Keller blätterte nervös in neuen Röntgenaufnahmen, die aus der Röntgenstation gebracht worden waren.

»Wieder ein Opfer?« fragte er.

»Nur zerrissene Wäsche. Es muß ein Kampf stattgefunden haben.«

»Und wo?«

»Diesmal bei Pforzheim.«

Dr. Keller sah kurz auf die Deutschlandkarte, die – mehr eine Zierde, als ein Gebrauchsgegenstand – an der Wand hinter Dorians Ledersessel hing. Er legte die Röntgenaufnahmen hin und trat an das bunte Kartenbild.

»Fällt dir nicht auf, daß nur auf einem bestimmten Streckenabschnitt Menschen verschwinden?« fragte er.

»Das fällt doch jedem auf. Darum läßt die Polizei dort auch Tag und Nacht Patrouillen fahren«, erwiderte Dorian.

»Die Polizei ... *uns* sollte das auffallen.«

»Uns?« Dorian stand auf und trat neben Dr. Keller. »Was soll das heißen?«

»Zwischen beiden Autobahnen liegt der Schwarzwald.«

»Na und?«

»Ich habe mir seit langem Gedanken darüber gemacht.« Dr. Keller ging zu dem kleinen Rauchtisch und zündete sich eine Zigarette an.

»Verschwiegen habe ich dir auch, daß Angela und ich bei Frau Sassner waren.«

»Ach! Und warum?« Dorian drehte sich etwas konsterniert von der Wandkarte weg. Über seine Brillengläser hinweg musterte er seinen Schwiegersohn.

»Für dich ist Gerd Sassner tot, nicht wahr?«

»Ja. Natürlich.«

»Und wo ist seine Leiche?«

»Im Schlamm des Sees.«

»Das wäre eine einfache Lösung. Aber ich glaube nicht

daran. Ich habe im Gegenteil das dumpfe Gefühl, daß Gerd Sassner noch lebt.«

»Verrückt. Verzeih, mein Junge, aber das ist absurd.«

Dorian ging unruhig hin und her. Er durchmaß das Zimmer mit ungewöhnlich ausgreifenden Schritten, die man gar nicht an ihm kannte. »Er hat Selbstmord begangen.«

»Aber warum?«

Diese Frage war wie ein Hieb. Dorian blieb ruckartig stehen. Er wußte, was Dr. Keller damit sagen wollte, und er hatte darauf gewartet, die ganzen Wochen.

»Ich weiß«, sagte Dorian ruhig, »meine Operation war ein Mißerfolg.« Er hob die Hand, als Dr. Keller wieder etwas sagen wollte, und nickte. »Seit Wochen trage ich es mit mir herum; es liegt mir auf der Seele wie eine Zentnerlast. Ich habe nie darüber gesprochen – mit wem sollte ich? Stundenlang habe ich mir die Röntgenbilder Sassners angesehen, habe die Operation im Geist noch einmal nacherlebt... mindestens dreißigmal. Was habe ich falsch gemacht, habe ich mich gefragt. Wo liegt der Fehler? Was habe ich nicht beachtet... oder ganz einfach nicht gewußt?« Dorian wischte sich über die Stirn. »Wir haben es alle miterlebt: Sein Kriegserlebnis war verschwunden. Der alte Schuh wurde feierlich begraben. Sassner wird wieder ein fröhlicher, gesunder Mensch. Die Operation hatte ihm nichts von seinen geistigen Fähigkeiten genommen, er war ein zärtlicher Familienvater, ein liebender Gatte. Und dann begeht er plötzlich Selbstmord. Eine Schaltung in seinem Hirn versagt... das Hirn, das ich operiert habe! War es mein Fehler? Trifft mich die Schuld? Ich habe mich das immer wieder gefragt, und ich wußte dann die Antwort.« Dorian sah zu Boden auf den wertvollen alten Teppich. »Willst du sie hören?«

»Ich kenne sie.«

»Ich *habe* einen Fehler gemacht, nur weiß ich noch nicht, wo und wie. Die Operation ist mißlungen, vor den Augen der größten hirnchirurgischen Experten, und keiner hat es gemerkt. Auch ich nicht. Nur der Selbstmord Sassners beweist es!«

»Und wenn er noch lebt?«

»Bernd...« Dorian setzte sich. Seine Knie zitterten plötzlich. »Du willst doch nicht sagen, daß diese mordende Bestie... Bernd... das darf nicht sein! Das ist auch völlig ausgeschlossen.«

»Warum ausgeschlossen?«

»Mein Gott!« Dorian legte beide Hände vor die Augen. Einmal, vor ein paar Tagen, hatte er selbst diesen Gedanken gehabt, aber sofort wieder von sich weggeschoben. Es war ja so einfach, zu glauben, daß Sassner unten im verschlammten See von Wilsach lag, ein Opfer der Medizin, das auf Dorians Gewissen drückte und ihn mit Selbstvorwürfen seit Tagen aushöhlte. Um sich zu betäuben, hatte er sich vermehrt in die fast utopisch anmutende Forschung von der Übertragbarkeit der Intelligenz gestützt, aber der innere Druck hielt an.

Nun gut, man konnte sagen: Jeden Tag sterben auf der Welt Tausende von Menschen an Operationen. Es würde ein Wehklagen geben, lauter als ein Orkan, wenn jeder Arzt sich deswegen anklagte. Auch ein Arzt ist nur ein Mensch, und im Kampf mit dem Tod ist er oft der Unterlegene. Aber hier lagen die Dinge anders. Hier klagten die Wahrheiten Dorian an, und die Wahrheiten hießen: Du hast eine Operation begangen, die vor dir noch niemand gewagt hat. Du hast in das Gehirn eingegriffen, als seiest du Gott. Du hast dir angemaßt, mit dem Skalpell einen neuen Menschen zu schaffen. Du hast ein Neuland betreten, ohne zu wissen, ob es fruchtbarer Boden ist.

In den Nächten, in denen Dorian sich das fragte, war er der einsamste Mensch der Welt. Wer konnte ihm wohl helfen?

»Frau Sassner glaubt, daß ihr Mann tot ist«, sagte Dr. Keller und zerdrückte seine Zigarette zwischen den Fingern. »Ich habe sie gefragt, warum ein Mensch, der sich das Leben nehmen will, Rasier- und Waschzeug mitnimmt, sogar das Rasierwasser. Sie wußte darauf keine Antwort ...«

»Ich weiß sie auch nicht, Bernd.«

»Weil er weggegangen ist, um weiterzuleben. In einer Welt weiterzuleben, die er sich neu aufbauen wollte. Warum ... das ist eine Frage, die man einem Hirnkranken nicht stellen kann. Darauf müssen wir, die Ärzte, antworten. Und ich glaube, ich habe die Antwort.«

»Um zu morden ...« sagte Dorian tonlos. »Meinst du das?«

»Ja.«

»Ein Mörder durch mein Skalpell!« Dorian sprang auf. Sein Körper zitterte wie im Schüttelfrost. »Was kann ich jetzt noch tun?« schrie er. »Wie soll ich hier noch helfen ... wenn es wahr ist?« fügte er leise hinzu.

Dr. Keller blickte wieder hinüber zu der Wandkarte. Er hatte ganz klare Vorstellungen, was man unternehmen sollte, er hatte sich den Gang der Dinge genau dargelegt, wenn Dorian so einsichtig sein sollte, die mißlungene Operation anzuerkennen.

Und doch war jetzt alles ganz anders.

Was hatte man wirklich als Beweis, daß Sassner noch lebte? Nichts.

Alles war nur eine Annahme, ein schrecklicher Verdacht, eine grauenhafte Möglichkeit. Es war wie ein zusammengesetztes Puzzlespiel, bei dem nur noch eine kleine Ecke fehlt... aber erst dieses letzte Stückchen ergab das vollständige Bild.

»Du solltest Kriminalrat Quandt sofort verständigen«, sagte Dr. Keller.

»Ich soll also vor aller Welt bekennen: Seht euch diesen Dorian an – er ist ein Versager!«

»Du bist nicht der erste und bestimmt nicht der letzte Chirurg, dem eine Operation mißlungen ist.«

»Aber mit diesen Folgen! Das ist einmalig!«

»Niemand wird dir daraus einen Vorwurf machen. Wer konnte diese Komplikationen voraussehen?«

»Oh, wie schlecht kennst du unsere werten Kollegen!« Dorian nahm seine Wanderung durch das Zimmer wieder auf. Seine Brille beschlug sich. Er putzte sie nicht; tappend wie ein Blinder umkreiste er den Schreibtisch. »Sie werden über mich herfallen wie die Geier über das Aas. Sie werden sagen: Das haben wir gleich gewußt! Diese Operationen sind frevelhaft. Oh, ich sehe schon die Artikel in den Zeitungen und Illustrierten, die Fernsehinterviews der neunmalklugen Kollegen, die mit vorsichtigen, tastenden Formulierungen, aber dennoch ganz deutlich bekunden werden: ›Wir hätten das nicht getan!‹« Dorian blieb stehen und stützte sich mit beiden Fäusten auf den Schreibtisch. »Nur dem Erfolgreichen gehört das Halleluja der Masse... den anderen bleibt das ›Kreuzige ihn‹! Du hast es auch gesagt!«

»Ich hatte Angst vor dieser Operation. Ganz gemeine Angst. Darf ein Arzt keine Angst haben?«

Dorian sah an Dr. Keller vorbei auf ein Bild, das seinem Schreibtisch gegenüber an der Wand hing. Immer wenn er hier saß, hatte er es vor Augen, darum hing es auch dort. Es war ein in Öl gemaltes Porträt seiner Frau. Ein berühmter Münchner Künstler hatte es gemalt, ein Jahr vor dem Tod der schönen Frau, die jetzt mit gütigen, ja fast zärtlichen Augen auf Dorian herabblickte und immer um ihn war und ihn anlächelte, als verstünde sie alles, was in diesem Raum gesprochen wurde.

»Wir dürfen Angst haben«, sagte Dorian langsam. »Aber wir müssen sie in uns festklammern. Fortschritt ist Mut. Wo stünde heute unsere Medizin, wenn wir alle uns der Angst gebeugt hätten?« Er griff zum Telefon und zog es zu sich heran. »Es ist so schön, daß man sich selbst überreden kann ...«

»Was willst du tun?« fragte Dr. Keller.

»Quandt anrufen. Vielleicht lacht er uns aus. Aber wir haben dann den inneren Druck los.« Dorian nahm den Hörer ab. »Ich muß dir etwas gestehen, Bernd«, sagte er leise.

»Ja?«

»Ich glaube auch, daß Sassner noch lebt ... Ich habe mich in all den Wochen systematisch selbst belogen ...«

Kriminalrat Quandt lachte durchaus nicht, als Dorian ihm seinen Verdacht schilderte. Er forderte sofort einen Polizeihubschrauber an und landete zwei Stunden später auf der Wiese vor dem Schloßgebäude von Hohenschwandt.

An den Fenstern standen die Patienten und sahen zu, wie die große weißlackierte Hummel herunterschwebte und knatternd auf das Gras setzte. In Zimmer 24 ging die Frau des Zigarrenfabrikanten Hunsche, Sylvia Hunsche, in die Knie und begann laut zu beten. Sie litt an religiösem Wahn, bildete sich ein, die Frau des Apostels Jakobus zu sein und wartete auf ein Zeichen der Engel, daß sie schwanger werde und einen Jakobus II. gebar.

Nun war es soweit. Die Engel kamen vom Himmel und verkündeten die Empfängnis. Sylvia Hunsche weinte vor Ergriffenheit. Eine Schwester hatte Mühe, sie vom Boden zu heben und ins Bett zu bringen. Dort bekam sie eine Beruhigungsspritze und schlief singend ein.

Kriminalrat Quandt hörte sich ohne lange Vorreden an, was Dorian und Keller berichteten. Er machte sich Notizen und sah ab und zu auf, als glaubte er nicht, was man ihm da erzählte.

»Angenommen«, sagte er später, als Dorians Bericht zu Ende war, »dieser Sassner lebte noch – ist es medizinisch möglich, daß eine solche Wesensumwandlung stattfindet?«

»Ja«, antwortete Dorian kurz.

»Aus einem biederen Familienvater, einem klugen Menschen mit Kultur kann eine Bestie werden?«

»Ja.«

»Und das haben Sie gemacht?«

»Nicht gewollt! Ich habe mit der Operation das Beste erreichen wollen.«

»Mein Gott, Professor!« Quandt trank einen doppelten

Cognac mit einem Schluck aus. »Ich komme mir vor wie in einer Gruselkammer. Das ist alles so unwirklich.«

»Aber wahr.« Dr. Keller legte einen dicken Schnellhefter auf den Tisch. Mißtrauisch musterte ihn Quandt.

»Was ist das?«

»Das sind Experimentalberichte von Tierversuchen. Charakterumwandlungen durch Operationen. Professor Dorians Spezialgebiet.«

Dr. Keller schob die Mappe zu Quandt. Der Kriminalrat hob abwehrend beide Hände.

»Da soll sich die Staatsanwaltschaft durchquälen«, rief er. »Mir genügt Ihre Versicherung, daß so etwas überhaupt möglich ist. Was machen wir nun?«

»Das müssen Sie wissen, Herr Kriminalrat.«

»Ich glaube, es ist wichtig, zunächst einmal einen Informationsstop zu veranlassen. Die Bevölkerung soll nicht beunruhigt werden. Ich glaube, es ist auch in Ihrem Sinne, Herr Professor, wenn zunächst Ihr Name nicht auftaucht.«

»Ich überlasse diese Entscheidung Ihnen.« Dorian ging wieder unruhig vor dem Tisch hin und her. Es muß etwas geschehen, dachte er dabei. Warum will man Rücksicht auf mich nehmen? Ich habe – vielleicht – einen Fehler gemacht, und ich weigere mich nicht, ihn einzugestehen.

»Ich werde im Fernsehen ein Bild Sassners zeigen lassen mit dem Hinweis, daß dieser Mann vermißt wird. Mehr nicht. Wird er irgendwo gesehen, werden sofort Hinweise bei uns einlaufen.« Kriminalrat Quandt hob sein Glas, als Dr. Keller noch einmal mit der Cognacflasche kam. »Unverständlich bleibt es doch! Irgendwo muß er doch wohnen, er muß essen, trinken, schlafen. Er kommt mit anderen Menschen in Berührung, er muß sogar einen Wagen haben, wenn er die Bestie ist. Und – das Wichtigste – er muß einen Raum haben, wo er seine schrecklichen Operationen ausführt. So etwas mitten in Deutschland, unter unseren Augen ... es ist, schlicht gesagt, unbegreiflich!«

Quandt blätterte in dem dicken Schnellhefter herum. Er sah grafische Darstellungen, Kurven und Tabellen, Meßdaten und eine Fülle lateinischer Ausdrücke, am Ende waren Fotos abgeheftet, Hirnschnitte, geöffnete Tierschädel, Affen mit Plexiglasschädeldecken, unter denen man das lebende Gehirn sah, Tiere in völlig konträrem Verhalten zu ihrem Wesen, Katzen, die mit Mäusen spielten, ein Affe, der versuchte, eine Hündin zu vergewaltigen.

Quandt klappte schnell das Heft wieder zu. Ihn schauderte.

»Warum läßt man Tier und Mensch nicht so, wie sie von Gott geschaffen wurden?« fragte er mit belegter Stimme.

»Warum sterben sie nicht mehr an einem vereiterten Blinddarm wie ihre Vorfahren zur Zeit Napoleons?« erwiderte Dorian.

»Weil die Medizin Fortschritte gemacht hat«, sagte Quandt sofort.

»Eben...« Dorian lächelte fast traurig. »Leben heißt Entwicklung. Es ist ein verdammt schwerer Weg...«

Eine halbe Stunde später flog Quandt mit dem weißen Polizeihubschrauber wieder zurück zu seiner Sonderkommission GROSS X nach Stuttgart.

Die Einkreisung Sassners begann, obgleich bei der Polizei niemand daran glaubte, daß er noch lebte.

Die Angst Ilse Trapps', eine Patientin des »großen Boss« zu werden, war unbegründet. In der Garage holte Sassner sie aus dem Wagen, entfernte den Knebel und wickelte sie aus den Decken. Zitternd stand Ilse vor ihm, ihr Körper war mit Schweiß bedeckt, kalt und klebrig, wie ihn nur die Todesangst hervortreibt.

»Sie sollten so etwas nie wieder tun, Schwester Teufelchen«, sagte Sassner milde und strich Ilse über die vollen Brüste. »Disziplin ist in einer Klinik genauso wichtig wie Sterilität. Wo kämen wir hin, wenn jede Schwester eigene Ansichten hätte? Das Wort des Chefs ist allein gültig.«

»Ja...«, stammelte Ilse Trapps tonlos.

»Komm.« Sassner legte den Arm um die nackte Frau. Durch die Dunkelheit tasteten sie sich ins Haus; als Ilse eine Kerze anzünden wollte, blies Sassner ihr das Streichholz aus. »Warum? Ich sehe genug! Bei mir sind auch die Nächte hell.«

Er schob Ilse in das gemeinsame Schlafzimmer, zog sich aus und legte sich ins Bett. Als Ilse nicht von selbst zu ihm kam, klopfte er mit der flachen Hand neben sich auf das Bettlaken. Sie gehorchte, kroch an ihn heran und kuschelte sich in seinen Arm. Ihr rotes Haar, nach Feuchtigkeit duftend, lag kalt auf seiner Brust.

»Ich bin ein glücklicher Mensch«, sagte Sassner und küßte Ilses geschlossene Augen. Dabei merkte er, daß sie weinte. Seine Lippen tauchten in salzige Flüssigkeit. »Warum weinst du, kleiner Satan?«

»Nur so . . .« stammelte Ilse.
»Du hattest Angst?«
»Ja.«
»Vor mir?«
»Ja.«
»Aber Teufelchen. Wie kann man vor mir Angst haben? Ich bin der friedlichste Mensch der Welt und will, daß alle den Frieden erkennen.« Er schob Ilse Trapps etwas von sich weg und rollte sich dann halb über sie. »Es ist so schön, dich zu fühlen«, sagte er leise. Seine Stimme hatte eine Zärtlichkeit, die sich über Ilse Trapps ergoß wie duftendes Öl. »Wann war ich je so glücklich?«

Er küßte sie, und dann brach wieder der Vulkan aus ihm heraus, der alles verbrannte, was sich erneut in Ilse Trapps an Gegenwehr, Gewissen, Angst und Fluchtgedanken aufgespeichert hatte. –

Gegen Mittag machte Sassner »Visite« bei seinen »Patienten«.
Ilse trug wieder ihre »Klinikkleidung«, das Spitzenschürzchen auf dem nackten Leib. Sassner betrat das Zimmer in Operationskleidung: Weißer Mantel, Gummischürze, Kappe und Mundschutz. Nur die Handschuhe ließ er aus . . . sie zog er erst im »OP« an.

Die beiden Männer und das junge Mädchen in den Betten starrten ihn an wie ein Ungeheuer. Sie waren mit Lederbändern an die Betten gefesselt und konnten sich nicht rühren. Nur schreien konnten sie, aber das hatten sie nach stundenlangen Versuchen aufgegeben. Niemand kam, niemand hörte sie. Sie schienen am einsamsten Ort der Welt zu sein.

Agathe Vierholz, die zierliche Friseuse, weinte wieder, als Sassner die Bettdecke zurückschlug und ihren Leib abtastete, als habe sie Gallenschmerzen oder eine Blinddarmreizung. Julius Hombatz, der Milchprüfer, zerrte an seinen Lederfesseln.

»Sie Saukerl!« brüllte er. »Lassen Sie uns los! Ich zerbreche Ihnen alle Knochen!«

Sassner winkte Ilse Trapps zu sich heran. In seinem Bett atmetet der Autohändler Markus Peltzer laut und röchelnd. Er sah Ilse jetzt von hinten in aller Nacktheit, und trotz seiner höllischen Angst ließ ihn dieser Anblick nicht unbeteiligt.

»Notieren Sie, Schwester«, sagte Sassner mit ruhiger Stimme. »Patient Hombatz zeigt Ansätze von zerstörerischer Manie. Das kommt von den Ohrmuscheln her. Sehen Sie sich nur die Ohren an. Wie Radarempfänger.« Er wandte sich zum Bett des Milchprüfers, beugte sich über ihn und zog ihn an den Ohren.

»Lassen Sie mich los!« schrie Hombatz. »Sie irres Schwein!«

»Na na.« Sassner lächelte und nickte Ilse zu. »Wir operieren ihn zuerst. Er leidet sehr unter seinem gestörten Wesen.«

Julius Hombatz zerrte an seinen Fesseln und brüllte unartikulierte Laute. Schaum trat ihm vor den Mund, das Weiße der Augen färbte sich rötlich.

»Hilfe!« schrie er. »Hilfe! Hilfe!«

Sassner ging ungerührt hinüber zu Markus Peltzer und schlug dessen Decke zurück. Peltzer wurde rot und schloß die Augen.

»Sieh einer an«, lachte Sassner und klopfte Ilse auf das nackte Hinterteil. »Sie gefallen ihm, Schwester. Der Arme ist so krank und dabei doch so rüstig! Setzen Sie ihn als zweite Operation auf die Liste.«

»Ich biete Ihnen zehntausend Mark«, stammelte Markus Peltzer. »Lassen Sie mich los, bitte, bitte . . .«

»Die Verwandlung Ihres Wesens ist nicht käuflich«, erwiderte Sassner streng. »Ich handle im Namen der Humanität.«

»Fünfzigtausend Mark!« brüllte Autohändler Markus. »Es ist alles, was ich auf den Banken habe. Ich schreibe Ihnen einen Barscheck aus, Sie können das Geld sofort holen . . .«

»Er erkennt nicht die große Stunde.« Sassner deckte Peltzer wieder zu. »Er denkt nicht mit dem Hirn, sondern mit dem Penis. Aber das wird sich ändern. Wie spät ist es, Schwester?«

»Dreizehn Uhr neunzehn.« Ilse Trapps blickte auf ihre Armbanduhr.

»Gut. Bereiten Sie Patient eins vor. Sind alle nüchtern?«

»Ja, großer Boss.«

»Vorzüglich.« Er nickte dem vor Angst und Grauen stummen Milchprüfer Hombatz zu. »Keine Angst, mein Lieber . . . die Welt wird schöner sein, wenn ich Sie operiert habe.«

An diesem Nachmittag geschah etwas Merkwürdiges.

Gerd Sassner tötete seine Patienten nicht, öffnete nicht ihre Köpfe, wusch nicht die Gehirne in Tak-Lösung . . . er beschränkte sich auf einen kleinen Eingriff. Warum er das tat, wagte Ilse Trapps nicht zu fragen.

Nach der üblichen Narkose durch einen Schlag mit einem umwickelten Hammer schleiften Sassner und Ilse unter dem Angstgebrüll der anderen den Körper von Julius Hombatz hinüber in den »OP«. Dort wuchtete Sassner den Ohnmächtigen allein auf den Tisch, zog seine Gummihandschuhe an und schnitt dem Milchprüfer mit einer normalen Schere beide Ohren ab.

»Seine Empfangsanlage für zerstörerische Impulse ist damit ausgeschaltet«, sagte er, als Ilse Trapps blutstillende Kompressen auf die beiden Ohrwunden drückte und begann, den Kopf mit Mullbinden zu umwickeln. »Der nächste!«

Sie trugen Julius Hombatz zurück in ein anderes Zimmer, das Sassner die »Wachstation« nannte, schnallten ihn fest und machten sich auf, den Autohändler Peltzer zu holen.

Peltzer wehrte sich, so gut er konnte. Er spuckte um sich, er schrie gellend ... Sassner brauchte drei Hammerschläge, ehe Peltzer »narkotisiert« war.

Bei Markus Peltzer überlegte Sassner lange, ob er ihn am Kopf oder am Unterleib operieren sollte. »Seine Gedanken sitzen tief, das haben wir vorhin gesehen«, sinnierte er. »Es kann aber sein, daß solche Reaktionen ausgelöst werden durch Stauungen im Gehirn. Entlasten wir ihn von seinen Gedanken.«

Er ging zum Instrumententisch, suchte einen Handbohrer aus, einen kleinen Hammer und einen Dübelschlegel.

Schnell und gewandt bohrte er auf Peltzers Stirn, drei Finger breit über der Nasenwurzel, ein kleines Loch in den Vorderschädelknochen, setzte dann das Dübeleisen an und schlug ein Loch. Das Blut schoß über seine Hände, überflutete Peltzers Gesicht und rann über den breiten Holztisch.

»Kompresse!« sagte Sassner streng. Ilse reichte sie ihm.

Er drückte den Mullberg auf Peltzers Stirn, wartete etwas, wechselte dann die Kompresse und verband den blutigen Schädel.

»Jetzt stoßen seine Gedanken nicht mehr an«, sagte er, als Peltzer ebenfalls im »Wachraum« zu Bett gebracht war. »Sie können sich frei entfalten, wie ein Vogel seine Schwingen ausbreitet.«

Als letzte kam Agathe Vierholz auf den Tisch. Sie war schon ohnmächtig, als Sassner sie holen wollte.

»Sie hat einen zierlichen Körper, aber breite Hüften.« Sassner betrachtete das Mädchen mit Wohlwollen. »Ich sehe voraus, daß sie einmal eine stolze Kinderschar haben wird, so wie eine gute Kuh viele Kälber. Eine gute Kuh aber erkennt man sofort an ihrem Gütezeichen. Warum soll ein Mensch nicht ebenso prämiert werden? Ich habe da einen Gedanken ...«

Er sah sich um, nahm vom »Instrumententisch« ein Messer

und wog es in der Hand. Darauf verließ er den »OP«, ohne ein weiteres Wort zu sagen, und Ilse Trapps wagte auch nicht, zu fragen oder ihm gar nachzugehen.

Noch bevor das Fernsehen Gerd Sassners Bild brachte, stand die Sonderkommission GROSS X in Stuttgart kopf.

Auf dem Rastplatz nahe der Ausfahrt Achern, zwischen Baden-Baden und Offenburg, fand eine Polizeistreife um 3 Uhr 11 morgens drei verletzte Menschen. Zwei Männer und eine Frau. Sie lagen im Gras unter einer Birkengruppe, in einer Reihe nebeneinander, ausgerichtet wie zu einer Parade. Es war klar, daß sie sich selbst nicht so hingelegt hatten.

Die Polizei dachte zunächst an einen Unfall mit Fahrerflucht. Man suchte das demolierte Fahrzeug der Verletzten, fand es aber nicht. Ein Ambulanzwagen brachte die Besinnungslosen nach Achern ins Krankenhaus, wo man ihnen die Verbände abwickelte, um zu sehen, wie schwer die Verletzungen waren.

»Das ist ja ungeheuerlich«, sagte der Nachtarzt erschüttert, als die Verletzten vor ihm lagen. »So etwas habe ich noch nicht gesehen.«

Von dieser Minute an arbeitete der Polizeifunk auf vollen Touren, rasten verstärkte Streifen über die Autobahnen, wurde Kriminalrat Quandt aus seinem Hotelbett geklingelt.

Auch bei Professor Dorian schrillte gegen sechs Uhr das Telefon.

»Ich lasse Sie abholen!« rief Kriminalrat Quandt aus Stuttgart. »In einer Stunde landet Biene III bei Ihnen auf der Wiese.«

Ehe Dorian etwas fragen konnte, hatte Quandt wieder aufgelegt. Seine Stimme hatte heiser geklungen. Mit steinernem Gesicht zog sich Dorian an und ließ dann Dr. Keller wecken.

»Wir fliegen nach Stuttgart«, sagte er, als sich Keller gähnend meldete. »Es muß etwas Schreckliches geschehen sein.«

Der Polizeihubschrauber Biene III brachte sie aber nicht nach Stuttgart, sondern landete im Garten des kleinen Krankenhauses von Achern. Polizeiwagen waren aufgefahren wie zu einem Staatsempfang, in der Halle und auf dem Flur des zweiten Stockes wimmelte es von Uniformen. Der Chefarzt begrüßte Professor Dorian und Dr. Keller mit größter Freude. Für ihn, der seit zwanzig Jahren in Achern lebte und sich wünschte, einmal an einer großen Klinik zu arbeiten, wie er es sich als Student erträumt hatte, war der Besuch des großen Dorian ein Erlebnis. Kriminalrat Quandt, übernächtigt und übler Laune, knurrte Dorian an.

»Ich glaube jetzt fast auch, daß Ihr Sassner lebt! Ohne viele Worte... gehen wir hinüber zu den Zimmern! Hören Sie sich das selbst an...«

Lange sprachen Dorian und Dr. Keller mit Markus Peltzer, Julius Hombatz und Agathe Vierholz. Die drei waren glücklich, noch zu leben; sie begriffen es noch nicht ganz, daß sie außer Gefahr waren. Immer wenn ein weißer Kittel das Zimmer betrat, zuckten sie zusammen und öffneten den Mund, als wollten sie schreien. Der Schock saß so tief in ihnen, daß die Ärzte und Schwestern schließlich ihre Kittel auszogen, wenn sie die Zimmer betraten.

»Was sagen Sie nun?« fragte Quandt, als Dorian und Keller wieder im Chefarztzimmer saßen. »Gleich drei! Einer ohne Ohren, der andere mit einem Loch im Schädelknochen, das Mädchen mit Brandzeichen unterhalb des Nabels. Wie man Kühe und Pferde brennt. Das Zeichen ist ein deutliches B. Sassner aber fängt mit S an. Es ist zum Verrücktwerden!«

Dorian starrte vor sich auf den Boden. Alles, was die Verletzten ihm erzählt hatten, stimmte und stimmte doch wieder nicht. Der Figur, der Sprache, dem Auftreten nach konnte es Sassner sein... aber da waren viele Dinge, die paßten einfach nicht. Quandt schien Dorians Gedanken zu erraten... er schlug mit der Faust auf den Tisch.

»Stellen wir fest«, rief er erregt, »es gibt irgendwo ein Haus, das allein steht. In diesem Haus befinden sich mehrere Zimmer, eingerichtet wie Krankenzimmer, mit weißbezogenen Betten, mit Bettpfannen und Enten, Fieberblatthaltern und Nachttischen. Es gibt einen Mann, der wie ein Arzt auftritt, im weißen Kittel, mit Operationsschürze, Mundschutz und Kappe. Sogar weiße Schuhe und weiße Hosen hat er an, wie sich Agathe Vierholz erinnert. Er spricht ruhig und – um Hombatz zu zitieren – sehr klug, genau wie ein Arzt. Alles das deutet darauf hin, daß es wirklich ein Arzt ist, ein irrer Arzt. Nur wenn er dann tätig wird, verschwimmt das Bild wieder. Die vorgenommenen Operationen sind laienhaft, ja, sie sind reine Verstümmelungen, ohne die geringste anatomische Kenntnis. Wir wissen aber aus anderen Fällen, daß Ärzte, auch wenn sie irr wurden, in dem Augenblick, da sie medizinisch arbeiteten, ihre Ausbildung nie verleugnen konnten.«

»Also Sassner«, sagte Dorian dumpf.

»Es wäre zu schön! Und die Schwester?« Kriminalrat Quandt hatte einen hochroten Kopf vor Erregung. »Dieses rothaarige Aas, das er Schwester Teufelchen nennt? Wie soll Sassner mit ihr liiert sein?«

»Ihr wird das Haus gehören, in dem Sassner seine Wahnsinnsorgien treibt«, sagte Dr. Keller heiser.

»Und wenn es nicht Sassner ist? Wenn wir uns unsterblich blamieren? Kann nicht wirklich ein irrer Arzt hinter allem stekken?«

»Natürlich kann so etwas sein.« Professor Dorian schien Quandt für diese goldene Brücke dankbar zu sein. »Wenn man Sassners Leiche fände . . .«

»Ab morgen suchen noch einmal drei Taucher den Wilsach-See ab.« Quandt sah auf seine Notizen. »Am Freitag ist die Suche abgeschlossen, Samstag wird das Fernsehen auf allen Kanälen dreimal Sassners Bild ausstrahlen. Meine Herren«, Quandt lehnte sich seufzend zurück, »ich habe das dumpfe Gefühl, daß wir auch dann keinen Schritt weitergekommen sind.«

Da es von Achern nicht sehr weit nach Heidelberg war, schlug Dr. Keller seinem Schwiegervater vor, Angela zu besuchen. Dorian stimmte sofort zu. Sie mieteten sich einen Wagen und fuhren zu Tante Lotte.

Angela war weniger überrascht, als Dorian und Keller angenommen hatten. Sie hatten sogar das Gefühl, daß sie auf diesen Besuch gewartet hatte und nun sehr erleichtert war. Im Hause eines Altphilologen zu leben, dessen Welt im klassischen Rom und im Griechenland Homers lag und der auch zu Hause nur in gelehrten Sentenzen sprach, hatte sich Angela leichter vorgestellt. Im Hause des Oberstudiendirektors gab es kein Fernsehen, weil er der Ansicht war, Fernsehen verbilde den eigenen schöpferischen Geist. Im Radio hörte man nur Sinfonien oder Opern, vor allem Wagner. Dann saß Oberstudiendirektor Helmfried Kürzer mit glänzenden Augen im Lehnsessel und erlebte visionell den Walkürenritt oder die Klage Wotans um Freia. Sein Lebensziel, einmal in Bayreuth den Siegfried zu sehen, hatte er noch nicht erreicht. Das lag nicht an Geldmangel, sondern an dem ständigen Ausverkauf der Eintrittskarten. Dafür sammelte er alle Kritiken über die Festspiele und diskutierte wochenlang mit seiner Frau Lotte über die revolutionäre Umgestaltung Wagners durch seine beiden Enkel.

»Das Moderne frißt uns auf!« klagte er dann. »Nicht mal einen richtigen Drachen haben sie bei Siegfried auf der Bühne! Wenn das der alte Richard Wagner wüßte!«

Angela atmete auf, als sie nach dem Klingeln an der Haustür öffnete und ihr Vater und Dr. Keller draußen standen, Blumensträuße in den Händen.

»Was wollt denn ihr?« fragte sie kampfeslustig.

»Ich habe die Absicht«, antwortete Dorian, »mich mit Helmfried über die Bronchitis der alten Römer zu unterhalten.«

»Und Sie, Herr Doktor?« fragte Angela spitz. Dr. Keller schwenkte seinen Blumenstrauß.

»Ich wollte ein paar Stunden Unterricht nehmen, wie man sich verhält, wenn einem die Braut, die heißgeliebte, davongerannt ist.«

»Das sind alles Themen, die nicht interessieren.« Angela wollte die Tür wieder schließen, aber Dr. Keller setzte den Fuß dazwischen. »Sie benehmen sich wie ein unverschämter Hausierer!« rief Angela.

Aus dem Wohnzimmer scholl eine andere Frauenstimme. »Schätzle, wer ist denn da?«

»Lotte!« Professor Dorian lachte und steckte den Kopf durch den Türspalt, den Kellers Fuß offenhielt. »Dein Schwager! Das Schätzle, wenn damit meine Tochter gemeint ist, will uns nicht hineinlassen!«

»Aber Angela!« Lotte Kürzer kam herbei. Angela gab resigniert die Tür frei und lief davon. »Ist sie nicht noch ein Kind?« sagte Tante Lotte verzeihend. »Läuft davon. Sie hat die Schüchternheit von mir geerbt. Ich bin Helmfried auch viermal weggelaufen, ehe er mich erobern konnte.«

»Ein Altphilologe hat eben Ausdauer.« Dorian hängte seinen Staubmantel an einen Garderobehaken. »Damals beschäftigte sich Helmfried auch noch mit Archäologie, nicht wahr?«

»Du bist ein Ekel!« Tante Lotte warf den Kopf in den Nakken. »Ihr habt ja eine glänzende Laune.«

»Galgenhumor, gnädige Frau.« Dr. Keller sah durch die offene Tür des Salons hinaus in den Garten. Angela saß in einer Gartenschaukel und schaukelte wild. »Haben Sie Verbandzeug im Haus?«

»O Gott! Ist jemand verletzt?« Tante Lotte fuhr herum.

»Noch nicht. Aber wenn Angela so weiterschaukelt, bricht gleich das ganze Gestell zusammen.«

»Schätzle!« Tante Lotte schlug die Hände zusammen. »Gehen Sie zu ihr, Doktor Keller. Sie wundern sich, woher ich Sie kenne? Oh, ich kenne Sie genau. Angela hat mir Bilder von Ihnen gezeigt. Den ganzen Tag redet sie nur von Ihnen. Bernd! Bernd! Bernd! Ich bin über alles informiert. Gehen Sie hin zu ihr ... sie wartet ja schon seit Tagen auf Sie.«

Nach dem Mittagessen, bei dem Dr. Keller dem Oberstudiendirektor Dr. Kürzer vorgestellt wurde und sich mit einem lateinischen Spruch gleich gut einführte, saßen Keller und Angela zusammen in der Gartenschaukel und schwebten eine Weile stumm hin und her.

»Ihr habt also Sorgen?« fragte Angela endlich.

»Ja. Wenn Sassner lebt und die Öffentlichkeit erfährt, daß nur die Operation Professor Dorians aus ihm eine Bestie gemacht hat, wird man über uns herfallen wie Wölfe über einen Hasen.«

»Und du bist fest davon überzeugt, daß Sassner lebt?«

»Ja. Nachdem ich die Aussagen der drei Verstümmelten gehört habe ...«

»Und wenn du dich irrst?«

»Es wäre zu schön, um möglich zu sein.«

»Und was soll ich dabei?«

»Nur da sein, Angi.«

»Das ist ja erdrückend viel!«

»Das ist mehr, als du glaubst. Seitdem du weg bist, ist Hohenschwandt wirklich nur noch eine Klinik. Früher, da war es so etwas wie eine Heimat, da war es durch dich eine kleine Welt für sich. Wenn man die Türen zu den Krankenzimmern schloß und hinüberging zum Privatbau, da wußte man: Jetzt ist Angi da. Jetzt höre ich ihr Lachen. Jetzt kann ich sie küssen. Es machte so glücklich, das zu wissen ...«

»Es geht über meine Nervenkraft, Bernd.« Angela lehnte sich weit zurück. Sie wehrte sich nicht, als sich Dr. Keller über sie beugte und sie küßte. Aber sie erwiderte seinen Kuß nicht. »Ich will mein Leben nicht unter Geisteskranken verbringen.«

»Darüber wollen wir noch einmal reden, Angi. Aber jetzt, gerade jetzt braucht uns dein Vater! Jetzt dürfen wir ihn nicht allein lassen, wenn wir uns nicht vor uns selbst schämen müssen. Ich wäre ein Charakterlump, wenn ich jetzt wegginge.«

»Ich kann nicht, Bernd ...«

»Gestern früh, bevor uns der Hubschrauber nach Achern flog, kam ich in das Zimmer deines Vaters. Er hatte mein Klopfen nicht gehört, er merkte nicht, daß ich eintrat. Er stand vor dem Bild deiner Mutter und sprach leise mit ihr. Das war erschütternd. Wer hatte den großen Dorian schon so gesehen? Ich ging leise hinaus, klopfte stärker und trat nochmals ein. Da stand er wie immer hinter seinem Schreibtisch und blätterte in seinen Papieren.« Dr. Keller sah Angela von der Seite an. Jetzt glich sie ihrem Vater. Ihr Mund war trotzig, die Nasenflügel blähten sich leicht. »Ihm fehlt deine Mutter. Er hat keinen, mit dem er sprechen kann. Er ist grenzenlos einsam und allein.«

»Mutter haßte auch seinen Beruf. Sie hat es mir oft gesagt.«

»Aber sie war immer da, nicht wahr? Sie ließ ihn nie allein.« Dr. Keller hielt die Schaukel an. »Was hätte deine Mutter getan, jetzt, in dieser kritischsten Situation, die dein Vater je erlebt hat?«

Angela stand auf und strich sich die Haare aus den Augen.

»Wann fahrt ihr zurück nach Hohenschwandt?«

»Morgen früh.«

»Es ist gut. Ich gehe jetzt packen ...«

Aus dem Haus traten Dorian und Oberstudiendirektor Kürzer. Sie diskutierten leidenschaftlich über den stilisierten Schwan Lohengrins in Bayreuth.

Die Rückfahrt wurde in Stuttgart unterbrochen.

Dr. Keller fuhr von der Autobahn ab und hinein in die Weinberge. Angela wußte sofort, wohin die Fahrt ging, Dorian fragte erst, als ihm die Gegend zu unbekannt vorkam.

»Wo willst du denn hin?«

»Zu Frau Sassner«, antwortete Keller.

»Halt!« Dorian beugte sich vor. Er saß hinten, den Platz neben Keller hatte er Angela abgetreten. »Bitte anhalten.«

Dr. Keller fuhr rechts heran und bremste. Aber er ließ den Motor laufen.

»Was willst du von Frau Sassner?« fragte Dorian konsterniert. Er liebte solche Überraschungen gar nicht. »Sie hat Leid genug erlebt. Willst du sie in diese Geschichte auch noch hineinziehen?«

»Es wird sich nicht vermeiden lassen. Spätestens am Samstag wird sie ihren Mann auf allen Fernsehschirmen sehen.«

»Wenn man Sassner nicht im See findet.«

»Man wird ihn nicht finden!« Dr. Keller drehte sich um. »Glaubst du noch immer daran, daß er tot ist?«

Dorian schwieg. Er starrte hinaus auf die Weinberge und beneidete die Winzer, die zwischen den Rebstöcken arbeiteten.

»Wie sollte uns Frau Sassner helfen?« fragte er nach einer ganzen Zeit. Keller wollte schon weiterfahren, aber Angelas Hand auf seinem Knie hinderte ihn daran. Bitte nicht, hieß dieser versteckte Druck.

»Hier, diese Autobahn, und die andere nach Basel, sind Sassners Jagdrevier. Hier irgendwo muß er wohnen. Das sollte man Frau Sassner sagen.«

»Und was ist dabei gewonnen?«

»Ich habe eine Idee«, sagte Dr. Keller stockend. »Ich möchte sie Frau Sassner vorschlagen.«

»Und dürfen wir sie nicht erfahren?«

»Natürlich.« Dr. Keller zögerte. Ihm war der Gedanke in der vergangenen Nacht gekommen, als er allein in der kleinen Dachkammer schlief. Tante Lotte hatte ihn und Angela so weit wie möglich voneinander einquartiert. Sie legte zwei knarrende Treppen und zwei Stockwerke dazwischen. »Sassner sucht seine Opfer auf der Autobahn. Dort lädt er sie auch ab. Was – so habe ich mir gedacht – geschieht, wenn Sassner plötzlich auf seine Frau trifft?«

»Das ist perfide!« Dorian riß die Tür auf und sprang hinaus auf die heiße Landstraße. Die Luft roch nach gesprengter, feuchter Erde. Von den Weinbergen wehte der Wind den Geruch in die Senke. »Das erlaube ich nie! Bernd, wir kehren zurück auf die Autobahn! Wie kann man eine solche Idee haben! Vergessen wir, was du gesagt hast.«

Eine halbe Stunde später öffnete ihnen der Gärtner das Tor zur Einfahrt der Villa Sassner. Luise Sassner empfing sie sofort, als das Hausmädchen Dorians Visitenkarte abgab.

Luise trug Schwarz. Ihr blondes Haar hatte sie schlicht nach hinten gekämmt und mit einer großen Spange aus Schildpatt zusammengehalten. Das machte ihr Gesicht streng, trauernd und doch ungemein jugendlich. Ein Hauch von Make-up überzog ihre Haut; das Lippenrot war nur angedeutet.

Seit dem Verschwinden ihres Mannes, den die Anwälte der Sassner-Werke für tot erklären wollten, um Luise Sassner der Form halber die Geschäftsführung zu übertragen, die dann doch Dr. Maier, der erste Direktor, übernehmen würde, lebte sie völlig zurückgezogen in dieser Villa. Die Kinder waren das einzige, was ihr Mut zum Leben gab. Die chemischen Fabriken, die Bilanzen, das Vermögen, das sie jetzt erst überblicken konnte, nachdem der Syndikus eine Aufstellung eingereicht hatte, die gesellschaftlichen Verpflichtungen, zu denen Dr. Maier sie drängte, weil sie, als Chefin, nun die Kontakte zu den Auslandskunden pflegen sollte, die Einladungen, die sie erhielt und aus denen sie herauslas, daß man mit ihnen nur wohltätige Ablenkungen bezweckte, alles das interessierte sie nicht. Auch die Mitteilung der Anwälte, daß man einen starken Verbündeten für die Todeserklärung bekommen habe, nämlich das Finanzamt, das sich ausrechnete, wieviel Tausende Mark an Erbschaftssteuer anfielen, nötigte Luise nur ein mattes Lächeln ab.

»Lassen Sie mich in Ruhe«, sagte sie schließlich. »Herr Direktor Maier soll alles regeln. Er war ein Freund meines Mannes. Wenn Sie glauben, Gerd sei tot ... bitte, das ist Ihre Auffassung. Sie mag für die Fabriken richtig sein ... für mich ist er nicht tot! Man soll ihn mir erst bringen. Ich will ihn sehen, dann erst glaube ich es!«

Die Kinder, Dorle und Andreas, fanden sich schneller damit ab, daß ihr Vater nicht mehr wiederkam. Sie weinten zwar manchmal, wenn sie sein Bild ansahen, aber ihr Alltag überdeckte bald den Schmerz. Sie mußten lernen, Latein und Mathematik pauken, chemische Formeln und geschichtliche Jahreszahlen behalten und die Erdzeitalter auswendig können. Freunde und Freundinnen kamen ins Haus, um gemeinsam zu lernen, und wenn das helle Lachen der Mädchen und Jungen von den Kinderzimmern hinab zur Terrasse wehte, dann saß Luise Sassner meist in einem breiten Korbstuhl und sah in den Garten.

Diese Erinnerungen sind furchtbar, dachte sie. Ich sehe Gerd, wie er hinter dem Motormäher hergeht und das Gras schneidet. Das hat er immer selbst getan, da durfte der Gärtner nicht 'ran. Oder der Korbstuhl, in dem ich sitze. Er hat ihn aus Spanien mitgebracht. Alles in diesem Haus und um dieses Haus zeigt seine Hand, spiegelt seinen Geschmack, ist sein Werk. Wie kann ich ihn je vergessen?

Im Winter, das hatte sie sich vorgenommen, wollte sie nach St. Moritz ziehen. Eine kleine Wohnung mieten, im Schnee und in der Sonne liegen, spazierengehen oder mit dem glöckchenklingelnden Pferdeschlitten durch die Bergtäler fahren.

Aber ob das möglich war? Ob diese Flucht in einen neuen Beginn gelang? Sie verneinte es im voraus. Man kann vor der Erinnerung nicht davonlaufen, auch wenn man den Willen hat und sich einredet: Das Leben geht weiter! Es geht nicht mehr so weiter, wenn man einen Gerd Sassner geliebt hat ...

Nun waren Professor Dorian und Dr. Keller da, die ganze Qual stieg wieder in ihr auf, die Tage in Hohenschwandt, die Operation, die fürchterlichen Stunden mit dem zerrissenen Schuh, den Sassner seinen Freund Benno Berneck nannte, die Nacht im Forsthaus und das entsetzliche Erwachen.

»Mein... Mann soll es sein...«, stammelte Luise Sassner, als Dr. Keller ihr seinen Verdacht erklärte. Er tat es so schonend wie möglich, aber die Wirkung auf Luise war dennoch wie ein Schock. Aus den Zeitungen wußte sie, was auf den Autobahnen geschehen war; sie hatte es gelesen, ohne sonderliche Beteiligung, nur mit dem Gedanken: Welch ein Mensch kann eine solche Bestie sein!

Nun erfuhr sie, daß es ihr Mann sein konnte. Ihr Herz setzte aus, sie sank nach hinten in den Sessel und verlor das Bewußtsein.

»Da haben wir es!« schimpfte Professor Dorian. »War das nötig?«

Sie trugen Luise Sassner auf die Couch, öffneten ihre Bluse und massierten die Stirn und die Brust mit einem parfumgetränkten Taschentuch Angelas. Das alte Hausmittel half vorzüglich. Luises Atem wurde stärker, Blut kehrte in ihr Gesicht zurück, der Puls wurde schneller. Sie wachte auf und raffte ihre Bluse zusammen.

»Verzeihen Sie«, sagte sie leise. »Mein Herz... alles drehte sich um mich. Aber jetzt geht es wieder.« Sie atmete ein paarmal tief ein und wandte dann den Kopf zu Dr. Keller. »Sprechen Sie weiter, Doktor.«

»Ich sollte vielleicht schweigen, wie es der Herr Professor will.« Dr. Keller vermied es, Luise Sassner anzusehen. »Es sind bis heute ja alles Hirngespinste. Wir alle sind wie durchgedreht, die Polizei am allermeisten. Noch jagen wir ein Phantom...«

»Aber... aber es könnte Gerd sein...« Luises Stimme brach.

Dr. Keller nickte.

»Ja. Es ist eine von vielen Möglichkeiten.«

»Und... und was soll ich tun?«

Dorian sprang auf. Wie bei sich zu Hause begann er, in dem großen Zimmer hin und her zu laufen.

»Was Doktor Keller Ihnen vorschlagen will, ist unmöglich«, rief er dabei. »Es ist eine Zumutung! Das hält kein Mensch aus. Gnädige Frau, hören Sie ihn nicht an! Lassen Sie uns in den Garten gehen...«

Luise Sassner wandte sich zu Dr. Keller. Der junge Arzt saß

blaß in dem breiten Ledersessel. Angela hockte neben ihm auf der Lehne und hielt seine Hände. Es war ein Anblick, der Luise mitten ins Herz traf. Zwanzig Jahre rollten zurück.

Gerd Sassner zum erstenmal bei ihren Eltern. Schmal, ausgehungert, noch gezeichnet von seiner schweren Kriegsverwundung. Und sie hatte in Vaters Arbeitszimmer auf der Sessellehne gesessen, ihren Liebsten gestreichelt und seine Hände gehalten.

»Der soll mein Schwiegersohn werden?« hatte ihr Vater gesagt. »Wenn der Wind weht, muß ich ja hinter ihm herrennen und ihn festhalten!«

Zwanzig Jahre Glück.

»Was wollen Sie mir sagen, Doktor?« fragte Luise mit klarer Stimme.

»Wenn Ihr Mann dieses Phantom ist, wird er in den nächsten Nächten neue Opfer suchen. Drei hat er gerade abgeliefert. Es ist fast sicher, daß er nicht noch mehr in diesem geheimnisvollen Haus versteckt hält, denn die Verletzten haben keine anderen Menschen gesehen oder gehört. Er wird also wieder über die Autobahn jagen.«

Dr. Keller preßte die Hände zusammen, die Finger waren weiß. »Ich gehe von den psychiatrischen Erfahrungen aus, daß Geisteskranke oft ihre nächsten Angehörigen – die Mutter, die Frau, den Mann – erkennen und sich von ihnen leiten lassen. Wenn wir die Möglichkeit schaffen, daß Sie und Ihr Mann zusammentreffen, dann –«

»Das ist ein verrückter Plan!« rief Dorian dazwischen. »Ich bin dagegen! Die Gefahren sind gar nicht abzusehen ...«

»Ich habe keine Angst«, sagte Luise Sassner schlicht. »Ich habe vor meinem Gerd keine Angst.«

»Und wenn es ein anderer ist?«

»Ich werde immer in Ihrer Nähe sein, gnädige Frau.« Dr. Keller beugte sich vor und ergriff Luises Hände. Sie waren eiskalt, aber sie zitterten nicht, »Ich fahre hinter Ihnen her. Es kann gar nichts passieren.«

»Es ist gut.« Luise Sassner ließ sich auf die Couch zurücksinken. Mit geschlossenen Augen atmete sie dreimal tief ein, als sauge sie damit Mut in ihren Körper. »Ich versuche es. Ich fahre heute nacht über die Autobahn. Mein Gott, laß es nicht Gerd sein ...«

# 9

Um 23 Uhr begann Luise Sassner, von Rastplatz zu Rastplatz zu fahren und dort jeweils zehn Minuten zu halten. Auf Kellers Wunsch hatten sie die Autobahn Frankfurt–Basel gewählt, auf der Sassner die meisten Menschen entführt hatte.

Sie fuhr ihren kleinen hellen Sportwagen. Dr. Keller folgte ihr mit einem geliehenen Porsche. Er hatte sich bewußt diesen schnellen Wagen geliehen, um zu verhindern, daß Sassner ihm vielleicht mit einem überlegenen Auto davonbrauste.

Es war 0 Uhr 10, als Luise auf dem Rastplatz bei Kenzingen hielt.

Um 0 Uhr 11 bog Sassner von der Auffahrt Lahr auf die Autobahn.

Dreizehn Kilometer lagen zwischen Luise und Gerd Sassner.

Es war eine merkwürdige Nacht. Milchige Wolken überzogen den Nachthimmel. Der Boden atmete Sommerwärme aus, und doch fröstelte man. Der leichte Wind war kalt.

Luise Sassner steckte sich eine Zigarette an. Im Rückspiegel sah sie, wie Dr. Keller auf den Platz fuhr und sich – ohne Lichter – tief in den Schatten der Bäume stellte.

Das beruhigte sie. Der Druck im Hals ließ nach, das Beben der Hände verging.

0 Uhr 17. Gerd Sassner fuhr langsam die Autobahn hinunter. Er war allein. Ilse Trapps war im Schloß der blauen Vögel geblieben. Sie hatte Magenschmerzen. Um zu vermeiden, daß sie auf dumme Gedanken kam, hatte Sassner sie in einem der Patientenbetten angebunden.

0 Uhr 20. Luise Sassner hatte die Zigarette zu Ende geraucht. Mit einer Taschenlampe gab sie durch das Rückfenster Blinkzeichen: Soll ich weiterfahren?

Aus dem kaum sichtbaren Porsche antwortete ihr ein kurzer roter Punkt: Noch warten!

Sie lehnte sich zurück und sah mit klopfendem Herzen auf die fast leere Autobahn. Niemand bog auf den Rastplatz ein.

0 Uhr 23. Gerd Sassner näherte sich Herbolzheim. Noch drei Kilometer trennten ihn von Luise. Nur noch ein Rastplatz ...

Als der weiße Kombiwagen langsam von der Autobahn abbog und zwischen den hohen Bäumen ausrollte, hatte Luise Sassner gerade die dritte Zigarette angezündet. Sie blies sofort das noch flammende Zündholz aus, lehnte sich zurück, stemmte die Knie gegen das Armaturenbrett, als erwarte sie einen Aufprall, und zerdrückte die Glut auf dem Abstreifrost des Autoaschenbechers. Ihre Hände zitterten vor Angst.

Dr. Keller drehte in seinem unbeleuchteten Porsche den Zündschlüssel auf Start. Sassner, das wußte er, war ihm körperlich überlegen. Es hatte also keinen Sinn, sich auf einen Zweikampf einzulassen. Man konnte nur versuchen, Sassner durch einen Anruf zu erschrecken, ihn zur Flucht zu treiben und dann hinterher zu rasen. Was dann weiter geschehen sollte, das wußte Dr. Keller nicht. Auch die wildeste Verfolgungsjagd endet einmal – das war die einzige Hoffnung.

Um allen unvorhergesehenen Möglichkeiten aus dem Weg zu gehen, legte Dr. Keller den zusammengeklappten Wagenheber neben sich. Er war eine Waffe im Notfall. Die Reaktionen der Geisteskranken sind nicht im voraus berechenbar.

Der weiße Kombiwagen rollte an Luises kleinem Sportwagen vorbei bis nahe zur Ausfahrt des Rastplatzes. Dort löschte der Fahrer das Licht. Dunkel, ein Schatten nur, ab und zu von den Scheinwerfern der auf der Autobahn vorbeijagenden Wagen wie von zuckenden Blitzen beleuchtet, stand er unter den Bäumen.

Niemand stieg aus. Nichts rührte sich.

Luise Sassners Nerven flimmerten. Sie hatte das Gefühl, ersticken zu müssen. Das Herz hämmerte gegen die Rippen, das Blut jagte durch die Adern.

Luft, mein Gott – Luft... dachte sie. Ich schreie, wenn ich den Himmel nicht sehen kann, wenn ich hier weiter eingesperrt bleibe in dem kleinen, engen Kasten aus Blech. Das ist ja ein Sarg... ein Sarg... ein...

Sie kurbelte das Seitenfenster herunter und steckte den Kopf ins Freie. Auszusteigen wagte sie nicht; aber die frische Luft, die sie jetzt mit tiefen Atemzügen einsog, tat gut – und vor allem der Anblick des Nachthimmels, die Geräusche auf der Autobahn, das leise Rauschen der Bäume, der Duft nach nachtfeuchter Erde.

Sie drehte den Kopf nach hinten. Der Porsche wartete.

Ruhe, nur Ruhe, sagte sich Luise Sassner. Wenn es Gerd ist, wird alles nicht so schlimm sein. Er wird an das Auto herantreten, ich werde ihn anlächeln und zu ihm sagen: »Guten Abend, Liebling. Komm, steig ein. Wir haben so lange auf dich gewartet. Dorle und Andreas sind ganz unglücklich.« Und Gerd wird einsteigen, und wir werden nach Stuttgart fahren, in unser

Haus. Er wird schlafen, ich werde bei ihm sitzen und seine Hände halten, und am nächsten Morgen ...

Ja, was wird am nächsten Morgen sein? Da wird ihn die Polizei abholen, in eine Zelle sperren und als Mörder behandeln. Er hat eine Frau getötet und drei Menschen verstümmelt ... Gerd Sassner, der eine große Jagd besaß, aber noch nie ein Tier geschossen hatte; der in der Morgendämmerung auf dem Hochsitz hockte und die Rehe und Hirsche beobachtete, wie sie im Frühnebel aus dem Wald traten und langsam äsend über die Wiese zogen, und dieses Bild des Friedens fotografierte. »Das sind meine einzigen Schüsse, die mit der Kamera«, hatte er immer gesagt, wenn der Jagdhüter ihn anflehte, wenigstens die kranken Böcke zu schießen. »Ich sehe ein, das muß sein«, sagte er dann. »Ihr nennt es hegen, das Revier reinhalten ... ich nenne es einfach töten! Und ich töte nicht! Macht, was ihr wollt ... aber sagt es mir nicht.«

Und so schossen der Jagdaufseher und ein paar Freunde Sassners heimlich die Krüppelböcke weg, reduzierten auch den Wildsaubestand, weil die Rudel die benachbarten Kartoffelfelder verwüsteten, und hielten die Hasen in tragbaren Zahlen. Von alledem durfte man Sassner nichts berichten. Nur angeln tat er.

Und jetzt tötete er Menschen. Schlich durch die Nacht und suchte sich die Opfer wie eine Raubkatze.

War das noch Gerd Sassner?

Luise zog den Kopf zurück. Vor ihr, in dem weißen Kombiwagen, rührte sich noch immer nichts. Es war, als warte der Fahrer, was hinter ihm geschah.

Gerd Sassner saß hinter seinem Lenkrad und beobachtete den kleinen Sportwagen durch den Rückspiegel. Dann drehte er sich um, kniete sich auf die Polsterbank und sah durch das breite Fenster der hinteren Tür auf den Rastplatz.

Der zierliche Wagen mit dem blonden Frauenkopf hinter der Windschutzscheibe gefiel ihm. Aber der silbergraue, im Dunkeln wie ein Tier lauernde Porsche beunruhigte ihn. Er konnte nicht sagen, warum ... Es war sein Instinkt, der ihm signalisierte: Dort ist Gefahr. Ein Mensch, der einen Porsche fährt, hat es nicht nötig, auf einem Rastplatz zu schlafen. Er hält höchstens, um eine Zigarette zu rauchen, einen Schluck aus einer Thermosflasche zu nehmen, auszusteigen, um sich die Beine etwas zu vertreten.

Warum steht er so dunkel am Waldrand? Hingeduckt, sprungbereit...

Sassner lächelte mokant. Ein Kollege vielleicht? Sollen wir uns um das hübsche Frauchen streiten, das in unserer Mitte steht? Welch ein Irrtum, Herr Kollege! Ein großer Geist wie ich, der die Menschheit verändern will, der Dummheit und Engstirnigkeit aus den dumpfen Hirnen nimmt, lehnt es ab, sich mit einem kleinen, billigen Abenteurer oder gar Mörder zu messen.

Er wartete und beobachtete weiter die beiden Wagen. Das Vorbeidonnern eines Sattelschleppers mit dicken Stahlröhren nutzte er aus, schlüpfte schnell aus dem Auto und warf sich seitlich in das Gras unter die Bäume. Hier, im Schutz der Finsternis, rannte er geduckt weiter, von Stamm zu Stamm, auf Zehenspitzen, lautlos fast, jede Deckung ausnutzend.

Es geht noch, dachte er glücklich. Wie haben wir das geübt, schweißtriefend, bis zum Umfallen. Truppenübungsplatz Wahner Heide. Kusselgelände. Im nebeligen Morgenlicht das von tausenden Granaten zerfetzte Zieldorf, nun besetzt von einer Panzereinheit.

Unsere Kompanie war aufgeteilt in einzelne Kampftrupps. Wir schleppten Hafthohlladungen mit, geballte Ladungen aus zusammengebundenen Handgranaten, Panzerfäuste und leichte Minenwerfer.

»Wenn um zehn Uhr das Dorf nicht erobert ist und die Panzer Schrott sind, dann dampft euch bis nächsten Sonntag der Arsch!« hatte der Kompaniechef zum Abschied gesagt, ehe die kleinen Kampfgruppen abzogen und im Kusselgelände verschwanden wie Wühlmäuse. Dann war man allein. Sechs Mann mit zwei Hafthohlladungen. Drüben im Dorf und in den Falten des Geländes warteten die Panzer. Nebelschwaden überzogen die Wahner Heide, die Sonne schwamm in Milch. Ab und zu tauchten Reiter auf, mit weißen Armbinden und weißen Fähnchen. Die Kampfrichter, die bestimmten, welche Gruppe »tot« war.

Damals hatte die Gruppe Sassner zusammen mit zwei anderen Gruppen das Zieldorf erreicht. Neun Panzer hatten sie vernichtet. Auf der höchsten Stelle des Zieldorfes, einem einsam stehenden Fabrikkamin, hißten sie die Fahne. Schmitz VI, Gefreiter aus Köln, war an den Steigeisen des Kamins hochgeklettert. Hinterher stellte sich heraus, daß Schmitz VI bei der Musterung nicht zu den Pionieren gekommen war, weil er leicht schwindelig wurde.

So sehr kann Begeisterung den Menschen verändern.

Auch Sassner spürte etwas von dieser Begeisterung, als er von Baum zu Baum huschte und sich an die beiden Wagen heranschlich. So etwas verlernt man nicht, dachte er immer wieder. Ich hasse das Militär, beim Anblick einer Uniform bekomme ich Hautjucken, so allergisch bin ich dagegen; sehe ich eine marschierende, singende Kolonne, möchte ich mich in den Weg stellen und den Jungen entgegenschreien: »Halt! Werft die Klamotten weg, Jungs! Was singt ihr da?... und trifft uns die Kugel, und sind wir tot, es lebt doch das Vaterland... Warum zeigt man euch nicht die Bilder der zerfetzten, verfaulten, im Eis erstarrten, vom Schneesturm zugewehten Toten von Stalingrad? Warum blickt ihr vorbei, wenn ihr die napalmverbrannten Frauen und Kinder von Vietnam anseht? Warum denkt ihr nicht an Dresden, Köln und Hamburg, wo nach den Bombenangriffen der Asphalt brannte und die zusammengeschrumpften Toten links und rechts am Straßenrand lagen, gestapelt wie Holzbretter in einem Sägewerk? Und ihr marschiert wieder! Marschiert und singt vom Tod! Jungs – das Ganze halt!«

Ja, und trotzdem... gelernt ist gelernt. Es steckt in den Knochen. Hinlegen, weiterrobben, Schuhe flach auf dem Boden, Hacken 'runter, Hintern flach...

Sassner verhielt. Er kniete jetzt in gleicher Höhe mit dem kleinen Sportwagen hinter einem Busch und bog vorsichtig die Zweige auseinander.

Die junge Frau mit den blonden Haaren saß starr hinter ihrem Lenkrad und starrte in die Nacht. Im merkwürdigen milchigen Licht dieser Nacht konnte Sassner sie deutlich sehen. Sie hatte die Hände auf das Lenkrad gelegt und schien zu warten.

Sassner ließ die Zweige zurückschnellen. Er kroch weiter, bis er nahe dem silbergrauen Porsche im hohen Gras lag. Undeutlich machte er einen Männerkopf aus, der weit zur Frontscheibe gelehnt war.

Er beobachtet sie auch, dachte Sassner triumphierend. Ich störe ihn. Was wäre geschehen, wenn ich nicht auf diesen Platz abgebogen wäre?

Er stützte das Kinn in beide Hände und starrte das undeutliche Männergesicht an. Jetzt vermißte er Ilse Trapps. Man hätte sich jetzt die Aufgabe teilen können. Wenn Ilse mit wiegenden Hüften und aufgelösten brandroten Haaren an den Porsche gekommen wäre, hätte es für diesen Mann hinter der Scheibe kein Entrinnen mehr gegeben. Die junge Frau aber wäre

Sassners Charme erlegen. Er hätte mit ihr geplaudert, ein wenig über die nächtliche Autobahn philosophiert und ihr dann blitzschnell den Hals zugedrückt.

Das ist ganz einfach, wenn man es kennt und geübt hat: Die Hände schnellen vor, umfassen den schlanken Hals, die beiden Daumen drücken kräftig auf den Kehlkopf ... nur zwei, drei Sekunden dauert es; ein leichtes, vergebliches Zappeln, dann hängt der Körper schlaff in den Händen.

Sassner duckte sich etwas. In dem grauen Porsche blitzte kurz ein roter Punkt auf. Aus dem kleinen Sportwagen antwortete ein ebenso schneller weißer Punkt. Die junge Frau kurbelte das Seitenfenster herunter und streckte den Kopf wieder ins Freie. Sie sah nach vorn, zu Sassners Wagen.

Im Wald knackte es. Irgendein Tier lief über trockene Zweige. Der Kopf der jungen Frau flog herum in Richtung dieses Lautes. Ihre Augen weiteten sich vor Angst.

Gerd Sassner lag im Gras und rührte sich nicht. So also ist das, dachte er. Ich störe wirklich. Sie treffen sich hier nachts, sie kennen sich und warten nur darauf, daß ich wegfahre, um sich in die Arme zu werfen. Er wird verheiratet sein, zu Hause ein biederer Ehemann und Vater, der den Kindern Bonbons von der Reise mitbringt und seiner Frau ein paar Blumen. Und sie, das blonde Wesen in ihrem kleinen Wägelchen, ist auch verheiratet, hat einen strebsamen Mann, der sich im Büro abrackert, der alles tut, um seiner Frau ein schönes Leben zu bieten, der todmüde ins Bett fällt und am Morgen wieder aufspringt, um mehr, noch mehr heranzuschaffen ... und sie fährt angeblich zu ihrer Schwester und betrügt den armseligen Dummkopf mit einem Jüngeren auf einem Rastplatz an der Autobahn.

Sassner sah auf seine Leuchtzifferuhr. 0 Uhr 33.

Die Stunde der Sünde – und die Stunde der Rache.

Ich werde den armen gehörnten Ehemann rächen, dachte Sassner. Er rackert sich ab und wird betrogen. Wir sind Brüder, du unbekannter Mann irgendwo in deinem warmen Bett. Auch meine Frau hat mich verlassen. Nein, nein, nicht so wie deine ... Luise ist gestorben. Sie lag neben mir, ist einfach weggegangen in das Land, wohin man nicht nachreisen kann, wo es keine Besuche gibt. Sie atmete nicht mehr, und ich deckte sie zu und ging davon. So hat mich Luise verlassen, ganz still, ganz heimlich.

Aber deine Frau lebt, und wie sie lebt, und verläßt dich

trotzdem. Reg dich nicht auf, Kamerad, schlaf weiter... ich nehme dir die Arbeit ab!

Sassner hob den Kopf. Die junge Frau war ausgestiegen und ging neben dem kleinen Wagen hin und her. Die Tür hatte sie offengelassen. Ihr Gang war staksig, wie von einem aufgezogenen Federwerk, das die Beine einer Puppe bewegt. Dabei zuckte ihr Kopf nach rechts und nach links, als erwarte sie von allen Seiten einen Angriff.

In dem Porsche wurde das linke Fenster heruntergedreht. Dr. Keller beugte sich etwas hinaus.

»Haben Sie keine Angst«, rief er Luise Sassner leise entgegen, als sie ein paar Schritte auf ihn zu machte. »Ich sehe alles genau. Gehen Sie ruhig ein wenig nach vorn. In dem Augenblick, wo er seinen Wagen verläßt, schalte ich die Scheinwerfer ein und fahre sofort heran.«

»Ich habe aber Angst«, sagte Luise schwer atmend. »Wenn er es nicht ist?«

»Ich habe den Gang eingelegt und den Fuß auf der Kupplung. So schnell, wie ich gezündet habe und bei Ihnen bin, kann er gar nicht laufen.«

»Trotzdem. Mir ist es unheimlich...« Luise blickte sich zu dem weißen Kombiwagen um. »Warum rührt sich nichts?«

»Er beobachtet Sie.«

»Und wenn es ein harmloser Wagen ist?«

»Dann war alle Aufregung umsonst... leider.«

»Lange halten meine Nerven das nicht aus.« Luise Sassner ging langsam zu ihrem kleinen Wagen zurück. Drei Meter trennten sie von Gerd Sassner, der wie eine Katze im Gras lag, geschützt vom schwarzen Schatten der Bäume.

Er lag ganz still, obgleich sein Herz wild zu hämmern begann.

Sie warten auf jemanden, dachte er enttäuscht. Sie sind gar kein Liebespaar, sie betrügen ihre Partner nicht, sie warten bloß.

Wer mögen diese Menschen sein?

Schlagartig, als falle eine Klappe über eine Glut, erlosch sein Interesse, erstickte seine mörderische Lust, verflog seine angestaute Wildheit.

Er wartete ab, bis sich die blonde Frau wieder in ihren Wagen gesetzt hatte, kroch dann in einem Bogen zurück zu seinem Kombi und nutzte das Einfahren eines Lastwagens auf den Rastplatz aus, um mit einem Satz hinter das Lenkrad zu springen, den Motor anzulassen und mit vollaufgeblendeten Scheinwerfern wieder hinauszurasen auf die Autobahn. Der Lastwagen fuhr an Sassners Stelle, bremste dort, die große Tür klappte auf, und ein Mann kletterte aus dem Führerhaus, lief in den Wald und nestelte schon während des Laufens an den Knöpfen seiner Hose.

Dr. Keller sprang aus dem Porsche und rannte zu Luise Sassner. Sie lag weit zurückgelehnt auf dem Sitz und schluchzte.

»Er war es nicht«, stammelte sie, als Keller die Tür aufriß. »Gott sei Dank, er war es nicht. Wie freue ich mich, Doktor, wie freue ich mich! Er war es nicht...«

»Es scheint wirklich so, als sei dies ein harmloser Fahrer gewesen... oder der Lastwagen hat ihn gestört.« Dr. Keller half Luise aus dem Auto und reichte ihr einen kleinen Zinnbecher.

»Was ist das?« fragte Luise.

»Cognac. Trinken Sie, Sie haben ihn jetzt nötig.«

Gehorsam stürzte Luise Sassner den Cognac hinunter und hustete dann ein paarmal. Dann aber warf sie die Arme weit auseinander, als wolle sie die ganze Welt umarmen.

»Er war es nicht!« wiederholte sie glücklich. »Lassen Sie uns jetzt zurück nach Stuttgart fahren. Bitte sagen Sie nicht: Weitermachen! Ich kann nicht mehr. Ich war nahe daran, laut zu schreien. Diese Stille war fürchterlich.« Sie lehnte sich an Dr. Keller und weinte plötzlich wieder.

Aus dem Wald kam der Lastwagenfahrer und kletterte zurück in seine Kabine. Er steckte sich genußvoll eine Zigarette an.

»Haben Sie sich die Nummer des Wagens gemerkt?« fragte Luise, als sie sich etwas beruhigt hatte. Aus seiner Schraubflasche füllte Dr. Keller noch einen Cognac in den Zinnbecher.

»Nein. Ich weiß, es war ein Fehler.« Dr. Keller gab Luise Sassner den Becher. »Ich war zu aufgeregt. Ich habe nur Sie beobachtet.«

»Es war ein Wagen aus Emmendingen.« Luise trank den Cognac wie eine belebende Medizin. »Das weiß ich noch. Die Nummer habe ich vergessen.«

»Ist ja auch nicht so wichtig.« Dr. Keller lächelte Luise beruhigend an. »Es war ja der falsche Wagen. Sie waren wirklich sehr mutig, Frau Sassner.«

»Danke, Doktor. Ein zweites Mal könnte ich es auch nicht.«

Sie stieg in ihren kleinen Sportwagen und brauste ab. Dr. Keller hatte Mühe, ihr in Sichtweite zu folgen.

Nie wieder, sagte sich Luise Sassner, als sie, froh, diese Nacht überstanden zu haben, über das glitzernde Band der Autobahn raste, nie wieder spiele ich den Lockvogel. Das war das erste und das letzte Mal.

In der Klinik Hohenschwandt hatte es während der Abwesenheit Professor Dorians große Aufregung gegeben. Dr. Kamphusen, den Dorian als Stellvertreter zurückgelassen hatte, war es gelungen, den geheimnisvollen Attentäter zu stellen, der nachts unter dem Namen Dr. Keller den Kranken verderbliche Spritzen injizierte.

Eigentlich war es nur ein Zufall, der Kamphusen auf die Spur brachte. Die Nachtschwester von Station II klingelte ihn per Haustelefon aus dem Bett: Zimmer 26, die schizophrene Patientin Frau Eisenreich, Gattin eines Brauereibesitzers aus Niederbayern, hatte einen neuen Schub ihres Wahns bekommen. Sie stand nackt mitten im Zimmer und unterhielt sich laut mit dem nur für sie sichtbaren galanten Kavalier Marquis de Reinville. Sie machte ihm Vorwürfe, daß seine Seidenhosen wieder nach Pferdeschweiß stanken. »Ich mag keine Pferde, das weißt du!« schrie sie mit sich überschlagender Stimme. »Warum muß ich immer diese Pferde riechen. Es macht mich krank... ganz krank... krank...«

Die Nachtschwester, die Frau Eisenreich eine Injektion geben wollte, war hilflos. Frau Eisenreich wehrte sich gegen sie, rief um Hilfe und befahl dem Marquis de Reinville, eine Kompanie Soldaten gegen Schwester Lotte zu mobilisieren.

Dr. Kamphusen steckte den Kopf unter den Wasserhahn und ließ sich den kalten Strahl über den Nacken rinnen. Er hatte am Abend vorher eine halbe Flasche Wodka allein getrunken. Das tat er jetzt öfter. Wenn er einsam in seinem Zimmer saß, eingesperrt mit seinen Gedanken, überkamen ihn Jammer und Elend.

Er machte sich keine Illusionen, wer er war. Dorian hielt ihn für einen mittelbegabten Arzt, Dr. Keller verachtete ihn als Speichellecker. Daß er im Augenblick von Dorian bevorzugt wurde, hatte nichts mit seinen Fähigkeiten zu tun... er war nur ein Schutzschild, den sich Dorian gegen Dr. Keller leistete. Vielleicht sogar nur ein Reizmittel im innerfamiliären Kampf.

Kamphusen lastete dies sehr auf der Seele. Er begann heimlich zu trinken. Weinerlich saß er jetzt oft in seinem Zimmer und sprach mit sich selbst.

»Du bist doch kein Rindvieh, Franz«, sagte er zu sich. »Du

hast einmal den Ehrgeiz gehabt, ein großer Arzt zu werden. Deine Examina hast du mit gut bestanden, du hattest begonnen, dir mit Artikeln einen Namen zu machen, bis du zu Dorian kamst. Hier bist du zermahlen worden, einfach zermahlen. Dorians Genie hat dich überrannt. Als du begannst, ihn rückhaltlos und kritiklos zu bewundern, bist du als denkender Mensch gestorben. Du warst die ausführende Hand seiner Gedanken. Ein Instrument nur, weiter nichts. Und du bekamst Angst. Blödsinnige Angst, daß du am falschen Platz seist, daß man deine Dummheit merkte, daß man zu dir sagen könnte: ›Kamphusen, gehen Sie. Sie sind unfähig!‹«

Das war einfach zu sagen, denn jeder Arzt wirkte neben Dorian wie ein Schüler.

Der persönliche Streit mit Dr. Keller belastete ihn mehr, als er nach außen zeigte. Kamphusen hatte nichts gegen den jungen Schwiegersohn Dorians ... es war nur die Furcht des Schwächeren, von dem Stärkeren weggedrückt zu werden. Ein Kampf um die Futterkrippe, weiter nichts.

Kamphusen frottierte sich ab, zog über seinen Schlafanzug den weißen Arztkittel, schlüpfte in die weißen Lederslipper und machte sich auf, zu Station II zu gehen.

Entgegen seiner Gewohnheit, den Fahrstuhl zu benutzen, ging er zu Fuß die Treppen hinauf.

Das große Schloßgebäude war dunkel. Im Treppenhaus und auf den Gängen der einzelnen Stationen brannte nur die Notbeleuchtung. Ein paar trübe Birnen unter Milchglas. Die Kranken schliefen. Nur aus Zimmer 11, dem »Beruhigungsraum«, klangen dumpfe Laute. Hier lag hinter dicken Polsterwänden und einer Doppeltür der tobende Reinhold Webster, ein Deutsch-Engländer, der mit Kupferaktien Millionär geworden war und dessen Hirn von der Syphilis zerfressen wurde. Er lag auf seinem Bett, festgeschnallt mit gepolsterten Lederbändern, schweißüberströmt und zitternd und heulte wie ein verhungernder Wolf. Dreimal täglich bekam er eine Injektion, mehr war nicht möglich, um den Kreislauf nicht zu sehr zu belasten. In den Stunden zwischen den Spritzen mußte man ihn toben lassen. Jeder in der Klinik wartete darauf, daß ihn dabei ein Infarkt erlöse.

Dr. Kamphusen machte einen Umweg zu Zimmer 11, öffnete die äußere Tür und sah durch die Klappe der inneren Tür. Reinhold Webster lag in seinen Lederfesseln, bäumte sich auf und ließ dann sein Gesäß krachend auf das Bett zurückfallen.

Dabei heulte er schauerlich. Kamphusen sah auf seine Armbanduhr. Gleich zwei Uhr morgens.

Auf dem Rückweg gebe ich ihm eine Spritze, dachte er. Sie wird bis zum Frühstück wirken. Man kann ihn doch nicht so liegen lassen, schreiend wie ein Tier in einer Falle.

Kamphusen drückte die äußere Polstertür wieder zu und drehte sich um; dabei sah er, daß sich ganz am Ende des Stationsgangs lautlos eine Tür schloß. Gerade noch, im letzten Augenblick, ein paar Zentimeter nur bemerkte er die Bewegung ... dann waren die Türen alle wieder gleich.

Nachdenklich blieb Dr. Kamphusen bei Zimmer 11 stehen und überlegte.

Zimmer 17, dessen Tür sich bewegt hatte, beherbergte den Diplomaten Elmar Ritter von Lureck. Während er als Gesandter und Leiter der Wirtschaftsabteilung einer großen Botschaft in Ostasien war, zeigten sich plötzlich Ausfallerscheinungen bei ihm. Er begann das linke Bein nachzuschleppen, klagte über Müdigkeit, und vulkanähnlich brach eines Tages der Wahn bei ihm aus. »Ich bin gelähmt!« schrie er und lag bewegungslos im Bett. Es war, als sei er aus Holz geschnitzt – weder Arme noch Beine konnte er rühren, hob man sie an, blieben sie steif wie ein Brett und fielen leblos herab. Die hysterische Lähmung, deren Ursache niemand ergründen konnte, wurde so schlimm, daß selbst das Schlucken von Speisen unmöglich war. Elmar Ritter von Lureck wurde künstlich ernährt. Man flog ihn zurück nach Deutschland, wo ihn seine Verwandten zu Professor Dorian nach Hohenschwandt brachten. Hier gelang es, ihn wenigstens wieder zum Schlucken zu bewegen; Beine und Arme aber blieben gelähmt.

Es war also völlig unmöglich, daß Elmar von Lureck sein Bett und das Zimmer verlassen konnte, etwa, um auf die Toilette zu gehen. Schwester Lotte, die Nachtschwester, bemühte sich ein Stockwerk höher um Frau Eisenreich. Der zweite Nachtdienst wachte im Nebenflügel und hatte hier nichts zu suchen ... und trotzdem hatte sich die Tür zu Zimmer 17 bewegt.

Dr. Kamphusen wurde es warm. Er spürte ein Brennen im Gesicht, als bekäme er eine Allergie.

Auf Zehenspitzen schlich er den dunklen Gang hinunter, blieb vor Zimmer 17 stehen und legte das Ohr an das Türblatt.

Kein Laut, keine Bewegung, kein Schimmer von Licht.

Es war keine Täuschung, sagte sich Dr. Kamphusen. Ich bin

doch nicht blöd! Gut, ich habe eine halbe Flasche Wodka getrunken, aber nach dem kalten Wasserstrahl bin ich ganz klar.

Hier in diesem Zimmer ist jemand, der nicht hineingehört.

Kamphusen drückte die Klinke herunter, stieß die Tür weit auf, drehte gleichzeitig den Lichtschalter neben der Tür und stürzte ins Zimmer.

Elmar Ritter von Lureck lag schlafend in seinem Bett, die Arme hinter dem Nacken verschränkt. Wenn er schlief, sein Wille also ausgeschaltet war, bekam sein Körper wieder die Beweglichkeit eines normalen Menschen. Wachte er auf, wurden Arme und Beine sofort steif und brettähnlich.

Kamphusen sah sich schnell um. Die Fenstertür zum Balkon war offen, der Nachtwind blähte die Übergardine. Mit drei weitausgreifenden Schritten war Kamphusen dort, riß die Gardine zurück und sah einen Mann im weißen Arztkittel, der sich gerade über die Balustrade schwingen wollte, um an den dicken Stöcken des wilden Weines hinabzuklettern.

Noch nie in seinem Leben war Kamphusen so flink gewesen wie in diesen Sekunden. Noch nie hatte er soviel Mut besessen wie jetzt. Er stürzte sich auf den Mann im weißen Kittel, riß ihn zurück, wich einem wuchtigen Schlag aus, der statt des Kopfes nur seine Schulter traf, schlug dann selbst mit der freien rechten Faust zu und wunderte sich, daß der Unbekannte einen ächzenden Laut von sich gab, über den Balkon taumelte und sich gegen die Mauer lehnte.

Mit nie geahnter Kraft zog Kamphusen den Mann vom Balkon in das Licht des Zimmers. Dort stieß er ihn auf den Stuhl neben dem Tisch und riß ihm die Hände vom Gesicht, die der Unbekannte zum Schutz davorgepreßt hatte.

»Sie?« sagte Kamphusen keuchend. »Sie, Poldi?«

Leopold Wachsner, Krankenpfleger auf Station I, seit vier Jahren ein zuverlässiger, fleißiger, stiller Mitarbeiter, starrte Kamphusen aus rotgeränderten Augen an. Er ächzte noch immer, der Schlag hatte die Leber getroffen, ein verteufelter Schlag, der schon manchen Boxer k. o. auf die Matte legte. Für Kamphusen war es ein Zufallsschlag – er war selbst über diese Wirkung verblüfft.

»Was machen Sie hier, Poldi?« Kamphusen spürte, wie es in ihm zu prickeln begann. Ohne weitere Fragen trat er an Leopold Wachsner heran, griff in die Taschen des weißen Kittels und zog zwei Spritzenkästen heraus. Wachsner leistete keinen Widerstand. Er saß auf dem Stuhl und japste nach Luft.

»Sie also sind der nächtliche Doktor Keller, der den Patienten Medikamente spritzt, nach denen sie noch unruhiger werden!« Kamphusens Stimme bebte. Er öffnete die Spritzenkästen. In jedem Kasten lagen vier sterile Spritzen, die Nadeln bereits aufgesteckt. Kamphusen drückte aus einer ein paar Tropfen Flüssigkeit auf seinen Handrücken und schnupperte daran. Es roch nach nichts.

»Was ist das?« fragte Kamphusen. »Was injizieren Sie da?«

Poldi schwieg. Kamphusen legte die Spritzen auf den Tisch und gab Wachsner eine kräftige Ohrfeige. Der Kopf des Krankenpflegers schlug gegen die Wand. Es gab einen dumpfen Laut.

»Was ist das hier?« brüllte Kamphusen. »Mach den Mund auf, du Miststück! Warum tust du das?«

Leopold Wachsner schwieg verbissen. Über Kamphusens Gesicht zog die Röte unbändigen Zorns.

»Deinetwegen muß ich mich schief ansehen lassen!« schrie er. »Ich weiß, daß Doktor Keller *mich* verdächtigt, und ich mußte es ertragen! Mach den Mund auf, Kerl! Warum tust du das?«

Poldi schwieg weiter. Auch als Kamphusen, zitternd vor Wut, auf ihn eindrosch, schützte er nur mit den Unterarmen sein Gesicht und ließ die Schläge auf sich niederprasseln.

»Gut denn«, keuchte Kamphusen außer Atem. »Machen wir es anders! Mitkommen!«

Er riß Poldi an den Aufschlägen des weißen Arztmantels hoch, schleppte ihn über den Gang und blieb vor Zimmer 11 stehen. Hier erst – wer kannte im Haus Zimmer 11 nicht! – wehrte sich Wachsner verzweifelt.

»Nicht da hinein!« ächzte er. »Nicht! Lassen Sie mich los.«

Kamphusen brach den Widerstand, indem er erneut gegen die Leber schlug. Leopold Wachsner sank zusammen, aber in letzter Verzweiflung versuchte er noch zu entkommen. Es war zwecklos. Kamphusen ergriff ihn am Kragen, schleppte ihn in die gepolsterte Zelle, warf ihn neben das Bett des tobenden Reinhold Webster und verließ schnell das Zimmer. Es hatte von innen keine Klinken. Nur von außen war es zu öffnen mit einem Spezialsteckschlüssel, den nur die Stationsschwester und die Ärzte besaßen.

Gegen Mittag des nächsten Tages kehrte Professor Dorian zurück. Er fand Hohenschwandt in heller Aufregung vor. Seine Ärzte erwarteten ihn im Kasino. Schon an der Pforte hatte Dorian erfahren, was geschehen war. Der Portier Zanglmeier war ihm entgegengelaufen.

»Herr Professor!« schrie Zanglmeier sofort. »Wir hab'n ihn, dös Luada! Der Poldi ist's! Sakra, i möcht ihm alle Knocha brech'n ...«

Professor Dorian stürmte in seine Klinik. Angela hatte Mühe, ihm zu folgen. Sie war mitgefahren, während Dr. Keller noch in Stuttgart bei Luise Sassner blieb. Kellers Erlebnis, wie er Dorian vor dem Bild seiner Frau stehen und mit ihr sprechen sah, hatte Angela mehr erschüttert, als sie zugeben wollte. Wenn Mutter noch lebte, hätte sie Vater verlassen? Sie haßte Hohenschwandt, aber hätte sie ihren Mann allein gelassen? Als sich Angela diese Fragen stellte, hatte sie sich geschämt. Bei Dorians Abfahrt saß sie plötzlich neben ihm, und Dorian fragte seine Tochter nicht. Er lächelte sie nur an. Ein fast wehes Lächeln. Die erschütternde Grimasse eines Einsamen.

»Was ist los?« fragte Dorian, als er im Kasino seinen Ärzten und den Stationsschwestern gegenüberstand. Seine Stimme war hell und scharf wie in alten Tagen. Die »Trompete des Chefs«, wie man sie in Hohenschwandt nannte. »Schon an der Pforte spielt man verrückt. Der Zanglmeier ist außer sich! Was ist geschehen?«

Dr. Kamphusen trat vor. Es war fast wie beim Militär: Meldung an den Chef. Selbst die stramme Haltung fehlte nicht.

»Ich habe den Mann, Herr Professor, der nachts die verhängnisvollen Injektionen gegeben hat. Ich konnte ihn heute morgen gegen zwei Uhr überwältigen.«

Dorian sah seinen zweiten Oberarzt Kamphusen verdutzt an.

»*Sie* haben jemand überwältigt, Kamphusen?«

»Ja. Ich wundere mich selbst, Herr Professor.« Kamphusen atmete schwer.

»Wer ist es?«

»Leopold Wachsner, Herr Professor.«

»Poldi?« Dorian nahm seine Brille ab und putzte sie. Sie war plötzlich beschlagen. »Wissen Sie das genau?«

»Ich habe zwei Spritzenkästen sichergestellt, die er in seinem Kittel trug. Ich überraschte ihn bei Lureck auf Zimmer siebzehn.«

»Was wollten Sie denn da so früh am Morgen?«

»Ich war auf dem Weg zu Station II. Frau Eisenreich unterhielt sich wieder mit ihrem Marquis.«

Dorian lächelte schwach. »Da sehen Sie, meine Damen und Herren, daß auch sexueller Wahn seine guten Seiten hat.«

Niemand lachte, Dorian erwartete es auch nicht. Aber die gedrückte Stimmung hob sich doch etwas.

»Wo ist Poldi jetzt?« fragte Dorian.

»Auf Zimmer elf.«

»Oho! Sie haben einen schwarzen Humor, Kamphusen. Eine völlig neue Seite an Ihnen!« Dorian überblickte seine Ärzte. Ob sie mich alle lieben, dachte er. Oder ob sie in mir den Tyrannen sehen? Ihre Gesichter sind ausdruckslos, uniform wie ihre weißen Kittel. Warum gähnt zwischen ihnen und mir ein so tiefer Abgrund? »Ich danke Ihnen für Ihre Hilfe«, sagte er knapp. »Sind Anzeichen vorhanden, daß Wachsner bereits Patienten gespritzt hatte, ehe Doktor Kamphusen ihn entdeckte?«

»Noch nicht, Herr Professor«, antwortete Kamphusen für die Ärzte.

»Dann an die Arbeit, meine Herren! Untersuchen Sie Ihre Kranken genau, vor allem nach frischen Einstichen. Jede Entdeckung mir sofort melden. Ich bin in meinem Zimmer. Doktor Kamphusen!«

»Herr Professor?«

»Bringen Sie Poldi zu mir. Aber bitte vernehmungsfähig. In Ihnen ist ja ein Berserker erwacht...«

Zehn Minuten später stand Leopold Wachsner im Chefzimmer. Zwei Krankenpflegerkollegen hatten ihn begleitet wie einen echten Tobsüchtigen.

Dorian saß hinter seinem breiten Schreibtisch mit der »schöpferischen Unordnung«, wie er das Durcheinander von Papieren, Zeitungen, Fachzeitschriften und Röntgenplatten nannte, und musterte Poldi eine ganze Weile stumm und über die Brillengläser hinweg. Angela saß im Hintergrund vor einem Tonbandgerät. Dr. Kamphusen, der mitgekommen war, setzte sich auf einen Stuhl in der anderen Zimmerecke.

»Poldi...« sagte Dorian endlich. Seine Stimme war weich.

Wachsner zuckte zusammen. Er hatte einen Anpfiff erwartet; die fast traurige Stimme warf ihn um.

»Herr Professor«, antwortete er gepreßt.

»Wie lange sind Sie jetzt bei mir?«

»Über vier Jahre.«

»Vier Jahre... immer fleißig, immer zuverlässig, immer für die Kranken da... Und nun so etwas! Poldi, was ist los?«

Wachsner schluckte. Er hätte heulen können. Gegen das Gebrüll eines Löwen hätte er sich gewehrt... gegen Dorians Traurigkeit war er hilflos. Sie zerriß sein Herz.

»Es ist nun mal geschehen, Herr Professor«, sagte er stokkend.

»Warum? Sie müssen doch einen Grund gehabt haben.«

Wachsner schwieg. Dann brach es plötzlich aus ihm heraus.

»Ich bin ein Schwein, Herr Professor, ich weiß es! Es gibt keine Entschuldigung. Aber ich brauchte Geld...«

»Geld!« Dorian lehnte sich zurück. »Warum sind Sie nicht zu mir gekommen?«

»Zu Ihnen! Als ob Sie Zeit hätten, sich um die Nöte Ihrer Mitarbeiter zu kümmern! Sie hätten mir das Geld auch nie gegeben, dazu sind Sie zu korrekt.« Wachsner sah auf seine Hände. »Ich habe gespielt. In der Spielbank. Dann kam ich in einen Privatclub, wo auch gespielt wurde. Und dann war da ein Mädchen... da bin ich 'reingerasselt... Sie bekam ein Kind, mich machten sie zum Vater, obwohl ich weiß, daß mehrere Männer aus unserem Club... Aber die Blutgruppe stimmte, ein erbbiologisches Gutachten war auch gegen mich... ich muß zahlen! Dazu die Spielschulden... ich war am Ende! Sollte ich damit zu Ihnen kommen?«

Dorian schwieg. Sie haben kein Vertrauen zu mir, dachte er bitter. Ich bin ihr Chef, weiter nichts. Der strenge Zeus. Der Göttervater der Medizin. Der Donnerer aus den Wolken. Ich spreche zu ihren Hirnen, nicht zu ihren Herzen.

»Und plötzlich konnte ich Geld bekommen. Viel Geld. Aus allen Schulden konnte ich herauskommen. Ich brauchte bloß die Kranken unruhig werden zu lasssen. Man verlangte von mir, Panik in die Klinik zu bringen.«

»Und Sie wurden zum Judas!« sagte Dorian sanft.

»Ich hatte keinen anderen Ausweg!« Wachsner begann zu schwitzen.

»Mir stand es bis zum Hals! Ich ertrank in Schulden. Was sollte ich tun? Ich nahm das Mittel, das sie mir gaben, und injizierte es den Kranken, die besonders anfällig waren.«

»Und warum nannten Sie sich Doktor Keller?« rief Angela aus dem Hintergrund.

Wachsner fuhr herum. »Das wurde auch verlangt. Panik unter den Kranken, Zerstörung des Vertrauensverhältnisses zwischen Doktor Keller und dem Herrn Professor.«

»Sie wollten mich also vernichten?«

»Nicht ich... meine Auftraggeber.«

Wachsner keuchte vor Erregung. Dorian blieb ruhig und faltete die Hände vor den Augen.

»Wer?« fragte er kurz.

Wachsner schluckte krampfhaft. Aber er schwieg.

»Sie wollen es mir nicht sagen, Poldi?«

»Nein, Herr Professor.«

»Und wenn ich Sie der Polizei übergebe?«

»Auch dann nicht! Nächste Woche sollen meine Schulden bezahlt werden...«

Dorian schob die Brille höher auf seine Nase. »Ich bezahle Ihnen alles! Ich kaufe Ihnen den Namen für jede Summe ab. Um zu wissen, wer auf diese Art mein Werk vernichten will, ist mir jede Summe recht.«

»Nein!« Wachsner drehte sich um und ging zur Tür. Dr. Kamphusen sprang auf, um ihm den Weg zu vertreten. Dorian winkte ab. Vor der Tür standen die beiden Krankenpfleger wie eine Mauer. »Nein! Ich bin zwar ein Schwein, Herr Professor, aber ich habe trotzdem eine Ehre! In die Hand habe ich versprechen müssen, nie einen Namen zu nennen, und ich tue es auch nicht!«

»Es ist gut, Poldi.« Dorian erhob sich. »Gehen Sie auf Ihr Zimmer. Ich verständige die Polizei. Da Sie eine Ehre haben, wie Sie sagen, erwarte ich von Ihnen, daß Sie auf Ihrem Zimmer bleiben, bis die Beamten kommen.« Dorian ging langsam um den Schreibtisch herum. Er wirkte wie zerknittert. »Schade«, sagte er leise. »Vier Jahre lang habe ich Sie als meinen besten Pfleger betrachtet, Poldi...««

Wachsner fuhr an der Tür herum, als habe ihn jemand von hinten gestochen. Er hatte Tränen in den Augen.

»Sie haben mich fertiggemacht«, keuchte er, »ich konnte nicht anders. Verzeihen Sie mir, Herr Professor. Aber eins... eins sollen Sie doch noch wissen: Es waren Kollegen von Ihnen. Berühmte Kollegen! Sie arbeiten an ähnlichen Forschungen wie Sie.«

»Danke, Poldi.« Dorian nickte Wachsner zu. »Sie sprechen nur aus, was ich ahnte. Sie haben nichts verraten...«

Hinter der Tür wurde Wachsner von seinen Kollegen in Empfang genommen und zu seinem Zimmer gebracht. Dort schloß man ihn ein.

Am Nachmittag meldete man Dorian, daß Leopold Wachsner geflohen war. Durch das Fenster, an den Weinranken hinunter.

»Auch das habe ich erwartet«, sagte Dorian ruhig. »Er wird zu seinen Auftraggebern geflüchtet sein. Warten wir es nun ab, meine Herren ... in kurzer Zeit werden wir sie kennen. Sie bleiben nicht stumm!«

Im Schloß der blauen Vögel geschah an diesem Tag etwas Merkwürdiges, ja Absonderliches.

Gerd Sassner erwachte nach zwei Stunden heißer Umarmungen mit einem Ruck aus dem Schlaf, umklammerte seinen Kopf und starrte Ilse Trapps an, die neben ihm schlief. Ihr nackter, weißhäutiger Körper lag ein wenig verkrümmt wie ein erschlaffter Bogen.

Sassner setzte sich. In seine Augen kam der Ausdruck kindlichen, entsetzten Staunens.

»Wer sind Sie?« fragte er heiser. Als Ilse Trapps nicht antwortete, tastete er vorsichtig nach ihr, schob ihre Haare vom Gesicht und tippte sie mit den Fingerspitzen an. »Wer sind Sie? Wo bin ich denn? Wie komme ich in dieses Bett?«

Ilse Trapps dehnte und räkelte sich. Ihr Körper wurde zur Schlange, die sich zuckend wand. Sassner rückte im Bett etwas zur Seite und stellte dabei mit neuem Entsetzen fest, daß auch er völlig nackt war. Er zog die Decke über seine Blöße und beobachtete Ilse mit einem Anflug von Abscheu.

»Wachen Sie auf!« sagte er laut. »Wie kommen Sie in diesem Zustand in mein Bett? Wo bin ich überhaupt?«

Ilse Trapps erwachte. Sie dehnte sich noch einmal und angelte mit den Beinen nach Sassner. Er wich zurück.

»Du bist eine Naturgewalt!«, sagte Ilse träge. »Eine Wucht bist du! Nur gut, daß ich von der Liebe nie genug haben kann.«

Sie rollte sich auf den Bauch und blinzelte Sassner mit einem unverschämt herausfordernden Blick zu. »Wie hast du das eigentlich vorher gemacht? Zwei, drei Frauen in einer Nacht?«

»Erlauben Sie mal!« Sassners Stimme klang befehlend und verletzt. »Wer sind Sie überhaupt?«

»Das ist gut!« Ilse Trapps lachte grell, warf sich auf den Rücken und streckte die Beine empor. Sie strampelte damit in der Luft herum und schlug die Hacken zusammen, spreizte sie dann weit und zog die Knie an, um anschließend hin und her zu wippen. Ein unerhört aufreizendes Bild. Sassner streifte es etwas verlegen und wandte sich dann ab.

Betroffen sah er sich im Zimmer um. Es war ein normales Doppelbettzimmer. An der Längswand stand ein großer handbemalter Bauernschrank. Ein Waschbecken mit rundem Spiegel hing an der Schmalwand. Daneben sah er einen Stuhl, über dem, wie in großer Eile weggeworfen, seine Kleidung hing. Unter dem niedrigen Fenster stand ein Tisch mit einem anderen Stuhl. Die Tapete, verblichen und alt, war fleckig und an einigen Stellen beulend von der Wand gelöst. Billige Kalenderdrucke in einfachen Holzrahmen sollten Freundlichkeit und trauliches Heim zaubern.

Sassner wurde es plötzlich übel. Er stieg aus dem Bett, überwand sich, daß hinter ihm ein unbekanntes rothaariges Mädchen zuschaute, zog sich schnell an und drehte den Wasserhahn auf.

»Du bist so komisch, großer Boss!« sagte hinter ihm Ilse Trapps. Sassner zuckte zusammen. Er war mit seinen Gedanken weit weg gewesen. Er suchte in der Erinnerung, was geschehen sein konnte.

Gestern, dachte er, spielte ich noch mit Dorle und Andreas im Wald Verstecken. Dann machten wir eine Kutschfahrt durch die verträumten Täler des Schwarzwaldes. Als wir nach Hause kamen, war der Tisch gedeckt. Eine Schinkenplatte ... er sah sie noch so plastisch vor sich, als sei sie gerade aufgetragen worden. Er hatte den Duft des schwarzgeräucherten Schinkens noch in der Nase. Dazu gab es Ruländer Weißherbst, einen Wein, den er zu gern trank.

Und dann?

Hier hörte die Erinnerung auf wie abgeschnitten. Während er sich wusch und das kalte Wasser über seinen Nacken perlte, bohrte er verzweifelt in dem Dunkel, das die weiteren Stunden einhüllte.

Wer ist dieses ordinäre Mädchen, dachte er. Zugegeben, sie hat einen phantastischen Körper. Ihre brandroten Haare sind einmalig. Im Krieg, an der Atlantikküste, wo er als Fahnenjunker sechs Wochen zur Ausbildung lag, gab es eine kleine Bar, ein umgebauter Pferdestall. Dort hatte er, kurz vor seiner Abkommandierung nach Rußland, eine Tänzerin kennengelernt. Auch sie hatte brandrote Haare und eine schimmernde weiße Haut, lange Beine und für seine damaligen Begriffe unwahrscheinlich feste und schwellende Brüste. Janine hieß sie. Sie war schon dreißig Jahre alt, und sie war seine erste Liebe. Sie lehrte ihn, was eine Frau in der Liebe vermag, und er, der kleine, blutjunge Fähnrich, hatte nach dieser Nacht das Gefühl, mitten durchzubrechen. Ihm war übel, und zugleich fühlte er sich glückselig.

Und nun lag wieder ein rothaariges Frauenzimmer im Bett, mit einer Haut wie schimmerndes Perlmuttt, mit schlanken Beinen und jener sexuellen Ausstrahlung, gegen die der Wille eines Mannes ein Schweißtropfen ist, den die Sonne aufsaugt.

Wie komme ich hierher? grübelte Sassner, als er sich abtrocknete. Mein Gott, was wird Luise sagen? Welche Erklärungen soll ich abgeben? Ich weiß doch von gar nichts ... mir fehlen ein paar Stunden im Gedächtnis. Ich bin wie durch einen dunklen Tunnel gegangen, und jetzt steht dieses nackte rothaarige Weib vor mir. Wird mir das jemand glauben?

Ilse Trapps aalte sich in dem zerwühlten Bett, hatte sich herumgeworfen und tupfte mit den Füßen gegen die Wand.

»Warum ziehst du dich an?« fragte sie. »Hast du etwas Besseres vor, als mit mir im Bett zu liegen? Der Tag ist langweilig, nur im Bett ist er zu ertragen. Komm, leg die neue Masche ab, großer Boss. Ich bin sehr dafür, daß wir frühstücken ...«

Sie breitete Arme und Beine aus und lag da in unwiderstehlicher Offenheit. Aber Sassner ging wortlos zum Fenster und sah hinaus.

Eine völlig fremde Gegend. Zwar auch hohe Tannen, Schwarzwaldluft, blauer Spätsommerhimmel – aber ein Haus, das er nicht kannte. Bis auf das Zwitschern der Vögel und das rauhe, kehlige Krächzen der Krähen, die das Türmchen auf dem Hausdach umkreisten, umgab ihn Stille. Im Haus schien noch alles zu schlafen. Der Hof, auf den er hinunterblickte, war kahl, merkwürdig tot, wie von Menschen seit langem nicht betreten. Die Stalltüren verriegelt; auch von dort kein Laut.

Sassner fuhr herum. »Wo bin ich hier?«

Ilse Trapps winkelte die gespreizten Beine etwas an. Es sah unbeschreiblich ordinär aus.

»Bitte, wie du willst, großer Boss! Der große Arzt befindet sich im Schloß der blauen Vögel.«

»Wo?« fragte Sassner betroffen.

»Du meine Güte!« Ilse winkte mit beiden Armen. »Komm her zu mir! Das Frühstück, Schatz!«

»Wer sind Sie?«

»Schwester Teufelchen.«

»Wie komme ich hier heraus?«

»Durch die Tür, dann die Treppe hinunter.« Ilse Trapps strampelte wieder mit den Beinen in der Luft. Ihr schien diese Akrobatik zu gefallen. »Wenn der Herr Casanova seiner Marquise de Pompadour von unten eine Flasche Orangensaft mitbringt, wird die Marquise besonders lieb sein. Liebe macht durstig.«

Sassner wich zur Tür zurück. »Casanova ist nie mit der Pompadour zusammengetroffen«, sagte er mit belegter Stimme. »Adieu.«

»Vergiß nicht den Orangensaft, Schatz.«

Taumelnd verließ Sassner das fremde Schlafzimmer, noch immer auf der Suche nach seiner Erinnerung. Er stolperte die schmale Treppe hinunter, stieß sich im Halbdunkel an einem Tisch und erkannte zu seiner größten Verblüffung, daß er sich in einem Gastraum befand. Die Stühle waren auf die Tische gestellt und angestaubt. Staub lag auch auf der Theke, den Flaschen, den Gläsern in den Regalen.

Wo bin ich bloß? dachte er und faßte sich mit beiden Händen an den Kopf. Himmel noch mal, das ist ja wie auf der Geisterbahn. Es fehlen nur noch ein paar Gerippe, die aus den Ecken zucken, die Mäuler zum Grinsen öffnen und schauerlich röcheln.

Er preßte die Hände fest gegen die Schläfen. In seinem Kopf rumorte es. Wie ein Sägen und Bohren war es, wie ein Gären und Blasenwerfen. Ab und zu stach es bis unter die Kopfhaut; dann begann es vor seinen Augen zu flimmern, die Welt löste sich in winzige Punkte auf, wie Raster einer Autotypie. Dann wurde alles wieder klar, aber irgendwie unwirklich. Die Welt verwandelte sich zu einem Guckkastenbild, und er, Gerd Sassner, saß davor und sah es an wie aus dem Parkettsessel der Ewigkeit.

»Luise!« sagte er laut. »Mein Gott, wo bist du, Luise?«

Schwindel ergriff ihn, wirbelte ihn um die Achse. Ächzend, seinen Kopf umklammernd, drehte er sich wie in einer wilden Pirouette. Dann fiel er hin, rollte unter einen der staubigen Tische und blieb dort eine Weile liegen, wie gelähmt, mit pfeifendem Atem.

Als er wieder zu sich kam, als sein Hirn wieder Gedanken produzierte, stand er vor dem Garagentor und klappte die beiden großen Holzflügel zur Seite. Oben hing Ilse Trapps im Fenster, nackt wie sie war.

»Was soll das?« rief sie. »Wo willst du hin? Ich denke, du holst Orangensaft. Du bist heute reichlich merkwürdig, Süßer.«

Sassner sah hinauf und zögerte. Der weiße, nackte Körper im Sonnenlicht zog ihn magisch an: Etwas Magnetisches strahlte von ihm aus. Er spürte es im Herzen; es schlug hart gegen den Brustkorb.

»Ich muß einen Patienten besuchen«, sagte Sassner ernst.

»Bereiten Sie alles im OP vor, Schwester Teufelchen. Es wird ein schwerer Eingriff werden. Ich habe die Vögel beobachtet... das Geheimnis, warum sie fliegen können, ist gelöst. Ihr Körper ist leichter als die Luftverdrängung der Flügel. Sie heben sich empor in die Luft, indem sie sich empordrücken, denn die Luft wird für sie zur festen Masse, eben weil ihr Körper leicht und die Verdrängung durch die Flügel stärker ist. Unter diesen Umständen kann auch der Mensch fliegen... er ist nur zu schwer. Er schleppt zuviel Ballast mit sich herum. Das ist das ganze Geheimnis. Wenn man den Menschen erleichtert, kann er mit seinen Armen fliegen. Wir werden es beweisen, Schwester Teufelchen... bereiten Sie alles vor. Ich hole schnell den Patienten ab, der aus eigener Kraft fliegen möchte...«

Er setzte sich in den weißen Kombiwagen, fuhr aus der Garage und sah im Rückspiegel, wie Ilse Trapps sich aus dem Fenster lehnte, mit beiden Armen ruderte und ihm etwas zuschrie. Ihr rotes Haar umflatterte den weißen, üppigen Körper wie zerfetzte Schleier.

Sassner gab Gas und entfernte sich schnell über die enge Landstraße, die auf die Zubringerchaussee zur Autobahn mündete.

Das Mädchen war jung, siebzehn Jahre alt, und pflückte Blumen.

Sie war blond, hatte ein kurzes Kleidchen an, bunt, mit Blumen und Blättern bedruckt, weiße Schuhe und hatte blanke, gebräunte Beine. Das Fahrrad, mit dem sie gekommen war, lehnte an einer dicken Birke. Das Mädchen kam aus der Schule, hatte die letzten beiden Stunden frei, weil die Lehrer eine Konferenz abhielten, und hatte einen Umweg zur Autobahn gemacht, weil dort, auf dem Rastplatz hinter dem Wäldchen, das die Autobahn verbarg, auf einer Wiese die schönsten Herbstblumen blühten.

Das Mädchen kannte diese Gegend. Sie wohnte drei Kilometer weiter südlich in dem Dorf Ettenheim und besuchte die Handelsschule in Emmendingen. Im Winter fuhr sie mit dem Omnibus zur Schule, im Sommer benutzte sie ihr Rad, auf das sie so stolz war. Das Rad hatte Dreigangschaltung, war goldfarben lackiert und besaß blitzende Chromfelgen.

Das Mädchen hatte diese Wiese hinter dem Wäldchen oft besucht. Sie gehörte zu den geheimen Stellen, wo sie ab und zu Kurt Schumacher traf, den Schmiedsohn aus Kattweiler. Dann saßen sie unter den Birken am Waldrand und sprachen lauter dummes Zeug, wie es junge Menschen tun, die zum erstenmal ihr schwer werdendes Herz spüren und sich schämen, von der Liebe zu reden. Aber es waren dennoch glückliche Stunden. Man war allein, sah in den blauen Himmel, atmete den Duft der Blumen und gab sich den ersten scheuen Kuß.

Das Mädchen hatte schon einen Arm voll Blumen gepflückt und wollte zurück zum Fahrrad, als aus dem Wald ein Mann trat. Es war ein älterer Mann mit Stoppelhaaren, ungebügelten Hosen, offenem weißem Hemd und hochgekrempelten Ärmeln. Er stellte sich neben das Rad, faßte den Lenker, ließ die Klingel fröhlich rappeln und schwang sich sogar auf den Sattel, allerdings ohne anzufahren.

Das Mädchen blieb stehen und ärgerte sich. Angst kannte sie nicht. Es war ein heller Tag, auf der Autobahn schoben sich Kolonnen nach Süden, auch auf dem Rastplatz standen bestimmt mehrere Wagen mit Touristen, die jetzt ihre Campingstühle auspackten und die Thermostaschen aus dem Kofferraum holten.

Mittagspause. Kartoffelsalat und Wurst. Pudding. Hartgekochte Eier und Dauerwurstbrote, Kaffee und Coca-Cola. Und Vater kommt endlich dazu, die Zeitung zu lesen und sich über Bonn zu ärgern.

»Gefällt Ihnen das Rad?« fragte das Mädchen keck. Sie kam nach der eingehenden Musterung des Mannes näher, die Blumen vor die jungen, spitzen Brüste gedrückt.

»Sehr! Ein wunderschönes Rad. Weihnachtsgeschenk?«

»Nein. Zum Geburtstag.«

»Gratuliere.« Der Mann stieg vom Sattel und lehnte das Rad wieder an die dicke Birke. Dann sah er in den Himmel und zeigte plötzlich auf ein paar Vögel, die aus dem Wäldchen aufflatterten. »Wie leicht sie fliegen. Möchtest du auch fliegen?«

Das Mädchen lachte und nickte. Sie war nun ganz nahe bei dem Mann und sah verwundert und etwas betroffen die großen Narben an beiden Seiten des Kopfes.

»Es muß schön sein, mit einem Flugzeug zu fliegen. Von oben sieht die Welt bestimmt ganz anders aus. Ich habe eine Schulfreundin, die ist mal nach Rom geflogen. Sie war ganz begeistert.«

»Man kann auch fliegen ohne Maschine, weißt du das?« Der Mann sah das Mädchen aus merkwürdig leuchtenden Augen an. »Mit den eigenen Armen ... so ...« Er machte einige Schwingbewegungen; es sah so komisch aus, daß das Mädchen hell auflachte.

»Wenn man das könnte, das wäre was!«

»Du kannst es!« Der Mann griff plötzlich zu, krallte die Finger in die Schultern des Mädchens und riß sie zu sich heran. Die Blumen fielen zur Erde. »Ich mache aus dir einen Vogel!«

Das Mädchen hing zuerst wie erstarrt in den Händen des Mannes, dann wehrte sie sich mit beiden Fäusten und begann zu schreien.

»Hilfe! Hilfe!«

Gerd Sassner atmete tief. Mit seinem ganzen Gewicht warf er sich auf das Mädchen, fiel mit ihr auf den weichen Waldboden und drückte die Hand flach auf das schreiende Gesicht. Mit der anderen Hand zerriß er das bunte, mit Blumen und Blättern bedruckte Kleidchen und küßte die Schultern und die sich aufbäumenden jungen Brüste.

»Sei still«, sagte er dabei. »Sei doch still ... sei still! Einen Vogel mache ich aus dir. Du wirst fliegen können, über die Wälder, die Berge, die Seen, die Felder. Du wirst unter der Sonne wohnen. Die Erde wird dir gehören, es gibt keine Grenzen mehr. Du bist ein Vogel, der die Weite erobert. Sei doch still ... ich bitte dich ... sei doch still ...«

Das Mädchen streckte sich plötzlich und lag wie versteinert. Ihre großen blauen Augen starrten Sassner flehend an. Zum Widerstand war sie zu schwach, nun verlegte sie sich aufs Bitten. Sassner nahm seine Hand von ihrem Mund, aber sein schwerer Körper drückte das Mädchen noch immer auf den Waldboden. Seine rechte Hand ruhte auf den jungen Brüsten.

»Tun Sie mir nichts«, stammelte das Mädchen. Die blauen Augen wurden von Tränen überschwemmt. »Bitte, bitte, tun Sie mir nichts. Ich bin noch unschuldig. Ich flehe Sie an ... Lassen Sie mich laufen!«

Sassner nahm die Hand von der Brust und hob den Kopf, witternd wie ein Wolf. Vom nahen Rastplatz klang Radiomusik herüber. Dazwischen Kinderlachen. Sie können nicht kommen, dachte er beruhigt. Mitten durch den Wald haben sie einen Drahtzaun gezogen. Es wird keinem einfallen, darüber zu klettern und mich zu stören.

»Wie heißt du?« fragte Sassner.

»Violetta Müller.«

»Wie?« Sassner hob sich etwas von dem Mädchen ab. »Tatsächlich Violetta Müller?«

»Ja. Wenn Sie es nicht glauben, können Sie meine Schulhefte ansehen. Dort, auf dem Gepäckträger. Bitte, lassen Sie mich los...«

»Violetta Müller!« Sassner gab das Mädchen frei. Er kniete neben ihr im Gras; als sie sich aufrichten wollte, drückte er sie zurück. »Ein Mädchen mit einem solchen Namen kann kein Vogel werden. Unmöglich! Violetta und Müller – welch eine Wortverbindung!«

Sassner stand auf, klopfte Gras und Blätter von Hemd und Hose und half dem Mädchen beim Aufstehen. Sie zog das zerrissene Kleid zusammen und hielt es vor den Brüsten zu.

»Kann... kann ich jetzt gehen?« fragte Violetta Müller mit weiten, angstvollen Augen.

»Wenn du nicht schreist...«

»Ich schreie nicht! Ich schwöre es, ich schreie nicht...« Mit fliegendem Atem stieß das Mädchen diese Worte hervor. Sie griff zum Rad, aber Sassner stellte sich dazwischen.

»Violetta Müller.« Er schüttelte den Kopf, als könne er so etwas nicht begreifen. »Violetta, kannst du tanzen?«

»Tanzen...?« stammelte das Mädchen. »Jetzt?«

»Ja. Nimm die Blumen, die du gepflückt hast, zieh dein Kleid aus und tanze! Hier, vor mir... über die Wiese... weißt du, wie die Elfen tanzen, um Pan zu gefallen. Wie Libellen in der Sonne sich wiegen. Du kannst es, ich weiß es, ich sehe es dir an. Los... nimm die Blumen, Elfchen Violetta!«

Und Violetta raffte die Blumen vom Boden, zögernd dann, aber als sie Sassners Augen sah, starr und glänzend, streifte sie das bunte zerrissene Kleidchen ab und begann wieder vor Scham zu weinen.

»Tanze!« sagte Sassner hart.

Violetta begann, so gut es ihre vor Grauen zitternden Beine konnten, sich zu drehen, zu wiegen und hin und her zu tanzen. Sie drückte die Blumen vor das Gesicht und betete in sich hinein.

»Gott, lieber Gott, hilf mir. Hilf mir... hilf mir...

Mutti, o Mutti, ich verliere die Besinnung. Ich kann nicht mehr. Warum bist du jetzt nicht bei mir, Mutti...

Ob er mich wieder anfaßt? Ob er mich wieder ins Gras wirft? Was soll ich tun? Er ist so stark...

Lieber Gott... Mutti... helft mir doch!

Tanzen, tanzen, sich im Kreise drehen, sich wiegen... die

Beine sind wie Holzstangen, die Füße wie mit Blei gefüllt. Es geht nicht mehr. Gnade, Gnade ...

Sie fiel in die Knie. Die Blumen rieselten in ihren Schoß. Ihre Augen suchten den Mann.

Er war gegangen. Das Kleid lag am Waldrand. An der Birke lehnte das Fahrrad. Sie war allein auf der Wiese.

Sie zog sich an und fuhr weinend nach Hause.

Als die Mutter die Haustür öffnete, brach Violetta ohnmächtig zusammen.


10

In Stuttgart, bei der Sonderkommission GROSS X, schellte es Alarm. Über Funk prasselten die Befehle auf die Autobahnstreifen der Polizei hernieder. Einen riesigen Anpfiff mußte der Einsatzleiter, Oberkommissar Heinrich, in Empfang nehmen.

»Am hellen Tage!« schrie Kriminalrat Quandt im Polizeipräsidium von Stuttgart, wo die Befehlsstelle eingerichtet war. »Dreißig Meter weiter essen Urlauber Würstchen und Ei, dudeln Radios und spielen Kinder Verstecken ... und im Mittagssonnenschein kann so etwas passieren wie mit Violetta Müller! Das ist ungeheuerlich! Das ist mehr als eine Blamage! Wo war die Polizei? Wozu lassen wir Kradstreifen fahren? Was machen die Kerle eigentlich, wenn sie Streife fahren? Nach Unterröcken Ausschau halten, was?«

»Dann hätten sie die tanzende Violetta sofort entdecken müssen«, erwiderte der Chef der Autobahnpolizei sarkastisch. »Bedenken Sie, Herr Rat: Es lag ein Wald dazwischen! Man kann diese Wiese von der Autobahn aus nicht einsehen.«

»Das ist eine Ausrede, so faul wie chinesische Eier!« Ulrich Quandt, seit vierundzwanzig Stunden Sonderbeauftragter mit allen Vollmachten, war nicht zu beruhigen. In seinen Händen lag jetzt allein der Kampf gegen das Phantom, von dem man so viel wußte und das doch mit Logik allein nicht zu fassen war. Zum erstenmal in diesem Fall war die Kompetenzabgrenzung zwischen den Ländern Bayern und Baden-Württemberg gefallen. Wenn sonst die Polizei der einzelnen Länder für sich ermittelte und eifersüchtig darüber wachte, daß der Nachbarstaat nichts von dem erfuhr, was man hier wußte, wenn diese Eigenbrötlerei der Kriminalstellen und Polizeireviere bisher der beste

Schutz für Verbrecher war, die nur von Hessen nach Niedersachsen zu wechseln brauchten, um dort sicher wie eine Laus im Pelz zu sein – in diesem Fall sank man sich brüderlich in die Arme und beauftragte Kriminalrat Quandt mit der Klärung des Falles.

Geteilte Blamage ist leichter zu ertragen.

»Auf jeden Fall wissen wir jetzt, wie der Mann aussieht und wer er ist.« Der Polizeipräsident von Stuttgart versuchte, durch diese positive Feststellung Quandt zu besänftigen. Vor ihm lagen die Aussagen von Violetta Müller. Ein Foto Gerd Sassners war darüber geheftet. Violetta hatte sofort auf dem Bild den Mann erkannt, der sie überfallen hatte. Sie räumte alle Zweifel aus. »Überall am Kopf hatte er Narben«, schluchzte sie vor dem vernehmenden Kommissar. »Er sah schrecklich aus. Wie in einem Gruselfilm . . .«

Ulrich Quandt sah den Polizeipräsidenten fast bedauernd von der Seite an. Man verfiel hier wieder in den alten Fehler, Teilerfolge als große Siege zu feiern.

»Bisher war es so, daß die Kenntnis von Namen und Aussehen des Täters unweigerlich über kurz oder lang zur Verhaftung führte.« Quandt holte tief Atem. »Bei flüchtigen Dieben, ja sogar bei einem herumirrenden Mörder kann man die Zeit arbeiten lassen. Hier aber bedeutet Warten neue Morde, neues Entsetzen, neue unvorstellbare Grausamkeiten. Meine Herren, wir haben es mit einem Wahnsinnigen zu tun! Mit einem – so paradox es klingt – intelligenten Wahnsinnigen! Sassner mordet, weil er muß, weil sein Hirn ihm sagt: Du mußt dies oder das tun. Wir wissen: Er hält sich für einen großen Arzt. Er operiert aus dem Trieb heraus, eine große Entdeckung zu machen. Jede Stunde kann etwas Neues, Entsetzliches geschehen. Während wir hier reden, fährt er vielleicht wieder herum und sucht ein neues Opfer. Von Violetta Müller haben wir gehört, daß er Menschen zu Vögeln machen will! Ich wage gar nicht zu ahnen, auf welche Art. Und was haben wir in der Hand? Ein Foto. Seinen Namen. Die Kenntnis, daß er eine Komplizin hat. Ein rothaariges Weib, das die OP-Schwester spielt! Mein Gott, so etwas hätte selbst der gute Poe in seinen Schauergeschichten nicht phantasiert!« Quandt sah sich nach der großen Gebietskarte um, die die beiden Autobahnen darstellte und den südlichen Schwarzwald. »Wo aber ist er? Wo ist dieses verdammte Haus, in dem er seine Klinik eingerichtet hat? Mir ist es unverständlich, daß die Nachbarn so blind sind . . .«

»Wir sollten alle einsam gelegenen Bauernhöfe durchkämmen«, schlug der Polizeipräsident von Stuttgart vor. »Es gibt gerade im Schwarzwald regelrechte Einsiedlerhöfe.«

Ulrich Quandt schüttelte den Kopf. »Neue Bewohner auf solchen Höfen fallen den Nachbarn als erste auf. Am sichersten ist ein Verbrecher in der Großstadt. Die Anonymität der Stadt ist wie eine Tarnkappe. Ich habe das Gefühl, als ob Sassner uns ganz nahe auf der Pelle säße ... entweder in Stuttgart, in Freiburg oder gar in Basel. Denken Sie an die Briefe aus Basel! Ich habe jedenfalls mit den Kollegen in der Schweiz eine enge Zusammenarbeit angeregt. In einer Stunde haben alle Grenzstationen Sassners Bild, und heute abend geht es auch über den Bildschirm beider Fernsehprogramme ...«

Es sollte sich zeigen, daß die Veröffentlichung von Sassners Porträt ein Teilerfolg war; Quandts Gefühl aber, Sassner verstecke sich im Häusermeer einer Stadt, wurde verhängnisvoll.

Schon wenige Minuten nach Sendung des Bildes meldete sich telefonisch ein Fräulein Vera Sommer. Sie gab an, einen Mann, der so aussah wie das gesendete Foto, auf der Autobahn getroffen zu haben. Allerdings habe er gar nicht ein Eindruck eines Kriminellen gemacht. Er sei sehr höflich und hilfsbereit gewesen, habe ihr bei einer Panne geholfen und sei in einem weißen Kombiwagen davongefahren. Eine Frau sei auch bei ihm gewesen. Ob sie allerdings rothaarig gewesen sei, konnte Vera Sommer nicht sagen.

»Ein weißer Kombiwagen ... ein neues Mosaiksteinchen!« sagte Quandt zufrieden. »Die rote Hexe war bei ihm. Warum er Frau Sommer nicht überwältigte, bleibt noch ein Rätsel. Aber das ist so bei den Irren, ihre Handlungen widerstehen aller Logik.« Quandt tippte auf das Fernschreiben aus Frankfurt, wo Vera Sommer sich bei der Polizei gemeldet hatte. »Lesen Sie nur, meine Herren: Der Herr machte einen guten Eindruck. Mit anderen Worten: Sassner ist nicht der Typ des Irren, dem man den Wahnsinn schon von weitem ansieht. Das ist genau das, was Professor Dorian mir erzählte: Sassner ist ein absoluter Intelligenztäter, allerdings verrückt.«

Ein paarmal versuche Quandt an diesem Abend, Professor Dorian auf Hohenschwandt zu erreichen, um ihm die bisherigen Erfolge mitzuteilen und ihn in einigen psychiatrischen Dingen um Rat zu fragen. Aber immer antwortete ihm das Besetztzeichen.

»Die haben ja Hochbetrieb«, sagte er schließlich und verschob seinen Anruf auf den nächsten Tag. »Ich wußte gar nicht, daß ein Irrenhaus ein so lebhafter Betrieb ist...«

Auch Luise Sassner sah die Fernsehsendung. Als das Foto ihres Mannes auf dem Bildschirm erschien, zuckte sie zusammen. Eine nüchterne Stimme erklärte, daß dieser Mann, der Chemiker Gerd Sassner, seit einigen Wochen vermißt werde und man vermute, eine Reihe von Straftaten komme auf sein Konto. Er werde begleitet von einer rothaarigen Frau und fahre einen weißen Kombiwagen, wahrscheinlich Typ Opel-Caravan.

Das war der Augenblick, wo Luise Sassner mit einem hellen Schrei auffuhr.

Der Kombiwagen auf dem Rastplatz!

Er fuhr an ihr vorbei, parkte zehn Meter weiter im Dunkeln, und nichts rührte sich in ihm. Als er wieder anfuhr, sah sie kurz das Nummernschild und das Zeichen von Emmendingen.

Gerd... es war Gerd gewesen! Es gab keinen Zweifel mehr. Zehn Meter hatte sie von ihm entfernt gestanden, und keiner hatte es gewußt. Er hatte sicherlich den kleinen Sportwagen beobachtet und war dann weitergefahren, weil ihn der Porsche Dr. Kellers störte.

Luises Herz begann zu hämmern. Was wäre geschehen, wenn sie allein gewesen wäre? Hätte Gerd den Wagen verlassen, wäre er zu ihr gekommen? Und dann? Wenn sie gesagt hätte: »Guten Abend, Gerd. Wo bist du so lange geblieben? Komm, steig ein. Wir fahren nach Hause...«

Wäre er mitgekommen? Hätte er sie sofort erkannt? Oder hätte er sie überwältigt wie alle anderen Opfer?

Eine rothaarige Frau...

Luise Sassner schloß die Augen. Dieser Schmerz saß jetzt wie ein Giftstachel in ihr. Es war schwer, darüber nicht zu verzweifeln.

Er hat eine Frau bei sich...

Luise stellte das Fernsehen ab. Sie konnte die nüchterne Stimme nicht mehr ertragen, die die Bevölkerung aufrief, bei der Suche mitzuhelfen.

»...zweckdienliche Angaben nimmt jede Polizeidienststelle entgegen...«

Wir haben uns getroffen, dachte Luise immer wieder. Wir waren nur wenige Meter voneinander getrennt. Warum kann es nicht wieder so sein? Warum sollte dies ein einmaliger Zufall gewesen sein? Sollte man es wagen... noch einmal wagen?

Dr. Keller war am Morgen abgereist, zurück nach Hohenschwandt. Er hatte einen Anruf erhalten, war daraufhin blaß geworden und hatte große Eile, wegzukommen. Höflich, aber sichtlich verwirrt, verabschiedete er sich von Luise Sassner und fuhr mit einem Taxi davon. Warum er so verstört war, sagte er nicht.

Eine Frau! Eine rothaarige Frau.

Es war ein Karussell, das in Luises Kopf immer wieder diese Worte sang. Es klingelte und gellte, schrie und flüsterte.

Eine Frau bei Gerd. Eine Frau ...

Sie ließ aus Heilbronn ihre Schwester mit einem Taxi holen.

Noch an diesem Abend handelte Luise.

»Frag nicht, Lilo«, sagte sie, als die Schwester mit hundert Fragen auf sie einstürmte. »Kümmere dich um die Kinder. Und wenn ich länger wegbleiben sollte, hab keine Angst! Mir geschieht nichts.«

Sie nahm einen kleinen Koffer mit und hatte das Sportkostüm angezogen, das Gerd so gern an ihr sah und das sie gemeinsam in Paris gekauft hatten. Ein flottes grünes Jackenkleid mit einem Kollereinsatz aus grünem Wildleder. Dazu zog sie hohe, weiche Stiefel an.

»Mein Jägermädchen«, hatte Gerd sie damals genannt. »Ich gestehe es: Du hast mein Herz getroffen!«

Um 0 Uhr 11 war sie auf der Autobahn und raste zur Abzweigung Karlsruhe. Dann fuhr sie die Baseler Autobahn nach Süden. Sie ließ sich Zeit, bog auf jeden Rastplatz ab und hielt kurz an.

Sie hatte keine Angst mehr. Eine große Ruhe war über sie gekommen; nur wenn sie an die rothaarige Frau dachte, zuckte es in ihrem Herzen. Ab und zu begegneten ihr Polizeistreifen. Hinter Baden-Baden kam sie in eine Kontrolle hinein, die alle Wagen auf dem Parkplatz der Autobahntankstelle untersuchte. Auf zwei Rastplätzen warteten Polizisten mit schweren Motorrädern. Da fuhr sie gleich wieder hinauf auf die Autobahn.

Als sie sich nach 3 Uhr langsam der Ausfahrt Bad Krotzingen näherte, sah sie plötzlich eine winkende Gestalt am Rand der Fahrbahn. Im Scheinwerfer erkannte Luise, daß es eine Frau war, die ihr hinkend entgegenlief. Sie bremste, fuhr auf den schmalen Parkstreifen und kurbelte das Fenster herunter. Die Frau keuchte heran, sichtlich müde und erschöpft, klammerte sich an den vorderen Kotflügel, als stürze sie gleich um, und schwankte bedrohlich.

»Helfen Sie mir!« rief die Frau. »Nehmen Sie mich bitte mit. Man hat mich überfallen ...«

Luise stockte der Atem. Sie stieg aus und ging um den Wagen herum. Die Fremde sah Luise flehend an. Ihre blonden Haare waren zerzaust, das Kleid war eingerissen, ein Strumpf hing herab, das runde, hübsche Gesicht war dreckbeschmiert. Ihr wohlgerundeter Körper zitterte heftig.

»Was ist denn mit Ihnen los?« fragte Luise. »Mein Gott, wie sehen Sie aus! Wer hat Sie überfallen?«

Die Frau beugte sich vor und legte die Stirn auf das kalte Autoblech. »Zwei Fernfahrer, Mistkerle alle! Ich wollte per Anhalter zu meiner Tante. Sie haben mich mitgenommen, und dann wollten sie im Wagen, hinten, in der Schlafkabine ... Ich habe mich gewehrt, und da haben sie mich einfach aus dem fahrenden Wagen geworfen.«

Luise atmete auf. Also nicht Gerd. Sie umfaßte die keuchende Frau und richtete sie auf. »Sie haben großes Glück gehabt. Sie hätten tot sein können. Wo soll ich Sie hinbringen?«

»Nach Hause. Bitte, bitte nach Hause.«

»Und wo ist das?«

»Ich sage Ihnen den Weg. Nur weg von hier ... bitte ...«

Luise führte die zitternde Frau zur Tür und ließ sie einsteigen. Dann sah sie auf die Uhr. Brechen wir ab, dachte sie. Morgen nacht suche ich weiter. In einer Stunde dämmert es ...

Sie setzte sich neben die leise schluchzende Fremde, ließ den Motor wieder an und bog auf die Fahrbahn zurück.

»Wohin also?«

»Zur Ausfahrt Müllheim bitte und dann auf der anderen Seite zurück bis Emmendingen.«

»Emmendingen.« Luise wiederholte achtlos den Namen. Die Frau lehnte sich zurück, fuhr sich durch die blonden Haare – sie sind zu hell gebleicht, dachte Luise – und sah dann mit einem schnellen, gar nicht müden, sondern sehr abschätzenden Blick auf Luise Sassner.

Ilse Trapps war mit sich zufrieden. Ihr Auftreten als Lockvogel war gelungen. Die einstudierte Rolle der um ihre Ehre kämpfenden Frau hatte Erfolg. Es war eine Rolle, die immer und überall Mitleid erweckte.

»Hier abbiegen«, sagte Ilse Trapps an der Abfahrt Müllheim.

»Ja.«

Luise Sassner bog von der Autobahn herunter.

Ilse Trapps kuschelte sich in die weichen Lederpolster. Der

große Boss wird mit mir zufrieden sein, dachte sie. Die Frau ist hübsch, aber sich mit mir messen, das kann sie nicht.

»Mir ist übel«, sagte Ilse Trapps plötzlich. »Halten Sie bitte an, sonst verschmutze ich Ihnen den schönen Wagen...«

Luise Sassner bremste scharf und fuhr rechts heran. Ilse Trapps taumelte aus dem Wagen und ging ein paar Schritte an einem buschbewachsenen Hang entlang.

Drei Meter weiter duckte sich Gerd Sassner hinter einem dichten Haselstrauch. Er wartete darauf, daß auch die Fahrerin den Wagen verließ, um sich die Beine zu vertreten.

Und Luise Sassner stieg aus.

Ilse Trapps blieb stehen und sah sich um. In der fahlen Dunkelheit – am Himmel zeigte sich schon der Lichtstreifen des beginnenden Morgens – wirkte es so, als habe sie eine Stelle gefunden, wo sie sich übergeben könne. Sie lehnte an einem jungen Baum und umklammerte ihn.

»Kann ich Ihnen helfen?« rief Luise. Sie kam langsam näher und ging ahnungslos an dem Haselbusch vorbei, hinter dem Sassner hockte wie eine hungrige Riesenkatze. Er hatte die Hände zusammengelegt und rieb sie gegeneinander. Sein Blick war seltsam starr und glänzend. Nicht ein Funken Seele war mehr in ihm... es waren gläserne, völlig entmenschte Augen.

»Danke! Es geht schon!« Ilse Trapps wartete auf das Hervorschnellen des Schattens hinter dem Busch, auf den schnellen Würgegriff, das kurze Zappeln der Frau und den Zusammenbruch zwischen den Händen des »großen Boss«.

»Ich habe es ausprobiert«, hatte Sassner vor kurzem gesagt. »Sieh es dir an.« Und er war mit Ilse Trapps hinauf in sein winziges Turmzimmer gestiegen, hatte eine der Krähen, mit denen er jeden Tag sprach und die er fütterte mit einem großen Regenwurm, zu sich herangelockt, hatte blitzschnell zugegriffen und dem Vogel das Genick gebrochen. »So ist es«, sagte er, bettete die Krähe dann auf ein Kissen, deckte sie mit einem Küchenhandtuch zu und beweinte seinen »unschuldigen blauen Vogel«, der ein Opfer der Wissenschaft geworden war.

»Es wird den Menschen zugute kommen«, sagte er ergriffen, als sie die tote Krähe im Garten hinter dem »Gasthaus Zur Eiche« begruben. »Alles kommt den Menschen zugute, obgleich sie es gar nicht verdienen.«

Am Abend war dann die Fernsehsendung über die Bildschirme geflimmert, die Sassner und Ilse nicht sahen, weil man ihnen ja den Strom abgestellt hatte und sie im Schein von Kerzen und einer Petroleumlampe ihr dämonisches Leben führten. Ein Licht, das die Schatten dieser beiden Menschen überlebensgroß gegen die Wände warf, riesige gleitende Flecken wie Schemen aus dem sagenhaften Totenreich.

Aber Zeitungen brachte Ilse Trapps mit. Sie war am Nachmittag nach Emmendingen gefahren, um Lebensmittel zu kaufen. Nur einem modischen Einfall folgend, nicht aus irgendeiner Ahnung, band sie ihre brandroten Haare hoch und schlang ein fröhliches gold-rot-blau-gestreiftes Seidentuch um den Kopf. Ihr rundes Gesicht bekam so einen drallen bäuerlichen Stil, es veränderte sich völlig, wurde fremd, ja geradezu erschreckend alltäglich ohne die Flut der brennenden Haare.

So fiel sie in Emmendingen nicht auf als sie einkaufte und auch drei Zeitungen mitnahm. Das Bild Sassners jagte ihr einen heißen Schreck durch die Glieder. Sie drückte sich in eine Ecke des Supermarktes und las mit fliegendem Atem die Beschreibung der Polizei.

Gerd Sassner heißt er also, dachte sie. Er ist kein Arzt, er ist Chemiker. Er ist verheiratet und hat zwei Kinder. Eine schwere Gehirnoperation hat er hinter sich, die seine Persönlichkeit verwandelt haben könnte ...

Ilse Trapps ließ die Zeitung sinken und sah sich um wie eine gehetzte Maus. Aber niemand beachtete sie. Die Frauen schoben ihre Einkaufswagen vor sich her, an der Tiefkühltruhe begann eine Diskussion über gefrorenen Spinat, in der Käseabteilung wurden Proben von holländischem Gouda verteilt.

»...wird begleitet von einer Frau mit auffallend roten Haren und üppigen Körperformen. Alter ungefähr zwischen 25 und 30 Jahren...«

Ilse Trapps atmete hastig. Instinktiv faßte sie an ihre Haare und seufzte erleichtert auf, als sie das seidene Kopftuch fühlte. Mit zitternden Händen faltete sie die Zeitung zusammen, legte sie zu den anderen Einkäufen und schob dann ihren Wagen weiter von Regal zu Regal wie die anderen Frauen. Ab und zu warf sie einen Blick auf die Verkäuferinnen, auf die beiden Abteilungsleiter, auf ihre Nachbarinnen an den Ständen. Keiner sah sie kritisch an, niemand musterte sie mit Argwohn in den Augen. Mit größter Willenskraft beendete Ilse Trapps ihren Einkauf, zahlte an der Kasse, packte alles in drei große Tragetaschen und verließ mit ruhigem Schritt, wenn auch mit steifen Beinen, in denen die Angst wie Blei hing, den Supermarkt. Erst im Wagen entlud sich alle Anspannung in einem tiefen, langgezogenen Seufzen und in einer minutenlangen Erschlaffung des ganzen Körpers. Sie lag fast auf dem Sitzpolster und starrte bewegungslos auf die Straße und den Parkplatz des Einkaufszentrums.

Sie suchen uns, dachte sie. Sie suchen uns.

Angst und Panik vermischten sich bei ihr. Mit größter Selbstbezwingung gelang es ihr, den Motor anzulassen. Als fahre sie zum erstenmal, so langsam und unsicher fuhr sie aus Emmendingen hinaus und fühlte sich erst freier, als sie wieder auf der Chaussee war, die hinein in die großen Wälder führte.

Wie immer, wenn sie tagsüber unterwegs war, fuhr sie an dem »Gasthaus zur Eiche« vorbei, um zu sehen, ob nicht Autos vor der Tür parkten. Fernfahrer mit ihren großen Lastzügen hatten in den letzten Tagen mehrmals hier angehalten und an die Tür geklopft. Sie kamen monatlich nur einmal diese Strecke herunter und wußten noch nichts von der Geschäftsaufgabe der Trapps. Früher war hier immer eine willkommene Station. Die rote Hexe war allen in bester Erinnerung; sie war nie zimperlich gewesen. Nun war das Lokal geschlossen, aufgegeben. Leer. Tot. Das Haus sah plötzlich baufällig und düster aus.

»Sie hat dem alten Trapps ja nie Ruhe gelassen«, sagten die Fernfahrer, die sich vor dem geschlossenen Gasthaus trafen. »Wollte immer in die Stadt!«

Wer wußte schon, daß Egon Trapps als »Unbekannter« der Anatomie der Universität Freiburg zur Verfügung gestellt worden war. Dort lag er auf einem kalten Marmortisch, und junge Medizinstudenten lernten an seinem Körper Muskeln und Sehnen, Blutgefäße und Nerven, Knochen und innere Organe bestimmen. Noch nach diesen Wochen und trotz Formalinbad, das seinen zerschnittenen Leib konservierte, roch er nach Schnaps. Die Studenten nannten ihn »Unseren Selbstkonservierer«.

An diesem Nachmittag parkte niemand vor dem Haus. Ilse fuhr zurück, stellte den Wagen in die Garage und warf das Tor zu. Dann rannte sie durch den Hintereingang in das düstere Gebäude und rief nach Sassner.

»Wo bist du?« schrie sie. »Großer Boss . . . wo steckst du denn? Hallo!«

Sie rannte durch alle Zimmer, bis ihr einfiel, daß er im Turm sein könnte. Durch die aufgeklappte Falltür sah sie ihn am Fenster sitzen und seinen blauen Vögeln – den Krähen – zureden. Er war guter Laune und half Ilse die enge, steile Leiter hinauf in das winzige Turmzimmer.

Hier erst riß sie sich das Seidentuch vom Kopf und schüttelte ihre aufgesteckten Haare herunter.

»Teufelchen, was hast du Schönes eingekauft?« fragte Sassner. Er küßte sie, streichelte ihren Körper, und diese Berührungen nahmen alles von ihr weg, was an Angst und Panik in ihr war. Sie wurde ruhiger und bewunderte ihn wieder. Er ist ein Zauberer, dachte sie. Er könnte es fertigbringen, die Wolken vom Himmel zu ziehen.

»Ich habe Zeitungen mitgebracht.« Ilse Trapps entzog sich seiner Umarmung und bückte sich. Bei Sassners Kuß waren die Blätter auf den Dielenboden geflattert. »Alle berichten über dich. Die Polizei fahndet nach dir ... und ... und auch nach mir ...«

»Nach mir?« Sassner kräuselte die Stirn und blätterte die Zeitungen durch. Er sah sein Foto, aber er betrachtete es wie ein völlig fremdes Bild. Den Text las er ohne jede Erregung und schüttelte nur ab und zu den Kopf. »Wieso ich?« fragte er.

Ilse Trapps starrte ihn entgeistert an.

»Das bist du nicht?«

»Nein.«

»Du bist nicht Gerd Sassner?«

»Gerd Sassner wurde aufgegessen und längst verdaut ...«

»Nun sprich einmal vernünftig.« Ilse Trapps nahm ihm eine Zeitung aus den Händen und tippte auf das Bild. »Das ist dein Foto. Es gibt keinen anderen Mann, der genauso aussehen könnte wie du. Du bist Chemiker, hast eine Frau und zwei Kinder. Du bist Gerd Sassner.«

»*Wer* bin ich?« Sassners Stimme war plötzlich wie eine Fanfare. Sein Blick wurde wild und starr. »Wer, Schwester Teufelchen?« Er krallte beide Hände in Ilses Schulter und drückte sie mit unvorstellbarer Kraft auf die Knie. »Ist die Infektion der Dummheit bis hierher gedrungen? Muß ich auch Ihr Gehirn auswaschen, Teufelchen? Wer bin ich?«

»Der große Boss ...« stammelte Ilse Trapps. Ihre Kehle war trocken, ihr Herz zitterte. »Der große ...«

»Daß man das nie begreift!« brüllte Sassner. »Wo bleibt die Demut!«

Ilse Trapps wußte, was er damit verlangte. Sie riß sich das Kleid und die Wäsche vom Leib und legte sich ihm nackt vor die Füße wie ein Hund. Ihr weißer Körper schüttelte sich wie im Krampf.

Bis zum Abend sagte sie kein Wort mehr. Sie kochte das Essen auf dem Kohlenherd, ein gefährliches Unterfangen, denn es ließ sich nicht vermeiden, daß eine dünne Rauchfahne aus dem Schornstein in den Himmel stieg, was immerhin etwas Seltsames bei einem unbewohnten Haus ist. Sassner saß im Gastraum, vor sich drei flackernde Kerzen, und las alle Zeitungen mit der Gewissenhaftigkeit eines Mannes durch, der vom Titelkopf bis zur letzten Anzeige eine Zeitung genießt wie ein Franzose sein Souper.

»Ich bleiche mir nachher die Haare«, rief Ilse aus der Küche. »Ich habe mir Wasserstoffsuperoxyd mitgebracht.«

Sassner schwieg. In seinem Hirn rumorte es wieder. Riesige Hämmer schlugen auf ihn ein, in den Schläfen rauschte es wie ein Wasserfall.

Eine Frau und zwei Kinder, las er. Das kann ich nicht sein, grübelte er. Unmöglich bin ich das. Luise lag tot neben mir, und die Kinder waren weggeweht. Ja, so war es. Ein großer Wind wehte sie weg. Ich lief noch hinter ihnen her, wollte sie festhalten, aber der Sturm riß sie mir aus den Händen. Und sie flogen höher und immer höher, breiteten die Arme aus, wurden zu Vögeln, die blau gegen den stürmischen Himmel schimmerten. Herrlich schwebten sie unter den jagenden Wolken, majestätisch und ruhig.

Blaue Vögel.

Sassner sprang auf und warf dabei den Tisch um. Die Kerzen erloschen, aus der Küche stürzte Ilse herbei.

»Was hast du?« schrie sie. »Wo bist du? Was ist geschehen? Liebling...«

Sassner stand in der Dunkelheit und keuchte laut.

»Ich darf nicht rasten«, sagte er dumpf, als sich Ilse zu ihm hingetastet hatte. »Ich habe meine große Aufgabe zu erfüllen. In den Hirnen brodelt das Gas der Dummheit, und die Menschen erkennen nicht, daß sie große Vögel sind. Ich muß sie operieren... ich muß operieren... ich muß operieren... Ist der Wagen klar?«

»Heute nicht!« Ilse umfaßte ihn. »Die Zeitungen... sie suchen uns... wir müssen ein paar Tage still sein...«

»Ich muß!« schrie Sassner und umfaßte seinen brennenden Schädel mit beiden Händen. »Ich muß!«

»Es gibt eine Katastrophe, wenn wir heute fahren...«

»Schon wieder Widerspruch? Hört das nie auf?« Sassner brüllte wie ein Tier, griff nach Ilse Trapps, aber als er ihre vollen, weichen Formen unter seinen Händen spürte, verflog seine

Wildheit. »Bleiche dir die Haare«, sagte er völlig verändert und fast sanft. »Ich habe eine neue Methode ersonnen, Patienten anzuwerben...«

Diese neue Methode hatte nun in später Nacht ihre Bewährung bestanden. Ilse Trapps wartete an dem jungen Bäumchen auf den Augenblick, in dem Sassner sich auf die ahnungslose, hilfsbereite Frau stürzen würde.

Luise Sassner blieb stehen, als sie den Haselbusch passiert hatte.

Jetzt, dachte Ilse Trapps ohne die geringsten Skrupel. Jetzt geschieht es!

Sassner tauchte hinter dem Busch auf. Die dunkle Silhouette der Frau gegen den streifig werdenden Morgenhimmel erregte ihn ungemein. Wenn sie sich jetzt vom Boden abhebt, die Arme ausbreitet und fliegt, der kommenden Sonne entgegen – welch ein Bild wäre das! Ich werde ihr dazu verhelfen, ein blauer Vogel zu werden...

Lautlos, wie ein großer Schatten, warf er sich über Luise, preßte ihre Kehle zusammen und rollte mit ihr gegen die Böschung und in das hohe, noch nicht geschnittene Gras. Ihr Schrei kam nicht über den Willen hinaus, die Atemnot nahm alles weg. Aber noch im Fallen und im Weggleiten in die Bewußtlosigkeit dachte sie: Er ist es! Ich habe ihn wieder. Gerd...

Als Luise Sassner erwachte, lag sie in einem weißbezogenen Bett. Hände und Beine waren gefesselt. An der Glattheit und Reibung, die sie bei jeder Bewegung spürte, erkannte sie, daß man sie nackt ausgezogen hatte. Neben ihrem Kopf, auf einem alten Nachttisch, brannten zwei Kerzen in abgestoßenen Leuchtern aus Porzellan.

Ihr Blick ging im Zimmer umher. Gegenüber stand noch ein Bett, sauber bezogen und gemacht. Ein Bauernschrank, zwei Stühle, ein Waschbecken an der Wand, auf dem Dielenboden ein Teppich aus Schafwolle, das war die ganze Einrichtung.

Irgendwoher, sehr gedämpft, als lägen einige Türen dazwischen, hörte sie Stimmen.

Gerd Sassner traf in seinem »Operationssaal« die letzten Anordnungen. »Schwester Teufelchen« hatte wieder ihr Berufskleid an, das Spitzenschürzchen auf dem nackten Leib, dazu das Häubchen auf den gebleichten Haaren.

Vor den Fenstern, vor die man die Läden geklappt hatte, stand der helle Tag. Luise sah es an den wenigen Strahlen, die stricknadeldünn durch einige Ritzen der Läden ins Zimmer stachen.

Während Luise ihre Umgebung musterte und sich auf das Kommen ihres Mannes vorbereitete, lief Sassner in seinem »OP« unruhig hin und her und spreizte die Finger, nahm die Messer in die Hand, wog das Beil in der Handfläche und warf es dann wieder weg.

»Mir fehlt heute die richtige Lust, Schwester«, sagte er dumpf. »Ändern wir das Programm.« Er lehnte sich an den breiten Tisch mit den Lederschnüren und verschränkte die Arme vor der Brust. Er trug seinen Operationskittel, die weißen Leinenhosen und weiße Schuhe. »Wenn man bedenkt – der ganze Aufwand für einen einzigen Eingriff! Warten wir ab, bis wir drei Patienten zusammenhaben und somit ein vollständiges Operationsprogramm! Wie geht es der Patientin?«

»Gut! Sie schläft noch.« Ilse Trapps stand in abwartender Haltung an der Tür. »Was soll jetzt geschehen, großer Boss?«

»Nichts! Pflegen Sie den Neueingang gut, machen Sie die Dame operationsbereit. Ich lege Wert auf guten Blutdruck, einen normalen Kreislauf und eine psychische Bereitschaft. Kümmern Sie sich darum, Schwester.«

»Jawohl.« Ilse Trapps nickte. »Und Sie?«

»Ich lege mich etwas hin. Es war eine anstrengende Nacht. Wenn Sie die Kranke versorgt haben, können Sie zu mir kommen.«

»In zehn Minuten, Liebling . . .«

Sassner drehte sich um. Sein Blick war strafend.

»Schwester, wir sind im Dienst, bitte!« sagte er streng.

Mit der Würde eines großen Chirurgen verließ er den »Operationsraum« und ging in sein Zimmer.

Als die Tür klappte, hob Luise Sassner den Kopf. Sie sah eine Frauengestalt zum Fenster gehen. Durch die Läden flutete plötzlich grelles Licht in den Raum und blendete sie. Sie schloß kurz die Augen.

Das ist sie, dachte sie. Das rote Weibsstück, mit dem Gerd zusammenlebt. Sie hat die Haare weißblond gebleicht, der Steckbrief stimmt also nicht mehr. Aber sie geht herum, wie es die drei Mißhandelten beschrieben haben . . . nackt, nur eine Schürze vor dem Bauch. Ich wollte es nicht glauben; so etwas kann nicht wahr sein, dachte ich. Luise Sassner riß die Augen wieder auf. Die Sonne übergoß sie und das Bett mit goldenen

Schleiern. Staub tanzte in den Strahlen. Ilse Trapps stand neben dem Bett und blies die Kerzen aus.

»Guten Morgen«, sagte sie freundlich, als sie bemerkte, wie Luise sie anstarrte. »Ich bin Schwester Ilse. Ich bringe Ihnen gleich Ihr Frühstück. Spiegelei mit Schinken ... mögen Sie?«

»Nein!« Luise versuchte, den Kopf höher zu heben. »Wo bin ich hier?«

»In der Klinik menschlicher Umwandlung, so nennt es der Chefarzt. Er sagt auch: Im Schloß der blauen Vögel.« Ilse Trapps hob die Decke an und kontrollierte die Verschnürungen von Füßen und Händen. Sie hatten sich nicht gelockert. »Müssen Sie auf den Topf? Sagen Sie es immer rechtzeitig; der Chef hat es nicht gern, wenn die Kranken die Betten beschmutzen.«

Bei diesen Ungeheuerlichkeiten lächelte Ilse Trapps sanft und mitleidvoll. Es tat ihr gut, diese Frau mit Worten zu erniedrigen, wie sie überhaupt jede Frau haßte, die ausgezogen vor Sassner liegen mußte, auch wenn sie hinterher unter seinem Messer alle Schönheit verlor. Im Stadium des Lebens war jede Frau für Ilse eine Feindin. Es könnte eine Schönere als ich kommen, dachte sie immer voll Schrecken. Dann liege ich auf dem Operationstisch. Ihr wurde bei diesem Gedanken übel vor Angst, und kalter Schweiß überzog ihre weiße Haut.

»Was will man hier mit mir anstellen?« fragte Luise. Was Ilse Trapps erwartet hatte, trat nicht ein ... sie schrie nicht um Hilfe, sie zerrte nicht sinnlos an den Fesseln, sie bettelte nicht um ihr Leben.

»Der Doktor wird Ihnen zeigen, wie man fliegen kann.«

»Ach ...«

»Er wird Sie durch Operation in einen Vogel verwandeln«, sagte Ilse Trapps genüßlich.

Jetzt schreit sie, dachte sie. Das erträgt niemand. Spätestens jetzt verliert sie die Nerven. Sie setzte sich auf die Bettkante und wartete auf Luises Ausbruch.

Aber er unterblieb. Luise starrte Ilse Trapps mit einem Blick voller Haß an, dann sagte sie etwas, was Ilse wie ein harter Schlag traf.

»Sie sind verrückt! Sie sind ein verrückter Satan! Sehen Sie sich doch bloß im Spiegel an!«

»Du sollst noch Angst bekommen, du Luder!« Ilse sprang vom Bett. Daß diese Frau nicht wie die anderen vor Grauen schrie, begriff sie nicht. Argwöhnisch betrachtete Ilse sie, ging dann zum Fenster zurück und schloß die Läden wieder. Die dumpfe Dämmerung kehrte zurück, noch erdrückender, weil keine neue Kerze angezündet wurde.

»Ich möchte den Chefarzt sehen«, sagte Luise kühl.

»Warum?«

»Ich habe als Patientin das Recht, mit meinem Arzt zu sprechen. Das sollten Sie als Schwester wissen.«

Ilse Trapps wich zur Tür zurück. Die klaren, nüchternen Worte dieser Frau, der völlige Mangel an Angst und Erschrecken, machten sie unsicher.

»Ich werde es ihm bestellen«, sagte sie. »Aber es wird Nachmittag werden.«

»Wieso?«

»Um fünf Uhr nachmittags macht der Chef seine Visite.«

»Es ist gut, dann warte ich so lange.« Luise ließ den Kopf ins Kissen zurücksinken. Mit geschlossenen Augen zwang sie sich, ganz ruhig zu atmen.

Um fünf Uhr Visite.

O Gerd ... Gerd ... wie wird dieses Wiedersehen sein ...?

Gegen zehn Uhr vormittags wurde Luise Sassners kleiner Sportwagen an der Autobahnausfahrt Emmendingen gefunden. Es war aber nicht die Polizei, die ihn entdeckte, sondern ein Bauer, der seit sieben Uhr morgens auf einem benachbarten Feld das Grummet wendete, wunderte sich, daß der schicke Wagen so verlassen am Straßenrand stand und auch nach Stunden noch niemand kam, um ihn wegzufahren. Er zockelte mit seinem Trecker hinüber, betrachtete das Fahrzeug und sah, daß der Zündschlüssel noch in Schloß steckte und die Türen nicht verschlossen waren. Ein Damenmantel lag auf dem rückwärtigen Notsitz, eine Handtasche aus Krokodilleder war, anscheinend beim Bremsen, zwischen die Sitze gerutscht.

Das kam dem Bauern alles sehr merkwürdig vor. Er rappelte mit dem Trecker zum nächsten Autobahntelefon und rief die Autobahnmeisterei an. Dort lachte man ihn aus und sagte: »Stör die Kleine nicht, Josef. Und wenn sie aus dem Busch kommen, sieh höflich weg. Warst ja auch mal jung, was?«

Um zehn Uhr wurde es dem Bauern unheimlich. Jung sein ist schön, aber drei Stunden im Wald, ohne daß sich etwas rührt, ist merkwürdig. Er rief wieder bei der Meisterei an, und diesmal kam ein Gerätewagen herüber. Der Straßenmeister wartete noch ein wenig, dann rief er nach allen Richtungen »Hallo! Hallo«, drückte auf die Hupe des kleinen Wagens und freute sich über die verdutzten Gesichter, die gleich irgendwo aus dem Unterholz auftauchen mußten.

Aber niemand kam. Man entschloß sich, die Handtasche zu öffnen. Sie enthielt den Paß, einen Führerschein, die Zulassungskarte des Autos, einen Parfümzerstäuber, eine Puderdose, drei hauchdünne Taschentücher mit Spitzenrand, einen Schlüsselbund, eine goldene Pillendose, eine Schachtel Orientzigaretten, ein goldenes Feuerzeug und einen Abgabezettel für eine Reinigung in Stuttgart. Am unverständlichsten war, daß der Zündschlüssel im Schloß steckte.

»So ein Leichtsinn«, sagte der Straßenmeister. »Typisch Frau! Der kann man jetzt den Wagen klauen mit allem Drum und Dran...«

»Oder sie ist geklaut«, sagte der Bauer. »Denk an die Berichte in der Zeitung...«

»Mal bloß den Teufel nicht an die Wand!« Der Straßenmeister bekam rote Backen, rief seine Dienststelle an und fragte, was er tun solle.

Zehn Minuten später war der Abschnittsleiter der Autobahnpolizei mit zwei weißen Porsche an der Ausfahrt und hieb wütend auf das unschuldige Blech des kleinen Sportwagens. »Eine Sauerei!« brüllte er. »Ausgerechnet in meinem Abschnitt! Es ist nicht zu sagen...«

Zwanzig Minuten vor elf hatte Kriminalrat Quandt die Meldung aus Emmendingen auf seinem Schreibtisch liegen. Die Sonderkommission tagte gerade wieder. Das Fernsehbild am Vorabend hatte einen grandiosen Erfolg gehabt. Sassner mußte mindestens zwanzigmal existieren. Überall war er gesehen worden: Am weitesten nördlich in Lübeck, am weitesten südlich bei Passau.

»Jetzt hat es eingeschlagen!« sagte Quandt heiser, als er die Meldung laut verlesen hatte. »Sassner hat seine eigene Frau gefangen. O mein Gott, was hat sie sich bloß gedacht?« Er schlug sich mit der flachen Hand gegen die Stirn und verlangte ein Glas eiskaltes Wasser.

Im Zimmer der Sonderkommission lag lähmende Stille. Niemand beschimpfte die Polizei, die wiederum nichts gesehen hatte. Auch Polizisten auf schnellen Motorrädern können nicht überall sein. Zwei Autobahnen zu überwachen ist sowieso schon eine fast unlösbare Aufgabe.

»Was nun?« fragte der Stuttgarter Polizeichef. »Sollen wir

die Presse groß einsteigen lassen? Sassner kann ja nicht in einer Höhle wohnen. Irgend jemand muß ihn sehen.«

»Wir blamieren uns unsterblich.« Kriminalrat Quandt stand vor der großen Gebietskarte Schwarzwald. »So verrückt es klingen mag, meine Herren: Ich habe jetzt einen Funken Hoffnung. Der Plan von Frau Sassner mag wahnsinnig sein, aber – entweder gelingt es ihr, Sassner durch ihre Gegenwart lammfromm zu machen, und sie bringt ihn uns heran wie einen gezähmten Bären, oder ...«

Er schwieg und sah in die Runde. Wenn auch niemand den Satz vollendete, jeder kannte das Ende, das keiner aussprach. In aller Augen war es zu lesen.

Ulrich Quandt wandte sich ab und griff nach dem Glas Wasser.

Die Rückkehr Dr. Kellers nach Hohenschwandt wurde mit Gebrüll begrüßt.

Aber nicht Angela jubelte vor Freude oder Professor Dorian zeigte einen ungewöhnlichen Ausbruch ... die Kranken brüllten im Chor, als der Wagen am Eingang hielt. Sie hingen aus den Fenstern, kreischten und gestikulierten, und als Dr. Keller ausstieg, begannen sie, ihn mit zerbrochenen Stühlen und Tischbeinen zu bewerfen.

Dr. Keller rannte unter das Vordach, ohne getroffen zu sein. Dafür prasselten auf den Wagen ganze Einrichtungsteile. Die tobenden und schreienden Kranken waren sämtlich von der Station I. Sie saßen auf den Fensterbänken und Balkonen und empfingen jeden weißen Kittel, der sich vom Ärzte- oder Schwesternhaus her näherte, mit ohrenbetäubendem Geheul.

»Was ist denn hier los?« schrie Dr. Keller den jungen Assistenzarzt Dr. Faber an, der im Sprintertempo vom »Tierbau« herüberkam und in einen Hagel von Kartoffeln geriet. »Wo ist der Professor?«

Dr. Faber lehnte sich schwer atmend an die Wand. Aus der Pförtnerloge, wo sonst der Portier Zanglmeier residierte, grinsten ihnen drei verzerrte Gesichter entgegen. Die Männer hatten die Telefonzentrale kurz und klein geschlagen und hockten nun in dem gläsernen Pförtnerkasten, Stuhlbeine in der Hand. Es waren Kranke in Schlafanzügen. Als Keller zu ihnen hinblickte, hockte sich gerade einer von ihnen hin, zog die Hose herunter und verwechselte die Zimmerecke mit einer Toilette.

»Los! Hinein! Was stehen Sie hier herum?« schrie Dr. Keller, ehe er eine Antwort bekam. Aber Dr. Faber hielt ihn mit beiden Händen fest.

»Um Gottes willen, nein . . .«

Dr. Keller ließ sich zurückkreißen. »Das . . . das ist ja ein Aufstand der Kranken«, keuchte er. »Wie kam denn das?«

»Es begann gestern nachmittag, ganz harmlos zunächst. Eine Delegation von Station I erschien unangemeldet beim Chef und verlangte Ausgang und Frauen . . .«

Dr. Keller wischte sich mit zitternden Händen über das Gesicht. Aus den Fenstern der Station I brüllte man wieder – eine Schwester hatte sich im Garten sehen lassen.

»Und dann?«

»Der Chef, Sie kennen ihn ja, verhandelte mit den Patienten, als seien sie normal. Er sprach ihnen gut zu, erklärte ihnen, warum das nicht ginge, und bat sie, zurück auf die Zimmer zu gehen. Die Delegation zog ab, aber als der Chef – ich weiß nicht, wen – anrufen wollte, war das Telefon tot. Man hatte Zanglmeier überwältigt, vor das Haus geworfen und die Zentrale zerstört. Der Chef schickte drei Pfleger los. Sie brachen mit Faustschlägen durch und sollten vom Arzthaus aus die Polizei rufen. Mittlerweile war die ganze Station in Aufruhr. In den Zimmern begann die Zerstörung.«

»Und ihr habt zugesehen?« schrie Dr. Keller außer sich. »Wir haben neun Ärzte und siebzehn Pfleger im Haus . . . sind das alles Feiglinge?«

»Es ist etwas anderes . . .« Dr. Faber sah an Dr. Keller vorbei. Sein junges Gelehrtengesicht war bleich und übernächtig. »Wir können nicht die Polizei rufen. Im Zimmer neun . . .« Er stockte.

»Was ist in Zimmer neun?«

»Sie halten Fräulein Angela als Geisel fest!«

»Nein!« Dr. Keller riß sich los und stürzte zum Eingang. Die drei Irren in der Pförtnerloge hoben die abgerissenen Stuhlbeine. Ein vierter, der in der Halle stand, machte sich bereit, als Kurier nach oben zu laufen: Die Ärzte greifen an!

Dr. Faber klammerte sich wie ein Ertrinkender an Dr. Keller.

»Seien Sie vernünftig, Keller!« schrie er dabei. »Sie haben gedroht, Fräulein Angela reihum zu vergewaltigen, wenn wir die Polizei rufen oder einzudringen versuchen. Es ist schrecklich, furchtbar, aber noch sind uns die Hände gebunden . . .«

Dr. Keller blieb schwer atmend in der Tür stehen. Die drei Irren in der Glasloge grinsten breit.

»Wo ist der Chef?« fragte Keller tonlos.

»In seinem Zimmer. Zusammen mit sieben Pflegern und drei Ärzten. Sie haben sich eingeigelt. Vor der Tür stehen drei Kranke Wache. Würde der Chef ausbrechen, gäbe es eine Katastrophe.«

»Wie konnte das überhaupt geschehen?« Dr. Keller trat unter das Vordach hinaus. Gebrüll empfing ihn. Am Fenster von Zimmer neun stand der bullige Bademeister Jakob Hintzler und winkte Dr. Keller zu.

»Der Chef glaubt, daß es Poldi doch gelungen ist, einigen Kranken bisher unbestimmbare Drogen zu injizieren, die aufrührerisch und sexuell anregend wirken. Dann war es wie eine Lawine ... die Erregung schwoll und schwoll, bis der Vulkan ausbrach.«

»Wollen Sie Ihr Mäuschen sehen?« brüllte von Zimmer neun Bademeister Hintzler. Er winkte in den Raum. Mit aufgerissenen Augen sah Dr. Keller, wie zwei Kranke Angela heranschleppten. Sie sah müde, aber nicht verletzt oder mißhandelt aus.

»Angela!« schrie Dr. Keller. »Angela! Haben sie dir etwas getan?«

»Sie sind alle sehr nett zu mir.« Angela hob die Hand zum Winken. »Hab keine Sorge, Bernd. Es sind alles Gentlemen.«

Dr. Keller schluckte krampfhaft. Die tapfere Haltung Angelas erschütterte ihn. Nicht reizen, das ist eine alte Regel in der Psychiatrie. Immer höflich zu den Kranken. Immer nett. Niemand ist so empfindlich wie ein Irrer.

»Bleib ganz ruhig«, rief Dr. Keller. Die Kranken in den Fenstern schwiegen jetzt. Die plötzliche Stille war bedrückend. »Die Sonne ist noch sehr kräftig. Wenn es nachher sehr heiß im Zimmer wird, dann nimm ein Handtuch, mach es naß und drücke es gegen das Gesicht. Das kühlt. Verstehst du mich?«

Angela nickte. Der riesige Bademeister grinste.

Dr. Faber griff an Kellers Arm.

»Was haben Sie vor?« flüsterte er.

»Kann ich den Professor sprechen?« rief Dr. Keller hinauf.

Jakob Hintzler nickte. »Aber nur kurz!« brüllte er aus dem Fenster.

Keller und Faber rannten zur anderen Seite des Schlosses, wo die drei Fenster des Chefzimmers lagen. Angelockt von der Stille, starrten zwei Ärzte durch die Gardinen nach draußen. Als sie Dr. Keller sahen, verschwanden ihre Köpfe. Dafür erschien der weißhaarige Gelehrtenschädel Professor Dorians. Keller machte Zeichen, das Fenster zu öffnen. Er sah, wie Dorian zögerte. Die Sorge um Angela hatte ihm allen Mut genommen. Aber dann schwang das Fenster doch auf. Dorian lehnte sich heraus.

»Ich weiß alles von Faber!« rief Keller hinauf. »Ich habe eben mit Angela gesprochen, es geht ihr gut. Sie wird im Zimmer neun festgehalten. Könnt ihr euch Masken machen?«

»Wozu?« Dorians Stimme war wie gebrochen. Seine Klinik, sein Lebenswerk, wurde von seinen Kranken zerstört. An alles hatte er gedacht, an Anfeindungen, Hetze, Untersuchungen von Ärztekommissionen, Anträge zur Schließung der Klinik, Anklagen bei der Staatsanwaltschaft – nur, daß sein Werk von innen her zerbrechen würde, das hatte er nie in Erwägung gezogen.

»Ich werde aus dem Labor HLN 101 holen.«

»Das ist unmöglich, wir kennen noch nicht die Folgen...« Dorian umklammerte die Fensterbank. »Es muß anders gehen. Ich will noch einmal verhandeln.«

»Es ist sinnlos! Was mit Angela geschieht, wissen wir! Um das zu verhindern, bleibt uns nur HLN 101! Es gibt keine andere Wahl. Angela weiß auch Bescheid.«

»In Gottes Namen!« Dorian senkte den Kopf tief auf die Brust. »Wir werden unsere Hemden ausziehen und uns vor das Gesicht binden. Junge, das ist eine schwere Entscheidung!«

»Es muß sein.« Dr. Keller wandte sich ab. Dr. Faber hinter ihm rang die Hände. Aus den Fenstern der Station I krachten jetzt Teile der Krankenbetten. Wie Schneewolken flogen Federn durch die Luft. Man hatte begonnen, die Plumeaus aufzuschlitzen, und spielte »Frau Holle«.

»Was ist HLN 101?« fragte Dr. Faber heiser.

»Ein Nervengas. Der Chef und ich laborieren seit zwei Jahren damit. Im Tierversuch waren die Ergebnisse gut. HLN 101 lähmt für eine bestimmbare Dauer die Erregungszentren im Hirn. Es ist ungefährlicher als Injektionen, läßt sich besser steuern und hat keine Nachwirkungen, auch bei Dauergebrauch. Mein Gott noch mal, soll ich Ihnen jetzt ein Kolleg halten?«

Dr. Keller wandte sich ab und rannte zu dem niedrigen Laborbau, den man dem Tierhaus angeschlossen hatte.

Eine halbe Stunde später näherten sich dem Schloß drei vermummte Gestalten. Wie bei Seuchen- und Pockenalarm hatten die Männer durchgehende Gummischutzkleidung an, eine Atemmaske vor dem Gesicht und dicke Gummistiefel an den Füßen.

Die Hände staken in Gummihandschuhen. Auf dem Kopf trugen sie Gummikappen.

Die Kranken in den Fenstern starrten die drei Vermummten an und wußten nicht, wie sie reagieren sollten. Bademeister Hintzler erfaßte die Situation als erster.

»Weitermachen!« brüllte er. »Die wollen nur für das Schwimmfest trainieren!«

Der Federnregen aus den Fenstern begann von neuem.

Dr. Keller blieb am Eingang stehen. Dr. Faber und der Pfleger Hans Kruschinski neben ihm sahen ihn fragend an.

Langsam öffnete Dr. Keller die Tür und schob ein Stück Schlauch in den Vorraum. Unter dem Arm trug er eine rote Stahlflasche, die wie ein Feuerlöscher aussah.

Fast unhörbar, farb- und geruchlos, zischte das Gas HLN 101 aus dem Schlauch. Die drei Irren in der Pförtnerloge tanzten umher, der Wachtposten in der Halle spielte mit seinem Pantoffel Fußball. Da geschah das Merkwürdige: Wie in Zeitlupe wurden die Bewegungen der Kranken langsam und schwebend, sie taumelten, sanken in die Knie und fielen, als lasse man Luft aus ihnen ab, Zentimeter um Zentimeter in sich zusammen.

Dr. Faber und Pfleger Kruschinski starrten ungläubig auf dieses Schauspiel. Die Kranken lagen bewegungslos auf dem Boden, aber sie schliefen nicht. Sie hatten die Augen geöffnet und schienen alles, was um sie her geschah, wahrzunehmen, nur bewegen konnten sie sich nicht. Sie waren ein Haufen Fleisch geworden.

»Toll!« flüsterte Dr. Faber in seine tropfnasse Atemmaske hinein. »Einfach toll! Wenn so etwas die Regierung in die Hand bekommt und damit Demonstrationen bekämpft. Mein lieber Jolli!«

Ungerührt stieg Dr. Keller über den liegenden »Melder« hinweg und ging zum Aufzug. Er wunderte sich selbst, daß der Aufzug noch funktionierte, und winkte seinen beiden Begleitern. Ungehindert fuhren sie zur Station I und trafen auf dem Flur drei Kranke, die dabei waren, mit Jod und einem Schrubber verworrene Gemälde an die Wände zu malen. Bevor sie schreien konnten, traf sie der Gasstrahl mitten in die aufgerissenen Münder. Sie drehten sich, wurden zu Zeitlupenpuppen und sanken um.

Von jetzt ab rollten Dr. Keller, Dr. Faber und Pfleger Kruschinski die Station systematisch auf. Während Faber und Kruschinski die Zimmer der Reihe nach durchgingen, rannte Dr.

Keller zu Zimmer neun. Als er die Tür aufriß, saß Angela auf dem Bett. Bademeister Hintzler warf sich mit einem dumpfen Schrei herum ... wie ein Tier ahnte er die Gefahr. Mit hocherhobenen Fäusten stürzte er sich auf Angela, die sich mit dem Gesicht auf das Bett warf und Nase und Mund in ein nasses Handtuch drückte.

Lautlos umflutete das Gas die riesige Gestalt des kranken Hintzler. Seine Augen weiteten sich in grenzenlosem Staunen, und dann geschah bei ihm das gleiche wie bei allen anderen, die HLN 101 eingeatmet hatten: Er sank wie eine angestochene Luftpumpe in sich zusammen, krachte gegen die Wand und blieb dort liegen, gelähmt und doch alles erkennend.

Dr. Keller zog Angela vom Bett, drückte ihr das Tuch vor das Gesicht und rannte mit ihr aus dem Zimmer. Im Schwesternraum, der unbesetzt war, riß er das Fenster auf und stellte Angela an die frische Luft.

»Stehenbleiben und tief einatmen!« rief er und lief zurück. Er warf die Tür zu, schloß ab und nahm den Schlüssel mit.

Dr. Faber und Pfleger Kruschinski hatten die Station I bis auf Zimmer 19 »erobert«. Dort gab es Widerstand. Die Tür ließ sich zwar öffnen, aber dahinter prallten sie auf eine Barrikade aus Tischen und Kleiderschränken. Im Zimmer heulten drei Kranke wie die hungrigen Wölfe.

Dr. Keller jagte die Treppe hinauf zum Chefbüro. Zimmer 19 war nicht so wichtig. Angela war gerettet, nur darauf kam es an. Schon an der Flurbiegung das Gas vor sich herblasend, rannte er zum abgeteilten Trakt, in dem Professor Dorians Räume lagen. Verblüfft sahen ihn die drei Wächter an, dann sanken auch sie in sich zusammen, als seien sie völlig knochenlos.

In Dorians Zimmer saßen die Ärzte und Pfleger mit bloßem Oberkörper in den Sesseln. Ihre nassen Hemden drückten sie vor das Gesicht. Die Köpfe flogen herum, als der vermummte Mann hereinstürzte und sofort wieder die Tür hinter sich zuwarf. Oberarzt Dr. Kamphusen rannte geistesgegenwärtig zu den Fenstern und riß sie weit auf. In langen Minuten des Wartens hatte Dorian ihnen erzählt, was HLN 101 war.

Dr. Keller nahm seine Maske vom Gesicht und legte die Gasflasche auf einen Stuhl. Erschöpft lehnte er sich an die Wand.

»Guten Tag, meine Herren!« sagte er mit bitterer Fröhlichkeit. »Wer ist so gut und holt mir einen Cognac? Dort hinten, im Wandschrank des Chefs, steht die Flasche.«

Am Abend, gegen 19 Uhr 20, fuhren zwei dunkle Wagen mit Münchner Nummer vor der Klinik Hohenschwandt vor. Niemand beachtete sie. Die Ärzte und Pfleger waren dabei, die vergasten Patienten mit reinem Sauerstoff zu beatmen. Am Bett des Bademeisters Hintzler, der unter einem Sauerstoffzelt lag, standen Professor Dorian und Dr. Keller und kontrollierten Kreislauf und Blutdruck. Eine Spritze mit Intrakardialnadel lag bereit. Hintzler hatte viel Gas geschluckt, seine Lähmung war bedrohlich.

In den Zimmern räumten Schwestern auf, putzten die Flure und Böden, beseitigten die Schäden der Zerstörungswut.

Erstaunt, ja betroffen betraten sechs Herren, die mit den beiden Wagen aus München gekommen waren, die Klinik Hohenschwandt. Schon bei der Anfahrt war ihnen manches rätselhaft vorgekommen. Die Privatstraße zum Schloß war mit Bettfedern übersät, vor dem Haus lagen Tisch- und Stuhlbeine und halbe Betten. Sogar ein Klosettbecken, zerschellt in vier Teile, versperrte den Weg.

»Das sieht ja aus, als habe hier eine Schlacht stattgefunden«, sagte der Kreisarzt zu einem der Herren aus München. »Ich weiß wirklich nicht, was hier vorgefallen ist!«

Die Herren von der Ärztekammer Bayerns, dem Innenministerium und der Staatsanwaltschaft blieben in der Halle stehen. Befremdet sahen sie auf die Pfleger, die an ihnen vorbeiliefen, ohne sie zu beachten. Erst ein junger Arzt erbarmte sich der schweigsamen dunklen Gestalten.

»Kann ich etwas für Sie tun?« fragte er. »Doktor Janson. Sind Sie angemeldet? Wir haben im Augenblick alle Hände voll zu tun. Wenn ich Sie zum Wartezimmer führen dürfte...«

»Ich warte nicht!« Dr. Hugenbeck von der bayerischen Ärztekammer hob seine Stimme. »Wir wünschen Herrn Professor Dorian zu sprechen. Sofort! Sagen Sie, eine Kommission aus München sei gekommen.«

Dr. Janson eilte davon, zum Zimmer neun, wo Dorian und Keller um das Leben Jakob Hintzlers kämpften.

Eine Bedrohung, massiver als der Aufstand der Kranken, war ins Haus gekommen.

Dorians Gegner marschierten auf.

Der Fortschritt sollte abgewürgt werden.

Die Medizin duldet keinen Außenseiter, auch wenn es ein Professor ist, der Ludwig Dorian heißt...

# 11

Auf 21 Uhr hatte Sassner die Operation angesetzt. Die Verwandlung eines Menschen in einen Vogel.

»Ist alles klar, Schwester Teufelchen?« fragte er. In Gummischürze und Handschuhen, mit Kappe und Mundtuch stand er bereit. Luise lag festgeschnallt auf dem OP-Tisch, umgeben von vier Petroleumleuchten, deren Dochte blakten.

Als Ilse Trapps zu Luise kam, einen Hammer in der Hand und lächelnd sagte: »Nun bekommen Sie eine kleine Beruhigungsnarkose«, hatte einen Augenblick ihr Herzschlag ausgesetzt.

»Sie haben mir versprochen, daß ich den Chefarzt vor der Operation sehe!« rief sie. »Ich bestehe darauf ihn vorher zu sprechen.«

»Du wirst ihn sehen, mein Liebchen.« Ilse Trapps hob den Hammer.

»Es ist nur, um dich ohne Schwierigkeiten in den OP zu bringen.«

»Bitte, schlagen Sie nicht zu.« Luise sagte es ohne Aufschrei, sondern höflich, wie bei einer Unterhaltung. »Ich verspreche Ihnen, ohne Gegenwehr zum OP zu gehen.«

Ilse Trapps wurde es unheimlich. Sie ließ den Hammer sinken und musterte die Frau, deren Tapferkeit ihr unverständlich war. »Es hat keinen Sinn, zu schreien«, sagte sie. »Weglaufen nützt auch nichts, ... ich bin schneller. Und sich wehren ... ich bin stark!«

»Ich denke gar nicht daran, wegzulaufen.«

»Dann sind Sie verrückt.«

»Vielleicht. Was geschieht nun?«

»Wir gehen zum OP. Der große Boss wartet schon.«

»Bitte.« Luise Sassner streckte sich aus. »Binden Sie mich los. Ich komme freiwillig mit.«

Ilse Trapps zögerte, aber dann löste sie die Lederschnüre und sah zu, wie sich Luise aufrichtete, aus dem Bett stieg und die Gelenke rieb. Sie hat eine schöne Figur, dachte Ilse hämisch. Nicht so aufreizend wie ich, aber schlank und biegsam, als habe sie viel Sport getrieben. Wer mag sie sein? Die Frau eines reichen Mannes? Eine selbständige Geschäftsfrau? Ihr Körper ist gepflegt, man sieht es sofort.

»Kommen Sie!« sagte sie und zeigte zur Tür. »Gehen Sie voraus. Die vierte Tür links.«

Langsam ging Luise Sassner über den dunklen Flur. Was in diesen Sekunden an Gedanken auf sie einstürmte, wer kann das je in wenigen Worten schildern? Ein ganzes Leben zog an ihr vorbei, zwanzig Jahre an der Seite eines Mannes, der gleich, in ein paar Minuten vielleicht, auch ihr Mörder werden sollte.

An der vierten Tür blieb sie stehen. Ilse Trapps stieß sie auf.

Der lange, breite Tisch mit den Lederschnüren.

Die vier blakenden Lampen.

Der »Bestecktisch« mit den Messern, dem Beil, den Sägen.

Ein Schlachthaus.

Luise biß sich auf die Lippen und taumelte zum Tisch. Wie von ganz weit hörte sie Ilses Stimme.

»Hinlegen...«

Dann lag sie auf dem Tisch, nackt und angeschnallt. Im Nebenzimmer, dem »Vorbereitungsraum«, hörte sie Gerd Sassner rumoren. Er hüstelte leise. Das tut er immer, wenn er sehr aufgeregt ist, dachte Luise. Das hat sich also nicht geändert.

Wie wird er aussehen? Werde ich ihn noch erkennen?

Ilse Trapps ging ins Nebenzimmer. Sie kam nicht darüber hinweg, daß sich eine Frau so still und geduldig hinlegte, um sich zerstückeln zu lassen.

Luise wandte den Kopf etwas zur Seite.

Seine Stimme. Undeutlich, aber unverkennbar im Ton. Das tiefe, sonore Lachen, das so männlich und stark klang.

»Die Frau ist mir unheimlich«, sagte Ilse Trapps gerade. »Sie legt sich freiwillig auf den Tisch.«

»Ein Mensch, der den Wert seiner Verwandlung erkennt!« Sassner sah Ilse Trapps mit leuchtenden Augen an. »Welch ein Triumph, wenn sie sich morgen in die Luft erhebt. Ein blauer Vogel, in dem das Gold der Sonne schimmert!«

»Sie weint gar nicht!« sagte Ilse trotzig.

»Warum auch? In der Sternstunde der Menschheit heult man nicht. Können wir, Schwester Teufelchen?«

»Wir können, großer Boss!«

Mit kräftigen Schritten betrat Sassner den »OP«. Luises Kopf flog herum. Was sie erkannte war eine große, weiße Gestalt, zwei glühende Augen, die ihr entgegenstrahlten.

Gerd Sassner beugte sich über sie und nickte väterlich.

»Sie wollten mich sprechen, Madame?«

»Ja.« Es war Luise, als habe sie keine Stimme mehr, als spräche sie die Worte nur nach innen, als saugten die Lungen sie einfach aus. Sie atmete tief, sah in die glühenden Augen und entdeckte nichts an diesem weißen Phantom, was sie an Sassner erinnerte. Aber er war es ... es war seine Stimme, sein Tonfall.

»Was wollten Sie mir sagen, Madame?« fragte Sassner höflich.

Über Luises Gesicht glitt ein Lächeln. Es war so kindlich und fraulich zugleich, so unerhört in dieser Situation, daß Ilse Trapps die Fäuste gegen den Mund preßte.

Und Luise sagte mit einer Stimme voller Zärtlichkeit:

»Ich liebe dich ... Gerd ...«

Ein paar Herzschläge lang war es völlig still im Zimmer. Die drei Menschen hielten den Atem an. Sassner beugte sich noch tiefer über Luise und starrte sie an. Fetzen von Erinnerungen jagten durch sein Hirn, unzusammenhängend, qualvoll in dem Gewirr.

Die Stimme klang bekannt. Das Lächeln erzeugte ein Tasten nach Namen.

Gerd, hatte sie gesagt. Wer ist Gerd?

Sassner richtete sich langsam auf. Er sah Ilse Trapps zu dem Beil greifen, ihre grünen Augen funkelten gefährlich. Als sie es anhob, schlug er mit der Faust auf ihren Unterarm. Sie gab einen quietschenden Laut von sich, das Beil polterte auf den Boden. Dort gab ihm Sassner einen Tritt, daß es weit über die Dielen schlidderte bis an die Wand.

»Wer sind Sie, Madame?« fragte er.

»Deine Frau ...« sagte Luise laut.

»Sie ist verrückt! Sie will nur bluffen! Hör nicht auf sie!« Ilse Trapps stürzte sich auf Luise und krallte die Finger um ihren Hals. Ihr weißblond gebleichtes Haar umwehte ihr Gesicht, als sie mit dem Kopf gegen Sassner stieß, der sie wegreißen wollte. »Laß mich!« schrie sie wild. »Laß mich! Schenk sie mir! Sie gehört mir ... mir ...«

Es gelang ihm, Ilse Trapps vom Tisch zu ziehen. Ihre Fingernägel hinterließen an Luises Hals lange, blutige Kratzer. Dumpf prallte sie gegen die Wand, wo sie, halb geduckt, das Schürzchen vom Körper riß und sich dann mit ausgebreiteten Armen hinstellte, als sei sie stehend gekreuzigt worden. Ihr weißer Körper leuchtete matt im blakenden Licht der Petroleumlampen.

»Sie oder ich!« keuchte sie. »Entscheide dich! Schenk sie mir ... oder ...«

»Was heißt das, Schwester Teufelchen?« Sassner lehnte sich gegen den breiten Tisch. »Ultimative Forderungen nehme ich nicht an. Was erlauben Sie sich eigentlich, während der Operation Ihre Kleidung auszuziehen?«

»Laß endlich den Blödsinn!« schrie Ilse Trapps. Sie zitterte heftig. »Sieh mich an, sieh mich richtig an ... ich gehöre dir mit allem, was ich habe und was ich bin ...« Sie blieb mit gespreizten Armen und Beinen an der Wand stehen und blies die Haarsträhnen aus dem Gesicht. Ihr war bewußt, daß sie jetzt einen großen Kampf führte, den schwersten, den es für sie und ihn gab: den Kampf gegen die Vergangenheit, gegen die Erinnerung, gegen die Schatten, die an ihn heranwehten und aus denen sich das andere, verlassene Leben zu schälen begann.

Sie ist wirklich seine Frau – das war der Gedanke, der Ilse Trapps alle Furcht vor Sassner vergessen ließ. Kalte Mordlust an dieser Frau auf dem Tisch und panische Angst, Sassner zu verlieren, überdeckten alles in ihr. Sie fragte nicht danach, ob es wirklich nur Zufall war, daß gerade Luise Sassner von ihr auf der Autobahn aufgelesen wurde oder ob nicht Absicht dahinter steckte, sie fragte nicht die Vernunft, was geschehen konnte, wenn das Verschwinden Luises nur der Köder einer Falle war, in der sie jetzt saßen und die zuschnappte, ohne daß sie es merkten. Ihr ging es jetzt nur um den Mann, um den Triumph, über ihn zu siegen, um die schreckliche Befriedigung, ihn dazu zu bringen, auch hier seine fürchterliche Operation zu vollbringen.

»Schenk sie mir ...« sagte Ilse Trapps noch einmal.

Luise atmete tief auf. »Die Kinder lassen dich grüßen«, sagte sie mit ungeheurer Kraftanstrengung. Der nackte weiße Körper Ilses an der Wand war eine Waffe, gegen die sie nichts anderes vorzubringen hatte.

Sassner zuckte zusammen und senkte den Kopf. Es war, als horche er nach innen.

Die Kinder ...

Waren sie nicht Vögel geworden ... davongeflogen ... der Sonne entgegen ... herrliche blaue Vögel?

»Ich liebe dich!« schrie Ilse Trapps grell.

»Die Kinder ...« Sassner drehte sich um. Seine Augen glänzten.

»Wie geht es ihnen?«

»Gut. Sie wollen ihren Papi wiederhaben.«

»Und du bist meine Frau?«

»Ja.«

»Hör nicht hin!« heulte Ilse Trapps und stürzte nach vorn zum Tisch. Sie riß Sassner von Luise weg und klammerte sich an ihn wie eine Ertrinkende. »Sieh mich an, fühl mich ... hier und hier und hier ...« Sie riß seine Hand an sich und schob sie über ihren prallen Körper. Aber die Hand, die sonst streichelte oder mit hartem Griff zufaßte, war nun ein Stück Fleisch, das ohne Regung über ihre Haut glitt.

Sassner schüttelte Ilse Trapps ab und kam an den Tisch zurück. Er setzte sich auf die Kante und strich mit dem Zeigefinger der rechten Hand über Luises Leib.

»Ich wollte aus Ihnen ein Vögelchen machen, Madame«, sagte er dabei. »Stellen Sie sich vor, Sie könnten fliegen. Hoch hinauf in die Lüfte, über Land und Meer, Wälder und Felder. Sie könnten im Winter nach Afrika fliegen, im Sommer nach Schweden. Sie könnten die Berggipfel umkreisen und durch die Täler gleiten. Der erste Mensch ohne Schwerkraft.«

»Das wäre wirklich herrlich«, sagte Luise mit zugeschnürter Kehle.

Ich habe verloren, dachte sie dabei. Es war umsonst. Die Erinnerung ist in ihm gestorben. Er ist nicht mehr Gerd Sassner – er ist bloß noch der irrsinnige Mörder, der sich der »große Boss« nennt und sich einen Weibsteufel als Gehilfen hält.

Sie streckte sich ergeben und schloß die Augen.

Gerd Sassner nahm einen Mulltupfer, beugte sich vor und trocknete ihr die Tränen vom Gesicht. »Wenn es stimmt«, sagte er dabei, »daß Sie meine Frau sind, dann sind Sie ja schon ein Vögelchen. Das ändert meinen ganzen Plan.«

Luise nickte. »Früher nanntest du mich Rehlein ...«

»Richtig!« Sassner fuhr ruckartig zurück. In seinem Kopf war es wie ein Blitz gewesen. »Rehlein!« Er warf sich herum und starrte Ilse Trapps an, die zitternd mitten im Zimmer stand. »Schwester Teufelchen!« brüllte er. »Binden Sie die Patientin los! Sofort! Was legen Sie mir denn da auf den Tisch? Sehen Sie nicht, daß sie schon ein Vogel ist?«

Er wartete nicht ab, bis Ilse an den Tisch kam, sondern löste selbst die Lederschnüre und half Luise, sich zu erheben. Sie setzte sich, ließ die Beine herunterhängen, schlug die Hände vor die Augen und weinte laut und haltlos.

»Sie bringen die Patientin ins Bett und sorgen dafür, daß sie sich beruhigt. Bei der Visite möchte ich keine Tränen sehen!« Sassner senkte den Kopf. Er nahm Kappe und Mundschutz ab, und jetzt erkannte ihn Luise und streckte die Arme nach ihm aus. Ilse Trapps rührte sich nicht vom Fleck. »Schwester Teufelchen, hören Sie nicht? Sie werden die Patientin mit aller

Hingabe pflegen. Die Dame ist sehr krank. Ich muß mir überlegen, wie sie zu heilen ist. Sie hat ihren Mann und zwei Kinder verloren, das hat ihr Gehirn zerstört.«

»Gerd ... o Gerd«, schluchzte Luise. »Ich bin doch jetzt bei dir ...«

Sassner reagierte nicht mehr. Er wandte sich ab, zog seinen weißen Kittel aus, warf ihn über den Instrumententisch und verließ das Zimmer, ohne sich noch einmal umzublicken.

Luise rutschte von der Tischplatte und umklammerte die Kante. Stumm, haßerfüllt, sahen sich die beiden Frauen an.

»Du bist also seine Frau?« sagte Ilse Trapps endlich mit rauher Stimme.

»Ja.«

»Für diesen Zufall sollte man die ganze Welt in die Luft sprengen.«

»Es war kein Zufall. Ich habe auf euch gewartet. Ich bin auf der Autobahn hin und her gefahren, von Rastplatz zu Rastplatz.«

»Du wollst ihn wiederhaben, was?«

»Ja.«

»So, wie er ist?« Ilse Trapps lachte hysterisch. »Ein Verrückter? Du weißt doch, daß er ein Verrückter ist? Ein Mörder? Er ist die größte Bestie, die je gelebt hat. Und ihn willst du wiederhaben?«

»Er ist mein Mann ...« sagte Luise einfach.

»Ich weiß es. Ich weiß es!« schrie Ilse Trapps. »Dein Mann! Alles ist nur Gerede! Ich weiß, was du willst. Du willst ihn der Polizei ausliefern. Er soll eingesperrt werden. Aber das wird nie sein! Nie!« Sie ging langsam auf Luise zu, geduckt wie eine angreifende Riesenkatze. »Ich werde dich umbringen«, sagte sie leise, als sie ganz nahe vor Luise stand. »Weißt du das, mein Schätzchen? Ich werde dich umbringen.«

»Er wird es nie zulassen.«

»Ich werde dich ihm abringen ... dort, wo ich stärker bin als du. Im Bett! Wenn er in meinen Armen liegt, wenn ich ihn an mich presse, werde ich ihn fragen: ›Großer Boss, was bin ich dir wert?‹ Und er wird, wie immer, antworten: ›Die ganze, dumme Welt!‹ Und ich werde weiterfragen: ›Auch diese Frau da draußen?‹ Und er wird sagen: ›Nimm sie dir, Teufelchen, wenn es dir Spaß macht!‹ Und es wird mir Spaß machen, wahnsinnigen Spaß, dich umzubringen. Denn ich will ihn behalten, so lange behalten, bis es mit ihm zu Ende geht. Er ist für mich wie ein

Gott ... wie Luft, Sonne, Wind und Regen ... Du aber willst ihn nur der Polizei übergeben, du ... du ...«

»Was sind Sie bloß für ein Ungeheuer«, sagte Luise leise. »Aber glauben Sie nicht, daß ich Angst vor Ihnen habe. Einmal wird mich Gerd erkennen ...«

»Nie wird er das! Nie!« Ilse Trapps breitete ihre Arme wieder aus.

»Ich werde meinen Körper dazwischen werfen.«

»Auch er wird einmal nicht mehr genügen.«

»Das erlebst du nie!«

Sie sahen sich wieder an, mit flackernden, wilden Blicken, stumm vor lauter Haß. Und in diese Stille hinein sagte Luise etwas, dem sie selbst mit Verwunderung und Schaudern nachhorchte und nicht begriff, daß sie es gesagt hatte:

»Ist Ihnen noch nicht der Gedanke gekommen, daß *ich* Sie töten könnte?«

Ilse Trapps überlief es plötzlich wie ein Eisschauer. Sie packte Luise am Handgelenk, zerrte sie aus dem Zimmer, über den Flur und stieß sie in den Raum, in dem die drei Betten standen. Dann warf sie die Tür zu und schloß ab.

Während Luise sich erschöpft auf das nächststehende Bett warf und eine ganze Zeit brauchte, um zu verstehen, daß sie noch lebte, rannte Ilse Trapps durch das Haus und suchte Gerd Sassner. Sie fand ihn in seinem winzigen Turmzimmer. Dort saß er am Fenster und starrte hinaus in die Nacht.

»Komm ...« sagte sie in dem girrenden Ton, der Sassner anzog wie ein Magnet. »Komm hinunter zu mir. Ich weiß doch, daß du mich brauchst ...«

Sassner antwortete nicht. Er griff zur Seite, hob ruckartig den Arm und schleuderte etwas weg. Knapp neben Ilses Kopf polterte ein großes Messer an die Wand. Sie duckte sich und tauchte in der Falltür unter.

»Ich warte auf dich ...« rief sie, heiser vor Angst und Schrecken.

Sassner rührte sich nicht. Er starrte über das Dach in den Nachthimmel. Dort glitt im fahlen Licht eines kaum sichtbaren Mondes eine Wolke über den Wald. Und diese Wolke zog sich zusammen, formte sich zu einer Masse, bekam Gestalt und Sinn, wurde ein Gesicht, der Kopf einer Frau mit blauen Augen und einem verzeihenden Lächeln.

»Luise ...« stöhnte Sassner und hieb mit der Stirn gegen das Fensterbrett. »Luise ... warum bis du so weit ... so weit ...«

Zwei Tage geschah nichts.

Luise blieb in ihrem Dreibettzimmer eingeschlossen, wurde von Ilse Trapps verpflegt und bekam auf ihre Fragen keine Antworten. Gerd Sassner ließ sich nicht sehen, aber sie hörte ihn ab und zu draußen im Gang an ihrer Tür vorbeigehen. Ein paarmal hämmerte sie mit den Fäusten gegen das Holz und schrie: »Gerd! Gerd!«, aber Sassner reagierte nicht.

Am zweiten Tag versuchte sie, die Klappläden zu öffnen, aber der Riegel war durch ein Vorhängeschloß gesichert. Sie zerrte daran, versuchte, die Schrauben aus den Holzbrettern zu reißen, und gab es schließlich auf. Ilse Trapps überraschte sie bei dieser Arbeit und lachte höhnisch. Minuten später kam sie zurück, zerrte Luise ins Bett und band sie dort an.

»Anordnung des Chefs«, sagte sie triumphierend. »Er liebt keine aufsässigen Kranken.«

»Ich möchte ihn sprechen!«

»Wenn ihm danach zumute ist, wird er von allein kommen. Im Augenblick ist er damit beschäftigt, mich zu lieben.« Sie wiegte sich in den Hüften und konnte den tiefen seelischen Schmerz nachempfinden, den Luise jetzt ertragen mußte. Das tat ihr gut, sie pfiff ein fröhliches Lied und setzte sich auf die Bettkante. »Sag ehrlich, du hältst mich auch für verrückt, was?«

»Nein! Sie sind das Scheußlichste, das die Natur hervorgebracht hat.«

»Vielleicht. Ich fühle mich wohl dabei.« Ilse Trapps hob die Schultern. »Was verstehst so eine wie du von Menschen wie wir? Du hast einen Vater gehabt, dem du alles sagen konntest, du hast eine Mutter gehabt, die nachts an deinem Bett saß, wenn du krank warst. Du hast nie um eine Scheibe Brot betteln müssen oder das Gefühl gehabt: Wenn du fressen willst, mußt du erst schwer dafür schuften ...«

»Nein.«

»Mein Vater, so hat man mir gesagt, hat sich totgesoffen. Er lag eines Morgens tot neben dem Misthaufen. Eine schöne Geste, denn da gehörte er auch hin. Meine Mutter gab mich zu Onkel Johann, ihrem Bruder, aufs Land. Ich habe sie nie wieder gesehen. Onkel Johann sagte mir, sie sei an Schwindsucht gestorben. Also blieb ich im Dorf. Als ich fünfzehn Jahre alt war, sah ich aus wie zwanzig. Seit Monaten merkte ich, daß Onkel Johann um mich herumschlich wie ein Kater. Eines Abends, ich badete gerade im Holzzuber, kam er herein, dieses Schwein, ohne

Hose, das Hemd hochgerollt. Ich schrie, ich schlug um mich, ich brüllte und biß und trat, aber Onkel Johann konnte einen Bullen in die Knie zwingen, was war da schon ein fünfzehnjähriges Mädchen? Nachher streichelte er mich, nannte mich sein Hühnchen und gab mir fünf Mark. Das war mein erstes selbstverdientes Geld. Von da ab schlief ich bei Onkel Johann, ließ mich bezahlen und holte mir neue Kundschaft aus dem Wirtshaus, wenn Onkel Johann zum Viehhandel wegfuhr oder Ferkel einkaufte. Eines Tages kam Egon Trapps und heiratete mich, nachdem ich ihm vorgeweint hatte, er habe mir die Unschuld genommen.«

»Warum erzählen Sie mir das alles?« fragte Luise.

»Ich dachte, es interessiert dich.« Ilse Trapps zog die Knie an. »Ich weiß auch, daß es mit Gerd nicht mehr lange gut geht. Er verändert sich von Tag zu Tag. Einmal wird er soweit sein, daß es notwendig ist, ihn zu töten ...«

»*Was* wollen Sie?« stammelte Luise. Sie starrte Ilse mit aufgerissenen Augen an. »Sie wollen Gerd ...«

»Bleibt mir etwas anderes übrig? Lebenslänglich Zuchthaus ... das halte ich nicht aus. Wenn Gerd in das Stadium kommt, wo ihn auch mein Körper nicht mehr bändigen kann, sollte man ihn erlösen. Bis dahin aber genieße ich seine wilde Liebe.« Sie warf sich zurück, ihr Gesicht glänzte. »Ich bin nichts ohne die Liebe. Gar nichts. Nicht einmal ein leeres Gefäß. Für eine Umarmung, die mir die Haut in Fetzen reißt, könnte ich töten!«

»Und warum muß ich mir gerade jetzt das anhören?«

Ilse Trapps sprang vom Bett und lachte. Sie deckte Luise zu und tätschelte ihr die Wangen wie einem Kind, dem man den Gute-Nacht-Kuß gegeben hat. »Ich bin mir gewiß«, sagte sie fröhlich, »daß du ihn mir nicht mehr wegnehmen kannst. Morgen oder übermorgen kommt es wieder über ihn. Wen sollte er dann anderes töten als dich? Es ist ja sonst niemand hier! Und ›operieren‹ muß er, da hält ihn niemand zurück, auch nicht dein Seufzen: ›Ich bin deine Frau ...‹«

Nach dem Mittagessen fuhr Ilse Trapps wieder mit einem Brief Sassners nach Basel. Vorher aber schloß sie die Tür zu Luises Zimmer zur Kontrolle noch einmal ab und steckte den Schlüssel ein. Es gab nur einen Schlüssel für diese Tür – wo die anderen geblieben waren, wußte sie nicht. Seit sie Trapps geheiratet hatte, kannte sie es nicht anders. »Vielleicht geklaut«, hatte Egon Trapps vor Jahren einmal gesagt. »Es gibt so Rindviecher, die als Andenken Hotelschlüssel mitnehmen.«

Du wirst nicht zu ihr gehen können, dachte sie zufrieden, als sie sich umzog für die Fahrt in die Schweiz. Wenn ihr wollt, könnt ihr euch durch die Tür unterhalten, aber zueinander kommt ihr nicht!

»Wer ist eigentlich dieser Professor Dorian, dem du dauernd schreibst?« fragte sie, als Sassner ihr den Brief aushändigte.

»Ein Kollege«, antwortete Sassner knapp.

»Und was schreibst du ihm?«

»Daß ich eine neugierige OP-Schwester habe und ihn um Rat bitte, was man dagegen tun kann.«

»Nichts.«

»Ich würde nicht so sicher sein, Teufelchen...«

Er sah sie mit einem Blick an, der sich in sie hineinfraß wie Säure. Sie schüttelte ihre Beklemmung ab, kämmte die gebleichten Haare und ließ es zu, daß er über ihre Hüften strich wie ein Blinder, der mit dem Tastsinn seiner Finger sieht und Formen erkennt.

Als Ilse Trapps abfuhr, stand er oben an einem der kleinen Turmfenster und winkte ihr nach. Dann widmete er sich seiner Lieblingsbeschäftigung, fütterte die Krähen und beobachtete ihren Flug, den Schwingenschlag, das Herangleiten zur Landung, die Schwerelosigkeit, mit der sie sich vom Wind auf und ab tragen ließen, niederstürzend und emporstoßend in den Himmel.

Nach etwa einer Stunde kletterte er aus dem Türmchen, zog seinen weißen Arztkittel an und ging zu Luises Zimmer. Erstaunt hob er den Kopf, als sich die Tür nicht öffnen ließ.

»Machen Sie auf!« rief er und klopfte mit der Faust an das Holz.

Luise drehte den Kopf. Sie lag angeschnallt im Bett, bewegungslos und frierend.

»Ich kann nicht«, rief sie zurück.

»Warum?«

»Sie hat abgeschlossen.«

»Wer?«

»Dieser rote Satan!«

»Unmöglich.« Sassner rüttelte wieder an der Klinke, drückte gegen die Tür, warf sich dann mit der Schulter dagegen. Aber die Tür gab nicht nach. Es war noch gute, alte Handwerksarbeit, aus massiven Brettern.

In Sassners Kopf begann plötzlich ein eigentümliches Brausen. Die Tür verwandelte sich vor seinen Augen, sie bekam ein Gesicht, das Gesicht Luises ... aber sie war nicht allein, ekelhaftes Gewürm, Schlangen und noch nie gesehene widerliche Fratzen umtanzten sie ... der Mund riß auf zu einem stummen Schrei, die Augen flehten ihn an: Hilf mir ... Gerd ... hilf mir doch ... und die Schlangen züngelten über den Kopf und schienen ihn zu erdrücken.

Ein dumpfer Schrei brach aus Sassners breiter Brust. Er warf sich herum, rannte in den OP, riß das Beil vom Tisch und stürmte zurück. Mit ein paar wuchtigen Schlägen, hinter denen seine ganze Kraft lag, zerschmetterte er die Tür und stürzte in das Zimmer.

Luise lag im Bett und schrie. In ihren aufgerissenen Augen stand die nackte Todesangst. Jetzt kommt er, war ihr einziger Gedanke. Jetzt wird er mich mit dem Beil erschlagen. Und sie schrie und schrie, zerrte an den Fesseln und warf den Kopf hin und her, als könnte sie damit den erwarteten Schlägen ausweichen.

Sassner warf das Beil weg und sank neben dem Bett auf die Knie.

»Sei still«, stammelte er. »Sei still, Rehlein ... Ich bin ja bei dir. Es ist alles vorbei ... Beruhige dich doch ... Rehlein ...«

Er umfaßte sie, löste ihre Fesseln, drückte sie an sich und küßte Luise auf den aufgerissenen Mund. Er saugte den letzten Schrei von ihren Lippen, und dann lag sie wie erstarrt in seinen Armen und begriff nicht, was mit ihr geschah.

»Gerd ...« flüsterte sie nach einer ganzen Zeit, in der sie still nebeneinanderlagen. »Gerd ... bist du wieder da ...?«

Sassner schwieg. Er starrte an Luises Kopf vorbei in das halbdunkle Zimmer und begann plötzlich zu zittern. Sein Schädel war wie mit Wasser gefüllt, prall voll, nahe dem Platzen, so kam es ihm vor.

»Ich muß sofort operieren«, sagte er dumpf. »Ich muß sofort!«

»Bleib liegen, Gerd ... bleib ganz ruhig liegen ...« Luise preßte die Arme um ihn. Die Worte Ilse Trapps' fielen ihr ein: Es wird bald wieder über ihn kommen, dann muß er töten. Begann es jetzt? Vollzog sich jetzt die fürchterliche Wandlung?

Sassner atmete stoßweise. Schweiß rann über sein verzerrtes Gesicht. Er wollte den Kopf heben, aber Luise umklammerte ihn und drückte ihn an ihre Brust.

»Gerd...« stammelte sie. »Ich bin da... Luise... Rehlein... Und die Kinder warten auf dich. Dorle und Andreas. Komm mit nach Hause...«

»Die Dummheit! O die Dummheit!« Sassner streckte sich. Ein tiefer Seufzer erschütterte seinen massigen Körper. »Ich kann sie ausrotten. Es ist nur ein kleiner Eingriff.«

»Nicht heute«, sagte Luise tapfer und hielt Sassner auf ihrem Körper fest. »Nicht jetzt... später...«

»Die Dummheit ist eine ansteckende Krankheit! Wie eine Seuche breitet sie sich aus. Ich muß etwas tun!«

Er wollte sich mit Gewalt aus ihren Armen befreien, aber die Verzweiflung verlieh Luise ungeahnte Kräfte. Sie rangen im Bett miteinander, bis sie herausfielen und über den Fußboden rollten.

Der Sturz wirkte wie ein Schock. Sassner streckte sich.

»Wie war die letzte Lateinarbeit von Andreas?« fragte er plötzlich mit klarer Stimme.

»Gerd!« Es war ein Aufschrei, der in der Dumpfheit des Zimmers nachklang wie der grelle Ton einer zerspringenden Glocke. Ein unsagbares Glücksgefühl durchströmte Luise. Ich habe ihn wieder, fühlte sie. Ich habe ihn aus seiner schrecklichen Welt des Irrsinns zurückgerissen. Er ist wieder Gerd Sassner... er ist wieder mein Mann, unser Papi. Weinend vor Freude beugte sie sich über ihn und streichelte sein zuckendes Gesicht.

»Er hat eine Vier geschrieben«, sagte sie und küßte Sassners Augen.

»Eine Vier? Das ist eine Schande! Der Bengel war faul! Er kann viel mehr, wenn er nur will. Woran lag es? Grammatik oder Vokabeln?«

»Beides, Gerd.«

»Ich werde mit dem Kerl üben müssen! Und Dorle?«

»Es geht so, Gerd.« Luise legte den Kopf auf seine breite Brust. »Die Kinder vermissen dich. Bis jetzt glauben sie, daß du tot seist. O Gott, welche Freude, wenn du mit mir zurückkommst...«

Mitten im Satz stockte sie. Freude?

Zurück kam ein irrer Mörder. Der Gerd Sassner, der jeden Sonntagmorgen angeln ging und dann singend zu seinem Wochenendhaus zurückkehrte, war wirklich gestorben. Den Fabrikanten Sassner gab es nicht mehr, auch nicht mehr den zärtlichen Vater.

Wenn es ihr jetzt gelang, ihn aus diesem schrecklichen Haus

wegzuführen, schlossen sich hinter ihm für immer die Türen einer Heilanstalt. Für das, was Sassner getan hatte, konnte man ihn nicht verantwortlich machen. Sein Gehirn war zerstört, gespalten in zwei Teile, von dem jedes für sich eine geniale Ausstrahlung hatte. Was an ihm Mensch war, war nur eine große fleischige Hülle ... was aber den Menschen adelt, die Seele, das Gewissen, das Erkennen von Gut und Böse, war ertrunken im Wahnsinn.

Zurück in das Leben?

Für Gerd Sassner gab es das nicht mehr.

Luise richtete sich auf und sah ihrem Mann tief in die Augen. Diese Augen waren glänzend und von einer glasartigen Starrheit. Wie die künstlichen Augen in Puppen und Schaukelpferden. Nicht eine Regung war in ihnen, nicht ein Widerschein von Freude oder Erkennen. Es war ein gläserner Blick, entblößt von jeglicher Regung.

Mit einer Zärtlichkeit, die erschütterte, streichelte sie wieder über sein Gesicht. Es war wie ein letztes Abschiednehmen.

Er hat keine Seele mehr, dachte sie dabei, und ihr Herz krampfte sich zusammen. Aber er ist da, und ich werde bei ihm bleiben bis zum Ende.

»Ich liebe dich, Gerd«, sagte sie leise.

Er schien es nicht zu hören. Doch dann regte er sich plötzlich, warf sich herum und drückte Luise unter sich. Wie ein wildes Tier fiel er über sie her. Sie wehrte sich nicht, aber sie hielt die Augen krampfhaft geschlossen, um ihn nicht anzusehen. Als es vorbei war, stand er am Fenster vor den verriegelten Läden, groß, breit, schwer atmend, erlöst von dem unerträglichen Druck in seinem Gehirn.

»Sie sollten sich ins Bett begeben, Madame«, sagte er, ohne sich umzudrehen. »Ein so junger Vogel wie Sie braucht noch die Nestwärme.«

Dann verließ er das Zimmer, indem er sich durch die zertrümmerte Tür zwängte. Wie auseinandergerissen blieb Luise auf dem Dielenboden liegen.

Was soll ich tun, dachte sie. O Gott, was soll ich tun?

Er ist kein Mensch mehr ...

Die sechsköpfige Kommission aus München mußte noch eine halbe Stunde in Dorians Zimmer warten, bis der Professor endlich von dem gasvergifteten Hintzler weg konnte. Dr. Keller blieb zurück. Der Zustand des Bademeisters war kritisch; auch reiner Sauerstoff und kreislaufanregende Injektionen trieben das Gas nicht aus seinem Körper.

Professor Dorian war von Dr. Janson informiert worden, wer da in seinem Zimmer auf ihn wartete. Kampfeslustig, den Kopf etwas eingezogen, so wie er immer seine berühmten Vorträge absolvierte, von denen jeder bisher der Medizin einen Fehdehandschuh hingeworfen hatte, betrat er forschen Schrittes den großen Raum. Die Herren aus München und der Kreisarzt fuhren herum. Sie hatten, um sich die Zeit zu vertreiben, Röntgenbilder vom Schreibtisch genommen und hielten sie gegen das Sonnenlicht.

»Guten Tag!« sagte Dorian etwas sarkastisch. »Ich sehe, die Herren informieren sich bereits. Darf ich sagen: Die Sonne bringt es an den Tag! Nur um keine Verwechslungen aufkommen zu lassen: Was Sie da ansehen, ist nicht das Hirn eines Paralytikers, sondern das Hirn eines Orang-Utans, der durch Injektionen von Gehirnbrei eines toten Menschen erstaunliche Intelligenzleistungen zeigte.« Er verbeugte sich knapp und lächelte zurückhaltend. »Dorian ...«
Die Herren legten die Röntgenbilder schnell auf den Tisch zurück. Die Überraschung war ihnen peinlich. Sie trug auf gar keinen Fall dazu bei, eine freundliche Atmosphäre zu schaffen. Aber das hatte Dorian auch nicht erwartet. Er ging zu der großen Sitzgruppe, wies auf die Sessel und nickte einladend.

»Setzen wir uns, meine Herren. Mein Assistenzarzt meldete mir hohen Besuch aus München.« Dorian sah Dr. Hugenbeck an, der es übernommen hatte, die Herren vom Innenministerium und der Staatsanwaltschaft vorzustellen. Den Kreisarzt kannte Dorian von verschiedenen Vorträgen. Dr. Hugenbeck von der bayerischen Ärztekammer war ihm zweimal in München begegnet, als er für zwei Nervenärzte, die aus Dorians Klinik hervorgegangen waren, die Niederlassung als Praktiker im Münchner Raum befürwortete.

Dorian blieb stehen, als sich die Herren setzten. Sein Blick glitt über die steifen Gestalten.

Da sitzen sie nun wie die Scharfrichter, die auf das Beilchen warten, dachte er. Sechs Maßanzüge, aus denen sechs alltägliche Köpfe hervorgucken.

Der Kreisarzt. Er hat einmal den Traum gehabt, Chefarzt zu werden. Aber irgendwie reichte es nicht, er lud sich auf mit Komplexen und wurde Beamter. Nun regiert er über einen Stab von Ärzten und Schwestern, untersucht Junglehrerinnen und

Beamtenanwärter, kümmert sich um die Lungenfürsorge und die wöchentlichen Kontrollen der Dirnen, sieht sich die Giftbücher der Apotheken an und führt Listen über die süchtigen Ärzte in seinem Revier. Dreimal war er auf Hohenschwandt und schien nicht zu verstehen, was hier geschah. Am meisten schien ihn Dorians singender Gorilla Johann erschreckt zu haben. »Man soll Gott nicht so ins Handwerk pfuschen!« hatte er später am Stammtisch geäußert. Ein guter Christ war er nämlich auch.

Dr. Hugenbeck von der Ärztekammer. Sohn eines Bierbrauers. Sehr klug, sehr clever, mit Verbindungen überallhin. Das machte ihn für die Ärztekammer so wertvoll ... Hugenbeck-Bier war in Bayern bekannt. Bei Verhandlungen mit Behörden oder Krankenkassen war das ein wichtiger Faktor. Wenn Dr. Hugenbeck mit den Gemeinden über Niederlassungen junger Ärzte verhandelte, gab es nie Widersprüche. Seine ganze Liebe aber galt der Jägerei. Es war schon einmal vorgekommen, daß er im Ehrenausschuß der Ärztekammer einen Kollegen herausgepaukt hatte, weil man ihm versprochen hatte, er könne einen Vierzehnender in dessen Revier schießen. Dr. Hugenbeck war dick, kurzatmig und mit einer sieben Jahre älteren Baronin verheiratet. Nach zwanzigjähriger Ehe konnte er das selbst nicht mehr verstehen.

»Sie setzen sich nicht, Professor?« fragte Dr. Hugenbeck und griff in den Zigarrenkasten, der auf dem Tisch stand.

»Es wäre nicht angebracht.« Dorian lächelte mokant. »Beim Verhör haben die Angeklagten zu stehen.«

»Wer spricht denn davon?« warf der Kreisarzt ein. Er bekam rote Ohren, als stünde er im Frost.

»Ärztekammer, Innenministerium, Staatsanwaltschaft ... ich glaube kaum, daß rein wissenschaftliches Interesse Sie zu mir führt, meine Herren. Ich habe Sie übrigens erwartet.«

»So?« Dr. Hugenbeck schnitt die Spitze seiner Zigarre ab. »Daher der grandiose Empfang mit Bettfedern und Möbeltrümmern! Ich muß sagen, Ihnen fällt immer etwas Neues ein.«

»Die Kranken einer Station haben gemeutert.« Dorian legte die Unterarme auf die hohe Lehne des vor ihm stehenden Sessels.

»Ich nehme an, daß das in Nervenkliniken nicht allgemein üblich ist?« Der Herr von der Staatsanwaltschaft klappte seine Aktenmappe auf. »Ich darf gleich zur Sache kommen, Herr Professor?«

»Aber bitte. Über das schöne Wetter können wir uns nachher noch unterhalten.«

Ein arroganter Kerl, dachte der Kreisarzt. Aber seine Sicherheit wird noch vergehen. Was da in dem dünnen Aktenstück ruht, ist so massiv, daß darüber auch ein kleiner Gott wie Dorian vom Thron stürzt.

Dr. Hugenbeck rauchte seine Zigarre an. Er wartete. Seine Zeit kam noch. Von vier Seiten hatte er Gutachten zugeschickt bekommen. So verschieden sie waren, in einem glichen sie sich wie Vierlinge: Die Klinik Hohenschwandt verstößt gegen das juristische, moralische und medizinische Gesetz, nach dem man am Menschen keine Versuche unternehmen darf.

»Es liegt eine Anzeige vor«, sagte der Herr von der Staatsanwaltschaft. »Sie ist so komplex, daß die Staatsanwaltschaft sich entschlossen hat, die Voruntersuchung in Zusammenarbeit mit dem Innenministerium und der Ärztekammer selbst zu übernehmen.«

Dorian winkte lässig über die Sessellehne. »Bitte, voruntersuchen Sie, meine Herren. Doch bevor Sie beginnen, noch ein Wort: Die Anzeige beruht auf Informationen des von mir entlassenen Pflegers Leopold Wachsner. Diese Informationen sind falsch. Poldi, so wurde er hier bei uns genannt, hatte Schulden. Um Geld zu bekommen, verkaufte er geradezu dämliche Wahrheiten an gewisse Kreise, die ein Interesse haben, meine Forschungen zu bremsen, weil sie ihren eigenen Forschungen vorauslaufen. Professor Lorantz hat übrigens eine herrliche Niederwildjagd, nicht wahr, Kollege Hugenbeck?«

Der Abgesandte der Ärztekammer hüstelte etwas.

»Sie haben nach vorausgegangenen Tierversuchen auch an einem Menschen, der Name ist Gerd Sassner, eine Hirnoperation vorgenommen, die neurochirugisch völlig unbekannt war.«

»Einmal muß das Neue ja bekannt werden«, erwiderte Dorian ruhig. »Vor hundert Jahren galten Blähungen als Krankheit, heute jubelt man über einen geregelten Verdauungsvorgang.«

»Das Hirn ist kein Darm!« rief der Kreisarzt, erregt über Dorians Gleichgültigkeit.

Dorian nickte ihm erfreut zu. »Sie sprechen eine erschütternde Weisheit charmant aus, Herr Kollege.«

»Meine Herren!« Dr. Hugenbeck wedelte mit beiden Händen durch die Luft. »Bleiben wir doch sachlich. Das Thema ist sowieso heiß, auch ohne Ihre Aufheizung. Es geht ja schließlich nicht um Details, sondern um Grundsätzliches. Herr Professor ...«

»Ich höre, Kollege Hugenbeck.«

Der Vertreter der Ärztekammer sah hilfesuchend zu dem Herrn aus dem Innenministerium. Auch wenn man einen Menschen wie Dorian als störend ansieht ... er bleibt doch ein Mediziner. Was hier verhandelt werden sollte, war eigentlich so ungeheuerlich, daß alle Rücksicht zu schweigen hatte. Vor allem ein Satz hatte wie eine Granate eingeschlagen: »Was in der Klinik Hohenschwandt geschieht, ruft Parallelen zu den Menschenversuchen wach, die die Nazis in Heilanstalten unternahmen. Auch dort wurden kranke, hilflose Wesen von skrupellosen Ärzten mißbraucht, mit neuen Mitteln behandelt, mit neuen Methoden operiert, bis sie starben.«

Die Staatsanwaltschaft hatte sich nach dieser Anzeige sofort mit der Ärztekammer und diese mit dem Innenministerium als Aufsichtsbehörde für Privatkliniken in Verbindung gesetzt.

Hohenschwandt eine Experimentieranstalt?

Der Kreisarzt, den man sofort anrief, wußte von nichts. Aber er hatte allerlei hintenherum gehört, der übliche Weg in dörflichen Lebensgemeinschaften. »Dorian soll sich mit ganz ausgefallenen Dingen beschäftigen«, bestätigte er. »Denken Sie nur an den singenden Gorilla. Wer weiß, was auf Hohenschwandt sonst noch los ist. Aber man kann ja nicht einfach hinfahren und sagen: Was machen Sie da?«

»Wir werden schon einen Weg finden«, hatte Dr. Hugenbeck geantwortet. Nun waren sie da, saßen in Dorians Zimmer und rangen nach Worten und Formulierungen.

Dorian schien zu spüren, wie schwer es war, zur Sache zu kommen, ohne als Inquisitor aufzutreten. Er wußte aber auch, daß jetzt eine große Entscheidung fiel. Engstirnigkeit und Arroganz sind die Feinde des Fortschritts. An ihnen zerbrach schon manches Werk, das der Menschheit ein schöneres Leben beschert hätte.

»Bevor Sie Ihre Akten strapazieren«, sagte Dorian deshalb, »darf ich die Herren vielleicht erst einmal durch meine Klinik und dann in die Räume führen, die in Ihren Schriftstücken als die ›Giftküchen‹ bezeichnet werden. Es kann sein, daß sich dann viele Fragen von selbst lösen. Darf ich bitten, meine Herren.«

Es sollte sich herausstellen, daß Dorian zuviel von seinen Besuchern verlangte. Er befriedigte zwar ihre Neugier und einen gewissen Sensationsdrang, aber es gelang ihm genau das Gegenteil dessen, was er mit seiner Großzügigkeit bezweckt hatte: Die Herren aus München kehrten mit einer leichten Gänsehaut in das Chefzimmer der Klinik zurück.

Sie hatten die einzelnen Stationen besichtigt und mit den Kranken gesprochen. Das war nichts Neues für sie. Geisteskranke zu interviewen ist eine Sache für sich. Der Regierungsrat mit seinem Weltbild aus Schweizer Käse, der Bauunternehmer Jakob mit seinem Messiaswahn, der vor Dr. Hugenbeck eine flammende Predigt hielt und ihn anschrie: »Sünder! Auf die Knie, du Kringelscheißer!«, was Dorian besonders erfreute, der Oberlehrer Zicke, der gerade Violine spielte, eine Sonate von Mozart, und dazu unentwegt redete, und schließlich auch der Lebensmittelgroßhändler mit seinem Löcherwahn, sie alle und die anderen Geisteskranken bewiesen, daß sie glücklich auf Hohenschwandt waren und die beste Pflege hatten. Die Zimmer waren sauber und hell, die Schwestern nett und hilfsbereit, die Stationsärzte höflich und fachlich einwandfrei, wie sich der Kreisarzt durch ein paar Fangfragen überzeugen konnte. Küchenräume, Werkstätten, Wäscherei, Labore, Röntgenzimmer, OPs – die Klinik Hohenschwandt war ein Musterbetrieb.

Dieser gute Eindruck änderte sich, als Dorian zu den Nebengebäuden kam. Nicht, daß hier nicht die gleiche peinliche Sauberkeit und Ordnung geherrscht hätte, aber hier kamen die Herren aus München in ein Reich, wo zwar ihre Augen, aber nicht ihr Auffassungsvermögen zu tun bekamen.

Da war zunächst der »Tierbau«.

Dorian führte seine Affen und Ratten, Kaninchen und Meerschweinchen, weißen Mäuse und Katzen, Hunde und drei simple Hausschweine vor.

»Schweine?« fragte Dr. Hugenbeck angriffslustig. »Wollen Sie denen auch das Singen beibringen? Das ›Dorian-Trio‹ singt ›O sole mio‹?«

Dorian überhörte diesen massiven Angriff. Es hatte keinen Sinn, jetzt schon in die Arena zu steigen. Noch waren die Stiere nicht hungrig genug. »Diese Schweine werden ohne Dressur zu Artisten werden«, sagte er fast dozierend.

»Trapezkünstler?« warf der ewig lustige Hugenbeck ein.

»Nein, Reifenspringer. Ich habe ein Schwein mühsam dazu gebracht, beim Klang eines Gongs durch einen Reifen zu hüpfen. Aus dem Hirn dieses Schweines stelle ich eine injektionsfähige Lösung her, die ich diesen drei Mädchen da einspritze.«

Dorian tätschelte die fetten Rücken der in ihrer Box grunzenden und schnüffelnden Schweine. »Nach vier Injektionen werden auch sie durch den Reifen springen.«

»Danke.« Der Kreisarzt warf einen schnellen Blick zu den Herren vom Innenministerium und der Staatsanwaltschaft. Was habe ich gesagt, bedeutete dieser Blick. Dorian ist selbst ein Verrückter. Statt sich um seine Klinik zu kümmern, dressiert er Schweine!

Zwei Stunden lang hielten sie sich in den »heiligen Räumen« auf, wie man auf Hohenschwandt diese abseits liegenden Gebäude nannte. Mit leisem Schaudern betrachteten sie die aus dem Kopf genommenen, durch einen künstlichen Blutkreislauf in einer Glasglocke weiterlebenden Tiergehirne und saßen dann starr im Filmvorführraum, wo Dorian ihnen den Film mit den Affen vorführte: die im Experiment gelungene Übertragung von Intelligenz durch einen Hirnbrei.

Als Dorian die Lichter wieder andrehte, wußte er, daß sein Versuch, diese Männer, die ihn aus Kurzsichtigkeit und Mißgunst vernichten wollten, durch die Größe seiner Erfolge zu überzeugen, mißlungen war. Er erkannte es an ihren Blicken.

»Das war es«, sagte er.

Dr. Hugenbeck lehnte sich weit zurück. Der Herr vom Innenministerium, ein Oberministerialrat, schneuzte sich laut. So etwas gibt es ja gar nicht, dachte er. Intelligenz, die man essen kann! Mein Gott, dieser Dorian ist ja eine Gefahr für uns alle.

»Wir wollen uns klar darüber sein«, sagte er laut, als alle anderen schwiegen, »daß es kommenden Wochen vorbehalten bleibt, über Wert oder Unwert dieser Experimente zu urteilen. Das Ministerium wird eine Reihe von Gutachten einholen, nicht nur von deutschen Wissenschaftlern, sondern auch aus dem Ausland. Eines aber kann ich schon jetzt sagen: Was ich hier gesehen habe, ist so ungeheuerlich, daß ich, bei aller Achtung vor Ihrer ärztlichen Leistung, Herr Professor, nicht mehr in der Lage bin, die Fortführung der Klinik als Privatunternehmen zu gestatten.«

Dorians Gesicht versteinerte. »Sie wollen die Klinik von Staats wegen schließen?«

»Ja.«

»Warum?«

»Es geschehen hier Dinge, die keiner Kontrolle mehr unterliegen.«

»Es geschehen hier Dinge, die Ihre in Trägheit ermüdeten Gehirne nicht mehr begreifen!« rief Dorian heftig. »In den letzten zwanzig Jahren haben die Geisteskrankheiten in erschreckendem Maße zugenommen. Die Anstalten sind überfüllt, in Tausenden Familien werden Idioten, Mongoloide, Schwachsinnige, hochgradige Epileptiker versteckt, weil es für sie keinen Platz auf dieser Welt gibt. Die Zahl der Sexualmörder steigt von Jahr zu Jahr, die Alkoholiker sind fast ein Volk für sich. Und was tut die Medizin? Sie steht still, sie schockt, sie dämpft, sie hypnotisiert und psychoanalysiert, sie lobotomiert im schlimmsten Fall, sitzt vor den Elektroenzephalogrammen und starrt fasziniert auf die Hirnströme, die beweisen: Dort liegt ein Idiot, dessen Felder 4 oder 7 oder 21 geschädigt sind. Und dann? Ab in den Krankensaal, in die Einzelzelle, wenn er tobt. O ja, ja... heben Sie nicht die Hand, meine Herren, ich weiß, was Sie sagen wollen. Die neue Form der Geisteskrankenbehandlung. Beschäftigungstherapie, Psychopharmaka, Spiel und Sport, einen Hauch von Leben in diese halbtoten Gefäße bringen. Soll es dabei bleiben? Soll das Hirn, das den Menschen erst zum Menschen macht, aus einer unverständlichen heiligen Scheu heraus unantastbar sein? Immer gab es in der Medizin ›heilige‹ Bezirke, weil die Mehrzahl der Ärzte zu dumm war, in sie einzudringen. Vor zweihundert Jahren war es das Herz, das niemand antasten konnte. Heute gehört eine Operation am Herzen fast schon zum alltäglichen Stundenplan der großen Kliniken. Vor fünfhundert Jahren zog man mit Klappern durch die Städte und Dörfer, um die Pest zu vertreiben. Bei Cholera brannte man alles nieder. Mein Gott, unsere Menschheit steht vor der Vollkommenheit, sie schießt Satelliten in den Weltraum, Raumkapseln zum Mond, Fernsehstationen in die Umlaufbahn der Erde ... und vor dem Hirn, das dies alles erdenkt, macht sie halt? Ich stehe vor der großen Erfüllung, in ein paar Generationen nur intelligente Menschen auf dieser Erde zu haben, und Sie reden hier von Ungeheuerlichkeiten? Meine Herren...« Dorian ging zu einem Spritzenkasten und klappte ihn auf. »Darf ich Ihnen eine Injektion anbieten? Vielleicht verstehen Sie mich nach dieser Spritze besser!«

Die Herren aus München schwiegen betroffen. Nur Dr. Hugenbeck verlor nicht seinen jovialen, gefährlichen Humor. Für ihn war diese Demonstration ein vollkommener Sieg. Wer diese Filme gesehen hatte, wer Dorian jetzt hörte, brauchte nicht mehr überzeugt zu werden, daß hier gehandelt werden mußte. Schnell gehandelt.

»Ich bin beauftragt«, sagte er ohne große Geste, »Sie im Namen der Ärztekammer zu bitten, bis zur endgültigen Klärung oder Würdigung Ihrer Forschungen von weiteren ärztlichen Handlungen abzusehen, Herr Professor.«

»Sie wollen mich kaltstellen?« Dorians Stimme sank zu einem Flüstern herab. »Sie wollen mich entmündigen?«

»Bis zur Klärung aller Vorfälle muß das Ministerium darauf bestehen, daß, wenn die Klinik im Interesse der schwererkrankten Patienten weitergeführt wird, eine Ärztekommission die Leitung übernimmt.« Der Oberministerialrat zog nervös an seiner Krawatte. »Es kann auch ein Arzt Ihres Vorschlags sein, Herr Professor, wenn er die fachliche Eignung besitzt und von einem neutralen Ärztegremium genehmigt wird.«

Dorian ließ die wie zur Abwehr erhobenen Hände sinken. Es hat keinen Sinn, sich jetzt dagegen zu wehren, sagte er sich vor. Es hat keinen Sinn. Im Augenblick sind sie stärker als ich. Sie haben die Staatsgewalt hinter sich.

»Bitte«, sagte er mit Bitterkeit in der Stimme. »Sie werden diese Stunde noch einmal bereuen.« Er blickte hinüber zu dem Staatsanwalt, der sich die Stirn mit einem Taschentuch abtupfte. »Verhaftet werde ich nicht?«

»Machen Sie es uns nicht zu schwer, Herr Professor.« Der Staatsanwalt atmete tief. »Wir möchten Ihre Operationsberichte einsehen, die Krankengeschichten, alle Akten...«

»Es steht Ihnen alles zur Verfügung.« Mit einer müden Gebärde umfaßte Dorian seine ganze Klinik. »Suchen Sie sich heraus, was Sie brauchen. Alles andere werden meine Anwälte regeln.« Er sah zu Dr. Hugenbeck, der etwas entgegnen wollte, und winkte ab. »Nein, nein... genau das will ich nicht, was Sie denken: Stillschweigen, kein Aufsehen, Diskretion. Nein! Ich *will* den Skandal! Ich *will* die Öffentlichkeit! Ich *will* das Forum des freien Geistes! Was hier jetzt geschieht, sollen Millionen erfahren! Morgen werde ich eine Pressekonferenz geben, in allen Zeitungen soll es zu lesen sein, von allen Bildschirmen schimmern! Und ich will einen Prozeß, um im Gerichtssaal vor aller Welt beweisen zu können, daß die Menschheit an der letzten Stufe ihrer Entwicklung steht, aber diese durch Kleindenken und Mißgunst einiger Cliquen nicht betreten darf!« Dorian fuhr herum. »Es gibt doch einen Prozeß, Herr Staatsanwalt?«

»Voraussichtlich ja.«

»Und wie wird die Anklage lauten?«

»Fahrlässige Tötung durch einen operativen Eingriff.«

»Ach! Und wen soll ich getötet haben?«
»Gerd Sassner.«
»Aber er lebt doch!«
»Das ist nicht bewiesen.« Der Staatsanwalt bekam ein hartes, kantiges Gesicht. »Sollte es sich aber bewahrheiten, daß er dieser gesuchte wahnsinnigee Mörder ist, wird die Staatsanwaltschaft die Rechtslage untersuchen, ob man Sie für diese Morde verantwortlich machen kann. Die Umwandlung Herrn Sassners in diese Bestie erfolgte, das dürfen wir als bewiesen ansehen, durch Ihre Operation. Wir haben dafür zehn von Ihnen selbst eingeladene Zeugen, deren Fachwissen Sie ja nicht anzweifeln werden.«

Dorian schwieg. Der Kreis war geschlossen. Seine Gegner konnten triumphieren. Aber er gab nicht auf. Er erweckte nur den Anschein, als sei er geschlagen. Er wollte auf sein Forum warten, auf die Aufmerksamkeit der ganzen Welt.

Dr. Hugenbeck sprach es aus, als man ohne Dorian, der im »Tierhaus« zurückblieb, langsam zurück zur Klinik ging.

»Er ist ein alter, kluger Löwe«, sagte er. »Wir haben ihm einen Pfeil ins Fell geschossen, und nun stellt er sich tot. Aber er lebt, kräftig wie eh und je. Ich glaube, meine Herren, dieser Fall wird uns noch eine Menge Kopfschmerzen bescheren...«

Am späten Abend kam Angela verstört in die Wohnung Dr. Kellers.

»Ist es wahr, was alle erzählen?« rief sie und blieb mit geballten Fäusten stehen.

»Ja!« sagte Dr. Keller müde.

»Sie haben Vater das Arbeiten verboten?«

»Ja.«

»Sie wollen ihn anzeigen?«

»Ja.«

»Sie wollen die Klinik schließen?«

»Ja!«

»Ja! Ja! Mehr kannst du nicht sagen? Ich war bei Vater. Er hat sich eingeschlossen, bei seinen Tieren. Er macht nicht auf. Ich habe gerufen und gebettelt. Man muß ihm doch helfen! Alle sitzt ihr nur herum und laßt die Köpfe hängen! Warum rufst du nicht Papas Rechtsanwälte an?«

»Es ist alles schon geschehen.« Dr. Keller wischte sich über die Augen. Sie brannten vor Übermüdung. »Die Schriftsätze werden schon diktiert. Morgen ist eine Pressekonferenz. Funk und Fernsehen kommen.«

»Das ändert aber nichts daran, daß man Vater wie einen Verbrecher behandelt. Daß er nicht mehr seine Kranken behandeln kann!«

»Nein. Die Leitung der Klinik hat ein anderer übernommen.«
»Ein anderer? Vaters Lebenswerk? Wer ist es?«
»Ich ... O«

Einen Augenblick stand Angela starr. Dann nahm sie den ersten besten Gegenstand, der in der Nähe war – eine Vase mit Nelken – und schleuderte ihn gegen Dr. Keller. Er bückte sich schnell und entging so dem Wurf.

»Du Schuft!« sagte Angela mit tonloser Stimme. Und dann lauter, voll Verachtung: »Du erbärmliches Karriereschwein...«

»Angela!« Dr. Keller rannte um seinen Schreibtisch herum. Aber er erreichte Angela nicht mehr. Er sah sie über den langen Gang laufen, als flüchte sie vor etwas maßlos Entsetzlichem, als jage sie um ihr Leben den Flur entlang und die Treppe hinunter.

»Angela!« schrie er. Er erreichte die Treppe, als sie eine Etage tiefer um die Ecke bog. »Ich will doch nur die Klinik retten!« brüllte er. »Ich will die Klinik retten!«

Am Freitag um vier Uhr nachmittags erschien Leopold Wachsner frohgelaunt in der Kanzlei des Rechtsanwalts, der ihm seinen Judaslohn auszahlen sollte. Er schwenkte seinen Hut, nannte seinen Namen und erfuhr von der Sekretärin, daß der Herr Rechtsanwalt nicht im Büro sei. Aber ein Brief sei für ihn da.

»Das ist die Hauptsache«, sagte Poldi. »Wissen Sie, was da drin ist?« Er nahm den Brief. »Geld! So viel Geld, wie ich noch auf keinem Haufen gesehen habe. Passen Sie mal auf, Fräulein...«

Mit dem Zeigefinger schlitzte er das Kuvert auf. Aber statt Geldscheinen oder einem Scheck fiel nur ein Brief heraus. Er war kurz, und als Poldi ihn gelesen hatte, setzte er sich auf den Stuhl neben dem Schreibtisch, begann zu schwitzen und gleichzeitig zu frieren.

»Das ist doch nicht möglich«, stammelte er. »Das ist doch nicht wahr! Fräulein, hören Sie mal...«

»Ich weiß. Ich hab' ihn ja selbst nach Diktat geschrieben.«

»Das ist ja Betrug. Das ist... Fräulein...« Leopold Wachsner wischte sich über das Gesicht. Seine Hände zitterten. In seine Augen trat eine kindliche, erschütternde Angst. »Wenn das wahr ist... da kann ich mich ja aufhängen... da... da ist ja alles zu Ende...«

»Das müssen Sie mit dem Herrn Rechtsanwalt besprechen«, sagte die Sekretärin kühl. »Ich muß jetzt arbeiten...«

Leopold Wachsner verließ das Büro und fuhr mit der Straßenbahn nach Hause. Er wohnte in einem kleinen Hotel in Schwabing, das Zimmer war von unbekannten Wohltätern vorausbezahlt. In dem engen Zimmer setzte er sich nieder, kramte den Brief aus der Tasche und las ihn immer wieder durch.

»Ich habe Ihnen im Namen meiner Auftraggeber mitzuteilen, daß die Zuwendungen, die Ihnen zugesagt waren, leider nicht ausgezahlt werden können, da die von Ihnen erbrachten Gegenleistungen nicht den Erwartungen meiner Auftraggeber entsprachen.«

»Das geht doch nicht«, sagte Leopold Wachsner. »Das geht doch nicht! Sie können mich doch jetzt nicht in den Hintern treten...«

Siebenmal rief er bei dem Rechtsanwalt an, zuletzt nachts um ein Uhr. Als er hörte, daß man die Polizei benachrichtigen würde, um ihn wegen Belästigung und Beleidigung abzuholen, hängte er weinend ein. Beim Nachtportier holte er sich eine Flasche Cognac auf Rechnung und lieh sich Briefpapier und einen Kugelschreiber. Dann schloß er sich ein, schrieb einen Brief, trank die Flasche Cognac aus, zerriß das Bettuch, befestigte es am Haken der Gardinenleiste, band sich das andere Ende um den Hals, stellte sich auf einen Stuhl und trat ihn unter sich weg. Das Umfallen, das leise Poltern hörte niemand im Haus, weil gerade in dieser Minute ein Lastzug ratternd durch die Straße fuhr.

Gegen Mittag brach man die Tür zu seinem Zimmer auf und fand Leopold Wachsner wie eine riesige Troddel an der Gardinenleiste hängen.

Auf dem Bett lag ein Brief. Mit großer Schrift war die Adresse geschrieben.

Herrn Professor Dr. Dorian. Privatklinik Hohenschwandt.

Der Polizist, der den Selbstmord später protokollierte, nahm den Brief an sich. Er sollte recht bald eine wichtige Rolle spielen.

## 12

Professor Dorian kehrte am Morgen aus dem »Tierbau« zurück. Nachdem Angelas Bitten und Flehen nicht vermocht hatten, ihn aus der Verzweiflung, die ihn überfallen hatte, herauszureißen, gaben es auch Dr. Keller und Dr. Kamphusen auf, den Chef zu bitten, wenigstens zu einer Aussprache herauszukommen.

In diesen Nachtstunden kamen sich Keller und Kamphusen menschlich näher, als sie erwartet hatten. Vor allem der dicke, häßliche Kamphusen, den Keller immer als einen charakterlosen Streber angesehen hatte, als einen Nichtskönner, der nur durch Speichellecken Karriere zu machen versuchte, entpuppte sich als ein Mensch, der bisher unter seinen Minderwertigkeitskomplexen gelitten hatte und nun alle Fesseln seines gehemmten Wesens sprengte.

»Ich werde meinen Mund nicht halten!« rief er, als die Kommission aus München wieder abgefahren war. »Und wenn sie mir noch so drohen mit Ausschluß aus der Ärztekammer, mit Absprechung der Approbation... ich schweige nicht! Ich werde – wenn's nötig ist – wie ein Wanderprediger durch die Lande ziehen und allen erzählen, welche Intrigen hier den medizinischen Fortschritt abwürgen! Herr Keller, ich habe ein ansehnliches mütterliches Erbe. Es liegt unberührt auf der Bank. Eines Tages sollte es zur Einrichtung einer Praxis dienen, vielleicht auch als Grundstock einer kleinen Privatklinik für Gemütskranke. Ich werde dieses Erbe benutzen, um meine Aufklärungsfahrt zu finanzieren! Durch die ganze Welt werde ich reisen!«

»Es ist fraglich, ob Dorian so etwas nützen kann.« Dr. Keller sah auf die verschlossene Tür, hinter die sich Dorian zurückgezogen hatte. »Sie kennen unsere Gegner so gut wie ich. Medizinische Argumente wischen sie mit einer Handbewegung vom Tisch, so wie man eine Fliege verscheucht. Gegenbeweise? Warum? Diskussionen? Zeitverschwendung. Es genügt völlig, zu sagen: Die Experimente Dorians haben keinen wissenschaftlichen Wert – und alle Welt glaubt es! Sie werfen ihre großen Namen in die Waagschale. Alles ist nur ein Gewichtsproblem: Dorians Name gegen zehn andere große Namen... logisch, daß einer gegen zehn immer verliert. Warum sich die Mühe machen, die neuen, revolutionären Erkenntnisse überhaupt zu prüfen? Sie sind lästig... das genügt. Ein Dorian stört... also muß er weg! Die Kranken? O Gott, um sie geht es gar nicht. Denken

Sie nur an die sogenannten Außenseiter in der Krebsbehandlung. Man würgt sie ab, man macht sie lächerlich, zerrt sie vor Gericht, nur weil ihre Methoden der von den Ordinarien geheiligten Schulmedizin zuwiderlaufen. Was nicht in das Schema paßt, was den Lehrbüchern widerspricht, wird rücksichtslos vernichtet. Ob die Kranken darunter leiden, ob vielleicht dadurch wirklich lebensrettende Therapien gar nicht zum Zug kommen, wen kümmert das? Die eigene Ansicht, die eigene Lehrmeinung ist maßgebend. Mein Lieber, es ist zum Kotzen in der Medizin!«

»Und das sollen wir einfach so hinnehmen? O nein! Ich reiße die Klappe auf wie ein mittelalterlicher Prediger!«

Dr. Keller sah Dr. Kamphusen dankbar an. In diesem Augenblick sprang zwischen beiden ein Funke über, der sie auf rätselhafte Weise zusammenschmolz. Sie spürten es und lächelten sich an.

»Tun Sie es nicht«, sagte Keller langsam. »Man wird es sofort ummünzen: Jetzt geht Dorian auf den Jahrmarkt! Der neue Doktor Eisenbarth. Und nichts tötet mehr als Lächerlichkeit.« Spontan reichte er Kamphusen die Hand. »Ich danke Ihnen, daß Sie dazu bereit sind.«

»Das ist doch selbstverständlich.« Kamphusen nahm die Hand an. Sein Druck war weich und schwammig, aber er konnte ja nichts dafür, daß ihn die Natur benachteiligt hatte. Er wußte es zu genau und litt still darunter. »Was jetzt werden soll, wissen Sie es, Herr Keller?«

»Ja. Hohenschwandt arbeitet weiter wie bisher. Man hat mir die kommissarische Leitung übertragen. In ein paar Tagen sieht alles anders aus. Ich habe das dumpfe Gefühl, daß unsere Gegner zu voreilig waren, zu sehr aufgeschreckt von den neuen Dingen, die alles Bisherige umstülpen! Ich weiß, daß Dorian einen großen Artikel in Amerika veröffentlicht; die Nummer der ›Monatsschrift für Psychiatrie und Neurologie‹ muß in den nächsten Tagen auf den Markt kommen. Was in diesem Forschungsbericht steht, kann man nicht wie einen Brotkrümel vom Tisch fegen.«

»Man wird einfach nicht darauf reagieren. Totschweigen war immer eine beliebte Waffe in der Medizin.«

»Bisher. Über das, was Dorian hier veröffentlicht, kann man nicht schweigen. Es rüttelt an den Grundfesten aller bisherigen Erkenntnisse über die Funktionen des Gehirns. Es wird zu einer Diskussion kommen, und sie wird seine Rettung sein!«

So stand es in Hohenschwandt am Morgen, als Professor Dorian aus seinem »Tierbau« kam.

Die Nacht hatte ihn völlig verwandelt. Er kehrte in die Klinik nicht als alter, gebrochener Mann zurück, sondern ganz im Gegenteil aufrecht, energiegeladen, voll Kampfeswillen. Angela, die ihm entgegeneilte und weinte, wies er fast betroffen ab.

»Was ist denn los?« fragte er und sah in die Runde. Dr. Keller, Dr. Kamphusen, Dr. Janson und die anderen Ärzte standen da, als habe ein Blitzschlag ganz Hohenschwandt eingeäschert. »Ich sehe nur verschleierte Augen! Was soll das? Es ist doch gar nichts geschehen, was wir nicht vorausgesehen und erwartet hätten!« Er ging forschen Schrittes zu seinem Schreibtisch, zog das Schlüsselbund ab und reichte es Dr. Keller. »Bitte, Bernd.«

Dr. Keller rührte sich nicht. »Der Chef sind und bleiben Sie«, sagte er. »Daran ändern weder Staatsanwaltschaft, noch Ärztekammer oder Innenministerium etwas!«

»Wir werden jeden von dieser Seite, der es noch einmal wagen sollte, Hohenschwandt zu betreten, aus dem Haus boxen!« rief Dr. Kamphusen mit hochrotem Gesicht.

»Sieh an, unser Kamphusen entwickelt sich zum Sportsmann.« Professor Dorian lächelte schwach. »Meine Herren... keine Palastrevolution! Wir kennen unsere Gegner. Sie erwarten von uns, daß wir jetzt Unbesonnenheiten begehen und ihnen damit neue Angriffsflächen bieten. Reagieren wir gelassen und überlegen.« Dorian sah hinüber zu Dr. Keller. »Wir blasen auch die Pressekonferenz ab.«

»Aber gerade sie ist doch –«

Dorian winkte ab. »Zwei Tage wird man in den Zeitungen von uns sprechen, dann vergißt man uns wieder. In einer Woche wird man bei dem Namen Dorian an ein neues Waschmittel denken. So ist nun mal unsere Zeit, meine Herren. Erwarten wir von ihr keine Aufwallungen. Jeden Tag liest der Bürger in seiner Zeitung den neuesten Bericht aus Vietnam. Er erfährt von Raketenangriffen, von Napalmbomben, von zerfetzten Frauen und Kindern – und beißt mit Wonne in sein knackfrisches Morgenbrötchen, trinkt seinen Kaffee und blättert um zum Sport. Graimlinger SV gegen Putlacher 09 haben 2:1 gespielt... Das ist doch wichtiger als verbrannte Kinder dort hinten, weit weg in Asien. Meine Herren, wer soll sich da über einen Dorian und seine Hirnforschungen erregen? Die Trägheit der Masse ist wie zäher Schlamm, der unsere Erdkugel überzieht. Wir als Psychiater sollten das doch genau wissen.« Er hielt wieder das Schlüsselbund hoch. »Bitte Bernd . . .«

»Ich nehme es nicht!« rief Dr. Keller erregt. »Wenn ich die kommissarische Leitung nicht abgelehnt habe, so nur deshalb, um keinen Fremden hier zu haben! Um Zeit zu gewinnen . . .«

»Wenn man uns Zeit läßt!« Dorian legte die Schlüssel auf den Tisch zwischen Röntgenplatten, Berichte und Zeitschriften. »Wie ich Doktor Hugenbeck kenne, wird er eine Möglichkeit finden, einen Beobachter zu uns zu senden.«

»Er wird der einsamste Mann auf Hohenschwandt sein, dafür garantiere ich«, sagte Dr. Janson. »Niemand wird mit ihm reden.«

»Warten wir es ab.« Dorian lächelte seine Ärzte dankbar an. »Sehen Sie mich an . . . ich bin frohen Mutes! Ich habe die Kraft in mir, offensiv zu werden, aber ich werde es nicht! Sie glauben, der alte Dorian ist tot und werden mit offenem Visier an den Kadaver herantreten. Darauf warte ich: Ich will ihre verlogenen Gesichter sehen!«

Das war gegen acht Uhr morgens. Um zehn Uhr kam die Post nach Hohenschwandt. Die Sekretärin gab sie ungeöffnet an Dorian weiter, vor allem, als sie die Absender von zwei Briefen sah. Angela, die neben ihrem Vater auf der Couch saß, schlitzte sie auf und gab sie weiter.

»Die Würfel sind gefallen«, sagte Dorian mit einem leisen Zittern in der Stimme und faltete die Briefe zusammen. Dann ging er zu der Ringsprechanlage, die mit allen Stationen der Klinik verbunden war, und drückte die Haupttaste herunter.

»Bitte, alle Ärzte zu mir!« sagte er.

Dann zögerte er, umkreiste seinen Schreibtisch und setzte sich dann doch dahinter, als das erste Klopfen an der Tür ertönte.

Er war der Chef! Jetzt um so mehr, nachdem der eine Brief in seine Hand gelangt war.

Nach zehn Minuten standen alle Ärzte wieder vor ihrem Chef. Sie spürten die große Spannung körperlich wie eine Elektrizität. Dorian kam ihnen jünger vor, elastischer, wie nach einer gründlichen Erholung.

»Eben kamen zwei Briefe an«, sagte Dorian mit seiner hellen Stimme. »Ich darf Ihnen zunächst den einen vorlesen:

Lieber Herr Professor.

Wenn Sie diesen Brief erhalten, bin ich tot. Ich sehe keinen anderen Ausweg mehr, nachdem sie mich alle betrogen haben. Sie wissen, daß man mir Geld geboten hat, wenn ich bei Ihnen sabotiere und spioniere. Ich brauchte das Geld. Jetzt erfahre ich durch den Rechtsanwalt Dr. Fussegger, daß man mir keinen Pfennig zahlen will. Man hat mich vernichtet. Mich ekelt diese Welt an, darum gehe ich. Aber vorher sollen Sie wissen, wer Sie und Ihr Werk vernichten will. Es sind die Professoren Haberstock, Ilmenau, Popitz, Zacharias und Abendroth. Sie haben eine Aktionsgemeinschaft Dorian gegründet und sind dreimal in Bad Wiessee zusammengekommen. Sie werden das alles leugnen, aber ein Bekannter von mir, der Hausdiener Sepp im Hotel, wo die Professoren wohnten, hat Fotos von ihnen gemacht. Und der Kellner Aloys hat Gespräche über Sie gehört. Sie sind im Hotel Seeblume beschäftigt. Bitte, verzeihen Sie mir, Herr Professor ... ich war verzweifelt, aber ein Lump bin ich nicht. Poldi.«

Es stimmte, ein Lump war er nicht. Dorian legte den Brief auf den Schreibtisch. »Herr Kamphusen, möchten Sie gern nach Bad Wiessee fahren?« Kamphusens Fischaugen leuchteten.

»Ich bringe Ihnen alle Sprengmittel mit, die diese ›Aktionsgemeinschaft‹ in die Hölle feuern!«

»Sie können gleich fahren. Aber vorher noch der andere Brief.« Dorians Gesicht wurde kantig. »Er kommt wieder aus Basel. Er ist kurz:

Verehrter Herr Kollege,
ich wende mich an Sie mit einem Problem. Bisher ist es mir gelungen, die Dummheit aus den Hirnen zu schwemmen und die Schwerkraft des Menschen zu entfernen, um ihn den Vögeln gleich zu machen. Nun habe ich einen Menschen hier, der ein Rehlein ist. Meine Frage: Kann man auch aus einem Reh einen Vogel machen? Veröffentlichen Sie Ihre Ansicht bitte im Baseler Anzeiger. In herzlicher Verbundenheit

Ihr großer Boss.«

Dorian ließ den Brief sinken. Die Ärzte sahen betreten zu Boden. Nur in Kellers Gesicht zuckte die Erkenntnis, die gleiche, die auch Dorian sofort gehabt hatte, als er den Brief gelesen hatte.

»Mein Gott«, stotterte Dr. Keller. »Da muß sofort etwas geschehen ...«

»Ganz recht.« Dorian legte die geballte Faust auf den Brief aus Basel. »Dieses Schreiben beweist, daß der Irre kein anderer ist als Gerd Sassner. Rehlein, so nannte er seine Gattin! Doktor Keller, meine Tochter und ich haben das oft gehört. Er sprach seine Frau nie anders an. Seit einigen Tagen ist Frau Sassner auf der Autobahn verschwunden, ihr Wagen wurde gefunden. Der Kreis hat sich geschlossen: Sassner hat seine eigene Frau in der Gewalt, und der Brief beweist, daß er sie anscheinend nicht erkennt. Warum sonst diese Anfrage. Aber dieser Brief beweist auch noch etwas anderes.« Professor Dorian hob den Kopf, wie er es immer tat, wenn er in seinen Vorträgen zu besonders wichtigen Sätzen kam. »Er beweist, daß meine Operation ein Fehlschlag war. Ich habe Sassner von seiner Wahnvorstellung geheilt und statt dessen eine Bestie aus ihm gemacht. Die Operation hat ein Ergebnis gebracht, das niemand voraussehen konnte. Ich halte es für meine Pflicht, meine Herren, Ihnen das zu sagen. Man muß auch Niederlagen eingestehen.« Er nickte kurz. Die Ärzte verließen das Chefzimmer. Nur Dr. Keller und Angela blieben zurück.

»Was nun?« fragte Keller, als sie allein waren.

»Ich werde Kriminalrat Quandt verständigen. Und ich werde im Baseler Anzeiger antworten. Ich werde Sassner vorschlagen, daß wir uns treffen, um die neue Operationsmethode auszutauschen. Vielleicht geht er darauf ein...«

»Wenn es nicht schon zu spät ist!«

»Wer kann das sagen?« Dorian zerknüllte den Brief unter seinen Fingern. Die Auswirkungen seiner Operation belasteten ihn ungeheuerlich und machten ihm das Atmen schwer. »Es ist fürchterlich«, sagte er leise, »daran zu denken, daß meine Hände solch eine Bestie geschaffen haben. Es *muß* gelingen, Sassner unschädlich zu machen...«

Mehrere Tage lebte Sassner nun schon mit den beiden sich hassenden Frauen in seinem halbdunklen, verriegelten Schloß der blauen Vögel, als die Zeichen des inneren Zusammenbruchs immer deutlicher wurden.

Unruhig lief er durch das Haus und räumte die Möbel um, oder er saß oben in seinem Türmchen und starrte über den Wald. Eine dunkle Ahnung machte ihn nervös. Es war, als ob er spürte, daß Kriminalrat Quandt eine unendliche Kleinarbeit begonnen hatte: Die Sonderkommission hatte das Gebiet zwischen den beiden Autobahnen in Planquadrate eingeteilt. Polizeistreifen kämmten diese Gebiete durch und durchsuchten jedes einsam liegende Haus, befragten die Dorfbewohner, ließen Lautsprecherwagen durch die Kleinstädte fahren und forderten die Bevölkerung auf, jeden unbekannten Mann mit einer rothaarigen Frau der Polizei zu melden.

»Bis wir alle Planquadrate durch sind, dauert es ein halbes Jahr!« sagte Quandt. Er hielt an seiner Theorie fest, daß Sassner sich nur in einer Großstadt unbemerkt aufhalten könne. »Aber wir wollen nichts unversucht lassen. Allen kriminalistischen Erfahrungen nach kommt nichts dabei heraus. Gerade auf dem Land wird jeder Fremde unter die Lupe genommen. Tauchte dort ein Unbekannter mit einer so auffälligen Frau auf, so wüßten wir das schon längst! Aber in der Stadt achtet keiner darauf.«

Sassner schien diese Gefahr zu spüren. Sie kam mit dem Wind über die Wälder, er saugte sie ein wie ein giftiges Gas. Auf einmal tat er Dinge, die er nie zuvor getan hatte. Sinnlose Sachen, bei denen man ihn nicht stören durfte, sonst verwandelte er sich in ein brüllendes Ungeheuer.

Er stapelte im Gastraum die Stühle aufeinander, dann die Tische, zuletzt baute er aus den Gläsern bizarre Gebilde und brach in Tränen aus, wenn sie zusammenfielen und zerschellten. Er begann die Wände mit Kreide zu bemalen, und als ihn das zu sehr anstrengte, rief er Luise und Ilse Trapps, stellte sich an die Wand und befahl, seine eigenen Konturen in Kreide nachzuziehen. So wanderte er durch das ganze Haus, von Zimmer zu Zimmer, und ließ seine Umrisse an die Wände malen. Als dies geschehen war, lief er herum, mit weit ausholenden Gebärden, und schrie mit triumphaler Stimme: »Man wird mich nicht auslöschen können! Ich lebe ewig! Ich bin überall! Wohin man sieht, bin ich! Ich! Ich!«

Dann hockte er wieder im Turmzimmer und spürte die herankriechende Gefahr. Er weinte vor sich hin, biß in die Fäuste und zerfloß in grenzenloser Angst.

Ilse Trapps verkroch sich vor ihm. Der schnelle Verfall Sassners brachte für sie andere Probleme als für Luise, die nur darauf achtete, daß Gerd nicht Hand an sich selbst legte oder irgendeine Waffe in die Finger bekam. Der »OP« war ausgeräumt; alle Messer, Beile, Zangen, Scheren und Hämmer hatte Luise im Keller versteckt.

»Er wird uns umbringen!« schrie Ilse Trapps, als sie den »OP« leergeräumt fand.

Aber Sassner schien seine Entwaffnung nicht zu merken. In den stillen Stunden, wo er nicht umräumte oder am ganzen Körper zitternd von Fenster zu Fenster rannte und wie ein Tier lauschte, zog er lediglich seinen weißen Arztkittel an und machte Visite.

Er ging von Bett zu Bett und beugte sich herunter, untersuchte den unsichtbaren Patienten, sprach mit ihm und setzte ihn auf den Operationsplan. Bei diesen Visiten mußte Ilse Trapps zur Stelle sein, in ihrer gewohnten »Schwesterntracht«, der kleinen Schürze auf dem nackten Leib. Bleich vor Angst, machte sie das grausame Spiel mit und setzte sich erschöpft auf ihr Bett, wenn Sassners Runde beendet war.

»Nichts werden wir tun«, erwiderte Luise entschlossen.

»Sollen wir uns abschlachten lassen? Er weiß ja bald nicht mehr, was er tut.«

»Wir werden warten, bis alles von selbst vorbei ist.« Luise hörte, wie Sassner wieder in sein Turmzimmer kletterte. »In ein paar Tagen wird er erlöst sein.«

»Oder er überlebt uns!« schrie Ilse Trapps. »Ich will aber nicht so vor die Hunde gehen! Als er noch leidlich normal war ... gut, wir haben eine tolle Zeit miteinander gehabt. Genau betrachtet war ich verrückt. Aber ich konnte nicht anders. Wenn er mich ansah, wenn er mich anfaßte, hatte ich einfach keinen eigenen Willen mehr. Aber jetzt ist Schluß!«

Luise beugte sich vor. Ihre blauen Augen waren hart. »Du bleibst«, sagte sie langsam. »Du bleibst, wie ich bleibe!«

»Um dann ins Zuchthaus zu gehen? Nein!« Ilse Trapps sprang auf. »Meine Zeit hier ist um. Ich gehe nach Freiburg. Dort finde ich in irgendeiner Kneipe eine Stelle, und ein Kerl wird bestimmt so dämlich sein, mich zu heiraten! Bei diesem Körper!« Sie drehte sich vor Luise und lachte hell. »Wenn ich hier 'raus bin, beginnt das neue Leben!«

Sie wollte zur Tür, aber Luise vertrat ihr den Weg. »Gerd ist das Opfer seiner Krankheit, aber du bist zusammengesetzt aus Gemeinheit, Geilheit und Satanerie! Was er getan hat, weiß er ja nicht ... du aber weißt genau, was drüben im Operationssaal geschehen ist. Du hast mit vollem Verstand zugesehen, wie er mordete, du hast ihm geholfen, seine Opfer anzulocken und dann zu verstümmeln, du hast ihn bei allem, was er getan hat, begleitet, mit vollem Wissen! Er kann nicht sühnen ... aber du!«

»Sühnen! Nun rede keinen Quatsch!« Ilse Trapps wollte Luise zur Seite schieben, aber sie unterschätzte die Kraft, die in Luise war. »Wir spielen hier keine Operette ... es geht um lebenslänglich! Gib die Tür frei!«

»Nein!«

»Aha! Du willst mich ans Messer liefern?«

»Ja!«

»Aus Rache, weil ich dir deinen idiotischen Mann für ein paar Wochen weggeschnappt habe?«

»Nein. Du bist das Gemeinste, was es auf dieser Welt gibt!«

»Danke!« Ilse Trapps sah sich lauernd um, wie ein gefangener Fuchs, der in der Falle einen Ausweg sucht. Aber hier gab es keinen anderen Ausgang als die Tür; die Fenster waren verriegelt und die Schlüssel zu den Schlössern hatte Sassner in der Tasche.

Mit einem Schrei warf sich Ilse auf Luise. Sie bohrte die Fingernägel in Luises Schulter, fiel mit ihr gegen die Wand und versuchte dann, das Gesicht ihrer Gegnerin zu zerkratzen.

Noch nie in ihrem Leben hatte Luise sich mit jemandem geschlagen oder gerauft. Sie hätte es auch nie für möglich gehalten, daß sie jemals in die Lage kommen könnte, sich mit Händen und Füßen zu wehren oder jemanden zu verwunden. Jetzt aber war sie von einer Stärke und Kälte, vor der sie selbst erschauerte.

Sie warf Ilse Trapps zurück, zog sie an den langen Haaren durchs Zimmer und trat gegen die Schienbeine, daß sie aufheulte und sich dann kreischend auf den Boden fallen ließ. Dort riß sie sie wieder hoch, stieß die Fäuste gegen ihren Kopf, immer und immer wieder, dumpf klatschend und hart auf Knochen prallend, bis ihr die Finger schwollen und die Fäuste wie an heißem Öl versengt brannten.

Am Ende des Kampfes war Ilse Trapps ohnmächtig. Mit letzter Kraft schleifte Luise sie auf eins der Betten, schnallte Ilse an, wie diese früher ihre Opfer angeschnallt hatte, und verließ schwankend das Zimmer.

Sassner war in seinem Turmzimmer und saß am Fenster. Wie ein Eisbär wiegte er den Kopf hin und her, einem Pendel gleich, das weit ausschlägt. Erschüttert blieb Luise in der Falltür stehen und beobachtete ihren Mann. Mitleid mit diesem menschlichen Wrack erfaßte sie, und gleichzeitig entschloß sie sich, nicht wegzugehen, zum nächsten Haus, zum nächsten Menschen zu laufen und die Polizei zu holen.

Er wird niemanden mehr morden, dachte sie. In ein paar Tagen wird alles vorbei sein, ohne Handfessel, ohne Gitter, ohne die geschlossene Anstalt. Man wird ihn nicht abführen wie ein reißendes Tier. Er wird hier, in seinem Schloß der blauen Vögel, an der Auflösung seines Gehirns sterben. So lange werde ich bei ihm wachen, seine Hände halten und mit ihm sprechen, soweit er mich hört und versteht.

Dann werde ich alle Fenster aufreißen, die Sonne hereinlassen und das Grauen verwehen lassen. Und den Kindern werde ich erzählen: Euer Papi ist damals wirklich ertrunken im See. Sie haben es jetzt rekonstruiert. Papi ging spazieren, glitt im nassen Gras aus und rutschte in den See. Sie werden es glauben, die Kinder, und sie werden ihren Papi so im Gedächtnis behalten, wie er immer war: fröhlich, gütig, ein Kamerad.

»Wie geht es dir?« fragte Luise. Sassners Kopf pendelte weiter hin und her.

»Ein Wunder wird geschehen, siehst du es nicht?« antwortete er dumpf. »Ich lade mich mit Energie auf. Ich reibe meinen Kopf an der Luft und lade mich auf. Wenn alle Batterien geladen sind, werde ich in den Himmel fliegen! Triumphal wird das sein! Elementar! Ich werde das Weltall zu meiner Heimat machen!«

»Du wirst in den Himmel kommen«, sagte Luise sanft. Sie kletterte in das enge Turmzimmer und setzte sich neben ihren Mann auf den Schemel. »Gib mir deine Hände.«

»Warum?«

»Ich will, daß du meinen Strom mitnimmst in die Ewigkeit.«

»Das ist gut!« Sassner sah sie aus glänzenden Augen an. Er ergriff ihre Hände und lächelte verzückt. »Wirklich, ein heißer Strom fließt in mich über. Wie herrlich, wie herrlich! Ich fühle eine ungeheure Kraft! Was ist das? O Himmel, was ist das?«

»Das bin ich, Gerd...«

»Das bist du...«

So saßen sie eine Zeitlang stumm nebeneinander, Hand in Hand, wie ein Liebespaar. Vor ihnen rauschte der Wald, die Sonne ging blutrot unter.

»Weißt du noch«, sagte Luise leise, »wie wir zusammen am Waldrand gesessen haben... damals, vor zwanzig Jahren? Ich war siebzehn Jahre alt, und du erzähltest mir von deinem Studium, vom Krieg, von deinen Plänen. Für zwanzig Mark hattest du vier amerikanische Zigaretten gekauft. Ich hatte Schokolade mitgebracht, eingetauscht gegen drei Handtücher. Der Wald rauschte wie jetzt, die Sonne ging unter wie einst, und ich sagte: ›Ich muß jetzt gehen. Meine Eltern denken, ich sei bei meiner Freundin. Ich darf nicht bei Dunkelheit nach Hause kommen.‹ Und du sagtest: ›Noch ein paar Minuten... bitte... ich muß dir etwas sagen.‹ Und ich sagte: ›Dann mach schnell. Was willst du sagen?‹ Und du hast in den roten Himmel gesehen und fast geflüstert: ›Luise, ich liebe dich . . . Wenn wir nicht so verflucht arm und am Ende wären, möchte ich dich morgen heiraten!‹ Das war dein Heiratsantrag – ich habe ihn Wort für Wort behalten . . .«

Sassner schwieg. Er starrte in den blutroten Himmel mit großen unbeweglichen Augen. Aber plötzlich sackte er zusammen, warf die Stirn auf die Fensterbank und begann laut zu weinen.

»Wo bin ich?« schrie er und umklammerte seinen Kopf. »Wo bin ich denn?«

»Bei mir«, sagte Luise fest und drückte seinen Kopf an ihre Brust. »Du bist zu Hause, Gerd!«

»Die Welt verbrennt!« Er sprang auf und zeigte mit ausgestrecktem Arm auf das Abendrot. »Der ganze Erdball geht in Flammen auf . . . und ich mit! Ich mit! Ich verbrenne!«

Er stieß einen grellen, markerschütternden Schrei aus und stürzte dann in sich zusammen, als seien seine Knochen zu Staub geworden.

Bis zum Morgen lag er in tiefer Bewußtlosigkeit, und Luise saß an seinem Bett und hielt seine Hand.

Laß ihn sterben, betete sie. Mein Gott, laß ihn jetzt ruhig einschlafen. Erlöse ihn und uns. Mach ein Ende. Er hat auf dieser Erde nichts mehr zu suchen. Er ist kein Mensch mehr . . . er sieht nur noch so aus.

Erlöse ihn, Gott!

Und der Tag dämmerte über den Wäldern, es regnete leicht, die Erde roch stark nach Fäulnis, und Gerd Sassner lebte immer noch.

Er lebte auch nach acht Tagen noch. Der schreckliche Anfall wiederholte sich nicht mehr. Am zweiten Tag nach dem Zusammenbruch stand er wieder auf und ging im Haus herum, betrachtete seine mit Kreide gezeichneten Konturen und besuchte sogar Ilse Trapps, die, in die Lederschlaufen geschnallt, im Bett lag und in Abständen vor Angst hysterisch schrie.

»Bind mich los!« schrie sie, als Sassner sie das erstemal besuchte. »Großer Boss, ich bin doch Schwester Teufelchen. Ich bin doch dein roter Satan. Erkennst du mich denn nicht?«

Sassner deckte sie auf, betrachtete ohne eine Regung den entblößten Leib und schlug dann die Decke wieder zurück.

»Warum sind Sie hier?« fragte er mit der gütigen Stimme eines sich väterlich gebärdenden Arztes. »Wie kann ich Ihnen helfen? Ich sehe schon, Sie leiden an der Ballonkrankheit.« Er schob die Decke etwas zurück und legte die prallen, schwellenden Brüste Ilses frei. »Sehr kritisch, meine Beste.« Er tippte mit dem rechten Zeigefinger auf die Brust. »Sie haben zuviel Luft im Körper, alles bläht sich auf, wird rund, kugelig, geht aus der Form. Ich würde vorschlagen, wir machen ein paar kleine Schnitte und entlüften den Körper. Eine leichte, ungefährliche Operation.«

Über Ilse Trapps kroch das Grauen wie ein ekliges Tier. Ihr Mund riß auf, die grünen Augen weiteten sich vor Entsetzen.

»Das kannst du doch nicht tun«, stammelte sie. »Großer Boss ... ich bin doch dein roter Satan ... Erinnere dich doch ... das andere Weib, dieses Miststück, hat mich hier ans Bett gefesselt. Bind mich los, großer Boss. Sieh mich doch an ... ich gehöre dir, dir ganz allein ...«

Noch einmal versuchte sie, mit ihrem Leib zu locken. Sassner aber deckte sie wieder zu und sah sie streng an.

»Auch Luft im Gehirn ... das ist bitter, gnädige Frau. Wir werden links und rechts ein Loch bohren müssen, damit alle Stauungen ungehindert entweichen können. Das ist übrigens ein großer Fehler der Natur, daß ein Hirn keine Ventile hat. Man sollte sie einbauen. Zwei oder drei Ventile im Kopfraum, die den Überdruck ableiten. Wie viele Kriege hätten so vermieden werden können, wie viele Menschenleben hätte man gerettet! Wenn Sie es gestatten, gnädige Frau, werde ich an Ihnen demonstrieren, wie segensreich ein Ventil im Hirn ist.«

Von diesem Augenblick an nutzte kein Schreien und kein Betteln mehr. Ilse Trapps lag ganz ruhig, von der Angst gelähmt. Sie wollte etwas sagen, aber die Worte gefroren ihr in der Mundhöhle. Nur ihre grünen Augen schrien; in ihnen lag die ganze entsetzliche Qual.

»Bind mich los«, sagte sie unter größter Anstrengung. »Bitte ... bitte ... ich bin doch dein Teufelchen ...«

Das Wort »Teufelchen« zündete plötzlich. Sassner stand auf, ging zur Tür und lauschte nach draußen. Luise war unten in der Küche. Er hörte sie wirtschaften, Teller klapperten, ein Topf stieß irgendwo an. Sie kochte auf dem Gaskocher, für den Ilse aus der Stadt immer die Gasflaschen mitgebracht hatte, das Mittagessen.

Sassner ging zum Bett, schlug die Decke zurück und band Ilse Trapps los. Als die Lederschlaufen gelöst waren, sprang sie sofort auf, stieß Sassner mit beiden Fäusten zur Seite und rannte hinaus. Sassner lachte dumpf und tief, rieb sich die Stirn und schien sehr zufrieden zu sein.

»Sie schwebt wie ein Ballon«, sagte er zu sich selbst. »Das ist eine völlig neue Erkenntnis ...«

Während er wieder in sein Turmzimmer stieg, schlich sich Ilse Trapps aus dem Haus. Sie hatte in aller Eile ein paar Kleider zusammengerafft und in einer Beuteltasche verstaut. Kleider und Wäsche gibt es überall, dachte sie. Nur weg von hier, sofort weg, ehe er es sich anders überlegt. Sie nahm alles Geld mit, das Sassner ihr gegeben hatte, als er seine »Klinik« gründete. Es waren noch dreitausendzweihundertneunundvierzig Mark, ein gutes Anfangskapital für ein neues Leben in irgendeiner Stadt, wo man nichts wußte von Ilse Trapps und wo sie unterging in der anonymen Masse. Hamburg oder München, dachte sie, als sie in der Garage stand und leise das Tor aufschob. Am besten Hamburg. Dort fällt man am wenigsten auf, dort sind die Chancen des Geldverdienens größer als anderswo. Ein möbliertes Zimmer irgendwo in einer Hafengasse, unauffällig und billig. Das Auto konnte man auch verkaufen, gute Zweitausend bekam man bestimmt noch dafür. Egon Trapps hatte es immer gepflegt. Der gute, alte Egon.

Endlich war das Garagentor offen. Ilse Trapps setzte sich hinter das Steuer des Wagens, ließ den Motor an und jagte gleich mit Vollgas hinaus auf den Hof und in einem Bogen schleudernd auf die Straße.

Im Rückspiegel sah sie, wie Luise aus dem Haus stürzte.

Leb wohl mit deinem Irren, dachte Ilse Trapps triumphierend. Sieh mir nur nach ... mich hält niemand mehr auf! Ich fahre hinaus in das Leben ... bleibt ihr in eurer dumpfen Gruft.

Voller Triumph hupte sie sogar zum Abschied und lachte in den grellen Ton hinein. Dann raste sie durch den Wald auf die Chaussee zu und atmete tief auf, als sie das blanke Asphaltband vor sich sah.

Vorbei! Vorbei! Der Freiheit entgegen!

Sie kurbelte das Seitenfenster herunter und atmete tief die frische Luft ein. Sie kam sich vor wie neu geboren, verjüngt wie eine Schlange, die ihre alte Haut abgestreift hat.

Eine halbe Stunde später erreichte sie die Autobahnauffahrt und fuhr vergnügt nach Norden. Als sie nach drei Stunden das Frankfurter Kreuz passierte, war sie sicher. Hier wußte niemand mehr, wer Gerd Sassner war, und die Sonderkommission in Stuttgart war so weit wie ein Krater im Mond.

In Köln parkte sie den Wagen auf dem Heumarkt und ließ sich im nächsten Friseurgeschäft die Haare schwarz färben. Als sie aus dem Laden kam, war sie völlig verändert. Auch der beste Steckbrief hatte keinerlei Ähnlichkeit mehr mit ihr.

Ilse Trapps hatte begonnen, in der Masse Mensch unterzutauchen.

Und es gelang ihr.

Vor der Klinik Hohenschwandt erschienen wieder die großen Wagen. Seriös wirkende, sich sehr distinguiert gebende Herren stiegen aus und wurden von Dr. Keller und Dr. Kamphusen unter dem Vordach begrüßt und in das Schloßgebäude geführt.

Professor Dorian hatte zu einem neuen Vortrag eingeladen. Die Einladungen waren an alle ergangen, die als seine ärgsten Feinde galten, und sie waren gekommen, aus ganz Deutschland, aus der Schweiz und Österreich, Frankreich und Italien. Zwei Tage dauerte die Anfahrt. Der gemeinsame Abend war harmonisch. Wie unter guten alten Freunden saß man im Kaminzimmer zusammen, unterhielt sich über alles mögliche, vor allem über Theater und Kunst, aber mit keinem Wort über Medizin und Hirnforschung im besonderen.

»Was er wohl vorhat?« fragte Professor Haberstock seinen Kollegen Popitz, als sie nach dem Abendessen noch ein wenig im Klinikpark spazierengingen.

»Er wird seinen Schwanengesang singen.« Professor Popitz sah an den Wänden des alten Schlosses empor. »Er wird uns sein Leid klagen.«

»Und wir werden ihm Trost zusprechen.«

»Natürlich. Kollege Ilmenau will sich sogar entrüsten.«

Professor Haberstock lachte in sich hinein. Er genoß diese Situation. Im Leben sind solche Stunden selten, in denen man einen großen Feind mit fliegenden Fahnen untergehen sieht, während man selbst die Hände wohlig in den Schoß legt.

»Was soll aus Hohenschwandt werden?« fragte Haberstock.

»Soviel ich gehört habe, will das Land Bayern es übernehmen als Landesheilanstalt für besonders schwierige Fälle.«

»Aber das geht doch erst, wenn Dorian verkauft!«

»Zweifeln Sie daran? Es bleibt ihm gar kein anderer Ausweg. Wenn die Staatsanwaltschaft Anklage erhebt, ist er ein toter Mann. Als Mediziner und Wissenschaftler. Das weiß er auch. Und er hat keine Chance, dieser Anklage zu entgehen.«

»Sind Sie so sicher, Herr Popitz?«

»Völlig sicher.« Professor Popitz lachte kurz. »Was will er machen? Gegen ihn steht eine Front von Gegengutachtern. Was kann er ins Feld führen? Amerikanische Forscher! Ich bitte Sie, Herr Kollege. Amerikaner! Wir alle wissen doch, daß die Experimente da drüben nahe am Gangstertum marschieren. Das einem deutschen Gericht geschickt gesagt, und Dorian hat keinerlei Möglichkeiten, zu überzeugen.«

»Mir mißfällt, daß er alle eingeladen hat, die seine Gegner sind.

Haberstock blieb stehen. »Sogar Kollege Abendroth, der öffentlich gegen Dorian polemisierte, ist gekommen. Das hat etwas zu bedeuten.«

»Warten wir es ab.« Popitz zündete sich eine Zigarette an. »Vielleicht ist es das letzte Gebrüll des Löwen, bevor er verendet.«

Am Vormittag des nächsten Tages saßen zwanzig international bekannte Neurochirurgen und Hirnforscher im kleinen Vortragssaal vor einer großen weißen Leinwand. Im Hintergrund war ein Epidiaskop aufgebaut, hinter dem Dr. Kamphusen stand. Der dickliche Arzt war bester Laune und musterte die Spitzen der Medizin, die kleinen Könige in ihren Kliniken und Universitäten, mit einem fast verächtlichen Blick. Dr. Keller verteilte die neueste Schrift Professor Dorians.

Die Gäste bekamen starre, abweisende Mienen. Der erste Angriff war erfolgt. Dorians große Abhandlung über seine Experimente mit Ribonukleinsäure, kurz RNS genannt, die Chemikalie, die eine Intelligenzübertragung möglich macht. Der Beginn der umstrittenen Hirnchemie, die den Weg öffnet, mittels Injektionen Intelligenzgrade und Merkfähigkeiten zu schaffen, die früher nur als »angeboren« bezeichnet wurden.

»Er will uns provozieren«, flüsterte Professor Abendroth in die Runde. »Einfach provozieren! Er soll sein blaues Wunder erleben!«

Er legte die Monatsschrift, in der Dorians großer Bericht veröffentlicht war, achtlos unter seinen Stuhl und setzte sich kampfeslustig zurecht. Als Dorian den kleinen Saal betrat, begrüßte ihn nicht wie üblich akademisches Füßescharren, sondern feindliche Stille. Er hatte es nicht anders erwartet.

»Meine lieben Herrn Kollegen«, begann er seinen Vortrag. Es tat ihm gut, so zu sprechen. Er sah, wie die meisten seiner Gäste abweisende Mienen bekamen. Für sie war er kein Kollege mehr. Nur die Höflichkeit verhinderte, daß die Mehrzahl aufstand und jetzt schon den Saal verließ. »Ich habe Ihnen einige bemerkenswerte Dinge zu zeigen, die eine Revolution in der Hirnforschung darstellen. Bevor ich aber beginne, im einzelnen über meine Experimente zu sprechen, möchte ich noch ein Diapositiv zeigen, eine Fotokopie, die – so denke ich – eine gute Grundlage für unsere weiteren Diskussionen schafft.«

Dorian nickte Angela zu. Sie knipste das Licht aus. Im gleichen Augenblick erschien ein großes leuchtendes Viereck auf der Leinwand. Dr. Kamphusen hatte das Dia noch nicht eingeschoben. Dorian trat in den Lichtkreis.

»Es geschehen in der Welt merkwürdige Dinge«, sagte er mit ruhiger Stimme. »Viele von ihnen könnte man hinnehmen mit dem Fatalismus, ohne den man einfach nicht leben kann. Aber die Gleichgültigkeit hört dort auf, wo die Gesundheit des Menschen auf dem Spiel steht, wo der Fortschritt der Medizin bewußt gebremst wird, weil mit ihm andere Forschungen als unwahr in sich zusammenbrechen oder korrigiert werden müßten. Ich weiß, niemand widerruft gern etwas, was er jahrzehntelang gelehrt hat, was Tausende von Studenten mitgenommen haben als letzte Erkenntnis, worüber man dicke Bücher schrieb und womit man sich einen internationalen Namen machte. Aber leider ist es so, meine Herren, daß die Forschung jetzt Wege geht, die früher als unbegehbar betrachtet wurden. Wenn ich Ihnen sage, daß man in zehn oder zwanzig Jahren oder noch früher Gehirne verpflanzen kann, dann lachen Sie mich aus.« Dorian sah in der ersten Reihe Dr. Hugenbeck von der bayerischen Ärztekammer sitzen. Hugenbeck grinste ungeniert. »Wenn ich Ihnen aber jetzt mein Diapositiv zeige, so ist das etwas, worüber man nicht mehr lachen kann, sondern was ein Weinen wert wäre. Bitte...«

Dorian winkte Dr. Kamphusen zu. Langsam schob dieser das Dia ein. Groß und leuchtend erschien auf der Leinwand der Brief des Krankenpflegers Leopold Wachsner.

Dorian lehnte sich an die Wand. Er sah im Widerschein der Leinwand die Gesichter in der ersten Stuhlreihe. Ilmenau... Abendroth... Haberstock... Masken, starr und steinern. Er ließ das Dia so lange auf der Leinwand, bis man den Brief viermal hätte lesen können, dann flammte das Deckenlicht wieder auf und das Dia erlosch.

»Haben die Herren Kollegen einige Fragen?« sagte Dorian milde.

»Danke.« Professor Abendroth, stillschweigend als Sprecher

gewählt, erhob sich abrupt. »Ich glaube, daß die Herren nach diesem Kurzvortrag auf weitere Demonstrationen verzichten können. Guten Tag.«

Mit einer Eile, die eigentlich nur Schüler zeigen, wenn die Pausenglocke schellt, verließen die zwanzig Medizinpäpste den kleinen Saal. Schon eine Viertelstunde später fuhren die ersten Wagen wieder fort. Weder Dr. Keller noch Dr. Kamphusen verabschiedeten die Herren. Sie erwarteten es auch nicht. Zurück blieb nur Dr. Hugenbeck. Er hatte die undankbare Aufgabe, mit Dorian zu verhandeln.

Dr. Keller führte ihn ins Chefzimmer. Dort lief er wie ein gefangenes Tier auf und ab, bis endlich Dorian erschien. Freundlich, elastisch, ein Sieger, der seinen unsichtbaren Lorbeer sichtbar werden läßt.

»Ich habe Sie im Kasino beim Essen vermißt, lieber Hugenbeck«, sagte Dorian burschikos. »Es gab vorzügliche Kohlrouladen!«

»Mir ist der Appetit abhanden gekommen.« Dr. Hugenbeck legte die Hände auf den Rücken. Er kam sich vor wie ein unartiger Schuljunge, der vor dem Direktor beichten muß.

»Ihnen? Aber wieso denn? Bei den anderen Herren war es wahrscheinlich ... ich habe erst gar nicht für sie mitkochen lassen. Aber Ihre Portion wurde kalt.« Dorian setzte sich und bot Dr. Hugenbeck einen Sessel an. »Sie kommen doch sicherlich, um mir den Termin der Schließung von Hohenschwandt mitzuteilen. Warum dann so erregt? Es ist doch eine schöne Aufgabe ...«

»Herr Professor.« Dr. Hugenbeck setzte sich und faltete die Hände zwischen den Knien. »Sie wissen doch so gut wie ich, daß man den Brief des Krankenpflegers als Auswuchs eines kranken Gehirns hinstellen wird.«

»Mit genau dieser Argumentation habe ich gerechnet. Mein Oberarzt Doktor Kamphusen war aber inzwischen in Bad Wiessee und hat das, was Poldi schreibt, bestätigt bekommen und mitgebracht. Der schnelle Aufbruch der Herren verhinderte leider die Vorführung weiterer interessanter Dokumente.«

»Und was wollen Sie damit unternehmen?«

»Ich betrachte sie als eine vorzügliche Beweisführung.«

»Und wenn es gar keinen Prozeß gibt?«

»Dann gäbe es genug Zeitschriften, die sich über dieses Material herstürzen würden.«

»Das wollen Sie tun?«

»Die Haltung der Herren zwingt mich, die volle Wahrheit zu sagen.«

Dorian lächelte hintergründig. »Ich nehme doch nicht an, lieber Hugenbeck, daß Sie die Wahrheit als etwas Unanständiges betrachten.«

»Es gäbe einen Skandal.«

»Habe *ich* ihn inszeniert?«

»Wir sollten vernünftig miteinander reden.«

»Ich glaube, das tun wir schon die ganze Zeit.«

Dr. Hugenbeck sah auf seine gefalteten Hände. »Was wollen Sie eigentlich, Herr Professor?«

»Nichts! Ich will in Ruhe gelassen werden, meine Klinik wie bisher führen, Kranke heilen oder bessern, meine Forschungen vorantreiben und medizinisch und chirurgisch das tun, was ich vor mir und Gott verantworten kann. Beachten Sie, daß ich mich an die erste Stelle setze, denn ich operiere, nicht Gott. Aber in der Verantwortung ist er allgegenwärtig. Und eins«, Dorians Stimme hob sich, »ich will endlich diesem Neid und diesem widerwärtigen Unfehlbarkeitsdenken in der Medizin ein Ende bereiten!«

Dr. Hugenbeck lehnte sich zurück. »Sie haben bei sich selbst angefangen?«

»Wie zart Sie das ausdrücken! Sie meinen den Fall Sassner, nicht wahr?«

»Sie haben aus dem Mann eine Bestie gemacht. Gut, es hätte sein können, daß er das durch sein zerstörtes Hirn auch später von selbst geworden wäre... aber so hat Ihre Operation es getan. Eine Operation unter Zeugen, von denen keiner diesen Eingriff gewagt hätte. Sie standen damals allein mit Ihrer neuen Technik, Hirnfelder umzukoppeln. Sogar Ihr Schwiegersohn war dagegen. Sie taten es trotzdem... als König in Ihrem Reich! Und jetzt gehen Sie mit Lanze und Schwert gegen dieses Unfehlbarkeitsdenken vor?«

»Ja!« Dorian nickte fest. »Ich möchte den Außenseitern der Medizin eine reelle Chance geben.«

»Sie reden also wieder pro domo!«

»Ich werde der Rammbock sein, der die Mauern des Schweigens und der Arroganz einrennt. Die großen Taten der Medizin kamen immer von Außenseitern, die man verlachte, verleumdete, bekämpfte. Semmelweis, Robert Koch, der junge Sauerbruch, Forssmann – man könnte eine lange Liste aufstellen. Heute sind ihre Erkenntnisse Allgemeingut der Medizin, aber erst nach einem entnervenden Kampf gegen Borniertheit und Ordinarius-Unfehlbarkeit. Warum will keiner der Herren etwas von den Forschungen mit der Ribonukleinsäure wissen?«

»Es ist zu phantastisch.«

»Die Medizin der Neuzeit wird sich immer mehr auf Gebiete begeben, die man phantastisch nennt. Man kann nicht stehenbleiben bei dem Wissen, wie ein Magen von innen aussieht. Man wird eines Tages auch wissen, warum und wieso es möglich ist, daß man einen Menschen lieben oder hassen kann. Man wird die Seele entdecken ...«

»Hier ist es, wo ich nicht mehr folgen kann.« Dr. Hugenbeck nahm sich mit unsicheren Fingern eine Zigarette aus dem Silberkasten. »Aber darüber sollten wir uns nicht unterhalten, das führte zu keinem Abschluß. Es geht um Ihre nächste Zukunft, Herr Professor. Die Ärztekammer hat sich überzeugen lassen, daß die Anschuldigungen gegen Sie haltlos sind.«

»Danke«, sagte Dorian kurz. In seinen Mundwinkeln lag ein Lächeln.

»Das Innenministerium ist der Überzeugung, daß die Fortführung der Klinik Hohenschwandt gerechtfertigt ist. Mit der Staatsanwaltschaft werden wir noch reden. Auch Juristen sind ja Menschen.«

»Sie machen mir diesen Glauben manchmal sehr schwer.« Dorian lehnte sich zurück und sah an die reichverzierte Stuckdecke. »Es liegt also nichts gegen mich vor?«

»Nichts, Herr Professor.«

»Das beruhigt mich.« Dorian breitete die Arme über die Sessellehnen aus. »Ich darf Ihnen versichern, daß die Originale aller Dokumente aus Bad Wiessee ab sofort in einem Schweizer Banktresor vergraben werden. Ich sehe davon ab, sie der Öffentlichkeit bekanntzugeben.«

»Danke. Damit ist meine Mission erfüllt.« Dr. Hugenbeck erhob sich schnell. »Zu einer Übergabe der Dokumente an mich könnten Sie sich nicht entschließen?«

»Nein. Sie werden das verstehen.«

»Natürlich. Geladene Geschütze machen eine Festung uneinnehmbar.«

»Genauso ist es, lieber Hugenbeck.«

Am Nachmittag fuhr auch Dr. Hugenbeck nach München zurück. Er war, im ganzen gesehen, zufrieden. Die Sache mit dem Schweizer Banktresor mußte hingenommen werden. Auf jedem noch so glatten Gesicht ist irgendwo ein Pickel ...

Professor Abendroth erwartete ihn schon zu Hause. »Nun?« fragte er. »Wie ist es ausgegangen?«

»Wie das Hornberger Schießen! Dorian ist wieder oben und sicherer als bisher.« Dr. Hugenbeck warf seine Aktentasche auf den Tisch. »Er ist nicht zu kriegen!«

»Abwarten!« Professor Abendroth schüttelte den Cognac in dem großen Schwenker und sah über den Glasrand hinweg ins Weite. »Man wird ihn totschweigen müssen. Keine Reaktion, keine Diskussion, völlige Stille um das, was Dorian heißt, tötet auch! Wir werden ihn medizinisch einbalsamieren und begraben.«

Nach der Übernachtung in Hannover kam Ilse Trapps am Nachmittag in Hamburg an. Sie hatte sich in Hannover neu eingekleidet, unauffällig, züchtig, eine biedere, dralle, schwarzhaarige Frau, die sehr gut die »bessere Hälfte« eines Beamten sein konnte.

Wie sehr Haarfarbe und Kleidung einen Menschen verändern, dachte sie, als sie im Spiegel des Kaufhauses ihren neuen Anblick genoß. Alle erotische Ausstrahlung ist hin, selbst wenn ich den Busen vorstrecke, wirkt es hausbacken. Und plötzlich erkannte sie, daß sie gar nicht hübsch war, daß sie ein Alltagsgesicht hatte, eine pummelige Figur, etwas zu dicke Waden und einen zu runden Hintern. Mit der langen rothaarigen Mähne und den kurzen Kleidern hatte das alles ganz anders ausgesehen, hatte es aufreizend, unwiderstehlich gewirkt... Jetzt würde sich niemand mehr nach Ilse Trapps umdrehen, wenn sie durch die Straßen ging.

In diesem Moment zögerte sie, ob sie das neue Ich auch wirklich annehmen sollte. Ein paar Minuten lang kämpften weibliche Eitelkeit und Vernunft miteinander, dann siegte die Angst vor dem Zuchthaus.

In ein, zwei Jahren kann man wieder rot und sexy sein, dachte sie. Wer spricht dann noch von Sassner? Und zwei Jahre wird man durchhalten können. Auch für die neue Ilse Trapps gibt es Männer genug.

Bis zum Abend hatte sie ein möbliertes Zimmer gefunden. Die Zeitungen waren voller Angebote. Es war ein sauberes Zimmer in St. Pauli, billig, weil es über einer Fischbraterei lag und der Fischdunst durch alle Ritzen zog.

Erst einmal Fuß fassen, dachte Ilse Trapps. Erst einmal untertauchen. Und wenn es im Gestank von gebratenem Fisch ist. Es gibt Parfum genug, um ihn zu überdecken.

Sie bezahlte die Miete einen Monat im voraus und noch zwanzig Mark darüber. Die Hauswirtin, eine dicke Frau mit verquollenen Augen, grunzte kurz.

»Wenn Sie Kerle mit aufs Zimmer nehmen, ich weiß von nichts«, sagte sie. »Aber die sollen sich die Schuhe ausziehen. Schuhwichse geht schlecht bei der Wäsche 'raus!«

Ilse Trapps nickte und schob die Dicke aus dem Zimmer.

Erreicht! In Hamburg! Ein Tropfen im Millionenmeer.

Erschöpft ließ sie sich aufs Bett fallen und schlief sofort ein. Erst am späten Morgen wachte sie wieder auf. Vor dem Haus wurden Heringstonnen ausgeladen. Jemand schimpfte. Ein Hund bellte heiser und ununterbrochen.

Um elf Uhr stand Ilse Trapps in einer Telefonzelle des Hauptpostamtes und warf vier einzelne Markstücke in den Geldschlitz. Dann wählte sie die Nummer der Stuttgarter Sonderkommission. Sie hatte sie aus der Zeitung ausgerissen.

Eine junge Männerstimme meldete sich in Stuttgart.

»Polizeipräsidium.«

»Bitte, die Sonderkommission Sassner«, sagte Ilse Trapps.

»Was wollen Sie denn?«

»Das geht Sie gar nichts an.«

Es knackte ein paarmal in der Leitung, dann war eine andere Stimme da. »Kriminalinspektor Burr. Sie wollten mich sprechen?«

»Sind Sie die Sonderkommission Sassner?«

»Ja.«

»Ich weiß, wo Sassner ist.«

»Ach! Und wer sind Sie?«

»Das tut nichts zur Sache.« Ilse Trapps freute sich, daß zwischen Stuttgart und Hamburg fast tausend Kilometer lagen. »Wollen Sie den Tip?«

»Sind Sie die rote Helferin?«

»Ich bin ein Engel und spreche aus dem Himmel!« Ilse Trapps lachte laut. »Hören Sie zu: Sie fahren bei Emmendingen von der Autobahn ab und nehmen die Bundesstraße drei nach Kenzingen. Auf dieser Strecke biegt eine Landstraße ab in den Wald. Nach zwei Kilometern geht davon wieder eine Straße nach Retzingen ab. An dieser Straße liegt ein Gasthaus. ›Zur Eiche‹ heißt es. Dort finden Sie Sassner mit seiner Frau Luise.

Aber machen Sie schnell, sonst hat er sich selbst den Kopf an der Wand eingerannt.«

Sie hängte ein, bevor der Inspektor noch etwas fragen konnte, und bekam sogar noch zwei Mark aus dem Automaten zurück.

Das war das Ende meines alten Lebens, dachte Ilse Trapps, als sie langsam die Mönckebergstraße hinunterging. Das war der Schlußstrich unter allem. Nun sind sämtliche Türen zugefallen.

Sie setzte sich in ein Café, bestellte Kaffee und Schwarzwälder Kirschtorte und aß mit Genuß und ohne Reue.

Vom Nebentisch her sah sie ein Herr an. Er lächelte, als sie seinen Blick erwiderte und sich aufrechter setzte, was ihre Brüste sofort vorschob.

Ein neuer Anfang war bereits gemacht. Eine Ilse Trapps fällt immer auf die Beine wie eine Katze.

In Stuttgart gab es in diesen Minuten Alarm. Kriminalrat Ulrich Quandt leitete selbst die Aktion. Die Polizei in Emmendingen stand bereit, aus Freiburg rasten die Polizeiwagen mit Blaulicht und Sirene über die Autobahn. Mit einem Hubschrauber flog Quandt nach Emmendingen, um selbst am Ort zu sein. Vorher hatte er Professor Dorian angerufen.

»Wir scheinen ihn zu haben«, hatte er gesagt. »Eine heiße Spur! Eine Anruferin gab sie. Es kann das rote Aas gewesen sein, das sich nun absetzte. Es deutet alles darauf hin, daß Luise Sassner sie vertrieben hat oder daß Sassner reinen Tisch machen wollte und der rote Satan gerade noch entweichen konnte. Auf jeden Fall machen wir uns auf einiges gefaßt! Ich rufe Sie wieder an, wenn wir Sassner in der Grünen Minna haben.«

Um drei Uhr nachmittags zog sich der Ring um das »Gasthaus Zur Eiche« zusammen. Quandt war in einem unauffälligen Privatwagen allein daran vorbeigefahren. Ein verlassenes, totes Gebäude. Ein paar Krähen, die um das kleine Türmchen auf dem Dach kreisten.

Quandt fuhr weiter bis zur nächsten Straßensperre und stieg dort in den Polizeiwagen um.

»Es ist unfaßbar!« sagte er betroffen. »So nahe an der Autobahn. Ein verlassenes Haus, das allgemein bekannt ist. Und keiner schöpft Verdacht, weil diesen Egon Trapps und seine Frau jeder kannte und man sich sagte, sie seien in die Stadt abgewandert. Ich nehme an, daß sogar Polizeistreifen mehrmals daran vorbeigefahren sind.« Er sah auf seine Uhr. Der Funker mit dem Sprechfunkgerät nickte.

»Die Wagen neun und elf stehen an der Zufahrt zur Autobahn.«

»Dann los, meine Herren!« Quandt fühlte, wie sich seine Handflächen mit Schweiß bedeckten. »Holen wir Gerd Sassner heraus. Es darf im Notfall auch geschossen werden . . .«


13

Im Schloß der blauen Vögel hatten die letzten verzweifelten Stunden begonnen

Die Flucht Ilse Trapps' hatte Gerd Sassner ruhiger aufgenommen, als Luise erwartet hatte Er tobte nicht, er weinte nicht, er zeigte überhaupt keinerlei Regungen. Langsam tappte er durch das leere, düstere Haus mit den geschlossenen Fensterläden, eine Petroleumlampe in der Hand, bekleidet mit seinem weißen Arztmantel, den weißen OP-Hosen und den weißen Schuhen. Ab und zu blieb er vor seinen an der Wand gezeichneten Kreideumrissen stehen und nickte zufrieden.

»Die Klinik ist voll belegt«, sagte er dann mit deutlichem Stolz. »Es hat sich herumgesprochen, daß hier eine neue Menschenrasse entsteht.« Er sah Luise, die ihn bei jedem Schritt begleitete, fragend an und legte die Hände auf den Rücken. »Schwester Teufelchen hat gekündigt. Sie war eine gute Hilfe, eine begabte Person, ganz gewiß. Sie sind auch ausgebildet in Krankenpflege und Operations-Assistenz?«

»Ja«, sagte Luise mit trockener Kehle. »Ich bin perfekt.«

»Sehr gut! Sie übernehmen den Posten von Schwester Teufelchen.«

Er musterte Luise mit seinen glänzenden Augen und schüttelte den Kopf. »Sie kommen mir bekannt vor«, murmelte er. »Irgendwo haben wir uns schon gesehen. Aber wo?«

»In Stuttgart«, sagte Luise. Ihr Atem setzte aus. Erinnert er sich jetzt? Kommt jetzt ein wenig Klarheit in sein Hirn? Reißt dieser schreckliche Vorhang des Vergessens auseinander?

»Stuttgart?« Sassner sah über Luises Kopf hinweg gegen die Wand mit der fleckigen, sich ablösenden Tapete. »Unmöglich. Es war Heidelberg.«

»In Heidelberg waren wir auch.« Luise tastete nach seiner

Hand und hielt sie fest. Die Hand war warm, fast heiß. Mein Gott, er hat ja Fieber, durchfuhr es sie. Er glüht vor Fieber. Es muß etwas geschehen, sofort muß man etwas unternehmen. Wer weiß, wie das Fieber auf ihn wirkt... es kann ihn dämpfen, aber es kann auch einen Vulkan aus ihm machen, den niemand mehr eindämmen kann.

Angst überfiel sie wieder, daß sie die große Aufgabe, die sie sich gestellt hatte, nicht schaffen würde. Die Krankheit lief ihr voraus, der Verfall war schneller als sie, von Stunde zu Stunde entglitt er ihr mehr. Sie spürte, wie zwischen ihnen ein Graben wuchs, der nicht mehr zu überspringen war, über dem selbst ihre Stimme verhallte und ihn nicht mehr erreichte. Er wurde einsam in seinem Wahn. Um ihn herum wurde die Welt geboren, in die ihm niemand mehr folgen konnte. Eine eigene Welt mit gläsernen Mauern.

»Komm...« sagte sie. In diesen Augenblicken warf sie ihm den größten Köder der Erinnerung hin. Nahm Sassner ihn auf, mußte diese gläserne Mauer durchbrochen sein. »Dorle und Andreas warten auf uns. Wir müssen nach Hause...«

Sassner drückte das Kinn an. Er ließ seine Hand in der Hand seiner Frau, aber sein Gesicht veränderte sich nicht, seine Augen zeigten keinerlei Reaktion. Wie ausdruckslose Bärenaugen wirkten sie, wie Glasknöpfe in einer Maske.

Vorbei, dachte Luise. Sie hätte schreien können vor dieser Leere, die in Sassner war und die nichts mehr auffüllte, nicht einmal die Namen seiner Kinder. Vorbei. Er kommt nie mehr zu uns zurück. Übriggeblieben ist nur seine Hülle. Der große, aufrechte Körper mit dem einstmals schönen Kopf, der nun unter den struppig nachgewachsenen Haaren voller Narben war. Eine kreisrunde auf der Schädeldecke, zwei kleinere Kreise an jeder Schläfenseite. Geschlossene Fenster zu seiner Seele... Einstiege in die Grabkammern seines gestorbenen Wesens.

»Sind Dorle und Andreas schon anästhesiert?« fragte er plötzlich.

Luise zuckte zusammen. »Ja«, antwortete sie hohl.

»Gut! Dann operieren wir gleich.« Sassner rieb sich die Hände. »Zuerst Dorle. Liegt sie schon auf dem Tisch?«

In Luise brach wilde Verzweiflung aus. Der kritische Punkt war erreicht: Sassner wollte operieren. Gleich würde er in seinen »OP« gehen, die Gummischürze suchen, die Instrumente, die furchtbaren Werkzeuge seines Wahns. Und er würde nichts mehr vorfinden ... Das Zimmer war kahl, selbst der breite Tisch war fortgeschafft worden.

Wie würde er reagieren? Die Welt, in der er mit seinem zerstörten Hirn lebte, war verschwunden. Er stand im Nichts. Begriff er das?

Luise hielt ihn fest, als er aus dem Zimmer gehen wollte. »Wir können Dorle und Andreas nicht operieren«, sagte sie mit zugeschnürter Kehle.

»Warum?«

»Sie sind krank.«

»Darum operiere ich ja! Jede Krankheit ist wie das Samenkorn eines Unkrauts. Es zu finden und herauszunehmen, bevor es Wurzeln geschlagen hat oder gar schon blüht, ist meine Aufgabe.«

»Sie haben die Masern«, sagte Luise mit letzter Kraft. »Es ist ein alter Grundsatz der Medizin, daß man Infektionskranke nicht operieren darf.«

Sie wußte nicht, ob das wahr war, aber es fiel ihr gerade ein. Sassner schien verblüfft zu sein. Er nickte mehrmals und strich dann Luise wie ein Vater über die Haare. »Richtig! Sie sind eine gute Schwester! Was geben Sie den Kranken?«

»Ich mache ihnen Wadenwickel ...«

»Wadenwickel!« Sassner stutzte. Dann lachte er laut auf und warf die Arme hoch in die Luft. »Wadenwickel!« brüllte er. »Sie macht Wadenwickel!« Sein mächtiger Körper zitterte, er lachte und lachte, rannte durch das Haus und schrie in jedes Zimmer, dessen Tür er aufriß: »Wadenwickel! Wadenwickel!« Selbst in seinem kleinen Turmzimmer, in das er als letztes kletterte, beruhigte er sich nicht. Er riß die winzigen Fenster auf, zwängte seine breiten Schultern hindurch und schrie den flatternden Krähen zu, über den Dachfirst und hinüber in die hohen, schweigenden Wälder mit greller Stimme: »Wadenwickel! Wadenwickel!«

Dann hing er aus dem Fenster, keuchend und prustend, sein Kopf pendelte hin und her, und die zahm gewordenen Krähen, die er täglich mehrmals fütterte und die ihn kannten, umkreisten ihn, krächzten ihn an und ließen sich schließlich auf seiner Schulter nieder, als er still lag und seine Arme gegen die Turmwand schleiften.

Seine blauen Vögel ...

Stumm vor Grauen kletterte Luise die Leiter zur Falltür hinunter und setzte sich unten auf einen Hocker.

Hier hielt sie Wache und wartete.

Wie habe ich ihn geliebt, dachte sie, und wie liebe ich ihn noch immer.

Sie lehnte sich weit zurück an die Wand, faltete die Hände im Schoß und weinte leise.

Die Nacht, die erste Nacht ohne Ilse Trapps, war still. Sassner lag neben Luise im Bett und schlief fest. Er regte sich kaum, hatte sich auf die Seite gerollt, die Beine angezogen, und atmete stoßweise.

Die Stunde bis zum Einschlafen, die Luise gefürchtet hatte, war endlich vorbei. So groß ihre innere Gemeinsamkeit mit Sassner war, so sehr hatte sie das Grauen gepackt, wenn sie daran dachte, daß er, neben ihr im Bett, ausgezogen und ihren warmen Leib spürend, sie zu sich hinüberziehen könnte. Die Stunde vor dem Einschlafen war immer Ilse Trapps große Stunde gewesen... Luise wußte es genau. Sie konnte sich vorstellen, wie dieses rote Aas sich nackt neben ihm reckte und sich bewußt war, daß ihre weiße, perlmuttschimmernde Haut ihn anzog wie den Fuchs der Geruch der Fähe; sie stellte sich mit schwerem Herzen vor, wie Sassner über diesen fülligen Körper herfiel, wie alles Tierische in ihm frei wurde und sie so lange miteinander und gegeneinander tobten, bis sie stöhnend und hechelnd auseinanderfielen und einschliefen in völliger Erschöpfung.

Und so geschah das jede Nacht und jeden Morgen und immer, wenn einer von ihnen im Laufe der Nacht aufwachte oder wenn sie sich begegneten irgendwo in diesem dumpfen, dämmerigen Haus... Ilse Trapps hatte es Luise voll Triumph erzählt wie ein Jäger, der seine herrlichsten Trophäen zeigt: Hier war es und hier und hier... auf dem staubigen Boden, an der Wand, auf dem Schanktisch, in diesem Bett, in jenem Bett, an der Leiter, die zum Turmzimmer führt, überall! Ein Riesenbär, der keine Müdigkeit kennt. Ein menschenähnliches Phantom, dessen Körper nie erschlafft. Ein Monstrum...

Nun waren sie allein, sie lagen nebeneinander im Bett, und Luise wartete mit Entsetzen auf das, was zur Gewohnheit geworden war wie ein Schlaftrunk, eine Gute-Nacht-Praline, ein Blick in die Zeitung oder in ein Buch, bevor sich die Ruhe über alles senkt.

Ich wehre mich, dachte sie. Ich schlage um mich! Ich werde mich in seinem Kopf festkrallen und ihm in die Ohren schreien:

»Wach auf! Wach auf! Ich bin deine Frau! Ich bin Luise! L-u-i-s-e...«

Ob es Sinn hat? Er ist so viel stärker als ich. Nur die Flucht könnte helfen! Aber dann wäre er allein. Darf man ihn jetzt allein lassen? Darf *ich* es?

So lag sie, innerlich zitternd und regungslos, neben ihm und wartete. Sassner schob sich unter die Decke, dehnte sich und wandte den Kopf zur Seite.

Luise schloß die Augen. Jetzt... mein Gott, laß mich nicht schreien...

»Sie sind müde, Schwester?«

Sassners Stimme war tief und gütig. Luise nickte mit zusammengepreßten Lidern.

»Ja. Sehr.«

»Es war auch ein schwerer Tag. Schlafen Sie sich aus. Wie heißen Sie übrigens, Schwester?«

»Luise...«

»Ein schöner Name.« Er drehte sich auf die Seite, weg von Luise, und lachte in sich hinein. »Luise Wadenwickler, stimmt's«

»Ja...«

»Was man so alles erlebt! Das Leben ist wie ein Panoptikum!«

Er rückte das Kissen unter seinem zerstörten Kopf zusammen, grunzte zufrieden und schlief nach wenigen Minuten ein.

Die ganze Nacht über lag Luise wach neben ihm. Ab und zu beleuchtete sie sein Gesicht mit der flackernden Petroleumlampe und sah ihn lange an. Jetzt im Schlaf war alles von ihm abgefallen, was der Wahnsinn an ihm verzerrte. Jetzt schlief auch sein zerstörtes Hirn. Jetzt sah er wieder aus wie der Chemiker Gerd Sassner, der Besitzer der chemischen Werke, der zufriedene Familienvater und Ehemann, der Mann, den Luise liebte und mit dem sie zwanzig Jahre die gleiche Wegstrecke gegangen war. Zwanzig Jahre Glück. Ein kurzer Weg, wenn man ihn jetzt überdachte. Ein Weg, an dem man viel mehr Blumen hätte pflücken können, als man es getan hatte.

Gegen zwei Uhr früh schien es Luise, als ob das Fieber in Sassner stärker würde. Sein Kopf glühte, der Atem ging rasselnd. Sie schlüpfte aus dem Bett, rannte ins Badezimmer, tränkte drei Frottierhandtücher mit Wasser und wickelte zwei um Sassners Füße, das dritte legte sie ihm zusammengefaltet auf die Stirn.

Er wachte davon nicht einmal auf, er brummte nur und blieb auf dem Rücken liegen, mit angelegten Armen und Händen, als stehe er im Liegen stramm. Luise setzte sich neben ihm auf die Bettkante und streichelte seine Brust und die breiten Schultern. Es war wie ein Abschiednehmen. Die Ahnung, daß Ilse Trapps in der Freiheit nicht schweigen würde, war übermächtig in ihr. Morgen oder übermorgen würde Kriminalrat Quandt vor dem Hause stehen. Dann war die Trennung endgültig... dann ging auch Gerd Sassners Körper in die Schweigsamkeit.

Am Morgen hatte das Fieber etwas nachgelassen, der Kopf fühlte sich normal an, das Herz hämmerte nicht mehr so wild.

Sie wickelte die Handtücher wieder ab, warf sie über einen Stuhl und schlief erschöpft ein, obwohl sie es nicht wollte.

Klappern von Geschirr weckte sie. Sie fuhr im Bett hoch und sah Sassner, wie er den alten Tisch deckte mit Tassen, Tellern, einem Korb geschnittenem Brot, Butter, Marmeladegläsern, Käse und Sahne. Der Duft von Kaffee und gebratenen Eiern vermischte sich.

Sonntag.

Die ganze Familie schlief noch. Gerd Sassner, ein Frühaufsteher, war leise aus dem Bett geklettert, hatte sich geduscht und dann in der Küche selbst das Frühstück bereitet. Mit einer kindlichen Freude brachte er dann das große Tablett in die Zimmer... zuerst zu den Kindern, die er weckte, indem er Dorles Kofferradio andrehte und Andreas' Zweiklangwecker schnarren ließ, dann zu Luise, die er mit einem Kuß aus dem Schlaf riß und fröhlich sagte: »Wie kann man schlafen, wenn einem die Sonne auf der Nasenspitze tanzt? Du hattest eine ganz goldene Nase, Rehlein...«

Sonntagmorgen.

Das kam nie wieder...

Luise legte sich wieder zurück und beobachtete Sassner beim Tischdecken. Schluchzen würgte ihr die Kehle. Es ist vielleicht unser letzter Tag, Gerd, dachte sie. Unser letztes gemeinsames Frühstück... und du bringst es mir ans Bett wie früher. Sollen wir noch einmal, für ein paar Stunden, die furchtbare Gegenwart auslöschen...?

Es war fast genau die gleiche Stunde, in der Ilse Trapps von Hamburg aus in Stuttgart anrief und das Schloß der blauen Vögel verriet.

»Guten Morgen«, sagte Sassner freundlich, als er merkte, daß

Luise wach war und ihm zusah. »Ich nehme an, Sie mögen Spiegeleier mit Schinken?«

»Ja. Aber durchgebraten, nicht mit flüssigem Eigelb.«

»Wie gewünscht!« Sassner hob die kleine Emaillepfanne und zeigte sie Luise. »Gut so?«

»Sehr gut.«

Luise hörte ihre Stimme wie einen fremden Laut. Es war kein Klang mehr in ihr.

»Dann können wir.« Er schob den Tisch ans Bett und setzte sich neben Luise auf die Bettkante. Er war angezogen, als käme er von der Visite. Aus der linken Tasche seines weißen Kittels sahen die zusammengerollten Schläuche eines Membranstethoskops hervor. »Die Kranken sind schon versorgt«, sagte er leichthin.

Sie tranken Kaffee, aßen jeder zwei Brotschnitten und die gebackenen Eier mit Schinkenspeck. Es war ein stummes Frühstück, und Luise würgte an jedem Bissen.

»Ich sehe nach meinen Modellen«, sagte er nach gut einer Stunde. Er meinte damit seine Krähen, seine blauen Vögel, deren Flug er fasziniert beobachtete und mit denen er sprach wie mit Menschen. »Wenn etwas Besonderes ist, rufen Sie mich, Schwester.«

Luise zog sich an, als Sassner das Schlafzimmer verlassen hatte, trug das Tablett hinunter in die Gastwirtschaft und stellte es in die Küche. Sie spülte das Geschirr und hatte eine merkwürdige Unruhe in sich. Immer wieder lauschte sie nach oben zum Turm, aber dort war Ruhe.

Um zwei Uhr mittags polterte Sassner die Stiege herunter. Sein Gesicht war bleich und verzerrt.

»Kommen Sie mit«, keuchte er. »Kommen Sie sofort mit!« Er riß Luise an der Hand vom Herd und zerrte sie die Leiter hinauf ins enge Turmzimmer. Dort waren alle Fensterchen offen, der Wind raste durch den Raum, Papiere, vollgezeichnet mit Kreisen und Winkeln, wirbelten im Durchzug.

Sassner drückte Luise an eins der Fenster und zeigte über ihre Schulter hinaus auf den Wald. Sein Atem wurde zu einem stöhnenden Stakkato.

»Da sind sie«, flüsterte er in Luises Ohr. »Ich habe sie vorbeifahren sehen. Überall sind sie. Im Wald rund um das Schloß sitzen sie, wie die Wölfe damals in Nowo Kranitzkij, wir hörten sie, wir sahen ihre Schatten, aber sie wagten sich nicht heran, weil wir an den Feuern saßen. Da ... und da ... sehen Sie die Bestien?«

Luise starrte hinaus in den Wald. Sie sah nichts, aber sie wußte, was Sassner gesehen hatte. Trotzdem fragte sie:

»Wer soll da versteckt sein?«

»Die Wölfe der Ignoranz!« Sassner lehnte sich an die Wand. Er schwankte stark. »Ich habe Feinde, viele Feinde. Die Größe hat überall Feinde. Aber ein Genie muß durch einen Sumpf gehen können, ohne sich zu beschmutzen. Erst so zeigt es sich, ob es ein wirkliches Genie ist. Ich habe im Gehirn die Dummheit gefunden und ausgewaschen. Ich habe das verderbliche Gas aus den Hirnwindungen gelassen, ich habe Frieden in die Menschen gesenkt. Aber wer will das denn? Frieden! Dort kommen sie heran, meine Feinde, die Ignoranten meiner Kunst, und wollen mich vernichten! Vernichten! Vernichten!« Er schlug mit den Fäusten gegen die Mauer und brüllte wie ein angeschossener Bär. »Aber es wird ihnen ergehen wie den Wölfen! Ich werde sie verjagen durch Feuer und Brand. Ich werde ihre Felle versengen und ihre Mäuler in die Glut tauchen. Ich werde eine Fackel entzünden, deren Glut den Himmel reinigt! Da – sehen Sie! Wie sie es eilig haben.«

Über die Straße vor dem Haus raste ein weißgestrichener Polizei-Porsche. Er brachte Tränengasgeschosse zu Kriminalrat Quandt, der dreißig Meter weiter im Wald auf die Funkmeldungen wartete, daß der Kreis geschlossen sei.

Luise sah dem weißen Wagen nach, der nach wenigen Sekunden aus dem Blickfeld verschwand. Es konnte ein Zufall sein, daß hier ein Polizeiwagen vorbeifuhr, aber ihr Gefühl sagte ihr, daß die letzten Minuten mit Gerd begonnen hatten. Was er beobachtet hatte, war nicht mehr zu erfahren. Sassner heulte wie ein junger Wolf vor sich hin, aber als Luise das Turmzimmer verlassen wollte, griff er nach ihr und hielt sie fest. Seine Hände waren wie Eisenklammern.

»Ein Feuer...« sagte er dumpf. »Ein Feuer... Ich werde mein Schloß anzünden!« Luise wollte sich losreißen, aber seine ungeheure Kraft war nicht zu überwältigen. Er drückte sie mit beiden Händen auf den Boden und hielt sie so fest. Seine Finger lagen gefährlich nah an ihrem Hals.

»Und die Kranken?« rief sie.

»Die Flamme läutert!« Sassners Hals reckte sich. Er konnte hinaus auf den Wald schauen. Vor wenigen Minuten hatte er Quandts Wagen vorbeifahren sehen, dann bemerkte er Uniformen in der Dämmerung des Waldes. Er spürte die Unruhe um sich herum. Wie ein Raubtier witterte er die Gefahr, sog den Geruch von Menschen in sich ein.

»Und wir?« schrie Luise. »Und wir? Gerd!«

»Wer ist Gerd?« fragte Sassner und starrte Luise an.

»Du! Erinnere dich. Deine Kinder... deine Frau... Rehlein...«

»Rehlein?« Sassner stieß mit der Stirn gegen die Mauer. »Es ist weg...« stammelte er. »Alles weg... es flog in den Himmel und löste sich auf im Blau. Alles ist leer... leer... Ich rufe... Hallo! Hallo!... und es schallt wider. Leer alles! Die ganze Welt ist ein Hohlgefäß, in das Gott die Leere geschüttet hat!« Er reckte wieder den Hals und sah die Kette der Polizisten langsam auf das Haus zukommen. Kriminalrat Quandt hatte zum Angriff befohlen.

Es war nachmittags drei Uhr und neunzehn Minuten.

»Sie kommen!« heulte Sassner und riß Luise an den Haaren empor. »Sie kommen! Das Feuer muß lodern! Die Wölfe greifen an...«

Er stieß Luise die Leiter hinunter, holte sie auf der Treppe ein, als sie weglaufen wollte, und warf sie mit einem Hieb zu Boden. Dann wuchtete er sie über die Schultern und rannte in das Zimmer, dessen Fenster zum Vorplatz und zur Straße führten. Mit vier ungeheuren Faustschlägen zertrümmerte er die Bretter der Fensterläden und steckte den Kopf durch das gezackte Loch. Unter ihm, vor der Tür, stand Ulrich Quandt, eine Pistole in der Hand. Vier Polizisten waren gerade damit beschäftigt, einen Baumstamm als Rammbock in Stellung zu bringen.

»Halt!« schrie Quandt, als er Sassner zwischen den zersplitterten Brettern sah. »Halt!« Die Polizisten, die gerade zum Anlauf angesetzt hatten, ließen den Baumstamm sinken. Ulrich Quandt trat etwas zurück, um Sassner besser sehen zu können. Er ist es wirklich, dachte er, als er den struppigen Schädel erkannte. Auf den Fotos sieht er zwar gepflegter aus, aber man hätte ihn erkennen müssen, wenn er irgendwo aufgetaucht wäre. »Machen Sie die Tür auf!« rief er zu dem Loch im Fensterladen hinauf.

Sassner zog den Kopf zurück, hieb noch viermal gegen die Läden und brach die letzten Bretter heraus. Nur der eiserne Riegel, von Wand zu Wand gehend, blieb stehen und trennte das Fenster in zwei Hälften.

»Was wollen Sie?« fragte er hoheitsvoll. Mit Schrecken sahen Quandt und die Polizisten die ohnmächtige Frauengestalt über Sassners Schulter. Es konnte nur Luise Sassner sein, wenn nicht noch andere Personen in diesem Haus lagen, gefesselt in den Betten oder bereits zerstückelt. Zwar waren im Vermißtendezernat keinerlei neue Meldungen eingegangen, aber was wußte man in Stuttgart oder Freiburg, ob in Braunschweig eine Frau vermißt wurde oder in Flensburg ein Mann? Wenn Sassner gestern nacht auf der Autobahn neue Opfer geholt hatte, dann lagen frühestens in zwei Tagen die ersten bundesdeutschen Fahndungsersuchen vor.

Ulrich Quandt verlegte sich aufs Verhandeln. Die Frau auf Sassners Rücken war ihm Warnung genug.

»Machen Sie auf!« rief er.

Sassner ließ Luise zu Boden sinken und trat ans Fenster. »Ich weiß, was Sie wollen! Der Fortschritt ist schneller als Ihr Denken! Das stört Sie! Aber ich sage Ihnen: Sie stören mich! Lassen Sie mich in Ruhe.«

Vom Wald kamen sechs Polizisten mit Tränengasgewehren. Im Hof versammelten sich zehn Beamte. Kriminalrat Quandt wischte sich den Schweiß von der Stirn. Bei ihm allein lag jetzt alle Verantwortung. Bevor die Polizei in das Haus eindringen konnte, hatte Sassner Zeit, in den Zimmern Amok zu laufen und blindlings zu töten. Oder aber er tat gar nichts. Konnte man sich auf dieses Risiko einlassen? Vor allem aber: Wo war Luise Sassner?

»Sind Sie mit der Frau, die Sie eben auf der Schulter hatten, allein?« fragte Quandt gepreßt.

»Nein!« schrie Sassner hinunter.

»Sie haben noch mehr im Haus?«

»Meine Klinik ist voll belegt!«

»Mein Gott!« Quandt wandte sich zu dem Polizeikommissar um, der den Einsatz der uniformierten Polizei befehligte. »Wir müssen verhandeln«, sagte er leise .»So ungeheuerlich es ist . . . wir müssen mit ihm diskutieren, um weitere Opfer zu vemeiden. Selbst wenn Ihre Leute nur drei Minuten brauchten, um ins Haus zu kommen. . . in drei Minuten kann er sechs Menschen umbringen. Wollen wir dieses Risiko übernehmen?«

»Man sollte ihn abschießen!« sagte der Oberkommissar mit knirschenden Zähnen. »Ein gezielter Schuß – und alles ist zu Ende!«

»Nein, dann fängt es erst an!« Quandt atmete laut. »Sie kennen doch unsere Justiz! Da Sassner nicht zuerst geschossen hat, werden Sie hinter Gitter wandern. Sie werden niemals Notwehr angeben können! Also müssen wir mit ihm reden...« Quandt wandte sich wieder zum Haus. Sassner lehnte am Fenster, sein Gesicht war wie eine bleiche Scheibe. »Solange er redet, tut er nichts... das ist unsere Chance.«

Quandt trat einen kleinen Schritt vor. Sassner kam ihm entgegen, indem er sich vorbeugte. Sein weißer Arztkittel leuchtete jetzt im Sonnenlicht.

»Hören Sie, Sassner«, sagte Ulrich Quandt gefaßt, »ich mache Ihnen einen Vorschlag: Sie öffnen die Tür, und wir unterhalten uns in aller Ruhe über Ihre Forschungen.«

»Nein!« Sassner schüttelte den Kopf. »Wie kann ich mich unterhalten mit Menschen, die Uniformen tragen? Ich hasse Uniformen! Mit dem Anlegen der Uniform strömt das Gas der Dummheit in die Hirnfalten! Bisher hat das keiner erkannt... aber gestehen Sie es sich doch selbst ein: Die größten Dummheiten der Menschheit geschahen in der Uniform!«

»Und wenn ich die Uniformen wegschicke?« fragte Quandt gepreßt.

»Auch dann nicht. Ich kenne Sie nicht!« Sassner deutete auf den Rammbock, den die vier Polizisten noch immer in Bereitschaft hielten. »Sollten Sie den Versuch unternehmen, gewaltsam bei mir einzudringen, müßte ich einen Feuerring um mich legen. Das ist ganz einfach – es ist alles vorbereitet.«

»Ich lasse über Funk die Feuerwehr rufen!« sagte der Oberkommissar hinter Ulrich Quandt.

»Bis sie kommt, sind einige der im Haus befindlichen Opfer verbrannt. Ich muß versuchen, ihn gewaltlos zu überzeugen. Lassen Sie Ihre Leute abrücken, ziehen Sie sie aus seinem Blickfeld zurück, am besten bis in den Wald. Ich bleibe allein hier und spreche weiter mit ihm.«

Mit verschleierten Augen beobachtete Gerd Sassner, wie die uniformierte Polizei abgezogen wurde. Zurück blieb der höfliche Zivilist, der einen zu hohen Blutdruck hatte, denn woher hatte er sonst seinen roten Kopf und seine Unruhe in den Händen?

»Nun sind wir allein«, sagte Quandt, als die Polizisten im Wald in Deckung gegangen waren. »Zufrieden?«

»Zum Teil. Darf ich fragen, wer Sie sind?«

»Ulrich Quandt.«

»Ein Wissenschaftler?«

»Wie man es nimmt.«
»Kein Arzt?«
»Nein.«
»Welche Fakultät?«
»Ich vermindere das Unrecht.«

»Sie armer Mensch!« Sassner lehnte sich gegen den eisernen Riegel. »Es gibt zwei Berufe auf dieser Welt, die mit ihrem Idealismus auf verlorenem Posten stehen: der Pfarrer und Sie! Wo gibt es noch Gläubige? Zeigen Sie mir einen! Die Kirchensteuer regelt den Glauben, das ist alles. Wo gibt es einen, der sich allein des Glaubens wegen totschlagen lassen würde, wie es die Märtyrer des Altertums taten? Bitte, kommen Sie mir nicht mit den neuen Blutzeugen Gottes! Sie waren echte Märtyrer, aber in den Augen der breiten Masse sind es Idioten! Das Leben ist so schön – da soll man wegen eines Bibelspruchs unter die Erde? Wirklich, ich bedaure die Pfarrer... sie predigen nicht gegen die Steine, sie predigen gegen Mist! Und ich bewundere sie, daß sie diesen menschlichen Gestank aushalten, einatmen und verdauen können. Und dann Sie, mein Bester. Kämpfer für Gerechtigkeit. Wo gibt es das? Wo – sagen Sie mir – liegt auf unserer Welt ein Rechtsstaat? Machen Sie sich die Mühe und sammeln Sie einmal die Plädoyers der Ankläger, der Verteidiger und die Urteilsbegründungen der Gerichte... nur einen Monat lang, in unserem Staat. Ein besseres Buch schwarzen Humors können Sie nicht finden! Das köstlichste Kapitel darin sind die politischen Prozesse. Aber das muß so sein... Politik ist Narrentum. Das Volk will es so. Früher, auf den Jahrmärkten, marschierte es den fröhlichen Sackpfeifern nach, heute den Wahlversprechungen der Parteien! Wohin man sieht und riecht: Betrug! Und da stehen Sie und wollen das Unrecht bekämpfen! Sie sind ein noch bedauernswerterer Mensch als der Pfarrer...«

Sassner schwieg. Luise rührte sich und erwachte aus ihrer Bewußtlosigkeit. Ulrich Quandt stand wie gelähmt. Das soll ein Irrer sein, dachte er. Spricht so ein Wahnsinniger? Und doch war Sassner eine Bestie, hatte gemordet und verstümmelt. Was ging in diesem Gehirn vor? Es gab wohl keinen, der das jemals ergründen würde, auch Dorian nicht, dessen Skalpell dieses Monstrum geschaffen hatte.

»Wir sollten uns in aller Ruhe bei einer Flasche Wein darüber unterhalten«, sagte Quandt heiser. »Lassen Sie mich ins Haus. Ich glaube, wir könnten recht amüsant miteinander diskutieren.«

»Nein!« Sassners Stimme wurde scharf. Er verschwand kurz vom Fenster, dann schob er einen Körper vor sich her und drehte ihn um. Mit Entsetzen erkannte Ulrich Quandt Luise Sassner. Sie hing, noch halb betäubt, in Sassners Händen und sah aus dem Fenster.

»Lassen Sie Ihre Frau los!« brüllte Quandt. Seine ganze Hilflosigkeit lag in diesem Schrei. Luise hob den Kopf. Der Ruf von draußen hatte sie völlig geweckt.

»Sie. . .?« sagte sie schwach.

»Wie geht es Ihnen?« rief Quandt zurück.

»Gut!« Luise suchte Halt an der Zimmerwand. Die blonden Haare hingen ihr über die Augen, das Kleid war über den Schultern aufgerissen. Aus einem Riß am Hals blutete sie. »Versuchen Sie nicht einzudringen«, sagte sie stockend. »Er steckt das Haus an.«

»Das hat er mir schon gesagt. Können Sie nicht mit ihm sprechen?«

»Es hat keinen Sinn mehr. Er ist außerhalb unserer Welt.«

»Würde er Ihnen etwas antun?«

»Ich weiß es nicht. . .«

Sassner legte seine Hand auf Luises Mund und zog sie an sich. »Hören Sie mal, Herr Ritter für das Recht: Ich habe einen medizinischen Auftrag. Niemanden gibt es, der mich daran hindern könnte, ihn auszuführen. Was ich entdeckt habe, ist der Schlußpunkt hinter der Schöpfung. . . er fehlte bisher. Die Bilanz Gottes war unvollständig und manipuliert. Daher der Verfall der Menschheit. Wie können Sie es da wagen, mich aufzuhalten? Bringen Sie mir Besseres? Gehen Sie weg, mein Herr. Wenn ich schon diskutiere, dann nur mit einem Mediziner!«

In Ulrich Quandt sprang ein Gedanke auf wie ein Funken aus einem Feuerstein. Dorian. Professor Dorian. Er war der einzige – das wurde jetzt offensichtlich –, der Sassner aus seinem grauenhaften Haus locken konnte, ohne daß Gefahr für die anderen Bewohner bestand. Alle anderen Versuche – Tränengas, Sturm von allen Seiten, Beschuß – zogen neben Sassner selbst noch unbekannte Opfer nach sich. Das erste Opfer aber würde Luise Sassner sein. Wie Sassner seine Frau umklammert hielt, wie seine Hände um ihren Hals lagen, gab es darüber gar keinen Zweifel mehr.

»Sie wären bereit, mit einem Arzt zu sprechen?« rief Quandt. Er wunderte sich selbst, daß er noch soviel Kraft in seiner Stimme hatte.

»Jederzeit.«

»Auch mit Professor Dorian?«

»Dorian?« Sassner ließ Luise sofort los und trat wieder ans Fenster. Sein bleiches Gesicht veränderte sich, es schien von innen her zu leuchten. »Mein großer Lehrmeister! Mein Vorbild! Die Fahne, hinter der ich herziehe! Der Stern, dem man nachwandern muß! Würde er kommen? Ist er greifbar? Würde er mit mir über alles sprechen?«

»Über alles. Er kann in drei Stunden hier sein.« Quandt floß der Schweiß über das Gesicht und die Augen. Aber er wischte ihn nicht ab ... er bekam die Hand nicht hoch, sie war zentnerschwer.

Dorian.

Der Schlüssel zu Sassners Seele.

Endlich, endlich hatte man ihn gefunden! Es war wie nach einem Schiffbruch, wenn man endlich nach stundenlangem Schwimmen Land sieht und sich mit letzter Kraft an den Strand wälzt.

Dorian.

»Werden Sie warten?« fragte Quandt schwer atmend.

»Ja.«

»Ihr Ehrenwort.«

»Mein Ehrenwort.«

Sassner hob die Hand, und Ulrich Quandt hatte das Gefühl, daß Sassner sein Wort halten würde. Er wandte sich ab und ging langsam in den Wald zurück, wo die Streitmacht der Polizei wartete, verurteilt, zähneknirschend herumzustehen. Der Oberkommissar empfing Quandt wie einen Verwundeten und hakte ihn unter.

»Was ist?«

»Lassen Sie zur Hubschrauberstaffel II nach München-Riem funken«, sagte Quandt müde. »Sie sollen sofort einen Vogel nach Hohenschwandt schicken und Professor Dorian einladen. Bis zum Einbruch der Dunkelheit muß alles erledigt sein. Es ist unmöglich, Sassner noch eine Nacht mit seinen Opfern allein zu lassen...«

Zweieinhalb Stunden später landete der Hubschrauber aus München auf der Straße zwischen dem Wald und Sassners Schloß der blauen Vögel. Die rotierenden Flügel, das Donnern der Motoren, der orkanartige Wind, den die Riesenlibelle um sich verbreitete, verscheuchte auch die Krähen vom Dach.

Krächzend stiegen sie auf, umflatterten noch einmal das Haus und flüchteten dann weg über den Wald.

Sassner stand am Fenster, starrte ihnen nach und heulte und trommelte mit den Fäusten auf das Fensterbrett.

»Meine blauen Vögel!« brüllte er. »Haltet sie! Haltet sie! Sie verlassen mich! Da fliegen sie... bleibt doch... bleibt bei mir...« Er breitete die Arme weit aus und beugte sich aus dem Fenster. Tränen rannen ihm über das zuckende Gesicht. Als die Krähen in den Baumwipfeln verschwunden waren, lehnte er die Stirn gegen die Mauer und weinte laut wie ein verlassenes Kind.

Luise stand hinter ihm und hielt ihn umfaßt. »Sie kommen ja wieder«, sagte sie tröstend zu ihm. »Sie fliegen nur um den Wald herum. Sie wissen, daß du sie brauchst.«

»Wissen Sie das?« Sassner drehte sich um. Sein Gesicht war tränennaß. »Hast du mit ihnen gesprochen?«

»Ja. Sie kommen wieder.«

»Sie halten mir die Treue. Sie sind treuer als die Menschen. Sei ehrlich – kommen sie wieder?«

»Ja.«

»Das ist gut. Das ist so schön! Ich danke dir.« Er wischte sich mit dem Ärmel seines weißen Arztkittels übers Gesicht, ergriff dann Luises Hand, knallte die Hacken zusammen und gab ihr einen Handkuß. »Meine Gnädigste«, sagte er dabei, »ich werde Ihnen nie eine Rechnung über ärztliche Bemühungen schicken.«

Unterdessen waren Professor Dorian, Dr. Keller und Angela aus dem großen Polizeihubschrauber gestiegen. Kriminalrat Quandt kam ihnen entgegengelaufen. Es fehlte nicht viel, und er hätte Dorian in die Arme genommen und an sich gedrückt, so wie sich die Russen im Überschwang der Freude auf beide Wangen küssen.

»Endlich!« rief er dabei. »Endlich! Ich habe es fast geahnt... ohne Dorian ist dieser Fall nicht abzuschließen.«

»Wo ist er?« fragte Dorian mit belegter Stimme. Als der Hubschrauber vor zwei Stunden im Garten landete, wußte er, daß Sassner gefaßt worden war. Noch bevor die beiden Polizisten im Chefzimmer erschienen, hatte er über die Hausrufanlage Dr. Keller und Angela zu sich gebeten.

Zwischen Dr. Keller und Angela hatte sich vieles geändert, das heißt, der alte Zustand war wiederhergestellt. Als Dorians Sieg über seine Gegner durch ein Schreiben der Ärztekammer und des Innenministeriums gewissermaßen amtlich war und Dorian seinen beiden Oberärzten Dr. Keller und Dr. Kamphusen vor dem gesamten Personal seinen Dank aussprach, hatte eine Stunde später an der Tür zu Kellers Stationszimmer jemand zaghaft geklopft.

»Herein!« hatte Keller gerufen, der auf dieses Klopfen gewartet hatte. »Aber nur, wer nicht Angela Dorian heißt!«

»Dann bleibe ich lieber draußen«, hatte Angela durch die Türritze gerufen. »Aber selbst einen geprügelten Hund streichelt man hinterher wieder...«

Dr. Keller hatte Angela ins Zimmer gezogen und dann die Tür abgeschlossen. Die Stationsschwester, die das von weitem sah, richtete sich darauf ein und meldete zurück, als man Dr. Keller im OP verlangte: »Herr Doktor Keller ist außer Haus. Er hat nicht hinterlassen, wann er zurückkommt.«

»Was soll ich sagen?« Angela stand mit gesenktem Kopf im Zimmer. »Verlangst du einen Kniefall?«

»Das ist das mindeste.«

»Tu ich aber nicht. Genügt dir, wenn ich gestehe, daß ich eine ganz dumme Pute bin, trotz medizinischer Ausbildung?«

»Das wäre ein bißchen zu mild. Eine große Schuld muß man großherzig bekennen!«

»Dann greif doch schon zu, du Schuft!« Angela warf den Kopf hoch. »Ich bin es von dir gewohnt, daß du mich zur Couch trägst...«

Zur Abendvisite waren Dr. Keller und Angela Dorian wieder »im Haus«, um mit Schwester Erna zu sprechen. Hand in Hand traten sie Professor Dorian entgegen.

»Aha!« sagte Dorian, schob sich in ihre Mitte und legte die Arme um sie. »Ich sehe, hier ist psychiatrisch allerhand getan worden. Erhöhter Blutdruck?«

»Kurz vor dem Platzen, Paps!« Angela küßte ihren Vater auf die Wange. »Ich hasse glatte Verlobungen und Hochzeiten.«

»Das hat sie aber nicht von ihrer Mutter!« sagte Dorian und blieb stehen, um Dr. Keller fragend anzusehen. »Und von mir auch nicht. Es muß von der Großmutter kommen. Die stammte aus Ungarn! Wollen Sie noch immer meine Tochter heiraten, junger Mann?«

»Sofort, einschließlich aller Gefahren von vielleicht noch unbekannten Vorfahren...«

An diesem Nachmittag, als der Hubschrauber im Garten von Hohenschwandt landete, kamen Dr. Keller und Angela vor den

Polizisten zu Dorian. Auch sie hatten den grünen Vogel landen sehen und trugen ganz andere Gedanken mit sich herum.

»Geht es schon wieder los, Paps?« rief Angela schon an der Tür. »Was will die Polizei hier?«

»Ich gehe hinaus und fange sie erst einmal ab.« Dr. Keller behielt die Türklinke in der Hand. »Ich sage, du wärst nicht hier. In Köln... das ist gut und weit weg.«

»Warum?« Dorian trat vom Fenster zurück, wo er die Landung mit Interesse verfolgt hatte. »Quandt schickt mir die Libelle, das ahne ich. Und wenn er mir diesen Vogel schickt, ist es dringend. Es muß etwas mit Sassner sein.«

Dr. Kellers Gesicht wurde kantig. »Jetzt hat er seine Frau umgebracht...« sagte er dumpf.

»Warten wir es ab.« Dorian hörte auf dem langen Flur die Schritte der Polizisten. »Was es auch ist, ich möchte, daß ihr mich begleitet.«

»Das ist ja wohl selbstverständlich«, sagte Dr. Keller.

Nun waren sie auf der Waldstraße gelandet, und Dorian sah hinüber zu dem alten Gasthaus mit dem merkwürdigen Türmchen. Kriminalrat Quandt berichtete Dorian in kurzen, hastigen Worten, was bisher geschehen war.

»Er verlangt nach Ihnen! Sie sind der einzige, der hier noch etwas retten kann! Wir wissen nicht, wieviel Menschen noch im Haus sind. Sassner sagte: Die Klinik ist voll belegt! Mit Sicherheit ist Frau Sassner im Haus.« Quandt zuckte zusammen und stieß den Arm vor. »Da... sehen Sie. Sassner und seine Frau!«

Dorian drückte seine Brille näher an die Augen.

Im Fenster zur Straße stand Sassner und breitete die Arme dem Himmel entgegen. Hinter ihm stand Luise und streichelte seinen zuckenden Kopf. Es war der Augenblick, in dem Sassner seinen entfliegenden blauen Vögeln nachschrie.

»Er ist es wirklich«, sagte Dorian. Es klang wie eine Laborfeststellung: Was da im Mikroskop flimmert, ist tatsächlich ein Virus.

»Natürlich ist er es! Was wollen Sie nun unternehmen, Herr Professor?«

»Ich werde mit ihm seine Operation durchsprechen.« Dorian winkte Angela zu. »Meine Tasche, bitte.«

Angela reichte ihm eine dicke, mehrfächerige Tasche. Ihr entnahm Dorian seinen berühmten kurzen weißen Chefkittel und zog ihn an. Angela knöpfte ihn hinten zu.

»Ich werde ihn verblüffen«, sagte Dorian ruhig. »Mit meinem Kommen hat er gerechnet – Sie haben mich ja avisiert, Herr Rat. Aber wie ich komme, das ahnt er nicht. Man muß die Wünsche der Kranken ahnen, das ist eine wichtige Voraussetzung für den Kontakt mit den Geisteskranken. Sehen oder fühlen sie, daß man ihre geheimen Wünsche kennt, werden sie wie Kinder vor dem Weihnachtsbaum. Sehen Sie mal her...«

Dorian holte aus der Tasche seine Operationskappe und das Mundtuch. Er streifte seine Gummihandschuhe über, während ihm Angela die Kappe aufsetzte und das Mundtuch locker umband. Dorian ließ es über das Kinn rutschen, bereit, es sofort wieder vor den Mund zu ziehen.

»Ein Glück, daß niemand von der Presse hier ist«, sagte Quandt sarkastisch. »Das gäbe eine Reportage! Für die Sauregurken-Zeit fast so gut wie das Ungeheuer vom Loch Ness.« Er betrachtete Dorian zweifelnd. »Sie meinen, das hilft?«

»Ich bin fest davon überzeugt. Sassner wird begeistert sein. Und nun los!«

»Halt!« Quandt hielt Professor Dorian am Kittel fest. »Nehmen Sie wenigstens eine Pistole mit.« Quandt griff in seine Tasche, aber Dorian schüttelte den Kopf. Er hob seine große Ledertasche hoch.

»Das ist meine Pistole. Operationsbesteck, Spritzen, Medikamente. Mit einer Pistole kann ich nicht umgehen, wohl aber mit einer Injektionsnadel!«

Quandt kamen nun große Bedenken. Er sah Dr. Keller an und blinzelte ihm zu. »Ich kann Sie doch nicht ungeschützt zu dieser Bestie lassen!« sagte er eindringlich. »Nehmen Sie Doktor Keller mit. Ich bitte Sie...«

»Ja, Paps. Bitte...« sagte auch Angela. Dorian schüttelte wieder den Kopf.

»Er wird Doktor Keller nicht akzeptieren.«

»Machen Sie ihm klar, daß zu komplizierten Operationen ein ganzes Team gehört!« rief Quandt.

»Das weiß er selbst. Aber er zählt sich zu den Genies, die es allein können. Nur mich wird er noch hinzuziehen... alle anderen sind für ihn eine Gefahr.« Dorian trat den ersten Schritt hinaus aus dem Walddunkel in die rötliche Abendsonne. »Bitte, Herr Rat, unternehmen Sie nichts, wie lange es auch im Haus dauern mag. Werden Sie nicht ungeduldig! Eine Hirnoperation dauert bis zu fünf Stunden... und hier geht es um mehr als um einen Tumor oder ein Hämatom...«

Während die Polizisten, Dr. Keller und Angela im Schatten der Bäume blieben und der Hubschrauber die Straße hinunter gerollt war, ging Dorian ruhig und langsam, seine Tasche in der Hand, dem Haus entgegen. Die Abendsonne übergoß seinen weißen Kittel wie mit fahlem Blut.

Vom Haus schallte ihm ein Jubelschrei entgegen. Sassner beugte sich aus dem Fenster und winkte mit beiden Armen. Er war unendlich glücklich, sein Herz zuckte vor Freude, er hätte weinen können vor Glück.

»Herr Professor!« rief er. »Sie sind gekommen! Sie beehren mich wirklich mit Ihrer Gegenwart! Sie haben alle meine Briefe bekommen!«

»Alle!« Dorian blieb unter dem Fenster stehen. Sassner hing mit dem halben Oberkörper aus dem Fenster. Hinter ihm stand Luise mit gefalteten Händen, als bete sie.

Die letzten Minuten. Das Ende von zwanzig Jahren Glück.

Mein Gott, ich danke dir für jede Minute mit diesem Mann, als er noch Gerd Sassner war ...

»Ihre Berichte waren ungemein interessant, Herr Kollege«, sagte Dorian mit ruhiger, aber eindringlicher Stimme. Die Magie des Seelenarztes begann ihre Ausstrahlung ... Sassner spürte es wie einen süßen Hauch. Beseligt schloß er einen Moment die Augen. »Ihre Operationen, große Klasse, Herr Kollege. Nur meine ich, waren da einige kleine, geringfügige Fehler. Rein operationstechnisch, nicht im wissenschaftlichen Wert, damit wir uns recht verstehen. Ich hätte zum Beispiel den Schädel anders geöffnet. Es gibt da eine modifizierte Methode ...« Sassner, aus dem Fenster hängend, drei Meter über Dorian, strahlte ihn wie ein beschenktes Kind an.

»Und Sie wollen mir diese Methode zeigen, Herr Professor?«

»Deshalb bin ich hier.« Dorian wies mit einer großen Geste auf seine Kleidung. »Operationsbereit, wie Sie sehen.«

»Ich sehe es mit zitterndem Herzen, Herr Professor!« Sassner richtete sich auf. »Was wollen wir drannehmen?«

»Zuerst Ihre fabelhafte Methode der Auswaschung von Dummheit!«

»Ist das ein Fortschritt, was?« Sassner dehnte sich. »Jahrtausende quälte sich der Mensch mit der Dummheit herum ... und ich wasche sie einfach aus dem Hirn. Da haben Sie gestaunt, Herr Professor!«

»Allerdings. Ich wäre nicht darauf gekommen.«

»Sie beschämen mich tief.« Sassners Stimme schwankte vor Ergriffenheit. »Können wir sofort beginnen?«

»Sofort! Aber nicht vor der Tür. Ich müßte schon in Ihre Klinik kommen, Herr Kollege!«

Dorian sah Sassner mit gütigen Augen an. Zwei Sekunden lagen ihre Blicke ineinander ... Sekunden, die alles entschieden. Dann breitete Sassner die Hände aus.

»Ich werde diese große Ehre in mein Herz brennen!« sagte er. »Eine kleine Minute, Herr Professor, ich öffne Ihnen die Klinik ...«

Dorian trat an die verriegelte Tür. Im Wald hielt man buchstäblich den Atem an. Was geschah nun? Kam Sassner an die Tür, öffnete er sie wirklich?

Dorian war völlig ruhig. Er griff nach seinem Mundtuch und schob es hoch. Wenn Sassner öffnete, sollte die Atmosphäre des Operationssaales sofort um ihn sein.

Im Haus lief Sassner glückstrahlend umher. Luise, die ihm folgte, hatte Mühe, neben ihm zu bleiben.

»Schwester! Alles vorbereiten!« rief er und schleuderte das Membranstethoskop an den Gummischläuchen um seinen Kopf. »Sofort anästhetisieren und auf den Tisch. Wir können den Herrn Professor nicht warten lassen.« Er blieb stehen und sah Luise aus glänzenden Augen an. »Patient in Ordnung?«

»Ja«, stotterte Luise. »In Ordnung.«

»Temperatur?«

»35,6.«

»Puls?«

»120.«

»Blutdruck?«

»140 auf 100.«

»Könnte besser sein, aber wir entlasten ihn ja, wenn der Schädel offen ist.« Sassner klopfte Luise auf die Schulter. »Sie sind mein bestes Stück, Schwester, ich werde es auch dem Herrn Professor sagen. Und nun los! Zeigen wir, was wir können! Schwester, das ist der herrlichste Tag in meinem Leben!«

Er rannte die Treppe hinab zur Gaststube und zur Tür. Luise blieb zurück. Sie drückte sich an die Wand und weinte.

Das ist der Abschied, dachte sie. Das ist von allem Glück geblieben.

Dorian straffte sich, als sich der Schlüssel knirschend im Schloß drehte und die Riegel zur Seite glitten. Die Abendsonne, über die Wälder schwebend wie ein Feuerball, tauchte das Haus und die Tür und Professor Dorian in seiner Operationskleidung in blutrote Farbe. Noch ein Riegel ... die Tür sprang auf.

Mit ausgebreiteten Armen stand Sassner da, den Kopf hoch erhoben und mehr in den blutenden Sonnenball blickend als auf den kleinen Professor Dorian.

»Willkommen!« sagte er mit Ergriffenheit in der Stimme. »Willkommen im Schloß der blauen Vögel! Treten Sie ein ... nur einen Schritt weiter ... und mit diesem Schritt lassen Sie ein Jahrhundert hinter sich ...«

Er legte den Arm um Dorians Schulter, strahlte ihn aus seinen glänzenden Augen an und zog ihn hinein in die fahle Dunkelheit des Hauses.

Mit einem dumpfen, wie ein sattes Schmatzen klingenden Laut fiel die Tür hinter ihnen zu.

Dorian sah sich um. Sie befanden sich in der Gastwirtschaft mit ihren auf die Tische gestellten Stühlen, dem verstaubten Tresen, den mit Spinnweben überzogenen Flaschen in den Regalen, den geschlossenen Fensterläden. Drei Petroleumlampen erhellten den großen Raum nur dürftig, in der Küche flackerten drei Kerzen; Dorian sah sie durch die hochgeschobene Durchreiche zum Büfett. Im ganzen Haus war ein merkwürdiger Geruch aus Staub, schalem Bier, kaltem Rauch und schimmelnder Bierleitung ... säuerlich, faulend, Gestank eines aufgebrochenen Grabes.

Mein Gott, das könnte Edgar Allan Poe und seiner makabren Phantasie entsprungen sein, dachte Dorian. Das ist alles so unwirklich, das Herz in eine Eisenklammer pressend vor kaltem Grausen. Und draußen scheint die goldrote Abendsonne, duftet der Tannenwald, singen die Vögel, blühen die Blumen ...

»Wie gefällt Ihnen meine Klinik?« fragte Sassner. Stolz schwang in seiner Stimme. Dorian zog die Schultern hoch. Ihn fröstelte auf einmal.

»Was ich bis jetzt gesehen habe, ist sehr beeindruckend«, sagte er mit ruhiger Stimme. Der Psychiater in ihm besiegte den denkenden und fühlenden Menschen. Alles, was er jetzt tat und sprach, war Therapie, war das Eindringen in den kranken Geist eines Wahnsinnigen, sollte der Sieg des Arztes über einen armen Hirnkranken werden.

»Das ist der große Speisesaal der Klinik.« Sassner machte eine alles umfassende Handbewegung. »Zur Zeit wird er nicht benutzt. Meine Patienten sind sämtlich in einem desolaten Zustand. Nur die Operationen werden ihnen helfen.«

»Sicherlich.« Professor Dorian schob die Operationskappe etwas zurück in den Nacken. Es wurde ihm heiß. »Sie haben viele Patienten, Herr Kollege?«

»Das Haus ist voll.«

»Ach!« Dorian hob die Schultern. Was werde ich sehen, dachte er mit klopfendem Herzen. Hat er schon alle getötet? Sind die Zimmer dort oben angefüllt mit grausam verstümmelten Leichen? O mein Gott, bloß das nicht! Was er uns bisher geliefert hat, genügte.

Dorian ging langsam in der Gastwirtschaft umher. Für ihn war diese Stunde eine ebenso große Entscheidung wie für Gerd Sassner. Lag dort oben in den Zimmern ein Leichenberg, würde Dorian nie mehr ein Skalpell anrühren. Er konnte es dann nicht mehr, weil ihm die innere Kraft und das Vertrauen zu sich selbst fehlen würden, wiederum in ein Hirn zu schneiden mit der Drohung im Gewissen: Auch dieser Mensch kann ein Massenmörder werden.

Ein paar Schritte die Treppe hinauf, ein paar Zimmertüren aufgestoßen... das war vielleicht das Ende des Professor Dorian.

»Kann ich die Kranken sehen?« fragte Dorian ganz ruhig. Sassner strahlte. Er trug eine Lampe vor sich her und leuchtete in alle Ecken.

»Aber ja. Bitte, kommen Sie in den Bettentrakt, Herr Professor.«

Sie stiegen die Treppe hinauf, nur ein paar Stufen, aber Dorian war es, als erkletterten sie den höchsten Berg. Oben im Flur lehnte Luise Sassner zitternd an der Wand. Als der Schein der Lampe sie traf, ließ sie die Hände sinken und sah Dorian flehend an.

»Mein bestes Stück«, sagte Sassner und nahm Luise an die Hand. Er führte sie zu Dorian und legte dann den Arm um ihre Schulter. »Meine OP-Schwester. Schwester Luise Wadenwickel. Ein toller Name, was? Aber sie kann etwas, sie ist perfekt. Schwester...« Sassner blickte Luise aus strengen Augen an. »Ist im OP alles klar?«

»Alles klar...«

Dorian starrte Luise erschrocken an. Sie schüttelte leicht den Kopf, als Sassner wegblickte. Er schien es nicht zu merken. Mit weitausgreifenden Schritten ging er Dorian voraus über den

Gang und riß die Tür auf, an die mit Kreide eine große Eins gemalt war.

»Zimmer eins, ein Dreibettzimmer!« Sassner winkte Dorian, der ihm zögernd folgte. »Drei sehr labile Patienten. Drillinge. Sie müssen nachoperiert werden...«

Dorians Herz hämmerte wild. Auch ein Arzt, der Jahrzehnte nur mit Geisteskranken gelebt hat, ist ein Mensch, dessen Beherrschung eine Grenze hat, hinter der der seelische Zusammenbruch beginnt.

Er riß sich das Mundtuch herunter, um freier atmen zu können, und kam sich in seiner weißen OP-Kluft wie in einem Panzer vor. Die Hände in den Gummihandschuhen hingen wie mit Blei gefüllt an ihm herab.

»Bitte...« sagte Sassner noch einmal mit einer einladenden Geste. Dorian betrat den Raum.

Die drei Betten waren leer, aber neben den Betten waren mit Kreide jeweils Sassners Konturen an die Wand gemalt. Die Umrisse waren unvollständig, dem einen waren die Beine wegradiert, dem anderen fehlte der Kopf, den dritten hatte Sassner mit zwei Strichen gespalten. Wann er das alles getan hatte, wann er hier an der Wand gestanden hatte, um seine Kreidekonturen zu operieren, wußte Luise nicht. Es mußte in der Nacht geschehen sein. Leise, während Luise schlief, war er aufgestanden und von Zimmer zu Zimmer geschlichen. Er hatte intensiv nachdenkend vor den Umrissen gestanden, einen Schwamm in der Hand, ein Stück Kreide in der anderen, und dann hatte er begonnen, seine stummen Patienten zu verändern, zu erleichtern von allem Ballast, wie er es nannte, bis nur noch Torsos an den Wänden hingen. Gegen Morgen war er zurückgeschlichen ins Bett, zufrieden und erschöpft von diesen operativen Leistungen, hatte die neben ihm schlafende Luise lange angestarrt und mit sich gerungen, ob er auch sie erleichtern solle. Nur weil er zu müde war, überlebte sie diese Nacht.

Dorian und Luise sahen sich kurz an. Sie dachten das gleiche und froren plötzlich.

»Grandios«, sagte Dorian mit gewaltsam ruhiger Stimme. »Meisterleistungen. Sind alle Ihre Patienten so?«

»Ja.«

»Gratuliere.«

Dorian setzte sich auf den nächsten Stuhl. Seine Beine versagten. Die Erlösung, keine Leichen zu sehen, sondern nur amputierte Kreide-Umrisse, kam wie eine allgemeine Erschlaffung über ihn. Luise beugte sich vor.

»Soll ich Ihnen einen Cognac holen, Herr Professor?« fragte sie. »Wir haben unten noch ein Flasche voll.«

»Nein, danke. Es geht schon.« Dorian atmete ein paarmal tief durch. Mit den Händen strich er sich über die Stirn und zog sie schweißnaß wieder zurück. Er trocknete sie an seinem Kittel ab. »Nehmen wir unseren Rundgang wieder auf.« Er wandte sich an Luise, als er aufstand. »Keine akuten Patienten?« Das Wort »akut« betonte er deutlich. Luise verstand.

»Nein. Kein akuter Fall, Herr Professor.«

»Das ist gut.« Dorian war es, als habe er ein neues Herz bekommen. Er atmete plötzlich freier und leichter, das Blut durchpulste ihn wieder, ohne daß er das Gefühl hatte, der Herzmuskel würde abgewürgt. »Mich interessiert vor allem Ihre Operationsvorbereitung, Herr Kollege. Was injizieren Sie präoperativ?«

»Nichts!« Sassner lachte tief und selbstbewußt. »Meine Patienten werden seelisch vorbereitet. Ein gutes Gespräch über ihre Krankheit, und sie lernen den Wert der Logik. Sie werden ganz ruhig.«

»Einfach toll.« Dorian folgte Sassner zum ausgeräumten OP. Dort waren nur noch zwei Stühle, die verloren in dem großen leeren Raum standen. Sassner setzte sich auf einen und bot Dorian den zweiten an.

»Sie machen es anders?« fragte er interessiert.

»Aber ja. Ich injiziere ein Beruhigungsmittel.« Dorian stellte seine Arzttasche auf die Knie, öffnete sie und holte eine Ampulle heraus. Es war ein starkes Morphinpräparat. Langsam, unter Sassners Augen, entnahm er der Tasche den blinkenden Spritzenkasten, öffnete ihn, steckte mit einer Pinzette eine Hohlnadel auf eine Spritze und legte sie auf sterile Watte. Dann nahm er die Ampulle, ritzte die Spitze an und brach sie ab.

»Riechen Sie mal, Herr Kollege.«

Er hielt Sassner die Ampulle unter die Nase, und dieser schnupperte.

»Geruchlos.«

Dorian nickte. »Farblos wie Wasser, geschmacklos. Aber ein Wunderding. Wenn es in den Kreislauf kommt, werden die Kranken fröhlich. Sie singen. Ihre Welt wird zu einem Garten. Singend gehen sie zum OP-Tisch und legen sich hin.«

»Ist das wahr? Singend?« Sassners Stimme zitterte vor Erregung.
»Sie singen wirklich?«
»Sie singen laut und schön!«
Sassner sprang auf. Er zitterte am ganzen Körper. »Sie singen... das erste Stadium eines Vogels haben sie erreicht! Sie singen! Und dieses Wundermittel haben Sie erfunden, Herr Professor?«
»Ja. Nach zwanzigjähriger Suche.«
»Meine Hochachtung!« Sassner verbeugte sich. »In der Operationstechnik, das müssen Sie zugeben, habe ich Sie überrundet...«
»Ganz klar!«
»... aber in der medikamentösen Behandlung sind Sie mir weit voraus. Sie müssen mir das demonstrieren, Herr Professor.«
»Recht gern. Aber an wem? Ihre Patienten sind sämtlich schon operiert und brauchen Ruhe.«
»Versuchen Sie es an mir.« Sassners Gesicht glänzte. »Sagen Sie nicht nein, Herr Professor! Große Taten entstanden oft im Selbstversuch. Ich will genießen, zu singen und euphorisch zu sein! Wie lang hält so eine Spritze an?«
»Zwei Stunden vielleicht.«
»Das können wir wagen! Schwester Wadenwickel wird sich um die Patienten kümmern.«
Luise nickte. Sie konnte kein Wort mehr sprechen. Es war erschütternd, wie der große Bär Gerd Sassner von dem kleinen Fuchs Dorian überlistet wurde. Nur weil sie diesen Mann immer noch liebte, der der Vater ihrer Kinder war, von dem sie zwanzig Jahre Glück empfangen hatte, konnte sie zusehen, wie Sassner den linken Ärmel des Hemdes aufkrempelte, sich wieder auf den Stuhl setzte und den Arm gerade in die Luft hielt. Professor Dorian zog die Spritze auf, drückte die Luft aus der Kanüle und deutete auf die auf dem Boden stehende Petroleumlampe.
»Wenn Sie das Licht bitte hochhalten könnten, gnädige Frau...«
»Muß das sein?« stotterte Luise.
»Auch der beste Arzt kann im Dunkeln nicht die Vene treffen.«
»Keine Angst, Schwester!« Sassner strahlte wie ein beschenktes Kind. »In fünf Minuten werden Sie mich singen hören wie eine Nachtigall. Herr Professor, 'rein mit dem Wundermittel...«

Luise bückte sich, hielt die Lampe hoch und sah ihren Mann an.

Leb wohl, Gerd, hieß dieser lange, stumme Blick. Es ist vielleicht der letzte Dienst, den ich dir erweisen kann.

Ein Stich in die Vene. 0,03 g Morphin.

Die Mauern einer Anstalt werden dich für immer begraben.

Leb wohl, Gerd ... oder ist das ein falscher Wunsch? Wärest du glücklicher, wenn du nicht wieder aufwachtest? Wäre es für uns alle nicht besser? Auch für die Kinder, die glauben werden, du seist an jenem Sommertag im See ertrunken ...

Sassner lehnte sich zurück, als Dorian seinen Arm nahm, seine Brust dagegen drückte und sagte: »Nun machen Sie eine Faust, Herr Kollege.«

»Bitte!« Sassner hob den Kopf zu Luise. »Warum weinen Sie, Schwester Wadenwickel? In zwei Stunden bin ich wieder normal. Aber dieser Ausflug in paradiesische Gefilde reizt mich! Eine Wanderung in das Land, das das Genie Professor Dorians den Menschen erschlossen hat. Das ist etwas ganz Großes, Schwester ... Sie sollten nicht weinen! Es kann gar nichts schiefgehen, der Herr Professor bürgt dafür.«

»Ich bürge dafür. Sie werden mit dem Leben zufrieden sein.« Dorian stieß die Nadel in die pralle Vene, zog ein wenig Blut ein und injizierte dann schnell das Betäubungsmittel. Mit einem Ruck riß er die Nadel zurück und drückte etwas Gaze auf den Einstich, aus dem ein kleiner Tropfen Blut quoll.

Es war der Augenblick, in dem Luise Sassner ihre Beherrschung verlor. Sie stellte die Lampe ab, warf sich auf die Knie und umfing den hochaufgerichtet sitzenden Sassner. Sie preßte ihn an sich und streichelte seinen Kopf.

»Gerd!« rief sie. »Gerd! Was du auch getan hast ... ich liebe dich ... ich liebe dich ... du hast es ja nicht gewollt ... du weißt ja nicht, was du getan hast ... Mein lieber, lieber Gerd ...«

Es war, als wische die Injektion für eine Sekunde alle Schleier weg, die über Sassners Wesen lagen, als kehre er noch einmal in die reale Welt zurück, ehe er vollends in das Vergessen versank.

Er begann zu zittern, sein Kopf fuhr hoch, mit großen erkennenden Augen starrte er seine Frau an. Dann brach es aus ihm heraus, dunkel, ein dumpfer, bebender Schrei.

»Luise!«

»Gerd!«

Dann war es vorbei. Endgültig. Sein Kopf sank zur Seite, die

Arme fielen schlaff herab, der Körper verlor alle Festigkeit. Er rutschte vom Stuhl und rollte auf die Dielen. Luise versuchte ihn aufzufangen, aber er war zu schwer, er riß sie im Fallen um.

Dorian ging zum Fenster, öffnete es und stieß die Läden zur Seite. Das letzte Licht des Tages quoll in den Raum, und es war nach dem fahlen Halbdunkel grell wie ein Blitz. Luise und Dorian schlossen für ein paar Sekunden die Augen.

»Endlich!« rief am Waldrand Kriminalrat Quandt. »Endlich! Der Professor winkt. Er hat es geschafft! Meine Herren, ich gestehe es ohne Erröten: Das war die längste und schrecklichste Stunde meines Lebens!«

Auch Dr. Keller und Angela atmeten auf. Sie hatten in der letzten halben Stunde genug zu tun gehabt, Quandt und die Polizisten zurückzuhalten, das Haus zu stürmen. »Er hat auch den Professor umgebracht!« schrie Quandt. Er verlor zeitweise die Nerven. »Was hier geschieht, ist nicht zu verantworten! Wir müssen ins Haus!«

Professor Dorian stand am Fenster und winkte. Ein Krankenwagen fuhr vor die Tür, eine Trage wurde ausgeladen.

Zehn Minuten später trug man Gerd Sassner aus seinem Schloß der blauen Vögel. Er lag festgeschnallt auf der Trage, eingewickelt in eine weiße Decke, ein Kissen unter dem Kopf, und schlief.

Über sein Gesicht schwebte ein tiefes, beseligtes Lächeln. Seine Lippen sprachen im Schlaf, aber es waren Worte aus einer andern Welt.

Oben, im »OP«, zog Professor Dorian seine Gummihandschuhe aus und warf Kappe und Mundschutz daneben. Luise saß auf einem der Stühle und blickte in die Weite. Sie war wie versteinert. Jetzt, da alles vorüber war, überfiel sie die große Leere, die immer da ist, wenn ein Mensch, der ein halbes Leben lang neben einem hergegangen ist, plötzlich diese Welt verlassen hat.

»Was wird man mit ihm machen?« fragte sie, als die Geräusche des abfahrenden Krankenwagens von der Straße ins Zimmer drangen.

»Er kommt zunächst in die Landesklinik.« Dorian sah dem Wagen nach. Man hörte Stimmen. Dr. Keller und Angela riefen ihm etwas zu. Dorian reagierte nicht darauf.

»Und dann?«

»Ich werde versuchen, ihn nach Hohenschwandt zu holen...«

»Zu Ihnen?« Luise wandte den Kopf zu Dorian. »Warum?«

Dorian stieß sich vom Fenster ab und nahm seine Tasche vom Stuhl. »Ich werde ihn noch einmal operieren«, sagte er laut. »Verdammt, ich gebe den Kampf nicht auf. So nicht! Ich will und muß wieder einen Menschen aus ihm machen!«


14

Der Herr, der Ilse Trapps im Café angesprochen hatte, war ein feiner Mensch mit guten Manieren und einer offensichtlich dikken Brieftasche. Er sprach von seinen Reisen nach Südamerika und Freunden in Rio de Janeiro, von Kaffeeplantagen, an denen er beteiligt war, und von Häusern in der neuen Stadt Brasilia, die ihm gehörten.

Ilse Trapps glaubte ihm nur die Hälfte. Aber was tat es? Er war ein großer, dunkelhaariger, schöner Mann mit Manieren, ein Typ, wie ihn Ilse Trapps immer in den Illustrierten bewundert hatte, um dann Vergleiche mit ihrem seligen Egon anzustellen, der alles andere war als ein Frauenheld. Ein Mann, der das Herz einer Frau im Sturm erobert und nicht erst lange fragt, ob gerade diese Festung auf ihn gewartet hat. Ein Mann mit gepflegten Händen, dunkel blitzenden Augen, einem Maßanzug und den Manieren eines Grafen ... Ilse Trapps schwamm auf einer romantischen Welle und begann, selbst Gerd Sassner zu vergessen.

Im Café war er noch zurückhaltend. Er kam an Ilses Tisch, verbeugte sich und fragte höflich, ob er die Zeitung haben dürfe, die neben Ilse auf dem leeren Stuhl lag.

»Natürlich«, hatte Ilse keck geantwortet. »Ich lese sie nicht. Aber wie gut, daß eine Zeitung gerade auf dem Stuhl liegt ...«

Sie verstanden sich vom ersten Blick an. Sie tranken noch ein Kännchen Kaffee und verabredeten sich für den Abend.

»Sie kennen Hamburg nicht?« fragte der schöne Mann, der sich als Wilhelm v. Fahrer vorstellte. »Gnädigste, das ist eine unverzeihliche Bildungslücke! St. Pauli bei Nacht, der Hafen, die Docks, die Landungsbrücken, die Reeperbahn, Große Freiheit ... und dann die Romantik der Binnenalster. Ich könnte stundenlang dort stehen, in der Nacht, wenn die Lichter Hamburgs sich in dem stillen Wasser spiegeln. Das ist der Zauber einer Weltstadt! Wenn ich da an Bombay denke ... Voriges Jahr, bei einer Tempelfahrt durch Indien ...«

Am Abend trafen sie sich an den Landungsbrücken, am Eingang des Elbtunnels. Wilhelm v. Fahrer hatte eine Orchidee mitgebracht. Er nestelte sie in Ilses Haar und küßte sie dann, fast zaghaft, auf die Stirn.

»Sie sind eine der schönsten Frauen, die ich kenne«, sagte er dabei. »Und ich habe in der Welt viele schöne Frauen gesehen ...«

Für Ilse Trapps begann ein Abend, wie sie ihn vorher nur im Kino gesehen hatte. Eine weiße Orchidee im Haar, einen Mann neben sich, der wie ein Filmstar aussah, der sieben Sprachen sprach, wie er betonte, und mit einem Kanu über die wildesten Flüsse des südamerikanischen Urwalds gefahren war, das war ein Erlebnis wie ein wahrgewordener phantastischer Traum.

Wilhelm v. Fahrer aß mit Ilse Trapps in einem Luxusrestaurant zu Abend und begann sich vorsichtig an sie heranzutasten. Er tat es geschickt, fast zu gekonnt.

»Sie sind keine Norddeutsche?« fragte er, obwohl jeder den schwäbischen Klang in Ilses Stimme hörte.

»Nein. Ich komme aus der Gegend von Freiburg.«

»Der herrliche Breisgau!« Wilhelm v. Fahrer hob sein Weinglas. »Auf den badischen Wein! Ich liebe ihn! Und nun sitzt ein badisches Mädel vor mir!« Er trank ex und goß wieder nach. »Sie sind zu Besuch in Hamburg?«

»Nein, ich studiere ...« Ilse Trapps fiel nichts Besseres ein. Studentin, das ist immer gut, dachte sie. Das hat Niveau.

»Medizin?« fragte Wilhelm v. Fahrer mit sonorer Stimme.

»Nein, Kunst.«

»Schade.« Er legte beide Hände aufs Herz. »Ich hätte das angehende Fräulein Doktor sonst gebeten, mich zu untersuchen. Hier drinnen, genau hier, da bubbert und hämmert es. Was kann das wohl sein?«

»Ein Promille ... soviel haben Sie bestimmt schon!« Ilse Trapps lachte laut. Etwas zu laut für eine Studentin. Sie lachte überhaupt noch viel an diesem Abend ... auf der Reeperbahn beim Damenringkampf im Schlamm ... in der Großen Freiheit beim gespielten Vergewaltigungsakt zwischen einem Neger und einer weißen Tänzerin. Sie lachte auch noch, als Wilhelm v. Fahrer sie mit einem Taxi nach Hause brachte, nicht bis vors Haus, sondern bis zur Davidswache, dem berühmtesten Polizeirevier der Welt. Von dort gingen sie zu Fuß zum Hafen, Arm in Arm, eng aneinandergepreßt, leicht schwankend.

Ab und zu küßten sie sich, standen in der Dunkelheit in Hauseingängen und preßten sich aneinander, bis ihnen die Luft ausging. In Ilse Trapps brach wieder die tierische Wildheit aus, die auch Sassner nicht hatte bändigen können. Sie keuchte in den Armen ihres Begleiters und zitterte wie im Fieber, wenn seine Hände über ihre prallen Brüste glitten.

»Komm...« sagte sie schließlich außer Atem. »Komm mit zu mir... Nicht in der Haustür... Ich wohne nicht komfortabel, ich will sparen für ein Auto. Mein Vater hält mich knapp, obwohl er Millionär ist... o Gott, laß die Hände davon weg... nicht... du machst mich wahnsinnig mit den Händen... komm, laß uns schnell zu mir...« Bis zum Morgengrauen tobten sie miteinander. Ilse wußte nicht mehr, wann sie einschlief, aber als sie aufwachte, sah sie Wilhelm v. Fahrer vollständig angezogen am Tisch sitzen und ihre Handtasche durchsuchen. Die Scheine der paar tausend Mark, die sie Sassner weggenommen hatte, lagen schon vor ihm. Mit einem Ruck setzte sich Ilse im Bett auf. Daß sie völlig nackt war, hinderte sie nicht daran, die Beine über die Bettkante zu schwingen. Nacktheit war für Ilse Trapps die natürlichste Kleidung.

»Was machst du denn da?« fragte sie. »Laß meine Tasche in Ruhe! Und leg das Geld wieder hinein.«

»Eine Scheiße werde ich!« Wilhelm v. Fahrer lachte und drehte sich um. Mit der Linken schob er die Geldscheine zusammen und steckte sie in seine Hosentasche.

»Bist du verrückt?« Ilses Stimme verdunkelte sich. »Leg das Geld wieder hin! Hast du es nötig, das Geld einer Dame zu nehmen?«

»Dame? Dame? Ich höre immer Dame! Eine ganz miese, fette Nutte bist du! Kunststudentin! Haha! Kann noch nicht einmal Gauguin sagen! Und Vater Millionär! Im Bett hast du die Mäuse verdient, was, Puppe? Aber um alles klar zu machen: Weiber wie du brauchen eine feste Hand! Das habe ich selbst gesehen. Fällt auf einen Mann 'rein, der in Südamerika auf Indianerflüssen gerudert ist...«

»Du... du bist gar kein Kaffeepflanzer?« fragte Ilse Trapps betroffen.

»Ich kenne Kaffee nur in der Tasse!« Wilhelm v. Fahrer lachte dröhnend. »Bist eine dämliche Puppe! Aber im Hintern haste Feuer – das gibt ein gutes Geschäft.«

»Und du heißt nicht v. Fahrer?«

»Wilhelm schon. Willi! Und Fahrer bin ich auch, hab' mal vier Jahre lang einen Lastzug gefahren. Dann sah ich euch und die Mäuse, die ihr pro Nacht aus den Taschen der Kavaliere kitzelt. Will, sagte ich mir, das kannst du mit deinem Fünfzehn-Tonner nie verdienen! Werde Imker, laß ein paar Bienen fliegen, die sammeln Honig genug. Tja, und dann sah ich dich und dachte mir: Entweder ist sie wirklich eine reiche Maus, dann nimmste sie aus wie ein Hühnchen vor dem Kochen, oder sie ist 'ne neue Nutte, dann geht alles von selbst klar. Was biste nun wirklich? Eine Nutte! Also, mein Schatz: Geld wird bei mir abgeliefert. Dafür haste Essen, Trinken und Kleidung, freie Wohnung, Urlaub an der Riviera, Schutz gegenüber der Sitte, und mich obendrein noch fürs Herz. Was willste mehr?«

»Ich will mein Geld! Sofort!« Ilse Trapps sprang aus dem Bett. Wilhelm v. Fahrer lachte und empfing sie mit einer schallenden Ohrfeige. Ilse taumelte gegen die Wand, duckte sich und sprang ihn an wie eine Katze. Sie biß in seine Hand, schlug und trat um sich und versuchte, ihm in die linke Hosentasche zu greifen, wo er das Geld hineingesteckt hatte.

»Gib es her!« keuchte sie, als sie mit ihm rang und ihm nochmals in die Hand biß, daß er leise aufheulte. »Gib mein Geld her, du Schuft! Du Lump! Du Saukerl!«

»Dreckshure!« Wilhelm stieß mit dem Kopf gegen Ilses Brust, sie taumelte etwas, da griff er zu, warf sie auf das Bett und stürzte sich über sie. »Hat man schon so etwas gesehen? Wehrt sich! Du Miststück!«

»Mein Geld!« Ilse Trapps schlug um sich. »Ich schreie um Hilfe ...! Ich will mein Geld! Geh weg, du Hund! Ich – schreie – um – Hilfe ...«

Wilhelm, der Fahrer, schlug zu. Er hieb mit der Faust auf Ilses Stirn, und als sie plötzlich ganz still und bewegungslos lag, raffte er einen ihrer Perlonstrümpfe vom Boden, drehte ihn um ihren Hals und zog ihn zu. Ein paarmal schüttelte er den schlaffen, weißhäutigen, üppigen Körper, bis auch das letzte Zittern in ihm erlosch. Dann deckte er Ilse Trapps zu, ordnete ihre verstreut im Zimmer herumliegenden Kleider, nahm einen Waschlappen und rieb alles ab, was er berührt hatte ... den Tisch, die Stuhllehne, die Ledertasche, sogar den toten, bleichen Körper, schüttete dann eine ganze Flasche Parfum über Ilses Leib und verrieb den duftenden Alkohol, damit keine Spur von Fingerabdrücken zurückblieb.

Gegen acht Uhr morgens verließ er das Haus, nachdem er das Zimmer abgeschlossen hatte. Niemand beachtete ihn. In der Fischbraterei im Parterre war schon Hochbetrieb.

Irgendwo in einer Hafenecke, im Schatten eines Lagerschuppens, nahm er seine schwarzhaarige Perücke ab, wickelte den Zimmerschlüssel hinein und warf beides in das brackige Hafenwasser. Blond, mit einer Brille auf der Nase, eher wie ein Büroangestellter aussehend, ging er dann zurück zu einer Bushaltestelle und fuhr in das Stadtinnere.

Seine Spur verwischte sich völlig. Es war ein perfektes Verbrechen. Ilse Trapps fand man erst nach zwei Tagen. Die Zimmerwirtin wollte das Bettzeug waschen, bekam auf minutenlanges Klopfen keine Antwort und ließ schließlich von drei kräftigen Fischern die Tür eintreten.

Den Mörder faßte man nie. Die Mordkommission rechnete auch gar nicht damit. Ein Dirnenmord ist immer ein Verbrechen voll undurchdringlicher Dunkelheit.

Die einzigen, die sich über diesen Mord freuten, waren die Studenten der Hamburger Pathologie. Sie klatschten in die Hände, als man den von der Staatsanwaltschaft freigegebenen Körper von Ilse Trapps, die keine Verwandten besaß, auf den Seziertisch legte.

Zum erstenmal in ihrem Leben tat sie etwas Nützliches: Sie demonstrierte jungen Medizinern, wo Muskeln, Nerven, Sehnen, Knochen und Adern in einem menschlichen Körper zu suchen sind...

Das wäre eigentlich das Ende der Geschichte von dem Chemiker, Fabrikbesitzer und Familienvater Gerd Sassner, der durch eine Hirnoperation sein Wesen verlor, nachdem der Krieg den Keim seiner Persönlichkeitsauflösung gelegt hatte.

Aber es ist nicht das Ende.

Es gibt immer wieder einen neuen Anfang. Ein Haus brennt ab... man baut es wieder neu. In einer Sturmnacht wird ein Deich zerrissen... man flickt ihn, macht ihn höher und fester. Eine Stadt wird zerstört von Tausenden Bomben... und es sind immer wieder Menschen da, die aus den Trümmern klettern, aus Kellern und Löchern, und eine neue Stadt erbauen.

Ein Mensch wird zerstört... Soll er das einzige sein, was nicht zu reparieren ist?

Gerd Sassner blieb nicht lange in der Landesklinik. Er bekam dort eine Einzelzelle, weil man erwartete, er würde wie ein Berserker toben, wenn er aus der Betäubung erwachte. Er tat es nicht. Er saß still, in sich gekehrt, nachdenklich auf seiner Pritsche und ließ sich durch die Kontrollklappe in der Tür bestaunen.

Das ist er! Die Bestie. Der Irre, der aus Menschen Vögel machen wollte. Der Verrückte, der die Dummheit aus den Hirnen waschen wollte. Da sitzt dieses Monstrum, das aussieht wie ein Mensch, aber keiner mehr ist!

Der Oberstaatsanwalt, der mit Sassner sprach, kam etwas benommen aus dem Verhör zurück. Er hatte sich mit Sassner über Musik unterhalten. Ein Satz vor allem blieb ihm im Gedächtnis: »Man könnte die besten Sänger aller Zeiten züchten, wenn man ihnen alle anderen Löcher außer dem Mund zunähte. Aus den anderen Löchern entweicht zuviel ungenutzte Luft! Wenn alle Luft nur durch den Mund, über Stimmbänder und Kehle, striche, dann gäbe es Sänger, deren Stimmen die Wände erzittern ließen.«

Von seinen Taten im »Gasthaus zur Eiche« wußte Sassner nichts mehr. Er wußte nur: Ich habe Menschen glücklich gemacht.

»Sassner ist im Sinne des Strafgesetzbuches nicht strafbar«, sagte der Oberstaatsanwalt. »Er ist vollkommen irr. Einen Prozeß zu eröffnen ist sinnlos, hinausgeworfene Zeit und verschenktes Geld. Das einzige ist seine Einweisung in eine Heilanstalt mit verschärfter Kontrolle. Nicht auszudenken, wenn es ihm gelänge, auszubrechen.«

So kam Gerd Sassner zunächst in eine Heilanstalt. In die geschlossene Abteilung. In das Haus der Aufgegebenen. Er zog in ein Grab.

Luise durfte ihn nicht besuchen, aber die Anwälte der Sassner-Werke hatten nun freie Hand und arbeiteten schnell. Sassner wurde entmündigt, Luise erhielt alle Vollmachten. Sie übernahm die Leitung der Chemischen Werke und verließ sich dabei völlig auf den ersten Direktor Dr. Maier.

»Es geht alles weiter wie bisher«, sagte Dr. Maier. »Die Auftragslage ist sehr gut. In den Labors gelingen neue Präparatmischungen. Die Werke werden ganz im Geiste Ihres verehrten Gatten weitergeführt.«

Nach einem halben Jahr gelang es Professor Dorian, Gerd Sassner zu sich nach Hohenschwandt zu holen. Ein erbitterter Kampf mit der Staatsanwaltschaft war vorausgegangen, sogar der Justizminister wurde eingeschaltet. Immer hieß es: Es ist nicht die Garantie gegeben, daß Sassner nicht entfliehen kann. Die Klinik Hohenschwandt hat nicht die nötigen Sicherheitsvorrichtungen. Sie ist ein Schloß, ein luxuriöses Krankenhaus, in dem es einem Genie des Wahnsinns, wie es Sassner ist, leichtgemacht wird, in die Freiheit zu entfliehen. Was dann geschieht, ist gar nicht auszudenken.

Professor Dorian entschloß sich, auf der zweiten Etage von Hohenschwandt eine ausbruchsichere Apartmentwohnung zu bauen. Dicke Wände wurden eingezogen, schalldicht und nicht zu durchbrechen, Doppeltüren, davon die äußere aus Stahl, vergitterte Fenster, aber nicht klobig wie in den Gefängnissen, sondern südlich heiter, weiß gestrichen und mit runden Ornamenten.

Zwei Kommissionen nahmen die Luxuszelle Sassners ab, dann entschloß man sich, den Patienten nach Hohenschwandt zu verlegen.

»Sie müssen einen guten Draht nach oben haben«, sagte der Oberstaatsanwalt anzüglich zu Dorian, als die Grüne Minna den Kranken abholte. »Von mir hätten Sie ihn nie bekommen! Sie wollen ihn tatsächlich noch einmal operieren?«

»Ja«, antwortete Dorian knapp.

»Wozu? Der Mann ist doch ein Tier.«

»Dann würde ich nichts an ihm tun. Aber er ist ein enthemmter Mensch ... das ist das Schrecklichste auf dieser Welt!«

»Und Sie können das durch Operation beseitigen?« fragte der Staatsanwalt zweifelnd.

»Ich weiß es nicht.« Professor Dorian hob die Schultern. »Man weiß nie hundertprozentig, was daraus wird, wenn man ein Skalpell ansetzt. Selbst ein Blinddarm hat Probleme, große sogar! Wieviel mehr ein Gehirn!«

»Na gut.« Der Oberstaatsanwalt lächelte mokant und sah hinüber zu der Grünen Minna, hinter deren engem Gitterfenster Sassner in seiner winzigen Transportzelle hockte. »Versuchen Sie es. Viel verderben können Sie ja nicht mehr an ihm.«

Eine Woche lebte Gerd Sassner nun schon in seiner Wohnung in Hohenschwandt und wurde von Dr. Keller und Dr. Kamphusen, den neuen Freunden, beobachtet. Dorian kam zweimal zu ihm und unterhielt sich mit ihm.

»Ich weiß, wo ich bin«, sagte Sassner einmal und lächelte tiefgründig. »Man hält mich für verrückt! Man will mich ausschalten. Aber ich teile dieses Schicksal mit vielen großen Entdeckern. Denken Sie an Koch, als er die Viren entdeckte. Welches Gelächter! Würmchen im Blut! Erinnern Sie sich an Semmelweiß. Hände waschen vor der Geburtshilfe ... als ob davon das Kindbettfieber käme! – Sie sehen, ich bin ganz ruhig, ja gelassen. Ich weiß, daß meine Idee sich einmal durchsetzen wird. Die neue Generation, die jungen Ärzte, werden sie aufnehmen und weitertragen zum Sieg.«

So ging es eine Woche lang, dann sagte Professor Dorian eines Abends: »Meine Herren, morgen werden wir Sassner auf den Tisch nehmen. Alle Tests sind zufriedenstellend, Blutbild, Kreislauf, Herz, Gesamtkonstitution – ich wüßte nicht, warum wir noch warten sollten.« Er sah seine Ärzte an und lächelte ermunternd. »Morgen früh acht Uhr. Wir machen eine Topektomie. Wenn Sie einmal hersehen wollen ...« Dorian drehte das Licht im Röntgenbildbetrachter an. Eine schematische Darstellung der Hirnteile leuchtete auf, klassifiziert nach Brodmann. Mit einer langen Kanüle begann Dorian, seinen Operationsplan zu erklären. Er sprach nüchtern und ohne Erregung, wie auf einem Kolleg für Studenten.

»Im Jahre 1948 wurde die von Moniz angewandte präfrontale Leukotomie modifiziert. Eine Gruppe von Wissenschaftlern und Ärzten der Columbia-Greystone-Associates entdeckte, daß sich durch eine ausgewählte partielle Abtragung von Frontalrindenteilen vorzügliche Ergebnisse erzielen ließen. Der Neuroanatom Mettler wertete diese selektiven Rindenexzisionen bei psychotischen Menschen aus, andere bei hochgradigen Wahnsinnigen. Es ging darum, bestimmte Persönlichkeitsdefekte stillzulegen, Triebe zu eliminieren und die Kranken in einer bestimmten Grenze zu resozialisieren. Lawrence-Pool operierten als erste. Die besten Ergebnisse erreichte man mit der Entfernung der Areen 9, 10 und 46 nach Brodmann. Es sind die Zentren für Antrieb, motorische Handlungsfolgen und tätige Gedanken. Es sind genau die Areen, die wir bei Sassner ausschalten müssen. Um dies zu tun, ist nur die Topektomie möglich.« Er knipste das Licht aus und drehte sich zu seinen Ärzten um. »Irgendwelche Fragen?«

»Nein«, antwortete Dr. Keller für die anderen. »Alles klar, Herr Professor. Morgen früh um acht.«

Um acht Uhr waren im großen OP von Hohenschwandt nicht nur die Ärzte und Schwestern versammelt, sondern auch je ein Vertreter der Staatsanwaltschaft, der Ärztekammer und des Innenministeriums. In sterilen weißen Anzügen, mit Mundtuch und Kopfschutz, standen sie abseits vom OP-Tisch, auf dem Gerd Sassner bereits lag. Sein kahlgeschorener Schädel reflektierte das grelle Licht der riesigen Operationsscheinwerfer.

Professor Dorian kam als letzter aus dem Waschraum. Eine Gasse aus weißen Kitteln öffnete sich vor ihm, als er ohne Umschweife gleich zum Tisch ging. Dr. Keller und Dr. Kamphusen hatten ihre Plätze eingenommen, die beiden Instrumentenschwestern standen am Seitentisch. Der Anästhesist nickte.

»Alles normal.«

Dorian warf einen schnellen Blick über sein Team und die Tische. Elektrobohrer, Leukotome, Elektrokoagulationsnadeln, Pinzetten, Sonden aller Größen, blutstillende Kompressen, Knochenscheren, Nahtmaterial, aufgereihte Ampullen und Spritzen für mögliche Komplikationen im Kreislauf.

»Dann also los!« sagte Dorian laut.

Der Mann vom Innenministerium, vermummt in der Ecke stehend, hob schaudernd die Schultern.

»Er pfeift die Operation an wie ein Schiedsrichter ein Fußballspiel«, flüsterte er dem Abgesandten der Ärztekammer zu.

»Mehr ist es für ihn auch nicht. Dorian ist heute der beste Neurochirurg der Welt ...«

Ein helles Singen erfüllte den Raum.

Die Fräse.

Der erste Knochenlappen am rechten Temporal-Muskel wurde ausgesägt ... der Griff ins Hirn, der Griff in Persönlichkeit und Seele, in Intelligenz und Gefühl begann von neuem.

Vollzog sich ein Wunder?

Wurde Gerd Sassner wieder ein Mensch, indem man dreimal 25 Gramm Hirn exzidierte?

Auf diese Frage des Mannes vom Innenministerium hob auch Professor Dorian die Schultern, als zwei Krankenpfleger den dick verbundenen Sassner aus dem OP rollten.

»Hoffen wir es, meine Herren«, sagte er etwas abgespannt. Die Konzentration der Operation hatte plötzlich Falten in sein Gesicht geschlagen. »Soviel wir in der Medizin wissen ... warten und beten ist auch hier der letzte Ausweg ...«

Nach vier Wochen durfte Luise Sassner zum erstenmal wieder ihren Mann sehen.

»Bringen Sie die Kinder ruhig mit«, sagte Dorian am Telefon.

Seine Stimme klang ungewöhnlich forsch. »Haben Sie keine Angst.«

»Wie sieht er denn aus? Was macht er?« Luises Stimme brach. Sie umklammerte den Hörer, als sei er ein Rettungsring.

»Sehen Sie es sich selbst an.« Dorian war bester Laune. »Bringen Sie Obst und Schokolade und leichten Rotwein mit, alles, was er gern mag. Er freut sich auf Ihren Besuch . . .«

Luise nickte. Sie weinte und hielt den Hörer noch ans Ohr, als Dorian längst aufgelegt hatte. »Er ist gesund«, sagte sie in die Tränen hinein, die über ihre Lippen rannen. »O Gott, mein Gott . . . er ist gesund . . .«

An einem Sonntag standen Luise, Dorle und Andreas auf der Terrasse von Hohenschwandt und erwarteten Gerd Sassner. Angela hatte sie über alles unterrichtet. Im Augenblick war Dr. Keller bei ihm und half ihm beim Anziehen.

»Er wird Sie nicht erkennen«, hatte Angela zu Luise Sassner gesagt. »Auch die Kinder nicht. Er wird Sie hinnehmen als Menschen, die lieb zu ihm sind. Für ihn bedeuten Namen nichts mehr. Sie werden es selbst sehen: Er ist glücklich und zufrieden, höflich und oft lustig. Er ist der friedfertigste Mensch, den man sich denken kann. Dringen Sie nicht in ihn . . . er wird keine Erinnerung finden. Nehmen Sie ihn so, wie er jetzt ist: ein glücklicher Mensch, der mit seinem Schicksal zufrieden ist.«

Und dann kam Gerd Sassner.

In einem hellgrauen Sommeranzug trat er auf die sonnige Terrasse, stoppelige Haare waren wieder um seinen Schädel gewachsen, und wie er so dastand und in die Sonne blinzelte, war er wie früher, bekannt und geliebt, war er der Sassner, wie er augenzwinkernd aus dem Haus »Frieden« kam, sich in der Morgensonne dehnte, nach seinem Angelgerät griff und sagte: »Heute ist gar kein schönes Forellenwetter. Paßt auf, ich fange nicht einmal genug zur Vorspeise!«

»Papa . . .« stammelte Dorle. Sie war in diesem Jahr gewachsen, eine richtige, junge, hübsche Dame war sie geworden. Auch Andreas hatte einen Schuß getan. Schlaksig, dünnbeinig in seinen kurzen Lederhosen, stand er neben der Mutter und hielt deren Hand fest.

Stark sein, Mama. Ganz stark.

Es ist ja unser Vater. Da steht er doch! Auch wenn er uns nicht mehr erkennt . . . er bleibt unser Vater . . .

»Mein Besuch!« Sassner breitete die Arme aus. »Willkommen!

Hatten Sie eine gute Fahrt? Entschuldigen Sie, wenn ich Sie nicht mit Blumen empfange. Ich komme nicht in die Stadt, und etwas von den Rabatten abrupfen wollte ich nicht. Gehen wir im Park spazieren?«

Der Besuch dauerte drei Stunden. Sassner spielte mit seinen Kindern Handball, und Luise saß auf einer weißen Bank im Schatten und sah ihnen glücklich zu.

Was hatte sich geändert?

Daß er die Kinder nicht mehr erkannte, daß er seiner Frau einen Handkuß gab und ihr einen schönen Gruß an den Gatten auftrug? Was machte das schon aus? Er war da, lachte und spielte Ball, er sah gesund aus und war dem Leben zurückgegeben ... auch wenn es ein Leben war in der Begrenzung von Hohenschwandt. Er war wieder ein Mensch geworden. Was wollte man vom Schicksal mehr?

Bevor sie abfuhren und versprachen, in vierzehn Tagen wiederzukommen, bat Professor Dorian sie noch einmal zu sich. Er wehrte sich, als Luise seine Hand ergreifen wollte, und legte dann den Arm um sie, als sie stumm weinte und nichts mehr zu sagen wußte. Es gibt ein Glück, das keine Worte mehr findet.

»Das ist der Anfang«, sagte Dorian, als Luise und die Kinder mit ihm am Fenster standen und in den Garten hinunterblickten. Dr. Keller und Dr. Kamphusen spielten Schlagball gegen Angela und Gerd Sassner. Er hatte seinen Rock und sein Hemd ausgezogen ... breit und braun war sein Oberkörper, muskulös und von männlicher Schönheit. »Wir haben ihn zurückgeholt in die reale Welt. Nun wird es darauf ankommen, ihm den Geist, die schöpferische Intelligenz wiederzugeben.«

»Das ist doch unmöglich«, flüsterte Luise Sassner. Sie ließ den Blick nicht von ihrem Mann, sie nahm dieses Bild kraftvollen Menschentums in sich auf wie ein Süchtiger seine Droge. »Das geht doch nicht...«

»Wir versuchen es. Tausende Wissenschaftler in aller Welt bemühen sich um das Gehirn, das Heiligtum des Menschen. Wir sind schon viele Schritte vorwärtsgekommen. Es gibt die Ribonukleinsäure, den Stoff, der die Auffassungsgabe mobilisiert, es gibt die Substanz DNS, eine Eiweißverbindung, die im Hirn das Wissen speichert, und es gibt den Anregerstoff Magnesium-Pemolin, auch Cylert genannt, eine Chemikalie, die das Hirn anregt, selbst mehr RNS zu produzieren. Alles ist im Fluß, die letzten Geheimnisse des Menschen werden entschleiert. In ein, zwei oder drei Jahren werde ich Ihrem Mann vielleicht zehn Injektionen geben, und Sie können ihn mitnehmen als den besten Gerd Sassner, den es je gegeben hat.«

»Das ist zu phantastisch, Herr Professor. Das kann ich Ihnen nicht glauben.« Luise drückte die Stirn gegen die Fensterscheibe.

Sassner sah so herrlich gesund aus, wie er den Schläger schwang und der kleine Lederball zischend durch die Luft davonflog.

»Kann ich ihn schon nächste Woche besuchen?« fragte Luise leise.

»Jederzeit.«

»Danke, Herr Professor.«

Bevor sie wegfuhren, standen sie noch am Zaun und sahen den Spielenden zu. Gerd Sassner bemerkte sie und winkte ihnen.

»Gute Fahrt!« rief er. »Hoffentlich sehen wir uns bald wieder!«

»Bestimmt.« Luise riß sich von seinem Anblick los. Sie lief zu dem wartenden Auto und ließ sich auf den Hintersitz fallen. Dorle und Andreas folgten langsamer. Der Chauffeur ließ den Motor an.

»Wie geht es dem gnädigen Herrn?« fragte er betreten, als niemand etwas sagte. Er war seit zehn Jahren Chauffeur bei Sassners.

»Gut. Sehr gut.« Luise raffte alle Kraft zusammen. »Der Professor hofft, ihn bald wieder ganz gesund zu machen. Mit neuen Methoden, ganz neuen Mitteln...«

»Das ist schön.« Der Chauffeur ließ den Wagen anrollen. »Es macht einen glücklich, wenn man solche Hoffnung haben kann.«

»Das stimmt, Ludwig.« Luise wandte sich um und sah zurück auf das langsam verschwindende Schloß Hohenschwandt. Sie war plötzlich ganz ruhig und zufrieden, ja, sie glaubte sogar an das, was Dorian ihr gesagt hatte, so phantastisch es auch geklungen hatte.

Hoffnung – was gibt es Schöneres im Leben?

Was wäre der Mensch ohne Hoffnung?

Gerd Sassner hatte sein Schlagballspiel unterbrochen und war an die Hecke herangetreten. Er bog die Zweige auseinander und starrte dem großen schwarzen Wagen nach, der langsam die Auffahrt hinunterrollte. Dr. Keller trat hinter ihn und räusperte sich.

Sassner fuhr zurück, die Heckenzweige schnellten wieder ineinander.

»Merkwürdig«, sagte er nachdenklich. »Sie kamen mir alle so bekannt vor. Irgendwo muß ich sie schon einmal gesehen haben. Ganz merkwürdig.«

Dann hob er den Kopf, sah in die Sonne und lächelte.

Ein Schwarm blauer Vögel zog unter den Wolken dahin ...

# Leseprobe

Eines der berüchtigten Schweige-
lager in den grenzenlosen Weiten
der Sowjetunion hat ihn
zwölf Jahre lang festgehalten.
Jetzt kehrt er in seine Heimat
zurück – ein Wrack,
ein lebender Toter.

Band 3517

Denn eigentlich gibt es ihn gar nicht mehr. Seine Frau hat ihn vor Jahren für tot erklären lassen. Der Heimkehrer weiß davon nichts. Er betritt sein eigenes Haus und muß erfahren, daß es ihm nicht mehr gehört. Er steht vor seiner Frau, die mit einem anderen verheiratet ist – seinem besten Freund. Und sein Kind erkennt ihn nicht wieder.

Aber er nimmt den Kampf an. Er ringt alle Widerstände nieder, die die eigene Familie, der Freund, die Behörden ihm entgegenstellen. Und er findet den Weg zurück ins Leben. Denn er glaubt an das Morgen, an den neuen Tag, der alles wendet...

# I

Der kleine Wartesaal dritter Klasse des Bahnhofes Fallersleben war an diesem Mai-Abend 1955 überfüllt. Eingehüllt in dicke Schwaden von Zigaretten- und Zigarrenrauch, umgeben vom Dunst von Bier, Schnaps, Schweiß und Leder, saßen abgerissene Gestalten an den kleinen, runden Tischen mit der gescheuerten hellen Holzplatte, stierten vor sich hin oder lasen in zerknitterten Zeitungen. Einige Menschen, in Decken eingerollt, lagen auf dem Boden. Rucksäcke und Koffer als Kopfkissen benützend, schliefen sie. Ihr Schnarchen mischte sich mit dem Stimmengewirr, das durch den Saal schwirrte, und das leise Greinen müder Kinder klang wie ein klägliches Wimmern aus den Ecken und schien in der dicken Luft zu ersticken.

An einem der Tische, nahe dem Fenster, saß ein mittelgroßer, knochiger Mann, das Gesicht braun, fast ledern, mit tiefliegenden Augen, einem mehrere Tage alten Stoppelbart und gekleidet in einen zerrissenen Anzug, dessen erdiggraue Farbe sich deckte mit der einer alten Schirmmütze, die auf seinem kahlgeschorenen Kopf saß. Seine schmutzigen Hände hielten das Glas Bier umklammert, als habe er Angst, man könnte es ihm wieder wegnehmen, und seine Blicke folgten der drallen Gestalt der Kellnerin, die flink durch das Gewirr der Wachen und Schlafenden eilte und auf Chromtabletts Bouillon-Tassen und Biere zu den Tischen trug.

Ab und zu räusperte er sich, rieb sich mit dem Handrücken die Nase und stierte dann wieder in den Saal, streckte die Beine mit den alten, abgelatschten Schuhen aus und drehte sich dann aus Zeitungspapier und Tabakkrümeln eine dicke Zigarette. Als er sie ansteckte, stand plötzlich ein Eisenbahnbeamter vor ihm und nickte ihm zu. Erstaunt sah er zu diesem empor und umklammerte wieder mit einer ängstlich wirkenden Bewegung sein Bierglas.

»Was ist?« fragte er, und seine Stimme klang hohl, als käme sie aus einem weiten, leeren Raum. »Was wollen Sie von mir?«

Der Beamte lächelte ihn an und legte ihm die Hand auf die Schulter. Unwillkürlich zuckte der Fremde zusammen und schien in sich zusammenzukriechen.

»Der Herr Stationsvorsteher möchte Sie einmal sprechen«, meinte der Beamte freundlich. »Er hat Sie vorhin aussteigen sehen. Er will Sie privat sprechen...«

»Mich sprechen?« Der Fremde schüttelte den Kopf. »Kennt er mich denn?« Er erhob sich, nahm vom Boden sein Bündel auf, einen nur mit einer Kordel umschnürten Sack aus grober Leinwand, und schlurfte hinter dem Beamten her, der ihm vorausging und die Tür des Wartesaales für ihn aufhielt. »Hat der Iwan etwa wieder Spuk gemacht?«

»Der Iwan?« Der Beamte sah den Fremden von der Seite her an. »Wieso denn? Ach so!« Er schüttelte den Kopf. »Nein, mein Lieber, das ist jetzt vorbei! Du bist jetzt wieder in der Heimat, Kamerad.«

»Kamerad...« Der Fremde lächelte vor sich hin. »Das ist ein schönes Wort, mein Lieber – man lernt es ehren und achten... draußen, im Ural, in den Bleibergwerken...«

Sie gingen durch einen zugigen Flur, vorbei an grellen Plakaten, die mit schönen Worten die Vorteile der verschiedenen Bäder und Kurorte priesen, und erreichten eine braune Tür, die der Beamte öffnete. Im Raum, in welchem auf einem Tisch ein Fernschreiber und eine Reihe Telefone standen, kam ihnen ein Mann mit einer roten Schirmmütze entgegen.

Der Fremde blieb stehen. Er schaute sich um, aber der Beamte, der ihn hergeführt hatte, war schon wieder aus dem Zimmer gegangen. Ein wenig unsicher sah er den Stationsvorsteher an, der ihn ohne ein Wort zu einem Sessel führte und in die Polster drückte.

»Zigarette?« fragte der Stationsvorsteher dann und hielt dem Fremden eine Schachtel hin.

»Danke.« Der Fremde nahm sich eine heraus und zündete sie an. In tiefen, fast durstigen Zügen rauchte er eine Weile stumm, ehe er aufschaute und den Kopf schüttelte. »Was soll das?« fragte er erstaunt.

»Ich habe Sie beobachtet«, erwiderte der Stationsvorsteher. »Als Sie aus dem Zug von Helmstedt stiegen, dachte ich mir: Das ist ein Heimkehrer. Der hat Rußland hinter sich... die Hölle der Gefangenschaft... Und jetzt kommt er, jetzt... jetzt, nach 10 Jahren...«

»Nach 12 Jahren«, unterbrach ihn der Fremde. »Ich kam schon 1943 in Gefangenschaft. Bei Orscha. War dann in Sibirien, am Eismeer, im Ural, in Moskau...« Er machte eine wegwerfende Handbewegung, als wolle er die Erinnerung löschen. »Schwamm drüber. Hauptsache, man ist wieder in der Heimat.«

»Sie haben Verwandte?« fragte der Beamte und setzte sich auch.

»Ja. Ich bin aus Minden. Habe dort eine nette, hübsche Frau, die Lina, und einen Jungen. Warten Sie mal, –« er zählte an den Fingern nach – »15 Jahre muß der Bengel jetzt sein. Als ich ihn zum letzten Mal sah, konnte er gerade ›Papa‹ sagen.« Er lachte leise vor sich hin und rieb sich die Hände. »Was werden die staunen, wenn ich plötzlich vor ihnen stehe, – die Lina und der Peter! Die Lina fällt bestimmt in Ohnmacht! Sie war immer so zart, und ein wenig am Herzen hatte sie es auch.«

»Ihre Frau weiß nicht, daß Sie kommen?«

Der Fremde schüttelte den Kopf. »Woher denn? Zwölf Jahre habe ich schweigen müssen, – Postverbot und solche Scherze. Nun überrasche ich sie.« Er schaute dem Qualm seiner Zigarette nach und fuhr fort: »Ein treues Mädchen, meine Lina, das sage ich Ihnen. Ich bin sicher, daß sie die ganzen Jahre brav auf mich gewartet hat, auch wenn ich nicht geschrieben habe... sie hat gewartet. Das weiß ich. Das hat man so im Gefühl, wenn man im Ural bis zum Bauch im eisigen Wasser steht. Das hält einen aufrecht, das gibt einem Mut und Kraft... Wir wären verloren gewesen, wenn wir nicht diesen Glauben an die Heimat gehabt hätten...«

Der Stationsvorsteher nickte und schüttete ein Gläschen Kognak ein, das der Fremde gierig schlürfte. »Anders als Wodka oder Knollenschnaps«, bemerkte er schmatzend.

»Ich wollte mit Ihnen sprechen«, sagte der Beamte ein wenig stockend. »Sie sind erst wenige Stunden in Deutschland. Es ist nicht mehr die Heimat, die Sie verließen. Hunderttausende Häuser hat man zerbombt, Millionen sind obdachlos geworden. Millionen waren auf der Flucht vor Flammen und Hunger. Und auch Minden ist nicht verschont geblieben...«

»Das weiß ich.« Der Fremde nickte. »Aber der Lina ist nichts passiert, das fühle ich. Und eigentlich muß sie auch wissen, daß ich lebe. Ich habe ihr nämlich vor 4 Jahren eine Nachricht zukommen lassen. Da ist ein Freund von mir entlassen worden, weil er krank wurde. Heinrich Korngold heißt er und wohnt auch in Minden. Er hat ihr bestimmt mitgeteilt, daß ich lebe, und das wird ihr Mut gegeben haben, zu warten...«

# ERLESENES von GOLDMANN

**Maria Alice Barroso**
Sag mir seinen Namen und ich töte ihn

**Emily Brontë**
Sturmhöhe

**Utta Danella**
Meine Freundin Elaine

**Anne Delbee**
Der Kuß

**Elizabeth George**
Keiner werfe den ersten Stein

**Susan Howatch**
Die Erben von Penmarric

**Tanja Kinkel**
Die Löwin von Aquitanien

**Irina Korschunow**
Der Eulenruf

**Colleen McCullough**
Dornenvögel

**Ruth Rendell**
Das Haus der geheimen Wünsche

**Anne Rice**
Die Mumie

**Danielle Steel**
Abschied von St. Petersburg

---

Das besondere Geschenk in exquisiter Ausstattung

# ERLESENES von GOLDMANN

Frank Baer
Die Brücke von Alcántara

Hans Bemmann
Die beschädigte Göttin

Paul Bowles
Das Haus der Spinne

Lionel Davidson
Die Rose von Tibet

Remo Forlani
Die Streunerin

Arthur Hailey
Reporter

Akif Pirinçci
Felidae

Chet Raymo
Die Eule fliegt erst in der Dämmerung

Kurban Said
Ali und Nino

Sidney Sheldon
Die Mühlen Gottes

Alberto Vazquez-Figueroa
Tuareg

Gore Vidal
Julian

---

Das besondere Geschenk in exquisiter Ausstattung

# KONSALIK

# DER SCHWARZE MANDARIN

**ROMAN**

Wenn von organisiertem Verbrechen die Rede ist, spricht man meist von der Mafia. Kaum jemand aber denkt an chinesische Verbrecherorganisationen, die mittlerweile ebenfalls in Deutschland Fuß gefaßt haben. Heinz G. Konsalik hat sich dieses Themas in gewohnter Meisterschaft angenommen. Ein brandaktueller, grandioser Roman; ein Autor, der seinesgleichen sucht.

ca. 480 Seiten, gebunden
ISBN 3-89457-047-4

## HESTIA